KB006331

H. P. LOVECRAFT

러브크래프트 전집 4

- 아웃사이더 -

H . P . L O V E C R A F T

H. P. 러브크래프트 | 정진영 · 류지선 옮김

황금가지

* 인명 및 지명, 기타 명칭은 한글 맞춤법 통일안 및 외래어 표기 규정을 따랐습니다.
* 본문에 사용한 부호 및 기호의 뜻은 다음과 같습니다.

- 전집, 단행본 : 『』
- 신문, 잡지 : 《》
- 개별 작품, 단편, 영화 : 「」

* 본문 중 괄호 처진 작은 숫자는 개념이나 단어를 이해하기 위한 역자 주석 번호입니다. 각 단편의 끝에 주석이 있습니다.

| 러브크래프트 전집 4권 - 아웃사이더 - |

러브크래프트 전집에 대하여

러브크래프트는 60여 편의 단편과 세 편의 중장편을 비롯한 소설 외에도 시와 문학론 등을 남겼다. 물론 러브크래프트의 삶과 문학을 조명하는 주춧돌이자, 당대 문학을 연구하는데 귀중한 자료가 되는 서신도 빼놓을 수 없다. 실제로 러브크래프트는 역사상 유례 없이 편지를 많이 쓴 작가일 것이다. 무려 10만 통으로 추산되는 그의 방대한 서한들은 간단한 우편엽서부터 수십 페이지에 달하는 장문에 이르기까지 다양하다. 이중에서 최소 2만 통만 보존되어 있다고 해도 지금까지 출간된 서한집은 그중에서 극히 미미한 수준이다. 미국과 영국을 비롯해 세계 10여 개국에서 러브크래프트의 작품들을(소설, 시, 문학론을 망라해) 해마다 지속적으로 출간이 되고 있으며, 나머지 서한에 대해서는 발굴과 출판 작업이 동시에 진행되고 있다.

러브크래프트가 공포와 환상 소설에 남긴 유산을 한마디로 단언하기는 어렵다. 그러나 지금 이 시간에도 유명, 무명의 작가들이 러브크래프트의 상상력을 기반으로 창작에 몰두하고 있는 것만은 틀림없는 사실이다. '우주적 공포'로 대변되는 독특한 주제 의식, 이미지와 분위기를 통해 구축한 SF 코드에 이르기까지 적어도 수십 년을 앞서 갔다는 러브크래프트의 상상력은 문화 전반에서 끊임없이 재생산되고 있다. 그 일례가 문학, 영화, 만화, 게임, 음악, 캐릭터 산업에 이르기까지 광범위하게 재생산되는 크툴루 신화이다. 물론 '크툴루 신화'라는 말 자체는 러브크래프트 사후 오거스트 덜레스가 한 말에서 유래했고, 작품 내에서 실제로 신화가 차지하는 비중이나 역할에 대해서는 계속적인 논란이 있다. 그러나 피상적인 작품 평가나 편견에서 벗어나, 애드거 앨런 포와 더불어 정통 문단에서도 가장 많이 거론되는 공포 문학 작가라는 사실에는 별다른 이견이 없어 보인다.

러브크래프트의 작품은 크게 공포와 판타지를 큰 축으로 한다. 그러나 여러 가지 요소가 혼합된 러브크래프트의 작품 성격을 명쾌하게 재단하기란 쉬운 일이 아니다. 공포는 전통적인 고딕 소설, 공포와 SF를 결합한 독특한 작품 세계로 나눌 수 있으며, 여기에는 크툴루 신화와 코스믹 호러의 작품들이 속한다. 러브크래프트의 판타지는 로드 던세이니 풍의 초기 소설과 '드림랜드'를 중심으로 한 작가 특유의 환상과 꿈을 주제로 한 작품이 있다.

이번 전집 구성에 있어서 제1권 『러브크래프트 전집1: 크툴루 신화』에 수록할 작품으로 대표성과 작품성을 기준으로 삼되, 러브크래프트를 처음 접하는 독자에게 안내 역할을 할 만한 소설을 택했다. 1권의 수록 작품 중에서 크툴루 신화의 서막을 알리는 「크툴루의 부름」, 가상의 책『네크로노미콘』이 가장 많이 인용된 「더니치 호러」, 러브크래프트를 시작하는데 최고의 작품으로 꼽히는 「인스머스의 그림자」, 문학적 완숙미를 느낄 수 있는 「누가 블레이크를 죽였는가」에 이르기까지 크툴루 신화의 작품들이 중심을 이룬다. 2권 『러브크래프트 전집2: 우주적 공포』는 공포와 SF를 결합하는 러브크래프트의 후기 대표작들을 망라하며, 러브크래프트를 심화해서 읽을 수 있는 대표작과 작가 자신의 야심작들을 수록했다. 「우주에서 온 색채」, 「광기의 산맥」, 「시간의 그림자」, 「어둠 속에서 속삭이는 자」 등 러브크래프트 SF의 백미로 꼽히는 작품들이 수록됐다. 3권 『러브크래프트 전집3: 드림랜드』는 러브크래프트 문학의 양대 축이라고 할 수 있는 환상 소설이 중심을 차지한다. 「랜돌프 카터의 진술」에서 「미지의 카다스를 향한 몽환의 추적」에 이르기까지 '랜돌프 카터 연작'의 환상 소설과 주제 면에서 여러 가지 특징이 혼합된 「찰스 덱스터 워드의 사례」가 여기에 포함된다. 4권 『러브크래프트 전집4: 아웃사이더』는 고딕 계열의 공포 환상 소설에서 풍자 소설에 이르기까지 딱히 분류하기 어려운 반면 다양하고 색다른 작가의 문학 세계를 접할 수 있는 작품들로 구성되었다. 이들 작품은 작가가 스스로를 '아웃사이더'라고 즐겨 칭했듯이 문단의 소외와 일상의 고단함 속에서 성취한 문학적 실험과 열정이 녹아있다.

황금가지의 이번 전집은 일차적으로 공동 저작과 유년 시절의 습작을 제외한 러브크래프트의 작품(미완성작 포함)을 모두 실었다. 러브크래프트가 다른 작가와 공동 집필한 작품들의 경우, 그 형태가 단순한 교정에서 대필에 이르기까지 다양한데, 러브크래프트가 어느 정도까지 참여했는지 분명하지 않다. 그래서 4권의 구성으로도 명실상부한 러브크래프트 전집이라고 해도 좋을 것이다.

THE BEAST IN THE CAVE
동굴 속의 짐승

혼란스럽고 꺼림칙한 마음을 서서히 짓눌러온 이 끔찍한 결론, 이것은 결국 무서운 확신이 되었다. 나는 매머드 동굴의 광활한 미로 속에서 속수무책 길을 잃고 만 것이다. 눈을 부릅뜨고 주위를 둘러보아도, 밖으로 안내해 줄 만한 표지판 따위는 보이지 않았다. 두 번 다시는 한낮의 축복받은 빛을 볼 수 없고, 아름다운 바깥세상의 유쾌한 산과 골짜기를 감상하지도 못할 것이다. 아니라고 계속 우길 수만은 없었다. 희망은 이미 사라지고 없었다. 나 스스로 지금까지 탐구해 온 철학의 가르침에 따라 차분하게 행동하고 있다한들 조금도 대견스럽지 않았다. 이와 유사한 상황에서 극도의 광란에 빠지는 이야기를 종종 책으로 읽어왔건만, 직접 이런 일을 당한 적은 없었다. 나는 길을 잃었다는 사실을 분명하게 깨달은 직후부터 이렇게 담담히 서 있었다.

수색의 손길이 도저히 미치지 못하는 곳을 헤매고 있다고 해서 평정심을 잃어버릴 만한 이유는 아니라고 생각했다. 죽을 운명이라면, 섬뜩하지만 웅장한 이 동굴도 교회 묘지만큼 괜찮은 무덤이 될 거라고 생각했고, 그 때문에 절망보다는 평온을 느꼈다.

굶주림이 나의 마지막 운명을 시험할지 모르겠다. 그럴 거라고 확신했다. 내가 아는 어떤 이들은 이러한 상황에서 미쳐버렸으나, 나는 그들과 다른 최후를 맞게 될 것 같은 예감이 들었다. 내가 안내원 모르게 관광객 무리에서 이탈했으니, 지금의 시련은 순전히 내 탓이다. 한 시간 넘게 출입이 금지된 동굴의 통로를 헤매고 다녔으나, 동료들을 잃고 여기까지 온 구불구불한 길을 다시 찾을 수 없었다.

벌써부터 전등이 희미해지기 시작했다. 나는 머잖아 이 지하의 완전한 어둠 속에 묻힐 것이다. 희미해져 가는 불안정한 빛 속에서 서 있자니, 앞으로 닥칠 최후의 상황이란 게 과연 어떤 것일까 쓸데없이 궁금해졌다. 폐병환자촌의 이야기가 떠올랐다. 그들은 변함없이 일정한 온도와 맑은 공기와 평화로운 고요 그리고 몸에 좋다고 생각되는 지하의 공기에서 건강을 되찾고자 거대한 동굴에 살았지만, 결국에는 기이하고 섬뜩한 죽음을 맞았다고 했다. 관광객들과 함께 오는 길에 애처로운 잔해로 남아 있는 폐병환자들의 비참한 움막을 보면서, 이렇게 거대하고 조용한 동굴에 오랫동안 머문다면 나처럼 원기 왕성한 사람한테 어떤 식의 이상한 영향이 미칠지 궁금했더랬다. 나는 지금 잔인하게 혼잣말을 하고 있다. 굶주림으로 너무 일찍 죽지만 않는다면, 좀 전의 궁금증을 풀 수 있을 거라고.

손전등의 흔들리던 마지막 불빛도 꺼졌을 때, 어떻게든 탈출의 수단을 찾아야겠다고 결심했다. 힘껏 숨을 들이마신 뒤, 안내인에게 들릴지 모른다는 헛된 희망으로 연거푸 소리를 질렀다. 그러나 그래봤자 소용없다는 것을, 어두운 미로의 무수한 벽에 부딪쳐 쩌렁쩌렁 메아리치는 내 목소리를 듣는 이는 나 혼자뿐이라는 것을 절실히 깨달았다.

그런데 난데없이 나의 관심을 송두리째 빼앗는 것이 있었다. 동굴의 돌바닥을 따라 점점 다가오는, 부드러운 발소리가 들려온 것 같아서 깜짝 놀란 것이다.

곧 구조될 수 있는 것인가? 지금까지 온갖 끔찍한 걱정에 쓸데없이 시달렸다는 말인가? 내가 아무 말 없이 이탈했는데도 용케 알아챈 안내원이 이 석회암 미궁에서 나를 찾아냈다는 말인가? 즐거운 의문들이 꼬리를 물고 떠올랐다. 내가 구조의 손길을 앞당기기 위해 다시 한 번 고함을 지르려는 순간, 뭔가 들려온 소리에 나의 기쁨은 순식간에 공포로 바뀌고 말았다. 줄곧 예민해 있었고, 지금은 동굴의 완벽한 침묵에 극도로 날카로워진 청각으로 전해진 소리. 그것이 사람의 발소리가 아니라는 뜻밖에도 오싹한 느낌에 나는 그만 얼어붙고 말았다. 쥐죽은 듯 고요한 지하이기 때문에 안내원의 구둣발 소리라면 또렷하고 빠르게 들려올 것이었다. 그런데 지금 들려오는 소리는 고양이의 발소리처럼 부드럽고 은밀했다. 게다가 좀 더 주의 깊게 들어보니, 두 개가 아니라 네 개의 발소리 같았다.

내가 지른 고함소리가, 하필이면 그때 동굴에서 길을 잃은 쿠거 같은 야생 동물의 주의를 끈 것이 틀림없었다. 어쩌면 아사(餓死)보다는 빠르고 자비로운 죽음을 맞으라는 신의 뜻인지도 몰랐다. 그럼에도, 완전히 잠들지 않은 자기보호의 본능이 가슴 속에서 꿈틀거렸다. 설령 지금 코앞의 위험에서 벗어난다 해도, 훨씬 더 혹독하고 지리멸렬한 최후를 기다려야겠지만, 무슨 수를 써서라도 살고 싶었다. 이상하게 들릴지 모르겠지만, 다가오는 불청객한테서 적개심 외에는 아무것도 느껴지지 않았다. 그래서 나는 혹여 그 정체 모를 야수가 나처럼 방향을 잃고 그냥 지나쳐 갈지도 모른다는 생각에 숨을 죽이고 있었다. 그러나 그것은 부질없는 희망이었다. 기이한 발소리가 꾸준히 다가오는 것으로 봐서,

그 동물은 나의 체취를 맡은 것이 분명했다. 동굴 안의 공기 중에 다른 냄새가 전혀 없다는 것을 감안하면, 아무리 먼 곳에서도 냄새를 맡고 쫓아올 수 있을 것이었다.

그래서 나는 어둠 속의 보이지 않는 섬뜩한 공격에 대비하기 위해 무장을 해야만 했다. 주위를 더듬어보니, 동굴 바닥에 암석 파편들이 널려 있었다. 그중에서 가장 큰 것을 두 손에 들고 만반의 준비를 한 뒤, 체념의 심정으로 피할 수 없는 운명을 기다렸다. 그 동안에도 타닥거리는 섬뜩한 발소리가 더 가까워졌다. 분명히 그 짐승의 행동은 너무도 이상했다. 네 발 달린 짐승의 발소리처럼 들렸지만, 걸음걸이에서 앞발과 뒷발의 균형이 묘하게 맞지 않는데다, 어느 순간에는 이동할 때 두 발만 사용하는 느낌이 들기도 했다. 곧 맞닥뜨리게 될 그 짐승의 정체가 궁금했다. 아마도 호기심 때문에 오싹한 동굴 입구로 들어왔다가 끝없는 심연 속에 오랫동안 갇혀 지내온, 불쌍한 짐승일 것이었다. 동굴에 사는 눈 없는 물고기나 박쥐와 쥐 또는 그린 강을 따라 동굴로 들어온 어류들을 잡아먹고 살았을 것이다. 망을 보는 내내, 동굴 속의 생활로 인해 그 짐승의 몸뚱이가 어떻게 변형됐을지 기괴한 억측이 떠나지 않았다. 이 지역에서 전해지는 이야기, 요컨대 이 동굴에서 오랫동안 거주하다가 죽은 폐병환자들이 무시무시한 모습이었다는 말이 떠올랐다. 그런데 설사 저 짐승을 물리친다고 해도 그 정체를 볼 수 없다는 생각이 들어서 간담이 서늘해졌다. 손전등이 꺼진 지 오래고, 성냥을 미처 준비하지 못했다. 팽팽한 긴장감 때문에 머리가 터질 지경이었다. 혼란스러운 생각들이 주위를 휘감고 있는 불길한 어둠의 영향으로 더욱 고약하고 무시무시한 형태를 띠더니, 실물처럼 내 몸을 짓누르는 것 같았다. 가까이, 더 가까이 무서운 발소리가 다가오고 있었다. 용케 참고 또 참아왔지만, 나는 결국 비명을 지르고 말았다. 그러나 내 목소리를 듣고 누군가 화답해 줄 가능성은 희박했다. 나는 그 자리에서 돌처럼 굳어버렸다. 결정적인 순간이 오면, 다가오는 짐승을 향해 오른 팔을 움직여 돌을 던질 수 있을지 의심스러웠다. 타닥, 타닥, 변함없는 발소리가 바로 지척에, 너무도 가까이 와 있었다. 짐승은 숨을 몰아쉬었다. 겁에 질려 있는 상황임에도, 나는 그 짐승이 꽤 멀리서 왔고 그 때문에 지쳐 있음을 깨달았다. 마법에 걸린 듯 굳어 있던 몸이 갑자기 움직였다. 나는 남다른 청각에 의지해 숨소리와 타닥거림이 들려오는 방향으로 오른손을 있는 힘껏, 날카로운 석회암 덩어리를 내던졌다. 놀랍게도 목표물을 맞혔나 보다. 그 짐승이 펄쩍 뛰어올랐다가 좀 더 떨어진 곳에 내려앉았는데, 그때부터 아무런 움직임이 없는 것 같았다.

목표물을 겨냥하여 두 번째 돌을 던졌고, 이번에는 명중이었다. 기뻐하면서 귀를 기울여보니, 짐승이 고꾸라지듯 쓰러지는 소리에 이어 그 상태로 꼼짝도 하지 않았다. 나는 크나큰 안도감 속에서 비틀거리며 벽에 등을 기댔다. 그런데 괴로이 헐떡이는 숨소리가 계속되자, 짐승에게 상처만 입혔다는 것을 깨달았다. 그 짐승의 모습을 보고 싶은 마음은 싹 가시고 말았다. 마침내 근거도 없는 미신적인 공포 같은 것이 머릿속을 채워왔다. 나는 짐승에게 다가가지 않았고, 놈의 숨통을 완전히 끊어놓기 위해 돌을 더 던지지도 않았다. 대신에 전력을 다해, 미친 듯이 내가 들어온 반대 방향으로 달려갔다. 갑자기 어떤 소리, 규칙적으로 반복되는 소리가 들려왔다. 그것은 곧이어 찰칵거리는 날카로운 금속성의 소리로 변했다. 이번에는 틀림없었다. 안내원이었다. 나는 울고불고 비명을 질러댔다. 그리고 둥그런 통로 위쪽에서 희미하게 가물거리는 빛, 그것이 점점 가까워지는 손전등이라고 확신이 들었을 때 나는 아예 악을 쓰고 있었다. 그 빛을 향해 달려간 나는 어찌된 영문인지도 모른 채 안내원의 발치에 쓰러져서 그의 부츠를 끌어안고 되는대로 지껄였다. 평소 입이 무겁다고 자부해 왔으나, 그때는 백치처럼 횡설수설하면서 끔찍한 경험을 알리는 동시에, 감사의 말을 퍼부음으로써 안내원을 어리둥절하게 만들었다. 이윽고 나는 정신을 차렸다. 동굴 입구에 도착했을 때 관광객 중에 내가 없는 것을 확인한 안내원은 나와 마지막으로 대화를 나누었던 장소까지 거슬러 간 뒤, 자신의 직관적인 방향감각에 의지하여 철저한 수색에 나섰고, 4시간 만에 나의 행방을 찾아낸 것이다.

안내원이 이런 상황을 내게 말하는 동안, 그가 가져온 손전등과 혼자가 아니라는 사실에 대담해진 나는 상처를 입고 뒤쪽의 멀지 않은 어둠 속에 있는 이상한 짐승을 떠올렸다. 나는 안내원에게 손전등으로 그 짐승의 정체를 확인해 보자고 말했다. 동료가 생겼다는 생각에 나는 호기롭게 왔던 길을 되짚어 공포의 현장으로 향했다. 잠시 후, 우리는 반짝이는 석회암보다도 더 하얀 물체를 바닥에서 발견했다. 조심스럽게 다가가던 우리는 동시에 탄성을 질렀다. 우리가 평생 보아온 그 어떤 괴물체와도 비교가 안될 만큼 기괴한 동물이 거기 있었다. 커다란 유인원처럼 보였고, 순회동물원 같은 곳에서 도망쳐 나온 것 같았다. 눈처럼 하얀 털은 칠흑처럼 어두운 동굴에 오랫동안 갇혀 지내서 생긴 결과 같았다. 그러나 머리 부분을 제외하고는 놀라울 정도로 털이 적었고, 길고 풍부한 머리털은 어깨까지 산발처럼 늘어져 있었다. 짐승은 거의 엎드린 자세로 얼굴은 우리의 반대 방향으로 돌리고 있었다. 팔다리의 기울어진 각도가 아주 독특했는데, 그것은 얼마 전에 내 주의를 끌었듯이, 그 짐승이 네 발로 걷기도 하고 때에 따라서는 두 발로 이동한다는 것을 설명해 주었다. 손가락 혹은 발가락 끝에는 쥐처럼 기다란 발톱이 나 있었다. 손 혹은 발은 무언가를 쥐기에는 불리해 보였지만, 앞서 언급했듯이 동굴에서의 오랜 생활 때문에 그렇게 된 것 같았다. 몸 전체에서 섬뜩할 정도의 흰색이 유난히 눈에 띄는 것도 그런 상황을 입증했다. 꼬리는 없는 것 같았다.

짐승의 숨소리가 아주 약해져 있었다. 안내원이 그 짐승을 죽일 생각으로 권총을 빼드는 순간, 짐승이 갑자기 소리를 질렀다. 그 바람에 안내원은 방아쇠를 당기지 못하고 권총을 떨어뜨렸다. 그것은 딱히 설명하기 어려운 소리였다. 지금까지 알려진 유인원의 일반적인 소리와는 달랐다. 짐승이 동굴에 들어온 이후 오랫동안 침묵하다가 처음 본 불빛에 동요해서 지른 소리는 아닐까, 이게 내 생각이었다. 굵은 저음으로 재잘거린다고 할까, 아무튼 그 소리는 힘없이 계속 이어졌다.

갑자기 짐승의 몸에 경련 같은 것이 일었다. 발이 격렬하게 떨리더니, 사지가 오므라들었다. 발작적으로 하얀 몸을 뒤척이는 과정에서 그 얼굴이 우리 쪽으로 향해졌다. 그 눈을 보면서 나는 잠시 동안 공포에 짓눌려 있어서 다른 것은 보지 못했다. 흑석처럼 새카만 눈은 희디흰 머리털과 피부와는 소름 끼칠 정도로 대조를 이루고 있었다. 동굴 속의 생물들처럼 눈이 움푹 들어가 있었고, 홍채는 보이지 않았다. 얼굴을 좀 더 자세히 살펴본 결과 보통 원숭이에 비해 턱이 튀어나오지 않았고 털이 극히 적었다. 코의 생김새는 아주 또렷했다. 우리가 눈앞에 펼쳐진 기괴한 광경을 살피고 있는 사이, 짐승의 두툼한 입술이 벌어지더니 몇 마디 소리가 새어나왔다. 그리고 그것은 죽었다.

안내원은 나의 외투 소맷자락을 그러잡고서 부들부들 떨었다. 그 때문에 손전등의 불빛이 동굴 벽에서 마구 흔들리며 기묘한 그림자를 던지고 있었다.

나는 그 자리에 빳빳하게 굳어 서 있었고, 겁에 질린 내 시선은 앞쪽 바닥에 고정되어 있었다.

공포가 사라지자, 뒤이어 놀라움과 외경심, 연민과 존경의 마음이 찾아왔다. 상처를 입고 석회암 바닥에 널브러져 있던 그 동물한테서 흘러나온 소리, 그것이 우리에게 섬뜩한 진실을 알려주었기 때문이다. 내가 죽인 동물, 깊디깊은 동굴의 그 기이한 짐승은 사람이었다! 적어도 한 때는 그랬다!

1905년 4월 21일

THE ALCHEMIST
연금술사

저 높이 도도히 푸른 왕관을 쓰고 있는 산, 원시림의 옹이 많은 나무와 풀이 무성한 이 산자락에 내 조상의 고성(古城)이 있다. 수백 년 동안 높은 성가퀴는 인근의 거칠고 소박한 전원을 언짢게 내려다보며, 이끼 낀 성벽보다도 더 오래된 명문가의 가정이자 요새 역할을 해왔다. 낡은 탑들은 수 세대에 걸쳐 폭풍과 더디지만 혹독한 세월에 찌든 봉건시대의 산물로서 프랑스 전역에서도 가장 무서운 난공불락의 요새를 이루었었다. 총안(銃眼)이 있는 흉벽과 발포 준비를 마친 성가퀴에서 남작과 백작, 심지어 왕들까지 도전을 받았으나, 이 드넓은 복도에 침입자의 발소리가 울린 적은 단 한 번도 없었다.

그러나 이 영광의 세월 이후로 모든 것이 변했다. 처참할 정도의 가난과 상업행위를 함으로써 가문의 명예를 실추시킬 수 없다는 자부심이 더해진 결과, 후손들은 이 웅장한 경관을 보존하지도 못하는 처지에 놓였다. 성벽의 떨어져 나간 돌, 정원에 무성한 잡초, 지저분하게 말라붙은 해자, 자갈길이 엉망으로 변한 안뜰, 쓰러질듯 기울어진 탑들, 거기에 내려앉은 바닥과 벌레 먹은 징두리 벽판 그리고 색 바랜 내부의 태피스트리까지, 이 모든 것이 영락한 가문의 위엄을 침울히 말해 주고 있다. 세월이 흐르는 동안 커다란 네 개의 탑들이 하나둘 무너졌고, 결국에는 한 개의 탑만이 한때 이 성의 맹주였으나 지금은 몰락한 후손들을 쓸쓸히 보호하고 있다.

하나만 남은 탑에서 크고 음침한 방 하나, 이곳에서 90년 전에 C 백작 가문의 불운하고 저주받은 마지막 후손인 나, 앙투안이 태어났다. 성 안에서, 그리고 어둡고 음침한 숲과 저 아래 험준한 계곡과 동굴 속에서 나는 불안한 유년을 보냈다. 부모님에 대해서는 전혀 모른다. 내가 태어나기 한 달 전, 아버지는 버려진 흉벽 한 곳에서 낙석에 맞아 돌아가셨다. 어머니는 나를 낳다가 돌아가셨고, 그 결과 나를 기르고 교육하는 일은 유일하게 남아 있던 하인에게 전부 맡겨졌다. 내 기억이 맞는다면, 상당히 지적이고 믿음직했던 이 노인의 이름은 피에르였다. 이 나이 든 후견인의 괴팍한 보살핌 때문에 나는 산기슭 주변 여기저기 흩어져있던 농가의 아이들과 어울리지 못했고, 형제도 없었으니 교우관계가 부족했다. 당시에 피에르는 그런 평민들보다 내가 더 고귀한 신분이기 때문에 어쩔 수 없는 제약이라고 말했다. 그 진짜 목적이 무엇이었는지 지금은 알고 있다. 그것은 우리 가문에 내린 무시무시한 저주, 요컨대 밤마다 오두막집 난롯가에서 순박한 소작인들이 소곤대는 과정에서 부풀려진 헛소문을 내가 행여 들을까 봐 염려한 때문이었다.

고립무원의 생활, 나는 어린 시절의 대부분을 성의 음침하고 으스스한 서재에 가득한 고서(古書)를 탐독하거나, 산기슭의 괴괴한 나무들이 늘 드리우고 있던 그늘 사이를 정처 없이 돌아다니며 보냈다. 아마도 이런 환경이 일찍부터 나의 우울한 성격에 영향을 미쳤는지 모르겠다. 나는 자연의 어두운 면과 신비를 좇고 연구하는데 무엇보다 큰 관심을 가졌다.

나는 신분에 어울리지 않게 유독 배운 것이 없는데, 그나마 내가 얻을 수 있는 시시한 지식은 오히려 나를 의기소침하게 만든 것 같다. 나의 위대한 가문과 관련하여 처음으로 공포를 느낀 것은 아마도 늙은 교사가 나의 친가 쪽 조상에 대해 말하다가 눈에 띄게 주저했을 때였을 것이다. 그러나 나는 성장했고, 늙은 하인에게서 들은 단편들을 종합할 수 있게 되었다. 어느덧 고령에 접어들어 더듬거리는 혀로, 언제나 기이하게 여겨왔으나 지금은 막연히 두려움을 느끼는 어떤 상황에 대해 말하고자 한다. 그 상황이란, 우리 가문의 백작들이 모조리 요절했다는 것이다. 요절하는 것이 가계의 유전이라고 자연스레 생각해 왔으나, 나중에는 때 이른 죽음들에 대해 오랫동안 깊은 생각에 잠기곤 했다. 그러다가 늙은 하인이 가끔씩 두서없이 했던 말, 그러니까 수백 년 동안 우리 가문의 작위를 지닌 사람들은 서른두 해를 넘기지 못했다는 저주와 관련지어 생각하기 시작했다. 내가 스물한 살이 되던 생일 날, 피에르 노인은 여러 세대를 거쳐 아버지에게서 아들에게 전해져왔다는 가문의 문서를 내게 주었다. 문서의 내용은 극히 놀라운 내용으로, 그것을 읽음으로써 내 불안의 가장 어두운 부분을 확인한 셈이다. 당시에는 초자연적인 것에 대한 믿음이 확고하고 뿌리 깊던 시절이었다. 그렇지 않았더라면 눈앞에 펼쳐진 그 터무니없는 이야기를 웃어넘기고 말았을 터이다.

그 문서는 13세기의 어느 날, 그러니까 내가 겁에 질린 채 앉아 있던 그 고성이 난공불락의 요새로 두려움의 대상이었던 시절까지 거슬러 간다. 문서에 의하면, 농부나 다름없는 신분에 내세울 것 하나 없는 사람이 한 명 있었다. 이름은 미셸, 그러나 보통은 못된 평판 때문에 '나쁜'이라는 의미의 프랑스어 별명 '모베'로 통했다. 그는 철학자의 돌 혹은 불멸의 영약처럼 자신의 신분과 어울리지 않는 연구를 하였고, 흑마법과 연금술의 끔찍한 비밀에 능통하다는 평을 받았다. 미셸 모베에게는 샤를이라는 외아들이 있었다. 샤를 역시 비기(秘技)에 능하여 '소흐시에흐' 즉 '마법사'로 불렸다. 정직한 사람들이라면 누구나 외면하는 이들 부자(父子)는 천인공노 할 짓을 일삼는다는 의혹을 받았다. 늙은 미셸이 아내를 산채로 불태워 악마에게 제물로 바쳤고, 불가사의하게 실종된 숱한 농가의 아이들이 미셸의 집에 감금되어 있다는 소문이 돌았다. 그런데 이들 부자의 어두운 성격을 보완하는 일말의 인간애가 있기는 했다. 사악한 노인은 자신의 아들을 끔찍이도 아꼈고, 아들은 효성 이상으로 그 아비를 대했다는 점이다.

어느 날 밤, 언덕 위의 성은 앙리 백작의 아들 고드프리가 실종된 사건으로 아수라장이 되었다. 극도로 흥분한 아버지의 지휘 하에 수색대가 마법사 부자의 오두막집에 난입했을 때, 늙은 미셸 모베는 부글부글 끓는 커다란 가마솥 앞에서 바삐 움직이고 있었다. 백작은 격노와 절망이 뒤섞인 통제 불능의 광기에 사로잡혀서 아무런 확증도 없이 늙은 마법사를 마구 구타하기 시작했다. 그가 살기어린 손을 놓았을 때는 이미 마법사의 숨통이 끊어진 후였다. 그때, 기뻐하는 하인들이 커다란 성에서도 멀리 떨어져 사용하지 않는 방에서 고드프리를 찾아냈다고 알려왔으나, 불쌍한 미셸은 이미 무고하게 맞아 죽은 후였다. 백작과 수색대가 연금술사의 비천한 집에서 돌아서는 동안, 샤를 소흐시에흐의 모습이 나무 사이로 나타났다. 그는 가까이서 흥분한 하인들이 주고받는 말을 듣고 무슨 일이 벌어졌는지 알아챘으나, 처음에는 아버지의 죽음에 동요하지 않는 것처럼 보였다. 이윽고 천천히 백작 쪽으로 다가간 그는 단조로우면서도 섬뜩한 억양으로 차후 C 가문에 내려질 저주를 말했다.

"살인자의 피를 타고난 당신의 고귀한 후손들은
당신이 산 것보다 결코 오래 살지 못하리라!"

이 말을 마치자 그는 순식간에 뒤편의 검은 숲으로 뛰어오르더니, 무채색의 액체가 든 유리병을 웃옷에서 꺼내어 자신의 아버지를 살해한 백작의 얼굴에 집어던지고는 칠흑 같은 밤의 장막 너머로 사라져버렸다. 백작은 찍소리도 못한 채 숨을 거두었고, 그 다음 날 매장되었다. 이때 그의 나이가 서른둘이었다. 농부들이 곧 인근의 숲과 언덕 위의 초원을 샅샅이 뒤졌으나, 암살자의 흔적은 찾지 못했다.

이렇게 시간이 흘렀고, 애써 상기하는 일도 없었으니 유족들의 마음에서 저주의 기억은 흐릿해졌다. 자기의 의사와는 상관없이 모든 비극의 원인이 되었다가 어느덧 백작의 직위를 물려받은 고드프리가 서른둘의 나이에 사냥을 하다가 화살에 맞아 죽었을 때조차 애도만 있을 뿐 다른 생각은 끼어들지 않았다. 그러나 세월이 흘러 고드프리의 아들 로베르 백작이 별다른 이유 없이 인근의 들판에서 시체로 발견되었을 때는, 그가 고작 서른두 살에 비명횡사했다는 속삭임이 농부들 사이에서 오갔다. 로베르의 아들 루이는 똑같은 나이에 해자에서 익사체로 발견되었고, 그렇게 수백 년 동안 불길한 가족사가 이어져 왔다. 앙리, 로베르, 앙투안 그리고 아몽드의 이름을 가진 백작들이 그들의 불운한 조상이 살인을 저질렀던 나이에 이르러 유복한 삶을 뒤로한 채 요절하고 말았다.

문서의 내용대로라면, 내게 남겨진 시간은 기껏해야 11년이었다. 그때까지 시시하기만 했던 내 삶은 하루하루가 소중하게 다가왔고, 나는 흑마법의 숨겨진 미스터리 속으로 점점 깊숙이 빠져들었다. 세상에서 고립된 내게 현대 과학은 아무런 인상도 주지 못했다. 그래서 나는 미셸과 샤를이 악마 연구와 연금술을 위해 그랬던 것처럼 중세에 몰두했다. 그러나 아무리 읽어도, 나의 가문에 씌워진 기묘한 저주에 대해 설명할 길이 없었다. 평소와 달리 이성적인 생각이 들 때마다 조상들이 요절한 것은 불길한 샤를 소흐시에흐와 그 자손들의 소행이라는, 좀 더 자연스러운 설명에 기대어 보기도 했다. 그러나 신중하게 탐문을 했음에도, 그 연금술사의 후손이라고 할 만한 자들을 찾아내지 못했다. 나는 오컬트 연구 쪽으로 돌아왔고, 우리 가문의 끔찍한 저주를 풀어줄 주문을 찾아내고자 또다시 애썼다. 한 가지, 완벽한 해답이 있기는 했다. 즉, 결혼을 하지 않고 자식을 낳지 않음으로써 나를 마지막으로 이 저주를 끝낼 수는 있었다.

내가 서른 가까이 됐을 때, 피에르 노인이 저세상으로 떠났다. 홀로 남은 나는 그가 생전에 산책을 즐겼던 안뜰의 돌 밑에 그를 묻어주었다. 나는 너무도 거대한 요새에 남겨진 유일한 사람이었다. 그런 나 자신에 대해 성찰하게 되었고, 철저한 고독 속에서 떠오르기 시작한 생각이 있었다. 많은 조상들이 그러했듯이 나도 임박한 운명에 부질없이 맞서기보다는 순응하자는 것이었다. 그때부터 대부분의 시간을 폐허가 되어 버려진 고성의 복도와 탑을 둘러보면서 지냈다. 어린 시절에는 대부분 무서워 피했던 곳인데, 그 중에서 어떤 곳은 400년 넘게 사람의 발길이 닫지 않았다고 언젠가 피에르 노인이 말한 적이 있었다. 상당수의 물건들이 생경함과 외경심을 자아내게 만들었다. 오랜 세월의 먼지와 습기에 썩어서 부서진 가구들이 보였다. 난생 처음 보는, 복잡한 거미줄이 어디에나 늘어져 있었고, 인적 없는 어둠 곳곳에서 커다란 박쥐들이 앙상하고 으스스한 날개를 퍼덕였다.

나는 극히 신중하게 날짜와 시간 단위까지 나 자신의 정확한 나이를 기록해 갔다. 서재에 있는 거대한 괘종시계가 추를 움직일 때마다 내 운명의 많은 것들이 전해져왔다. 마침내, 참으로 오랫동안 불안하게 기다려온 그 시간이 다가왔다. 대부분의 조상들은 앙리 백작이 죽은 나이와 같아지기 직전에 목숨을 잃었기 때문에 나는 시시각각 다가오는 정체불명의 죽음을 주시하고 있었다. 가문의 저주가 내게 어떤 죽음을 가져다줄지는 알 길이 없었다. 그러나 죽음 앞에서 비굴하거나 수동적인 희생자가 되고 싶지는 않았다. 나는 전에 없이 활기차게 고성과 그 내부를 조사하는데 몰두했다.

운명의 시간, 지상에서 머물 수 있는 시간이 기껏해야 일주일 남짓 남은 시점. 나는 어느 때보다도 오랜 시간 동안 고성의 버려진 지역을 탐사하고 있었다.

최후의 순간에 숨조차 쉴 수 있을지, 일말의 희망도 없는 상황이었다. 아침나절에는 가장 심하게 부서진 고대의 탑에서 반쯤 무너진 계단을 오르내렸다. 오후에는 더 아래층, 그러니까 중세의 감옥 아니면 그보다 최근에 발굴된 화약고 같은 곳으로 내려갔다. 마지막 층계참에서 초석이 뒤덮인 복도로 천천히 접어들었는데, 그때부터 바닥이 아주 축축해졌다. 곧이어 흔들리는 횃불에 모습을 드러낸 것은 나의 여정을 가로막는, 휑하고 물 때 묻은 벽면이었다. 계단으로 다시 돌아서려는 순간, 발치에서 고리 달린 뚜껑문이 시선을 잡아끌었다. 간신히 뚜껑문을 들어 올리자, 검은 입구에서 솟구친 독한 가스 때문에 횃불이 타닥거렸고, 흔들리는 불빛 아래 돌계단이 나타났다.

기분 나쁜 뚜껑문 밑으로 횃불을 낮추고 기다리자 불길이 되살아났다. 나는 곧 계단을 내려가기 시작했다. 무수한 계단을 내려가자 포석이 깔린 비좁은 통로가 나타났는데, 훨씬 더 깊숙한 지하로 연결되는 것 같았다. 통로의 길이는 아주 길었고, 그 끝에 이르러 거대한 오크 문이 나타났다. 나는 주위의 습기 때문에 온몸이 축축하게 젖은 채 힘껏 문을 열어보았으나 꼼짝도 하지 않았다. 그래서 문을 포기하고 계단으로 돌아가려고 할 때였다. 나는 그 순간 인간의 정신력으로 감당할 수 있는 가장 극단의 깊고도 강렬한 충격에 휩싸이고 말았다. 그것은 등 뒤에서 느닷없이 녹슨 돌쩌귀의 삐거덕거림과 함께 육중한 문이 서서히 열리는 소리였다. 당장에는 상황을 분석할 여력이 없었다. 완전히 버려진 고성이라고 생각해 온 곳에서 사람 혹은 유령과 직면했다는 생각에 말 못할 공포가 엄습했다. 마침내 내가 돌아서서 소리 나는 쪽을 바라보았을 때, 눈이 휘둥그레지는 광경이 도사리고 있었다.

고딕 풍의 낡은 문간에 한 사람이 서 있었다. 챙이 없는 작은 모자를 쓰고, 중세풍의 길고 검은 웃옷을 입은 남자였다. 긴 머리칼과 흘러내린 수염은 오싹할 정도로 새카만 색을 띠었고, 놀랍도록 숱이 많았다. 보통사람보다 넓은 이마, 움푹 파이고 깊게 주름진 두 뺨, 갈고리 발톱처럼 길고 옹이진 손은 희디흰 대리석처럼 섬뜩했다. 나는 어디에서도 그런 사람을 본 적이 없었다. 이상할 정도로 구부정하고 해골처럼 앙상한 몸은 독특한 의복의 풍성한 주름 속에 거의 파묻혀 있다시피 했다. 무엇보다 이상한 것은 그 사람의 눈이었다. 깊디깊은 암흑 속에 있는 쌍둥이 동굴처럼 심오한 통찰력과 더불어 사악할 정도의 비인간적인 느낌을 주었다. 이 두 개의 눈동자가 증오심에 어려서 나의 영혼을 꿰

뚫어보는 바람에 나는 그 자리에 서서 꼼짝도 할 수 없었다.

이윽고 그가 떨리는 목소리로 말하기 시작했다. 목소리의 단조로운 공허함과 숨은 적개심에 등골이 오싹했다. 그가 말하는 라틴어는 중세 시대의 식자층에서 사용되다가 지금은 퇴화한 형태로, 오래전부터 고대 연금술과 악마 연구서를 탐독해 온 내게는 익숙한 것이었다. 이 유령은 우리 가문에 떠도는 저주에 대해, 내 선조가 늙은 미셸 모베에게 한 짓으로 인해 내게 닥칠 운명에 대해 말했고, 샤를의 복수를 마음에 들어 했다.

그의 말에 따르면, 밤을 틈타 도주했던 청년 샤를이 몇 년 후에 돌아와 서른두 살에 암살당한 아버지와 같은 나이가 된 고드프리를 화살로 죽였다. 그리고 남몰래 영지로 들어온 샤를이 어떻게 감쪽같이 몸을 숨겼는지, 또 지금 자신이 끔찍한 모습으로 서 있는 (당시에도 외부에 알려지지 않았던) 이 지하에서 어떻게 살아남았는지 말해 주었다. 이어서 어떻게 들판에서 서른두 살이 된 고드프리의 아들 로베르를 독살했는지, 복수 어린 저주를 위해 역겨운 준비를 계속할 수 있었는지도 말해 주었다. 이쯤에서 나는 가장 난해한 미스터리의 실마리를 찾게 되었다. 다시 말해, 샤를 소흐시에흐가 세월의 순리에 따라 죽었을 터인데 그 후로 저주가 어떻게 실행되었는가 하는 문제였다. 이 유령 같은 남자가 마법사 부자의 심오한 연금술 연구에 대해 횡설수설 설명하는 과정에서, 주로 샤를 소흐시에흐가 영생과 젊음을 누리게 된 영약 연구에 대해 언급했기 때문이다.

그가 이야기에 열중하는 동안, 처음엔 섬뜩했던 두 눈의 깊은 적개심이 잠시 사라진 것처럼 보였다. 그러나 뱀의 쉭쉭 하는 뜻밖의 소리와 함께 순식간에 좀 전의 오싹한 눈빛으로 돌아온 이방인은 600년 전에 샤를 소호시에호가 내 조상에게 했던 것처럼 나를 해칠 목적으로 유리 약병을 집어 올렸다. 나는 자기방어의 본능에 따라 필사적으로, 그때까지 나를 꼼짝 못하게 하던 주문에서 벗어났고, 내 생명을 위협하는 상대를 향해 꺼져가는 횃불을 집어던졌다. 통로의 돌바닥에 약병이 떨어져 깨지는 소리에 이어서 그 기이한 남자가 불길에 휩싸인 채 섬뜩한 빛을 내며 타들어가기 시작했다. 공포와 무기력한 적개심에서 터져 나온 살인 미수범의 울부짖음은 이미 충격에 찌든 내 신경이 감당하기에는 너무 과한 것이었다. 나는 결국 정신을 잃고 미끈거리는 돌바닥에 쓰러졌다.

정신을 차리고 보니, 주위는 소름이 끼칠 정도로 어두워져 있었다. 무슨 일이 벌어졌는지 기억이 떠올랐지만, 더는 아무것도 보고 싶지 않았다. 그러나 어떤 감정보다도 강한 것이 호기심이었다. 그 사악한 남자는 누구고, 어떻게 성 안으로 들어왔을까? 나는 자문했다. 미셸 모베의 죽음에 왜 저자가 보복을 하려는 것이고, 어떻게 샤를 소호시에호 이후로 오랜 세월에 걸쳐 저주가 이어질 수 있었을까? 나를 짓눌러온, 무서운 세월의 무게가 벗겨졌다. 내가 쓰러뜨린 그자야말로 저주에서 비롯된 내 숙명의 근원임을 깨달았기 때문이다. 운명의 굴레에서 자유로워진 지금, 나는 수백 년 동안 우리 가문을 떠돌며 나의 유년을 오래도록 악몽으로 채웠던 재앙의 정체를 더 깊숙이 알아내고픈 열망에 타올랐다. 탐사를 더 해보기로 결심하고, 주머니에서 부시와 부싯돌을 꺼내 여분으로 가져온 새 홰에 불을 붙였다.

새 횃불에 맨 처음 드러난 것은, 불가사의한 이방인의 일그러지고 검게 탄 모습이었다. 오싹한 눈은 감겨져 있었다. 나는 그 모습을 보기 싫어서, 고딕 풍의 출입문을 지나 그 안으로 들어갔다. 연금술사의 실험실이나 다름없는 곳이었다. 한쪽 구석에는 어마어마하게 쌓여 있는 노란 금속더미가 횃불에 번뜩이고 있었다. 황금으로 보였으나, 지금까지 겪은 일이 너무도 기이했기에 나는 그것을 살펴보기 위해 시간을 지체하지는 않았다. 맞은편 벽에 통로가 하나 있었는데, 그것은 산중턱의 음침한 숲속 계곡 중에 한 곳으로 나 있었다. 놀라움 속에서 그 남자가 어떻게 성 안으로 들어왔는지를 깨달았기에 이제 돌아가기로 마음먹었다. 타다 남은 남자의 시체를 외면하고 지나가려고 했으나, 그것에 가까이 갔을 때, 생명이 아직 붙어 있는 것처럼 희미한 소리가 들려왔다. 나는 깜짝 놀라서 바닥에 새카맣게 오그라들어 있는 시체 쪽으로 돌아섰다.

그 순간, 그을린 얼굴보다도 더 새카맣고 섬뜩한 눈동자가 더없이 이상한 눈빛으로 번쩍 열렸다. 뭉개진 입술에서 알아들을 수 없는 말들이 흘러나왔다. 그 뒤틀린 입에서 샤를 소흐시에흐라는 말이 들려온 것도 같고, 언뜻 '세월'과 '저주'라는 말이 스치기도 했다. 그렇지만 두서없이 흘러나오는 말들이 무슨 의미인지 도무지 종잡을 수 없었다. 말뜻을 몰라 어리둥절한 나의 표정 때문이었는지, 새카만 눈동자가 또다시 증오에 차서 나를 노려보는 것이었다. 상대가 전혀 위협적이지 않은 상태임에도, 나는 그를 쳐다보면서 몸서리를 쳐야 했다.

갑자기 그 불쌍한 자는 마지막 힘을 짜내듯 축축하고 움푹한 바닥에서 처참한 얼굴을 들어올렸다. 내가 겁에 질려 그 자리에 얼어붙듯 서 있는 동안, 그가 죽어가는 숨결로 악을 쓰며 말했다. 그 말은 지금까지 내 일상의 매 순간을 떠돌고 있다.

"멍청한 놈!" 그가 소리쳤다. "아직도 내 비밀을 모른단 말이냐? 네 놈은 600년 동안 이 집안에 내린 끔찍한 저주의 의도를 이해할 만한 머리조차 없단 말이냐? 영생의 묘약에 대해 내가 말해 주지 않았더냐? 연금술의 비밀이 어떻게 풀렸는지 모르겠지? 알려 주마, 바로 나! 나! 나야! 복수를 위해 600년 동안 살아온, 내가 바로 샤를 소흐시에흐다!"

THE TOMB
무덤

"내가 죽어서만은 평온한 무덤 속에서 쉴 수 있도록."
—베르길리우스

내가 미쳤다는 이유로 여기 요양원에 갇히게 된 상황을 말함에 있어, 처지가 처지니만큼 내 이야기를 의심한대도 당연한 일이겠다. 사람들 대부분의 정신적 통찰력이 너무도 협소하여 현상과 동떨어진, 다시 말해 일상적인 경험에는 없고 예민한 정신을 소유한 극소수만이 보고 느끼는 힘과 지성을 주목하지 못하니 불행한 일이다. 심오한 지성을 지닌 사람들은 현실과 가상을 구분 짓는 뚜렷한 차이가 없음을 알고 있다. 모든 사물이 존재하는 방식은 오로지 우리의 미묘하고 개별적인 육체와 정신의 매개체를 통한 것인데, 그것은 우리가 사물을 인식하는 방식이기도 하다. 하지만 많은 이들의 무미건조한 물질주의는 확고한 경험론의 일상적인 베일을 꿰뚫는 통찰의 번뜩임을 광기라고 비난하고 있다.

내 이름은 제버스 두들리, 아주 어렸을 때부터 몽상가였고 예언자였다. 생계를 걱정하지 않을 정도로 부유했고, 제도권의 교육과 또래의 사교적인 오락과는 도무지 맞지 않는 성격 탓에 현실과는 동떨어진 세계에서 살아왔다. 청소년기와 성년기에는 거의 알려지지 않은 고서를 탐닉하거나 조상 대대로 물려받은 저택 인근의 들판과 숲을 거닐면서 시간을 보냈다. 내가 그런 책에서 읽거나 들판에서 본 것들이 내 또래의 다른 아이들이 읽거나 본 것과 정확히 같다고는 생각하지 않는다. 그러나 이런 얘기는 삼가야겠다. 이런 얘기를 자세히 해봤자, 때때로 주변에서 내 지력에 대해 이러쿵저러쿵 은밀히 오가는 험담에 힘을 더 실어줄 뿐이다. 나로서는 원인 분석은 놔두고 사건만 언급하는 것으로 충분하다.

앞서 현실 세계와 동떨어져 살아왔다고 말했으나, 혼자서 살았다는 건 아니다. 적어도 사람과는 같이 살지 않았다. 살아있는 존재와의 동료애가 결핍된 경우라면, 생명이 없거나 더는 살아있지 않은 것을 친구로 삼기 마련이니까. 집 근처에 유난히 수풀이 무성한 분지가 있었는데, 나는 그 어두운 숲속에서 대부분의 시간을 보냈다. 읽고 생각하고 공상하면서 말이다. 이끼로 뒤덮인 분지의 비탈 아래서 나는 걸음마를 시작했고, 분지 주변의 기괴하게 비틀린 떡갈나무 아래서 소년기의 첫 환상이 나래를 폈다. 나는 그 나무들의 요정을 너무도 잘 알고 있으며, 이지러진 달이 힘겹게 비추는 달빛 아래서 그들이 열광적으로 춤을 추는 광경도 자주 보았다. 그러나 지금은 이런 얘기를 하려는 것이 아니다. 산허리의 숲 중에서도 가장 으슥한 곳에 덩그러니 놓여 있던 무덤에 대해서만 말하겠다. 그것은 하이드 가문의 버려진 무덤인데, 이 유서 깊고 고귀한 가문의 마지막 직계 후손이 그 으슥한 곳에 묻힌 것은 이미 내가 태어나기 수 십 년 전의 일이다.

내가 말하는 무덤은 오래된 화강암으로 만들어져, 세월의 이슬과 습기에 씻기고 퇴색해 있었다. 형태상 산허리 쪽으로 파고들어 가 있어서 전체 구조물 중에서 그 입구만 눈에 보였다. 육중하고 위압적인 석판으로 만들어진 출입문은 녹슨 돌쩌귀에 달린 채로 틈이 약간 벌어져 있었으나 묵직한 쇠사슬과 자물쇠로 단단히 잠기어 몹시 불길한 분위기를 자아냈는데, 50년 전에 묘를 만들던 오싹한 방식에 따른 결과였다. 이 가문은 자손대대로 이곳에 묻혔고, 이들의 저택은 원래 묘로 향하는 내리막길을 굽어보는 위치에 있었으나, 번갯불에 불타 무너진 지 오래였다. 이 음침한 저택이 무너진, 어느 폭풍이 치던 밤에 대해 인근의 나이 든 주민들은 억눌리고 불편한 목소리로 말할 때가 있다. 사람들이 암시하는 '천벌'이라는 말 때문에 나는 숲에 가려진 그 묘에 언제나 강한 매혹을 느꼈고, 그것은 시간이 지날수록 막연히 강렬해졌다. 불에 타 죽은 사람은 한 명뿐이었다. 하이드 가의 마지막 자손이 그늘지고 적막한 이곳에 묻혔을 때, 화강암 문 앞에 꽃을 놓아줄 사람은 아무도 남아 있지 않았다. 또한 물이 닳은 돌 주변에 기이하게 떠도는 침울한 그림자들을 문제 삼을 정도로 용감한 이도 거의 없었다.

숨겨지다시피 한 이 죽음의 저택을 우연히 찾아낸 날 오후, 나는 그때를 결코 잊을 수 없을 것이다. 때는 한여름, 자연의 연금술은 숲의 풍경을 하나의 싱그러운 초록색 덩어리로 바꾸어 놓았다. 주변은 온통 습기 머금은 나무의 물결에 휩싸이고, 땅과 식물의 야릇한 냄새가 물씬스며 있었다. 이런 곳에서는 누구든 넋을 잃을 것이다. 시간과 공간은 하찮고도 비현실적인 것이 되고, 망각된 선사시대의 메아리가 넋을 잃고 바라보는 사람에게 끝없이 고동쳤다.

나는 분지의 이 신비한 숲속을 하루 종일 돌아다녔다. 토론할 필요가 없는 생각에 잠기고, 이름 부를 필요 없는 것들과 대화를 나누면서. 열 살 때는 이미 사람들이 모르는 숱한 경이를 보고 들었다. 어떤 면에서 묘하게 나이를 먹은 셈이었다. 찔레나무의 거친 덤불 사이를 힘겹게 빠져나가다가 갑자기 발견한 묘의 입구, 나는 그것이 무엇인지 알지 못했다. 거무스름한 화강암, 너무도 묘하게 벌어진 문틈, 아치형의 문 위쪽에 새겨진 비문, 이런 것들이 내게 슬프거나 무서운 감정을 불러내지는 않았다. 묘와 시체 안치소에 대해 많이 알고 상상해 왔으나, 유별난 성격 탓에 교회 묘지나 공동묘지를 직접 본 적은 없었다. 비탈에 놓인 그 기이한 돌집이 내게는 그저 흥미와 생각거리에 지나지 않았다. 감질나게 살짝 벌어진 문틈으로 내가 부질없이 들여다본, 차갑고 축축한 내부에 죽음 혹은 부패의 흔적이 있다고는 생각하지 못했다. 하지만 호기심은 맹목적이고 불합리한 욕망을 낳았고, 그 때문에 결국 나는 이곳 요양소에 갇히고 만 것이다. 섬뜩한 숲의 영혼에서 나왔을 어떤 목소리에 자극을 받은 나는 통로를 가로막은 육중한 쇠사슬에도 불구하고 그 유혹의 음침한 내부 속으로 들어갈 결심을 했다. 하루해가 저무는 가운데, 돌문을 열기 위해 녹슨 쇠사슬과 자물쇠를 흔들어보기도 했고, 벌어진 문틈으로 내 가녀린 몸을 집어넣으려고 안간힘을 썼다. 하지만 어떤 방법으로도 들어갈 수 없었다. 처음에는 호기심에 불과했지만, 나중에는 미칠 지경이었다. 짙어지는 어둠 속에서 집으로 돌아왔을 때, 나는 어떤 대가를 치르더라도 나를 유혹하는 듯한 그 어둡고 차가운 내부로 기필코 들어가겠다고, 무수한 신의 이름을 걸고 맹세했다. 내가 감금된 이 병실에 매일 들르는, 수염이 빳빳한 의사는 내가 그런 결심을 한 것이 불행한 편집증의 시작이었다고 언젠가 말한 적이 있다. 하지만 나는 모든 사실을 다 알고 난 독자들에게 최후의 판단을 맡길 것이다.

그날 후로 몇 달 동안, 살짝 열려 있는 매장실의 복잡한 자물쇠를 억지로 따려다가 번번이 실패했고, 묘의 본질과 내력에 대해 곰곰이 생각하기도 했다. 어린 아이들은 대체로 귀가 밝은 편이라, 나는 많은 것을 알게 되었다. 물론 비밀스러운 성격 때문에 내가 발견한 정보라든가 내 결심 따위를 아무에게도 말하지는 않았다. 매장실의 내력을 알고 나서도 나는 조금도 놀라거나 무서워하지 않았다. 삶과 죽음에 대해 독특한 생각을 품고 있었기에 막연히 차가운 진흙과 숨 쉬는 육체를 관련지었을 뿐이다. 그리고 불 타 무너진 저택에 살았던, 불길하면서도 훌륭한 가문이 그 석조물의 내부에 상징화되어 있을 거라는 기분도 들었다. 그 낡은 저택에서 과거에 기이한 제식과 불경한 주연이 벌어졌다는, 어딘지 불분명한 소문들은 묘에 대한 관심을 새삼 강렬하게 만들었다. 나는 날마다 몇 시간씩 묘의 출입문 앞에 앉아 있고는 했다. 한번은 살짝 열려진 입구 안으로 촛불을 밀어 넣었으나, 아래로 이어진 축축한 돌계단 외에는 아무것도 보이지 않았다. 내부에서 풍기는 냄새는 역겨운 동시에 황홀했다. 아주 먼 기억 저편에서, 심지어 지금의 육신으로 태어나기 훨씬 전에 그 냄새를 맡은 적이 있다는 느낌이 들었다.

묘를 발견한 지 1년이 지났을 때, 나는 책으로 가득한 우리 집 다락방에서 케케묵은 『플루타르크 영웅전』의 번역본을 우연히 발견했다. 테세우스 편을 읽다가, 그 어린 영웅이 나중에 어른이 되어 거대한 돌을 들어 올림으로써 자신의 운명을 발견하리라는 대목에서 큰 감명을 받았다. 그 전설은 매장실 안으로 들어가고자 안달복달하는 조바심을 쫓아주었다. 아직 때가 아니라는 생각이 들었던 것이다. 나중에 충분한 힘과 독창력을 겸비한 어른이 된다면 육중한 사슬로 얽혀 있는 출입문을 쉽게 열 수 있을 거라고 나 스스로를 위로했다. 하지만 그때까지는 운명의 뜻에 순응하는 편이 나을 터였다.

따라서 습기 먹은 묘문을 지키는 일은 불규칙해졌고, 그것 못지않게 기묘한 또 다른 취미에 많은 시간을 할애했다. 이따금씩 한밤에 조용히 일어나, 부모님이 생전에 얼씬도 하지 못하게 했던 교회 묘지와 매장지를 남몰래 찾아가고는 했다. 내가 거기에서 무엇을 했는지, 지금은 그것이 현실이었는지 확신이 서지 않기에 말하지 않겠다. 하지만 한밤에 산책을 다녀온 다음 날에는 오랜 세월 동안 잊혀져 있던 화제들에 대해 내가 잘 알고 있다는 사실에 깜짝 놀라고는 했다. 마을 역사의 산증인이자 부유하고 저명한 대지주로서 1711년에 매장된 브루스터의 묘지를 상대로 사람들이 벌인 농간을 알고는 충격을 받은 것도 한밤의 산책을 다녀온 후의 일이었다. 해적의 표시처럼 두개골 밑에 엇갈린 두 개의 뼈 그림이 새겨져 있는 브루스터의 묘석은 서서히 부서져 내리고 있었다. 나는 어린애다운 상상력으로, 장의사 굿맨 심슨이 고인을 매장하기에 앞서 은제 버클이 달린 구두와 실크 양말, 새틴제 옷가지 따위를 훔쳤다고 생각했다. 뿐만 아니라, 브루스터가 완전히 숨이 끊어지지 않은 상태로 매장된 다음 날, 흙에 뒤덮인 관 속에서 그가 두 차례 돌아누웠다는 상상도 들었다.

그러나 묘에 들어가고픈 생각은 한시도 머리에서 떠난 적이 없다. 게다가 족보상으로 내 모계의 조상이 멸문한 하이드 가와 일말의 관련이 있을 수 있다는 뜻밖의 단서를 발견한 이후로 무척 고무되었다. 그렇다면 나 또한 이 유서 깊고 신비로운 가계의 마지막 후손과 관련이 있는 셈이다. 그 묘가 내 것이라는 기분이 들기 시작했고, 묘의 돌문을 지나 어둠 속의 미끈거리는 돌계단을 따라 내려가는 날이 어서 오기를 열망했다. 살짝 열려진 묘문에 귀를 대고 내부를 엿듣는 버릇까지 생겼는데, 이 기이한 불침번을 위해 내가 좋아하는 고요한 한밤의 시간을 택했다. 그쯤 성년이 된 나는 점점이 균류로 덮인 산허리 앞 덤불 한복판에 작은 개간지를 만들었고, 그곳을 에워싼 식물로 숲속의 정자처럼 벽과 지붕을 삼았다. 정자는 내 신전이었고, 잠긴 묘문은 성소였다. 개간지의 이끼 낀 땅에 대자로 누워서 기묘한 생각에 잠기거나 기묘한 꿈을 꾸었다.

최초의 계시가 있던 밤은 몹시 무더웠다. 피곤해서 깜박 잠이 들었던 것일까, 어떤 목소리가 불현듯 나를 깨우는 기분이 들었다. 그 말투와 억양에 대해서는 말하기가 꺼림칙하다. 그리고 그 음색에 대해서도 말하지 않겠다. 하지만 어휘와 발음 나아가 화법에서 오싹한 차이가 느껴지는 목소리였다고는 말하겠다. 나중에야 깨달았지만, 청교도 이주민의 투박한 음절부터 50년 전의 정확한 어법에 이르기까지 뉴잉글랜드 방언이 스며든 그 목소리들은 음울한 대화처럼 들려왔다. 사실, 당시에는 다른 사건 때문에 목소리에는 신경을 쓰지 못했다. 그 사건이라는 것도 너무도 순식간에 스쳐 가는 바람에 그것이 진짜였는지 장담할 수 없었다. 비몽사몽간에 매장실 내부에서 한 줄기 빛이 빠르게 명멸했던 것이다. 크게 놀라지도 않았고 겁에 질리지는 않았지만, 그날 밤은 내게 큰 변화를 가져왔다. 집에 돌아가자마자 다락방에 있는 썩은 궤짝을 찾았고, 그 안에서 발견한 열쇠로 이튿날엔 오랫동안 부질없이 애만 태우던 묘문의 자물쇠를 열 수 있었다.

내가 그 버려진 비탈의 묘 내부로 들어간 첫날은 부드러운 햇빛이 비추던 어느 늦은 오후였다. 마법에 걸린 듯 환희에 차서 가슴이 터질 듯했으나, 그 심정을 제대로 표현할 길이 없다. 묘 안으로 들어가 문을 닫고는 하나뿐인 촛불에 의지해 축축한 계단을 내려가는데, 그 길이 익숙한 기분이 들었다. 촛불이 타닥거릴 정도로 매장실의 공기는 답답하고 눅눅했으나, 내게는 오히려 아늑하게 느껴졌다. 주위를 둘러보니, 관 혹은 그것의 일부였던 대리석제 시체 안치대가 무수히 널려 있었다. 그중에서 어떤 것은 밀폐된 그대로 손상되지 않은 상태였으나, 어떤 것은 희끄무레한 잿더미 속에 은제 손잡이와 표찰만 남긴 채 원래의 모습이 거의 사라지고 없었다. 표찰 하나를 읽어보니 제프리 하이드 경이었다. 1640년에 서섹스에서 이곳으로 이주해 온 뒤 몇 년 만에 숨을 거둔 인물이었다. 시선을 잡아끄는 근사한 벽감이 있었고, 그 안에는 훌륭한 관 하나가 텅 빈 채로 잘 보존되어 있었다. 관에 새겨진 독특한 이름을 보았을 때, 웃음이 나오기도 하고 온몸에 전율이 일기도 했다. 나는 이상한 충동에 이끌려 널찍한 안치대를 오른 뒤, 촛불을 끄고는 비어 있는 관 속에 누웠다.

나는 새벽의 어스름한 박명 속에서 비틀거리며 매장실을 나와 묘문의 자물쇠를 잠갔다. 스물한 해의 겨울 동안 몸속 깊숙이 한기를 느꼈으나, 나는 이미 소년이 아니었다. 일찍 일어난 마을 사람들이 집으로 향하는 나를 이상하게 쳐다보다가, 진실하고 고독한 사람으로 알았던 내게서 상서로운 도락의 흔적을 눈치 채고는 소스라치게 놀랐다. 늘어지게 잠을 자고 몸이 가뿐해진 후에야 나는 부모님 앞에 모습을 드러냈다.

그 후로 나는 밤마다 묘를 찾아갔다. 기억해서는 안 되는 일들을 보고 듣고 일삼았다. 가장 먼저 변화에 굴복한 것은 언제나 환경의 영향에 민감했던 나의 말투였다. 갑자기 고어체의 말을 사용하는 바람에 곧 주변의 이목을 끈 것이다. 그 다음에는 행동이 기이할 정도로 대담하고 무모해져서 그때까지의 은둔 생활에도 불구하고 어느새 세상 물정에 밝은 사람이 되어 있었다. 전에는 말 수가 적었으나, 지금은 체스터필드의 세련미 또는 로체스터[1]의 불경한 냉소를 겸비한 달변가가 되었다. 어렸을 때부터 탐닉해 온 환상적인 수도원 전설과는 전혀 다른 분야에서 아주 박식함을 드러내기도 했다. 게다가 동성애와 수도원을 연상시키는 동시에 아우구스투스 시대의 현인과 시인의 재기발랄함까지 느껴지는 즉흥시로 책의 여백을 채워 넣기도 했다. 어느 날 아침에는 거의 술꾼의 말투로 18세기의 떠들썩한 주흥의 즐거움을 토로하는 시까지 읊다가 큰일을 낼 뻔했다. 조지안 시대의 농담이 가미되어 어느 책에도 기록되지 않은 그때의 시는 아마 이런 내용이었던 것 같다.

이보게들, 큰 잔으로 맥주 가득 채워 이리오라
김이 빠지기 전에 단숨에 마셔라
접시에는 고기를 산더미처럼 쌓아라
우리를 위로하는 건 먹고 마시는 것
어서 잔을 채워라
인생은 짧다
죽고 나면 무슨 수로 왕과 여자를 위해 건배할거나!

아나크레온은 딸기코, 사람들이 말했지.
행복하고 즐거우면 그뿐, 딸기코면 어때?
부어라 마셔라! 일 년의 반을 백합처럼 희멀쑥 죽어 있긴 싫어.
나 차라리 여기 있을 때는 딸기코가 될 거야.
내 사랑, 베티
내게 키스해 줘.

지옥에 이런 여관집 딸이 있으랴!

쇠꼬챙이 젊은 해리도
탁자 밑에 가발과 속옷을 흘리는 건 시간문제.
어서 잔을 가득 채워 돌려라
땅 밑보다는 탁자 밑이 더 좋지!
어서 부어라 마셔라
단숨에 마셔버려
땅 속에 들어가면 웃기도 힘드니까!

악마한테 한방 먹었어! 걷기도 힘들어
똑바로 서지도 못하고 말도 못하다니, 빌어먹을!
어이, 주인장, 베티한테 의자 좀 갖다 달라고 해.
집에 가면 뭘 해, 마누라도 없는데!
나 좀 도와줘.
일어설 수가 없어.
그래도 땅 위에만 있다면 나는 좋더라!

이맘때쯤, 나는 불과 뇌우를 무서워했다. 전에 없이 갑자기 그런 것들이 몹시도 무서워졌다. 그리고 정전이라도 될라치면 집안에서 가장 구석진 자리를 찾아들었다. 낮에는 불에 탄 저택의 무너진 지하실에서 주로 시간을 보내며 전성기 때의 저택을 상상해 보고는 했다. 한번은 호기롭게 마을 사람을 데리고 저택의 얕은 지하 2층으로 안내하여 그를 깜짝 놀라게 한 적도 있다. 그 지하실이 눈에 띄지 않는데다 오랫동안 방치되어 있었는데도 나는 그곳을 전부터 알고 있었다는 느낌이 들었다.

마침내 내가 오래전부터 두려워하던 일이 벌어졌다. 외아들의 변화된 모습에 노심초사하던 부모님이 결국에는 내 행동을 염탐하기 시작했고, 그것이 화근이 되고 말았다. 나는 묘를 방문하는 것에 대해 아무에게도 말하지 않았고, 유년시절부터 비롯된 종교적 열망과 은밀한 목적을 온전히 마음에 품고 있었다. 하지만 언젠가부터는 수풀이 무성한 분지를 누비고 다닐 때 조심하면서 혹시 모를 미행을 따돌려야만 했다. 매장실로 통하는 열쇠는 줄에 매달아 목에 감고 다녔고, 그런 열쇠가 있다는 건 나만 알고 있었다. 그리고 매장실 내부에서 발견한 물건은 어떤 것도 밖으로 가지고 나오지 않았다.

어느 날 아침, 나는 축축한 묘에서 나온 뒤 떨리는 손으로 묘문의 사슬을 채우다가, 가까운 덤불 속에서 감시자의 창백한 얼굴을 보고 말았다. 끝장이라는 생각이 들었다. 나만의 정자가 발각되었고, 한밤의 목적지까지 밝혀졌기 때문이다. 그 남자가 나를 아는 척하지 않기에 나는 서둘러 집으로 돌아가 과연 그가 근심 가득한 부모님에게 뭐라고 말할지 엿듣기로 마음먹었다. 잠긴 묘문 안에서 머물던 내 행동은 조만간 만천하에 드러날 것인가? 내가 무덤 밖 정자에서 밤 시간을 보내더라고, 졸음에 겨운 눈으로 자물쇠 채워진 묘의 작은 문틈을 노려보더라고 부모님에게 이르는 조심스러운 속삭임을 엿들었을 때, 내가 얼마나 기쁘고 놀랐는지 상상해 보라! 도대체 어떤 기적이 있었기에 감시자가 속아 넘어간 걸까? 초자연적인 힘이 나를 보호하고 있다는 확신까지 들었다. 이런 행운에 대담해진 나는 공공연히 매장실을 다시 찾기 시작했다. 내가 그 안으로 들어가는 것을 아무도 볼 수 없다는 확신에 차서 말이다. 그로부터 일주일 동안 여기서는 밝힐 수 없는 납골당의 향연을 만끽했다. 그때 벌어진 일 때문에 나는 처량하고 지루하고 지긋지긋한 이 요양원의 신세를 지게 된 것이다.

그날 밤에는 나가지 말았어야 했다. 곧 천둥이 칠 것처럼 먹구름이 끼어 있는데다 분지의 바닥에 있는 고약한 늪지에서 오싹한 인광이 솟아오르고 있었으니 말이다. 망자의 부름도 평소와 달랐다. 대악마가 보이지 않는 손가락으로 내게 손짓한 곳은 산허리의 묘가 아니라 비탈 위의 그을린 지하실이었다. 숲에서 빠져나와 폐가의 앞쪽 평지에 다다랐을 때, 안개 자욱한 달빛 속에서 지금껏 막연히 예감해 왔던 그것을 보았다. 무너진 지 100년이 지난 그 저택이 황홀에 취한 내 시야 앞에 당당하게 솟구쳐, 창문마다 무수한 촛불의 광휘로 휘영하게 빛나고 있었다. 기다란 길을 따라 보스턴 귀족의 마차들이 꼬리를 물었고, 인근의 저택에서 온 무수한 멋쟁이들이 분칠하고 치장한 모습으로 걷고 있었다. 내가 손님이 아니라 주최자의 가족임을 알면서도 나는 사람들 속에 끼어들었다. 저택의 홀에서 음악과 웃음소리, 술잔 부딪치는 소리가 가득했다. 나는 몇 명의 얼굴을 알아보았다. 물론, 그들이 죽음과 부패로 말라비틀어지거나 썩어 문드러진 모습이었더라면 더 쉽게 알아보았을 터이다. 거침없이 흥분한 사람들 중에서 나는 누구보다 열에 들떠서 제멋대로였다. 내 입에서 신성모독의 방탕한 언사가 쏟아져 나왔고, 충격적인 재담을 지껄이면서도 신이나 자연의 섭리는 안중에 없었다.

그런데 추잡한 환락의 소굴 위로 느닷없이 울려 퍼진 천둥소리가 저택의 지붕을 쪼갰고, 떠들썩한 군중은 공포의 정적에 빠져들었다. 붉은 화마와 타는 듯한 열풍이 저택을 집어삼켰다. 흥청망청하던 사람들은 예고 없는 자연의 힘마저 뛰어넘는 재앙 앞에서 공포의 비명을 지르며 어둠 속으로 뛰쳐나갔다. 홀로 남은 나는 전에 없이 스멀거리는 공포 때문에 자리에 못 박히듯 얼어붙어 있었다. 곧이어 두 번째 공포가 나의 영혼을 움켜잡았다. 산 채로 불에 타 재가 된 나의 육신은 동서남북에서 불어온 바람에 흩날릴 것이고, 결국에는 하이드 가의 묘지에 묻히지 못하리라! 나를 위해 관이 준비되어 있지 않았던가? 제프리 하이드 경의 후손들 사이에서 영원히 쉴 수 있는 권리가 내겐 없다는 말인가? 그렇다! 나는 내게 부여된 죽음의 권리를 주장할 것이다. 설령 매장실의 벽감 속 시체 안치대에 눕기 위해 나의 영혼이 다른 육체를 찾아 오랜 세월을 헤매어야 한대도 말이다. 저버스 하이드는 절대로 팔리누루스[2]처럼 슬픈 운명을 맞지는 않으리라!

불타는 저택의 환영이 희미해졌을 때, 나는 두 남자에게 붙잡힌 채 비명을 지르면서 몸부림치고 있었다. 그 중에서 한 남자는 묘까지 나를 따라온 염탐꾼이었다. 장대비가 퍼붓고 있었다. 방금 전에 우리 머리 위를 지나간 번개의 섬광이 남쪽 지평선에서 번뜩였다. 묘 속에 누워야 한다고 울부짖는 내 옆에 서서 비탄에 잠긴 아버지는 나를 붙잡고 있는 남자들에게 조심해서 다루라고 연신 주의를 주었다. 폐허가 된 지하실 바닥에 남겨진 원형의 새카만 자국은 하늘에서 내려친 거센 충격을 말해주고 있었다. 그리고 그 주변에 등불을 들고 호기심 어린 표정으로 모여 있던 마을 사람들은 때마침 번갯불에 드러난 작고 고풍스러운 상자를 엿보고 있었다.

나는 부질없는 몸부림을 멈춘 뒤, 보석인양 상자를 들여다보고 있는 사람들을 지켜보았다. 곧 나도 상자를 볼 수 있었다. 번개 덕분에 세상에 드러났지만, 한편으로 그 충격으로 잠금장치가 부서진 상자, 그 안에는 많은 서류와 값진 물건들이 들어 있었다. 그러나 유독 눈길을 사로잡는 물건이 하나 있었다. 그것은 세련되고 곱슬곱슬한 가발을 쓴 젊은 남자의 도자기류 미니어처로 'J.H'라는 머리글자가 새겨져 있었다. 내가 뚫어지게 바라보던 미니어처의 얼굴, 마치 거울을 들여다보고 있는 느낌이었다.

이튿날, 나는 창살로 막힌 이곳으로 옮겨졌다. 하지만 내가 어렸을 때부터 좋아했고, 나처럼 묘지에 애정을 가진, 늙고 소박한 하인을 통해서 외부의 동정에 대해 계속 전해 듣고 있다. 매장실 안에서 내가 무엇을 했는지 어렵사리 밝힌다 해도 동정어린 웃음만 사게 될 것이다. 나를 자주 찾는 아버지의 말씀에 따르면, 나는 사슬이 채워진 묘문을 들어간 적이 결코 없을 뿐더러 확인을 해 본 결과 녹슨 맹꽁이자물쇠도 50년 동안 사람의 손길이 닿은 적이 없다는 것이다. 심지어 내가 묘를 찾아다니는 것을 모르는 마을 사람들이 없는데다, 음산한 묘 앞의 정자에서 반은 잠긴 눈으로 벌어진 묘문의 틈새를 보면서 잠들어 있는 내 모습을 발견한 적도 많다고 했다. 그 공포의 밤에 몸부림을 치는 과정에서 묘문의 열쇠를 잃어버린 터라, 이런 주장에 반박할 만한 증거가 없었다. 아버지는 죽은 자와 함께 했던 한밤의 만남에서 내가 알게 된 과거의 기이한 일들에 대해서도 지금껏 서재의 고서 더미 속에서 겉핥기식으로 읽은 잡다한 독서벽 때문이라고 일갈했다. 늙은 하인 하이람이 없었더라면, 나는 필시 지금쯤 내가 미쳤다고 확신했을 것이다.

하지만 마지막까지 내게 충직했던 하이람은 내 말을 믿어주었고, 내 이야기의 일부분이나마 공개하도록 격려해 주었다. 일주일 전, 그는 살짝 틈이 벌어져 있는 묘문의 자물쇠를 부수고 등불 하나에 의지해 어두운 계단을 내려갔다. 그가 한쪽 벽감의 시체 안치대에서 발견한, 낡지만 비어 있는 관에는 한 단어가 적힌 녹슨 표찰이 붙어 있었다. 저버스. 그 매장실에, 그 관에 약속대로 내가 묻히게 될 것이다.

1) 체스터필드는 체스터필드(Chesterfield)가의 4대 백작으로 18세기 영국의 정치인이자 문인이었던 필립 도머 스태너프(Philip Dormer Stanhope)이고, 로체스터는 17세기 로체스터(Rochester)가의 2대백작인 존 윌모트(John Wilmot)를 말하는 것으로 보인다. 존 윌모트는 당대의 천재 시인으로 풍자적이고 음란한 시를 많이 쓴 것으로 알려져 있는데, 「리버틴」(2004)이라는 영화에서 조니 뎁이 존 윌모트 역을 맡기도 했다.

2) 팔리누루스(Palinurus): 로마신화에서 트로이 전쟁이 끝난 뒤 신탁에 따라 이탈리아로 향하던 아이네아스의 배를 몰던 키잡이. 바다의 신 넵투누스(포세이돈)가 안전한 항해를 조건으로 제물을 요구했을 때 그 희생양이 된다.

A REMINISCENCE OF DR. SAMUEL JOHNSON
새뮤얼 존슨 박사를 회상하며

갈팡질팡하면서도 소모적인 회상은 나이 지긋한 사람들에게 흔히 허락되는 특권이다. 이런 회상을 통해서 역사의 모호한 사건이나 그보다 못해도 꽤 중요한 일화들이 빛을 본 예가 왕왕 있다.

많은 애독자들이 이 글의 표현을 두고 지나치게 의고(擬古)적이라고 지적하나, 1890년 미국에서 태어난 젊은이라는 가짜 신분으로 당대를 살아온 것이 내게는 큰 즐거움이었다. 하지만 지금부터는 불신에 대한 두려움 때문에 여태 숨겨온 비밀의 짐을 내려놓고자 한다. 그래서 내가 아는 오랜 세월의 참된 지식을 대중에게 나누어주고, 또 내가 친숙한 시대와 유명인사들에 관해 사실적인 정보를 원하는 대중의 취향에 부응하고자 한다. 우선은 1690년 8월 10일(혹은 그레고리력을 사용하면 8월 20일)에 데번셔의 가문 영지에서 태어났으니, 내 나이가 228세임을 밝힌다. 어린 시절을 런던에서 보내면서 아이의 눈으로 윌리엄 통치하의 저명인사들을 많이 보았는데, 많은 시간을 윌스 커피 하우스에 앉아서 탄식에 젖어 있던 드라이든 씨도 그 중에 한 사람이었다. 애디슨 씨와 스위프트 박사와는 나중에 잘 아는 사이가 되었고, 포프 씨와는 절친한 사이로서 나는 그가 죽을 때까지 존경심을 잃지 않았다. 하지만 보다 최근의 지인이자 내가 지금부터 소개하려는 인물은 고(故) 존슨 박사다.

당시에 직접 만난 것은 아니나, 내가 박사를 맨 처음 알게 된 것은 1738년 5월이었다. 포프 씨가 풍자문('그대는 일 년에 두 번도 인쇄물에 나타나지 않는구나.'로 시작하는 작품)의 에필로그를 끝내고 출간을 앞둔 때였다. 같은 시기에 유베날리스를 모방한 『런던』이라는 제목의 풍자시가 출간되었는데, 그 저자가 당시까지 무명이었던 존슨이었다. 큰 반향을 일으킨 이 작품에 대해 심미안이 있는 사람들 상당수가 포프보다 더 위대한 시인이 나왔다고 공언했다. 적지 않은 비방자들이 포프 씨의 옹졸한 질투심을 두고 입방아를 찧었지만, 포프 씨 본인도 새로운 경쟁자의 운문에 대해 칭찬 한마디 하지 않았다. 리처드슨 씨로부터 존슨이라는 시인에 대해 전해 들은 포프 씨가 내게 한 말은 "존슨 씨는 곧 사라질 걸세."였다.

저명한 가문 태생으로 학식이 매우 깊은 반면 재치가 부족한 스코틀랜드 젊은이로서 운문 표현에 대해 가끔 내 도움을 받고 있던 제임스 보스웰 씨가 나를 존슨 씨에게 소개해 준 1763년까지 나는 그와 개인적인 친분이 없었다.

내가 만난 존슨 박사는 거구의 뚱보였고, 옷차림이 볼썽사납고 용모가 추레했다. 장식 매듭이 없이 분가루도 뿌리지 않은 가발은 그의 머리에 비해 지나치게 작은 것이었다. 색 바랜 갈색 옷은 후줄근한데다 떨어진 단추가 한 개 이상이었다. 잘 생겼다고 하기에는 너무 통통한 얼굴은 부스럼 병으로 엉망이 된 것 같았다. 그런 모습으로 머리를 획획 돌려서 주위를 바라보고 있었다. 사실 이런 결점에 대해서는 전부터 알고 있었다. 박사에 대해 친히 특별한 조사까지 했던 포프 씨로부터 미리 전해 들은 얘기가 있었기 때문이다.

존슨 박사보다(그가 학위를 딴 것은 그로부터 2년 후의 일이지만 나는 미리부터 박사라는 호칭을 사용하고 있다.) 열아홉 살이 많은 일흔 셋이었던 나로서는 당연히 그에게서 공손한 대접을 받을 줄 알았다. 그래서 그가 무섭다고 실토한 사람들과는 달리 나는 조금도 저어함이 없었다. 내가 발행하는 주간지《런더너》에 그의 사전을 좋게 알리고 싶으니 의향이 어떠냐고 묻자, 그가 이렇게 말했다. "선생님, 저는 그런 주간지를 읽어본 적이 없을 뿐더러, 생각이 짧은 사람들의 의견 따위에는 관심이 없습니다." 유명인에게서 호응이나 얻어 볼까 하다가 무례를 당한 것에 심히 불쾌해진 나는 은근히 복수해 줄 요량으로 교양인이라는 분이 아예 읽어본 적도 없다는 저작물을 생각 없는 사람들의 것으로 매도하다니 뜻밖이라고 응수했다. "별 말씀을요." 존슨이 대답했다. "다짜고짜 자기의 저작물부터 알리려고 안달이 난 사람의 천박함을 평가하기 위해 굳이 그런 작자의 글까지 읽어볼 필요는 없지요." 그렇게 친구가 된 우리는 많은 화제에 대해 대화를 나누었다. 내가 그의 말에 찬성하여 오시안[3]의 시들은 그 진위가 의심스럽다고 하자, 그가 이렇게 말했다. "선생님이 어떻게 보는가는 문제가 아닙니다. 그럽 가의 비평가들이 대단한 작품을 발굴한 적이 없다는 건 누구나 아는 사실이니까요. 차라리 밀턴이『실낙원』을 썼다는 걸 의심하는 편이 더 낫지요."

그 후로 존슨과 나는 주로 '문학 클럽' 모임에서 자주 만났다. 이듬해 만들어진 문학 클럽의 창립 멤버로는 박사 본인을 비롯하여 정치 연설가인 버크 씨, 사교계의 멋쟁이 뷰클라크 씨, 신앙심이 돈독한 랭턴 씨, 시민군 대장인 J. 레이널스 경, 유명한 화가인 골드스미스 박사, 산문과 시를 쓰는 뉴전트 박사, 버크 씨의 장인인 존 호킨스 경, 그리고 앤서니 샤미에 씨와 나였다. 우리는 보통 일주일에 한 번씩 저녁 7시에 터키 헤드라는 선술집에서 만났는데, 이곳이 개인 주거지로 팔릴 때까지 모임이 지속되었다. 모임이 끝나면 색빌 가의 프린스, 도버 가의 르 텔리에, 성 제임스 가의 파슬로와 초가집으로 계속해서 자리를 옮기곤 했다. 그때의 모임은 요즘의 문학계와 아마추어 저널 모임에서 자주 눈에 띄는 불화나 반목과 비교해 볼 때, 놀라울 정도로 우호적이고 평화롭게 지속되었다. 우리 중에는 생각이 정반대인 사람들도 있었기에 특히 평화가 유지된 것은 인상적이었다. 많은 사람들뿐 아니라 존슨 박사와 나는 열렬한 토리 파였다. 반면에 휘그 파로서 미국전을 반대했던 버크 씨의 경우, 반전론에 대한 그의 연설문이 널리 출간되어 있었다. 창립 멤버 중에서 그나마 성미가 까다로운 사람은 우리 사회 전반에 대해 부정확한 글을 다수 집필해 온 존 호킨스 경이었다. 괴팍한 성품의 존 경이 집에서는 보통 저녁 식사를 하지 않는다며 모임의 식사비를 낼 수 없다고 한 적도 있었다. 나중에는 아주 무례한 태도로 버크 씨에게 모욕을 준 일이 있는데, 그때 우리는 큰맘 먹고 그렇게 하지 말라고 만류했다. 그 후로는 그가 모임에 나타나지 않았다. 반면에 그가 대놓고 존슨 박사와 대립한 경우는 한 번도 없었고, 존슨 박사의 유언집행자를 맡기도 했다. 물론 보스웰 씨를 비롯한 다른 사람들은 존 경이 존슨 박사에게 보여준 호감의 진위를 의심할 만한 충분한 이유를 알고 있긴 했지만 말이다. 그 밖에도 배우이자 존슨 박사의 죽마고우인 데이비드 게릭 씨, 소우와 조, 워튼, 애덤 스미스 박사, 『유적』의 저자인 퍼시 박사, 역사가인 에드워드 기번 씨, 음악가인 버니 박사, 비평가 맬런 씨, 보스웰 씨가 클럽에 새로 가입했다. 게릭 씨는 어렵게 입회가 허락된 경우였다. 게릭 씨와의 우정에도 불구하고, 존슨 박사는 무대와 관련된 모든 것을 평가절하 했기 때문이다. 실제로도 존슨은 다른 사람들이 게릭 씨의 의견에 반대할 때는 그의 편을 들다가 정반대의 상황에서는 친구를 반박하는 아주 묘한 버릇이 있었다. 희극에는 천재적인 재능을 지녔음에도 매우 무식했던 게릭 씨에 대해 존슨이 평소 시시한 사람들을 대하듯 빈정거리지 않았다는 사실로 미루어, 그가 친구를 진심으로 아꼈음은 의심의 여지가 없다. 기번 씨는 자신의 역사서들을 누구보다 존경해마지 않았던 우리 회원들까지 기분을 상하게 할 만큼 고약한 냉소를 지닌 탓에 누구에게도 호감을 얻지 못했다. 옷차림을 지나치게 자랑하는데다 언변이 몹시 부족했던 작은 체구의 골드스미스 씨는 내가 특히 좋아하는 인물이었다. 나 역시 말주변이 없었기 때문이다. 그는 존슨 박사를 좋아하고 존경하면서도 크게 시샘했다. 독일인으로 기억되는 외국인이 우리 모임에 있었던 것 같다. 한번은 골드스미스 씨가 발언하는 동안, 그 외국인이 무슨 말인가를 하려고 준비 중인 존슨 박사를 보게 되었다. 그 외국인이 보기에는 위대한 존슨 박사에 비해 골드스미스는 거추장스러운 방해물 정도로 보이던 터라, 퉁명스럽게 골드스미스 씨의 말을 막고는 이렇게 소리침으로써 그동안 꾹 참고 있던 반감을 드러냈다.
“그만, 쵼슨(존슨) 팍사님이(박사님이) 말씀을 하려고 하잖아요!”

총명한 집단 속에서 나는 재치나 학식보다는 고령이라는 이유로 관대한 대접을 받았다. 나보다 나이 많은 사람은 없었다. 내가 유명한 볼테르 씨와 교분이 있다는 것이 존슨 박사에게는 골칫거리였다. 정통을 중시했던 박사는 그 프랑스 철학자에 대해 이렇게 말하곤 했다.

“그 사람은 성격이 고약하고 아는 건 별로 없지.”

모임이 있기 오래전부터 알고 지내던 보스웰 씨는 약간 짓궂은 사람으로, 내 어색한 몸짓과 구식의 가발 그리고 옷차림을 곧잘 놀림감으로 삼았다. 한번은 포도주에 취해(그는 포도주에 중독되어 있었다) 장난기가 심해져서는 탁자 위에다 즉흥시를 써서 나를 놀린 일이 있었다. 하지만 그는 누군가의 도움을 받지 않으면 대부분 작문에서 문법적인 실수를 저질렀다. 나는 그에게 말했다. 시의 소재를 비꼬려고 하지 말라고. 또 한 번은 버지(우리 사이에서 통하는 그의 별명)가 내게 이런 불평을 했다. 내가《먼슬리 리뷰》에 준비 중인 기사에서 신진 작가들을 너무 가혹하게 다룬다는 것이다. 내가 열망에 찬 신예들을 시단의 비탈 아래로 밀쳐낸다고 했다. "선생," 내가 말했다. "잘못 알고 있군요. 그렇게 해서 나가떨어지는 사람들은 스스로 역량이 부족해서 그런 거지요. 허나 성공하지 못하는 이유가 자신을 맨 먼저 발굴해 준 비평가 때문이라고들 하면서 자신의 부족함을 감추려고 하지요." 이 문제에 대해 존슨 박사가 내 편을 들어준 것을 떠올리면 기분이 좋아진다.

존슨 박사만큼 다른 이의 부족한 운문을 고쳐주려고 애쓴 사람도 없을 것이다. 실제로도 들리는 바에 따르면, 불쌍할 정도로 무지하고 늙은 윌리엄스 부인의 책에서 박사의 글이 아닌 것은 많아야 두 줄 정도라고 한다. 한번은 존슨이 하인을 시켜 리즈 공작에게 들려주었더니 무척 좋아하더라는 시를 내게 보여준 적이 있는데, 그의 말에 따르면 시에 진심이 담겨 있다고 했다. 시는 공작의 결혼을 소재로 한 것이었다. 평범한 사람이나 요즘의 열등한 시인들이 쓴 것처럼 수준 낮은 이 시를 여기에 그대로 옮기고 싶은 충동을 참기 어렵다.

품성이 훌륭하고 아름다운 규수와
리즈 공작이 결혼한다면

그 얌전한 규수는

교제 경험이 많은 리즈의 우아함에 얼마나 행복할까.

나는 박사에게 이 시를 통해서 하고 싶은 얘기를 다 한 것이냐고 물었다. 아니라는 답변을 듣고, 나는 이렇게 시를 고쳐보면서 무척 즐거워했다.

유서 깊은 명문가의 덕망 있는 규수와

멋쟁이 리즈가 운 좋게 결혼한다면

그처럼 훌륭한 남편을 배필로 맞아

아가씨가 참 기뻐하련만!

그것을 보여주자, 존슨 박사는 "선생, 각운을 강조하셨지만, 위트도 시심도 들어있지 않습니다."라고 말했다.

존슨 박사를 비롯해 그 주변의 재치 있는 사람들과 지낸 일을 더 말할 수 있다면 나로서는 큰 기쁨이겠으나, 나는 이제 늙은 몸이고 쉬이 지친다. 과거를 회상할 때마다 논리나 일관성이 없이 횡설수설하는 기분이 든다. 게다가 다른 사람들은 한 번도 말한 적이 없는 소소한 일화만 강조하는 것 같아서 두렵다. 이 회고록이 독자들의 호응을 얻는다면, 나중에 나만이 유일하게 살아남은 옛 시대의 일화들을 더 소개할지 모르겠다. 나는 진심으로 슬퍼했던 박사의 죽음 후에도 오랫동안 회원 자격을 유지했던 문학 클럽과 새뮤얼 존슨에 대해 많은 일들을 기억하고 있다. 또한, 사후에 극적이고도 시적인 작품을 출간했던 존 버고인 장군이 세 명의 반대표로 인해 클럽 입회를 거절당한 것도 기억하고 있다. 아마도 미국 독립 전쟁에 참전했다가 새러토가에서 당한 불운한 패배 때문이었을 것이다. 불쌍한 존! 그의 아들은 운이 좋아서 준남작이 되었다. 하지만 나는 아주 피곤하다. 늙고 늙은 몸인데다 지금은 오후 낮잠을 잘 시간이다.

3) 오시안(Ossian): 3세기경 고대 켈트족의 전설적인 시인이자 용사. 1765년 영국 시인 J.맥퍼슨이 오시안의 시를 모아 출간함으로써 그의 이름이 알려지기 시작했다. 그러나 맥퍼슨의 자작시라는 의혹과 논란이 많았고, 특히 존슨이 이런 의혹을 제기했다.

MEMORY
기억

저주받은 이지러진 달이 니스 계곡에서 희미하게 빛난다. 거대한 유퍼스 나무의 독기품은 잎사귀를 뚫고 흐릿한 뿔 나팔 모양의 달빛이 오솔길을 할퀸다. 빛이 닿지 못하는 깊은 계곡 속에서는 눈에 띄지 않게 형체들이 움직이고, 제각기 열 지어 내리는 비탈면엔 잡초만이 무성하다. 보기 흉한 덩굴과 포복성의 식물들이 잊혀진 이들이 놓은 대리석 바닥돌을 들어올리고, 무너진 기둥과 이국적인 석주를 단단히 감으며 멸망한 왕궁의 돌 더미 가운데로 기어 다닌다. 부서진 안마당의 크게 자란 나무에선 원숭이들이 뛰어 놀고, 깊이 감추어진 회랑의 안팎에선 독사와 이름 없는 파충류가 몸을 뒤튼다. 축축한 이끼 아래 잠자는 돌무더기는 광대하고 무너져 내린 성벽은 굳건했다. 그 모든 시간 동안 성벽은 저를 세운 이들에게 충실했으며, 그 발치에 집을 짓는 회색두꺼비가 있기에 진정 아직도 훌륭히 역할을 다하고 있다.

그 계곡의 가장 밑바닥에는 댄 강이 흐른다. 그 강물은 진흙투성이에다 잡초로 무성하다. 강물은 비밀의 샘에서 솟아올라 지하 동굴을 타고 흘러나가기에, 그 물이 왜 붉은지 어디로 향하는지 계곡의 악마도 알지 못한다.

달빛 속에 나타나는 요정이 계곡의 악마에게 말했다.

"나는 나이가 들어 많은 것을 잊어버렸다네. 그러니 내게 말해다오. 이 돌의 도시를 세웠던 이들의 행동과 모습을 그리고 그들의 이름을……."

그리고 악마는 대답한다.

"나는 과거의 전승에 대한 기억이자 지혜이지만, 나 또한 늙어버렸네. 그들은 댄 강의 강물처럼 이해하지 못할 존재들이었지. 그들은 짧은 순간동안만 존재했기 때문에 그들의 행위를 기억해 내기는 힘들지만 그 모습은 나무 위의 작은 원숭이와 닮았음을 희미하게 떠올린다네. 그들의 이름은 강물의 이름과 운이 같았으므로 똑똑히 생각해낼 수 있네. 이 과거의 존재들은 '인간'이라 불리었음을……."

이어 요정은 가느다란 뿔 나팔 모양의 달 뒤로 날아갔다. 그리고 악마는 안마당을 부서뜨리며 성장해가는 나무 위의 작은 원숭이를 골똘히 쳐다보았다.

OLD BUGS
올드 벅스

즉흥적인 신파조 이야기,
갈리아의 집정관 마르쿠스 롤리우스

시카고의 가축수용장 구역의 한복판, 이곳의 별 볼일 없는 골목에 위치한 쉬한의 당구장은 좋은 곳이 아니다. 콜리지가 코롱에서 맡았을 법한 오만가지 냄새가 가득한 이곳의 공기는 햇빛을 받아도 사라지지 않는다. 게다가 경쟁이라도 하듯 무수한 인간들이 더러운 입으로 내뿜는 담배연기와 시거의 매캐한 냄새까지 온종일 스며들어 있다. 하지만 쉬한의 찌꺼기들은 언제나 인기를 모으고 있다. 그럴만한 이유가 있는데, 이곳에 퍼져 있는 온갖 악취를 애써 분석해 보려는 사람들에게는 특히 그 이유가 분명해진다. 담배연기와 역겨우리만큼 갑갑한 공기 너머로 한때 이 지역에 익숙했던 냄새가 떠돌지만, 다행히도 지금은 너그러운 정부의 명령에 따라 (강하고 독한 위스키의 냄새는) 뒷골목으로 사라졌고, 1905년인 지금에는 금단의 열매만큼이나 귀해졌다.

술과 마약을 밀수하는 시카고 암시장의 중심으로 알려진 쉬한의 당구장은 이 지역의 꾀죄죄한 관원들까지 선이 닿을 정도로 그 세력이 대단했다. 하지만 최근 들어 그 세력권에서 벗어난 이가 있었으니, 쉬한의 더러움과 쓰레기를 공유는 하되 별 볼일은 없는 인물이었다. '올드 벅스'로 불리는 그는 형편없는 이 지역에서도 가장 형편없는 사람이었다. 그의 과거 행적에 대해 추측할 수 있었다. 그가 취했을 때 하는 말과 어법에서 경이로움까지 느껴졌기 때문이다. 하지만 그가 어떤 인물이었는가는 그리 어렵잖게 추측이 가능했다. '올드 벅스'는 더할 나위 없이 가여운 '망나니' 혹은 '구제불능'으로 통했기 때문이다. 그가 어디에서 왔는지는 아무도 몰랐다. 어느 날 밤에 쉬한의 가게로 무작정 들어와서는 술과 대마초를 달라고 악을 써댔다. 자신의 생명과 정신을 부지하는 데 필요한 술과 마약을 주는 조건으로, 마루를 닦고 타구와 유리잔을 치우는 따위의 온갖 비천한 허드렛일을 도맡아 하겠다고 약속했다.

그는 말수가 적었으나, 암흑가에서 흔하게 마주치는 허풍선이기도 했다. 하지만 이따금씩 평소와는 달리 독한 술에 기분 좋게 취할 때는 불가사의한 다음절어와 웅장한 산문과 운문까지 쏟아내는 바람에 그가 옛날에 꽤 좋은 시절을 보냈을 거라고 추측하는 사람들도 있었다. 그를 자주 찾아와 이야기를 나누는 단골손님(숨어 지내는 은행 채무자) 하나가 그에게 혹시 소싯적에 작가나 교수가 아니었느냐고 물은 적이 있다. 하지만 올드 벅스의 과거를 알려줄 만한 유일한 단서는 그가 늘 지니고 다니는 빛바랜 사진 한 장이었다. 고상하고 아름다운 용모의 젊은 아가씨가 이 사진의 주인공이었다. 간혹 너덜너덜한 호주머니에서 꺼내 든 사진을 휴지로 조심스럽게 닦아내고는 한없이 슬프고 아릿한 표정으로 몇 시간이고 바라볼 때가 있었다. 삼십 년 전의 기묘한 옷차림을 한 사진 속의 여성은 암흑가의 불한당이 알고 지낼 만한 사람이 아니라 그야말로 양가집 규수였다. 설명하기도 힘든 구닥다리 옷을 걸치고 있는 것으로 치자면, 올드 벅스 자신도 과거 속에서 사는 사람 같았다. 굽은 어깨 때문에 작아 보일 때도 있으나, 실제로 그는 180센티미터가 넘을 만큼 키가 꽤 큰 편이었다. 덕지덕지 들러붙은 지저분한 백발은 한 번도 빗질한 적이 없었다. 앙상한 얼굴에 지저분하게 나 있는 짧은 수염은 언제나 (면도 한 번 한 적이 없어서) 빳빳한 상태였고, 근사한 구레나룻처럼 보일 만큼 길게 자라지도 않았다. 한때는 귀티 나는 얼굴이었음이 분명하나, 지금은 지독한 방탕의 결과로 흉하게 주름져 있었다. 아마도 중년쯤에는 꽤 뚱뚱했을 몸매 역시 마찬가지였다. 지금은 끔찍할 정도로 야위어서 흐릿한 눈 아래에서 뺨까지 붉은 살집이 느슨한 주머니처럼 늘어져 있었다. 어느 모로 보나 올드 벅스는 유쾌한 사람이 아니었다.

올드 벅스의 성격은 외모만큼이나 기이했다. 평소에는 영락없이 인생의 낙오자(동전 한 푼은 물론이고 약간의 술이나 마약만 준대도 무슨 짓이든 할 사람)였으나 어쩌다가 한 번씩 왜 그런 별명이 붙여졌는지 알만한 특징을 보여주었다. 그런 때는 몸을 꼿꼿이 세웠고, 움푹 들어간 눈에서 광채가 나곤 했다. 게다가 태도에서 예사롭지 않은 기품과 위엄까지 느껴졌다. 그래서 주변의 술주정뱅이들도 뭔가 다른 위인이라는 느낌이 들어서 그 불쌍한 쪼그랑 노인에게는 함부로 굴지 않았다. 그런 때는 냉소적인 유머를 보이면서 쉬한의 단골들을 바보 천치와 분별력 없는 사람들로 간주하는 말들을 서슴지 않았다. 하지만 그때가 지나면, 평소의 올드 벅스로 돌아가서는 언제 끝날지 모르는 걸레질과 타구 청소를 다시 시작하는 것이었다. 딱 한 가지만 아니라면, 올드 벅스는 이곳의 이상적인 노예로 인정받았을 것이다. 그 한 가지라는 것은, 젊은

이들이 생애 첫 음주에 발을 들여놓으려고 할 때 나타나는 그의 행동이었다. 그때는 걸레질하던 노인이 격분해서 몸을 일으키고는 으름장을 놓거나 경고를 하면서 '인생의 참맛을 알려는' 젊은이들의 통과의례를 방해하기 위해 기를 썼다. 노기등등해져서 침까지 튀겨가며 일장 연설을 늘어놓는 동안, 이런 그를 휘감는 섬뜩한 열기 앞에서 이곳에 몰려든 마약 중독자들은 놀란 가슴을 쓸어내렸다. 하지만 시간이 좀 지나면, 술에 찌든 그의 두뇌는 주제에서 벗어나 횡설수설하기 마련이고, 결국에는 멍청한 미소를 짓고 또다시 걸레와 행주를 집어 들었다.

아마도 쉬한의 단골 중에서 알프레드 트레버라는 젊은이가 나타난 날을 잊지 못하는 사람들이 꽤 많을 것이다. 트레버는 부잣집 자식에다가 뭐든지 일단 시작하면 '끝장을 보려는' 대책 없는 젊은이였다. 그는 쉬한의 여리꾼인 피터 슐츠의 말마따나 '봉'이 분명했다. 슐츠는 위스콘신 주의 작은 마을 애플리턴에 있는 로렌스 칼리지에서 우연히 트레버를 만났다고 했다. 트레버의 아버지 칼 트레버는 저명한 변호사이자 시민이었고, 어머니는 일리너 윙이라는 처녀 때 이름으로 선망을 받는 시인이었다. 트레버 자신은 금발의 미남자였고 막돼먹었다. 게다가 자신이 듣거나 읽은 방탕의 여러 종류를 체험해 보고자 안달이 나 있었다. 로렌스 칼리지에서 '타파 파타 킹'이라는 사이비 동아리에서 유명세를 얻었는데, 요란하고 쾌활한 그곳의 젊은 한량들 중에서도 가장 요란하고 쾌활했다. 하지만 그는 대학생 또래의 미숙함과 경솔함에 만족하지 않았다. 책을 통해서 보다 깊은 악행에 대해 배운 터라, 이제는 그것을 직접 체험하고 싶어 좀이 쑤셨다. 이런 방종함은 아마도 집에서 감당해왔던 억압에 대한 반동에서 비롯된 것인지 모르겠다. 왜냐하면, 트레버 부인에게는 외동아들을 엄하게 키워야만 하는 특별한 이유가 있었기 때문이다. 젊은 시절 그녀는 잠시 약혼한 사이였던 남자를 통해서 방종이 얼마나 무서운 것인가를 뼈저리게 깨달았던 터이다.

앞에서 말한 트레버 부인의 한때 약혼자, 갤핀은 애플리턴에서 가장 촉망받는 젊은이였다. 놀라운 지력으로 어렸을 때부터 두각을 나타낸 그는 위스콘신 대학에서 엄청난 명성을 얻었고, 스물세 살의 나이에 로렌스 칼리지의 대학 교수로 금의환향하여 애플리턴에서 가장 아름답고 영민한 아가씨의 약혼자가 되었다. 예고 없는 파란이 일 때까지 한동안은 만사가 순조로웠다. 한적한 숲속에서 처음으로 술을 입에 댄 이후, 이 젊은 교수에게서 나쁜 습관이 저절로 드러나고 말았다. 그래서 학생들의 생활습관과 품행에 상처를 주었다는 이유로 비참하게 고소를 당하기 직전에 서둘러 사표를 내고 줄행랑을 칠 수밖에 없었다. 파혼을 당한 갤핀은 새로운 삶을 도모하고자 동부로 떠났다. 하지만 머지않아서 애플리턴 주민에게 들려온 소문에 따르면, 갤핀은 영어 강의로 교편을 잡은 뉴욕 대학에서 지난날의 오명을 벗어냈다고 했다. 갤핀은 도서관에서 많은 시간을 보내는 한편, 강의와 출간 준비, 순문학의 다양한 주제에 대한 연설 등으로 분주한 나날을 보냈다. 그는 어디서든 천재적인 두각을 보여줌으로써 사람들이 조만간 그가 과거에 저지른 실수들을 용서해야 할 것처럼 보였다. 비용과 포, 베를렌과 오스카 와일드를 옹호하는 감동적인 강의는 바로 자기 자신의 이야기였고, 봄날처럼 화창한 늦가을에는 파크 애버뉴의 양가집 규수와 새로운 약혼 소식이 들려왔다. 그러나 곧 불행이 닥쳤다. 예전의 실수와는 비교도 할 수 없는 결정적인 망동으로 인해 갤핀의 개심을 믿어왔던 사람들의 환상이 깨지고 만 것이다. 결국 이 젊은이는 자신의 이름을 버리고 종적을 감추었다. 한편, 학문의 폭과 깊이를 지닌 작품으로 연극과 영화 제작사들로부터 상당한 주목을 받은 '콘솔 해스팅'이라는 작가와 갤핀을 연결시키는 소문들이 돌았다. 해스팅도 곧 종적을 감추었고, 갤핀은 자신의 부모님까지도 쉬쉬하면서 입에 올리는 이름이 되고 말았다. 얼마 후에 일리너 윙은 촉망받는 변호사 칼 트레버와 그 유명한 결혼식을 올렸다. 그리고 그녀의 옛 약혼자 갤핀은 잘 생기고 제멋대로인 외아들을 훈계하는 본보기이자 도덕적 지침으로써 늘 기억되었다. 그런데 온갖 가르침에도 불구하고, 알프레드 트레버는 쉬한의 가게에서 생애 처음으로 술을 입에 대려고 하고 있었다.

"사장님." 슐츠가 희생양과 함께 타락의 악취가 스멀거리는 가게로 들어서면서 말했다. "내 친구 알 트레버를 만났지 뭡니까. 왜 있잖아요, 위스콘신 애플리턴에 있는 로렌스에서 최고 멋쟁이로 통한다는 친구 말입니다. 게다가 아버지는 그 도시에서 내로라하는 변호사시고 어머니로 말하자면 천재적인 작가시니, 지체 높은 집 도련님이죠. 이 친구가 진짜로 독한 위스키, 그러니까 인생의 참맛을 알고 싶다더군요. 내 친구니까 잘 대해 주세요."

트레버, 로렌스, 애플리턴이라는 말들이 나오자, 가게에 모여 있던 건달들은 어딘지 불편한 기색을 느꼈다. 어쩌면 당구알이 부딪치는 소리 아니면 뒤쪽 은밀한 공간에서 쨍그랑거리는 술잔 소리 때문이었거나, 지저분한 창문에서 꾀죄죄한 커튼이 묘하게 부스럭거리는 소리도 한몫했는지 모른다. 하지만 많은 사람들은 가게 안에서 누군가 이를 갈면서 숨을 몹시도 가쁘게 몰아쉬는 소리를 들었다고 생각했다.

"쉬한 씨, 만나 뵙게 돼서 기쁩니다." 트레버가 조용하고도 예의바르게 말했다. "이런 곳은 처음입니다만 인생을 배우는 학생이니, 어떤 경험이라도 놓치고 싶지 않습니다. 아시다시피, 이런 환경에서 시가 나오는 것이지요. 물론 모르시더라도 달라질 건 없어요."

"젊은 친구." 주인이 말했다. "인생을 제대로 배우는데 여기만 한 곳은 없지. 진짜 인생과 멋진 시간, 여기엔 없는 게 없으니까. 빌어먹을 정부에서 지들 멋대로 사람들을 착하게 만든답시고 난리지만, 사람의 기분까지 간섭하지는 못하지. 친구, 원하는 게 뭔가? 술, 코카인, 아니면 다른 마약? 뭐든지 말만 하라고."

사람들의 말에 따르면, 바로 그때 규칙적이면서도 단조로운 걸레질 소리가 멈추었다고 했다.

"위스키, 옛날식으로 빚은 삼삼한 호밀 위스키!" 트레버가 들떠서 소리쳤다. "옛날에 사람들이 즐겼다는 술자리 얘기를 책으로 읽으면서 물이나 마셔대는 것도 이젠 지긋지긋합니다. 아나크레온(술과 사랑의 시로 유명한 고대 그리스의 서정 시인 —옮긴이) 풍의 시를 읽다보면 반드시 입이 마르죠. 그런데 입을 적시는 게 물보다는 훨씬 더 강한 것이어야 하지 않겠습니까!"

"아나크레온, 대체 그게 뭐지?" 몇몇 사람이 그들의 수준을 약간 넘어서는 젊은이의 말에 얼굴을 치켜들었다. 하지만 숨어 다니는 은행 빚 채무자가 아나크레온에 대해 아주 오래전에 살았던 유쾌한 늙은 놈팡이로 온 세상이 쉬한의 가게 같을 때 경험한 신나는 일에 대해 글을 썼다고 말해주었다.

"잠깐만, 트레버." 채무자가 계속 말했다. "슐츠가 그러지 않았나, 자네 어머니도 작가라고?"

"맞아요, 정확히 맞아요." 트레버가 대답했다. "하지만 어쩌나 고리타분하신지! 인생의 즐거움은 모조리 없애버리려는 지루하고 영원한 도덕주의자니까요. 지나치게 감상적인 분인데, 혹시 들어보셨어요? 일리너 윙이라고 처녀 때 이름으로 글을 쓰시거든요."

올드 벅스가 대걸레 자루를 떨어뜨린 것은 그때였다.

"어이, 자네가 시킨 게 나왔어." 술병과 잔이 놓여 있는 쟁반이 들어오자 쉬한이 신이 나서 말했다. "멋진 호밀 위스키. 시카고에서 가장 화끈한 술이야."

젊은이는 눈동자를 반짝거리며, 웨이터가 따라주는 갈색 액체의 향에 콧구멍을 벌름거렸다. 그 냄새는 그에게 지독한 반감을 주었고, 타고난 섬세함과는 도저히 어울리지 않는 것이었다. 그래도 그는 인생을 철저히 음미해 보고픈 결심 때문에 의연함을 잃지 않았다. 하지만 그런 결심을 실행하기도 전에 예상치 못한 일이 벌어졌다. 여태 웅크렸던 자세를 곧추세운 올드 벅스가 걸레 자루로 술병과 잔이 놓여 있는 쟁반을 후려갈긴 것이다. 바닥에 술 냄새와 함께 깨진 병과 잔이 나뒹굴었다. 여러 사람들, 아니 사람의 모습을 한 짐승들이 바닥으로 몰려들어 엎질러진 술을 핥아대기 시작했다. 하지만 대부분의 사람들은 꼼짝도 않은 채 버러지 같은 일꾼의 돌출 행동을 지켜보고 있었다. 화들짝 놀란 트레버 앞에서 올드 벅스가 몸을 쭉 펴고는 온화하고 점잖은 목소리로 말했다.

"이런 짓 하지 마라. 나도 한때 너처럼 이런 짓을 했단다. 지금의 내 꼴을 봐라."

"이런 늙은 얼간이 같은 게 지금 뭐라는 거야?" 트레버가 소리쳤다. "신사가 재미 좀 보겠다는데 왜 막고 지랄이야?"

역시 놀라 있다가 정신을 차린 쉬한이 다가오더니 그 불쌍한 노인의 어깨에 큼지막한 손을 올려놓았다.

"이봐 영감, 이걸로 끝이야!" 그가 험악하게 말했다. "신사분이 여기서 술 한잔해야겠다면, 무슨 일이 있어도 그렇게 하는 거야. 당신 같은 작자가 끼어들 일이 아니라고. 당장 여기서 나가지 않으면 내 손으로 쫓아내 주지."

하지만 쉬한의 판단은 비정상적인 심리와 신경증적인 흥분이 어떤 결과를 가져오는지에 대한 정확한 지식이 없는 상태에서 나온 것이었다. 올드 벅스는 더욱 세게 움켜진 걸레 자루를 마케도니아 장갑보병의 창처럼 휘두르기 시작했고, 곧 그의 주변으로 널찍한 공간이 생겼다. 그 와중에도 그는 두서없이 이런저런 인용구를 외쳤는데, 그 중에는 꽤 유명한 구절도 있었다.

"……오만과 포도주로 멸한 사탄의 아들아."

실내는 아수라장이 되었다. 사람들은 스스로 초래한 참변에 놀라서 비명을 지르고 악을 썼다. 소동이 점점 격해지자, 혼비백산한 트레버는 벽 쪽으로 뒷걸음질쳤다. "저 아이는 술을 마시면 안 돼! 안 돼!" 인용구가 다 떨어졌는지 (아니면 그것을 초월했는지) 그는 그렇게 소리쳤다. 경찰들이 소란을 듣고 문간에 나타났으나, 한동안 가만히 지켜보기만 했다. 그쯤에서 나쁜 경로를 통하여 세상을 배우려고 했던 계획을 뼈저리게 후회하게 될 트레버가 완전히 겁에 질린 채 파란 제복의 경찰들에게 바짝 달라붙었다. 그는 그곳에서 무사히 빠져나가 애플리턴 행 기차를 탈수만 있다면, 방종에 관한 배움도 완벽하게 마무리될 거라고 생각했다.

그때 갑자기 올드 벅스가 휘둘러대던 걸레 자루를 멈추더니 얌전해졌다. 그러고는 전에 없이 더욱더 몸을 꼿꼿이 세웠다.

"아베, 케이사르, 모리투루스 테 살루토!"

그렇게 소리치더니 술 냄새가 진동하는 바닥에 고꾸라져 다시는 일어나지 않았다.

곧이어 벌어진 일은 어린 트레버의 마음에서 영원히 지워지지 않을 것이다. 그때의 광경은 흐릿했으나, 지워버릴 수는 없었다. 경찰들이 사람들을 헤치고 사건의 자초지종과 바닥에 쓰러진 시체의 신원에 대해 자세히 묻기 시작했다. 특히 쉬한에게 질문이 쏟아졌으나, 올드 벅스에 대한 유용한 정보는 전혀 나오지 않았다. 그때 은행 빚 채무자가 사진을 기억해 내고는 경찰서에 가져가면 신원을 확인할 수 있을 거라고 말했다. 싫은 기색으로 경관 한 명이 흐릿한 눈동자의 징그러운 시체에 다가와 휴지에 쌓인 사진을 찾아서 다른 경관에게 건넸다.

"괜찮은 영계네!"

술 취한 사람이 사진 속의 아름다운 얼굴을 흘깃거리며 말했다. 하지만 정신이 말짱한 사람들은 섬세하고 순수한 여자의 모습을 경건하면서도 무안한 듯 바라보았다. 아무도 그 여자를 알지 못했고, 아편쟁이 버러지가 그런 여자의 사진을 갖고 있다는 것에 모두 의아해했다. 다만, 꽤 불편한 기색으로 경찰들을 지켜보고 있던 은행 채무자만은 예외였다. 그는 전락한 올드 벅스의 참모습에 대해 조금은 더 깊이 알고 있었다.

이윽고 사진이 트레버에게 전해졌을 때, 그에게 변화가 일었다. 처음에는 화들짝 놀랐다가 그곳의 불결함으로부터 사진을 보호하듯 감싼 휴지를 새것으로 바꾸었다. 그러고는 오랫동안 탐색하듯 마루에 쓰러져 있는 시체를 쳐다보았다. 그의 시선을 끈 것은, 비천한 생명의 불꽃으로 흔들리다가 꺼져버린 시체의 훤칠한 키와 귀족적인 풍모였다. 그는 질문을 받자, 모른다고, 그 사진 속의 여자를 모른다고 서둘러 말했다. 그리고 지금은 누구인지 알아볼 수 없을 정도로 늙었을 거라고 덧붙였다.

그러나 알프레드 트레버가 시신을 인도하여 애플리턴에 무사히 안장하겠다고 했을 때, 많은 사람들이 짐작한대로 그는 진실을 말하지 않았다. 그의 집 서재 벽난로 위에 그 사진과 똑같은 것이 걸려 있는데, 사진 속의 여자는 그가 너무도 잘 알고 사랑해 온 인물이었다.

그 온화하고 고상한 여자는 그의 어머니였기 때문이다.

THE TRANSITION OF JUAN ROMERO
후안 로메로의 전이

나는 1894년 10월 18일과 19일 사이에 노턴 광산에서 벌어진 사건에 대해 말하고 싶지 않았다. 말년에 접어든 지금, 내가 완전히 부인할 수 없기에 더욱 통렬해지는 그때의 장면과 사건을 기억해 내라고 강요하는 것이 딱 하나 있다면, 그것은 과학에 대한 의무감이다. 죽기 전에 후안 로메로에 대해 혹은 그의 전이에 대해 아는 바를 말해야겠다.

내 이름과 출신에 대해서는 굳이 밝힐 필요가 없을 것이다. 솔직히 그편이 좋겠다. 갑자기 미국으로 이주한 사람이라면 과거를 묻어두기 마련이니까. 게다가 내가 누구인가는 지금 하려는 이야기와는 하등 관련이 없다. 다만, 인도에서 근무하는 동안에 동료 직원보다는 흰 수염을 기른 원주민 교사들과 어울리는 것이 더 편했다는 사실은 밝혀두겠다. 불운한 사건들로 인해 나는 미국의 광대한 서부에서 새 삶을 모색해야 했는데, 그 사건들을 겪었던 무렵에는 동양의 기이한 전설에 꽤 탐닉했었다. 알고 보니, 아주 흔하고 아무 의미도 없는 내 이름은 미국의 서부와 잘 어울렸다.

1894년 여름과 가을 사이, 나는 황량한 캑터스 산맥의 노턴 광산에서[4] 평범한 인부로 일하고 있었다. 나이 든 한 시굴자가 수년 전에 발견한 이 광산 때문에 인근 지역은 사람이 거의 살지 않는 황무지였다가 일확천금을 노리는 사람들의 뜨거운 각축장으로 변했다. 산 호수 아래 깊숙이 놓여 있는 금광은 그것을 발견한 고령의 발견자에게 상상을 초월한 부를 안겨주었고, 결국은 노턴 사에 팔린 후로 갱도 확장 공사가 한창이었다. 동굴들이 추가로 발견되었고, 엄청난 양의 금이 나왔다. 강인하고 이질적인 광부 집단이 무수한 갱도와 바위 동굴에서 밤낮으로 일하고 있었다. 총감독관인 아서 씨는 이 지역의 독특한 지형을 자주 화제로 삼았다. 그래서 사슬처럼 얽힌 동굴들이 어디까지 뻗어있는지 생각에 잠겼고, 대규모 광산업의 미래를 어림잡아보기도 했다. 그의 생각대로라면, 이곳의 금광들은 물의 작용으로 생긴 것이고, 마지막 금광이 곧 나타날 것이었다.

후안 로메로가 노턴 광산에 나타난 것은, 내가 그곳에서 일한 지 얼마 지나지 않았을 때였다. 인근 지역에서 몰려온 꾀죄죄한 멕시코인들 중에서 그는 외모 때문에 단연 눈길을 끌었다. 전형적인 아메리카 인디언이 분명한데도 그들 특유의 연한 피부색과 섬세한 이목구비가 유독 도드라져서 일반적인 멕시코인 혹은 인근 지역의 인디언 부족인 파이우트 족과는 사뭇 달랐다. 스페인계의 부족 인디언과는 상당히 다르면서도, 코카서스 인종의 혈통이 전혀 보이지 않는 것도 특이했다. 카스티야 정복자의 혈통도 미국 개척자의 혈통도 아니었다. 말없는 이 인부가 이른 아침마다 동쪽 구릉으로 서서히 기어오르는 태양을 홀린 듯이 쳐다보면서 그 자신도 모르는 의식을 치르듯 태양을 향해 두 팔을 펼쳐든 모습을 보고 있노라면, 고대의 아즈텍 귀족이 눈앞에 나타난 듯한 상상에 젖게 만들었다. 그러나 얼굴을 제외하면, 로메로에게 귀족다운 면모는 조금도 없었다. 무지하고 불결했으며, 인근에서도 가장 저급한 족속이라는(나중에 내가 들은 바에 따르면) 갈색의 멕시코인들과 어울릴 때가 자연스러워 보였다. 치명적인 전염병이 돌았을 때, 로메로는 산속의 초라한 오두막에서 유일한 생존자로 발견되었다. 오두막 가까이, 아주 독특한 암석 틈에서 독수리 떼에 파 먹힌 두 개의 해골이 놓여 있었다. 이것은 그나마 남아 있는 로메로 부모님의 유해로 추정되었다. 아무도 그들이 누구인지 기억하지 못했고, 곧 사람들에게 잊혀졌다. 실제로, 다 쓰러져가던 오두막과 암석 주변은 곧이어 발생한 산사태에 파묻혀 버려서 그곳을 세인의 기억에서 아예 지워버리는 데 일조했다. 어느 멕시코인 소도둑이 그를 거두어 이름을 지어주고 키웠다. 그는 또래와 별반 다를 것이 없었다.

로메로가 내게 보여준 각별한 관심은, 내가 작업이 없는 날이면 끼고 다니던 진기한 힌두교 반지에서 비롯된 것이 틀림없었다. 반지의 유래라든가, 내 손에 들어오게 된 경위에 대해서는 말할 수 없다. 그것은 영원히 묻어두어야 할 내 인생의 한 장을 연결하는 마지막 고리이자, 내가 무척이나 소중히 여기는 물건이었다. 묘하게 생긴 그 멕시코인이 반지에 흥미를 느끼고 있음을 나는 금세 눈치챘다. 그의 눈길은 단순히 탐을 내는 것 이상의 뭔가를 담고 있었다. 반지의 고색창연한 상형문자가 배움은 부족하나 활달한 그의 정신에 희미한 기억을 불러일으키는 것 같았다. 물론 그가 이전에 비슷한 상형문자를 봤을 가능성은 없었다. 광산에 온 지 몇 주 만에 내가 평범한 광부라는 사실에도 불구하고 로메로는 내게 충실한 하인처럼 굴었다. 우리의 대화는 당연히 제한적이었다. 그는 영어를 거의 하지 못했고, 내가 아는 옥스퍼드 대학식 스페인어는 뉴스페인[5] 광부의 방언과는 아주 달랐다.

지금부터 말하려고 하는 사건은 오랫동안 알려지지 않았다. 로메로가 내게 관심을 보였다 해도, 내 반지가 그에게 특별한 감동을 주었다 해도, 대규모 폭파 작업 이후에 무슨 일이 벌어질지는 우리 둘 다 예상치 못했다. 지질학적인 계산에 따르면, 광산의 나머지 연장선은 지하의 가장 깊숙한 부분의 바로 밑을 지났다. 따라서 단단한 암석만 있을 것으로 생각한 감독관은 엄청난 양의 다이너마이트를 설치했다. 나와 로메로는 폭파 작업과는 관련이 없어서 우리가 이상한 상황을 처음으로 알게 된 것은 다른 이유에서였다. 예측보다 강한 폭발력으로 산 전체가 뒤흔들리는 것 같았다. 광산 바깥쪽 산비탈에 있던 오두막집의 창문들이 산산이 부서졌고, 근처 갱도에 있던 광부들이 벌러덩 나자빠졌다. 폭파지점의 바로 위쪽에 있는 주얼 호수는 태풍 속에서처럼 들썩였다. 조사를 벌인 결과 폭파지점 아래로 새로운 지하공간이 끝없이 이어져 있었다. 측연선으로는 그 깊이를 잴 수 없었고, 어떤 램프 불빛도 바닥을 비출 수 없을 정도로 어마어마한 깊이였다. 난감해진 굴착공들이 감독과 회의를 가졌다. 감독은 아주 긴 밧줄을 가져다 갱 속으로 집어넣은 뒤, 바닥에 닿을 때까지 밧줄을 계속 연결하라고 지시했다.

얼마 후, 창백하게 질린 인부들이 감독에게 작업이 실패했다고 알려왔다. 그리고 공손하면서도 단호하게, 그 갱도를 다시 메울 때까지는 그곳에 다시 가지 않을 것이고 일도 그만두겠다고 말했다. 그들의 경험으로도 감당하지 못할 어떤 문제에 직면한 것이 분명했다. 그들의 주장대로 라면, 그 공간은 끝이 없었다. 감독은 그들을 질책하지 않았다. 그 대신에 숙고를 거듭하면서 이후의 계획에 골몰했다. 그날 밤은 새 갱도에서의 야간작업도 취소되었다.

새벽 2시경, 코요테 한 마리가 산에서 음산하게 울기 시작했다. 작업장에 있던 개 한 마리가 코요테 아니면 다른 뭔가에 화답하듯 짖어댔다. 산봉우리에 폭풍이 몰려왔고, 기묘하게 생긴 구름들이 흐릿해진 별빛을 지나 무섭게 흘러갔다. 이지러진 달은 권층운의 무수한 층을 뚫고 빛을 발하려고 안간힘을 쓰고 있었다. 위쪽 침상에서 들려온 것은 막연한 기대감에 휩싸인, 흥분되고 긴장된 로메로의 목소리였다.

"천주 성모님! 저 소리, 저 소리, 보세요! 내 말 들려요? 선생님, 저 소리!"

그가 말하는 소리라는 것이 무엇인지, 나는 귀 기울여 보았다. 코요테, 개 그리고 폭풍 소리가 모두 들려왔다. 바람이 점점 미친 듯이 울부짖었고, 폭풍은 더 강해지고 있었다. 막사의 창문으로 번개의 섬광이 스쳤다. 나는 안절부절 못하는 멕시코인에게 물었다.

"코요테, 개, 바람?"

그러나 로메로는 대답하지 않았다. 이윽고 그가 겁에 질린 목소리로 속삭이기 시작했다.

"리듬이요, 선생님, 땅의 리듬, 땅속에서 울리고 있는 저 소리."

나도 그 소리를 들었다. 까닭 없이 온몸이 떨려왔다. 저기 내 아래에서 소리(멕시코인부의 말처럼 리듬)가 들려오고 있었다. 아주 희미했으나, 개와 코요테 심지어 폭풍의 소리까지 압도하고 있었다. 그 소리를 설명하려고 해 봤자 부질없는 짓이다. 설명할 수 없는 소리였으니까. 갑판에 있을 때, 아주 깊숙한 곳에서 들려오는 거대한 정기선의 엔진 소리 같기도 했으나, 다시 생각해 보면 그런 종류의 기계음이 아니었다. 그 소리에는 생명과 의식의 요소가 담겨 있었다. 무엇보다 땅 속 멀리서 들려온다는 것이 내겐 강한 인상을 주었다. 포가 인용함으로써 훌륭한 효과를 거둔 조셉 글랜빌의 문구가 단편적으로 떠올랐다.[6)]

"……방대하고 심오하고 탐색을 불허하는 그의 작품들은 데모크리투스의 우물보다 더 깊다."

갑자기 로메로가 침상에서 뛰쳐나오더니, 번개의 섬광이 스칠 때마다 기묘하게 번뜩이던 내 반지를 빤히 쳐다보았다. 그러고는 갱도 쪽을 골똘히 노려보는 것이었다. 나도 침상에서 일어났고, 우리 두 사람은 한동안 꼼짝없이 서서 점점 더 맥동하는 기괴한 리듬에 귀를 기울였다. 우리는 무의식중에 문쪽으로 움직였는데, 돌풍 속에서 덜커덕거리는 문에서 우리가 현실과 마주하고 있다는 위안을 느꼈다. 저 깊은 곳에서 들려오는 영창 소리(그쯤에는 그렇게 들려왔던)가 더 커지고 분명해졌다. 폭풍 속으로 뛰어나가, 벌어진 갱도의 어둠까지 가보고 싶다는 주체 못할 충동이 일었다.

우리는 누구와도 마주치지 않았다. 작업이 취소된 야간 근무 조는 드라이 굴치로 몰려가서 꾸벅꾸벅 조는 바텐더의 귓가에 온갖 불길한 소문들을 퍼붓고 있을 터였다. 그러나 경비원 막사에서 새어나오는 작은 사각형의 노란 불빛은 감시인의 눈초리 같았다. 리듬 소리가 경비원에게는 어떤 영향을 미쳤을까 궁금해졌다. 그러나 로메로는 더욱 민첩하게 움직였고, 나는 지체 없이 그를 따라갔다.

갱도로 내려갔을 때, 지하의 소리는 더욱 분명한 혼성으로 바뀌어 있었다. 북을 치면서 많은 사람들이 영창하는 동양의 의식 같아서 섬뜩한 기분이 들었다. 앞에서 말했듯이, 나는 인도에서 오랫동안 머물렀었다. 로메로와 나는 주저 없이 갱도를 따라 사다리를 내려갔다. 우리를 유혹하는 실체를 향해, 가련할 정도로 무력한 공포와 망설임을 어쩌지 못한 채 우리는 움직이고 있었다. 램프나 촛불이 없는 상태에서 어떻게 빛이 비추고 있을까 의구심이 들었을 때는 내가 미쳤다는 생각마저 들었다.

그런데 내 손가락에 끼워진 고대의 반지가 오싹한 빛을 내면서 축축하고 답답한 공기 중에 창백한 광채를 던지고 있었다.

여러 개의 넓은 사다리 중에서 하나를 따라 내려간 로메로가 나를 혼자 남겨두고 달려가 버린 것은 순식간에 벌어진 일이었다. 북소리와 영창에서 느껴지는, 지금까지와는 다르게 격렬한 곡조가 내게는 간신히 감지되는 정도였으나, 로메로에게는 돌발적인 행동을 하게 만든 것 같았다. 곧이어 저 앞에서 들려오는 그의 격한 외침이 갱도의 어둠 속을 떠돌았다. 앞쪽에서 되풀이되는 비명 소리, 그는 평평한 곳을 더듬거리며 흔들리는 사다리를 미친 듯이 내려가고 있었다. 겁에 질린 상황임에도 로메로의 외침에 귀를 기울였으나 무슨 의미인지는 알 수 없었다. 평소처럼 서툰 스페인어와 형편없는 영어를 뒤섞은 것이 아니라 거칠면서도 뭔가 강렬한 인상을 주는 다음절(多音節)의 말이었다. 그중에서 유독 되풀이되는 "휘칠로포츠틀리"[7]라는 말이 그나마 익숙하게 들려왔다. 나는 나중에야 위대한 역사가의 책[8]에서 그 단어를 접했고, 그 연관을 떠올리면서 몸서리쳤다.

그 무시무시한 밤의 절정은 아주 간단한 혼성, 그러니까 내 여정이 마지막 단계에 다다랐을 때 막 시작된 소리였다. 바로 앞의 어둠 속에서 멕시코인의 마지막 비명이 들려왔고, 곧이어 투박한 합창, 두 번 다시 듣느니 차라리 죽는 것이 나을, 그런 소리가 들려왔다. 그 순간, 지상에 숨은 공포와 괴물들이 한꺼번에 인간을 압도하고자 소리를 지르는 것 같았다. 그와 동시에 내 반지에서 빛이 사라졌다. 바로 몇 미터 앞, 주변보다 움푹 들어간 곳에서 또 다른 빛이 반짝이는 것이 보였다. 내가 가까이 갔을 때, 심연의 갱도는 붉은 빛으로 물들어 있었고, 그것이 불운한 로메로를 집어삼켰음이 틀림없었다. 좀 더 가까이 다가갔을 때,

그 무엇으로도 깊이를 잴 수 없었던, 이제는 깜박이는 불꽃과 섬뜩한 함성이 아수라장을 이루고 있는 그 심연의 가장자리를 엿보았다. 처음에는 희미하게 소용돌이치는 빛 말고는 보이는 것이 없었다. 그러다가 저 멀리 까마득한 곳에서 혼란의 실타래가 저절로 풀어지듯 어떤 형태가 나타났다. 그때 내가 본 것, 과연 그것이 후안 로메로였을까? 아! 내가 본 것을 차마 말할 수 없으니……. 하늘이 도왔기 때문일까, 나는 두 개의 우주가 서로 충돌하는 듯한 그 끔찍한 소리와 광경을 잊을 수 있었다. 혼돈이 잇따랐고, 나는 망각의 평화에 감사했다.

다음에 벌어진 독특한 상황 때문에 어떻게 이야기를 계속해야 할지 모르겠다. 하지만 최선을 다해, 현실과 그렇게 보이는 것을 호도하지 않으려고 노력하겠다. 깨어났을 때, 나는 침상에 무사히 누워 있었다. 창가로 새벽의 붉은 빛이 보였다. 약간 떨어진 곳의 탁자에 후안 로메로의 시체가 놓여 있었고, 캠프 의사를 포함해서 여러 사람이 탁자를 에워싸고 있었다. 그들 사이에서 멕시코인이 잠을 자다가 기이하게 죽었다는 얘기가 오갔다. 산을 뒤흔들어대던 오싹한 번개와 관련이 있다는 말도 들려왔다. 직접적인 사인(死因)이 불분명했고, 부검을 통해서도 로메로가 죽어야 했던 어떤 이유도 찾아내지 못했다. 사람들의 대화를 들어보면, 로메로는 물론이고 나 또한 간밤에 막사를 떠난 적이 없었다. 다시 말해서 무서운 폭풍이 캑터스 산맥을 강타하는 동안, 우리 둘 다 잠에서 깨지 않았다. 대담하게 갱도를 내려갔던 인부들의 말에 따르면, 폭풍으로 인해 대규모의 함몰이 일어났고, 그 결과 전날만 해도 커다란 불안을 야기했던 깊숙한 갱도가 완전히 메워졌다고 했다. 내가 경비원에게 간밤에 천둥소리보다 더 강한 무슨 소리를 들었느냐고 물었을 때, 그는 코요테와 개 그리고 거센 바람 소리 외에 들은 것은 전혀 없다고 했다. 나는 그의 말을 의심하지 않았다.

작업이 재개됨에 따라, 감독관 아서는 특별히 믿을 만한 사람들을 보내 지하공간이 있던 곳을 조사하도록 했다. 인부들은 썩 내키지 않았음에도 감독의 지시를 따라 깊숙한 곳까지 천공 작업을 했다. 결과는 아주 흥미로웠다. 벌어진 것으로 보였던 빈 공간의 지면 자체가 전혀 두껍지가 않았었는데, 지금은 드릴 끝에 닿는 것은 모조리 단단한 암석뿐이었다. 금은 물론이고 다른 어떤 것도 발견되지 않자, 감독은 작업을 포기했다. 하지만 책상 앞에 앉아서 생각에 골몰할 때마다 그의 얼굴에는 당혹감이 스치곤 했다.

흥미로운 것이 한 가지 더 있다. 폭풍이 지나간 그날 아침에 깨어났을 때, 나는 곧 손가락에서 힌두교 반지가 감쪽같이 사라진 것을 깨달았다. 무척이나 소중히 여기던 반지였음에도 그것이 사라졌다는 사실에서 안도감을 느꼈다. 동료 인부들 중에서 누군가가 저지른 짓이라면, 누구인지는 몰라도 장물을 꽤 교묘하게 처리한 모양이었다. 분실 사실을 작업장에 알리고 경찰까지 수사에 나섰으나, 반지는 영영 나타나지 않았기 때문이다. 인도에서 기묘한 일을 무수히 겪었던 나로서는 반지를 훔쳐간 것이 과연 사람이었을까 의아해진다.

내가 겪은 일에 대해 나 스스로도 때때로 생각이 바뀌곤 한다. 백주대낮과 대부분의 계절에는 그것이 한갓 꿈에 불과했다는 생각이 절로 든다. 그러나 가을날, 바람소리와 동물의 울음소리가 음산하게 들려오는 새벽 두 시경이면, 까마득히 저 아래서 리드미컬한 박동 소리가 들려오는 것 같은 섬뜩한 생각이 든다……. 그리고 후안 로메로의 전이가 무시무시한 현실이었다는 기분까지.

4) 캑터스 산맥과 노턴 광산은 허구의 장소이다.

5) 뉴 스페인(New Spain): 16세기에서 19세기에 이르는 옛 스페인령. 한 때는 브라질을 제외한 남미 · 중미 · 멕시코 · 서인도 제도 · 미국 플로리다 주와 미시시피 강 이서 지역까지 포함했다.

6) 조셉 글랜빌(Joseph Glanvil, 1636~1680): 영국의 자칭 회의론자이며 왕립학회의 대변자로 영혼이 육체에 앞서 존재한다고 주장했고, 마녀와 유령의 존재를 과학적으로 증명하고자 했다. 『주제에 관한 에세이 Essays on Several Important Subjects』(1676)등의 중요한 저서를 남겼다. 인용문은 에드거 앨런 포(Edgar Allan Poe)의 단편 「소용돌이 속으로Descent into the Maelstrom」에 등장한다.

7) 휘칠로포츠틀리(Huitzilopotchli): 아즈텍의 태양신이자 전쟁신.

8) 미국의 역사가인 프레스콧(William Hickling Prescott, 1796~1859)의 『멕시코 정복사 History of the Conquest of Mexico』를 말한다.

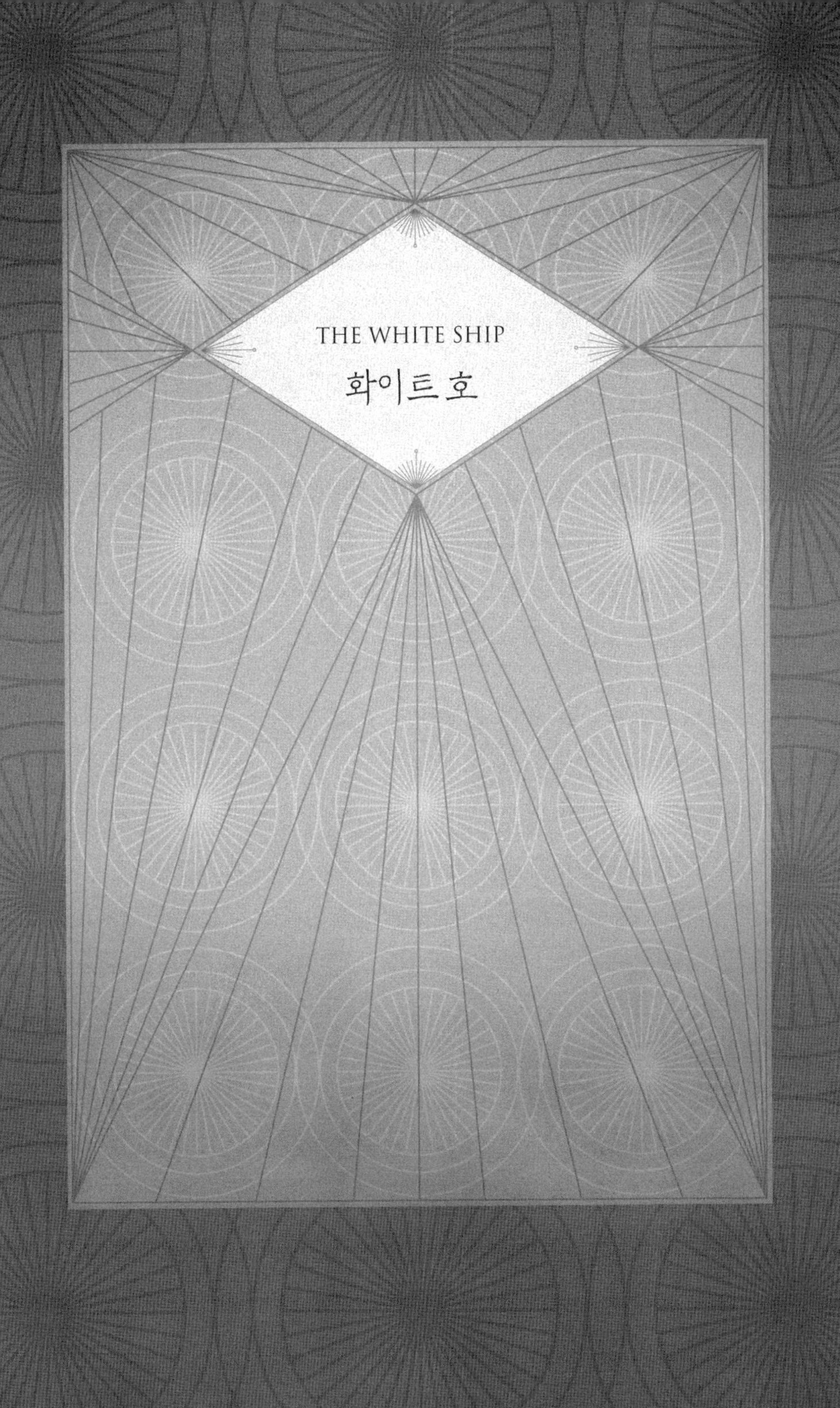

THE WHITE SHIP
화이트호

내 이름은 바질 엘튼이다. 남쪽 곶의 등대지기로서 할아버지에서 아버지 대로 이어진 직업을 그대로 잇고 있다. 잿빛의 등대는 해안에서 멀리 떨어진, 썰물이 빠지면 드러나고 밀물이 밀려들면 잠겨드는 끈끈한 암초 위에 서 있다. 과거 1세기 동안 등대는 일곱 바다의 위풍당당한 범선들을 내려다보았다. 조부께서 등대지기였을 당시엔 수많은 범선이 오갔으나 내 부친께서 일하실 무렵에는 그 수가 예전에 미치지 못했고, 지금은 너무나 드물어져 가끔은 내가 지상에 남은 마지막 사람인 듯한 묘한 고립감까지 느낄 정도이다.

예로부터 먼 나라에서부터 하얀 돛을 단 선단이 이곳을 찾아왔다. 기이한 정원과 화미한 사원 주위로 달콤한 향기가 감도는 머나먼 동방의 땅을 떠나온 선단이었다. 노로의 선장들은 곧잘 조부를 찾아와 이런저런 이야기를 나누곤 했는데, 동풍이 창밖에서 을씨년스럽게 울부짖는 깊은 가을밤, 조부께서 부친에게 이야기해 주었으며, 또 부친이 차례로 나에게 들려주었던 이야기가 바로 그것이었다. 호기심 가득하던 어린 시절, 나는 사람들이 건네준 책을 읽으면서 이보다 더 많은 이야기들과 그 밖의 수많은 일들을 알고 있었다.

하지만 노인들이 들려주는 옛이야기나 책에 담겨 있는 전설보다도 한층 더 내 마음을 사로잡은 것은 비밀스런 바다의 전설이었다. 푸른빛과 비췻빛, 잿빛을 띠고, 희기도 하고 검기도 하며, 부드러이 물결로 주름을 잡지만 때로는 산더미처럼 솟구치는 바다는 결코 정적인 것이 아니다. 일생 동안 바다를 보아오면서 그에 귀를 기울여왔기에 나는 바다를 잘 알고 있다. 처음 바다가 내게 말을 걸었을 무렵에 내가 들은 것은 잔잔한 해안가와 가까운 항구에 관한 평이하고 소박한 이야기뿐이었다. 하지만 수년이 흐르면서 점점 더 나와 친밀해진 바다는 내게 다른 것들에 대해 이야기해 주었다. 그것은 좀 더 기묘하면서 좀 더 먼 공간과 시간 속에서 벌어지는 일들이었다. 이따금 새벽녘에는 수평선에 걸린 희뿌한 안개를 갈라 저 너머의 길을 내게 보여주었으며 밤에는 가끔씩 깊은 수심을 환히 밝히고 인광을 발하여 아득한 물 아랫길을 비춰주곤 했다. 현재 존재하는 길과 앞으로 있을 길과 과거에 있었던 길을 드러내 보이는 이런 일별의 순간이 무척이나 잦았던 이유는, 바다가 산보다도 훨씬 오래되었으며 시간의 기억과 꿈을 싣고 있기 때문이리라.

만개한 달이 중천에 걸릴 무렵, 남쪽 수평선 너머로 하얀 범선이 다가오곤 했다. 범선은 사뭇 부드럽고 고요하게 남쪽 바다로부터 미끄러지듯 나아왔다. 파도가 거칠건 잔잔하건, 뒷바람을 타건 맞바람을 맞건, 그 배는 언제나 유유하고 소리 없이 물결을 타 넘었다. 돛은 활짝 펼쳐져 있었고 길고 기묘하게 생긴 노의 열은 층을 지어 리드미컬하게 움직이고 있었다. 어느 날 밤 나는 배의 갑판 위에서 턱수염과 망토를 두른 한 사내를 발견했다. 그는 함께 배에 올라 먼 미지의 해안을 향해 가지 않겠느냐고 나를 손짓하며 부르는 듯했다. 그 후에도 나는 수차례 만월의 달빛을 받고 있는 그를 보았지만 그는 내게 더는 손짓하지 않았다.

내가 마침내 그의 부름에 답한 그 날은 휘영청 만월이 뜬 밤이었다. 나는 달빛 내린 다리를 지나 물 건너편의 화이트 호로 걸어갔다. 나에게 손짓했던 인물은 나도 잘 알던 것 같은 감미로운 언어로 환영을 표했다. 순간순간 이어지는 사공들의 부드러운 노랫가락 속에서, 보름을 맞은 완숙한 달의 광휘를 받으며 우리는 금빛으로 빛나는 신비로운 남쪽 바다로 나아갔다.

동녘이 장밋빛으로 물들면서 날이 밝아왔다. 이제껏 알지 못했던 청명하고 아름다운 육지의 초록빛 해안이 저 멀리 내다보였다. 나무들로 총총한 신록의 대지가 위용을 과시하며 해면위로 솟아나있고, 햇빛을 받은 새하얀 지붕과 낯선 사원들의 열주가 여기저기 모습을 드러냈다. 우리가 녹림의 해안으로 점점 가까워질 무렵 턱수염의 사내는 이 땅에 관하여 내게 들려주었다. 이곳은 자르라는 땅이며, 한때는 인간들에게 깃들어있었으나 지금은 잊혀져버린 모든 꿈과 아름다움의 관념이 살아있는 곳이라는 이야기였다. 그 육지를 바라보고 있자니 나는 그가 말한 것이 진실임을 알 수 있었다. 일찍이 내가 수평선 너머의 안개를 뚫고 보았거나, 인광을 발하는 대양의 깊은 수심 속에서 들여다보았던 수많은 모습들이 눈앞에 펼쳐진 풍경 속에 들어 있었기 때문이었다. 그 형태와 환상성은 내가 이제껏 알고 있었던 어떤 것보다도 근사했다. 그것은 그들이 꿈꿔왔고 보아왔던 것들에 대해 세상이 채 알게 되기 전에 빈곤 속에서 숨을 거두어버린 젊은 시인들의 비전이었다. 하지만 우리는 자르의 비탈진 풀밭에 상륙하지 않았다. 그 땅을 밟은 이들은 두 번 다시 고향의 해변으로 돌아가지 못한다는 이야기 때문이었다.

화이트 호가 사원이 세워진 자르의 층진 대지로부터 소리 없이 멀어지면서 전방의 먼 수평선 위로 솟아오른 거대한 도시의 첨탑이 시야에 들어왔다. 턱수염의 사나이가 내게 이야기했다. "저곳은 천 가지 경이의 도시인 셀레리온이오. 사람이 간파하려고 애쓰지만, 허사로 돌아가는 모든 신비가 저 안에 존재하지요." 나는 좀 더 가까운 시계 내를 다시 살피고 나서 그 도시가 이제까지 알거나 꿈으로 꾸어왔던 어떤 도시보다도 웅대하다는 사실을 깨달았다. 끝이 제대로 보이지 않을 만치 드높은 사원의 첨탑은 마치 하늘을 찌르는 듯했고, 먼 뒤편 지평선 너머로 길게 뻗은 으스스한 느낌의 잿빛 성벽 위에는 몇 개의 지붕이 엿보였다. 성벽은 수상하고 불길한 느낌의 호사스런 장식띠와 매혹적인 조각으로 치장되어 있었다. 나는 꺼림칙하면서도 끌리는 이 도시에 들어가고 싶은 간절한 마음에 턱수염의 사내에게 나를 거대한 조각 관문 아크리엘 옆의 석조부두에 내려달라고 간청했다. 하지만 그는 내 청을 점잖게 거절하면서 이렇게 말했다. "천 가지 경이의 도시 셀레리온으로 수많은 사람들이 들어갔지만 단 한 사람도 돌아오지 못했다오. 그 속에는 요귀들과 정상이 아닌 존재들만 돌아다니고 사람들은 전혀 없소. 그리고 저 거리는 도시를 지배하는 허깨비 라티를 만나 죽은 사람들의 매장되지 못한 유골로 뒤덮여서 하얗게 보이는 것이라오." 그리하여 화이트 호는 셀레리온 성벽을 그대로 지나쳐 몇 날 며칠을 남쪽으로 날아가는 새의 뒤를 따라갔다. 하늘을 나는 새의 윤기 나는 깃옷이 하늘의 색조에 녹아들었다.

마침내, 우리는 각양각색의 꽃들이 화사한 봉오리를 피우고 있는 기쁨의 해안으로 들어섰다. 눈길 닿는 머나먼 내륙까지 아름다운 과수원과 찬란한 총림이 절정의 태양 아래 환한 햇살을 받고 있었다. 시야 너머의 나무그늘에서는 이따금 서정적인 화성을 곁들인 흥겨운 노랫가락과 어렴풋한 웃음소리가 함께 터져 나왔다. 너무나도 청량한 웃음소리에 나는 그곳에 한시바삐 다가가고픈 마음으로 사공들을 재우쳤다. 우리가 백합꽃이 한가득 피어난 해안가에 도착했을 때에도 턱수염의 사나이는 아무 말 없이 나를 바라보고만 있었다. 별안간 들꽃 가득한 풀밭과 울창한 수림에서 한줄기 바람이 불어 닥치면서 어떤 향기를 실어 날랐다. 나는 그 향기에 동요하고 말았다. 바람이 점점 강해지면서 역병이 만연한 도시와 덮이지 않은 묘지에서 풍기는 듯한 끔찍하고 역한 악취가 대기 속에 가득 들어찼다. 우리가 허겁지겁 키를 돌려 그 저주받은 해안가에서 멀어지고 나서야 턱수염의 사내는 말을 꺼냈다. "여기는 슈라라는 곳이오. 도달하지 못하는 희락의 땅."

다시금 화이트 호는 하늘의 새를 따라, 향기로운 미풍이 살포시 어루만지는 따스한 축복의 바다 위를 나아갔다. 그렇게 우리는 며칠 밤낮을 항해하였다. 머나먼 고향 바닷가에서 떠나왔던 오래전 그날 밤처럼, 달이 차오른 보름날 밤에는 사공들의 부드러운 노랫소리에 귀를 기울이곤 했다. 그리하여 우리는 마침내 달빛을 따라 소나-닐의 항구에 닻을 내렸다. 그 도시는 바다에서 솟아올라 눈부신 아취를 그리며 머리를 맞댄 수정의 쌍둥이 곶의 수호를 받는 환상의 땅이었다. 우리는 달빛을 받아 금빛으로 빛나는 다리를 건너 초록빛 기슭으로 걸어갔다.

소나-닐은 시간과 공간의 제약이 없으며 고통도 죽음도 없는 곳이다. 나는 이곳에서 영겁 같은 세월을 살았다. 청청한 수림과 초원, 화사하고 향기로운 꽃들, 아름답게 노래하는 푸른 시냇물, 투명하고 차디찬 분수, 그리고 장엄하고 영화로운 사원과 성채와 도시들. 아름다운 각처의 경관 저편으로 한층 더한 아름다움이 나타나는 이곳은 진정 한계가 없는 곳이었다. 행복한 주민들은 각처의 교외나 장려한 도시의 중심가

나 어디든지 마음대로 갈 수가 있었으며, 그들 모두에겐 타고난 품격과 순수한 행복감이 깃들어 있었다. 이곳에서 지낸 오랜 세월 동안 나는 잘 다듬어진 관목림 사이사이로 기묘한 형태의 보탑들이 솟아있고, 아름다운 꽃들이 나란히 줄지어 피어 있는 정원의 하얀 산책길을 가없는 행복 속에서 거닐었다. 완만한 언덕을 오르면 초록빛 계곡으로 아늑하게 감싸인 뾰족탑의 도시와 무한히 먼 수평선 너머 반짝이는 대도시의 황금빛 도움으로 이루어진 사랑스럽고 황홀한 파노라마가 산봉우리 아래로 펼쳐졌다. 그리고 달밤에는 빛의 포말을 튀기는 바다와 크리스털 곶, 화이트 호가 정박해 있는 평온한 항구의 전경이 내려다보였다.

기억조차 할 수 없는 과거인 타르프의 해, 보름달이 떠오른 어느 날 밤에 유혹하듯 날갯짓하는 하늘빛 새의 모습이 시선에 잡혔다. 그 순간 처음으로 마음속에서 어떤 설렘이 일어났다. 곧바로 나는 턱수염의 사내를 찾아, 아무도 본 적은 없으나 모든 이들이 서편의 현무암 기둥군 너머에 있으리라 믿고 있는 머나먼 카투리아로 가보고 싶다는 나의 새로운 동경을 고했다. 그곳은 희망의 땅이며, 우리가 다른 곳에서 알고 있거나 적어도 인간과 관련되어있는 모든 완벽한 이상이 빛나는 곳이다. 하지만 턱수염의 사내는 내게 말했다. "사람들이 카투리아가 있다고 말하는 그곳에는 위험한 바다가 있다는 사실을 주지하시오. 소나-닐에서는 아무런 고통도 죽음도 맛보지 않지만, 그 서쪽 현무암 기둥 너머에 과연 무엇이 있을 지 누가 장담할 수 있겠소?" 하나 나는 그의 우려를 뒤로하고, 다음 보름에 화이트 호에 올라, 마지못해 승낙한 턱수염 사내와 동행하여 먼바다로 기수를 잡아 항구를 떠났다.

하늘빛 새는 길잡이하며 먼 서녘의 현무암 기둥들을 향해 우리를 이끌어갔다. 하지만 이번의 보름달 아래에선 어느 사공도 그 부드러운 노래를 흥얼거리지 않았다. 나는 미지의 고장 카투리아와 그곳의 눈부신 수림과 궁궐에 대한 그림을 마음속에 그리면서 어떤 새로운 환희가 나를 기다릴지 궁금해했다. "카투리아." 나는 속으로 읊조렸다. "그곳은 신들의 처소이자 셀 수 없는 황금 도시들의 고장. 향기로운 카모린 총림까지 품어 안은 숲에는 용설란과 백단목이 자라고, 나무숲 사이론 명랑한 새들이 날갯짓하며 노래 부르네. 초록 잔디와 꽃으로 울긋불긋한 카투리아의 산과 산마다 조각과 그림으로 호화롭게 광영을 입은 연분홍빛 대리석 사원이 서 있고, 사원 내정의 시원한 은빛 분수는 작은 암굴에서 발원한 나르그 강의 향기로운 물을 매혹적인 음악으로 울리게 하네. 카투리아의 도시는 황금의 벽으로 둘러싸여 있으며 그 보도 또한 황금의 포석이 깔려 있다네. 도시의 정원에는 기기묘묘한 난초들이 피어나 있고, 산호와 호박으로 바닥을 깐 연못들이 향기를 품어내고 있으니, 밤에는 세 가지 색의 화려한 거북껍질 등이 거리와 정원을 밝히고 가수들의 노랫소리와 류트 악사들의 선율이 감미롭게 울려 퍼지네. 카투리아의 건물은 모두가 궁전이며, 신성한 나르그 강물을 실어 나르는 향기로운 운하 위에 세워져 있네. 가옥은 대리석과 반암으로 지어져 있고 반짝이는 황금 지붕을 이고 있어, 지복신들이 저 먼 산봉우리에서 전경을 완상할 때면 햇살이 지붕에 반사되어 도시의 광휘를 드높이는구나. 이 모든 중에 가장 완벽한 미는 바로 위대한 군주 도리에브의 궁궐이리라. 누군가가 말하길 그는 반신이라 하며, 다른 이들이 말하길 그는 신이라고 한다. 그 궁궐은 높으며, 수많은 대리석 망탑이 궁벽 위로 솟아 있고, 수세기의 전리품들이 내걸린 대형 집회 홀에는 수많은 군중들이 모여든다네. 순금을 잇대어 만든 회장의 지붕은 루비와 터키석의 높다란 기둥으로 떠받쳐 있으며, 회장 안에는 살아있는 올림포스

신들의 눈높이로 맞추어진 신들과 영웅들의 조각상이 세워져 있다네. 총총히 불을 밝힌 나르그 강의 물길이 유리로 된 궁궐 바닥을 따라 흐르고 아름다운 카투리아 바깥에 사는 이는 알지 못할 화려한 물고기들이 그 물속에서 노닌다네."

이렇게 나는 카투리아에 대한 이야기를 내 자신에게 건네곤 했지만 턱수염 사내는 소나-닐의 복락의 기슭으로 돌아가는 편이 좋을 거라고 계속하여 내게 경고했다. 소나-닐은 인간들에게 알려진 곳인 반면 카투리아를 보았던 이는 아무도 없기 때문이라는 이유였다.

새를 뒤따른 지 서른 하루째 되던 날, 드디어 우리는 서쪽 현무암 기둥무리에 다다르게 되었다. 기둥은 안개로 둘러싸여 있었으므로 기둥 저편이라든지, 실제로 하늘에 닿아 있으리라고 사람들이 이야기하는 꼭대기는 인간의 눈엔 전혀 보이지 않았다. 또다시 턱수염 사내는 내게 돌아가자며 애원하듯 청했지만 나는 그에 전혀 신경을 쓰지 않았다. 노랫소리와 류트의 가락이 현무암 기둥 저편의 안갯속에서 흘러나온다는 생각이 들었기 때문이었다. 그 선율은 소나-닐의 가장 감미로운 가락보다도 한층 더 듣기 좋았으며, 어쩌면 나 자신을 찬미하는 듯 생각되기까지 했다. 그 만월의 밤 이래 머나먼 길을 여행하여 환상의 나라에서 살게 된 나에 대한 찬양으로 여겨졌던 것이다. 그렇게 화이트 호는 선율이 흘러나오는 곳을 따라 서쪽 현무암 기둥군 사이의 안갯속으로 미끄러져 들어갔다. 하지만 음악이 그치고 안개가 장막을 걷은 순간, 카투리아는 어디에도 보이지 않았다. 오로지 세찬 급물살의 바다만이 눈앞에 펼쳐져 있을 뿐, 범선은 미지의 목적지를 향해 무력하게 휩쓸려가고 있었다. 잠시 후 낙하하는 폭포의 우레 같은 물소리가 아득하게 귀를 두드렸다. 가공할 정도로 어마어마한 폭포수의 거대한 물보라

저편으로 먼 수평선이 모습을 드러냈다. 세계의 대양이 끝없는 심연의 무(無)를 향해 폭포수가 되어 떨어져 내리고 있었다. 두 볼에 눈물길을 그린 턱수염의 사내가 나를 향해 한탄했다. "우리는 아름다운 소나-닐을 거부했소. 두 번 다시 그곳을 보지 못할 것이오. 신들은 인간보다 위대하기에 그들이 승리를 거두었소." 나는 이제 닥쳐올 격돌의 순간을 맞이하여 눈을 감고 말았다. 조소하는 양 격류의 낭떠러지 위에서 파란 날개를 치던 새의 모습도 눈꺼풀에 덮여 사라졌다.

이어, 격돌을 벗어나는 순간 어둠이 몰려왔다. 인간들과 인간이 아닌 것들의 비명이 귀속을 파고들었다. 동쪽에서 사나운 폭풍이 일어났다. 발치에 솟은 젖은 바위에 웅크리고 있던 나는 그 칼날 같은 한기에 소스라쳤다. 잇따라 들려오는 또 다른 충돌의 굉음에 흠칫 눈을 뜬 순간, 나는 내가 있는 곳이 까마득한 과거 적에 떠나왔던 등대의 기단 위라는 사실을 깨달았다. 아래편 어둠 속에는 잔혹한 암초에 부딪힌 배의 부서진 윤곽이 어렴풋이 드러나 있었다. 잔해에서 눈을 떼어 주위를 살펴보고 나서야 내 조부가 관리를 맡은 이래 처음으로 등대의 불빛이 꺼졌음을 알게 되었다.

새벽이 성큼 다가든 밤에 나는 등대 안으로 들어갔다. 벽에 걸린 달력은 내가 항해를 떠났던 날의 일자 그대로였다. 동이 트자 나는 등대를 내려와 암초 위에 난파된 잔해를 샅샅이 뒤졌지만 내가 찾아낸 것은 하늘빛 색조를 띤 기묘한 새의 시체와 파도 포말과 산정의 눈보다도 새하얀 돛대가 산산이 부서져 있는 모습뿐이었다.

그 뒤로 바다는 더 이상 내게 비밀을 이야기해 주지 않았다. 많은 나날동안 보름달은 하늘 가운데 높이 걸렸으나 화이트 호는 두 번 다시 남쪽에서 나타나지 않았다.

THE DOOM THAT CAME TO SARNATH

사나스에 찾아온 운명

나르에는 아무런 물길도 흘러들지 않고 흘러 나가지도 않는 광대하고 고요한 호수가 있다. 1만 년 전에 그 호숫가에는 강대한 도시 사나스가 서 있었다. 하지만 더 이상 그 도시는 존재하지 않는다.

아득히 오랜 옛날 세상이 유년의 시절이었을 무렵, 사나스 인들이 나르 땅을 밟기 전에 다른 도시가 호숫가에 있었다는 전설이 전해온다. 그곳은 회백석의 도시 이브로서 호수의 나이만큼 오래된 도시였으며 눈으로 보기에 그다지 유쾌하지 못한 생물들이 살아가고 있는 곳이었다. 당시 세상 존재들 대부분이 아직 불완전하고 미진한 상태였듯이 이 존재들도 몹시 기이하고 흉한 용모였다. 카다세런의 벽돌조 원기둥에 그 이브의 주민들에 관해 기술되어 있는데, 그들의 피부색은 호수나 호수 위에서 피어오르는 안개와 닮은 녹색이었으며 퉁방울 같은 눈과 뿌루퉁하게 늘어진 입술, 괴상한 형태의 귀가 달려있는데다 목소리를 낼 수 없는 생물들이라고 전하고 있다. 더하여 그들 모두가 (그 주민들과 드넓고 고요한 호수와 석조도시 이브가) 안개 낀 어느 날 밤에 달에서 내려왔다고도 기록되어 있다. 아무튼 그 생물들이 거대한 수생 도마뱀 보크루그의 모습과 흡사한 해록색 석조우상을 섬기고 있었으며 철월(凸月)의 달밤에 그 우상 앞에서 으스스한 무도를 벌였다는 사실만은 분명하다. 일라네크의 파피루스 속에는 어느 날 그들이 불을 발견했고 그 뒤부터는 수많은 제전에서 불꽃을 피웠다는 내용도 적혀 있다. 하지만 이들에 대한 기록이 많지 않은 이유는 이들이 너무나 먼 과거에 살았던 존재였기에 탄생한 지 얼마 되지 않았던 인간으로선 이런 태고의 생물에 대해서 아는 바가 거의 없었기 때문이다.

영겁 같은 무량한 세월이 흐른 후 인류가 나르로 들어섰다. 양떼를 이끌고 온 가무스름한 피부의 유목민들은 굽이쳐 흐르는 아이 강가에 트라와 일라네크, 카다세런을 건설했던 민족이었다. 그리고 다른 이들보다도 더욱 더 대담한 부족들은 호수의 가장자리까지 나아가서, 값비싼 귀금속이 채굴된 장소에다 사나스를 세웠다.

그 방랑 부족들이 사나스의 첫 번째 초석을 놓은 곳이 회색 도시 이브에서 그리 멀지 않은 곳이었기 때문에 이브의 생물들을 처음 대면하게 된 사람들은 크게 놀랄 수밖에 없었다. 하지만 얼마 가지 않아 놀라움은 혐오감으로 바뀌었다. 사람들은 그런 생김새의 생물들이 땅거미 질 무렵에 인간 세상 주변을 돌아다니는 모습을 보고 싶지 않아 했으며, 이브의 잿빛 모노리스에 새겨진 기이한 조각에도 전혀 호감을 느낄 수가 없었다. 그것은 그런 조각들이 어찌하여 인류의 시대에 접어든 뒤늦게까지 이 세상에 남아 있는지 답할 수 있는 이가 아무도 없었던 때문이기도 했는데, 단지 나르라는 땅이 현실세계나 꿈세계 양쪽 대부분의 지역에서 멀찍이 떨어진 고적한 장소라는 점이 한 이유는 되었으리라.

이브의 주민들을 좀 더 접하게 되면서 사람들의 혐오감은 커졌다. 그 생물들의 육체가 연약하여 돌과 화살을 맞으면 젤리처럼 물컹거린다는 사실도 그들의 혐오감을 덜어주지 못했다. 그러던 어느 날 결국 투석병과 창병과 궁병으로 조직된 사나스의 젊은 전사대가 이브에 난입하여 그 주민들을 모조리 학살했다. 생물들의 괴이한 몸에 닿고 싶지 않았던 전사들은 그 몸뚱이들을 장창에 꿰어 호수에다 처박았다. 또한 이브의 잿빛 부조 모노리스 모두도 그들의 마음에 들지 않았다. 나르나 그 인근에는 그 같은 석재가 없었으므로 인간들이 해왔던 방식처럼 상당한 원거리에서 돌을 끌고 온 게 분명했으며, 그 거창한 역사(力事)가 어떠했을지 궁금증이 없지는 않았으나 결국 이것마저 호수에다 던져버렸다.

이리하여 태고의 도시 이브는 수생 도마뱀 보크루그의 초상이 새겨진 해록색(海綠色) 석조 우상만을 유물로 남긴 채 이 세상에서 사라지고 말았다. 그 우상은 고대 신들과 고대 종족을 정복한 전리품인 동시에 나르 일대의 지배자라는 표상으로서, 전사대가 귀환할 시에 가져들어온 것이었다. 그러나 사원 안에 석상을 세워놓은 그날 밤 소름 끼치는 변고가 생겼음이 분명했다. 한밤중 호수 위로 상서로운 빛이 감돌았고, 다음날 아침 사람들은 우상이 사라졌다는 사실과, 형언할 수 없는 공포로 숨이 넘어간 듯한 대사제 타란-이쉬의 시신을 발견했던 것이다. 절명하기 직전에 타란-이쉬가 부들부들 떨리는 필치로 귀감람석(貴橄欖石) 제단 위에다 휘갈겨 놓은 문구는 바로 '파멸'이었다.

타란-이쉬 이후 사나스에는 수많은 대사제들이 대를 이었지만 문제의 해록색 석상을 찾아낸 이는 아무도 없었다. 수세기가 주마등처럼 지나가고, 오로지 사제들과 늙은 노파들만이 감람석 제단 위에 쓰여 있던 타란-이쉬의 경고문을 기억 속에 간직하고 있는 동안 사나스는 번영가도에 올라 있었다. 일라네크과 사나스 간에는 대상의 루트가 만들어졌으며 땅에서 캐어 올린 귀금속들은 다른 금속이나 진기한 옷감, 보석과 서적, 장인들의 장구, 그리고 굽이치는 아이 강변과 그 너머 사는 이들에게 알려진 온갖 호사스러운 물건들과 교역되었다. 학문은 성장하고 도시는 아름다워지고 점점 더 강대해져 간 사나스는 마침내 군대를 출병하여 이웃도시들을 차례로 복속시켜 갔다. 이 시대에 사나스의 옥좌에 앉은 자는 나르 전역과 수많은 인접 지역의 지배자나 마찬가지였다.

장엄한 도시 사나스는 세상의 경이로움이자 인류의 자긍심이었다. 도시의 성벽은 사막에서 채석한 대리석을 연마하여 쌓은 것이었으며, 벽의 높이는 300규빗, 너비는 75규빗으로서 최상층의 가로를 따라 전차를 몰아가며 마주 달릴 수 있을 정도로 널찍했다. 총 길이 500스타디아를 질주하는 성벽은 호수 접면만 트여 있었는데 그곳엔 1년에 한 차례 이브 멸망일마다 기이하게 일어나는 파도를 잠재우는 녹색의 석조 호안벽이 세워져 있었다. 사나스에는 호수에서 시작하여 대상들의 출입관문까지 이어지는 도로가 50개가 있었으며 교차로 또한 그 수를 넘었다. 말과 낙타, 코끼리가 지나다니는 화강석 가도 외의 바닥은 흑요석으로 포장되어 있었으며, 사나스로 진입하는 관문도 육로가 도달하는 수만큼이나 많았다. 각 관문은 청동으로 만들어져 있었고 일반에게 종류가 알려지지 않은 석재를 조각해 만든 사자와 코끼리 조상들이 양쪽으로 도열해 있었다. 매끄러운 벽돌과 옥수(玉髓)로 축조된 사나스의 건물들은 집집마다 벽으로 에두른 중정과 투명한 수공간을 조성해 놓고 있었다. 신묘한 건축술 덕에 다른 도시는 그와 같은 건물을 세우지 못했으며, 쑤라, 일라네크, 카다세런에서 이곳을 찾은 여행자들은 건물 위를 덮은 빛나는 도움에 찬탄을 금치 못했다.

하지만 가일층 신묘한 것은 궁궐과 사원과 선왕 조카르에 의해 축조된 정원이었다. 사나스엔 수많은 궁궐이 있었으나 이중 가장 최근에 지어진 궁이야말로 쑤라나 일라네크, 카다세런에 있는 어느 건물보다도 웅장했으며, 그 높이 또한 드높아서 이따금 궁내에 있는 사람은 이곳의 바로 위가 하늘천장이 아닐까 하는 상상까지 할 정도였다. 날이 저물어 도더 기름을 적신 횃대마다 불을 밝힐 즈음이면 궁궐의 누벽은 군주와 군대를 그린 거대한 화폭을 한꺼번에 펼쳐내었고, 그 장려함은 보는 이들의 감동과 경외심을 자아내었다. 궁전의 수많은 기둥들은 하나같이 빼어나도록 아름다운 의장으로 조각한 색조 대리석이었으며, 궁전 바닥 대부분이 녹주석, 청금석, 마노와 석류석 그리고 여타 정선된 재료를 조합한 모자이크로 이루어져 있어 그 모습을 보는 이들마다 진기한 꽃으로 어우러진 평상 위를 거닐고 있노라고 절로 상상하게 될 만큼 매혹적으로 꾸며져 있었다. 향기로운 물보라를 솟구치는 분수도 여러 군데 놓여 있었고 그 사출구는 정교한 기술로 조정되었다. 하지만 이 모든 것들을 무색하게 만드는 것은 바로 나르와 인접 영지를 통치하는 역대 사나스 국왕의 궁궐이었다. 반들거리는 바닥위로 수많은 단의 계단이 있고, 웅크린 황금 사자 한 쌍 위로 옥좌가 놓여 있었다. 옥좌는 한 덩어리의 상아를 조각하여 제작한 것이었으나 그만 치나 거대한 상아를 어디서 가져왔는지 아는 이는 남아 있지 않다. 또한, 궁전에는 수많은 회랑과 함께, 왕들의 도락을 위해 사자와 사람, 코끼리 등이 서로 교전을 벌이는 투기장도 상당수 있었다. 가끔은 거대한 수로를 통해 호수에서 끌어온 물로 투기장을 가득 채우고 난 다음, 인간과 사나운 해수 간의 격렬한 해전이나 결투를 벌이기도 했다.

사나스에 있는 열일곱 개의 고층사원은 산지를 알 수 없는 빛나는 다색석으로 지어져 있어 실로 장엄하고 위풍당당한 풍채를 자랑했다. 사원 안에 세워진 전고 1000규빗 높이의 거대한 탑은 왕에 모자람 없는 위엄을 내세우는 대사제들의 처소였는데 그 기단부에는 궁전의 것과 같은 여러 채의 광대하고 호사스런 성전이 서 있었다. 그곳은 바로 사나스의 주신인 조-클라, 타마쉬, 로본을 경배하기 위한 일반인들의 예배당이었다. 향 내음으로 둘러싸인 주신들의 제단은 군주의 옥좌와도 닮아있었으며, 다른 신들의 조상은 세 주신들의 위엄에는 미치지 못했다. 주신들의 석상이 마치 생생히 살아있는 듯했기에 사람들은 우아한 턱수염의 신들이 정말 그 상아 옥좌에 정좌해 있다고 믿어 마지 않을 정도였다. 지르콘으로 이루어진 까마득한 계단 위에 자리한 탑실은 대사제들이 낮에는 도시와 평원과 호수의 전경을 내려다보고, 한밤에는 신비로운 달과 주요 성좌나 행성을 올려다보거나 호수에 비치는 물그림자를 살피는 장소였다. 수생도마뱀 보크루그를 저주하는 은밀한 고대 의식이 행해지고, 타란-이쉬의 파멸의 문구가 씌어진 귀감람석 제단이 놓여 있는 곳도 바로 이곳이었다.

선왕인 조카르의 정원 또한 훌륭하기엔 비길 곳이 없었다. 높다란 벽으로 둘러싸인 그 정원은 사나스 중심부의 광대한 면적을 차지하고 있었다. 그곳엔 날씨가 맑을 때엔 햇빛과 달빛과 별빛을 투과하고, 흐릴 때에는 해와 달과 별을 묘사한 찬란한 그림이 천정에 내걸리는 거대한 유리도움이 설치되어 있었다. 여름에는 송풍기에 의해 기술적으로 순환시킨 신선하고 향기로운 산들바람이 정원의 열기를 식혀주었고, 겨울에는 잘 감추어진 난방기가 공기를 따뜻하게 데워주어 정원 안은 사시사철 봄날이었다. 선명한 조약돌 위로 야트막한 개울물이 흘러가면서 녹색의 풀밭과 갖가지 색조를 띤 화원의 경계를 이루고, 그 개울 위로는 여러 개의 다리가 걸려 있었다. 수많은 폭포들이 시냇물 줄기를 향해 쏟아 내린 물은 다채로운 색을 띤 작은 연못들로 흘러들어 갔다. 진기한 새들이 물의 멜로디와 조화롭게 노래하는 가운데 개울과 작은 호수 위에는 하얀 백조들이 떠다녔으며, 녹색의 둔덕이 솟은 정연한 대지 이곳저곳은 포도나무 정자와 감미로운 화원, 대리석과 반암으로 만들어진 의자와 벤치로 조경되어 있었다. 그리고 사람들이 휴식하거나 소(小)신들에게 기원하는 작은 사당이나 신당도 다수 있었다.

매해 사나스에서는 이브 멸망 기념 축제가 치러졌다. 그 기간에는 와인과 노래와 춤과 온갖 종류의 환락으로 흥청거렸다. 이 시기에는 기괴한 태고의 생물들을 전멸시킨 용사들의 무덤에 위대한 영예가 바쳐졌으며, 조카르의 정원에서 거둔 장미 관을 쓴 무희들과 류트 악사들이 패망한 종족과 그네들이 믿던 태고신의 자취를 조롱하곤 했다. 그리고 왕들은 호수를 내려다보며 그 아래 잠들어 있을 망자들의 유골을 저주했다.

처음 대사제들은 이 축제를 좋아하지 않았다. 해록(海綠)색 우상이 사라졌던 일과 공포에 미쳐 죽은 타란-이쉬가 남긴 경고문에 대한 기묘한 사연이 대사제들 사이에서는 전해 내려왔기 때문이었다. 그들은 첨탑에서 호수를 내려다보면 이따금 호수 바닥에서 빛이 엿보였음을 주지시켰다. 하지만 재앙 없는 긴 세월이 흘러가자 이젠 사제들마저도 웃고, 조소하고, 저주하면서 사람들의 법석에 합류하게 되었다. 사실 그들 또한 신전의 첨탑 속에서 수생도마뱀 보크루그를 저주하는 오래된 비밀 의식을 곧잘 거행하지 않았던가? 그리고 마침내, 풍요와 환희의 천년 세월이 세상의 경이로움인 사나스를 지나갔다.

이브 멸망 천 주년 축제일의 호화로움은 상상을 뛰어넘는 것이었다. 열흘 동안 나르의 전역에서는 축제 이야기로 분분했다. 이윽고 당일이

다가오자 트라, 일라르넥, 카다세런과 나르의 전 성읍과 그 너머 고장에서 찾아온 사람들이 말과 낙타와 코끼리를 몰고 사나스에 도착했다. 지정일의 밤에 제후들의 파빌리온과 여행자들의 천막이 대리석 누벽 앞에 쳐졌다. 연회장 안에서 축연을 즐기는 귀족들과 바삐 오가는 노예들에 둘러싸인 나르기스-헤이 국왕은 정복지인 프노스의 지하창고에서 가져온 해묵은 와인에 잔뜩 취하여 누워 있었다. 많고 많은 이국의 산해진미가 축연으로 소비되었다. 먼 리플란 산지에서 가져온 공작과 브나직 사막 산 낙타 뒤꿈치, 시다스리안 숲의 견과류와 향신료, 파도가 부딪는 므탈 지방에서 가져와 트라 식초 속에 녹여 낸 진주. 더하여 나르 전역에서 가장 뛰어난 요리사들이 마련한 소스로 말하자면, 그 종류는 헤아릴 수가 없었고 모든 손님들의 미각에 잘 맞았다. 하지만 그 모든 진수성찬 중에 가장 굉장했던 것은 호수에서 잡은 큼직한 물고기들이었는데 그 각각의 크기가 하나같이 거대한데다 루비와 다이아몬드를 박은 황금 접시에 담겨 있었다.

궁전 안에서 왕과 귀족들이 황금 접시에 올려진 최고의 산해진미를 음미하며 성찬을 즐기는 동안, 다른 사람들도 저마다의 장소에서 축제를 즐겼다. 대사원 탑에서는 사제들이 주연으로 흥청거리고 사면으로 트인 파빌리온마다 이웃 나라의 제후들이 떠들썩한 잔치를 벌였다. 하지만 철월의 달에서 나와 호수 속으로 하강하는 그림자를 처음으로 보았던 이는 대사제 그나이-카였다. 이어 호수에서 피어난 저주스런 녹색 안개가 달과 만나더니 비운의 첨탑과 도움을 불길한 연무 속에 감추었다. 그 뒤, 탑 속에 있던 이들과 성벽 바깥에 있던 사람들은 호수 위에서 빛나는 기이한 빛무리를 목도했고, 그와 동시에 늘상 호숫가 근처에 높다랗게 솟아 있었던 회색 암반 아큐리온이 거반 물속에 잠겨버렸다는 사실을 알아차리게 되었다. 순간, 막연한 공포심이 급속도로 확산되었다. 일라르넥과 멀리서 온 로콜의 제후들은 천막과 파빌리온을 접고 자리를 떴지만, 정작 그 자신들도 그렇게 출발을 서둔 이유를 확실히 알지 못했다.

이어, 자정에 닿을 무렵, 청동문이 활짝 젖혀지면서 어둠이 내려앉은 평원을 향해 광란에 휩싸인 군중들을 봇물처럼 쏟아내었다. 축제에 참가했던 제후들과 여행자들 모두가 극도로 소스라치며 멀리멀리 달아났다. 견딜 수 없는 공포가 낳은'광기가 군중들의 얼굴에 아로새겨져 있었고, 그들의 입에서 나오는 말마디는 참으로 소름 끼쳐서 듣고 있는 이들로선 진위를 알고 싶어도 그 말을 자를 수가 없었다. 두려움에 절여진 눈으로 국왕의 연회장 안을 엿본 사람들은 벽력 같은 비명을 터뜨렸다. 창문을 통해 들여다본 그 장소에는 나르기스-하이 국왕 이하 귀족들과 노예들의 모습은 어디에도 보이지 않았다. 대신에 차마 무어라 형언하지도 못할 녹색의 존재들이 그 자리를 차지하고 있었다. 불룩한 눈과 축 늘어진 두터운 입술과 기묘한 형태의 귀를 지닌 생물의 무리가 가득히 들어차서는, 루비와 다이아몬드가 놓인 황금접시들을 앞발로 나르면서 기괴한 불꽃을 에워싼 채로 겅중겅중 소름 끼치는 춤을 추고 있었다. 뒤이어, 말과 낙타와 코끼리를 몰고 도움의 도시 사나스에서 도주했던 제후들과 여행자들은 또다시 호수가 안개를 피어 올리고 암반 아큐리온이 완전히 물속으로 잠겨버리는 모습을 목격했다. 사나스를 도망쳐 나왔던 사람들로부터 전해진 이 이야기는 훗날 나르 전토와 그 인근 전역에 널리 퍼져 나갔고, 대상들은 불운한 도시뿐만 아니라 그 땅의 귀금속들까지 완전히 사라져버렸음을 깨달았다.

그 후 오랜 시간이 지나, 어느 방랑자들이 그곳에 발을 들여놓게 되었다. 금발과 푸른 눈의 용감하고 모험심 강한 이 젊은이들은 나르 인들과는 전혀 다른 혈통이었다. 기실 그네들은 사나스를 보러 호수가까이까지 접근한 것이었으나, 그들의 시야에 들어온 광경이란 거대하고 고요한 호수와 그 호숫가 가까이 우뚝 솟아 있는 잿빛 암반 아큐리온뿐, 세계의 경이와 인류의 자긍심이었던 도시의 위용은 어디에도 보이지 않았다. 한때 300규빗의 성벽과 그보다도 높은 탑들이 솟아있던 장소엔 오로지 축축한 늪지대만 펼쳐져 있었고, 한때 500만의 사람들이 살고 있었던 곳에는 꺼림칙한 수생도마뱀만 기어 다니고 있었다. 심지어는 귀금속을 채굴했던 광산조차도 사라져버린 상태였다. 진정한 '파멸의 운명'이 사나스에 도래했던 것이다.

하지만 그들은 골풀 속에 반쯤 묻혀 있던 기묘한 녹색 석상을 발견했다. 그것은 바로 거대한 수생도마뱀 보크루그의 모습이 조각된 아득한 태고의 우상이었다. 그 우상은 일라네크의 대사원에 안치되어 이후 철월(凸月)의 달이 뜨는 밤마다 나르 전역에서 숭배의 대상이 되었다.

THE TERRIBLE OLD MAN
무서운 노인

'무서운 노인'을 방문하자는 것이 앤젤로 리치, 조 차넥, 마누엘 실바의 계획이었다. 그 노인은 해안에서 가까운 워터 가(街)의 아주 낡은 집에 홀로 살았고, 엄청난 부자에다 엄청나게 기력이 없다는 소문이 돌았다. 리치, 차넥, 실바 패거리가 강도짓을 꾸미기에 딱 좋은 조건이었다. 무서운 노인에 대해 킹스포트 주민들 사이에 많은 일화와 추측이 돌았다. 노인이 리치 일당과 같은 사람들에게 베일에 가려져 있긴 하지만, 낡은 대저택 어딘가에 막대한 재산을 은닉해 두었다는 것이 거의 기정사실처럼 받아들여졌다. 실제로 아주 기묘한 그 노인은 한때 동인도 회사 소속 범선의 선장이었다고 알려져 있었다. 하도 나이가 많아서 그의 젊은 시절을 기억하는 사람이 없었고, 하도 과묵하여 그의 실명을 아는 사람도 거의 없었다. 오랫동안 버려진 저택의 앞마당에 비틀린 나무들이 있고, 그 사이에 노인이 모아둔 생경한 거석들이 기이하게 배치되고 색이 칠해져 머나먼 동양의 어느 신전에나 있을법한 우상들을 떠올리게 했다. 이렇게 수집된 거석들은 무서운 노인의 길고 흰 머리칼과 수염을 놀리거나 짓궂은 돌팔매질로 저택의 작은 창유리를 깨곤 하던 꼬

맹이들 대부분을 혼비백산 도망가게 만들었다. 그러나 좀 더 나이 든 사람들과 호기심 때문에 이따금씩 저택의 먼지 낀 창유리를 몰래 훔쳐 보는 마을 주민들이 무서워하는 것이 더 있었다. 그들의 말에 따르면, 가구가 없는 1층의 탁자에 독특한 병들이 많이 놓여 있는데, 각각의 병 속에 조그만 납덩어리가 추처럼 끈에 매달려 있다고 했다. 게다가 무서운 노인은 뱃사람 잭, 흉터장이, 키다리 톰, 스페인 조, 피터스, 항해사 엘리스 따위의 이름을 부르며 병들을 향해 말을 걸고, 그때마다 병 속의 작은 납추가 대답을 하듯 눈에 띄게 진동을 하더라고 했다.

키가 껑충하고 야윈, 무서운 노인이 그처럼 독특하게 대화를 하는 모습을 본 사람들은 노인을 다시는 훔쳐보지 않았다. 그러나 앤젤로 리치와 조 차넥과 마누엘 실바는 킹스포트 태생이 아니었다. 그들은 킹스포트 외부의 매혹적인 뉴잉글랜드의 삶과 전통을 타고난 이질적인 혈통의 외지인이었다. 그들이 보기에, 무서운 노인은 옹이진 지팡이 없이는 걷지도 못하고 앙상한 손을 힘없이 떨어대는, 그저 무기력한 늙은이고 허섭스레기에 불과했다. 사람들이 전부 피하고 개들이 유난히 짖어대는 외톨이 노인에 대해 그들은 나름대로 동정을 하고 있었다. 그러나 공과 사는 구별해야 하는 법, 은행과 일체 거래가 없고 200년 전에 주조된 스페인 금화와 은화로 최소한의 생필품을 사는 엄청나게 늙고 엄청나게 힘없는 남자가 있다면, 천성적으로 약탈자의 기질이 있는 사람에게 거부할 수 없는 유혹이고 목표물이다.

리치, 차넥, 실바 일당은 4월 11일 밤으로 정했다. 리치와 실바가 불쌍한 노인과 면담을 시도하는 동안, 차넥은 쉬프 가(街)에 인접한 저택의 높은 후문 근처에 유개차(有蓋車)를 세워두고 동료들을 기다리기로 했다. 유개차는 금속 제품을 가득 실은 것처럼 위장될 터이다. 만일 경찰의 불심 검문을 받더라도 쓸데없는 설명을 피하고 신속하면서도 태연히 그 곳을 떠날 수 있는 계획이었다.

만반의 준비를 끝낸 세 명의 모험가들은 나중에라도 모난 성격의 사람들한테서 의심을 받지 않도록 각자 따로 저택을 향해 출발했다. 리치와 실바는 저택의 정문에 접해 있는 워터 가에서 만났다. 비틀린 나무들을 헤집고 색칠한 거석을 비추는 달빛이 꺼림칙했으나, 그들은 중요한 일을 앞두고 한가로이 미신 따위를 생각할 겨를이 없었다. 나이 든 전직 선장들은 대개 지독할 정도로 고집이 세고 괴팍해서 과연 이 무서운 노인에게서 숨겨둔 금화와 은화에 대해 얼마나 많은 정보를 얻을 수 있을 것인지, 그들은 난감한 걱정이 앞섰다. 그러나 노인은 엄청나게 늙었고 엄청나게 기력이 없는 반면 그들은 두 명이었다. 리치와 실바는 말을 아끼는 사람들을 수다스럽게 만드는데 일가견이 있었고, 힘없는 노인의 비명 정도는 쉽게 틀어막을 수 있었다. 그래서 그들이 불빛이 비추는 창가로 올라갔을 때, 추가 들어있는 병들을 향해 아이처럼 말을 하고 있는 노인의 목소리가 들려왔다. 이윽고 그들은 복면을 쓰고, 풍파에 찌든 참나무 문을 정중하게 두드렸다.

무서운 노인의 저택 후문이 나 있는 쉬프 가의 유개차 안에서 차넥은 너무 오래 기다리는 것 같아 조바심이 났다. 다정다감한 편인 그는 예정된 작전 시간이 막 지났을 때, 낡은 저택에서 들려온 끔찍한 비명 소리가 마음에 들지 않았다. 가엾은 늙은 선장에게 될 수 있으면 해코지는 하지 말라고 동료들에게 당부를 하지 않았던가? 그는 담쟁이덩굴로 덮여 있는 높다란 담벼락의 좁은 참나무 문을 지켜보며 안절부절못했다. 시계를 자주 확인했고 왜 그렇게 시간이 지체되는지 의구심이 들었다. 보물이 숨겨진 곳을 말하기 전에 노인이 죽는 바람에 할 수없이 집

안을 샅샅이 뒤지고 있는 걸까? 차넥은 그런 곳에서 오래 기다리고 싶지 않았다. 이윽고 후문 안쪽에서 발소리, 아니 톡톡 두드리는 소리에 이어 조심스럽게 녹슨 빗장을 푸는 인기척이 들려왔다. 좁고 육중한 문이 안쪽으로 획 열렸다. 하나뿐인 희미한 가로등 불빛을 배경으로 버티고 선 음산한 저택에서 동료들이 과연 무엇을 들고 나오는지, 차넥은 눈을 부릅뜨고 지켜보았다. 그러나 그가 본 것은 뜻밖의 광경이었다. 동료들은 온데간데없고, 무서운 노인이 옹이진 지팡이에 기댄 채 조용하고 소름 끼치는 미소를 머금고 있었다. 차넥은 노인의 눈빛이 그런 색일 거라고는 생각한 적이 없었다. 이제 보니, 노인의 눈동자는 노란색이었다.

작은 마을에서는 사소한 일도 요란해지기 마련인데, 킹스포트 사람들이 봄여름 내내 신원미상의 시체 세 구를 두고 말이 많았던 것도 그 때문이었다. 세 구의 시체는 무수히 난자당하고 무수히 짓밟힌, 끔찍한 상태로 파도에 떠밀려 왔다. 어떤 이들은 쉬프 가에 버려져 있던 유개차와 사람의 비명이라기보다 길 잃은 짐승 혹은 철새의 울부짖음이 한밤에 들려왔다는 등의 사소한 일을 말하기도 했다. 그러나 한가로운 마을의 소문에 대해 무서운 노인은 아무 관심도 보이지 않았다. 워낙 과묵한 사람인데다 나이가 들고 기력이 없어질수록 더욱 말수가 적어지지 않던가. 게다가 그처럼 나이 많은 전직 선장이라면 까마득한 젊은 시절에 훨씬 더 충격적인 일들을 많이 겪었을 터였다.

THE TREE
올리브 나무

녹림이 우거진 아르카디아[9] 마날루스 산의 비탈에는 폐허가 된 저택의 유적이 하나 있고, 올리브 숲이 그 주위를 둘러싸고 있다. 저택 가까이에는 한 무덤이 있는데 예전엔 훌륭한 조각물로 아름다웠겠지만 오랜 세월이 흘러가면서 현재는 그 집처럼 거대한 폐허로 전락해버렸다. 무덤의 한쪽 끝에는 세월의 때가 묻은 그리스산 대리석 블록을 기묘한 뿌리로 칭칭 감고 있는 기괴하고도 흉물스런 형상을 한 커다란 올리브 나무가 자라나 있다. 나무의 생김새가 어느 괴상한 인간의 형태나 죽은 자의 비틀린 육신과 너무나 닮아 있어서 지역 주민들은 구불구불한 가지 새로 달빛이 흐릿하게 뚫고 드는 밤에는 그 장소를 지나기를 몹시도 꺼려한다. 특히 마날루스 산은 고약한 목양신 판[10]의 주된 출몰지이자 그의 괴상한 패거리들이 많이 서식하는 장소이기에 순박한 시골 청년들은 이 으스스한 판의 전설과 그 나무가 어떤 무서운 관련성이 있으리라고 믿고 있다. 그러나 인근 오두막에 살고 있는 늙은 양봉꾼은 내게 다른 이야기를 들려주었다.

오래전, 이 언덕의 저택이 새것이었으며 눈부시도록 찬란했던 시절에 이곳에는 칼로스와 뮤시데스란 두 조각가가 살고 있었다. 리디아에서부터 네오폴리스까지 이르러 그들 작품의 아름다움은 찬사를 받았으며, 솜씨면에서 이 둘을 능가할 자가 있다고 장담할 사람은 아무도 없었다. 칼로스의 헤르메스 상은 코린트의 대리석 신전 속에 세워졌고, 뮤시데스의 아테나 여신상은 파르테논 언덕 부근의 아테네 시에 기념주로 봉해졌다. 사람들은 모두 칼로스와 뮤시데스에게 경의를 표했으며, 어떤 예술적 질시의 암영도 그들의 뜨거운 우애와 우정을 식히지 못함에 놀라워했다.

그러나 비록 칼로스와 뮤시데스가 온전한 조화를 이루며 살고 있었지만 둘의 천성은 닮아있지 않았다. 뮤시데스는 한밤까지 테게아의 주연에 참석하여 흥청거렸으나, 칼로스는 집에 남아 노예의 시선을 벗어난 올리브 숲의 서늘한 구석으로 깃들곤 했다. 그곳에서 그는 마음속에 충만한 비전을 묵상하고, 대리석에 호흡을 불어넣어서 불멸의 걸작으로 후세에 남게 될 미의 형상에 대해 고안했다. 칼로스가 살아있는 모델도 없이 작품의 주형을 떴던 탓에 한가한 입담꾼들은 그가 실지로 숲의 정령들과 교분을 나누고 있으며, 그의 작품들은 그가 만난 목신이나 나무 정령의 이미지를 딴 것뿐이라고 떠들기도 했다.

칼로스와 뮤시데스의 명성은 무척 드높았으므로 시라쿠사 참주가 둘에게 대리인을 보내어 도시를 위해 입안한 고가의 티케[11] 여신 조각상을 주문했을 때에도 놀라는 사람은 아무도 없었다. 모든 국가들의 경탄의 대상이자 순례자들의 순례지로 삼으려는 계획이었으므로 그 조각상은 거대한 크기와 더불어 노련한 기예를 들인 것이어야 했다. 예상 못한 고위급의 의뢰였던 만큼 수락하는 것도 당연했으므로, 결국 칼로스와 뮤시데스는 명예를 위해 서로 경쟁하는 입장이 된 셈이었다. 그들의 우정은 널리 알려졌었으므로 간교한 참주는 그들이 각자의 의뢰를 숨기지 않고 서로 도와가며 충고해 줄 것이라 여겼고, 이러한 우애로써 시인들의 상상마저 광채를 잃을, 더없이 사랑스럽고 전례 없는 아름다움이 깃든 두 개의 미의 표상을 창조해 낼 수 있으리라 생각했다.

두 조각가는 참주의 제의를 기쁜 마음으로 수락했다. 그 이후부터 망치와 끌이 부딪치는 소리는 노예들의 귀에도 끊임없이 들려왔다. 칼로스와 뮤시데스는 각자의 작업을 서로에게 숨기지는 않았지만 작업장을 볼 수 있는 것도 오로지 그들뿐이었다. 세상이 탄생할 때부터 그들을 속박해버린 천연의 돌덩이 속에서 노련한 조각술로 드러난 두 개의 신의 형상을 눈으로 볼 수 있었던 것은 두 조각가들 외엔 아무도 없었다.

예전 같으면 칼로스가 한밤에 올리브 숲속을 거니는 동안 뮤시데스는 테게아의 연회장을 찾아다니곤 했지만, 시간이 지나면서 사람들은 예전의 낙이었던 환락을 뮤시데스가 기피한다는 사실을 알게 되었다. 다분히 이상한 일이었기에 사람들은 둘 중 하나가 의욕을 잃은 반면, 다른 하나는 최고의 예술적 지위를 얻어낼 훌륭한 기회를 잡은 게 아닌가 하며 저마다 수군거렸다. 수개월이 흘러갔으나 뮤시데스의 얼굴에는 그런 상태를 환기 시킬 만한 뚜렷한 가능성은 보이지 않았다.

그러던 어느 날 뮤시데스는 칼로스가 병이 들었다는 이야기를 꺼냈다. 두 조각가의 깊고도 고결한 우정이 세간에 잘 알려져 있었기에 그 후론 아무도 두 번 다시 뮤시데스의 비애를 이상하게 여기는 일은 없었다. 이어 많은 사람들이 칼로스를 찾아와 그의 안색이 정말로 창백하다는 걸 알아보았다. 하지만 근심으로 마음이 산란하긴 했어도 열의를 다해 간호하느라 노예 모두를 곁에 불러 직접 수발을 들고 있는 뮤시데스보다, 칼로스와의 일별이 더욱 신비스러웠던 이유는 어떤 흡족한 평온감이 칼로스를 감싸고 있었기 때문이었다. 두터운 커튼 속에는 병자와 그의 절친한 간호인이 최근까지 거의 손대지 못하고 감추어놓은 미완성의 두 티케 여신상이 세워져 있었다.

신실한 친구와 곤혹해 하는 의사의 간호에도 불구하고 이유를 알 수 없이 점점 더 쇠약해져만 가던 칼로스는 곧잘 그가 사랑하는 올리브 숲으로 데려가 달라고 청했다. 그리고 마치 보이지 않는 것들과 대화하려는 듯 그곳에 자신을 혼자 놓아두길 바랐다. 칼로스가 친구보다 목신과 정령들에게 더 관심을 기울이는 모습에 뮤시데스의 눈엔 눈물이 맺혔지만 그는 칼로스의 바람을 들어주었다. 마침내 임종의 순간이 가까이 다가오자 칼로스는 자신이 죽은 뒤의 일에 대해 이야기했다. 뮤시데스는 눈물을 흘리며 마솔루스의 영묘[12]보다 더욱 장려한 무덤에 그를 매장하겠노라 약조했지만, 칼로스는 대리석으로 만든 아름다움에 대해선 더 이상 거론치 말라 하고는, 단지 지금 죽어 가는 자신의 마음속에 떠오르는 한 가지 소망이 있다면 숲속의 한 올리브나무의 잔가지를 자신이 머리를 누이고 영면할 장소 곁에 묻어달라는 것이라고 했다. 그러던 어느 날 밤, 칼로스는 올리브 숲의 어둠 속에 홀로 앉은 채로 숨을 거두었다. 비탄에 잠긴 뮤시데스가 소중한 친구를 위해 조각한 대리석 묘당은 말로 표현키 힘들 정도로 아름다웠다. 피안의 낙토 엘리시움[13]의 찬연함이 아로새겨져 있는 그 부조는 칼로스 외의 어느 누구에게도 어울릴 것 같지 않았다. 뮤시데스는 칼로스의 머리맡에 숲의 올리브나무 가지를 묻어주는 것도 잊지 않았다.

처음의 격렬한 비탄이 체념으로 바뀌고 나자 뮤시데스는 무리할 정도로 티케 여신 조상 작업에 몰두했다. 시라쿠사의 참주가 그와 칼로스 외에 그 작업을 의뢰했던 이가 없었기 때문에 이제 모든 명예는 그의 것이나 다름없었다. 조각일이 그의 감정의 분출구가 되었음이 분명했고, 한때는 그리도 탐닉했던 유흥까지 멀리하면서 그는 점점 더 공을 들여 하루하루 작업에 전념했다. 그러는 중에도 저녁이면 친구의 묘소 옆에서 시간을 보내곤 했는데, 묻힌 이의 머리께 근처에서는 어린 올리브 가지가 자라고 있었다. 이 나무의 생장은 무척이나 빠른 데다 보는 사람마다 깜짝 놀라 탄성을 내지를 정도로 그 모양새 또한 기괴하기 짝이 없었다. 뮤시데스도 관심 있게 바라보았으나 이내 혐오감을 느낀 듯했다.

칼로스가 사망한 지 3년 후 뮤시데스는 참주에게 서신을 보냈다. 그리고 테게아 아고라에서는 거대한 조상이 완성되었다는 소문이 은밀히 나돌기 시작했다. 그리고 그즈음 무덤가의 나무도 경악스런 규모로 커져서 같은 종류의 여타 나무들보다도 한층 더 거대하고 유별나게 묵직한 가지를 뮤시데스가 일하는 작업실 위로 내뻗고 있었다. 많은 방문객들이 그 심상찮은 나무를 보러 와선 뮤시데스의 예술품에 감탄하며 그가 혼자 있을 틈을 내주지 않았다. 하지만 그는 수많은 손님들을 전혀 꺼리지 않았고, 사실 심혈을 기울인 작업이 끝난 지금에는 왠지 혼자 있는 것을 두려워하는 것처럼 보이기도 했다. 올리브 숲과 무덤가의 나무를 스치고 지나가는 차가운 산바람은 마치 희미한 소곤거림과도 같은 음색을 자아내며 섬뜩하게 우짖고 있었다.

참주의 사절이 테게아에 도착한 그날 저녁 하늘은 어두웠다. 그들이 뮤시데스에게 불멸의 명예를 안겨주고 거대한 티케 여신상을 가져가기 위해 왔다는 사실을 모르는 사람이 없었으므로 시민들[14]은 사절들에게 연회를 베풀어 성대히 환대했다. 그날 밤 사나운 폭풍우가 마날루스 산정에 들이닥쳤지만 먼 시라쿠사에서 왔던 이들은 도시 안에서 편안히 쉴 수 있게 됨을 다행으로 여겼다. 그들은 자기네 참주의 위대함과 수도의 화려함을 자랑했으며 뮤시데스가 참주를 위해 만든 거상의 눈부신 아름다움을 듣곤 크게 기뻐했다. 이어 테게아 사람들은 뮤시데스의 선량함과 친구를 잃은 크나큰 비통에 대한 이야기를 사절들에게 해 주었다. 어떤 예술의 월계관을 그에게 씌운다 한들, 그 월계관의 영예를 대신 차지할 수도 있었을 칼로스가 이 세상에 없는 이상, 그의 마음을 위안하지는 못할 것이라고 사람들은 입을 모았다. 그리고 칼로스가 묻힌 무덤에서 자라난 나무에 대한 이야기도 덧붙였다. 그동안 밖의 바람소리는 점점 더 소름 끼치는 비명으로 바뀌었고, 시라쿠사인과 아르카디아인 모두는 바람의 신 아이올로스의 가호를 빌었다.

아침 해가 떠오르자 시민들은 산비탈을 올라 조각가의 집으로 참주의 사절들을 안내했다. 그러나 그 전날 밤의 폭풍이 괴이한 사건을 일으킨 것 같았다. 폐허로 변한 현장에서는 노예들의 통곡소리만 드높았고 뮤시데스가 작품을 구상하고 작업을 행했던 넓은 홀의 흰 열주들은 죄다 올리브 숲 한가운데에 넘어져 있었다. 사람들은 초라한 안뜰과 무너진 벽을 애통해하며 몸을 떨었다. 페르시아풍의 화려한 양식 위에 그 이상한 나무의 육중한 윗가지가 그대로 떨어져 있었기 때문이었다. 그것은 뜻밖의 완결성을 내보이며 대리석에 깃든 위풍당당한 시어를 보잘것없는 폐허 더미로 격하시켜 버리고 말았다. 사절들과 테게아인들은 그 파괴된 잔해를 살피다가 거대하고 불길한 나무까지 이르러선 아연실색하여 걸음을 멈추고 말았다. 나무는 섬뜩할 정도로 인간의 모습과 닮아있었고, 참으로 꺼림칙하게도 그 뿌리는 부조가 아로새겨진 칼로스의 무덤 속까지 닿아 있었던 것이다. 이어 무너진 작업실을 찾아내고 난 뒤 사람들의 두려움과 당혹감은 한층 더 커졌다. 그 거대한 폐허를 점유하고 있는 것은 오로지 혼돈 뿐, 선량한 뮤시데스와 훌륭하게 완성된 티케 여신상은 흔적조차 보이지 않았던 것이다. 결국 두 도시의 대리자들, 시라쿠사인들은 신상을 가져갈 수 없게 되었음에, 테게아인들은 영예로운 예술가를 잃었음에 낙망하며 그곳을 떠날 수밖에 없었다. 하지만 훗날, 시라쿠사인들은 아테네로부터 훌륭한 조상을 노획했으며, 테게아인들은 뮤시데스의 경건과 덕행과 재능을 기리는 대리석 신전을 아고라에 세워 스스로를 위안했다.

그러나 그 올리브 숲은 지금까지 남아 있고, 그 나무는 칼로스의 무덤 밖으로 계속 자라나간다. 그리고 늙은 양봉꾼이 내게 말해 준 것은 밤바람이 불면 그 가지들은 몇 번이고 거듭하여 서로 속삭인다는 이야기였다.

"오이다(나는 알아)! 오이다(나는 알아)!"

---

9) 아르카디아(Arcadia) : 일반적으로 고대 그리스 지역을 통칭하여 부르기도 하지만, 원래는 그리스 남부 펠로폰네소스 반도 중앙지역의 이름이다. 목가적이고 고립적인 자연환경으로 인해 그리스 · 로마 시대의 전원시와 르네상스 시대의 문학에서 이상향으로 묘사되었다.

10) 판(Pan) : 그리스 신화의 목신.

11) 티케(Tyche) : 그리스 신화에 나오는 행복과 운명의 여신. 로마 신화의 포르투나(Fortuna)에 해당

12) 마솔루스의 영묘 : 거대한 백대리석으로 만들어진 페르시아 제국의 총독 마솔루스(Mausolus)의 묘로서 고대세계 7대 불가사의 중 하나이다

13) 엘리시움(Elysium) : 그리스 신화의 천국이자 고요한 피안의 땅. '엘리시움의 들판'이라고 부른다.

14) 프록시노이(proxenoi) : 특수 시민으로서의 의무를 준수하는 일군의 그리스인들

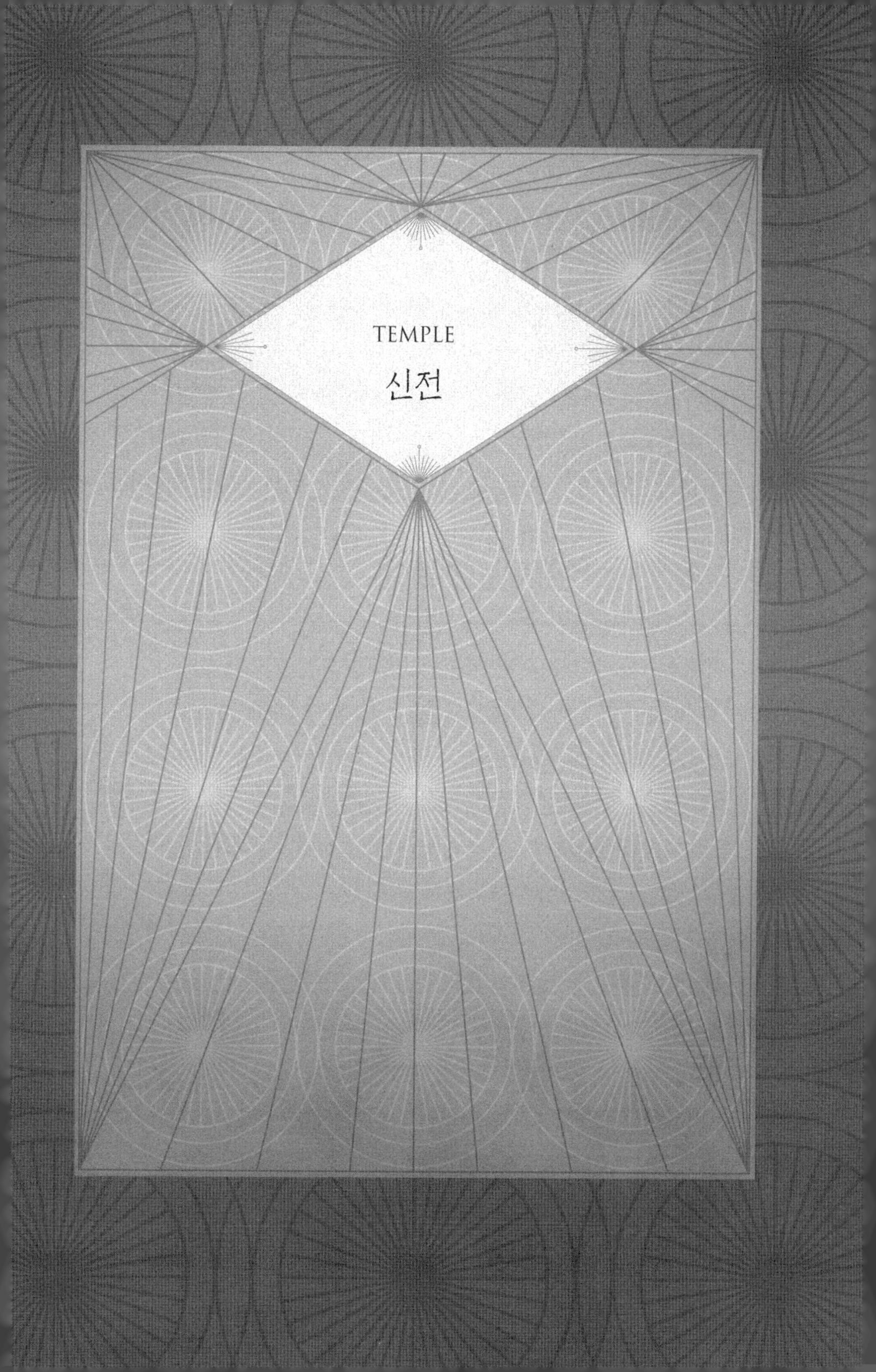

TEMPLE
신전

유카탄 해안에서 발견된 원고

1917년 8월 20일 현재, 독일 제국의 해군 소령이자 잠수함 U-29의 함장으로서 나, 칼 하인리히 폰 알트베르크-에른스타인은 북위 20도 서경 35도로 추정되는 대서양에서 이 병에 기록을 남긴다. 이 지점의 해저에 우리 잠수함이 고장 나 정지해 있다. 기록을 남기는 이유는 매우 기이한 사실을 세상에 알리기 위함이다. 기이할 정도로 위험한 현재의 상황에서 U-29의 절망적인 불능 상태뿐 아니라 나 자신의 강철 같은 독일인의 의지력 또한 비참히도 저하된 만큼 내가 살아남아서 직접 알리기는 어려운 일에 대해서 말이다.

6월 18일 오후, 항구도시 킬로 향하는 U-61에 무전으로 보고한 바와 같이 우리는 북위 45도 16분 서경 28도 34분에서 뉴욕 발 리버풀 행 영국 화물선 빅토리 호에 어뢰 공격을 가했다. 기록 영화에 쓸 좋은 장면을 위해서 구명보트에 탄 빅토리 호의 승무원들을 그냥 내버려 두었다. 빅토리 호가 침몰하는 광경은 그야말로 장관이었다. 먼저 이물이 수면 위로 번쩍 치켜 들리더니 선체가 내리꽂히듯 바닷속으로 가라앉았다. 우리의 카메라는 한 장면도 놓치지 않았지만, 이토록 멋진 필름을 베를린에 보낼 수 없으니 유감이다. 우리는 곧 포격으로 구명보트들을 침몰시킨 뒤 잠수했다.

일몰 경에 수면 위로 올라왔을 때, 잠수함 갑판에서 이상한 자세로 난간을 움켜잡은 한 선원의 시체가 발견됐다. 그 불쌍한 친구는 다소 검은 피부에 잘 생기고 앳된 얼굴을 하고 있었다. 이탈리아인 아니면 그리스인으로 보였고, 빅토리 호의 승무원이 분명했다. 그는 자신의 배를 파괴해야만 했던(영국의 개돼지들이 우리 조국을 상대로 벌인 이 부당한 침략 전에서 또 하나의 희생자를 보태야만 했던) 우리 잠수함을 피난처로 택했음이 분명했다. 우리 승조원들은 전리품을 찾기 위해 시체를 뒤지다가 외투 주머니에서 월계관을 쓴 젊은이의 머리를 본 따 만든 아주 기묘하고도 작은 조각상을 발견했다. 내 동료인 키엔체 대위가 그 조각상에서 오랜 세월과 예술적 가치를 발견하고는 자신의 몫으로 챙겼다. 어쩌다가 조각상이 평범한 선원의 손에 들어가 있었는지에 대해서 그 친구도 나도 알지 못했다.

남자의 시체를 바다로 던져버렸을 때, 두 가지 사건이 벌어짐으로써 승조원들 사이에 큰 동요가 일었다. 시체의 눈은 감겨져 있었다. 하지만 그것을 난간에서 끌어당기는 과정에서 눈이 번쩍 뜨였다. 많은 승조원들이 이상한 환영을 보았다. 다시 말해, 시체의 눈동자가 그쪽으로 상체를 구부리고 있던 슈미트와 침머를 비웃듯이 빤히 쳐다보더라는 것이다. 늙은 갑판장 뮐러(미신을 믿는 알자스 출신의 놈팡이만 아니었더라면 훨씬 괜찮았을 인물)는 물속에 살짝 가라앉은 시체가 헤엄치는 자세로 남쪽을 향해 빠르게 사라졌다면서 극도로 흥분했다. 이 무지한 촌부의 과장된 언행이 탐탁지 않았던 키엔체와 나는 승조원들 특히 뮐러를 엄하게 꾸짖었다.

다음 날, 가벼운 병증을 호소하는 일부 승조원들 때문에 아주 성가신 상황이 벌어졌다. 승조원들이 장기간의 항해에서 비롯된 신경과로와 악몽에 시달리고 있음이 틀림없었다. 몇 명은 정신을 못 차리고 멍한 상태였다. 꾀병이 아니라는 것을 확인한 뒤, 나는 그들의 임무를 면해 주었다. 바다가 다소 거칠어져서 물결이 심하지 않은 깊이까지 잠수했다. 그 지점에서 비교적 안정적인 상태를 유지했지만, 한편으로는 해도에서도 확인되지 않는 남쪽 해류 때문에 꽤 당혹스러웠다. 병자들의 신음소리가 지나치게 거슬렸다. 하지만 다른 승무원들의 사기를 저하시키는 것 같지는 않아서 극단적인 조치는 취하지 않았다. 현재의 위치를 유지하면서 뉴욕의 첩보원으로부터 입수된 정보에 따라 정기선 다키아 호를 나포하는 것이 우리의 계획이었다.

초저녁에 수면으로 부상하고 보니, 바다가 잠잠해져 있었다. 북쪽 수평선에서 전함의 연기가 눈에 띄었지만, 상대와의 거리와 우리의 잠항 능력을 감안하면 안심해도 좋은 상황이었다. 우리를 걱정스럽게 한 것은 갑판 사관 뮐러의 이야기다. 그는 날이 어두워질수록 점점 더 터무니없는 말을 지껄였다. 꼴사나운 어린애처럼 시체들이 잠수함의 현창을 지나가면서 그를 뚫어지게 쳐다보았다느니, 시체들이 부풀어서 식별이 안 되는 상황인데도 우리 독일군이 혁혁한 전과를 거두는 과정에서 죽어간 적들의 얼굴이 틀림없었다느니 헛소리를 해댔다. 게다가 우리가 바다로 내던진 젊은 남자의 시체가 그들의 우두머리라는 말까지 했다. 너무도 오싹하고 병적인 이야기였기에 우리는 그를 감금하고 호되게 매질했다. 승조원들은 그런 징계를 달가워하지 않았지만, 기강을 세울 필요가 있었다. 뿐만 아니라, 침머를 앞세운 승조원들이 상아로 만든 기이한 머리 조각상을 바다에 던져버리자고 했지만, 그 요구를 들어주지 않았다.

6월 20일, 어제 병에 걸렸던 보힌과 슈미트가 격렬한 광증을 보이기 시작했다. 독일인의 생명은 소중했기에 잠수함에 군의관이 없다는 사실이 나로서는 유감이었다. 무서운 저주 운운하면서 계속되는 두 명의 헛소리는 군율에 위배되는 것이어서 과감한 조치가 취해졌다. 승조원들은 음울한 분위기에서 그 조치를 받아들였지만, 그로 인해 진정이 된 듯한 뮐러는 더는 말썽을 부리지 않았다. 그날 저녁에 그를 석방하자, 그는 묵묵히 자신의 직책을 수행했다.

그로부터 일주일 내내 다키아 호의 출현을 기다리는 동안, 우리는 극도로 예민한 상태였다. 특히 뮐러와 침머가 실종됨으로써 긴장감이 고조되었다. 그들이 바다로 뛰어드는 광경이 목격되지는 않았지만 줄곧 까닭 모를 공포에 시달려오다가 결국은 그 때문에 둘 다 자살했음이 분명했다. 나는 뮐러의 실종을 내심 반겼다. 그가 말이 없을 때조차 승조원들에게 나쁜 영향을 미치고 있어서였다. 마치 은밀한 공포를 억누르듯, 지금은 모든 승조원들이 침묵하려는 것 같다. 승조원의 상당수가 병에 걸렸지만, 아무도 소동을 일으키지는 않았다. 긴장감에 짓눌린 키엔체 대위는 쉽게 짜증을 냈고, 사소한 일들, 요컨대 U-29 주변으로 점점 더 많은 돌고래가 모여든다든가 우리의 해도에 없는 남향 해류가 점점 강해진다든가 하는 따위에도 분통을 터뜨렸다.

결국 우리가 다키아 호를 놓친 것 같았다. 그런 실패는 드문 일이 아니었고, 무엇보다 곧 빌헬름스하펜으로 귀환할 수 있기에 우리는 실망하기보다 기뻐했다. 6월 28일 정오, 우리는 북동쪽으로 항로를 바꾸었다. 보기 드문 돌고래 떼의 출현 등등 차라리 우스꽝스럽다고 할 만한 장애물이 있었지만 우리는 곧 순항에 올랐다.

오전 2시에 기관실에서 일어난 폭발은 뜻밖의 사태였다. 기계적인 결함이나 승조원의 실수는 발견되지 않았지만, 무방비 상태에서 잠수함 전체에 엄청난 충격이 가해졌다. 다급히 기관실로 뛰어간 키엔체 대위가 발견한 것은 거의 산산조각이 나다시피 흩어져 있는 연료탱크와 기계 장비들, 그리고 즉사한 기관병 라베와 슈나이더의 시체였다. 마른하늘에 날벼락 같은 상황이었다. 그나마 산소 발생기가 건재했고 압축공기와 축전지가 지탱하는 한은 부상과 잠수, 해치의 개폐는 가능했지만, 잠수함을 추진하거나 항로를 잡는 일은 불가능했다. 구명보트로 구조를 요청한다면 우리 대독일 제국을 향해 광기의 적대감을 표출하고 있는 적들의 수중에 붙잡힐 것이었다. 게다가 빅토리 호에 대한 공격 이후로 아군 잠수함과의 무전 통신이 계속 실패하고 있는 상황이었다.

7월 2일까지 우리는 별다른 계획 없이 계속 남쪽으로 표류했고, 도중에 마주친 선박은 한 척도 없었다. 여전히 U-29를 선회하고 있는 돌고래 떼는 우리가 이동한 거리를 고려해 볼 때 매우 이례적이었다. 미군 전함을 발견한 7월 2일 아침, 승조원들은 항복을 하고 싶어 안달이 나 있었다. 결국 키엔체 대위는 유독 독일인답지 않게 경거망동하던 수병 트라우베를 총살했다. 그 일로 승조원들은 한동안 잠잠해졌고, 우리는 적의 감시를 피해 잠수했다.

다음 날 오후에는 남쪽으로부터 무수한 바닷새 무리가 나타났고, 해상의 움직임이 심상치 않았다. 해치를 닫고 사태를 관망하던 우리는 결국 잠수를 하든가 거세지는 파고에 휩싸이든가 양자택일을 해야 했다. 기압과 전력이 줄어드는 상황이어서 빈약한 기계 자원마저도 불필요하게 사용되는 일이 없기를 바랐다. 하지만 선택의 여지가 없었다. 우리는 깊숙이 잠수하지는 않았고, 몇 시간 후에 바다가 잠잠해지자 다시 수면으로 올라가기로 결심했다. 하지만 이 때 새로운 문제가 생겼다. 기관병들이 아무리 애를 써도 잠수함을 부상하는 데 실패한 것이다. 해저에 갇혔다며 점점 겁에 질려가던 승조원 중에서 일부는 키엔체 대위의 상아 조각상을 다시 입에 올리기 시작했지만, 자동 권총을 들이대자 잠잠해졌다. 우리는 부질없다는 것을 알면서도 기계 장비를 수리하는 데 맹목적으로 매달렸다.

키엔체와 나는 서로 다른 시간에 잠을 잤다. 내가 잠을 자고 있던 7월 4일, 오전 5시, 폭동이 일어났다. 우리가 항로에서 벗어났다고 생각한 여섯 명의 개돼지만도 못한 수병들이 이틀 전 양키 전함에 항복하지 않은데 앙심을 품고는 느닷없이 욕설하며 난동을 부린 것이다. 그들은 짐승처럼 으르렁거리며 장비와 기기를 닥치는 대로 부쉈다. 상아 조각상의 저주니 젊은이의 시체가 그들을 빤히 보면서 헤엄쳐갔다느니 하며 헛소리를 해댔다. 그런데 물렁하고 여성스러운 라인 지방 출신들이 그렇듯이 키엔체 대위는 아예 얼어붙어서 무기력한 상태였고, 나는 여섯 명 전원을 사살한 뒤 생존자가 있는지 확인했다.

이중 해치를 통해서 시체들을 내보내고 났을 때, U-29에는 우리 두 사람만 남게 되었다. 키엔체는 몹시 불안정한 상태를 보이며 술을 많이 마셨다. 우리의 생존 가능성은 꽤 많은 비상식량과 산소를 얼마큼씩 사용하는가, 둘 중의 한 사람이라도 천한 사냥개 같았던 수병들처럼 미친 광대 짓을 하지 않고 버틸 수 있는가에 달렸다. 나침반과 심도계 그 밖의 민감한 장비들이 파손된 상태라 앞으로는 시계와 달력, 총안이나 사령탑에서 표류하는 물체들을 관찰하고 추측할 수밖에 없었다. 다행히

축전지의 잔량으로 실내등과 서치라이트를 장시간 사용할 수 있었다. 우리는 잠수함 주변에 종종 서치라이트를 비춰보았지만, 보이는 것이라고는 우리가 표류하는 방향을 따라 헤엄치는 돌고래들뿐이었다. 나는 그 돌고래 떼에 과학적인 흥미를 느꼈다. 일반적인 참돌고래는 고래류의 포유동물이기에 공기 없이는 버틸 수 없었다. 그런데도 그 중에 한 마리를 두 시간 가까이 살펴본 결과 줄곧 잠수하고 있었기 때문이다.

시간이 갈수록 키엔체와 나는 여전히 남쪽으로 표류 중이었고, 그와 동시에 점점 더 깊이 가라앉는 상황 같았다. 우리는 해군 동물지와 식물지를 유심히 살피는 한편, 내가 여가 시간을 위해 가져온 책에서도 같은 주제를 찾아 읽었다. 하지만 나로서는 키엔체의 부족한 과학 지식을 확인하는 것 외에는 별도리가 없었다.

그는 정신적으로 프로이센 사람답지 못했고 쓸모없는 상상력과 잡념에만 빠져 있었다. 죽음이 다가온다는 사실이 그에게 이상한 영향을 끼친 것인지, 우리가 수장시킨 남자와 여자와 어린이들을 떠올리며 참회의 기도를 올리고는 했다. 그 모든 것이 독일에 봉사하는 숭고한 임무였음을 망각한 채 말이다. 얼마 후에는 눈에 띄게 정신적인 문제를 보였다. 몇 시간 동안이나 상아 조각상을 응시하기도 했고, 해저에 침몰되어 잊혀진 것들을 화제로 기괴한 이야기를 지어내기도 했다. 이따금씩 내가 심리학적인 실험 삼아서 그의 두서없는 이야기를 유도할 때마다 침몰선 이야기와 시적 인용구를 끝도 없이 듣고 있어야 했다. 독일인이 고통받는 것은 싫었기에 나는 그의 정신상태가 매우 유감스러웠다. 하지만 그는 훌륭한 남자로서 죽음을 맞지 못할 것이다. 반면에 나는 조국이 나를 기리고 내 자손들에게 나와 같은 사람이 되도록 가르칠 것을 알기에 스스로 자랑스러웠다.

8월 9일, 우리는 해저를 관찰하면서 서치라이트를 강하게 비추었다. 기복이 많고 거대한 해저의 평원은 대부분이 해초로 뒤덮이고 조그만 조개껍질들이 점점이 흩어져 있었다. 군데군데 윤곽이 묘하고 기분 나쁜 물체들이 해초와 따개비로 덮여 있었다. 키엔체는 그것이 오래전에 침몰한 선박들의 무덤이라고 단언했다. 그런데 그가 고개를 갸웃거리는 물체 하나가 있었다. 해저 위로 120센티미터 정도 솟구쳐 있는 단단한 물체였다. 두께는 60센티미터 정도로 평평한 측면과 곡선형 상면이 심한 둔각을 이루고 있었다. 나는 암석의 일부가 노출된 것이라고 했지만, 키엔체는 그것에 새겨진 조각을 본 것 같다고 했다. 얼마 후에 그는 겁에 질린 듯이 온몸을 떨면서 시선을 돌렸다. 하지만 심해의 광활함과 어둠, 고립감과 신비라는 말 외에 그는 달리 이유를 설명하지 못했다. 그는 정신적으로 지쳐갔지만, 나는 변함없는 독일인으로서 곧 두 가지 사실을 깨달았다. U-29가 심해의 수압을 훌륭하게 견디고 있다는 것과 일반적으로 고등 생물체가 존재할 수 없다고 알려진 수심임에도 그 독특한 돌고래들이 여전히 우리 곁에 있다는 것 두 가지였다. 내가 전에 수심을 지나치게 깊게 판단했다는 확신이 들었다. 그렇다고 하더라도 그런 현상들이 특이할 만큼은 현재의 수심이 깊다는 것은 분명했다. 해저를 관찰하여 판단한 잠수함의 남향 속도는 훨씬 위쪽에 있을 때 지나가는 생물체를 기준으로 했던 수치와 비슷했다.

불쌍한 키엔체가 완전히 미쳐버린 것은 8월 12일 오후 3시 15분이었다. 사령탑에서 서치라이트를 켜고 있던 그가 서고에서 책을 읽고 있던 내게 뛰어왔다. 그는 감정을 숨기진 못했다. 그가 말한 내용을 여기에 그대로 기록하겠다. "그가 부르고 있어! 그가 부르고 있어! 그 소리가 들려! 우리는 가야 해!" 그는 그렇게 말하면서 탁자에 있는 상아 조각상을 주머니에 넣은 뒤, 갑판으로 난 승강구 계단을 향해 내 팔을 잡아 끌었다. 그 순간 그가 해치를 열고 나와 함께 바닷속으로 뛰어들려고 한다는 것을 깨달았다. 그것은 예상치 못한 자살과 살인의 광적인 기행이었다. 내가 버티면서 달래려고 하자, 그는 더욱 난폭하게 말했다. "어서. 더 기다리지 말고. 거역하다가 벌을 받느니 참회하고 용서받는 것이 낫잖아." 나는 그를 달래려던 마음을 바꾸어 그가 불쌍하리만큼 미쳐버린 것이라고 말했다. 하지만 그는 내 말에 아랑곳 않고 소리쳤다. "내가 미쳤다면, 그건 행운이야! 잘난 척하면서 제정신으로 끔찍한 종말을 맞겠다는 사람에 신의 가호가 있기를! 지금도 그가 너그럽게 우리를 부르고 있으니, 어서 가서 미쳐버리자!"

그는 그렇게 격한 감정을 쏟아냄으로써 정신적인 부담을 덜어낸 것 같았다. 감정이 많이 누그러져서는 내가 함께 가지 않겠다면 자기 혼자만이라도 가게 해 달라고 말했다. 나의 선택은 곧 분명해졌다. 그는 독일인이었지만 라인 지방 출신이자 범상한 인간에 지나지 않았다. 게다가 지금은 언제든지 위험해질 수 있는 미치광이였다. 그의 자살 요청을 들어주고 나니, 이제는 동료가 아니라 위협 요인으로부터 벗어났다는 홀가분한 기분이 들었다. 떠나기 전에 상아 조각상을 내게 달라고 하자, 그는 흉내 내기도 어려울 정도로 오싹한 웃음을 터뜨렸다. 내가 살아남는다면 가족에게 전해줄 터이니 유품이나 머리카락을 남기겠느냐고 묻자, 이번에도 그는 이상한 웃음으로 답했다. 그렇게 그는 사다리를 올라갔고, 나는 잠시 기다렸다가 그를 사지로 보내게 될 기계를 작동시켰다. 잠수함 내에 그가 없다는 것을 확인한 뒤, 그의 마지막 모습을 지켜보기 위해 서치라이트를 켰다. 이론대로 수압에 의해 그의 몸이 납작해지는지, 아니면 희귀한 돌고래들처럼 아무런 영향도 받지 않는지 알고 싶었기 때문이다. 하지만 사령탑 주위로 빽빽이 몰려든 돌고래 떼에 시야가 가려서 죽은 동료를 끝내 발견하지 못했다.

그날 저녁, 상아 조각상을 떠올리다 묘한 매력이 느껴져서 키엔체의 주머니에서 그것을 슬쩍 빼놓을 걸 하는 후회가 들었다. 나는 타고난 예술가는 아니지만, 월계관을 쓴 아름다운 젊은이의 두상이 자꾸만 아른거렸다. 대화 상대가 없다는 것도 아쉬웠다. 나만큼의 지적 수준은 아니었지만 키엔체만 한 사람도 없었다. 그날 밤에 잠이 오지 않았고, 다가올 최후가 정확히 어떤 것일지 궁금했다. 구조될 가능성이 희박하다는 것은 자명했다.

다음 날, 나는 사령탑으로 올라가서 평소처럼 서치라이트로 주변을 관찰했다. 북쪽의 풍경은 해저에 가라앉은 이후 나흘 동안 거의 변화가 없었지만, U-29의 표류 속도가 감소한 느낌이 들었다. 불빛의 방향을 남쪽으로 바꾸고 보니, 해저 바닥이 멀리 갈수록 현저히 내리막 경사를 이루고 있었다. 군데군데 분명한 규칙에 따라 배치된 것처럼 석조물들이 묘하게 일정한 형태를 띠고 있었다. 곧바로 더 깊이 하강할 수 없는 상태였기에 서치라이트를 아래쪽으로 급히 조종했다. 그런데 갑작스런 조작으로 서치라이트 선이 끊어지는 바람에 그것을 수리하는데 많은 시간이 걸렸다. 불빛이 다시 들어왔을 때, 저 아래 해저 골짜기가 펼쳐져 있었다.

나는 별다른 감정을 느끼지 않았지만, 불빛에 드러나는 광경을 보고 퍽 놀라고 있었다. 그럼에도 최고의 프로이센 문화에서 교육을 받아온 내가 해양과 대륙의 대지각 변동 따위의 지질학이나 전설에 놀랄 턱이 없었다. 내가 본 것은 광범위하고도 정교하게 배치된 건축물의 폐허였다. 알 수 없는 건축 양식과 제각각인 보존 상태에도 불구하고 웅장하기 그지없는 광경이었다. 서치라이트에 하얗게 빛나는 것으로 봐서 대부분이 대리석으로 만들어진 것 같았다. 위쪽의 급경사 부분에 무수한 신전과 주택을 세우는 등 비좁은 계곡 바닥에 대도시를 계획한 흔적이 있었다. 주저앉은 지붕과 무너진 기둥, 그러나 여전히 그 무엇으로도 지울 수 없는 영원한 태고의 광휘가 남아 있었다.

여태 신화로만 치부해 왔던 아틀란티스를 목전에 둔 나는 탐험가들의 더 없는 열망을 실현한 셈이다. 계곡의 바닥에 한때 강이 흘렀다. 자세히 살펴보니, 돌과 대리석으로 만들어진 다리와 방파제, 계단형 건물 터와 제방이 한때는 푸르고 아름다웠을 거라는 생각이 들었다. 나는 키엔체만큼이나 우둔하고 감상적이 되었다. 그러다 보니 남향 해류가 멈춰 있어서 비행기가 지상의 어느 마을로 착륙하듯 잠수함이 서서히 침몰된 도시로 내려가고 있다는 것을 너무 늦게야 깨닫고 말았다. 이상한 돌고래 떼도 사라지고 없었다.

약 두 시간 동안 잠수함이 머문 곳은 계곡의 암벽에서 가까운 광장으로, 바닥이 포장된 상태였다. 한쪽에서 보면 광장에서 옛 제방까지 내리막으로 펼쳐진 도시가 한눈에 들어왔다. 반대쪽에서 보면, 놀라울 정도로 가까이에 화려한 장식과 완벽히 보존된 외관의 거대한 건물이 있었는데, 단단한 암석을 파서 만든 신전 같았다. 그 거대한 건물을 세운 독창적인 솜씨에 대해서 그저 짐작만 갈 뿐이었다. 어마어마한 건물에 움푹 들어간 공간이 줄줄이 나 있는 것을 봐서 전체적으로 창문이 많았던 것 같았다. 건물 중앙에 거대한 출입문이 있던 자리처럼 뻥 뚫린 곳이 있었다. 그곳으로 인상적인 계단들이 연결되어 있었고, 그 주변으로 돋을새김한 바커스 상처럼 진기한 조각들이 에워싸고 있었다. 무엇보다 인상적인 것은 형용하기 어려울 정도의 아름다운 조각으로 장식된 거대한 기둥과 소벽이었다. 조각은 목가적인 배경 속에서 광휘를 발산하는 신에게 기묘한 제식 도구를 받들고 있는 남녀 사제들의 모습을 이상적으로 표현한 것이 틀림없었다. 대체로 그리스적인 이상을 담고 있는 반면, 독특하리만큼 개인적인 특징들은 완벽한 예술미의 정점을 이루고 있었다. 고대 그리스 예술의 계보를 훨씬 거슬러 올라가는 듯 섬뜩한 고색창연함이 전해져왔다. 그 모든 것이 지구의 원시 암석으로 만들어졌음이 분명했다. 그 거대한 내부 공간을 어떻게 파냈는지는 상상조차 할 수 없었지만 그것이 절벽의 일부분을 이루고 있다는 생각이 들었다. 계곡의 중심에 한 개 이상의 동굴이 있을지 몰랐다. 세월도 침몰도 그 신전의 원시적인 (원래의 모습 그대로를 보는 듯한) 장관을 해치지 못했고, 수천 년이 흐른 지금에도 신전은 해저 계곡의 끝없는 밤과 침묵에도 끄떡없이 남아 있었다.

침몰한 도시의 건물, 아치, 다리 그리고 거대한 신전의 아름다움과 신비를 얼마나 오랫동안 바라보고 있었는지는 모르겠다. 죽음이 임박한 상황에서도 호기심은 사그라지지 않았다. 나는 열망에 휩싸인 채 서치라이트를 비추고 있었다. 불빛에 많은 것들이 드러났지만, 암석을 깎아 만든 문 안에 무엇이 있는지는 밝혀주지 못했다. 잠시 후에 전력을 아껴야 한다는 생각에 서치라이트를 껐다. 서치라이트의 불빛은 이미 표류 기간 어느 때보다 약해져 있었다. 얼마 후면 서치라이트를 사용할 수 없다는 긴장감에 휩싸이면서도 수중의 비밀을 더 탐험하고픈 열망, 독일인인 내가 저 영겁의 자취에 들어서는 최초의 인간이어야 한다는 욕구가 더해갔다.

나는 금속으로 만든 잠수복을 꺼내어 점검했고, 휴대용 손전등과 산소기의 작동 여부를 시험해 보았다. 혼자서 이중 해치를 열기는 어렵겠지만, 내가 아는 과학 기술을 동원하여 어떡해서든 직접 죽음의 도시를 걸을 수 있으리라 자신했다.

8월 16일, U-29에서 빠져나온 나는 진흙으로 뒤덮인 폐허의 길을 따라 힘겹게 강의 흔적이 있는 곳까지 갔다. 해골이나 인간의 흔적 같은 것은 없었지만, 조각상과 동전을 통해서 풍부한 고고학적인 지식을 얻었다. 혈거인들이 유럽을 거닐었고, 지켜보는 이 없는 가운데 나일 강이 바다로 흐르던 그 절정의 문화에 대해 지금으로서는 외경심 외에 달리 할 말이 없다. 누군가 이 글을 발견하게 된다면, 내가 여기서 암시한 비밀을 반드시 풀어주길 바란다. 전등의 배터리가 점점 떨어져가는 상황이라 다음 날 신전을 살펴보기로 결심하고 잠수함으로 돌아왔다.

17일, 신전의 비밀을 밝혀내고픈 충동이 더욱 강해져 있던 만큼 좌절감도 컸다. 휴대용 전등을 충전하는데 필요한 장비가 지난 7월의 폭동 당시에 파손된 것을 발견했기 때문이다. 분노를 억누를 길이 없었지만, 독일인다운 분별력으로 정체불명의 해저 괴생물체의 서식지이거나 빠져나올 수 없는 미로가 가득할지 모르는 그 칠흑 같은 신전 안을 무모하게 탐사하는 것은 자제했다. 할 수 있는 일이라고는 약해지는 서치라이트를 켜둔 채 그 빛에 의지하여 신전의 계단을 올라 외부 장식물을 살피는 것이었다. 불빛이 신전의 출입문 위쪽으로 통과하고 있어서 혹시 어렴풋이 보이는 것이 있을까 살펴보았지만 소용이 없었다. 신전의 지붕조차 보이지 않았다. 바닥을 두드려보면서 한 두 계단을 올라가기도 했지만, 감히 더 가까이 갈 엄두가 나지 않았다. 무엇보다 나는 평생 처음으로 공포를 느꼈다. 신전에 대한 매혹이 점점 강해질수록 불쌍한 키엔체의 심정이 이해되기 시작했다. 막연하면서도 점점 강렬해지는 심연의 공포가 있었다. 잠수함으로 돌아온 뒤, 불을 끄고 어둠 속에 앉아서 생각에 골몰했다. 비상사태를 대비해 전력을 아껴야 했다.

18일 토요일, 나는 완전한 암흑 속에서 독일인의 의지를 꺾으려드는 잡념과 기억에 시달렸다. 미쳐버린 키엔체는 아주 오래되고 불길한 이 폐허에 닿기 전에 죽음을 맞았다. 그는 내게 같이 가자고 했었다. 과연 운명의 신이 내 이성을 빼앗지 않은 이유가 누구도 꿈꾸지 못한 전대미문의 섬뜩한 종말로 나를 이끌기 위함일까? 신경과민이 분명하니, 이런 나약한 생각들은 떨쳐버려야겠다.

토요일 밤에 잠을 이루지 못하다가 나중에야 어찌됐든 불을 켰다. 산소와 식량보다 전기가 먼저 끊길 것 같아 심란했다. 아침 무렵에 불을 켜둔 상태로 잠이 들었는지, 암흑 속에서 깨어보니 배터리의 전력이 바닥나 있었다. 성냥불을 계속 켜대면서 오래전에 양초마저 떨어졌을 정도로 준비성이 부족했음을 뼈저리게 후회했다. 무턱대고 켜버린 성냥불이 꺼져버린 후, 나는 어둠 속에 가만히 앉아 있었다. 피할 수 없는 죽음을 생각하면서 지난 일들이 떠올랐고, 나약하고 미신적인 사람이 되어 두려움에 떨게 만든 근원이 무엇일까 되짚어 보았다. 광휘를 뿜는 신의 두상과 죽은 선원에게서 발견되었다가 키엔체가 바닷속으로 가져간 그 상아 조각상은 똑같은 것이었다.

그 우연의 일치를 깨닫고 나는 약간 어리둥절했지만 겁을 먹지는 않았다. 열등한 사람들만이 독특하고 복잡한 상황을 원시적인 초자연현상으로 섣불리 설명하려 드는 법이다. 우연의 일치가 이상한 것은 사실이나, 상황을 비논리적인 연결고리로 관련짓거나 빅토리 호 사건부터 지금의 곤경에 이르기까지 파멸적인 사건들과 기괴하게 연결 짓기에는 내가 너무 확고한 이성주의자였다. 좀 더 휴식을 취해야겠다는 생각에 마음을 가라앉히고 잠을 더 잤다. 나의 정신 상태는 꿈에 반영되었다. 물에 빠진 사람들의 비명을 들었고 잠수함의 총안에 눌려진 시체의 얼굴을 본 것 같았으니 말이다. 그런데 시체 중에는 상아 조각상을 지니고 있던 젊은이가 살아서 비웃는 듯한 얼굴이 있었다.

오늘 일을 기록함에 있어 신중을 기해야겠다. 신경 쇠약 상태에서 현실과 환각이 뒤섞였기 때문이다. 이런 사례는 심리학적으로 아주 흥미로운 것인데, 유능한 독일의 권위자들이 직접 관찰할 기회를 갖지 못해서 유감이다. 눈을 뜨고 가장 먼저 느낀 것은 신전에 가보고 싶다는 강한 욕망이었다. 욕망은 시시각각 강해져 갔지만, 나는 본능적으로 그런 욕망을 잠재우기 위해 공포의 감정 같은 것을 찾고 있었다. 그때 전력이 바닥난 어둠 속에서 빛이 보였다. 신전으로 향해져 있던 총안을 통해서 들어오는 인광 비슷한 빛이었다. 그 빛에 호기심이 일었던 것은 그 정도의 빛을 낼 수 있는 심해 생물이 없다는 생각에서였다.

그 빛의 정체를 미처 알아보기도 전에 세 번째의 또 다른 인상이 전해졌고, 그 터무니없는 상황 때문에 내 글의 객관성마저 의심스러워졌다. 그것은 환청이었다. 외부로부터 거칠지만 아름다운 영창 혹은 합창처럼 리듬과 멜로디를 지닌 소리가 방음처리를 한 U-29의 선체를 뚫고 전해졌다. 나의 정신과 신경에 문제가 생겼다고 판단했기에 환청을 상당부분까지 없애줄 것으로 믿고 브롬화나트륨이 원료인 진정제를 찾아 더듬거렸다. 하지만 인광은 그대로 있었다. 총안으로 가서 그 빛의 근원을 보고 싶다는 아이 같은 충동을 참기 어려웠다. 그 빛은 끔찍하리만큼 현실이었고, 그것에 의지해 비어 있는 브롬화나트륨 병의 위치를 확인했을 뿐 아니라 주변의 익숙한 물건들을 구별할 수 있었다. 나는 브롬화나트륨 병에 대해 곰곰이 생각하다가 방의 맞은편에 있는 그 병을 만져보았다. 병은 원래의 자리에 그대로 놓여 있는 것 같았다. 그

제야 그 빛이 실재이거나 아니면 내가 떨쳐버릴 수 없을 정도로 지속적이고 고착된 환영의 일부임을 알았다. 그래서 저항을 단념한 나는 빛의 정체를 확인하기 위해 사령탑으로 올라갔다. 어쩌면 아군의 잠수함일지 모르고, 그렇다면 구조의 가능성도 있지 않은가?

누군가 이 글을 읽고 나서 자연 법칙을 뛰어넘는 일련의 사건들이 혼란한 내 정신에서 비롯된 주관적이고 비현실적인 환영이니 객관적인 진실로 받아들일 수 없다고 할지 모르겠다. 사령탑에 도착했을 때, 해저는 생각보다도 훨씬 어두웠다. 인광을 내는 동식물은 없었고 비스듬히 강의 흔적이 있는 곳까지 펼쳐진 도시도 어두워서 보이지 않았다. 내가 본 것은 엄청난 장관도 아니고 그로테스크하거나 오싹한 것도 아니지만, 내가 제정신이라는 마지막 믿음마저 없애버렸다. 바위산을 깎아 만든 해저 신전의 출입문과 창문들이 너울대는 불빛으로 환하게 빛나고 있었기 때문이다. 마치 깊숙한 내부에서 제단의 불꽃이 강하게 일렁이고 있는 것처럼.

이어서 벌어진 일들에 대해서는 혼란스럽다. 으스스한 빛이 감도는 문과 창문들을 보고 있을 때, 너무도 황당해서 입에 올리기도 어려운 환영을 보았다. 신전 안에서 뭔가를 본 것 같았다. 멈춰 있기도 하고 움직이기도 하는 물체들. 그리고 잠에서 깨었을 때 처음으로 들려왔던 비현실적인 영창 소리가 또 들려오는 것 같았다. 무엇보다 상아조각상에 있었고, 내 앞에 버티고 있는 신전의 소벽과 기둥의 조각에도 있는 청년의 얼굴에 모든 생각과 공포가 집중되었다. 가여운 키엔체가 생각났다. 그리고 조각상을 다시 돌려주기 위해 떠나간 그의 시체가 어디에 있는지 궁금해졌다. 그는 내게 뭔가를 경고했지만 나는 귀담아듣지 않았다. 하지만 어찌됐든 그는 프로이센 인이라면 능히 견딜 수 있는 문제 때문에 미쳐버린 라인 출신의 나약한 인간이었다.

나머지는 너무도 간단하다. 신전 안으로 들어가고 싶은 충동은 이제 도저히 거부할 수 없는 불가사의하면서도 절박한 요구로 변해 있었다. 독일인의 의지력도 행동을 통제하지 못했고, 의지력으로 할 수 있는 일은 사소한 부분에만 국한되었다. 키엔체를 죽음으로 몰고 간 광기는 무방비의 바다 속에서 피할 수는 없는 것이었다. 하지만 프로이센의 분별력이 있는 사람으로서 나는 최후의 순간까지 내게 남은 미약한 의지력을 포기하지 않을 것이다. 그 운명의 목적지를 처음 본 순간부터 언제든지 사용할 수 있도록 잠수복과 헬멧, 산소기를 준비해 두었다. 그래서 언젠가 세상에 밝혀지기를 바라며 지금 서둘러 이 글을 쓰기 시작한 것이다. 나는 U-29와 영원한 작별을 고할 때, 이 원고를 병에 넣어 바다에 맡길 것이다.

두렵지 않다. 미친 키엔체의 예언조차 두렵지 않다. 내가 지금까지 본 것은 사실일리 없고, 나 자신의 광기는 기껏해야 산소가 바닥났을 때 질식사로 끝날 것이다. 신전의 불빛은 환영에 불과할 뿐, 까마득한 암흑의 심해에서 독일인답게 담담하게 죽음을 맞을 것이다. 이글을 쓰고 있는 지금 들려오는 저 악마의 웃음소리는 나약해진 나의 머리에서 나오는 것이다. 그래서 나는 잠수복을 단단히 차려입고 당당하게 계단을 오를 것이고, 태고의 성지, 끝없는 심해와 영겁의 세월에 잠겨 있는 저 침묵의 비밀 속으로 걸어 들어갈 것이다.

FACTS CONCERNING THE LATE ARTHUR JERMYN AND HIS FAMILY

고(故) 아서 저민과 그 가족에 관한 사실

1

삶이란 무시무시한 것이고, 우리가 어렴풋이 알고 있는 그 이면의 진실로 인해 천배는 더 무서워진다. 이미 충격적인 발견들을 감당할 수 없게 된 과학은 어쩌면 인류의 (우리가 인간으로서 유일한 종족이 맞는다면) 결정적인 파멸을 가져올지 모르겠다. 왜냐면, 과학은 인간의 두뇌로는 절대 상상할 수도 없는 예측불허의 공포를 은폐해 왔기 때문이다. 우리가 우리 자신의 정체를 알게 된다면, 아서 저민 경처럼 행동하게 될 것이다. 어느 날 밤, 아서 저민 경은 자신의 몸에 휘발유를 붓고 불을 붙였다. 아무도 그의 그을린 유골을 안장하지 않았고, 추모비를 세우지 않았다. 모종의 문서를 비롯해 상자에 담긴 유품들이 발견되었으나, 사람들은 그것을 잊고자했다. 그의 지인 중에서 어떤 이는 아예 그의 존재 자체를 부인했다.

황무지로 간 아서 저민은 아프리카에서 도착한 상자속의 물건을 본 뒤에 분신했다. 그의 목숨을 앗아간 것은 그 자신의 독특한 외모가 아니라 그 물건이었다. 많은 사람들이 아서 저민과 같은 독특한 외모를 지녔다면, 살고 싶은 마음이 없었겠으나, 시인이자 학자였던 그는 외모에 개의치 않았다. 그는 학자 집안의 피를 물려받았다. 증조부 로버트 저민 경은 저명한 인류학자였고, 5대 조부 웨이드 저민 경은 콩고를 탐험한 선구자 중의 일인으로서 그 지역의 부족과 동물, 추정 유물에 대해 방대한 기록을 남겼다. 실상 세상을 떠난 웨이드 경은 거의 광적이리만큼 지적인 열망이 강했다. 그는 선사 시대에 백인종이 세운 콩고 문명이 있었다는 해괴한 억측 때문에 『아프리카 일부 지역에 대한 고찰』이라는 책을 발표했을 당시 큰 비웃음을 샀다. 1765년, 이 용감한 탐험가는 헌팅턴의 한 정신병원으로 보내졌다.

모든 저민 가 사람들의 피에 광기가 흘렀다. 사람들은 저민 가의 후손들이 수적으로 많지 않다는 것을 다행으로 여겼다. 방계를 형성하지 않은 가문에서 아서가 마지막 후손이었다. 만약 그렇지 않았다면, 그 물건이 도착했을 때 그가 어떻게 했을지 상상이 가지 않는다. 저민 가 사람들은 어딘지 어긋난 것처럼 평범한 외모가 아니었다. 물론 그 중에서도 아서가 최악이긴 했다. 그래도 저민 저택의 오랜 초상화들은 웨이드 경의 선대까지는 꽤 준수한 외모를 보여주고 있었다. 가문의 광기는 아프리카에 대한 격렬한 얘기로 극소수의 친구들을 즐거움과 공포로 몰아넣었던 웨이드 경부터 시작됐음이 틀림없다. 보통 사람이라면 수집하거나 지니고 있지 않았을 전리품과 표본이 그의 광기를 증명하고, 동양의 모처에 아내를 은닉해 둔 것은 더 확실한 증거다. 그의 말에 따르면, 아내는 포르투갈 상인의 딸로 아프리카에서 만났는데 영국식 삶을 좋아하지 않는다고 했다. 아프리카에서 낳은 갓난아기와 아내는 그의 두 번째이자 가장 긴 여행에서 함께 돌아왔다. 그리고 세 번째이자 마지막 여행길에 남편과 동행한 이후, 다시는 돌아오지 않았다. 성격이 거칠고 독특해서 하인들뿐 아니라 누구도 그녀를 가까이서 본 적이 없었다. 잠시 저민 저택에서 머무는 동안, 그녀는 외딴 별채를 사용했고, 유일하게 남편의 보살핌만 받았다. 웨이드 경은 가문에 전해지는 불안증 면에서도 유별났다. 아프리카로 다시 여행을 떠났을 때, 기니 출신의 볼썽사나운 흑인 여자 외에는 누구도 자신의 어린 아들 곁에 얼씬하지 못하게 했다. 저민 부인이 세상을 떠난 뒤, 다시 귀국한 그는 손수 아들의 양육을 도맡았다.

그러나 친구들이 웨이드 경을 미쳤다고 생각하는 주된 이유는 그가 얼큰하게 취해서 하는 말 때문이었다. 18세기와 같은 이성의 시대에 학자라는 사람이 콩고의 달 아래 비추는 야만의 풍경과 기이한 장면을 입에 올린다는 건 당치 않았다. 사라진 도시의 거대한 벽과 기둥, 습기 머금은 침묵 속에서 담쟁이에 덮인 폐허, 까마득한 지하의 보물 동굴과 상상을 초월하는 지하무덤의 어둠 속으로 한없이 내려가는 돌계단도 그렇거니와 특히 그곳에 출몰한다는 생물체에 관한 장광설도 가당치 않았다. 정글의 절반, 불경한 태곳적 도시의 절반을 차지하고 있다는 생물체. 이 터무니없는 생물에 대해 플리니우스[15]조차 고개를 저었을 것이다. 거대한 원숭이에서 진화했다는 이 생물체가 성벽과 기둥, 지하묘지와 기이한 조각상이 있는 몰락의 도시에 득시글댄다고 했다. 마지막으로 집에 돌아왔을 때에도 웨이드 경은 어김없이 나이츠헤드[16]에서 술 석 잔을 들이켠 뒤에 소름 끼치도록 섬뜩한 열변으로 그런 이야기를 했다. 그는 정글에서 자신이 무엇을 발견했는지, 그만 아는 끔찍한 폐허 속에서 생활한 이야기를 자랑했다. 나중에는 이 생물들에 대한 지나친 언변 때문에 정신병원으로 보내지고 말았다. 기묘한 심경의 변화를 보이던 시기라, 헌팅턴의 폐쇄 병동에 갇히고도 그는 전혀 후회하지 않았다. 아들이 갓난아기의 티를 벗고 성장할수록, 그는 점점 더 집을 싫어했고 마침내는 두려워하게 되었다. 나이츠헤드에서 살다시피 했고, 병동에 감금되었을 때는 보호를 받은 것처럼 감사의 말을 얼버무리기도 했다. 그는 3년 뒤에 세상을 떠났다.

웨이드 저민의 아들, 필립은 대단히 독특한 인물이었다. 아버지를 많이 닮았음에도 불구하고, 그의 외모와 행동은 여러모로 천박해서 사람들로부터 기피를 당했다. 사람들의 걱정과는 달리, 광기를 물려받지는 않았으나, 지독히도 아둔하고 주기적으로 걷잡을 수 없이 난폭해졌다. 작은 체구에 비해 힘이 장사인데다 놀랄 만큼 민첩했다. 가문의 상속인이 된 지 12년이 지났을 때, 그는 항간의 소문에 집시의 혈통이라는 사냥터지기의 딸과 결혼했다. 그가 자신의 생활방식과 강혼[17]에서 시작된 혐오스러운 악명을 결정적으로 만든 계기는 아들이 태어나기에 앞서 해군에 입대한 것이었다. 미국 독립전쟁이 끝난 직후, 그가 아프리카 무역선에서 힘과 등산의 귀재로 이름을 날리는 선원이 되어 있다는 소식이 전해졌다. 그러나 배가 콩고 해안에 정박 중이던 어느 밤, 그는 결국 실종되고 말았다.

필립 저민 경의 아들에 이르러, 오늘날 가문의 특징으로 자리 잡은 기이하고도 치명적인 변화가 일어났다. 균형이 약간 어긋난 듯하면서도 훤칠한 키에 수려한 외모와 기이한 동양적 기품까지 풍기는 로버트 저민은 학자이자 조사관으로서의 삶을 시작했다. 그는 미친 할아버지가 아프리카에서 수집해 온 방대한 유물들을 맨 처음 과학적으로 연구했고, 탐험의 역사뿐 아니라 인종학에서 가문의 이름을 드높였다. 1815년, 로버트 경은 브라이트홈 7대 자작의 딸과 결혼하여 슬하에 세

자녀를 두었다. 맏이와 막내는 몸과 마음에 기형이 일어났다는 이유로 사람들의 눈에 띈 적이 한 번도 없었다. 가정의 불행으로 인해 수심에 잠긴 과학자 로버트 경은 일에서 위안을 찾았고, 아프리카 내륙으로 두 번의 장기 탐사를 떠났다. 1849년에 필립 저민의 난폭함과 브라이트홈의 오만함을 섞어놓은 듯 유난히 반항적이었던 로버트 경의 차남, 네빌이 어느 천박한 댄서와 눈이 맞아 가출했다가 아버지의 묵인 하에 이듬해에 돌아왔다. 그가 집에 돌아왔을 때, 갓난쟁이 아들을 데려왔는데, 그 아이가 장차 아서 저민의 아버지가 될 알프레드였다.

이 사건은, 친구들의 말에 따르면, 로버트 저민 경의 마음을 어지럽히는 또 다른 시련이었으나, 결정적인 파국을 가져온 것은 아프리카의 시시한 민담이었을 터이다. 초로의 학자는 할아버지의 탐사지 인근이자 자신이 직접 탐사한 온가 부족의 전설을 수집해 왔다. 잃어버린 도시에 기이한 혼혈 생물체가 산다는 웨이드 경의 황당한 이야기를 설명하고픈 마음에서였다. 할아버지가 남긴 낯선 문서에 나타나는 일관성으로 볼 때, 할아버지의 광적인 상상이 원주민 신화에서 자극을 받았다는 추측이 들었다. 1852년 10월, 탐험가 새뮤얼 시튼이 온가 부족으로부터 수집한 기록을 가지고 저민 저택을 찾았다. 백색신(白色神)에 의해 통치된 흰 원숭이의 회색 도시는 인종학 측면에서 입증할만한 가치가 있는 전설이라고 생각했기 때문이다. 당시의 대화를 통해서 그는 보다 상세한 설명을 덧붙인 것으로 보인다. 끔찍한 일련의 비극들이 돌연한 국면으로 치달음으로써 두 사람 사이에 오간 대화 내용이 무엇인지는 앞으로도 밝혀지지 않을 것이다. 로버트 저민 경이 서재에 나왔을 때, 서재 안에는 교살된 탐험가의 시체가 놓여 있었다. 자제심을 되찾기 전, 그는 철저히 은둔해 온 두 아이와 가출했다가 돌아온 차남, 이렇게 세 명의 자식을 전부 죽이고 말았다. 네빌 저민은 자신의 두 살배기 아들만은 구할 수 있었다. 물론 살아남은 손자까지도 로버트 경의 광기 어린 살인의 목표물이었음은 분명했다. 로버트 경 본인은 수차례 자살을 시도한 뒤, 끝끝내 한마디 진술도 거부한 채 정신병원에 수감된 지 2년 만에 뇌졸중으로 숨을 거두었다.

알프레드 저민 경은 네 번째 생일을 앞둔 준남작이었으나, 취향은 귀족의 직위와는 전혀 어울리지 않았다. 스무 살에 뮤직홀의 연주자가 되었다가, 서른여섯 살에 아내와 아이를 버리고 미국의 순회 곡마단을 따라나섰다. 그는 처참한 최후를 맞았다. 곡마단의 동물 중에서 같은 종에 비해 몸 색깔이 밝고 몸집이 거대한 고릴라 수컷 한 마리가 있었다. 이 고릴라는 아주 유순해서 단원들 사이에서 인기가 많았다. 알프레드 저민은 유난히 이 고릴라를 좋아해서 우리의 철창을 사이에 두고 서로 오랫동안 바라보는 일이 많았다. 결국 저민은 고릴라를 조련해 보겠다고 부탁하여 허락까지 얻었고, 그 결과 관객과 동료 단원들이 깜짝 놀랄 만한 성공을 거두었다. 시카고에서 어느 날 아침, 고릴라와 알프레드 저민이 잘 짜여진 권투 시합의 리허설을 하는 도중, 고릴라가 평소보다 강한 일격을 가했다. 아마추어 조련사의 몸과 자존심은 큰 상처를 받았다. 그 다음에 무슨 일이 벌어졌는지, '지상 최대의 쇼' 단원들은 말을 삼가고 있다. 알프레드 저민 경의 입에서 짐승 같은 울부짖음을 듣게 될 줄은, 게다가 동작이 서투른 고릴라를 두 손으로 움켜잡고 우리 바닥에 팽개친 뒤 그 털북숭이의 목을 난폭하게 물어뜯을 줄은 단원들도 예상치 못한 일이었다. 고릴라는 무방비 상태였지만, 잠시 뒤에 상황은 달라졌다. 정규 조련사가 미처 손을 쓰기도 전에, 준남작의 몸뚱이는 알아볼 수 없는 지경이 되었다.

2

아서 저민은 알프레드 저민 경과 근본이 불분명한 뮤직홀 가수 사이에서 태어났다. 남편과 아버지로부터 버림을 받은 뒤, 아서 저민의 아내는 아이를 데리고 저민 저택으로 들어왔다. 저택에는 그녀를 싫다고 할 만한 사람이 남아 있지 않았다. 귀족의 품위를 지키는데 남달랐던 그녀는 제한된 돈이 허락하는 한에서 아들에게 최고의 교육을 제공했다. 애석히도 가족의 재산은 바닥을 드러냈고, 저민 저택은 참담한 몰락의 길로 들어섰다. 그러나 나이 어린 아서는 옛 저택의 건물과 그 내부를 사랑했다. 시인이고 몽상가였던 아서는 지금까지의 저민 가 사람들과는 전혀 달랐다. 눈에 띈 적이 없는 웨이드 저민의 포르투갈인 아내 이야기를 아는 이웃들은 그녀의 라틴 혈통이 웨이드에게 저절로 전해진 것이라고 말했다. 그러나 대부분의 사람들은 아서의 감수성을 비웃으며, 사회적으로 비천한 뮤직홀 가수인 어머니에게서 그 이유를 찾았다. 아서 저민의 시적 감수성은 투박한 외모 때문에 더욱 주목을 받았다. 지금까지는 저민 가 사람들의 외모에 대체로 이상하고 혐오스러운 그림자만 드리워진 정도였으나, 아서의 경우는 눈에 확연했다. 그가 누구를 닮았는지 말하기는 어려웠다. 그러나 표정과 얼굴선, 팔의 길이는 처음 마주치는 사람들에게 섬뜩한 반감을 주었다.

아서 저민의 외모를 상쇄한 것은 지성과 성품이었다. 그는 타고난 재능과 학식으로 옥스퍼드를 최고의 성적으로 졸업함으로써 가문의 지적인 명성을 되살리는 것 같았다. 과학자보다는 시인의 성향이 강했음에도, 그는 웨이드 경의 기묘하고도 경이로운 수집물을 이용하여 아프리카 인종학과 유적에 대한 선조의 작업을 이어가기로 마음먹었다. 미친 탐험가가 그토록 맹신했던 선사시대 문명이 몽상가적인 그의 머릿속에 떠올랐고, 황당한 메모와 기록에 언급된 정글 도시의 이야기가 씨줄과 날줄로 엮여가기 시작했다. 상상을 초월하는 정체불명의 정글 혼혈족에 대한 막연한 언급 때문에 그는 공포와 매혹의 힘이 뒤엉키는 특별한 느낌에 빠졌다. 그런 망상을 가져온 배경에 대해 따져보았고, 종조부와 새뮤얼 시튼 간에 오간 온가 부족의 최근 자료 속에서 실마리를 찾으려고 애썼다.

1911년에 어머니가 돌아가신 뒤, 아서 저민 경은 끝까지 연구를 진행하기로 결심했다. 부동산의 일부를 팔아 마련한 돈으로 탐사 준비를 끝내고 콩고로 향했다. 벨기에 당국의 도움을 받아 안내인을 구했고, 온가와 칸 지역에서 1년을 보내는 동안, 예상을 뛰어넘는 자료를 찾아냈다. 칼리스 부족의 '므와누'라는 나이 든 족장은 기억력이 정확할 뿐 아니라, 오랜 전설에 지식과 관심이 대단한 인물이었다. 늙은 족장은 저민이 들은 모든 이야기를 확인해 주었고, 돌의 도시와 흰 원숭이에 대해 자신의 설명까지 덧붙였다.

므와누에 따르면, 회색 도시와 혼혈 생물들은 오래전 호전적인 나방구스 부족에 의해 전멸당하여 지금은 존재하지 않았다. 대부분의 건물을 파괴하고 생명체를 살상한 나방구스 부족은 그들이 찾고 있던 물건, 즉 박제한 여신상을 가져갔다. 그 흰색 원숭이 여신상은 묘한 숭배의 대상이었고, 콩고 전설에 따르면, 부족을 통치한 공주를 형상화한 것이라고 했다. 흰색 원숭이를 닮은 그 종족의 정체에 대해 므와누는 고개를 갸웃거리면서 폐허가 된 도시의 건설자 정도로 생각했다. 저민도 실마리를 찾지 못했으나, 철저한 탐문 과정에서 박제된 여신상과 관련해서 아주 생생한 전설을 알아냈다.

전설에 따르면, 원숭이 공주는 서쪽에서 온 거대한 백색신의 배우자가 되었다. 그들은 함께 오랫동안 도시를 통치했으나, 아들이 생기자 셋 모두 그곳을 떠났다. 나중에 백색신과 공주가 돌아왔고, 공주가 세상을 떠난 뒤에 신이자 그녀의 남편은 공주의 시신을 미라로 만들어 신전인 거대한 석조 건물에 안치했다. 그리고 그는 홀로 떠났다. 이 시점부터 전설은 세 개의 다른 이야기로 갈라진다. 그 첫 번째는, 박제된 여신을 소유한 부족은 어떤 무리든 상관없이 그것을 숭배했다는 것 외에 별다른 일이 벌어지지 않았다는 내용이다. 나방구스 부족이 여신상을 가져온 이유도 그런 맥락에서였다. 두 번째 전설은, 도시로 돌아온 신이 신전에 안치된 아내의 발밑에서 죽었음을 전하고 있다. 세 번째 전설은, 아들이 돌아와 성인(적절한 표현을 쓰자면, 어른 원숭이 혹은 신)이 되었으나 그때까지는 자신이 누구인지 깨닫지 못했다고 한다. 그 밖에 과장된 전설들은 대체로 흑인들의 상상력에서 비롯됐음이 분명했다.

웨이드 경이 묘사한 정글 도시의 실상에 대해 아서 저민은 일말의 의심도 품지 않았다. 그래서 폐허가 된 그 도시에 들어선 1912년, 그는 그리 놀라지 않았다. 도시의 규모는 다소 과장된 것이었으나, 배열된 석조물로 봐서 단순한 흑인 마을은 아니었다. 안타깝게도 조각상은 하나도 보이지 않았고, 웨이드 경이 언급한 지하 묘지로 연결된 것으로 판단되는 통로 하나가 발견됐으나 장애물을 제거하기에는 탐사대의 규모가 작았다. 인근 지역의 원주민 족장들과 흰 원숭이와 박제된 여신에 대해 정보를 주고받은 결과 므와누의 얘기를 약간 보충하는 수준이었다. 콩고 교역소에 파견된 벨기에 사무원, M. 베라레인은 어렴풋이 들어온 박제 여신상을 찾아낼 수 있을 뿐 아니라 가져올 수 있다고 생각했다. 한때 강성했던 나방구스는 현재 킹 앨버트 정부의 관할을 받고 있어서 별다른 설득을 하지 않고도 그 끔찍한 여신을 내놓게 할 수 있다는 것이었다. 그래서 아서 저민이 영국행 배에 올랐을 때, 몇 달 안에 인종학적으로 아주 귀중한 유물을 입수함으로써 현조부의 황당한 말을 입증할 수 있으리란 기대가 어느 때보다 강했다. 솔직히 현조부의 말은 아서 본인이 접해 온 얘기 중에서 가장 황당무계한 것이었다. 아서 저택 인근의 주민들도 나이츠헤드에서 웨드 경으로부터 흘러나온 그 황당한 얘기를 저마다 조상 대대로 전해 들었을 것이다.

아서 저민은 미친 조상의 유고를 부지런히 연구하는 한편, M.베라레인한테서 약속한 상자가 도착하기를 무던히 인내하며 기다렸다. 아서는 아프리카의 탐사지뿐 아니라 영국에서의 일상에서도 유물을 추적했던 현조부 웨이드 경과 깊은 혈족애를 느끼기 시작했다. 기묘하게 고립된 현조모에 대해 떠도는 말은 많았으나, 저민 저택에서 실제로 감지되는 그녀의 자취는 남아 있지 않았다. 아서는 사람의 존재가 그처럼 흔적도 없이 사라진 정황에 의심을 품었고, 결국에는 현조부의 광기가 중요한 원인이었을 거라고 생각했다. 그의 기억에, 현조모는 아프리카에서 장사를 하던 포르투갈 무역상의 딸이라고 들었다. 천성이 현실적인데다 아프리카에 대해 피상적으로만 알고 있었을 현조모는 평범한 사람으로서 견디기 어려운 웨이드 경의 이야기를 무시해 버렸을 것이다. 그녀가 아프리카에서 죽은 이유는, 아마도 자신의 말을 증명하려는 남편의 손에 그곳까지 끌려갔기 때문일 것이다. 그러나 이런 생각에 골몰하는 동안, 세상을 떠난 지 150년이 지난 5대조 조상의 허망함에 씁쓸한 웃음을 지을 수밖에 없었다.

1913년 6월, 박제된 여신을 찾았다는 M. 베라레인의 편지가 도착했다. 이 벨기에인은 더없이 독특한 물건이라고 단언하고, 문외한의 능력으로는 도저히 설명할 길이 없다고 말했다. 또한 그것이 인간인지 유인원인지는 과학자만이 판단할 수 있는데, 불완전한 보존 상태 때문에 조사 과정이 무척 어려울 거라고도 했다. 숱한 세월과 콩고의 기후 조건까지 미라에겐 적합한 조건이 아니었다. 특히 이번에는 아마추어의 미숙한 준비 과정까지 한몫했다. 미라의 목에서 발견된 금목걸이에 문장(紋章)이 새겨진 빈 로켓이 달려 있었다. 나방구스 부족이 어느 불운한 여행자의 기념품을 빼앗아 여신의 목에 장신구처럼 걸어놓은 것이 분명했다. 미라의 용모를 설명하는 과정에서 M. 베라레인은 일관적이지 못한 비유를 들었다. 아니, 그보다는 아서가 어떤 인상 받을지 궁금하다며 유머러스하게 의문을 표현했다는 편이 적절했다. 그러나 그는 과학적인 관심이 커서 경솔한 말은 자제했다. 아서가 편지를 받고 한 달 정도 지나면 포장된 미라 여신이 도착할 거라고 편지에 적었다.

상자에 포장된 물건이 저민 저택에 도착한 것은 1913년 8월 13일 오후였다. 물건이 곧 옮겨진 큰방은 로버트 경과 아서 경에 의해 아프리카 표본 저장실로 준비된 공간이었다. 이후 어떤 일이 벌어졌는지는, 하인들의 말과 여러 가지 정황 그리고 나중에 조사된 문서를 통해서 가장 적절한 형태로 취합되었다. 갖가지 이야기 중에서 저민 저택의 집사인 솜즈 노인의 말이 가장 상세하고 일관적이었다. 이 믿을 만한 노인에 따르면, 아서 저민 경은 방에서 다른 사람들을 전부 내보냈으나, 곧바로 망치와 끌 소리가 들려올 정도로 상자를 여느라 마음이 급했다. 한동안 아무소리도 들려오지 않았다. 정확히 시간이 얼마나 지났는지는 모르겠지만, 대략 15분가량이 지나서 들려온 끔찍한 비명 소리는 틀림없이 저민의 목소리였다. 곧 방에서 나온 저민은 무서운 적에게 쫓기는 것처럼 저택 현관으로 정신없이 뛰어갔다. 송장처럼 오싹했던 그의 표정을 도저히 설명할 길이 없다. 현관에 가까워졌을 때, 불현듯 떠오른 것이 있는지 급히 돌아서더니 이내 지하실 계단을 내려갔다. 어리둥절해진 하인들이 계단 입구를 지켜보았으나, 그들의 주인은 다시 모습을 나타내지 않았다. 밑에서 휘발유 냄새가 확 끼쳤다. 날이 저물었을 때, 지하실에서 마당으로 난 출입문이 덜그럭거렸다. 머리에서 발끝까지 휘발유로 반들거리는 아서 저민 경이 냄새를 풍기며 은밀히 저택을 빠져나간 뒤, 인근의 황무지로 사라지는 광경을 목격한 이는 마구간 소년이었다. 절정으로 치달은 극단의 공포 속에서 사람들은 이 사건의 마지막을 목격했다. 황무지에서 불길이 일더니 사람 형태의 불기둥이 치솟았다. 지금은 저민 저택이 존재하지 않는다.

까맣게 탄 아서 저민의 유골을 수습하지 않은 채 그 자리에 묻은 것은 상자 속의 물건 때문이었다. 시들고 푸석푸석한 미라 여신은 보기에 역겨운 모습이었으나, 무수한 기록에도 유례가 없을 정도로 털이 적고 인류와 아주 유사하게 생긴 미지의 흰색 원숭이를 미라로 만든 것이 틀림없었다. 솔직히 말해서 인류와의 유사성은 충격적일 정도였다. 자세히 설명하는 것은 불쾌한 일이겠으나, 두 가지의 두드러진 특징만은 밝혀야겠다. 웨이드 저민 경의 아프리카 탐사뿐 아니라, 백색신과 원숭이 공주에 관한 콩고 전설과도 진저리쳐지도록 일치하기 때문이다. 두 가지 특징은 이렇다. 미라의 목에서 발견된 황금 로켓의 문장은 저민 가의 것이었고, 섬뜩하고 불경한 공포가 느껴지는 미라의 오그라든 얼굴에 대해 M. 베라레인이 익살스런 비유로 닮았다고 한 대상은 다름 아닌 웨이드 저민 경과 신원이 불분명한 그 아내의 5대손, 아서 저민이었다. 왕립 인류학 학회의 회원들은 미라 여신을 불태우고 문제의 로켓을 우물에 버렸다. 그들 중 일부는 아서 저민이라는 사람을 아예 모른다고 말하고 있다.

15) 플리니우스(Gaius Plinius Secundus): 로마의 작가이자 학자로 백과사전적 저서 『박물지』를 집필했다.

16) 나이츠헤드(Knight's Head): 1700년대 영국에 있었다는 술집. 실제 있었던 술집인지 아니면 러브크래프트의 허구적 장치인지는 확실치 않다.

17) 강혼(降婚): 지체가 높은 사람이 지체가 낮은 사람과 혼인하는 것.

THE STREET
거리

사물과 장소에 영혼이 있다고 말하는 사람도 있고, 없다고 하는 사람도 있다. 나는 어느 쪽인지 밝히고 싶지는 않지만, 그 거리에 대해서는 말해보겠다.

강인하고 명예로운 남자들, 바다 건너 축복받은 섬에서 온 아주 용감한 우리 선조들이 그 거리를 만들었다. 처음에 그 거리는 숲속 샘에서 해안의 촌락까지 물을 길어 나르는 길에 불과했다. 나날이 번창하는 촌락으로 점점 더 많은 사람들이 모여들어 정착지를 물색하는 과정에서 북쪽을 따라 오두막을 짓기 시작했다. 그래서 북쪽의 숲이 있는 곳까지 돌과 튼튼한 오크 나무를 섞어서 만든 오두막들이 들어섰다. 오두막을 튼튼하게 지은 이유는 숲에 불화살로 무장한 인디언들이 숨어 지냈기 때문이다. 그 후로 몇 년이 더 지났을 때, 사람들은 그 거리의 남쪽에도 집을 지었다.

그 거리를 오가는 남자들은 위풍당당한 체구에 고깔모자를 썼고, 대개는 구식 소총 아니면 새총을 가지고 다녔다. 물론 보닛을 쓴 아낙들과 해맑은 아이들도 있었다. 남자들은 처자식과 함께 커다란 난롯가에 모여앉아 책을 읽고 대화를 나누었다. 그들이 읽고 말한 내용은 지극히 단순한 것이었으나, 그 덕분에 낮에 숲을 정복하고 땅을 경작하는데 유용한 용기와 자양분을 얻었다. 그리고 아이들은 한 번도 본 적이 없고 기억하지도 못하는 소중한 고국, 즉 영국과 그 선조의 법칙과 언행을 듣고 배웠다.

전쟁이 있은 후, 인디언들이 더는 이 거리를 위협하지 않았다. 일에 분주한 사람들은 번영의 길을 확고히 갈고 닦으면서 그 방법을 터득해 갈수록 행복해졌다. 아이들은 무럭무럭 자랐고, 더 많은 가족들이 이 거리에 정착하기 위해 모국을 떠나왔다. 앞서 온 이들의 자식과 나중에 온 이들의 자식이 어우러졌다. 마을은 이제 도시가 되었고, 오두막집은 하나둘 주택으로 바뀌었다. 소박하고 아름다운 주택들은 벽돌과 나무로 지어서 돌계단과 쇠 난간을 달았고, 문마다 위쪽에 채광창을 두었다. 수 세대를 견딜 수 있게 아주 튼튼하게 지었다. 집 안에는 벽난로와 우아한 계단, 감각적이면서도 아늑한 가구, 식기류를 비롯해 모국에서 가져온 은제 도구들이 갖춰져 있었다.

이렇게 거리는 젊은이들의 꿈으로 살아 숨 쉬었고, 거주자들이 우아하고 행복해질수록 기뻐했다. 한때는 오직 강인하고 명예로운 사람들만 있었으나, 지금은 심미적이고 학식이 깊은 사람들도 주민이 되었다. 책과 그림과 음악이 집집으로 들어왔고, 젊은이들은 북쪽 평원 위에 세워진 대학에 진학했다. 고깔모자와 구식소총을 대신해 삼각모자와 레이스달린 희디흰 가발 그리고 스몰소드(찌르는 검)가 들어왔다. 자갈 깔린 길에는 혈통이 좋은 말과 번쩍이는 마차들이 무수히 달가닥거렸고, 벽돌 보도에는 승마용 발판과 말뚝이 있었다.

이 거리에는 나무가 많았다. 느릅나무와 오크와 단풍나무가 장관을 이루었다. 그래서 여름에는 온통 푸릇푸릇한 초목과 지저귀는 새소리로 가득했다. 집집마다 뒤에는 장미 정원이 에워싸고 있었고, 정원마다 울타리를 두른 길과 해시계가 있었다. 밤이면 이곳에서 달빛과 별빛이 황홀하게 비추는 동안, 향기로운 꽃들이 이슬을 머금고 반짝였다.

그렇게 이 거리는 지나간 전쟁과 재난과 변화를 몽상했다. 한번은 젊은이 대부분이 떠났고, 그 중에서 일부는 돌아오지 않았다. 옛 국기를 걷어내고 성조기를 달았을 때였다. 사람들이 커다란 변화라고 말해도, 이 거리는 그렇게 느끼지 않았다. 거리에는 여전히 예전과 같은 사람들이 살았고, 익숙하고 예스러운 말투로 익숙하고 예스러운 일들을 말하고 있었기 때문이다. 그리고 밤이면 여전히 달빛과 별빛 아래서 장미 정원의 이슬 머금은 꽃들이 반짝이고 있었다.

어느새 거리에서 칼과 삼각모 혹은 가발은 보이지 않았다. 지팡이를 들고 기다란 실크 모자를 쓴, 게다가 머리까지 짧게 자른 사람들이 얼마나 이상하게 보이던지! 멀리서 낯선 소리들이 들려왔다. 처음에는 저 멀리 강에서 뭔가를 뿜어내듯 푹푹 하는 이상한 소리와 비명처럼 날카로운 소리가 들려왔다. 많은 시간이 흐르자, 푹푹 소리와 비명소리와 덜커덕거림이 다른 방향에서도 들려왔다. 공기는 예전처럼 깨끗하지 않았으나, 이곳의 정신만은 바뀌지 않았다. 이 거리를 만든 것은 선조들의 피와 영혼이었다. 땅을 파서 이상한 도관들을 묻을 때도, 묘한 전선들이 매달린 긴 기둥들을 세울 때도 그때의 정신은 바뀌지 않았다. 이 거리에는 옛 전설이 가득해서 과거가 쉬이 잊힐 수 없었다.

이 거리의 과거 모습을 아는 이들이 없어지고, 현재의 모습만 아는 이들이 많아졌을 때, 결국 불길한 시간이 찾아왔다. 이 거리로 이주해 온 사람들은 떠나간 사람들과는 사뭇 달랐다. 새로 온 사람들은 천박하고 거슬리는 말투와 불쾌한 용모를 지니고 있었다. 이들의 사고방식 또한 이 거리의 현명하고 정의로운 정신에 반하는 것이었다. 그래서 주택들이 서서히 노후화되고 나무가 하나둘 말라 죽고 장미 정원이 잡초와 오물로 뒤덮이는 동안, 이 거리는 묵묵히 옛 시절을 그리워했다. 하지만 또다시 젊은이들이 행진하던 어느 날, 거리는 자긍심을 느꼈다. 젊은이들 중에서 일부는 다시 돌아오지 않았다. 그들은 파란색 옷을 입고 있었다.

해가 갈수록 이 거리에 찾아든 불운은 더해졌다. 나무들은 모두 사라졌고, 장미 정원들은 거리를 따라 줄지어 선 싸고 흉한 신축건물에 자리를 내주었다. 하지만 수세대를 견디도록 튼튼하게 지어진 집들은 세월과 폭풍우와 벌레의 영향에도 여전히 남아 있었다. 낯선 얼굴들, 요컨대 은밀한 시선과 이상한 생김새를 한 가무잡잡하고 불길한 얼굴들이 거리에 나타났다. 낯선 말을 사용하는 이들은 낯설고 익숙한 글자를 섞어 곰팡내 나는 집집마다 명패를 달았다. 빈민굴에 손수레가 가득했다. 정체 모를 병적인 악취들이 내려앉은 이곳에서 옛 정신은 잠들어버렸다.

한번은 거리에서 큰 소요가 일었다. 전쟁과 혁명의 기운이 바다를 건너 엄습해왔다. 왕조가 붕괴되었고, 변절한 백성들은 수상쩍은 의도를 품고 서부로 몰려들었다. 이들 중에서 상당수는 한때 새소리와 장미향으로 가득했으나 지금은 무너진 집들에서 기거했다. 서부는 저절로 깨어나, 문명화의 거센 소용돌이에서 몸부림치고 있던 모국의 운명에 동참했다. 도시마다 성조기와 그보다 단순하면서도 영광스러운 삼색기 그리고 또다시 옛 국기가 나부꼈다. 하지만 공포와 증오와 무지만이 자리 잡은 이 거리에는 썩 많은 국기들이 펄럭이지 않았다. 또다시 젊은

이들이 일어났으나 옛날의 젊은이들과는 딴판이었다. 뭔가가 결여되어 있었다. 이들의 아버지는 선조의 참된 정신을 가슴에 품은 채 올리브색 옷을 입고 봉기한 젊은이들이었으나, 그 아들들은 먼 곳에서 왔기에 이 거리와 옛 정신을 알지 못했다.

바다 건너에서 큰 승리가 있었고, 대부분의 젊은이들이 보무당당하게 돌아왔다. 이제 그들에게서 뭔가 결여된 느낌은 사라졌으나, 공포와 증오와 무지는 여전히 이 거리에 스며들어 있었다. 돌아오지 않은 사람들이 적지 않았고, 멀리서 온 많은 이방인들이 낡은 주택들을 차지했기 때문이다. 귀환한 젊은이들은 더는 그런 집에서 살지 않았다. 이방인 대부분은 가무잡잡하고 사악했으나, 이 중에서 극소수긴 해도 이 거리를 만들고 그 정신을 형상화한 사람들과 닮은 이들이 있었다. 아니, 닮았으면서도 닮지 않았다. 누구랄 것도 없이 그들의 눈에 탐욕과 야망과 복수심 혹은 어긋난 열망처럼 반짝이는 기묘하고도 유해한 빛이 있었기 때문이다. 서부에 치명적인 일격을 가하여 그 폐허에서 권력을 장악하려는 극소수의 악인들 사이에 불안과 음모가 팽배했다. 때마침 그들 대부분의 고향인, 불행한 동토의 땅 서부에서 암살이 횡행하고 있었다. 이런 음모의 중심지가 바로 이 거리였다. 거리의 무너져가는 집들은 이방인들로 가득했고, 그들은 살육과 방화와 범죄의 디데이를 학수고대하는 지도자들의 계략과 연설을 놓고 부화뇌동하거나 의견충돌을 빚고 있었다.

이 거리에 모여든 다양하고도 기이한 집단들에 대해 경찰은 많은 말을 하면서도 정작 입증한 것은 거의 없었다. 배지를 숨긴 경찰들이 페트로비치 빵집, 리프킨의 현대 경제 학교, 사교 클럽과 리버티 카페 같은 곳들을 부지런히 돌아다니며 동향을 살폈다. 수상쩍은 사람들이 무수히 몰려있었으나, 언제나 말을 삼가거나 외국어를 사용했다. 여전히 오래된 집들은 잊혀진 고귀한 전설과 지나간 세월을, 식민지 시대의 강건했던 주민들과 달빛 아래서 이슬을 머금은 장미 정원의 추억을 간직하고 있었다. 이따금씩 고독한 시인이나 여행자가 이곳의 집들을 보고 사라진 영광을 재현하고자 애쓰기도 했다. 하지만 그런 여행자와 시인은 많지 않았다.

이 주택들을 점거한 대규모 테러 집단의 지도자들이 미국을 파멸 시키고 이 거리가 아껴온 옛 전통을 남김 없이 없애고자 대량살상의 향연을 준비하며 결전의 날을 벼르고 있다는 소문이 파다했다. 지저분한 빈민굴 주변에 전단과 유인물이 나돌았다. 여러 나라 말과 문자로 인쇄된 전단과 유인물은 하나같이 범죄와 폭동의 메시지를 담고 있었다. 우리 선조들이 드높인 법과 도덕을, 앵글로 색슨의 자유와 정의와 절제와 더불어 유구한 역사 속에서 전해져온 영혼을 깨부수라고 사람들을 선동하고 있었다. 유인물에 따르면, 이 거리에 살면서 불결한 건물 등에서 회합을 갖는 가무잡잡한 사람들은 잔혹한 혁명의 주동자였다. 이들의 명령이 떨어지면 무지하고 얼빠진 수백만의 짐승들이 수많은 도시의 빈민굴에서 봉기해 고약한 발톱을 세우고 우리 선조의 땅이 사라질 때까지 방화와 살해와 파괴를 일삼을 것이라고 했다. 이런 얘기들이 무수히 되풀이되었다. 그리고 많은 이들이 그 이상한 유인물에서 충분히 암시한 7월 4일을 숨죽이며 기다리고 있었다. 그럼에도 이들의 범죄를 입증할 만한 증거는 나오지 않았다. 누구를 체포한다고 해서 이 섬뜩한 음모를 막을 수 있기는 한 것인지, 아무도 장담하지 못했다. 파란 제복을 입은 경찰대가 무너져가는 주택들을 수없이 수색했으나, 그마저 나중에는 중단되었다. 경찰들도 법과 명령에 점점 지쳐가기는 마찬가지

여서 결국은 도시의 앞날을 운명에 맡겨버린 채 일손을 놓아버린 것이다. 이때 올리브색 옷을 입고 구식소총을 든 남자들이 나타났다. 이들은 마치 지난 시절을, 요컨대 구식소총을 들고 고깔모자를 쓴 남자들이 숲속 샘에서 해안의 촌락까지 걸어가던 옛날을 잊지 못하는 이 거리의 슬픈 꿈속에서 나온 사람들 같았다. 하지만 가무잡잡하고 사악한 사람들이 얼마나 교활했던가. 코앞에 닥친 참사를 저지할 방법이 없었다.

그리하여 이 거리는 불편하게 잠들었다. 어느 밤, 페트로비치 빵집과 리프킨의 현대 경제 학교, 사교 클럽과 리버티 카페를 비롯한 곳곳에 섬뜩한 승리감과 기대감으로 눈을 부릅뜬 대규모 인파가 운집할 때까지는 그랬다. 은밀하게 전문이 타전되었고, 아직 대기 중인 이상한 전문들이 많았다. 하지만 전문의 상당수는 나중에 서부가 위험에서 벗어났을 때에야 추측이 가능해졌다. 올리브색 옷을 입은 남자들은 무슨 일이 벌어지고 있는지, 또 어떻게 해야 하는지 알지 못했다. 가무잡잡하고 사악한 사람들이 책략과 은폐에 능했기 때문이다.

그래도 올리브색 옷을 입은 사람들은 그날 밤을 영원히 기억할 것이고, 자손 대대로 이 거리에 대해 전해 줄 것이다. 이들 중 상당수가 그날 새벽녘에 예상치 못한 임무를 하달받고 그리로 갔기 때문이다. 무질서의 온상이 된 이 거리의 주택들이 낡은데다가 세월과 폭풍우와 벌레에 시달려 왔음은 알려진 대로다. 하지만 그 여름날 밤에 벌어진 일은 너무도 기묘한 통일성 때문에 놀라운 것이었다. 결국에는 단순한 사건이긴 했으나, 한편으로는 참으로 독특했다. 아무런 예고도 없이 자정을 넘긴 한밤에 그간 이 거리를 갉아온 세월과 폭풍우와 벌레의 여파가 한꺼번에 무시무시한 절정에 달한 것이다. 굉음이 들려온 뒤, 거리에는 두 개의 낡은 굴뚝과 어느 튼튼한 벽돌 벽의 일부를 제외하고 아무것도 남아 있지 않았다. 살아있는 생물은 어떤 것도 이 폐허에서 살아나오지 못했다.

무수한 군중과 함께 현장을 보러온 한 시인과 한 여행자는 이상한 말을 했다. 시인의 말에 따르면, 새벽이 오기 직전까지 원호 모양의 광휘가 뿌옇게 폐허를 비추고 있었다. 그리고 폐허의 또 다른 풍경 너머로 달빛과 아름다운 집과 느릅나무와 오크와 단풍나무가 장관을 이루었다고 했다. 또한 여행자의 말에 따르면, 악취 대신에 흐드러지게 핀 장미의 향긋한 냄새가 풍겨왔다고 했다. 하지만 시인의 꿈과 여행자의 이야기가 새빨간 거짓말은 아닐까?

사물과 장소에 영혼이 있다고 말하는 사람도 있고, 없다고 말하는 사람도 있다. 나는 어느 쪽인지 밝히고 싶지는 않지만, 그 거리에 대해서는 말해 보았다.

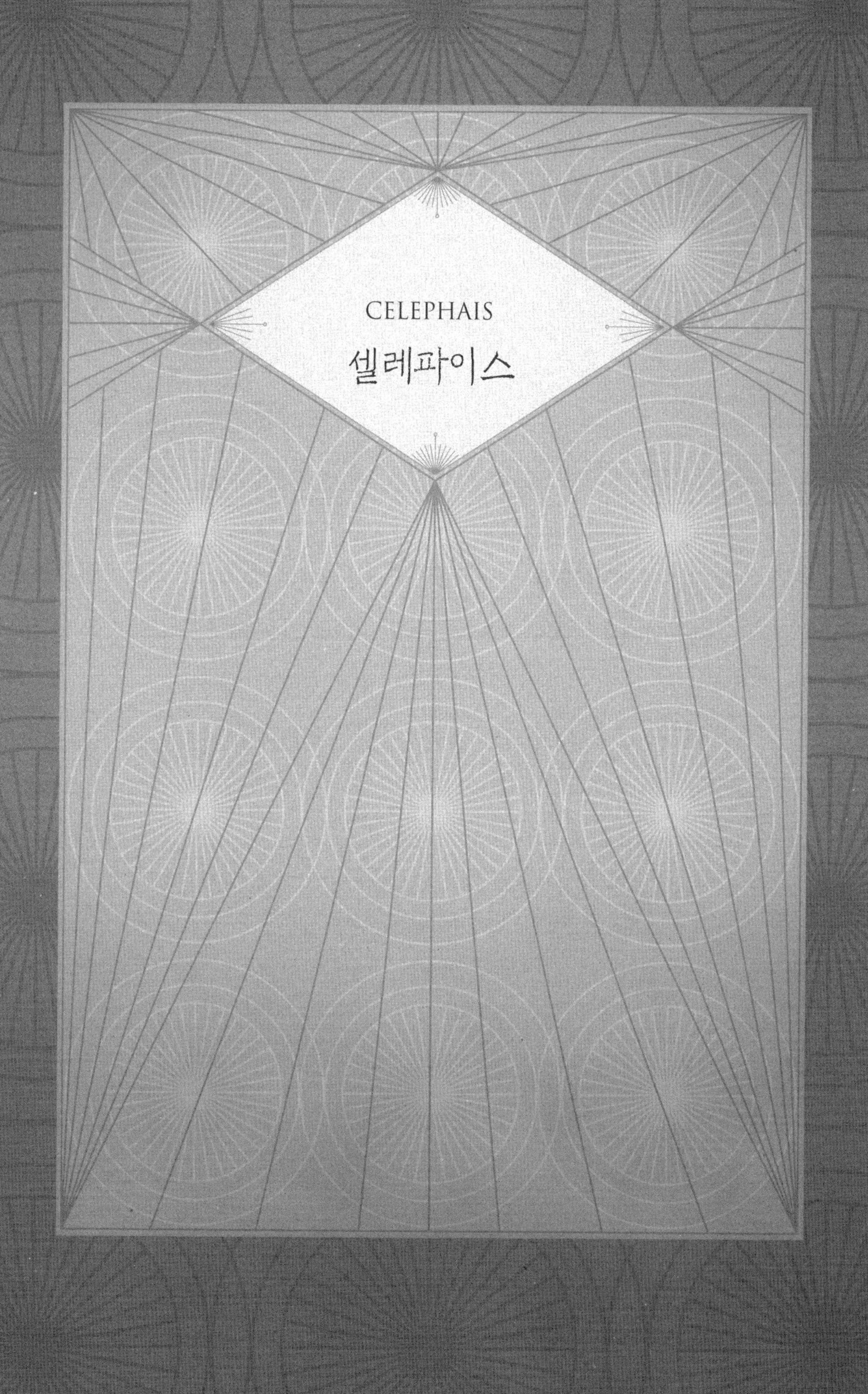
CELEPHAIS
셀레파이스

꿈속에서 쿠라네스는 계곡 속의 도시를 보았다. 먼 해안선과 바다를 내려다보는 눈 덮인 산봉우리, 그리고 화려하게 채색된 갤리선들이 하늘과 바다가 맞닿은 머나먼 땅을 향해 선수를 잡고서 항구에서 출항하는 모습을 보았다. 그는 잠에서 깨어있는 동안에는 다른 이름으로 불리지만 꿈속에는 쿠라네스라는 이름으로 통한다. 그가 새 이름으로 꿈을 꾸는 것은 어쩌면 당연할지도 모른다. 일가 중에 남아 있는 자는 오직 그 하나뿐이었고, 수백만의 무심한 런던 시민들 가운데에서도 외톨이였으므로, 그에게 말을 건네거나 살아온 과거를 상기시켜 줄 사람은 거의 없었기 때문이다. 돈과 토지는 예전에 소비하여 모조리 사라진데다 그 자신도 주변 사람들의 생활 방식에 신경 쓰지도 않았던 터라, 오로지 꿈을 꾸고 그 꿈에 대해 글 쓰는 것을 즐길 뿐이었다. 하지만 글을 공개하자 그의 글은 사람들의 비웃음거리만 되었고, 그 뒤부터 그는 제 글을 간직하고만 있다가 결국 집필마저 포기하고 말았다. 쿠라네스가 세상을 등지고 자꾸만 칩거해 들어가면 갈수록 그의 꿈은 점점 더 경이롭게 변화하여, 마침내는 종이에다 묘사하려 드는 일조차도 불가능할

지경이 되었다. 그는 현대적인 사람이 아니었던 데다 다른 작가들과 같은 식으로 생각하지도 않았다. 그 작가들은 사람의 인생에서 다채로운 신화의 망토를 벗겨 내고, 그리 벌거벗겨진 추악함 속에서 현실이라는 구역질 나는 것만 보여주려 애를 쓰고 있는 반면에, 쿠라네스는 오로지 아름다움만을 추구하고 있는 사람이었다. 결국 현실과 체험 속에서는 아름다움을 찾기 힘들어지자, 그는 공상과 환영 속에서 그것을 모색했으며, 유년시절의 동화와 꿈의 흐릿한 기억 가운데, 바로 자신의 집 가까이에서 그 아름다움을 발견했던 것이다.

유년시절의 이야기와 환상 속에 어떠한 경이로움이 열려 있는지 아는 사람은 극히 적다. 아이 적에 듣고 꿈꾸었을 때엔 그저 반쯤 형태를 이룬 사고로 생각했기 때문이며, 어른이 되어 그때의 것을 기억해 내려 할 때엔 이미 인생의 독소에 의해 아둔해지고 무미해져 버린 때문이다. 그러나 매혹적인 언덕과 정원, 햇살 속에서 노래하는 분수, 잔잔히 속삭이는 바다 위로 솟아 있는 황금빛 절벽, 청동과 돌로 이루어진 잠든 도시로 뻗어 있는 평원, 그리고 예장을 걸친 백마에 올라 깊은 숲의 가장자리를 따라가고 있는 어둑한 유령 같은 영웅들의 행렬에 대한 기묘한 환상에 대한 꿈을 꾸고서 한밤중에 잠을 깬 몇몇 사람들이 우리들 중에도 존재한다. 그리고 현명해진 동시에 불행해져 버리기 전에 우리의 것이었던 경이의 세계로 들어가는 상아 관문을 통해, 우리가 옛 기억을 돌아보았음을 깨닫게 된다.

실로 갑작스럽게, 쿠라네스는 옛 유년시절의 세상과 맞닥뜨리게 되었다. 그는 자신이 태어난 집에 대한 꿈의 기억을 간직하고 있었다. 그 집은 그의 선조들이 13대를 이어왔으며 자신 또한 생을 마칠 수 있는 장소이길 바랐던 담쟁이덩굴로 뒤덮인 거대한 석조건물이었다. 달이 밝은 밤, 그는 향기로운 여름날의 밤 속으로 몰래 빠져나왔다. 정원들을 가로질러 층층의 테라스를 내려가서는 공원의 큼직한 참나무를 지나 마을로 이어지는 길고 하얀 가로를 걸어갔다. 그 마을은 무척이나 오래된 듯했으며 마을의 가장자리는 이지러지기 시작한 달처럼 세월에 좀 먹히고 있었기에 자그마한 집들의 뾰족한 지붕이 잠과 죽음을 어디엔가 감추고 있는 게 아닐까 하는 생각마저 들었다. 길거리는 창처럼 높이 자란 잡초들로 무성했으며, 길 양편으로 늘어선 가옥들의 유리창은 깨져 있거나 흐릿해진 시선으로 전방을 응시하고 있었다. 그는 누군가에게 부름 받기라도 한 것처럼, 목적지를 향해 머뭇거림 없이 꾸준히 걸어갔다. 그 길이 어디로도 이어지지 않으며, 잠을 깬 현실세계 속에서의 충동이나 염원 같은 환상에 지나지 않음을 확인하게 될지도 모른다는 두려움은 있었지만, 그 두려움을 핑계 삼아 감히 부름에 불복할 의지는 생기지 않았다. 마침내 그는 마을의 가로와 이어진 해협의 낭떠러지로 향한 좁은 오솔길을 따라 내려갔다. 그리고 만유의 끝이자, 모든 마을과 모든 세상이 어느덧 반향 없는 무한의 허무로 추락하고, 눈앞의 창공조차 텅 비어버린, 스러져가는 달과 깜박이는 별빛을 삼킨 수직 절벽과 심연에 도달했다. 그를 내몬 것은 그 절벽을 넘어서 심연 속으로 들어가려는 신념이었다. 그는 공중을 부유하며 아래로 아래로 천천히 떨어져 내려갔다. 이제껏 꾼 적조차 없는 어둡고 혼란한 꿈들을 통과하여, 과거의 꿈속에서 일부 보았을지도 모르는 희미하게 타오르는 천체들을 지나, 세상의 몽상가들을 조롱하듯 비웃고 있는 날개달린 것들을 뒤로한 채 계속 내려갔다. 이어 균열이 생기면서 눈앞의 어둠이 활짝 열렸다. 바다와 하늘을 배경으로 하여 찬란하게 빛나는 계곡의 도시와 해안가의 눈 덮인 산봉우리가 저 아래 멀리까지 내다보였다.

도시를 본 순간 쿠라네스는 잠에서 깨어나고 말았다. 허나 그 짧은 일별에도 그는 그 도시가 다름 아닌 타나리안 언덕 너머의 오스-나르가이 계곡에 있는 셀레파이스임을 깨달았다. 그곳은 오랜 과거의 여름날 오후, 보모 몰래 빠져 나와 마을 근처 절벽에서 구름을 쳐다보다가 부드럽게 어르는 바다의 따스한 미풍에 잠들어버린, 영원과도 같던 그 한 시간 동안 그의 영혼이 머무른 적 있었던 장소이기도 했다. 사람들이 그를 찾아내고 잠을 깨워서 집으로 데려가려 하자 당시에 그가 완강하게 항의했던 것은 하필 꿈을 깬 그때가 하늘과 바다가 만나는 매혹적인 왕국을 향해 그가 막 황금의 갤리선을 타고 출항하려는 순간이었기 때문이었다. 그리고 지금 그는 그때와 똑같이 스스로를 원망할 수밖에 없었다. 40년의 지루한 기다림 끝에 마침내 만나게 된 그 환상의 도시가 아니었던가.

그러나 사흘째 되는 밤에 쿠라네스는 다시 셀레파이스로 돌아올 수 있었다. 전과 마찬가지로 처음엔 죽은 듯 잠든 마을과 고요히 떠서 내려가야 하는 심연의 꿈을 꾸었으며 다시금 균열이 벌어지고 나자 도시의 눈부신 광탑을 눈에 담을 수 있었다. 그는 푸른 물빛 항구에 정박한 우아한 갤리선들과 바다의 미풍에 살랑대는 아란 산의 은행나무들을 바라보았다. 하지만 이 순간 그는 꿈에서 내몰리지 않았다. 마침내 발이 잔디밭 위에 사뿐히 내려설 때까지 그는 마치 날개달린 존재처럼 잔디 무성한 산허리 위에 천천히 안착했다. 진정 그는 오스-나르가이 계곡과 장려한 도시 셀레파이스로 돌아온 것이었다.

그는 화려한 꽃과 향기로운 풀이 깔린 언덕을 걸어 내려갔다. 오래전 자신이 이름을 새겼던, 나락사(Naraxa) 시내에 걸린 자그마한 나무다리 위를 거닐었고, 살랑거리는 수림을 지나 도시의 관문인 거대한 석교를 향해 걸어갔다. 모든 것이 예전과 다름이 없었다. 대리석 성벽은 퇴색하지 않았고 매끄러운 청동조상도 녹슬지 않았다. 이제 쿠라네스는 그가 알고 있는 것들이 사라질까 염려할 필요가 없음을 깨달았다. 누벽 위의 보초병들까지도 예전 그대로인데다 그가 기억하는 대로의 젊은 모습이었기 때문이었다. 그가 청동 관문을 지나 흑옥의 보도를 밟으며 도시 안으로 들어왔을 때, 여태껏 떠난 적이라곤 없었다는 듯이 상인들과 낙타 몰이꾼들은 그를 반겨 맞이했다. 터키석으로 지어진 나스-하르다스 사원도 예전과 같았으며 난초 화관을 쓴 사제들은 오스-나르가이에는 시간이란 것은 없으며 오로지 영원한 젊음만이 존재할 뿐이라고 그에게 이야기해 주었다. 이어, 쿠라네스는 열주의 거리를 지나 해안가의 성벽으로 향했다. 그곳은 무역상들과 선원들, 하늘과 바다가 맞닿은 머나먼 왕국에서 온 기묘한 사람들이 한데 모이는 장소였다. 그는 미지의 태양 아래 잔물결이 부딪고, 바다 건너 머나먼 곳에서 온 갤리선을 가볍게 몰아가는 항구의 생동감 넘치는 풍경을 내려다보며 오래도록 성벽 위에 머물러 있었다. 해안가에 위풍당당하게 솟아 있는 아란 산을 바라보니, 바람에 일렁이는 나무들로 울창한 저지대의 산비탈은 녹빛이 가득했고 흰 눈에 덮인 산정은 하늘까지 닿아 있었다.

갤리선을 타고 이제껏 수많은 신비한 이야기로만 들어왔던 먼 고장으로 항해하고 싶다는 쿠라네스의 소망은 예전보다 한층 더 강해져 있었다. 그는 오래전 자신을 태워주기로 약조했던 선장을 찾았다. 아시브라는 이름의 그 선장이 예전과 다름없이 향신료 궤짝 위에 앉아있는 모습을 발견했으나 정작 선장은 시간의 흐름 따위는 전혀 깨닫지 못한 듯 보였다. 두 사람은 항구에 정박한 갤리선을 향해 노를 저어 가서는 하늘까지 잇닿는 물결 높은 세레나리안 해로 출항하려는 노잡이들에게 지시를 내렸다. 수일간 그들은 파도 위를 오르락내리락 미끄러지면서 마침내 바다와 하늘이 조우하는 수평선에 도달했다. 갤리선은 이곳에서 멈추지 않고 장밋빛으로 물든 양털 같은 구름 사이로 비치는 하늘의 푸른 색조 속으로 가뿐히 떠올랐다. 그리고 쿠라네스는 배의 용골 밑으로 색다른 육지와 강줄기 그리고 멀어지거나 사라지지도 않을 듯이 햇살 속에 드문드문 흩뿌려진 빼어나게 아름다운 도시들을 내려다볼 수 있었다. 마침내 아시브는 여정의 끝이 다가왔으며 곧 하늘 가운데로 서풍이 지나가는 에테르의 연안에 세워진 구름 속의 분홍빛 대리석 도시, 세라니안의 항구에 들어설 것이라고 그에게 알려주었다. 그러나 그 도시의 가장 높은 조각 탑이 시야에 들어오자 하늘 어딘가에서부터 소리가 들려왔다. 그리고 쿠라네스는 런던의 다락방에서 눈을 떴다.

그 뒤 수개월 동안 꿈은 그를 수많은 화려 장대한 미문의 장소로 데려다주었다. 그럼에도 쿠라네스는 끊임없이 경이로운 도시 셀레파이스와 하늘로 날아오르는 갤리선들을 찾아다녔지만 아무런 소득도 얻지 못했다. 그가 만났던 사람들 중 타나리안 언덕 너머의 오스-나르가이로 가는 길을 가르쳐 줄 수 있는 이는 아무도 없었다. 한번은 하나씩 뜨문뜨문 떨어져 있는 적막한 봉홧불이 희미하게 타오르는 거뭇한 산맥과 목자의 뒤를 따라 종소리를 딸랑이며 몰려가는 괴상한 털북숭이 가축의 무리를 넘어서, 이 험준한 구릉지에서 가장 황량하고 어느 인간도 일찍이 본 적이 없을 외딴 벽촌으로 날아간 적도 있었다. 그곳에서 그는 두려울 정도로 아득한 태고의 성벽과 산등성이와 계곡을 따라 지그재그로 얽혀있는 포석 깔린 간선 도로를 발견했다. 그 모두는 인간의 손으로 축조했다고 보기엔 지나치게 거대하고 좌우의 끝이 보이지 않을 정도로 장대했다. 희미한 여명 속에서 쿠라네스는 성벽을 통과하여 독특하게 꾸민 정원과 벚나무들이 자라난 땅으로 들어섰다. 태양이 떠오르자 시야에 들어온 것은 붉고 하얀 꽃무리, 초록빛 잎사귀와 잔디밭, 하얀 오솔길과 금강석처럼 맑은 시냇물, 조각이 양각되어 있는 교량과 새파란 호수와 붉은 지붕을 인 보탑으로 이루어진 아름다운 풍경이었다. 그 모습을 바라보고 있자니 넘쳐나는 순수한 환희에 한순간 셀레파이스까지도 잊어버릴 정도였으나, 붉은 지붕의 보탑으로 이어지는 하얀 오솔길을 걸어 내려갈 즈음하여 다시금 그 도시의 기억이 그의 뇌리 속을 파고들었다. 그는 이곳 주민들에게 셀레파이스에 대해 물어보려 생각했지만 보이는 것은 새와 꿀벌과 나비뿐 사람의 모습은 어디에도 보이지 않았다. 그리고 어느 날 밤에는 물이 떨어지는 나선형 돌계단을 끝없이 걸어 올라가서 보름달에 반짝이는 강물과 드넓은 평원이 내다보이는 탑의 창가에 다가서기도 했다. 강둑으로부터 널리 펼쳐진 고요한 도시를 보고 있자니 왠지 익히 알던 윤곽과 지형을 보고 있다는 생각이 들었다. 지평선 너머의 어느 머나먼 장소에서 뿜어 나오는 오싹한 아우라만 없었다면, 그는 탑을 내려와 오스-나르가이로의 길을 알아보려 했을 것이다. 내려다보이는 그곳은 유적과 도시의 고색과 무성한 갈대로 뒤덮인 정체된 강물과 마치 키나라톨리스 왕이 전장에서 귀환하여 신에게 복수할 방책을 찾아낸 이래부터 내린 것 같은 죽음이 대지 위를 길게 뒤덮고 있었다.

그처럼 수많은 경이로운 풍광을 접해 보기도 하고, 언젠가는 말로 설명하기 힘든 용모를 지닌 대승정(얼굴에 노란 실크 가면을 쓰고, 차가운 황무지 렝 고원 위에 서 있는 유사 이전의 석조 수도원 속에 홀로 살고 있는 자)에게서 가까스로 탈출하기도 하는 와중에도 쿠라네스는 기적의 도시 셀레파이스와 구름 속의 세라니안으로 자신을 데려다주었던 갤리선들을 찾아다녔다. 얼마 지나지 않아 그는 하루의 황량한 간격을 점점 견딜 수가 없이 되어버렸고, 그로 인해 잠자는 시간을 늘리려 약을 사들이기 시작했다. 하쉬시는 꿈에 있어서는 효과가 상당히 좋았다. 그 약 덕에 한번은 형태란 것이 존재하지 않으며, 백열하는 가스층이 존재의 비밀을 탐구하는 공간 속으로 들어가기도 했던 것이다. 보랏빛을 띠고 있는 어느 가스는 이 우주의 부분은 그가 무한이라 불러왔던 우주의 바깥이라고 이야기해 주었다. 그 가스는 행성이나 유기체에 대해선 한 번도 들어본 적이 없었기 때문에 쿠라네스를 물질과 에너지와 중력이 존재하는 무한세계에서 온 존재라고만 여겼을 뿐이었다. 이즈음 광탑과 기둥의 도시 셀레파이스로 돌아가기를 열망한 나머지 쿠라네스는 점점 더 약의 분량을 늘려가고 있었지만 남은 돈마저 다 떨어져 버리자 더는 약을 살 수도 없는 처지가 되고 말았다. 결국 어느 여름날에 그는 다락방에서 쫓겨나 막막한 기분으로 건물이 드문 지역으로 건너가는 다리 위를 정처 없이 배회하고 있었다. 그러나 오랜 바람이 이루어질 순간은 마침내 다가왔다. 그는 자신을 영원히 저편으로 데려가 줄 셀레파이스 기사들의 행렬과 조우했던 것이다.

훌륭한 기사들이었다. 섬묘하게 수를 놓은 황금빛 타바드(기사가 갑옷 위에 있는 겉옷 — 옮긴이)를 걸치고 번득이는 갑주로 온 몸을 감싼 기사들은 밤회색의 말 위에 늠름하게 앉아 있었다. 쿠라네스가 군대라고 착각했을 정도로 그 수는 상당했다. 기사들은 쿠라네스에게 경의를 표하고는, 오스-나르가이를 꿈속에서 창조한 이가 바로 그이며 이제부터 그가 도시의 영원한 주신으로 받들어지게 되었다는 설명을 덧붙였다. 기사들은 쿠라네스를 말에 올려 그를 행렬의 선두로 앞세웠고, 뒤이어 모든 행렬이 서레이 구릉지를 지나 쿠라니스와 그 선조들이 태어난 마을을 향해 위풍당당하게 행진했다. 참으로 기이한 광경이었겠지만 마치 그들은 시간을 관통하여 과거를 향해 전속력으로 달려가고 있는 것만 같았다. 일행이 마을을 통과할 때마다 새벽빛 속에 보이는 정경이란 오직 초서(14세기 영국의 시인 — 옮긴이)나 그 전시대의 사람들이 보았음직한 가옥들과 주민들의 모습이었으며, 때로는 말을 탄 기사들과 그 종자들이 작게 무리지어 있는 모습도 보이는 것이었다. 날이 저물자 일행은 한껏 속력을 더해 질주해 나아갔고 이윽고 마치 초자연적인 힘으로 공중에 떠오른 듯이 날아갔다.

쿠라네스의 유년의 기억 속에는 살아있었지만 이후의 꿈에서는 잠들고 죽어있었던 마을 속으로 일행이 들어선 때는 새벽이었다. 그리고 지금 그 마을은 살아나 있었다. 그와 말 위의 기사들이 발굽 소리를 덜그럭거리며 거리를 지나 꿈의 심연 가장자리로 향한 좁다란 길로 말머리를 돌리자 일찍 잠을 깬 마을 주민들은 허리를 굽혀 몸을 낮추었다. 일전 심연으로 들어갔던 때는 밤이었으므로 낮에는 어떤 정경을 심연에서 맞이하게 될지 불안하기도 한 마음에, 쿠라네스는 일행들이 낭떠러지로 접근하는 모습을 자못 걱정스럽게 바라보고 있었다.

기사들의 말발굽이 해가 떠오르고 있는 땅을 박차고 뛰어오른 순간이었다. 황금빛 섬광이 서편에서 번뜩이더니 모든 풍경을 눈부신 빛의 포장으로 감싸 안았다. 심연은 장밋빛과 하늘빛 광채가 소용돌이치는 혼돈이었으며, 기사들이 절벽으로 뛰어들어 은빛 광휘로 빛나는 구름 속을 우아하게 부유하며 내려가자, 보이지 않는 목소리들은 환희에 넘치는 노래를 영송했다. 마치 황금의 모래 위를 질주하고 있는 양, 말의 발굽은 에테르를 차면서 아래로 아래로 끝없이 날아 내려갔다. 이어, 빛을 머금은 안개가 좌우로 흩어지더니 한층 더 선연한 전경이 눈앞에 드러났다. 도시 셀레파이스와 그 너머의 해안선, 바다를 내려다보는 눈 덮인 산봉우리, 그리고 바다와 하늘이 만나는 머나먼 고장을 향해 항구에서 출항하는 화려한 갤리선들의 모습이……

이후 쿠라네스는 오스-나르가이와 이웃한 모든 꿈의 왕국을 통치하였고, 셀레파이스와 구름의 도시 세라니안에 궁정을 두고 번갈아 오갔다. 지금도 그는 그곳에 군림하고 있으며 영원토록 행복한 치세를 이어갈 것이다. 비록 인스머스의 절벽 아래, 새벽녘에 거의 인적이 끊긴 마을을 비칠비칠 헤매던 어느 떠돌이의 시신을 파도가 조롱하며 노닌다 한들, 그리고 사라진 귀족적 풍치를 돈으로 사서 즐기는 속물스런 뚱보 백만장자 양조업자의 담쟁이 무성한 트레버 탑 근처 바위 위에 그 시신을 내던진다 한들……

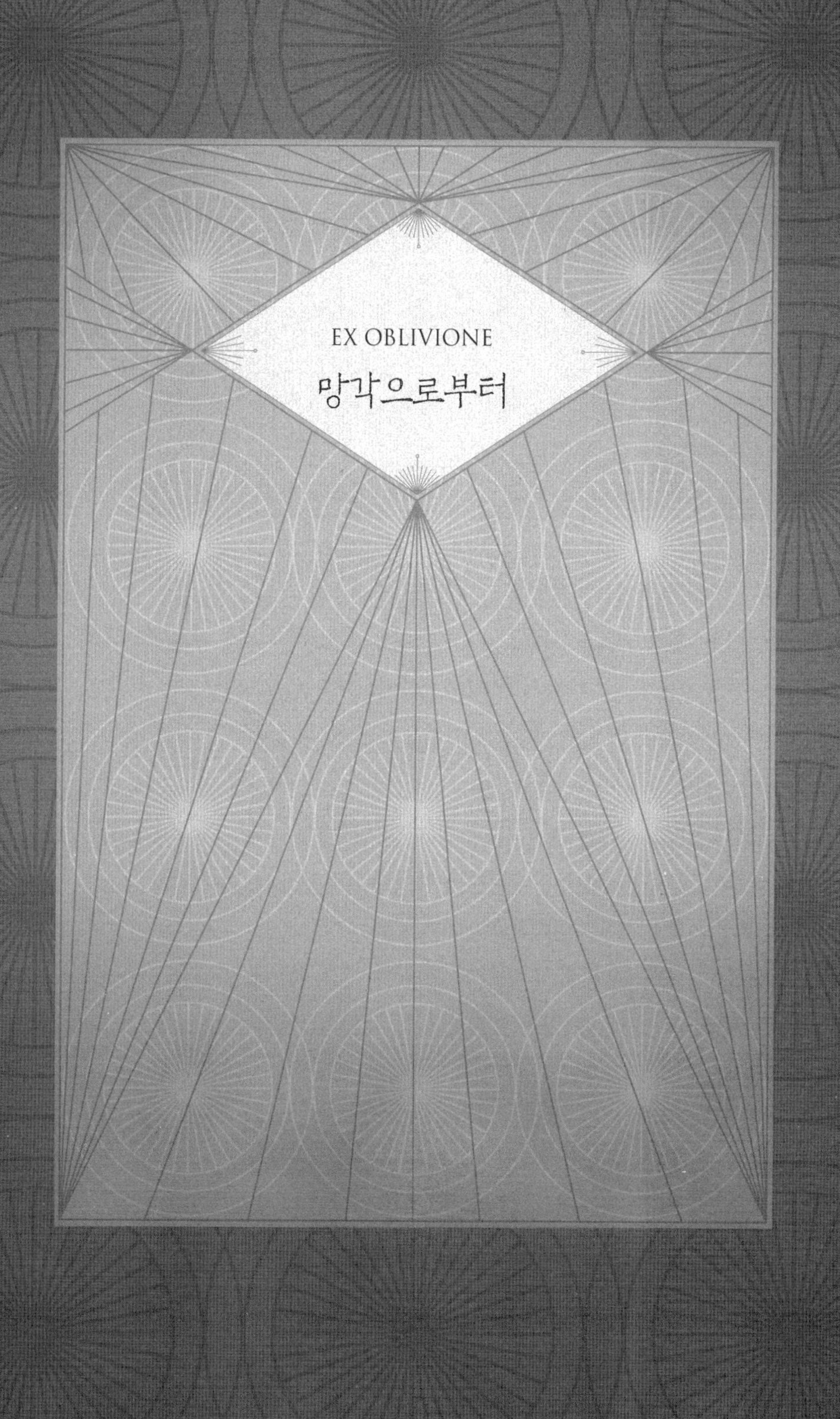

EX OBLIVIONE

망각으로부터

마지막 순간이 내게 이르러, 마치 고문 받는 사람의 몸에 한 방울씩 떨어지는 물방울과도 같은 추한 생존의 파편들이 나를 미치게 만들 때, 나는 기꺼이 잠이라는 빛나는 피난처를 택하곤 했다. 삶속에서 찾아 헤매었으나 얻지 못했던 아름다움을 꿈속에서 발견하여 나는 그곳의 오래된 정원과 마법의 숲속을 거닐었다.

언젠가 부드럽고 향기로운 바람결을 타고 남쪽으로 오라 부르는 소리가 들려왔을 때, 나는 낯선 성좌 아래에서 끝없고 나른한 항해를 하기도 했다.

한번은 부드럽게 빗방울이 떨어질 무렵, 햇빛도 없는 지하의 물길에 배를 맡기고선 미끄러지듯 아래로 흘러간 적도 있었다. 보랏빛 박명과 무지갯빛 신록과 지지 않는 장미가 피어 있는 또 다른 세계에 도달할 때까지…….

그리고 언젠가는 어둑한 수림과 폐허로 이어지는 황금의 계곡 속으로 걸어 들어간 적도 있다. 그 길은 잎사귀 무성한 해묵은 넝쿨로 뒤엉킨 거대한 성벽까지 이어져 있었으며 그 성벽에는 조그마한 청동문이

하나 나 있었다.

나는 여러 번 그 계곡을 따라 걸어갔다. 구불구불 비틀린 둥치로 얽히고설킨 커다란 거목들이 흐릿하게 햇살을 걸러내는 어두한 숲속에서 휴식을 취하는 시간도 차츰 길어져갔다. 흙에 묻힌 사원의 곰팡이 낀 돌을 감추고 있는 회백색 흙바닥은 나무 밑동과 밑동을 따라가며 축축한 습기를 토해내고 있었다. 언제나 내 환상의 종착지는 덩굴이 얽힌 거대한 벽과 그 곳의 조그만 청동 문이었다.

시간이 지나자, 나는 깨어 있는 동안의 우울함과 단조로움을 점점 견딜 수가 없어졌다. 아편이 주는 안식에 젖어 계곡과 그늘진 수림 속으로 흘러 들어가는 일이 잦아졌고, 어찌하면 그곳에서 영원토록 살 수 있을지 궁리하곤 했다. 나는 더 이상 흥미로움과 신선한 다채로움이 사라져버린 지루한 세상으로 돌아가고 싶지가 않았다. 그리고 그 거대한 벽의 조그마한 문을 바라보았을 때 나는 한번 들어가면 다시는 돌아오지 못할 꿈의 세계가 그 문 너머에 펼쳐져 있으리라는 느낌을 받았다.

그리하여 매일 밤 잠에 들 때마다, 나는 덩굴이 얽힌 이 오래된 벽에 난 문의 숨은 빗장을 찾기 위해 무던히도 애썼지만 그것은 너무나도 깊숙이 감추어져 보이지가 않았다. 나는 벽 저편의 세상은 영원할 뿐만 아니라 더더욱 감미롭고 빛나는 세상이리라고 내 자신에게 이야기하곤 했다.

어느 날 밤 꿈속의 도시 자카리온에서 나는 색 바랜 파피루스를 발견했다. 그 도시에 오래 살았고, 현실 세계에서는 존재하기 힘들 정도로 현명한 현자들의 사색이 담겨 있는 것이었다. 여기엔 꿈의 세상에 대한 많은 것들이 기록되어 있었는데 황금의 계곡과 사원을 품은 신성한 숲과 작은 청동문이 달린 거대한 벽에 관한 전설도 그 속에 들어 있었다.

이 전설을 발견한 순간 나는 내가 사로잡힌 그곳의 모습을 묘사하고 있음을 깨달았다. 그리하여 나는 그 누릿한 파피루스를 오래도록 들여다보았다.

꿈의 현자들 중 몇은 이 통과할 수 없는 벽 너머의 눈부신 경이로움에 대해 기록하고 있었지만, 다른 이들은 공포와 실망감을 표하고 있었다. 어느 쪽을 믿어야 할지 알 수가 없었으나 영원한 미지의 영역으로 건너가고픈 열망은 점점 더 커져만 갔다. 의혹과 비밀은 매력 중의 매력이며, 어떤 새로운 공포도 평범한 일상이라는 고문보다 더 끔찍할 수는 없는 법이다. 그리하여 그 문을 열고 그 너머로 나를 들여보내 줄 수 있다는 약물에 대해 알게 되자, 나는 다음에 깨어 있을 때 이를 사용하기로 마음먹었다.

그리고 어젯밤 나는 그 약을 마시고 꿈결에 실려 황금의 계곡과 어둑한 숲을 흘러서 지나갔다. 이번에 그 오래된 벽에 도달하게 되었을 때엔 작은 청동문이 조금 열려있는 모습이 시선 속에 들어왔다. 문 너머에는 신비로운 광채가 흘러나와 비틀린 거목과 흙에 묻힌 사원의 지붕을 비추었다. 영원히 깃들 세계의 영광스런 모습을 기대하며 나는 노래 부르는 기분으로 그 안으로 빠져들었다.

그러나 문이 활짝 열리고 꿈과 약물의 마법이 나를 떠밀어 넣은 그 순간, 나는 모든 시계와 영광이 종말을 맞이했음을 깨달았다. 새로운 영역 속에는 땅도 바다도 없었고, 사람도 한계도 없는 오직 순백의 허공만이 펼쳐져 있었던 것이다. 나는 이제까지 감히 소망했던 이상의 크나큰 행복감에 젖어서, 투명한 망각의 원초적인 무한 속으로 다시금 녹아들었다. 삶이라는 악마가 한 번의 짧고 고독했던 시간 동안 내게서 빼앗아간 그 무한 속으로.

THE NAMELESS CITY
이름 없는 도시

그 이름 없는 도시에 가까이 다가갔을 때 나는 그곳이 저주받았음을 알았다. 나는 달빛을 받으며 바싹 마른 험준한 계곡을 지나가는 중이었다. 허술히 만든 무덤에서 시체 일부가 비어져 나온 것처럼, 그 도시가 모래 위에 으스스하게 튀어나온 모습을 나는 먼 길에서 바라보았다. 태곳적 피라미드의 위대한 시조이자 대홍수에서 살아남은 고색창연한 유물의, 세월로 닳은 석물에서 공포가 으르렁거렸다. 그러곤 보이지 않는 영기가 나를 밀어내면서 아무도 보아서는 안 되며, 어느 누구도 감히 보려하지도 않았던 태고의 불길한 비밀에서 물러나 돌아가라고 내게 명령했다.

아라비아의 사막 속 외딴 곳에 무너지고 흔적도 사라져버린 이름 없는 도시가 있다. 도시의 나지막한 성벽은 무량한 세월의 모래 속에 거의 파묻혀 버렸다. 멤피스의 초석이 놓이기 전부터, 바빌론의 벽돌이 채 구워지기 전부터 이미 그것은 지금과 같은 상태였음이 틀림없다. 도시의 이름에 대해서나, 그곳이 예전엔 삶을 구가하고 있었음을 떠올리게 해 줄 정도로 오래된 전설은 없지만, 모닥불을 둘러싼 귀엣말과 장로의 천막에 거하는 노파들의 웅얼거림 속에 오가는 이야기들 때문에, 모든 부족들은 이유를 완전히 알지 못하면서도 그 도시를 멀리하고 있다. 그 이야기는 미친 시인 압둘 알하즈레드가 그의 난해한 2행시를 읊기 전날 밤에 꿈을 꾸었다던 장소에 대한 내용이었다.

"그것은 영원히 누워 있을 죽음이 아니며,
기이한 영겁 속에서 죽음은 죽음마저 소멸시킨다."

기묘한 전설 속에서 언급되곤 하지만 산 사람의 눈에 띈 적이 없다는 이름 없는 도시를 아라비아인들이 피하는 데에는 타당한 이유가 있다는 것을 나는 알았어야 했다. 그러나 나는 그들을 무시하고 낙타를 몰아서 미답의 사막으로 들어갔고, 결국엔 나 홀로 그 도시를 보게 되었다. 그것이야말로 그 어떤 얼굴보다 끔찍한 공포의 주름살이 내 얼굴에 패여진 이유이며, 밤바람이 창을 덜걱거릴 때마다 내가 몸서리치도록 떨게 된 이유이기도 하다. 끊임없이 졸음을 재촉하는 지독한 정적 속에서 나는 그곳에 다가갔으며, 사막의 열기 한복판에 쏟아지는 차가운 달빛 속에서 도시는 냉담한 눈으로 나를 응시하고 있었다. 그리고 내가 그 시선을 돌려준 순간, 도시를 발견했다는 기쁨은 나의 뇌리에서 떠나버렸다. 나는 낙타와 함께 그 자리에서 움직이지 못한 채 날이 새기만을 기다렸다.

동녘 하늘이 어스레히 밝아오면서 별빛이 서서히 희미해지고, 잿빛 하늘이 황금으로 날을 댄 장밋빛으로 바뀔 때까지의 수 시간 동안을 나는 줄곧 기다렸다. 하늘은 청명하고 광활하게 뻗은 사막은 고요했으나, 어떤 신음 같은 소리가 귀에 들려오더니 태고의 석조물 사이를 헤집는 모래 폭풍이 시야에 들어왔다. 이어 갑작스럽게도, 사막의 아득한 지평선 위로 떠오른 태양의 눈 부신 광선이 멀리 지나가던 작은 모래폭풍 속을 뚫고 다가왔다. 나는 열에 들떠, 마치 멤논[18]이 나일 강 변에서 태양을 맞이할 때와 같이 멀고 깊숙한 어딘가에서 비롯된 음악적인 타공음이 그 불타는 원반을 맞이하러 솟아나온다는 생각까지 하고 있었다. 소리는 귓전에 울려 퍼지고 상상력은 끓어올랐다. 마침내 나는 낙타를 이끌고 살아있는 인간 가운데 오직 나 홀로만이 보았던 그 말 없는 장소를 향해 천천히 모래밭을 건넜다.

나는 형태가 사라져버린 건물들의 초석과 공간을 들락거렸다. 하지만 까마득한 옛적에 이 도시를 세우고 살았던 주민들이 인간이라고 한다면, 그들이 어떤 이들인지 알 수 있는 조각이나 비문은 하나도 찾지 못했다. 그곳 유적들에겐 어딘지 불온한 특질이 깃들어 있었기에, 나는 이 도시가 진정 인간의 손으로 이루어진 도시임을 입증할 만한 표식이나 의장을 만날 수 있기를 간절히 바라고 있었다. 그 폐허는 나로선 그다지 반갑잖은 일정한 비율과 규격으로 이루어져 있었다. 많은 장비를 동원하여 소실된 건물들의 벽체 속을 파헤쳤지만, 작업 진척은 더디기만 했고 중요성 있는 것도 그다지 나타나지 않았다. 밤이 돌아와 달이 뜨고, 차가운 바람이 새로운 공포를 실어오는 차에 더 이상 그 도시에 머무를 맘도 사라지고 말았다. 내가 잠을 청하려 태고의 석벽 바깥으로 나갔을 때였다. 비록 달은 밝았고 사막은 고요했지만 한숨 쉬는 자그마한 모래 회오리가 내 뒤편에서 그러모아지더니 잿빛 돌무더기 위에서 휘돌았다.

내가 무서운 악몽의 향연에서 퍼뜩 깨어났을 때는 새벽이었다. 금속의 울림이라도 들은 듯이 귀가 울리고 있었다. 나는 이름 없는 도시의 공중을 떠돌며 휴식 같은 사막의 고요를 깨뜨리는 작은 모래폭풍의 마지막 광풍 속을 헤치고 발갛게 드러나는 태양을 보면서 주변 풍광의 고요함에 신경을 기울였다. 한 차례 더 폐허 속의 모험을 감행하여 마치 침대 시트 속의 오거처럼 모래 속에서 불룩이 솟아 있는 음울한 유적 속을 다시금 파헤치면서 잊힌 민족들이 남긴 잔재를 찾으려했지만 결국 허사로 돌아갔다. 정오에 잠시 휴식을 취한 다음, 나는 성벽과 과거의 거리와 거반 모습을 감춘 건물 윤곽을 더듬는 일로 오후 시간 대부분을 지나보냈다. 도시가 실로 강력했다는 사실을 알게 되자 이 웅대함의 근원이 어디일지 궁금하기만 했다. 고대 칼데아 시대의 도시로 연상하기에도 가당치 않은, 훨씬 머나먼 시대의 모든 영광을 그려보았고, 인류의 유년시절 나르 땅에 세워져 있었다던 멸망한 도시 사나스와 인류 세기 이전에 만들어졌다던 회백색의 석조 도시 이브를 떠올려보았다.

어느덧 나는 기반암이 모래를 뚫고 완전히 일어나 낮은 벼랑이 형성된 장소에 당도해 있었다. 대홍수 이전 주민들이 남긴 앞선 시대의 흔적이 있을지 모른다는 일말의 가능성을 나는 뿌듯한 마음으로 받아들였다. 작고 나지막한 바위 건물이나 사원의 정면부로 의심할 바 없는 모습이 벼랑 표면에 투박한 솜씨로 패여 있었다. 오랜 세월의 모래폭풍으로 외부의 조각은 훼손되어버렸지만 그 안쪽에는 헤아릴 수 없는 아득한 시대의 무수한 비밀들이 간직되어 있을 것이었다.

가까이 있는 검은 입구들은 모두 높이가 상당히 낮은데다 모래로 꽉 메워져 있었다. 나는 통로 하나를 삽으로 뚫은 다음, 그 속에 들어 있는 모든 신비를 죄다 파헤쳐볼 작정으로 횃불을 들고 안으로 기어 들어갔다. 내부로 들어오자 이 동굴이 정말로 사원임을 확신할 수 있었다. 이곳이 사막화되기 전에 여기에 살면서 제의를 행했던 종족들이 남겼을 법한 뚜렷한 자취들이 시야에 들어왔다. 이상할 정도로 높이는 낮았지만 원시적인 제단과 기념주와 벽감 모두가 엄연히 존재하고 있었으며, 비록 조각이나 프레스코 벽화 같은 것은 눈에 띄지 않았어도 분명 인위적인 수단에 의해 상징적으로 형태화된 특이한 석물들이 많이 있었던 것이다.

암반을 파내어 만들어진 그 방의 높이가 내가 무릎을 똑바로 펼 수 없을 정도로 낮다는 점이 좀 이상하긴 했지만 그 넓이는 횃불의 빛이 다 미치지 못할 정도로 상당히 드넓은데다, 먼 구석자리를 바라보고 있자니 무언지 오싹한 기분이었다. 어떤 제단과 석조품들은 가혹하고도 이단적이면서 무어라 설명하기 힘든 특성을 지닌 잊혀진 제의를 암시하고 있었기에, 대관절 어떤 민족들이 이런 사원을 만들고 출입했는지 몹시 궁금했다. 이 사원에서 일말의 단서라도 찾을 수 있기를 갈망하며, 나는 내부의 모든 것들을 조심스럽게 둘러보고 나서 다시 밖으로 기어 나왔다.

이미 밤이 되어 있었지만 내가 접한 실체적인 것들이 공포심보다는 오히려 호기심을 증폭시켰던 덕에, 처음 도시를 접했을 무렵 마음을 압박했던 긴 달그림자를 두려워 피하는 일도 더는 없었다. 동트기 전의 미명 속에서 나는 또 하나의 입구를 치워내고는 새로 횃불을 피워들고 속으로 기어들어 갔다. 한층 더 모호해진 석조물과 상징물을 발견했지만 다른 사원의 것들에 비해 더 명확한 단서는 없었다. 그 방도 천정이 낮기는 마찬가지였지만 전의 것보다는 크기가 많이 작았고, 정체도 용처도 알 수가 없는 유골함 같은 것들이 비좁은 통행로를 가득 메우고 있었다. 나는 호기심에 그 함들을 살펴보려 했지만, 때마침 바람소리와 더불어 바깥에 매어놓은 낙타의 울음소리가 정적을 가르는 바람에, 사정을 알아보러 밖으로 나갔다.

달은 원시의 폐허 위에서 선명하게 반짝였다. 거칠기는 해도 전방의 벼랑을 따라가다 어느 지점부터 사그라지는 바람에 일어난 두터운 모래구름이 달빛을 받고 있었다. 낙타를 놀라게 한 것이 그 차가운 모래바람이었음을 알고서 나는 바람을 피하기에 더 좋은 장소로 낙타를 끌고 가려 했지만, 문득 위를 올려보다가 벼랑 위엔 바람이 불지 않는다는 사실을 깨닫게 되었다. 놀라움과 한께 또다시 두려움이 밀려왔다. 하지만 일출과 일몰시에 보았던 돌발적인 국지풍에 대한 기억이 떠오르면서, 나는 이 모든 것들이 단지 일반적인 자연현상일 뿐이라고 판단할 수 있었다. 동굴로 이어지는 어떤 바위 틈새에서 바람이 불어 나오는 것이라 결론 내리고 흐트러진 모래를 살펴서 바람이 시작된 곳을 더듬어갔다. 그리고 나와 멀리 떨어져 거의 시계를 벗어나 있는 남쪽 사원의 컴컴한 구멍에서부터 그 바람이 불어나왔음을 알게 되었다.

나는 숨 막히는 모래구름을 헤치고 그 사원을 향해 힘겹게 나아갔다. 가까이 가면 갈수록 그것은 다른 것들보다 점점 더 크게 확대되었다. 나는 표면에 말라 굳어진 모래가 비교적 적은 입구 하나를 발견했다. 횃불을 거의 꺼뜨릴 뻔한 얼음 바람의 가공할 위력만 아니었다면 안으로 들어갈 수 있었을 것이다. 바람은 무시무시하게 울부짖으면서 어두운 입구 밖으로 광란하듯 쏟아져 나오더니, 모래를 뒤흔들어 수상한 폐허 속에다 온통 흙먼지를 흩뿌리면서 섬뜩하게 한숨 쉬었다. 하지만 그 바람마저도 금세 잦아들기 시작했고 모래도 서서히 가라앉더니 마지막엔 모든 것이 다시금 휴식에 잠겼다. 그러나 나는 도시의 기괴한 돌무더기들 사이로 어떤 존재가 은밀히 다가오는 느낌을 받았고 잠시 달을 바라보았을 때 마치 물결 이는 수면에 비치기라도 하는 양 달이 일렁거리는 것만 같았다. 말도 못하게 두려워지고 말았지만 그 두려움이 신비에 대한 열망까지 무디게 하지는 못했으므로, 결국 나는 바람이 잦아들자마자 바람이 불어 나왔던 검은 암굴 속으로 뛰어들었다.

내가 밖에서 상상했던 그대로 그 사원은 내가 이전까지 가보았던 어떤 사원보다도 더 컸으며, 아마도 인근 지역 너머에서 불어온 바람이 뚫어놓은 자연 동굴 속에 있는 것 같았다. 나는 이곳에서 똑바로 설 수는 있었지만 제대는 다른 사원에 있는 것들과 마찬가지로 무척 낮았다. 나는 처음으로 그 동굴 벽면과 천정에서 그림과도 같은 고대 예술의 자취를 보게 되었다. 기묘하게 말려든 채색 줄무늬 문양은 거의 희미해져 사라져가고 있었지만, 그중 두 개의 제대에 형태를 제대로 드러낸 미로 같은 곡형 조각이 새겨져 있었고 나는 차오르는 흥분 속에서 그 모습을 바라보았다. 횃불을 높이 들어보니, 그 천장 형태도 자연적으로 이루어졌다고 보기엔 상당한 규칙성을 띠고 있었다. 그 기술 숙련도는 굉장한 수준임이 틀림없었으며, 대관절 어떤 유사 이전의 석공들이 만들어낸 솜씨인지 나로선 참으로 궁금하기만 했다.

그때, 거센 화염으로 타올라 한층 밝아진 불꽃이 내가 찾고 있던, 바로 돌풍이 불어나왔던 심연으로 이어진 통로를 눈앞에 드러내 주었다. 단단한 바위에 작고 간소한 인공의 문이 조각되어 있는 것을 보자 그만 실신할 것 같은 기분이었다. 나는 횃불을 그 속으로 들이밀고, 나지막한 아치 천장과 상당히 작고 무수한 단으로 가파르게 내려가는 한 줄의 험준한 계단이 놓인 검은 터널 속을 내려다보았다. 지금에야 그것이 의미하는 바를 알게 되었기에 매일같이 꿈속에서 보게 될 계단이었다. 하지만 당시의 나는 그것들을 계단이라 불러야 될지 깎아지는 사면을 내려가는 단순한 발판으로 불러야 될지도 판단치 못하고 있었다. 마음속엔 광적인 사고들이 소용돌이치고 있었으며, 아랍 예언자의 말과 경고가 이름 없는 도시라고 사람들이 알고 있으며 감히 알려고도 들지 않는 땅으로부터 사막을 가로질러 떠돌고 있는 것만 같았다. 그러나 아주 잠깐 주저했을 뿐, 나는 입구로 다가가서 사다리를 밟듯 우선 발부터 신중히 그 가파른 통로를 내려가기 시작했다.

만일 누군가가 나처럼 그리 끝도 없이 아래로 내려갔다면 그것은 오로지 마약중독자의 끔찍한 환영 속이나 정신착란 속에서나 생길 일이리라. 그 좁다란 통로는 유령이 출몰하는 으스스한 우물처럼 나를 무한한 아래로 이끌었다. 머리 위로 들고 있던 횃불도 내가 기어 내려가는 미지의 깊이까지 빛을 보내지 못했다. 이제껏 움직인 거리를 생각하면 두렵기도 했지만, 시간의 궤적을 잃어버린 채로 시계를 보는 것조차 잊고 있었다. 방향전환과 경사변경을 수차례 거치면서 한번은 길고 나지막한 수평의 통로로 들어오게 되었는데, 그곳에선 머리 위로 팔을 뻗쳐 횃불을 쳐들고 발부터 먼저 암반의 바닥을 비비적거리며 나아가야 했다. 그 장소는 무릎을 꿇을 수 있을만한 높이도 되지 않았기 때문이었다. 가파른 계단길이 좀더 이어진 뒤, 횃불이 꺼진 무렵에도 나는 아직 끝없이 아래로만 기고 있었다. 그 무렵 나는 횃불의 사정을 알아채지 못했다. 내가 실상을 파악했을 무렵에도, 나는 횃불이 여전히 타오르고 있으리라 생각하며 계속 쳐들고 있었던 것이다. 나를 지상의 방랑자이자 아득한 태곳적 금단의 장소를 좇는 자로 만들어버린, 기이함과 미지에 대한 본능으로 인해 나는 완전히 마음의 평형을 잃어버린 상태였다.

어둠 속에서, 깊이 간직된 보고와 같은 악마적 전승의 파편들이 내 지성의 앞길에 섬광처럼 빛났다. 광기에 사로잡힌 아랍의 알하즈레드의 경구와 저작이 다소 의심스러운 다마스키우스[19)]의 악몽 같은 글에서 출전한 구절과 고티에 드 메츠의 착란적인 『세계의 이미지』에 나오는 사악한 구문이었다. 나는 그 기이한 발췌문들을 되뇌며 아프라시압[20]과 옥서스 강[21] 아래로 떠다니는 악마들에 대해 중얼거렸고, 나중엔 로드 던세이니의 『심연 속 울리지 않는 암흑』에서 출전된 한 문구를 몇 번이고 영창했다. 어느덧 내리막길이 확연히 가팔라진 무렵엔 나는 더 외는 것조차 두려워질 때까지 토마스 무어의 시가를 노래하듯 읊어댔다.

마녀의 솥단지가 채워지듯
증류된 월식에 어둠과 암흑의 저수지속에
달의 미약이 채워졌을 때
발이 심연을 뚫고 나아갈 수 있을지
살피려 몸을 기울이고
시각이 탐할 수 있는 한도로
나는 아래를 바라보았다.
마치 역청으로 윤을 낸 듯 보이는
유리처럼 매끈한 칠흑의 가장자리
사망의 권좌가 진흙투성이 기슭에 내다버린
그 암흑의 역청으로

발이 또다시 평평한 바닥 층을 인지했을 무렵엔 시간은 완전히 정지해 버렸다. 나는 지금 내 자신이 위쪽으로 까마득히 멀어져버린 두 작은 사원의 방보다는 좀더 천장이 높은 장소에 도착했다는 것을 알게 되었다. 완전히 몸을 일으킬 수는 없었지만 무릎 정도는 똑바로 세울 수 있었으므로 나는 어둠 속에서 무릎을 끌며 이리저리 방향 없이 기어보았다. 그러곤 얼마 가지 않아 전면에 유리를 댄 나무 케이스가 벽을 따라 줄지어 놓인 좁은 통로에 있다는 사실을 알게 되었다. 태고 팔레오세의 심연 같은 장소에서 연마된 나무와 유리로 된 상자의 감촉을 느낀 순간, 그것이 암시하는 가능성 있는 의미에 온 몸이 절로 떨렸다. 분명 상자들은 일정한 간격으로 통로의 양측을 따라 열 지어 있었으며 모양은 직사각형에다 수평하게 뉘어 있었는데 섬뜩하게도 마치 관과도 같은 형태와 크기였다. 나는 좀 더 살펴보기 위해 두어 개를 움직여보려 했지만 상자들은 단단히 고정되어 있었다.

통로가 어지간히 길어 보였으므로 나는 무릎으로 기어가며 허덕허덕 암흑 속을 나아갔다. 어떤 눈동자가 있어 나를 지켜보았다면 참으로 으스스해 보일만한 모습이었으리라. 나는 그러한 총중(悤中)에도 가끔씩 한쪽에서 다른 쪽으로 건너가 주변의 상황을 느끼고 벽과 상자가 열 지어 뻗어 있는지를 확인하곤 했다. 인간이란 시각적으로 생각하는데 익숙하다. 그렇기에 나는 어둠을 거의 잊어버리고 마치 보이기라도 하는 것처럼 단조로운 모습으로 낮게 띄엄띄엄 떨어져있는 나무와 유리 상자의 끝없는 통로의 이미지를 생생히 그려낼 수 있었다. 그리고 어느 순간 형언할 수 없는 감동 속에서 나는 그 모습들을 직접 눈으로 보게 되었다.

상상의 시각이 현실의 시각과 합쳐진 순간이 언제인지는 설명하기 어렵다. 하지만 차츰 밝아진 빛 속에 다가가면서, 미지의 지하 인광에 모습을 드러낸 통로와 상자들의 흐릿한 윤곽이 내 눈에 들어왔다. 빛은 매우 희미했기 때문에 잠시간은 내가 일찍이 상상했던 모든 것이 정확하다고 생각했다. 그러나 뭔가에 이끌리듯 앞으로 비칠비칠 나아가서 좀 더 밝아진 빛 속에 들어오고 나자, 나는 내 상상력이 매우 빈약했음을 뒤늦게 깨닫게 되었다. 이곳의 홀은 저 위편 사원처럼 조잡한 유적이 아니라 가장 장려한 기념물이자 이질적인 예술이었다. 풍부하고 약동적이며 대담한 환상적 의장과 그림들은 연속적인 구성의 벽화를 이루고 있었으며, 그 색과 선은 가히 묘사의 수위를 넘어서고 있었다. 상자들은 정교한 유리를 전면에 끼운 기묘한 황금빛 나무재질이었으며 그 속엔 인간이 꿀 수 있는 최고로 혼돈스런 꿈의 괴악함을 능가하는 생물의 미라가 들어 있었다.

그 기괴한 인상의 하나라도 제대로 전달하기는 불가능하다. 그들은 어떤 면에선 악어, 어떤 면에선 바다표범을 연상케 하는 외형의 파충류속(屬)이었지만, 박물학자나 고생물학자나 어느 쪽이라도 알 수 있을 법한 생물은 아니었다. 키는 난쟁이와 비슷한 정도였고 앞다리에는 섬세하고 확실한 발이 달려있었는데 그 모습은 신기하게도 인간의 손과 손가락과 흡사했다. 그러나 그 모든 중에도 가장 괴이쩍은 것은 익히 알려진 전 생물학적 원칙을 위배하는 형태의 두상이었다. 나는 그 순간 고양이, 식용개구리, 신화 속의 사티로스, 그리고 인간과의 갖가지 비교를 떠올려 보았으나 어떤 표현으로도 그것의 모습을 제대로 그려낼 수는 없었다. 주피터의 이마라 해도 이토록 커다랗고 불룩 솟아 있지는 않았으니, 뿔이 있고 코가 없으며 악어와 유사한 턱을 지닌 이 존재는 기존의 모든 분류체계 바깥에 놓일 수밖에 없었다. 인공으로 만들어진 성상인지 의심스러울 정도라서 나는 한동안 이 미라의 실재를 두고 고심할 수밖에 없었다. 하지만 길게 생각할 것도 없이 나는 그들이 이름 없는 도시가 번성하던 시대에 실제 존재했던 태고 팔레오세의 생물종이라고 단정 지었다. 그 기괴함에 영예를 입히기 위한 의도인지 그들 대부분이 가장 값비싼 피륙으로 호화스런 차림새를 하고 있었으며, 금과 보석 그리고 재질을 알 수 없는 금속 장신구로 사치스럽게 단장되어 있었다.

이 포복성 생물의 중요성은 대단했음이 분명했다. 프레스코화의 벽과 천정의 생동적인 의장들 속에서도 우선시된 위치를 차지하고 있었기 때문이었다. 예술가는 비길 데 없는 기교로 이 생물들 세계 속의 그네들을 담아내었기에, 그림 속의 이들은 자기네 척도에 맞춘 형태의 도시와 공원을 소유하고 있었다. 그리고 나는 회화로 표현된 역사가 어쩌면 이 생물들을 숭배했던 종족의 발전과정을 우화적으로 표현하고 있다고 생각지 않을 수가 없었다. 어쩌면 이 생물들은 로마의 암 늑대나 인디언 부족의 토템 숭배물처럼 이름 없는 도시의 주민들에게는 숭배의 대상이 된 생물이리라고 나는 중얼거리며 자답해 보았다

이런 견지에 따라, 나는 이름 없는 도시의 불가사의한 서사의 도정을 개괄적으로 밟아갈 수 있었다. 아프리카 대륙이 바다에서 일어나기 전에 세계를 지배했던 거대한 연안의 메트로폴리스와 바다가 멀리 후퇴하고 도시가 자리잡고 있던 기름진 계곡 속으로 사막이 침투하자 그에 대항해 분투했던 이들의 이야기였다. 나는 저들의 전투와 승전, 내분과 패배, 이후 사막에 대항했던 격렬한 전투의 기록을 보았다. 그것은 수천의 사람들이 (여기서는 기괴한 포복 생물로 우화되어 나타나는) 어떤 신묘한 수법을 써서 저들의 예언자가 말해 준 다른 세상을 향해 바위에다 암굴을 팠을 때였다. 그 모든 것이 생생할 정도로 신비롭고 사실적으로 그려져 있었다. 내가 뚫고 내려왔던 장엄한 내리막길과 관련 있다는 것은 의심할 나위가 없었고, 심지어는 그 통로 모습까지 알아볼 수 있을 정도였다.

좀 더 밝은 복도 쪽으로 기어 나오자 나는 서사화의 후반부, 약 천만

년 동안 이름 없는 도시와 계곡 인근에 살고 있었던 종족의 고별사를 보게 되었다. 긴 세월 동안 육신으로 익숙해 왔던, 미답의 바위 속을 뚫어 자신들이 끊임없이 숭배하던 원시의 사당을 만들면서 지구의 유년기에 방랑자로서 정착했던 오랜 터전을 버림으로써 영혼이 위축되어버린 종족의 작별이었다. 현재 빛이 좀 더 밝아졌으므로, 나는 이 기괴한 포복성 파충류들이 어느 미지의 인류종족을 상징하고 있음이 분명하다고 생각하며 그림들을 좀 더 면밀하게 관찰했다. 더하여 이름 없는 도시의 습속에 대해서도 곰곰이 숙고해보았는데 참으로 많은 부분이 특이한데다 불가해했다. 문자 체계를 가지고 있었던 이 문명은 외견상으론 한참 훗날의 이집트나 칼데아 문명보다도 훨씬 높은 체계를 이룩한 듯 보였지만 이해할 수 없는 기묘한 누락이 존재했던 것이다. 예를 들면 전쟁, 폭력, 전염병과 관련된 것들은 찾을 수 있었으나, 죽음이나 장례의식에 대해 묘사한 그림은 전혀 발견할 수 없었다. 자연사를 보여주는 데 과묵하다는 점이 나로선 참으로 의아했다. 마치 불멸에 대한 이상이 모두가 고무하는 환상으로 자라난 듯 보였다.

통로의 말단에 가까워질수록 고도로 회화적이며 방종하기까지 한 채색화들이 모습을 드러냈다. 버려져서 폐허가 된 이름 없는 도시의 정경과 바위를 뚫어 길을 낸 기이한 새 낙원의 왕국이 뚜렷하게 대비된 풍경들이었다. 이런 그림 속의 도시와 사막의 계곡은 항상 달빛 아래에 드러나 있었는데 무너진 성벽 위로 황금의 후광이 떠올라 있어, 예술가의 손으로 유령처럼 희미하고 모호하게 표현된 이전 시대의 장려한 원숙미를 반쯤 내보이고 있었다. 영광스런 도시들, 영묘한 언덕과 계곡으로 가득 찬 영원한 나날의 숨겨진 세계를 묘사하고 있는 낙원의 정경은 너무나도 휘황찬란하여 믿기가 힘들 정도였다. 결국 마지막에 이르러서 나는 예술적 쇠락의 징후를 보고 있다는 생각을 떠올렸다. 그림들은 전시대에 비해 숙련도가 떨어져 있었으며 초기의 가장 조야한 그림들에 비해서도 더더욱 기괴해져 있었던 것이다. 사막에 의해 쫓겨났던 바깥세계를 향해 늘어만 가는 그들의 흉포성과 결부해 본다면 이 그림들은 고대인들의 점차적인 퇴폐의 기록처럼 느껴졌다. 척도에 맞춘 달빛 속의 폐허 위를 배회하는 모습으로 그려진 그들 영혼을 통해 보이는, 언제나 신성한 파충류 형태로만 표현되어 있는 주민들의 육신은 점차 쇠약해져 간 듯했다. 화려한 로브를 걸친 생물로 표현된 수척한 사제들은 머리 위의 대기와 그 대기를 들이마시는 모든 것을 저주하고 있었다. 그리고 마지막의 끔찍한 한 장면에는 어쩌면 기둥의 도시, 고대 이렘의 개척민이었을지도 모르는 원시인 같은 인간이 선 종족들에 의해 온 몸이 갈기갈기 찢겨진 모습으로 그려져 있었다. 아랍인들이 이름 없는 도시를 얼마나 두려워 했는지 돌이켜보고 나자, 이 장소 너머부터 벽면과 천장이 비어 있다는 것이 외려 다행스럽게 여겨질 정도였다.

벽화가 보여주는 역사의 행렬을 거쳐 가면서 나는 낮은 천장의 홀 끝에까지 접근하였다. 그리곤, 빛을 발하는 인광이 모두 어떤 입구를 통해 새어나오고 있음을 알아차렸다. 그곳으로 기어 올라간 순간, 나는 입구 너머 광경의 경이로움에 탄성을 토하고 말았다. 좀 더 밝은 다른 방들이 있는 대신에, 그 자리에는 오로지 균일한 광채로 빛나는 광대한 허공이 펼쳐져 있었던 것이다. 마치 햇빛 내린 운해 위에 솟은 에베레스트 산 정상에서 아래를 내려다 보는 사람만이 상상할 수 있을 공간이라 할까. 배후의 복도는 똑바로 설 수 없을 정도로 비좁았지만, 내 앞에는 무한대의 지하광이 빛나고 있었던 것이다.

통로에서부터 그 심연의 아래로 도달하는 것은 가파른 한 줄기의 계단이었다. 내가 타고 내려왔던 암흑 통로의 계단처럼 크기가 작고 헤아릴 수 없이 무수한 단으로 되어 있었으나 몇 미터 아래쪽은 맹렬히 피어오르는 안개에 모든 것이 가려져 있었다. 통로 벽 왼편에는 두툼하고 환상적인 부조로 장식된 육중한 황동문이 열려진 채로 젖혀져 있었는데, 일단 닫히게 되면 빛으로 가득한 내부 세계 전체를 궁형 천장이나 바위 통로와 격리시킬 수 있었다. 나는 계단을 내려다보았지만 당장은 밟아볼 엄두가 나지 않았다. 열려진 황동문을 건드려보았으나 전혀 움직이질 않았다. 그만 맥이 빠져 돌바닥 위에 풀썩 엎드려버리고 말았지만 내 마음은 죽음 같은 피로로도 지울 수 없는 경이로운 반향으로 불타오르고 있었다.

눈을 감고 조용히 누워 많은 생각을 자유롭게 떠올리고 있을 때였다. 나는 무심결에 어느 프레스코 화를 주목했다. 새롭고도 두려운 중요성을 띠고 내 사고 속으로 되돌아온 그것은 주변이 수림 계곡으로 둘러싸이고 머나먼 대륙까지 무역상이 교역했던 이름 없는 도시의 황금기를 묘사한 풍경이었다. 포복생물의 우화가 전반적으로 두드러져있다는 점이 당혹스러웠기 때문에, 나는 기실 그런 중요성 있는 서사화에서나 그토록 철저히 관례를 따르는 것이리라 생각하고 있었다. 프레스코 화에서는 그 이름 없는 도시를 파충류들의 크기에 비례하여 보여주고 있었지만, 나는 그 도시의 원래 크기와 장려함이 어떠했을지 궁금했고, 폐허 속에서 감지했던 이상스런 면모를 상기했다. 나는 처음에 보았던 사원과 지하 통로의 기묘할 정도로 낮은 천장에 대해 떠올렸다. 비록 신자들은 필히 기어 다닐 수밖에 없었겠지만, 자신들이 경의를 표했던 파충류 신들에 대한 숭배의 일환으로 그렇게 만들어졌다는 데엔 의심의 여지가 없었다. 아마도 여기에서의 제식들은 그 파충생물의 이미지와 포복행위를 연관시킨 것이리라. 그렇다지만 왜 이 장엄한 내리막 통로까지 사원과 마찬가지로 천장이 낮으며, 심지어 한 사람이 무릎을 꿇을 수도 없을 정도로 낮은지는 어떤 종교 이론으로도 명쾌하게 설명되지 않았다. 문제의 포복생물들을 떠올리고 그들의 섬뜩한 미라 형상이 뇌리에 들어오자 나는 이제껏 없던 새로운 공포가 맥동하는 느낌을 받았다. 정신의 연상이란 참으로 기묘하여, 마지막 그림 속에 온몸이 조각조각 찢겨진 가엾은 원시인을 제외하면, 이 수많은 파충류와 원시 상징물 가운데에서 유일한 인간의 형상은 오로지 나뿐이라는 데 생각이 미치자 갑자기 등줄기에 소름이 돋았다.

그러나 유별난 방랑생활에서 언제나 그랬듯 두려움을 몰아내는 것은 호기심이었다. 빛을 발하는 심연과 그 속에 들어있는 것은 아마도 가장 위대한 탐험가에 걸맞은 의문임이 틀림없었기 때문이다. 그 신비롭고도 불가사의한 세계가 유달리 자그마한 한 줄 계단이 닿는 머나먼 아래쪽에 놓여 있음은 의심할 여지가 없었고, 그에 더하여 나는 복도의 서사화에선 찾지 못한 인류의 기록들을 찾고 싶었다. 프레스코 벽화들은 경이로운 도시들과 이 낮은 왕국 속의 계곡을 그려내었지만, 내 상상은 나를 기다리고 있는 풍성하고 거대한 유적들 위에 머물고 있었다.

진실로, 나의 두려움은 미래보다는 오히려 과거와 관련이 있었다. 심지어 죽은 파충류들과 태고의 프레스코 그림들로 가득한 비좁은 통로 한 가운데에서, 내가 알고 있는 세계로부터 수 킬로미터 바깥의 지저(地底)에서 오싹한 빛과 안개로 들어찬 또 다른 세계와 대면하고 있다는 상황이 주는 육체적 공포마저도, 장관과 영기를 갖춘 태고의 심연을 보며 내가 느꼈던 치사량의 공포엔 견줄 수가 없었다. 벽화에 그려진 가장 나중 시대의 놀라운 지도에서 군데군데 흐릿해지긴 했으나 어딘지 익숙한 윤곽선으로 인류가 잊어버린 바다와 대륙의 형상이 그려져 있는 가운데, 헤아릴 수 없는 원대한 과거는 원시의 석조물과 이름 없는 도시의 암굴 사원에서부터 나를 유혹하려는 듯 희미하게 빛나고 있었다. 벽화제작이 중단되고 죽음을 기피하던 종족들이 분노를 품고 쇠망에 굴복해버린 뒤의 지질학적 세기에 무슨 일이 일어났던지는 아무도 알 수가 없다. 한때 삶은 이 동굴 속과 저 너머 빛나는 왕국에 충만했으나 지금은 나 혼자만이 생생한 유적과 더불어 있다. 그리고 나는 인적이 끊긴 고적한 불면의 밤을 지켜왔던 이 유적이 지나온 유구한 세월을 생각하며 전율에 몸을 떨었다.

느닷없이 터진 예리한 두려움, 바로 내가 차디찬 달빛 아래 섬뜩한 계곡과 이름 없는 도시를 처음 본 이래 간간이 사로잡혔던 공포가 다시금 찾아왔다. 비록 피로에 지쳐있었지만 나는 자신도 모르는 새 극도의 흥분에 휩싸여 일어나 앉아, 바깥세상으로 이어지는 터널로 향한 검은 복도를 뚫어지게 응시하고 있었다. 내 기분은 한밤중 이름 없는 도시를 피할 수밖에 없었을 때에 느꼈던, 도저히 설명하기 난감할 만치 통렬했던 그 공포와 닮아 있었다. 하지만 다음 순간, 무덤 같은 심처의 절대 고요를 최초로 깨부수어 버린 것이 분명한 소리의 형태를 갖추고 있음을 깨닫자 나는 한층 크나큰 충격을 받았다. 먼 데의 단죄 받는 영혼의 무리가 울부짖는 듯한 장중하고 낮은 신음소리가 내가 눈을 둔 방향에서부터 흘러나오고 있었다. 그 음량은 급속히 증폭되어 마침내 낮은 통로 속에 무시무시하게 울려 퍼지기 시작했고, 그와 동시에 나는 터널과 위쪽 도시에서부터 같이 밀려들어 오는 차가운 공기 흐름이 늘어났음을 알아차렸다. 내가 이 공기와 접촉하고 나서 오히려 마음의 불안이 덜어진 것은, 일출과 일몰시마다 심연의 입구 주변에서 돌연히 일어나 실지로 숨겨진 터널 입구를 내게 드러내 준 돌풍의 기억이 바로 떠올랐기 때문이었다. 나는 시계를 들여다보고 나서 일출시간이 가까워졌음을 알 수 있었다. 저녁 무렵에 바깥쪽을 향해 바람이 휩쓸어나간 것과 마찬가지로, 지금은 동굴 중심을 향해 휘몰아쳐 들어오는 광풍을 견뎌내기 위해 나는 온 몸을 단단히 버티고 있었다. 자연 현상이 미지의 것이 일으키는 갖가지 상념들을 몰아내 버린 탓에 공포심은 다시 가라앉았다.

점점 더 날카롭게 울부짖는 밤바람이 지구 내부의 심연 속으로 맹렬하게 쏟아져 들어왔다. 열려진 문을 지나 인광을 발하는 심연 속으로 송두리째 휩쓸려 떨어질 듯한 두려움에 나는 다시금 앞으로 엎드려서 바닥을 세게 붙들고 있었으나 허사였다. 예상치 못한 맹위였다. 몸이 심연 쪽으로 미끄러지고 있다는 것을 깨닫게 되자, 나는 새로이 일어난 불안과 망상이 낳은 수천 가지 공포에 포위되어 버리고 말았다. 맹렬한 광풍의 악의는 믿을 수 없는 몽상들을 일깨웠고, 나는 다시 한 번 그 오싹한 복도 속에서 유일했던, 이름 없는 종족들의 손에 갈기갈기 찢겨진 인간의 이미지에 나 자신을 견주며 몸서리쳤다. 소용돌이치는 기류의 험악한 할퀌 속에서, 완전히 무력하기만 했기에 더더욱 강렬해지는 앙심의 격노에 맞서는 것 같았기 때문이었다. 마지막에 이르러 나는 광인처럼 비명을 질러댔던 것 같다. (아마도 거의 미쳐 있었으리라.) 그러나 아무리 고함질러 본들 내 목소리는 바람의 망령이 무시무시하게 울부짖는 지옥의 복마전에 묻혀버리고 말았다. 나는 보이지 않는 잔악한 격류에 맞서 앞으로 기어나가려 애를 썼지만, 미지의 세계를 향해 느릿느릿 무정하게 밀려나는 속에 나 자신을 추스를 수조차 없었다. 마침내 내 이성은 완전히 끊어져 버린 게 틀림없다. 나는 어느새 이름 없는 도시에 대해 꿈꾸었다는 아랍의 광인 알하즈레드의 난해한 2행 시구를 몇 번이고 주절거리고 있었던 것이다.

"그것은 영원히 누워 있을 죽음이 아니며,
기이한 영겁 속에서 죽음은 죽음마저 소멸시킨다."

오로지 그 음울하고 잔혹한 사막의 신들만이 진정 무슨 일이 벌어졌음인지 알고 있으리라. 내가 얼마나 악전고투하며 어둠 속을 허덕허덕 기어 올라갔는지, 그리고 나를 삶으로 귀환시켰던 그 지옥의 무저갱이 어떤 것이었는지를. 언젠가 망각하게 될 (좀 더 나쁘다면 내가 죽음을 맞는) 그날까지 그 무저갱은 바람 부는 밤마다 뇌리에 떠올라 나를 소스라치게 만들곤 한다. 누군가 잠들지 못한 고요하고 지긋지긋한 아침의 그 짧은 시간을 제외하면, 사람이 믿기에는 인류의 모든 상식과 관념을 너무나 초월해버린 기괴하고 극악하며 어마어마한 것이 존재했다.

돌진하는 악귀 같은 노호광풍은 잔혹무도하기 이를 데 없었고, 그 바람 소리는 고독한 영겁에 갇힌 충만한 악의로 소름 끼쳤다. 눈앞에 혼돈이 날뛰는 가운데 격하게 고동치던 나의 뇌리에 이윽고 그 소리들이 내 뒤에서 어떤 명료한 형상을 이루는 듯한 느낌이 다가들었다. 그리고 그 느낌 하에 나는 여명의 빛을 받은 인간 세상에서 수 리그 밑바닥에 있는, 무량한 영겁이 사멸한 태고의 무덤 속에서 기괴한 혓바닥을 날름대는 악마의 소름 끼치는 저주와 고함소리를 들었다. 돌아보았을 때, 나는 심연의 빛나는 에테르를 배경으로 하여, 이제껏 복도의 어스름에 가려져 보지 못했던 윤곽을 보게 되었다. 그것은 쇄도하는 악마들로 이루어진 악몽의 무리들로서, 일체의 곡해 없이 말하자면 괴기한 모습을 갖춘 반투명한 악마들이었다. 그리고 그들은 어느 누구도 착각할 수 없는 바로 그 이름 없는 도시의 파충류들이었던 것이다.

바람이 멈추자 나는 식귀들이 사는 땅 밑의 암흑 속으로 내던져졌다. 이 식귀 무리의 뒤에서 귀청이 찢어질 듯한 금속성의 음향이 울리면서 거대한 황동 문이 닫혔다. 그리고 그 울림의 잔향은 나일 강변의 멤논 석상이 그러했듯, 떠오르는 태양을 맞이하러 머나먼 세상 밖으로 드높이 퍼져나갔다.

---

18) 멤논 : 새벽의 여신 에오스와 티토노스 사이에 난 아들로, 에티오피아 왕이며 절세의 미남.

19) 다마스키우스(Damascius) : 6세기 경의 그리스의 철학자

20) 아프라시압 : 중앙아시아 사마르칸트의 고대 벽화유적이 발견된 언덕

21) 옥서스 강 : 중앙아시아 아프가니스탄 북부 파밀 고원 지역의 강 이름

THE QUEST OF IRANON
이라논의 열망

화강암의 도시 텔로스, 이곳에서 덩굴로 엮은 관을 쓴 젊은이가 배회하고 있었다. 그의 황금빛 머리카락은 몰약의 향기로 반짝거렸고 그의 자줏빛 로브는 고대의 돌다리 맞은편에 우뚝 솟은 시드락 산의 찔레 가시에 찢겨져 있었다. 텔로스의 주민들은 검은 피부의 무뚝뚝한 사람들이며 사각형 집에 살고 있다. 그들은 눈살을 찌푸리고 그 이방인에게 질문을 던졌다. 어디에서 왔으며 이름이 무엇이며 그 운명이 어찌된 것이냐고……. 그래서 젊은이는 대답했다.

"내 이름은 이라논이며 예서는 먼 도시인 아이라 출신이라오. 나는 그곳에 대해선 아주 어렴풋한 기억만 남아 있지만 다시 찾아보려 하고 있지요. 나는 그 먼 도시에서 배운 노래를 부르는 음유시인이며 어린 시절에 대한 기억으로 미를 창조해 내는 것이 나의 소명이라오. 나의 부유함은 어린 날의 기억들과 꿈속에 있으며, 달빛이 부드러이 어루만지고 서풍이 연꽃 봉오리를 살랑거릴 때 내가 정원에서 노래 부르는 소망 속에도 들어 있지요.

그의 말을 들은 텔로스의 주민들은 서로서로 귀엣말을 나누었다. 그

화강암 도시에는 웃음이나 노랫소리가 흘러나오는 일은 없었으나 이따금 그 무뚝뚝한 사람들도 봄날의 카르디안 언덕을 바라보면서 여행자들이 이야기해 주던 머나먼 도시 오오나이의 류트 가락을 생각하곤 했다. 그가 입고 있는 다 해진 로브나 머리카락의 몰약 향이나 머리에 쓴 덩굴관, 그리고 훌륭한 목소리에 깃든 활력을 좋아하지는 않았지만, 그들은 이러한 기억을 떠올리며 그 이방인에게 이곳에 머물러 믈린의 탑 앞 광장에서 노래를 불러주길 청했다. 저녁이 되어 이라논은 노래를 불렀다. 그리고 그가 노래를 부를 동안 한 노인은 기도를 했고 한 맹인은 가수의 머리에서 후광을 보았다고 말했지만 대부분의 텔로스 주민은 하품하고 몇몇은 비웃었고 몇은 졸기까지 했다. 이라논이 오로지 자기 자신의 기억과 꿈과 소망에 대해서만 노래 부르며 주민들에게 소용될만한 것은 전혀 언급지 않았기 때문이었다.

"나는 여명과 달과 부드러운 노랫가락과 그리고 내가 잠들기 위해 잠갔던 창문을 기억하네. 황금빛 빛살이 다가오고 대리석 건물 위에 그림자가 일렁이는 길거리가 그 창에서 내다보였다오. 나는 바닥에 내리던, 다른 어느 빛과도 닮지 않았던 달빛의 정원과 어머니가 내게 노래를 불러줄 때 월광을 타고 춤을 추었던 광경을 기억하네. 그리고 또, 갖가지 색채로 찬연한 여름의 언덕 위로 솟던 아침의 태양과 나무들이 노래 부르는 여름 바람을 맞아 만개한 꽃들의 달콤함을 기억하네."

"오오 아이라, 대리석과 에메랄드의 도시여, 얼마나 많은 것들이 그대의 아름다움인가. 거울 같은 니스라 건너 그 따스하고 향기로운 과실수 숲을 나는 얼마나 사랑했던가. 초록의 계곡을 지나 흘러내리는 자그마한 폭포 크라여! 그 숲과 계곡 속에서 아이들은 서로를 위해 화환을 꾸미네. 이어 어스름이 다가와 도시의 불빛과 별의 꼬리를 반사하며 굽이치는 니스라 강물이 발치 아래 내려다보일 무렵, 나는 그 산의 야스-나무아래에서 기이한 꿈을 꾸었네."

"도시에는 황금의 도움을 머리에 얹고 벽화의 성벽을 둘러 입은 채색 대리석 궁전과 진청빛 연못과 수정의 분수가 있는 녹색의 정원이 있었네. 곧잘 나는 그 정원에서 놀다가 연못 속에 잠기곤 했으며 나무아래 연붉은 꽃무리 속에 누워 꿈을 꾸기도 했지. 가끔 노을이 질 때면 나는 산성과 광장으로 이어지는 긴 오르막길을 올라 황금빛 불꽃의 로브를 두르고 휘황하게 빛나는, 대리석과 에메랄드로 지어진 마법의 도시 아이라의 전경을 내려다보곤 했네."

"오래도록 나는 그대 아이라를 그리워했네, 우리가 망명길을 떠난 그때의 나는 너무나 어렸더랬지. 그러나 내 아버지는 그대의 왕이었으며 운명이 그리 명하였기에 나는 그대에게 다시 돌아가리라. 일곱의 나라를 모두 지나 나는 그대를 찾아감에, 언젠가 그 숲과 정원 그리고 길과 궁궐들을 나는 다스리리라. 나는 내가 노래 부르는 장소에 대해 알고 있을 이들, 비웃음치며 발길 돌리지 않을 사람들에게 노래하는 것이라. 나는 이라논이며 아이라의 왕자이기에."

그날 밤 텔로스의 주민들은 그 이방인을 마구간에서 재웠다. 다음 날 아침이 되자 집정관이 그를 찾아와서 구둣방 아톡의 가게로 가서 그의 도제로 일하라고 말했다.

"하지만 저는 노래하는 음유시인입니다." 그는 말했다. "구두수선공의 일을 거들 마음은 되지 못합니다."

"텔로스의 모든 시민은 노동을 해야 하오." 집정관의 대답이었다. "그것이 법이오."

그러자 이라논이 대꾸했다.

"당신들은 무슨 이유로 그리도 수고하는 겁니까. 삶과 행복은 그런 것이 아니지 않습니까? 만일 점점 더 많은 일을 하기 위해 당신들이 일한다면 언제 행복이 당신들을 찾아오겠습니까? 당신들은 살기 위해 일하지만 그건 아름다움과 노래로 이루어진 삶은 아니지요. 만일 어떤 노래하는 이도 당신들 속에 들이기를 허락지 않는다면 당신네들의 수고의 열매는 어디에서 딸 것입니까? 노래 없는 노동은 끝없는 권태로운 여행과 마찬가지입니다. 그럴 바엔 오히려 죽음이 훨씬 더 만족감을 주지 않겠습니까?"

그러나 집정관은 무뚝뚝한 사람이라 이방인의 말을 이해하지도 못했고 그를 비난했다.

"당신이라는 예술가는 이상한 젊은이로다. 그리고 난 당신의 얼굴이나 목소리가 맘에 들지가 않소. 당신이 한 말들은 노동이야말로 바람직함이라 말씀하신 텔로스의 신들을 모독하는 말이오. 우리의 신들은 우리에게 죽음이 없는 광명으로 가득한 천국을 약속했으며 그곳에서 우리는 영원한 휴식을 취할 것이오. 그들은 생각으로 마음을 괴롭거나 미혹으로 눈이 성가실 일이 없는 맑은 수정 같은 평정을 우리에게 약속했소. 당장 구둣방의 아톡에게 가시오. 그리 못하겠다면 일몰시에 도시를 나가시오. 모든 사람은 복종해야 하며 노래란 것은 바로 어리석음이오."

그리하여 이라논은 마구간에서 나와 네모진 음울한 화강석 건물 새로 나 있는 좁다란 돌길을 걸어 내려왔다. 걸어가면서 녹색의 풀이나 나무가 있는가 찾아보았지만 모든 것이 돌로만 되어 있었고 사람들은 언짢은 얼굴을 하고 있었다. 하지만 느릿느릿 흐르는 쥬로 강을 낀 석조 제방 근처에서 어린 소년이 그에게 말을 걸어왔다. 슬픈 눈을 하고 있는 소년은 시선을 강물 쪽으로 두고, 홍수로 언덕에서 쓸려 내려온 녹색 눈이 튼 나뭇가지들을 흘끔거리고 있었다.

"무결한 땅에 있는 머나먼 도시를 찾는 자, 집정관들이 이야기하는 사람이 바로 당신이 아닌가요? 나는 롬노드라고 합니다. 텔로스 출신이죠. 그러나 마음은 이 화강석 도시의 습속에서 벗어나, 따스한 수림과 아름다움과 노래로 가득한 머나먼 땅을 매일같이 동경하고 있답니다. 사람들이 귀엣말로 주고받는, 카르시안 언덕 저편의 류트와 춤의 도시 오오나이에는 감미로움과 두려움이 함께 공존한다더군요. 길을 찾을 수 있을 정도로 나이가 충분히 차고 나면 나는 그곳으로 가보려 했답니다. 그대가 거기에서 노래 부른다면 그곳 사람들은 그대의 노래에 귀 기울일 거예요. 우리 함께 이 도시 텔로스를 떠나서 봄의 언덕 속으로 여행해 보지 않겠어요. 그대가 여행길을 내게 보여 주고, 나는 별들이 꿈꾸는 이의 마음속으로 하나둘씩 꿈을 실어줄 무렵 그대의 노래 속에 잠겨들 거예요. 그리고 류트와 춤의 도시 오오나이가 정말로 당신이 간절히 찾는 해맑은 도시 아이라일지도 모르지요. 오랜 옛날에 떠나 그대가 아이라를 잘 알지 못했으며, 그 이름이 자주 바뀐다고 말했기 때문에 그러하답니다. 오, 황금빛 머리의 이라논, 우리 오오나이로 가봐요. 그곳의 이들은 우리의 갈망을 알고 우리를 형제로서 환대할 거예요. 우리의 이야기를 비웃거나 눈살을 찌푸리지도 않을 테고요."

그리고 이라논은 그 말에 답해 주었다.

"그리하리라. 작은 이여! 만일 이 돌의 고장에서 아름다움에 대한 열망을 지니는 이가 있다면 그는 반드시 산 너머를 찾게 될 게 분명하네. 나는 당신을 완만한 쥬로 강물 곁에서 그리움에 수척해지도록 내버려두지는 않을 것일세. 그러나 기쁨과 이해가 오로지 카르시안 언덕 너머에만 존재한다고 생각지는 말게. 어떤 고장에서도, 그리고 하루하루, 한 해 한 해, 또는 십여 년의 여행길에서도 그대는 그것을 찾을 수 있을 것이네. 자, 들어보게. 내가 그대처럼 어렸을 적에 나는 냉담한 자리 신의 뜻으로 아무도 내 꿈에 귀 기울이지 않는 나르토스 계곡 속에 살았더랬지. 나는 내가 좀 더 자라면 산의 남쪽 구릉지에 있는 시나라로 갈 것이며 미소를 입 안 가득 물고 낙타 등에 올라탄 그곳 장터의 사람들에게 노래를 불러 주리라고 내 자신에게 다짐을 했네. 그러나 막상 시나라로 가보고 나니 낙타의 상인들은 모조리 주정꾼에다가 음란한 말을 지껄여대는 사람들이었고 그들이 부르는 노래 또한 나의 노래 같지는 않았다네. 그래서 나는 자리의 가호 아래 화물선에 올라 흑요석의 성곽도시 자렌으로 여행을 떠났으나 자렌의 병사들은 내 노래를 비웃으며 나를 그곳에서 쫓아내고 말았지. 그날 이후, 나는 수많은 도시를 주유했다네. 거대한 폭포의 하류에 세워진 스테틀로스에 갔던 적도 있으며 한때 사나스가 세워졌던 자리에 들어찬 늪지를 눈으로 직접 본 적도 있네. 시라, 일라르넥, 그리고 굽이치는 강 아이 상류에 자리 잡은 카다세런에 머무르기도 했으며 로마르의 땅에 있는 올라소에서 긴 나날을 살아본 적도 있다네. 비록 이따금 내 노래를 들어주는 이들이 있기는 했으나 그 수는 매우 적었으며 나는 오로지 내 아버지가 예전에 왕으로서 그곳을 다스렸던 고장, 대리석과 에메랄드의 도시 아이라에서만 나를 환대하리라는 것을 깨닫게 되었다네. 그런 이유로, 찾아가기엔 너무나 먼 곳에 있다 하더라도 우리는 아이라를 향해 가야 하는 것일세. 카르시안 언덕을 지나 류트의 축복을 받은 오오나이가 아이라일지는 알 수 없는 일이지만 사실 나는 그리 생각하지는 않네. 낙타를 탄 대상들이 오오나이에 대해선 심술궂게 수군거릴지라도, 상상을 넘어서는 아이라의 아름다움에 대해선 환희로운 감정 없이 말할 수 있을 자는 아무도 없을 테니까."

이라논과 어린 롬노드는 일몰 경에 텔로스를 나섰다. 그리고 녹색의 언덕과 시원한 수림 속을 오래도록 완유했다. 여행길은 험난하고 불확실했으며 류트와 춤의 도시 오오나이로 가까워질 듯한 기미는 거의 보이지 않았지만, 어스름 속에 별빛이 반짝이기 시작하면 이라논은 아이라의 아름다움에 대한 노래를 불렀으며 롬노드는 조용히 경청하곤 했다. 그들 둘은 그렇게 서로 행복해했다. 그들은 과일들과 새빨간 산딸기를 배불리 먹었으며 시간이 흐르는 데 대해선 신경 쓰지 않았다. 하지만 세월은 미끄러지듯 흘러갔다. 비록 이라논은 항상 그 모습 그대로였고 금발의 머리카락을 포도덩굴과 숲 속에서 찾아낸 향기로운 수지로 치장하고 있었으나, 어렸던 롬노드는 이제 아이가 아니었으며 소년의 높은 목소리 대신 어른의 굵은 음성으로 이야기를 꺼냈다. 돌 제방이 쌓인 느릿한 주로 강가의 텔로스에서 녹색 순이 움튼 나뭇가지를 바라보던 소년이 이라논과 처음 만났을 무렵엔 아주 어린 아이였지만, 지금의 롬노드는 이라논보다도 더 나이가 들어 보였다.

그러던 어느 만월의 밤에, 산의 정상에 오른 여행자들은 마침내 오오나이의 무수한 불빛들을 내려다보게 되었다. 농부들은 그들이 가까이 온 거라고 말했으나 이라논은 오오나이가 그의 고향 도시 아이라가 아니라는 것을 알 수 있었다. 오오나이의 모든 불빛은 조잡하고 현란하게 번쩍거리고 있는 반면, 아이라의 빛은 언젠가 이라논의 어머니가 자장가를 읊으며 요람을 흔들어주던 창문 밑 마룻바닥 위로 환한 달빛이 떨어질 때와도 같은 부드럽고 신비스러운 빛을 띠고 있었다. 그러나 오오나이는 류트와 춤의 도시였으므로 이라논과 롬노드는 노래와 꿈을 즐길 이들을 찾으러 가파른 산비탈을 타내려갔다. 도시에 도착한 그들은 집집마다 초대되어 장미꽃 화환으로 환대받았다. 창문과 발코니 난간에 기대어 이라논의 노래를 듣는 이들은 그가 곡을 마칠 때마다 꽃잎을 뿌리며 환호를 보냈다. 비록 그 도시가 아이라가 지닌 해맑은 아름다움의 백분지 일에도 미치지 못하긴 했으나 그 잠시간 이라논은 자신과 같이 사고하고 감동하는 이들을 찾아내었다고 믿었다.

하지만 새벽이 밝아오자 주위를 둘러보던 이라논은 당혹감을 감출 수가 없었다. 햇살 속에 모습을 드러낸 오오나이의 도움 지붕들은 황금빛이 아닌 음침한 잿빛 색조를 띠고 있었고, 오오나이의 주민들은 아이라의 생기 넘치는 이들과는 달리 연회와 주연으로 안색이 파리하고 술에 절어 눈이 흐릿해진 사람들이었다. 그러나 그들이 꽃을 던져주며 자신의 노래에 환호를 보내주었기에 이라논은 계속 그곳에 머물러 있었고, 도시의 흥청거림을 좋아하여 검은 머리카락을 장미와 은매화로 장식한 롬노드도 그와 함께 머물렀다. 한밤에 주연을 베푸는 이들에게 곧잘 노래를 불러주기는 했으나 이라논은 이전처럼 산 포도 덩굴의 관을 머리에 올린 모습 그대로였고, 아이라의 대리석 가로와 투명한 물이 흐르는 니스라를 여전히 기억 속에 간직하고 있었다. 그는 그곳 군주의 프레스코 벽화로 치장된 궁전 홀의 경면된 대리석 바닥 위로 들린 수정 단상 위에서 노래를 부르기도 했다. 그는 노래할 때면 와인에 취해 붉어진 얼굴들이 자신에게 장미꽃을 던져대는 광경 대신에, 희미한 기억밖에 나지 않는 그 옛 도시의 아름다운 모습을 홀 바닥이 비추고 있는 마냥 상상의 나래를 펼쳤다. 오오나이의 군주는 그에게 다 해어진 자줏빛 옷은 버리고 새틴과 황금실로 짠 옷을 걸치고 녹색 비취반지와 우윳빛 상아 팔찌를 끼라고 명했다. 그러고는 꽃을 수놓은 비단 침대보에다

천개가 씌워져 있고 감미로운 조각을 새긴 나무 침대가 있고 금수단이 늘여뜨려진 화려한 방을 그에게 마련해 주었다. 이리하여 이라논은 류트와 춤의 도시 오오나이에 살게 되었다.

이라논이 얼마나 오래 오오나이에 머물렀는지는 알려져 있지 않다. 그러나 그 도시의 군주는 어느 날 리라니안 사막 출신 휠링 댄서들 몇과 동방의 드리넨 출신인 거뭇한 피부의 플루트 악사들에게 궁전을 한 채 선사했고, 연회의 주인들은 그 댄서들과 플루트 악사들에게 이라논에게보다 더 많은 장미를 던져주었다. 그리고 화강석 도시 텔로스에선 작은 소년이었던 롬노드는 하루하루 날이 갈수록 상스러워졌고 포도주에 절어 안색은 붉게 변해갔다. 그리하여 마침내는 꿈을 추구하는 것도 자꾸만 뜸해지고 이라논의 노래에 기쁨을 찾는 경우도 줄어들었다. 이라논은 무척 슬펐지만 노래를 그만두지 않았고, 저녁마다 대리석과 녹주석의 도시 아이라의 꿈을 다시금 이야기하곤 했다. 그러던 어느 날 밤, 파리하게 마른 이라논이 멀리 떨어진 한쪽 귀퉁이에 앉아 제 자신에게 노래를 부르는 동안, 붉은 얼굴에 살이 찐 롬노드는 양귀비가 수놓인 연회용 의자의 실크 시트에 누워 거칠게 숨을 몰아쉬고 있다가 그만 몸부림치더니 숨을 거두고 말았다. 이라논은 눈물을 흘리면서 롬노드가 사랑했던 초록빛 가지를 그의 무덤 위에 가득히 뿌려 덮어주었다. 그러곤 그가 이곳으로 왔을 때 입고 있었으나 한동안 잊고 있었던 남루한 자줏빛 로브를 다시 걸치고 산에서 따온 싱싱한 포도덩굴로 관을 만들어 쓰고서, 실크와 번드르르한 값싼 장신구들은 그대로 남겨둔 채 류트와 춤의 도시 오오나이 밖으로 나섰다.

태어난 고향과 자신의 노래를 깊이 이해해 줄 사람들을 향해 이라논은 정처 없이 일몰 속을 걸어 나갔다. 시다스리아란 도시와 브나지크에 사막 너머의 고장에서 쾌활한 얼굴을 한 아이들이 그의 오랜 노래와 누덕누덕해진 자줏빛 로브를 비웃기도 했다. 하지만 이라논은 여전히 젊은 모습 그대로였다. 그리고 그가 과거의 환희이자 미래의 희망인 아이라의 노래를 부르는 동안이면 그의 황금빛 머리 위엔 둥근 후광이 떠올랐다.

그렇게 지내던 어느 날 밤, 그는 등 굽고 때에 찌든 늙은 양치기의 누추한 양 우리에 도달하게 되었다. 그 양치기는 유사(流砂) 초지 위의 아슬아슬한 비탈면에서 양의 무리를 치고 있었다. 이제까지 많은 이들에게 그리했듯 이라논은 이 사람에게도 말을 건넸다.

"대리석과 에메랄드의 도시 아이라를 어디에서 찾을 수 있을지 내게 알려줄 수 있습니까. 거울같이 맑은 니스라의 물이 흘러나오고 야스 나무들로 우거진 언덕과 초록빛 계곡을 향해 노래 불러주는 작은 폭포수 크라가 떨어지는 그곳이 어디인지를."

하지만 그의 말을 듣고 있던 양치기는 마치 까마득한 시간 속의 어떤 기억을 떠올리기라도 하는 양, 야릇한 표정을 지으며 오래도록 이라논을 쳐다보았다. 그리고 이 이방인의 얼굴 윤곽과 황금빛 머리카락과 포도나무 덩굴관을 찬찬히 들여다보았다. 그러나 그는 노인이었고, 이내 머리를 가로저어 대답을 대신했다.

"오오 이방인이여, 나는 진실로 아이라라는 이름과 다른 이름들을 들어본 적이 있네. 하지만 내가 아는 그것들은 기나긴 세월의 흐름 속에 멀어진 이름일세. 나는 내 어린 시절의 놀이동무인, 달과 꽃과 서풍에 대한 긴 이야기를 엮은 이상한 꿈을 우리에게 말해 주었던 한 거지 소년의 입술에서 그 이름들을 들었지. 우리는 그 소년을 비웃곤 했네. 그는 제 자신을 왕의 아들이라고 믿고 있었지만 우리는 그의 출신이 어디인지 알고 있었거든. 그는 꼭 당신처럼 얼굴이 아름다웠지만 어리석음과 기이함으로 가득 차 있었지. 그리고 어렸을 때 자신의 노래와 몽상을 기쁘게 들어줄 사람들을 찾으러 떠났다네. 그가 그리도 자주 내게 노래 불러주었던 그 땅은 존재하지 않는 곳이며 결코 존재할 수도 없는 땅이지! 그는 아이라에 대해, 그리고 니스라 강과 자그마한 폭포 크라에 대해 많이도 이야기했네. 비록 이곳의 우리는 그의 출신을 다 알고 있었지만 그는 한때 자신이 왕자로서 그 나라에서 살았다고 말하곤 했지. 하지만 대리석의 도시 아이라는 어디에도 없으며 그 이상한 노래 따위에 기뻐할 수 있을 이들도 없는 것일세. 그대. 가버린 나의 옛 친구 이라논의 꿈속에서 제발 벗어나기를……"

이어 황혼의 어스름 속에서 별들이 하나둘씩 모습을 드러냈다. 그리고 달의 광채가 풀밭 위로 흩뿌려졌다. 그 빛은 오래전 흔들리는 한밤의 요람 속에서 자장가를 듣고 있는 한 아이가 바닥을 바라보던 때의 빛과 닮아 있었다.

이제, 그곳에는 상상하며 믿고 있던 아름다운 도시의 황금빛 도움을 바라보고 있는 듯, 하염없이 앞으로 시선을 둔 늙은 노인이 서 있었다. 그는 포도나무 관을 쓰고 낡은 자줏빛 누더기를 두른 채 죽음의 유사 속으로 천천히 걸어 들어갔다.

그날 밤, 젊음과 아름다움의 그 무언가가 옛 세상 속에서 져버리고 말았다.

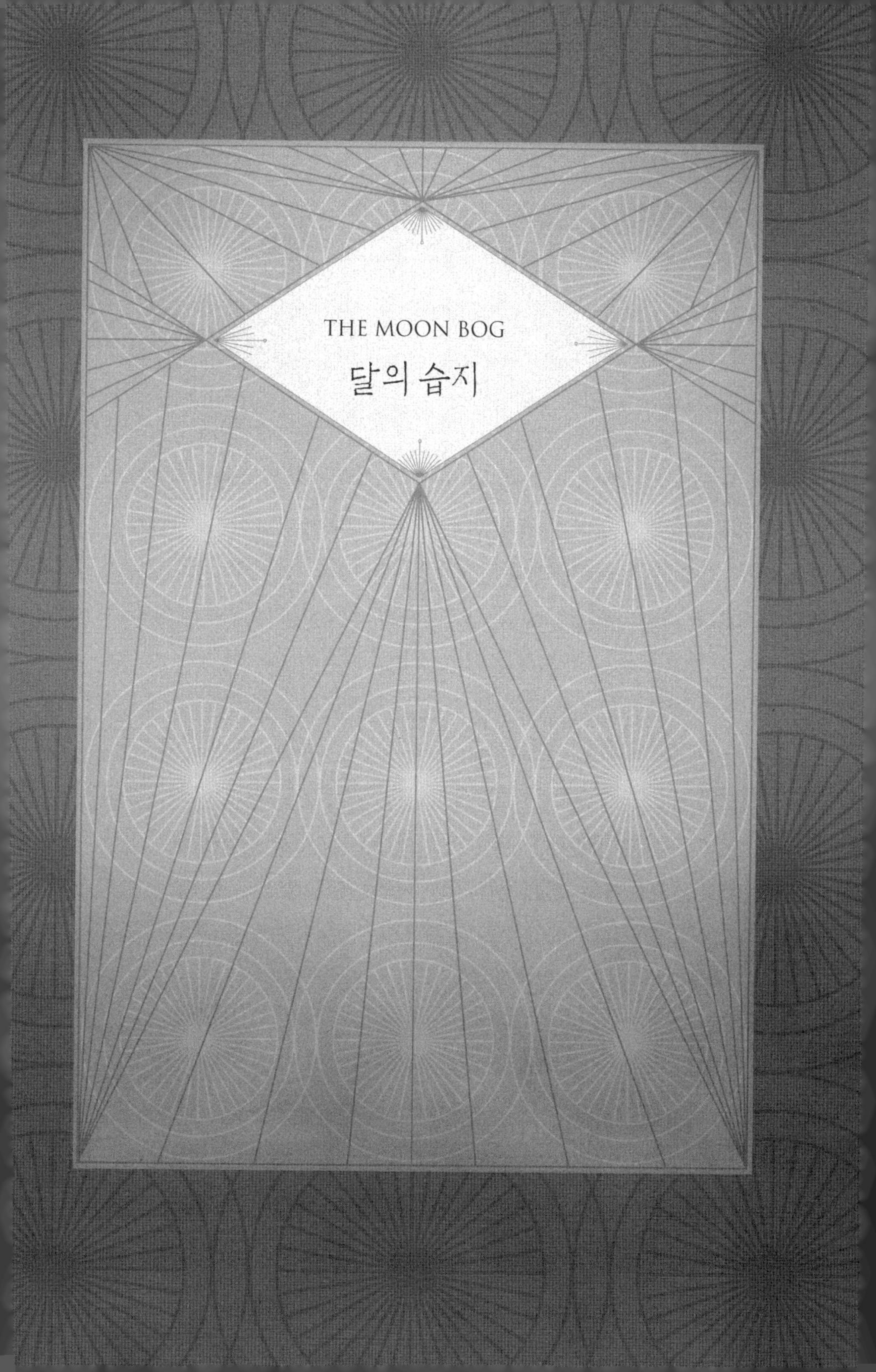

THE MOON BOG
달의 습지

데니스 배리는 어디론가, 내가 알지 못하는 무섭고 아득한 곳으로 사라져버렸다. 나는 그가 인간들 가운데서 살아있던 마지막 밤에 그와 함께 있었으며, 그 어떤 것이 다가올 때 그가 지른 비명을 들었던 사람이다. 하지만 밀스 소도시에 사는 모든 농부들과 경찰이 오랜 시간을 들여 광범위한 지역을 수색했음에도 그들은 그와 다른 이들을 찾아내지 못했다. 그리고 나는 늪지에서 들리는 개구리 울음소리를 듣거나 고적하게 떠있는 달을 볼 때면 지금까지도 두려움에 몸서리치곤 한다.

나는 데니스 배리가 부를 쌓았던 미국에서부터 그를 잘 알고 지냈으며 그가 조용한 도시 킬데리의 습지 옆 낡은 성채를 되샀던 날에 축하를 보냈던 사람이었다. 부친이 킬데리 출신이었으므로 그곳은 배리가 조상 대대로의 풍경에 둘러싸여 부를 향유하고픈 소망을 가졌던 곳이기도 했다. 오래전 그 가문의 선조들이 성을 세우고 킬데리를 통치하였지만 그 시절은 까마득한 옛적이었기에 수세대 동안 성은 비어 황폐화되어 있었다.

아일랜드로 간 뒤로 배리는 자신의 감독 하에 잿빛 성채가 선조들의 영광을 향해 높이 탑을 올리고 있는 정황과 수 세기 전의 모습 그대로 담쟁이덩굴이 복구된 벽체를 느릿느릿 타오르고 있다는 것과 바다 건너에서 가져온 부로 번영했던 옛 시절을 돌려놓은 자신을 농부들이 축복한다는 이야기를 내게 자주 편지로 알려주곤 했다. 하지만 얼마 못 가 몇 가지 골치 아픈 문제가 생기자 소작농들은 축복의 말을 거두고 대신에 그 황량한 성에서 달아나 버렸다. 그 이후 그는 내게 찾아와 달라고 요청했다. 북부에서 데리고 왔던 새 하인들이나 인부들 외엔 말동무 할 사람이 없이 그 홀로 성 안에서 외로웠기 때문이었다.

습지가 모든 문젯거리의 원인이라는 건, 내가 성에 도착했던 그날 밤에 배리가 말해 준 이야기에 따른 바였다. 그 해 여름철 해 질 녘에 나는 킬데리에 도착했다. 황금색 하늘빛이 녹색 언덕과 숲과 푸른 습지를 밝히고, 늪지 위 멀리 떠 있는 섬에는 오래되고 기묘한 유적이 괴이하게 빛을 반사하고 있었다. 석양은 몹시 아름다웠지만 벨리로프 농부들은 내게 그곳을 멀리하라 경고하면서 킬데리는 예로부터 저주받은 곳이라는 말을 덧붙였다. 그 때문인지 화염의 금박을 입힌 듯한 높다란 성채의 소탑들을 쳐다보기가 나로선 상당히 꺼림칙한 기분이었다. 킬데리가 철도에서 떨어져 있었기 때문에 배리의 자동차는 밸리로프 역에서 나를 맞이했다. 지역주민들은 그의 차와 북부 출신 운전사를 꺼려 했지만, 내가 킬데리로 가려고 한다는 것을 알고 나자 해쓱한 안색으로 내게 귀띔해 주었다. 그리고 그날 밤, 우리가 재회를 나누고 나서 배리는 내게 이유를 말해 주었다.

데니스 배리가 대습지의 물을 빼려 했기 때문에 소작농들이 킬데리에서 도망쳤다는 것이다. 배리가 아일랜드에 대한 애착이 크긴 했지만 미국인이란 자연을 손닿지 않은 상태로 놔두지를 않는 이들이다. 그는 토탄을 캐내고 토지로 개발할 수도 있을 수려한 황무지를 내버려두기 싫어했다. 킬데리의 전설과 미신도 그의 마음을 꺾지 못했다. 처음부터 조력을 거절한 농부들이 그를 저주하고, 그의 결심을 알게 되자 몇 가지 세간만 챙겨 밸리로프로 도망쳤을 때 그는 조소를 보냈다. 그러곤 그네들을 대신하여 북부에서부터 일꾼들을 구해 보냈고, 하인들이 떠났을 때에도 같은 방식으로 교체했다. 하지만 이방인 사이에서 느끼는 외로움 때문에 그는 내가 와주었으면 했던 것이다.

킬데리 주민들을 몰아낸 공포에 대해 듣게 되자 나도 친구가 코웃음 쳤던 것처럼 크게 비웃었다. 이 공포란 것이 그야말로 막연하고 조야하기 짝이 없는데다 가장 터무니없는 성격이었던 것이다. 그것들은 다소 상식을 벗어난 습지 전설과 내가 일몰 무렵 보았던 외딴 섬 위의 기이하고 오래된 유적에 살고 있다는 준엄한 수호령과 관련되어 있었다. 달의 어둠 속에서 춤을 추는 빛무리와 후텁지근한 한밤에 불어드는 한풍, 물 위에 하얗게 떠 있는 유령이나 그 질퍽한 수면 아래 가라앉아 있다는 상상의 석조도시 따위의 이야기였던 것이다. 하지만 그 터무니없는 공상들 가운데에서도 제일의 으뜸이자 일체의 이견을 거부하는 것은 그 불그레한 대늪지에 감히 손대려 하거나 물을 빼려하는 자에게 내린다는 저주에 대한 이야기였다. 농부들의 말로는 습지엔 드러나선 안 될 비밀이 있다고 했다. 역사 이전 전설 시대의 파르홀론[22]의 후손들에게 역병이 엄습한 이래부터 감춰져 왔던 비밀이라는 것이다. 이 그리스의 자손들이 모두 탈라에 묻혔다는 사실은 침략의 서[23]에 나와 있다. 하지만 킬데리의 노인들은 그 도시가 수호신인 달의 여신의 비호를 받고 있었다고 말한다. 그래서 네메드 인들이 스키타이에서 30척의 배로 기습해 들어왔을 때, 숲이 우거진 언덕배기가 도시의 모습을 감추어주었다는 것이다.

그런 근거 없는 이야기가 주민들이 킬데리에서 떠나게 된 이유였다. 그 이야기를 듣고 나니 데니스 배리가 그들 말을 듣지 않았다는 게 내게도 그리 이상스러울 바는 아니었다. 그렇다 해도 오래된 것들에 대한 관심이 상당했던 배리는 물이 배수될 시기에 맞춰 철저한 습지 탐사계획을 짰다고 한다. 작은 섬 위의 백색 유적을 그는 자주 찾아다녔다. 하지만 분명 유적의 연대가 상당히 오랜 시대인데다 아일랜드에 있는 여타 유적지와는 외형에서 닮은 점이 거의 없었다고 해도, 전성기의 시절을 알려주기엔 너무나도 황폐화되어 있었다. 현재는 배수 작업을 착수하기 직전이었으므로 북부출신의 인부들이 녹색 이끼와 붉은 관목으로 가려진 습지를 벗겨내고, 조개껍질로 뒤덮인 작은 개천을 막고, 골풀로 에워싸 있는 푸른 웅덩이를 가라앉혀 놓았다.

배리와의 대화를 마치고 나자, 나는 하루의 여독과 밤까지 이어진 집주인의 이야기에 피로감을 느꼈다. 하인 하나가 내게 방을 안내해 주었다. 늪지 가장자리의 마을과 평원과 습지의 전경까지 다 내려다보이는 외진 탑 속의 방이었기에, 나는 소작농들이 떠나버려 현재는 북부출신의 인부들이 거주하고 있는 고적한 마을의 지붕과 고풍스런 첨탑을 이고 있는 교구교회당과 음산한 습지 건너 괴기스런 흰빛으로 어스레한 외딴 섬의 고대유적이 달빛에 드러난 풍경을 창문으로 내다볼 수 있었다. 내가 잠 속으로 마악 빠져들었을 무렵, 멀리서 희미한 소리가 들려온 듯한 느낌이 들었다. 그 소리는 광적이면서도 어딘지 음악적이었으며, 꿈을 채색시키는 불가사의한 흥분으로 나를 자극했다. 하지만 다음날 아침 눈을 떴을 때 나는 그 모든 것이 꿈이었거니 하고 생각할 수밖에 없었다. 그 밤에 들은 맹렬한 피리 소리보다 눈으로 보았던 환상이 한층 더 경이적이었기 때문이었다.

배리가 설명해 준 전설에 감명받아 나의 정신은 선잠이 든 채 녹빛 계곡 속의 장엄한 도시 위를 맴돌았다. 대리석 도로와 석상, 건물과 사원, 조각과 비석 그 모든 것이 분명한 어조로 그리스의 영광을 이야기하고 있었다. 내가 이 꿈을 배리에게 이야기하고 나서 우리 둘은 폭소를 터뜨렸다. 내 쪽이 더 크게 웃었던 이유는 그가 북부 출신 일꾼들로 인해 난처한 입장이 되어 있었기 때문이었다. 여섯 차례나 그들 모두가 늦잠을 잤던 것이다. 상당히 느지막하게 일어나 부스스한 눈을 하며 한숨도 자지 못한 듯이 행동했다. 자기들도 전날 밤 일찍 침대에 들어갔다는 사실을 알고 있었는데도 말이다.

그날 아침과 오후, 배리가 배수공사에 들어가기 위한 최종 계획을 구상하느라 바빴기 때문에, 나는 햇빛의 금박을 씌운 듯한 마을을 혼자 돌아다니면서 가끔씩 우매한 인부들과 대화를 해보았다. 인부들 대부분이 어떠한 꿈으로 불안해하는 듯 보여 그들이 생각만큼 만족스러운 형편 같지가 않았다. 나는 그들에게 내가 꾼 꿈 이야기를 해보았지만 그들이 관심을 보이기 시작한 것은 내가 귓결에 들었다 생각한 기이한 선율 이야기를 꺼내고 나서였다. 인부들은 의아한 표정으로 나를 쳐다보며 그 불가사의한 소리가 기억날 것 같다고 대꾸했다.

그날 저녁 같이 식사를 하면서 배리는 이틀 내로 배수공사를 착수하겠노라고 내게 말했다. 이끼와 관목과 실개천과 웅덩이들이 사라지는 모습을 보는 것이 탐탁지는 않았으나, 깊게 퇴적된 토탄층이 감춰놓은 고대의 비밀을 눈으로 보고픈 소망이 내게도 점점 더해가고 있었기 때문에 내심 반가운 말이기도 했다.

그러나 그날 밤 피리 소리와 대리석 열주랑의 꿈은 느닷없이 불안스런 결말로 닥쳐왔다. 나는 그 계곡의 도시 위에서 역병이 일으킨 멸망과 그에 이어 나무로 무성한 산 사면이 무서운 사태를 일으켜 거리의 시신을 덮어버리는 모습을 목도했다. 은발 머리에 상아관을 쓴 달의 노여사제 클레이스가 고요하고 싸늘하게 누워 있는 높은 산정의 아르테미스 신전만이 파묻히지 않고서 홀로 남겨져 있었다.

나는 내가 별안간 놀라서 잠을 깼다고 말했었다. 플루트 소리가 여전히 귓가에 울려 퍼지고 있었기 때문에 나는 내 자신이 깨 있는 건지 잠든 상태인 건지 한참 동안 말로 표할 수도 없는 상태였다. 바닥에 내린 차디찬 달빛과 고딕 격자창 그림자를 바라보고 나서야 킬데리 성 안에서 잠을 깬 것이라고 판단되었고, 뒤이어 어느 먼 아래쪽 층계참에서 두드리는 2시의 타종 소리에 내가 확실히 깨어났음을 자각할 수 있었다. 하지만 기괴한 관악의 음률은 여전히 아득하게 다가왔다. 머나먼 마날루스 산에 사는 파우니[24]의 무곡을 연상시키는 불가사의하고 야성적인 멜로디였다. 소리 때문에 좀체 잠을 이룰 수가 없었기에 조바심이 든 나는 자리를 털고 바닥으로 내려왔다. 그리고 그저 무심결에 북편 창가로 다가가서 잠든 마을과 습지 호안의 평원을 내려다보았다. 다시 잠에 들고 싶었던 기분이라 널리 둘러볼 마음은 아니었지만, 그 플루트 같은 소리가 자꾸 거슬리는 바람에 나로서도 뭔가를 하거나 보지 않으면 안 되었던 것이다. 하지만 앞으로 보게 될 것을 내가 어찌 짐작이나 할 수 있었겠는가?

달빛이 가득 찬 드넓은 평원의 모습은 가히 장관이었다. 그 어떤 인간이라 한들 눈으로 그 광경을 보게 된다면 영원토록 잊을 수 없으리라. 습지 위를 떠돌며 메아리치는 갈대피리 소리를 향해, 마치 그 옛날 키아네[25] 강과 나란한 수확의 달빛 아래, 시실리 인들이 여신 데메테르를 기리며 춤추던 것과도 같은 흥청거림으로 형체를 들썩이는 혼성의 군중들이 불가사의하게 미끄러지면서 조용히 나아가고 있었다. 너른 들판, 황금 달빛, 움직이는 어둑한 형상들, 그리고 무엇보다도 예리하고 단조로운 피리 소리야말로 온몸을 얼어붙게 하는 충격적 인상을 내게 각인시켰다. 나는 두려움 속에서도 이 지칠 줄 모르는 무아지경의 춤꾼들 절반이 일찌감치 잠들었으리라 여겼던 인부들이라는 사실과 다른 절반은 거의 형체를 알아보기 힘들지만 아마도 습지 내의 흉흉한 수원지에서 솟아나온 창백하고 수심에 젖은 나이아드[26]로 짐작되는 기묘하리만치 가볍고 희뿌연 존재들임을 깨달았다. 내가 꿈도 없이 기절한 뒤로 높이 뜬 아침 햇살에 눈뜨기 전까지 얼마나 오랜 시간 외진 탑의 창문에서 그 광경을 지켜보고 있었는지는 알 수가 없다.

깨자마자 가장 먼저 뇌리에 들어온 건 이 모든 공포에 대해 데니스 배리와 의견을 나누어보자는 충동이었다. 하지만 동편 격자창을 투과하는 밝은 햇살이 눈에 들어오자, 나는 내가 보았다고 여긴 것들이 전혀 현실성이 없다고 확신했다. 기이한 환상을 접한 셈이지만 나는 그 환상을 실제로 믿을 만큼 심약한 사람은 아니다. 이런 이유로 나는 날카로운 소리가 들리는 몽롱한 꿈 말고는 전날 밤에 대해 아무것도 떠올리지 못하는 늦잠 잔 인부들에게 질문을 던져보는 것으로 나름의 만족을 얻었다. 그 괴이쩍은 피리 소리는 나를 몹시도 괴롭히는 문제이긴 했지만 가을철 귀뚜라미들이 제 계절에 앞서 나와 그날 밤 사람들을 성가시게 만들고 눈을 어지럽힌 게 아닌지도 의심스러웠다.

하지만 그날 늦게 배리가 서재에서 내일부터 시작할 거대한 사업 계획안을 검토하는 모습을 지켜보면서, 나는 처음으로 도망친 농부들과 같은 류의 공포가 피부에 닿아오는 느낌을 받았다. 몇 가지 알지 못하는 이유로 오래된 습지와 그 어둠에 묻혀 있는 비밀을 거스르고 있다는 생각이 들면서 두려움이 솟아나자, 까마득한 세월 동안 층층이 쌓인 토탄층의 한량없는 심도 아래 암흑이 도사리고 있는 무시무시한 모습이 그림처럼 그려졌다. 이런 비밀들을 대낮에 끌어내 놓는다는 것은 실로 분별없는 짓으로 여겨졌으며, 무슨 변명이라도 붙여 이 성과 이 마을을 뜨고 싶다는 마음이 일었다. 나는 이 문제를 무심코 배리에게 건네 보기까지 했지만, 그가 한바탕 폭소를 터뜨린 바람에 더는 말할 수가 없었다. 태양이 저편 언덕 위에 찬란하게 뉘엿거리고, 마치 징조와도 같은 불꽃 속에서 킬데리가 완연한 적빛과 금빛으로 타오르자 나는 입을 다물어버렸다.

그날 밤의 사건이 현실이었는지 환상이었는지 결코 알 수 없을 것이다. 분명 그것들은 우리가 이 자연과 우주 내에서 꿈꿀 만한 한계를 초월하고 있었지만, 사건이 끝난 뒤에 세상에 알려진 그들의 실종에 대해 나로선 도저히 정상적인 방식으로 해명할 수가 없다. 당시 나는 완전히 겁에 질려 일찌감치 침대로 기어들었지만 기분 나쁜 탑의 고요함에 한동안 잠을 이룰 수가 없었다. 하늘은 맑았으나 지금의 달은 완전히 이지러져 시간이 좀 지나야 떠오를 것이기에 주위는 너무나 어두웠다. 나는 자리에 누워 데니스 베리의 일과 때가 되면 그 습지에 무슨 일이 벌어질지도 모른다는 생각을 하고 있었다. 그리고 이 무서운 고장을 벗어나기 위해 배리의 차를 몰아 밸리로프를 향해 미친 듯이 한밤 속으로 달아나고픈 충동에 빠져들고 있었다. 하지만 공포심이 행동으로 구체화되기 전에 나는 잠이 들어버렸으며, 꿈속에서 계곡의 도시를 보게 되었다. 섬뜩한 어둠의 장막 아래 차디차게 식어 버린 도시의 모습을……

나를 깨운 것은 어쩌면 날카로운 피리 소리였는지도 모른다. 하지만 눈을 떴을 때 처음으로 내 주의를 끌었던 것은 피리소리가 아니었다. 나는 습지가 내려다보이는 동편 창문에서 등을 돌린 채로 줄곧 누워 있었다. 이제 곧 이지러진 달이 습지 위에 떠오르면 내 앞의 맞은 벽면에 달빛이 떨어지는 모습이 보일 것은 자명했다. 하지만 나는 지금 드러나 있을 문제의 광경을 보고 싶지 않았다. 실제로 내 앞의 벽널엔 빛이 비치고 있었으나 그것은 달빛이라 부를 만한 빛이 아니었다. 고딕 창을 통해 이 세상 것이 아닌 짙은 광채로 온 방 안을 밝히고 있는 붉고 휘황한 빛살은 실로 뼛골을 파고드는 오싹한 공포였다. 내가 즉각적으로 행한 행동은 그런 상황에서는 좀 이례적이긴 했지만, 사람이 극적이거나 예측적인 행동을 한다는 것은 이야기 속에서나 가능할 뿐이다. 나는 새로운 빛의 원천을 향해 습지를 건너다보는 대신 공포에 질린 눈을 창문에서 떼지 못하고 있었다. 그리고 탈출해야겠다는 망연한 생각에 사로잡혀 주섬주섬 옷을 끌어냈다. 권총과 모자가 손에 잡혔다는 기억은 나지만 그걸 가져오기도 전에 써 보지도 못하고 두 개를 다 놓쳐버렸다. 잠시 후, 붉은 빛의 유혹이 공포를 압도해 버렸다. 바닥을 기어 동쪽 창으로 다가간 나는 애처롭게 흐느끼며 온 성과 마을 전체에 끊임없이 메아리치는 광란의 피리소리 한가운데를 내려다보았다.

외딴 섬의 기이한 유적에서 휘황하게 쏟아져 나오는 불길한 주홍색 빛이 습지 위로 범람하고 있었다. 그리고 유적의 모습은 도저히 표현이 불가능했다.

정신이 나가버렸던 게 분명하다. 왜냐면 그것이 불빛을 반사하는 대리석 엔타블레춰[27]가 산정 신전의 첨단처럼 하늘을 꿰찌르고, 기둥들로 둘러싸여 위풍당당하고 멀쩡한 모습으로 보였기 때문이다.

고조된 피리소리가 예리하게 흐르더니 북소리가 울려 퍼지기 시작했다. 그리고 내가 두려움과 외경심에 사로잡힌 채 눈앞의 광경을 바라보고 있는 동안, 대리석과 빛의 장관을 거슬러 괴기한 윤곽을 띤 어둠의 형상들이 도약하는 모습을 본 듯했다. 그 영향력은 상상 이상으로 지대했고, 나는 왼편에서부터 점점 강렬해지는 피리 소리조차 인지하지 못한 상태로 막막히 쳐다보고만 있었던 것 같다. 황홀경과 야릇하게 뒤섞인 공포에 온몸을 부들거리면서, 나는 원형의 방을 가로질러 북쪽 창으로 다가가서 마을과 습지 가장자리의 평원과 마을을 내려다보았다. 그리고 자연의 경계를 초월한 광경에서 몸을 돌리지 못하고 실로 거대한 놀라움에 또다시 눈을 휘둥그레 뜨고 말았다. 붉은 빛이 섬뜩하게 비춰진 평원 위에서 어떤 존재들의 행렬이 오로지 악몽에서나 볼 수 있을 양상으로 움직이고 있었던 것이다.

반은 활공하고 반은 공중을 떠다니고 있었다. 온통 하얀 습지의 정령들은 고대의 엄숙한 의식무로 짐작되는 환상적인 편대를 이루며 고요한 물과 섬의 유적을 향해 천천히 퇴각하고 있었다. 보이지 않는 플루트의 저주스런 가락에 인도되고 있는 그들의 일렁이는 반투명한 팔은 강아지처럼 맹목적으로 비틀비틀 그들을 따라가는 인부들의 행렬을 향해 신비스런 리듬으로 손짓했다. 무아지경의 무리들은 서투르지만 저항할 수 없는 악마의 의지로 끌어당겨지는 것처럼 허둥지둥 걸음을 걷고 있었다. 한 치의 진로변경도 없이 나이아드 무리가 습지 가까이 다가왔을 때, 내가 있는 창 한참 아래쪽의 몇 개의 문을 통해 새로운 배회자들의 행렬이 마치 취한 듯 비틀걸음을 걸으며 나오고 있었다. 그들은 장님처럼 성의 안마당을 더듬거리며 나와선 마을과의 매개지를 밟고 평원에 있는 인부들의 대열에 합류했다. 비록 그들과 나와의 거리는 떨어져 있었지만 나는 그들이 북부에서 불러온 하인들임을 금세 알아차릴 수 있었다. 그 부조리함이 현재는 말로 할 수 없는 비극이 되어버리고만 못생긴 뚱보 요리사의 용모를 내가 알고 있었기 때문이었다.

플루트 소리는 기괴하게 울려 퍼졌고, 또다시 섬의 유적지 쪽에서부터 드럼 소리가 들려왔다. 이어 나이아드 무리는 고요하고 우아하게 물에 도달하더니 하나씩 차례대로 오래된 습지 속으로 녹아들어 갔다. 뒤따라온 행렬들은 전혀 속도를 줄이지 않고 몰골스레 물을 첨벙거리면서, 진홍빛 속에서 가까스로 뵈는 불길한 거품이 부글거리는 소용돌이 속으로 사라져갔다. 그리고 마지막 애처로운 낙오자인 뚱뚱한 요리사도 음울한 물웅덩이 속으로 무겁게 가라앉았다. 새로 떠오른 달의 파리한 빛 속에 홀로 버려지는 운명을 맞이한 마을을 남겨둔 채 피리소리와 드럼소리는 서서히 잦아들고, 눈이 멀 듯한 유적의 붉은 광선도 일시에 꺼져버렸다.

현재 내 상태는 도저히 형언할 수 없는 아수라였다. 내가 미친 것인지 제정신인지, 자고 있는 중인지 깨어 있는지도 알 수가 없었다. 자비롭게도 나를 구원한 것은 무감각증이었다. 나는 그때의 내가 아르테미스, 라토나, 데메테르, 페르세포네와 플루토에게 간원하는 말도 안 되는 짓까지 했다고 생각한다. 그 상황의 공포가 가장 깊숙한 심층의 미신을 깨워낸 순간, 고전기에 대해 상기해 낸 모든 것들이 입술에 들어앉은 것이다. 나는 내가 마을 전체의 죽음을 목도한 목격자라는 자각과 데니스 배리와 함께 성 안에 홀로 남은 존재임을 깨닫게 되었다. 이 모든 것은 배리의 대담함이 초래한 파멸이었다. 하지만 그를 떠올린 순간, 새로운 공포의 전율에 나는 그만 바닥에 쓰러지고 말았다. 까무러치지는 않았으나 온 몸의 힘이 빠져 꼼짝할 수가 없었다. 이어, 달이 떠 있는 동편 창문에서 차가운 돌풍이 불어든다 싶더니 성 안에서 날카로운 비명소리가 솟아나왔다. 내가 있는 위치로부터는 한참 아래에서 시작된 그 비명소리는 곧바로 내게 있어선 도저히 문자화 할 수 없는 특징과 중대성을 지니게 되었으며, 그 의미를 뇌리에 새긴 순간 나는 의식을 잃어버렸다. 그저 내가 말할 수 있는 것은 그 비명이 내가 이제껏 친구로 알아왔던 무언가로부터 나오는 소리였다는 것뿐이다.

아마도 이 가공할 시간 속의 어느 시점에, 나는 차디찬 바람과 그 바람소리에 깨어났음이 분명하다. 잉크 빛 방과 복도를 지나 공포의 밤 속으로 미친 듯 뛰쳐나갔던 기억이 그 다음이었기 때문이다. 망연자실한 얼굴로 밸리로프 근처를 배회하고 있던 나를 사람들이 찾아낸 것은 새벽녘이었다. 하지만 나를 완전한 혼란 속으로 추락시키고 만 것은 이전에 보고 들었던 그 어떤 섬뜩한 장면 때문도 아니었다. 내가 조금씩 어둠 속을 벗어났을 때 중얼거렸던 것은 탈출 도중에 벌어졌던 두 가지의 환몽 같은 사건에 대해서였다. 아무런 중요성도 없는 사건이지만, 어느 습지대 속이라든지 달빛 가운데에 나 혼자 남겨질 때면 끊임없이 나를 괴롭히는 기억이다.

그 습지변의 저주받은 성에서 도망치던 그때, 나는 새로운 소리를 들었다. 지극히 일상적인, 그러나 이전 킬데리에서 들었던 그 무엇과도 같지 않았던 소리. 최근까지도 산 생물의 그림자조차 없던 고인 물 속에 지금은 미끈거리는 커다란 개구리 떼가 버글버글 들끓고 있었던 것이다. 그것들은 기묘할 정도로 몸집과는 걸맞지 않은 음색을 띠는 날카로운 피리 소리 같은 울음을 쉴 새 없이 울어대고 있었다. 번들거리는 통통한 몸과 달빛을 받아 녹색을 띠고 있는 그것들은 빛이 솟아오르는 곳을 응시하고 있는 듯 보였다. 나는 무척 비대하고 생김새가 흉한 개구리 한 마리의 시선을 따라가다가 내 정신을 앗아가고만 두 번째의 그것을 보게 되었다.

외딴 섬 위의 기묘한 유적부터 이지러진 달까지 똑바로 뻗어나가면서, 습지의 수면 위엔 일체의 반영도 없이 흐릿하게 진동하는 광선의 흔적을 내 눈이 포착했던 듯하다. 그리고 나의 열병 같은 공상은 그 창백한 길을 따라 오르면서 천천히 몸부림치는 엷은 그림자를 그려냈다. 마치 보이지 않는 악마들에게 끌려가는 양 희미하고 뒤틀려진 그림자. 반미치광이 상태였음에도 나는 그 무서운 그림자 속에서 극악한 유사성을 깨달았다. 도저히 믿을 수 없이 희화된 역겨운 모습을 한때는 데니스 배리였던 그 불경스런 형상을.

22) 파르홀론(Partholan) : 켈트 신화의 성지 에린을 최초로 정복한 부족의 장으로서 침략의 서에 등장한다.

23) 침략의 서(Book of Invaders) : 원제는 레보르 가발라 에렌 Lebor Gabala Errean으로, 직역하면 '에린 정복의 서'(The Book of the Conquest of Ireland)이다. 12세기에 기록된 책으로서 아일랜드 켈트족의 신화시대에 대한 내용을 담고 있다.

24) 파우니(fauns) : 로마의 목양신. 그리스의 판과 동격이다.

25) 키아네(Cyane) : 그리스 신화의 강의 이름이자 그 강의 정령. 하데스가 페르세포네를 납치하려 할 때 막으려 했으나 실패하여 슬퍼한 나머지 녹아서 물이 되고 말았다

26) 나이아드(naiad) : 그리스 신화의 강과 호수의 정령이며 담수(淡水)의 정령이다.

27) 엔타블레춰(entablature) : 서양 고전건축에서의 기둥 위 수평 보

THE OUTSIDER
아웃사이더

어린 시절을 기억할 때 오로지 두려움과 슬픔만이 느껴지는 이는 불행하다. 갈변한 커튼이 늘어져 있고 해묵은 고서들이 어지럽게 쌓인 크고 음산한 방에서 보낸 외로운 시간을 뒤돌아보거나, 높이 뻗은 비틀린 가지를 조용히 흔드는, 덩굴이 칭칭 감긴 기괴하고 거대한 나무들이 서 있는 박명의 숲속을 두려움으로 응시하던 기억을 떠올리는 이는 가련하다. 신들이 내게 허락한 몫은 그러한 현혹과 낙망이었으며 불모지와 폐허였다. 하지만 기묘하게도 나는 이 모든 것에 만족하고 있으며, 순간순간 마음이 다른 저편으로 넘어가려 할 때마다 그 메마른 기억들에 필사적으로 매달린다.

나는 내가 태어난 곳에 대해선 알지 못한다. 내가 아는 것은 그 성이 무척이나 오래되고 몹시도 으스스하다는 것, 빼곡히 들어찬 어두운 복도, 눈에 보이는 것이라곤 거미줄과 어둠뿐인 높은 천장이 있는 장소였다는 사실뿐이다. 반쯤 무너져 가는 회랑의 석벽은 항시 고약한 습기에 젖어 있었고, 대대로 죽어간 시신 더미에서 나는 듯한 역한 냄새는 어디서나 풍기고 있었다. 빛이라곤 없었으므로 나는 이따금 양초에 불을 밝혀 그 불빛을 쳐다보며 마음을 다독거리곤 했다. 또한 무지막지한 수목들이 가장 근접하기 쉬운 탑 높이보다도 높은 키로 자라나 있어 바깥에도 햇빛은 닿지 않았다. 성에는 나무의 키를 벗어나 저 바깥 미지의 하늘 속으로 치솟은 검은 탑이 하나 있었다. 하지만 그 탑은 부분부분 부서져 있어서 돌과 돌을 발로 디디고 깎아지른 수직벽을 타오르는 거의 실현 가능성 없는 방법 아니고선 도저히 올라갈 수 없는 곳이었다.

내가 오랜 세월 동안 이 장소에서 살아왔던 건 분명하지만, 그 시간이 얼마나 되는지는 나도 알 수가 없다. 누군가가 나를 보살펴주었을 텐데도 나는 내 자신을 제외하면 사람에 대한 기억이라곤 없으며, 소리를 죽이는 쥐와 박쥐, 거미를 빼곤 살아있는 다른 생물에 대한 기억도 없다. 나를 돌보아준 이가 누구이든 간에 분명 지독하게 늙은 인물일 거라 생각하고 있다. 그것은 내가 지닌 산 사람에 대한 첫 개념이란 것이 마치 흉내라도 내듯 나를 닮았으나 성처럼 말라비틀어지고 주름살투성이에 노쇠해 가고 있는 어떤 이의 이미지였기 때문이다. 성의 바닥 뿌리 사이로 깊게 파고든 곳곳의 지하 토굴마다 흩뿌려져 있는 인골과 해골을 보면서도 나는 아무런 기괴함도 느끼지 않았다. 나는 이것들을 매일의 사건들과 연관 지어 다분히 공상적으로 상상했고, 곰팡이 핀 수많은 고서에서 발견한 동식물의 모습을 그린 채색화보다도 훨씬 더 자연스럽다고 생각했다. 내가 아는 모든 것은 책에서 배운 것이었다. 내겐 훈육해 주고 지도해 줄 스승이 없었으며 그 당시를 통틀어 다른 인간의 목소리는커녕 내 목소리조차도 들은 기억이 없었다. 비록 연설법에 관해 읽기는 했어도 크게 소리 내어 볼 생각이 전혀 들지 않았던 때문이었다. 마찬가지로, 나의 외모에 대해서도 기억나는 것이 없다. 성에는 거울이 없었으므로 그저 직감으로만 나 자신을 책에 있는 스케치나 채색 삽화에서 본 젊은이의 모습과 비슷하리라 생각했을 뿐이다. 극히 미미한 기억만이 남아 있기 때문에 젊었다고 의식하고 있는 건지도 몰랐다.

바깥의, 악취 풍기는 해자를 지나 나는 종종 어둑하고 고요한 숲 속에 몇 시간씩 드러누워 책에서 읽은 것들을 몽상하곤 했다. 그리고 끝없는 삼림 너머의 양지바른 세상에서 유쾌한 군중에 둘러싸인 내 자신의 모습을 간절히 그려보았다. 한번은 그 숲을 벗어나려고도 해보았으나, 성에서 멀어지면 질수록 어둠은 점점 더 짙어지고, 대기는 음산한 공포로 가득 찼다. 결국 나는 캄캄해진 침묵의 미궁 속에서 길을 잃어버리지 않기 위해 갔던 길을 되돌아서 미친 듯 달려오고 말았다.

그리하여, 비록 내가 무얼 고대하는지조차 알지 못했으나, 나는 끝없이 거듭되는 박명의 시간 속에서 꿈을 꾸며 기다렸다. 그늘진 고독 속에서 빛을 바라는 갈망은 점점 더 깊어져 나중엔 도저히 가만히 있을 수 없이 되어버렸다. 숲 너머 미지의 바깥 하늘까지 잇닿는 부서진 검은 탑을 향해 나는 간원의 손을 들어 올렸다. 그리고 드디어, 나는 추락의 위험을 무릅쓰고 그 탑을 오르기로 결심했다. 영원히 보지 못하고 살아가는 것보다는 비록 죽음이 될지라도 하늘을 한 번이라도 보는 편이 더 낫기 때문이었다.

축축하고 흐릿한 박명 속에서 나는 숱한 세월 동안 풍화된 돌계단을 올라갔다. 계단이 끊어진 높이에 도달한 이후부터는 위로 이어지는 자그마한 발판에 아슬아슬하게 의지했다. 죽음처럼 고요한 계단 없는 석조의 원통 내부는 오싹하고 소름 끼쳤다. 그곳은 어둡고 황폐하고 척박했으며, 놀란 박쥐들이 소리도 없이 날개를 치는 불길한 곳이었다. 그러나 더더욱 두렵고 끔찍한 것은 내가 거의 진전하지 못하고 있다는 사실이었다. 기를 쓰며 오르고 있었건만 전반적인 어둠은 덜해질 기미조차 없었고, 케케묵은 곰팡이까지 나를 괴롭히면서 불현듯 한기가 느껴졌다. 좀체 빛에 이르지 못하는 이유가 뭔지, 이제까지 올라온 아래쪽을 내려다보아야 할지 고민하자니 몸이 절로 떨려왔다. 별안간 밤이 들이닥쳤나 하는 생각까지 들어, 나는 자유로운 한 손을 막막히 더듬어보았다. 이제껏 타고 올라온 높이를 가늠해 보기 위해 탑 바깥이나 위를 내다볼 창구멍을 찾으려 했으나 소용이 없었다.

극도로 가파른 우묵한 수직 벽을 타고 오르는, 끝도 보이지 않고 두렵기만 한 무한의 등정을 하던 중에 갑자기 단단한 것이 머리에 닿았다. 나는 내가 지붕 층까지 올라왔거나 그게 아니더라도 일종의 바닥층에 다다랐다는 걸 깨달았다. 나는 어둠 속에서 움직일 수 있는 손을 들어 더듬어보곤 그것이 돌로 된 고정된 층임을 알게 되었다. 이어, 위험한 단계로 접어든 나는 끈끈한 벽에서 손잡이가 될 만한 건 뭐라도 잡고 매달렸다. 장애물을 손으로 더듬어보다가 마침내 그것이 위로 들린다는 것을 알게 되었다. 나는 석판인지 문인지 모를 것을 머리로 밀어 올리며 위태롭게 탑을 오를 때 그러했듯 두 손을 모두 써서 또다시 위로 올라갔다. 위쪽을 밝힐 빛은 전혀 없었다. 그리고 내가 손을 좀 더 높이 올리는 순간, 등정이 끝났음을 깨달았다. 그 석판은 아래쪽 탑에 비해 면적이 훨씬 넓은 돌바닥까지 연결되는 입구의 트랩도어였으며 의심할 바 없이 꽤 높고 널찍한 공간이 그 위에 있는 게 틀림없었다. 나는 그 육중한 트랩도어가 도로 닫히지 않도록 조심조심 기어올라 문을 통과했지만 결국엔 실패하고 말았다. 완전히 녹초가 되어 돌바닥에 뻗어버렸을 때 문이 다시 내려 닫히는 등골 서늘한 울림이 들려왔다. 필요시에 다시 들어 올릴 수 있기를 바랄 도리밖에 없었다.

지긋지긋한 나뭇가지들의 높이를 훌쩍 뛰어넘은 까마득한 고도에 마침내 도달했다고 믿고서 나는 가까스로 바닥에서 몸을 일으켰다. 하늘과 책에서 읽었던 달과 별을 난생 처음 눈으로 보고 싶은 맘에 손을 더듬어 창문부터 찾았지만, 손닿는 곳마다 내 기대를 저버렸다. 찾아낸 것은 저마다 다른 크기의 맘에 안 드는 장방형 박스와 그것을 떠받치고 있는 거대한 대리석 선반이 전부였던 것이다. 생각하면 할수록 이 영겁 같은 세월 동안 과연 어떤 고색창연한 비밀이 아래쪽 성과 격리되어 있는 높은 방 안에 간직되어 있는지 의아하기만 했다. 그러던 차 뜻밖에, 이상야릇한 조각이 새겨진 거친 마감의 돌문에 손이 닿았다. 문이 잠겨 있다는 것은 알았지만 모든 장애물을 극복하고 나는 있는 힘을 다해 문을 잡아당겼고, 문은 안쪽으로 열렸다. 그 순간 나는 지금까지 느낀 중에서 최고로 순수한 환희를 느꼈다. 이제껏 꿈속이라든지 감히 기억으로 떠올리지 못한 모호한 환영 속이 아닌 한, 한 번도 보지 못했던 환한 보름달이 화려한 쇠창살 너머에서 고요히 빛나고 있었고, 그 달빛 아래엔 새로 찾은 입구에서부터 올라가는 짧은 돌계단 통로가 나 있었다.

마침내 탑의 꼭대기에 도달했다 생각하고 나는 문 뒤편의 계단을 냅다 뛰어올랐다. 그러나 갑자기 구름이 달을 가리는 바람에 그만 발걸음이 멈칫거렸고, 어둠 속에서 가는 길은 더욱 지체되는 느낌이었다. 창살문에 가까이 갔을 때에도 여전히 어두웠다. 나는 그 창살문을 꼼꼼히 살펴서 여는 방법을 찾아냈지만 내가 올라왔던 그 까마득한 높이에서 자칫 추락할지도 모른다는 두려움에 문을 열지는 않았다. 그때 달이 얼굴을 드러냈다.

비길 데 없는 극한의 악마적인 충격은 나락의 깊이만큼이나 뜻밖이며 망연자실할 만치 믿기 힘든 것에 의한 충격이다. 내가 예전에 겪었던 그 어떤 것도 무서움으로 따지면 지금 내가 보고 있는 것, 즉 눈앞의 풍경이 암시하는 이 기상천외의 불가사의와는 도저히 견줄 수가 없었다. 물론 풍경 자체야 놀라울 정도로 단순했다. 높은 위치에서 내다보이는 나무 우듬지의 아찔한 전망 대신에, 문살을 통해 보이는 높이에서 주위로 펼쳐져 있는 것은 분명 단단한 땅바닥이었다. 다양한 대리석 판석이 바닥에 깔려 있고 기둥이 여럿 서 있었으며, 부서진 첨탑이 달빛을 받아 유령처럼 번뜩이는 낡은 석조 교회당이 짙은 그림자를 드리우고 있었다.

반쯤 넋 나간 심정으로 문을 열고, 나는 두 갈래로 길게 뻗은 하얀 자갈이 깔린 오솔길을 비칠비칠 걸어갔다. 기절할 듯한 혼란의 도가니였지만 여전히 내 마음은 처절하게 빛을 갈구하고 있었다. 느닷없이 맞이한 터무니없는 놀라움도 나의 진행을 멈추게 할 수 없었다. 지금 내가 겪고 있는 상황이 정신이상 때문인지 꿈인지 마법인지 알 생각도 없었고 신경 쓰지도 않았지만, 어떤 대가를 치르든 간에 빛나는 즐거움을 눈 속에 담겠다는 결심만은 굳건했다. 비록 비틀거리며 계속하여 길을 따라가는 동안, 이러한 진행과정이 완전히 우연만은 아니라는 느낌을 갖게 한, 섬뜩한 잠재적 기억을 의식하게 되었음에도, 나는 내가 누구이며, 어떤 존재이며, 내 주변 환경이 어떤 것이었는지도 알지 못했다. 나는 아치 아래를 지나 판석과 기둥이 있는 지역을 벗어나서 넓은 평원을 이리저리 배회했다. 때로는 분명한 길을 따라가기도 했지만 때로는 이유 모르게 그곳을 떠서는, 풀밭을 가로질러 걸어가기도 했다. 그곳엔 간간이 남은 길의 잔흔으로 보아, 지금은 잊혀진 길이 먼 예전엔 놓여 있었음을 알 수 있었다. 한번은 물살 빠른 강물 속을 헤엄치기도 했다. 강물 속의 산산이 부서지고 이끼 낀 석조물은 오래전 사라진 다리가 그곳에 걸려 있었음을 말해 주고 있었다.

내가 목적지로 여겨지는 곳에 도착했을 때엔 두 시간도 더 지난 후였다. 그곳은 미칠 듯이 익숙하면서도 지금의 내게는 당혹스런 이질감으로 충만한 두터운 수림의 공원 속에 있는, 담쟁이 무성한 고색창연한 성이었다. 나는 해자에 물이 차 있는 모습과 익히 알던 탑 몇 개가 무너져버린 것을 보았고, 새로 세워진 양익의 부속채를 보자 그만 어리둥절한 기분에 사로잡혔다. 하지만 내가 최대의 관심과 기쁨으로 주시한 것은 화려 찬란한 빛으로 밝혀져, 흥겨운 환락의 소리를 내보내는 열려진 창문들이었다. 창문 하나로 다가가서 안을 들여다보니 기묘하게 옷을 차려입은 사람들이 무리지어 있는 모습이 보였다. 그들은 웃고 즐기면서 명랑한 목소리로 서로서로를 부르고 있었다. 표면적으로, 나는 이전까지 사람의 목소리를 전혀 들어본 적이 없었으므로 그들의 말을 그저 막연하게 추측할 수밖에 없었다. 그 얼굴 중 몇은 내 속의 아득한 기억을 이끌어낼 듯한 인상이었지만, 나머지는 전혀 모르는 이들이었다.

나는 낮게 걸린 창을 지나 눈부시게 환한 실내로 걸어 들어갔다. 하지만 그리하자마자 나의 유일하게 밝았던 희망의 순간은 가장 암울한 절망과 깨달음의 격동이 되고 말았다. 악몽은 순식간에 닥쳐왔다. 내가 들어간 순간, 이제껏 상상만 해왔던 최고의 끔찍스런 소요가 벌어진 것이다. 내가 문지방을 넘기도 전에 돌발적인 전대미문의 공포가 무섭도록 맹렬한 기세로 그곳의 모든 사람들을 덮쳤다. 하나같이 얼굴을 일그러뜨리면서 사람들 대부분이 찢어지는 비명을 목구멍에서 토해냈다. 집단적인 공포, 아우성과 공황 속에 기절하여 쓰러져버린 몇은 미친 듯 도망쳐나가는 동료들에게 질질 끌려갔다. 수많은 이들은 손으로 눈을 가리면서, 집기를 넘어뜨리거나 많은 출입문 중 하나로 가까스로 도달하기도 전에 벽에 부딪히거나 하며, 꼴사나운 모습으로 탈출의 물결 속으로 무작정 몸을 던져 넣었다.

그 아우성은 가히 충격적이었다. 나는 멀어져 가는 인파의 반향을 들으면서 휘황하게 빛나는 실내에 홀로 황망히 남아 있었다. 보이지 않는 뭔가가 내 가까이 숨어 있나 하는 생각에 몸이 떨려왔다. 마치 내가 이 안을 무심결에 들여다보아서 황폐화되고 만 것 같았다. 하지만 때마침 한 알코브 쪽으로 몸을 틀었을 때 나는 거기서 어떤 존재를 포착했다는 생각이 들었다. 처음에는 다소 닮은꼴의 다른 방과 연결된 황금 아치를 튼 출입구 저편에서 비치는 은밀한 움직임이었지만, 아치 쪽으로 다가가면서 나는 그 존재를 좀 더 분명하게 인식하기 시작했다. 그러곤 처음이자 마지막으로 내가 토해낸 목소리, 그 끔찍스런 짖는 소리는 그것의 불온한 이유만큼이나 나를 통렬하게 배반해 버린 목소리였다. 나는 충만한 공포의 생생함으로, 상식을 초월하고 표현조차 되지 않으며 입에 담아서도 안 되는, 그저 그 외양 하나로 희락하던 무리들을 광란의 도망자들로 바꾸어버린 기형의 괴물을 바라보았다.

나는 그것이 무엇과 닮았는지 일말의 단서조차 꺼낼 수가 없다. 그것은 불결하고 섬뜩한데다, 달가울만한 구석이라곤 어디에도 없으며, 비정상적이고 혐오스런 모든 것들을 한데 뒤섞어놓은 존재였던 것이다. 부패와 고색(古色)과 사멸의 잔혹한 으스름이었으며, 유해한 폭로를 뚝뚝 떨어뜨리는 타락의 허깨비이자, 자비로운 대지가 항시 감추려 했음에도 극악하게 모습을 드러내고만 흉물이었다. 신은 아시리라. 그것이 이 세상의 소산이 아님을(또는 더 이상 이 세상의 것이 될 수가 없음을). 그러나 소름 끼치게도, 나는 썩어 문드러져 뼈가 드러난 그 외형 속에서 실로 심술궂고 견딜 수 없는 인간 형상의 모작을 들여다보았다. 그리고 한층 더 나를 오싹하게 만들어버린, 말로 표현 못 할 끔찍한 특질을 나는 그 곰팡내 나는 헐어빠진 옷에서 발견했다.

온몸이 얼어붙었으나, 도망칠 시도를 해볼 여력 정도는 남아 있었다. 비틀비틀 뒷걸음쳤으나 소리 없고 이름도 모를 괴물이 나를 얼어붙게 만든 마법을 깨치는 데는 실패했다. 감기지도 않고서 고약하게 나를 노려보는 두 개의 유리알에 내 눈은 사로잡히고 말았다. 시력이 흐릿해진 덕에 먼저의 충격 이후론 그 끔찍스런 대상도 흐리멍덩하게 보이는 게 다행스러울 정도였다. 나는 손으로 눈을 가리려고 해보았지만 신경이 실신해 버린 마당에 팔이 순순히 말을 듣지 않았다. 하지만 그 시도가 몸의 균형을 흩트렸고, 나는 넘어지지 않기 위해 갈지자로 몇 걸음 앞으로 나서야 했다. 그리하고 나니, 괴롭게도 그 썩어 문드러진 괴물과 더 가까워졌다는 것을 문득 알아차렸다. 그 오싹한 텅 빈 숨소리가 귓가에 바싹 다가든 기분까지 들었다. 나는 거의 미칠 지경에 달해 있었지만, 그 악취 나는 망령을 물리치려 손을 내뻗었다. 우주적인 악몽과 지옥 같은 사건들이 격변하던 그 한순간, 내 손가락은 황금 아치 아래의 괴물이 내뻗은 썩은 앞발에 가 닿았다.

나는 비명 지르지 않았다. 하지만 그 대신 밤바람을 타고 있던 사악한 구울 모두가 날카롭게 울부짖었다. 그리고 그와 함께 영혼을 말살시키는 기억이 삽시간에 쇄도하여 나의 뇌리를 강타했다. 순간, 나는 지나간 모든 것들을 깨달았다. 흉흉한 성과 나무숲 너머에 대한 기억을 떠올렸고, 지금 내가 서 있는 변해버린 건물의 정체를 알아보았다. 나는 더러워진 손가락을 그것으로부터 거두고서 비로소 인지할 수 있었다. 최악의 끔찍스런 공포를, 내 앞에서 심술궂은 눈으로 서 있는 그 사악한 추물을…….

그러나 우주 속엔 쓰디씀만이 아닌 위안의 향기 또한 존재하며, 그 향기는 시름과 고통을 잊게끔 해 준다. 그 순간 맞닥뜨린 극도의 공포 속에서, 나는 대관절 무엇이 나를 그토록 두렵게 했는지 잊어버렸으며, 암울한 기억의 폭발은 메아리치는 이미지의 혼돈 속에 사라져갔다. 나는 꿈속에서 그 흉흉하고 저주스런 건물에서 달아나 빠르고 고요하게 달빛 속을 질주했다. 대리석 교회 마당에 돌아와 계단을 내려갔을 때 그 석판 트랩도어가 꿈쩍도 하지 않는다는 것을 알게 되었지만 그것이 유감스럽지는 않았다. 그 고색창연한 성과 숲을 그다지 좋아하지 않았기 때문이었다.

지금, 나는 장난기 넘치는 친근한 구울의 무리와 함께 밤바람을 타고 있다. 그리고 나일 강가의 헤이도스 계곡 속에 봉인된 네프렌-카의 지하무덤 사이를 매일같이 노닌다. 내게 있어 빛이란 네브의 암굴 무덤 위로 떨어지는 달빛으로 족하며, 대 피라미드 바닥에 있는 니토크리스의 이름 없는 축연 외의 다른 흥겨움은 내게 소용치 않음을 잘 알고 있다. 하지만 새로운 야성과 자유로움 속에서도 나는 이방인으로서의 비애를 기꺼이 받아들인다.

비록 망각의 약이 나를 평안케 해 준다 한들, 나는 내가 아웃사이더임을 알고 있으며, 이 시대와 평온한 인간들 사이에서의 이방인이라는 사실을 뇌리에 새기고 있다. 거대한 황금빛 틀 속에 있던 추악한 괴물에게 손가락을 내밀었던 그때부터, 그 손가락으로 매끄러운 유리면의 차갑고 단단한 표면을 건드렸던 그 순간부터 깨닫게 된 사실이었다.

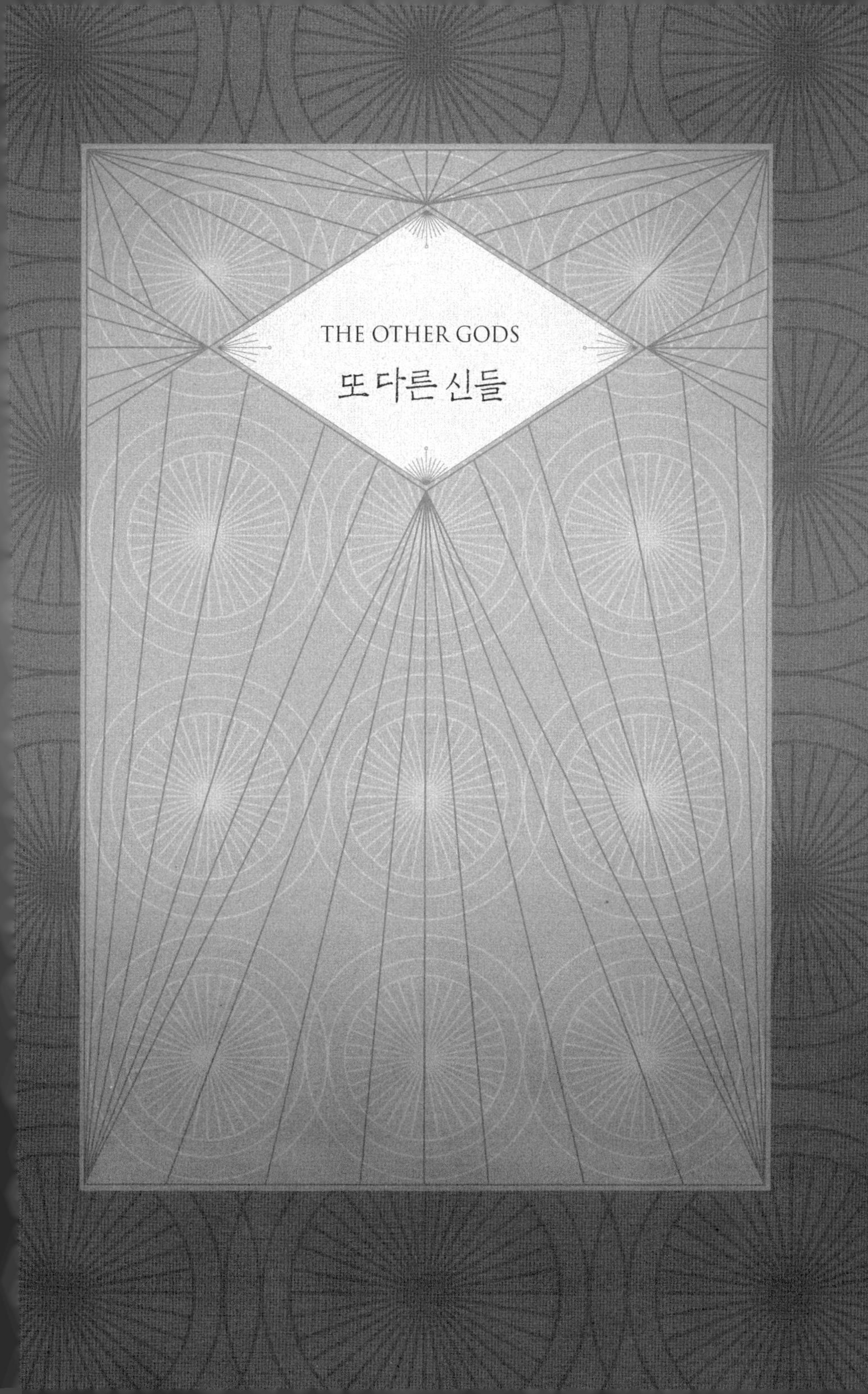
THE OTHER GODS
또 다른 신들

세계 최고봉의 꼭대기에는 지구의 신들이 산다. 그들은 인간이 자신들을 보았다는 말을 지껄이는 것을 달가워하지 않는다. 오래전 신들은 보다 낮은 봉우리에 살았으나 일찍이 평원의 인간들이 바위와 눈에 뒤덮인 산비탈을 개척하여 올라오면서 더 높은 산지대로 쫓겨 갔고, 마침내는 유일하게 남아 있는 높은 산정까지 물러나게 되었다. 터 잡고 살던 봉우리들을 떠날 때 신들은 자기들의 흔적도 모조리 거두어 떠났다. 단지 한 번의 예외가 있다면 그들이 엔그라네크라 부르던 산의 표면에 어떤 형상의 조각을 하나 남겨두었다는 이야기가 있다.

신들이 어떤 인간도 뒤를 밟을 수 없는 차가운 황무지 속의 미지의 카다스[28]로 달아나버린 지금, 인간들의 접근을 피할 더 높은 봉우리마저 사라지고 난 뒤부터 그들은 점점 단호해지고 말았다. 날이 갈수록 엄혹해져서 예전엔 인간들이 자기들의 터전을 차지하는 것을 묵인해주었지만, 지금은 인간들이 들어서게끔 놔두기는커녕, 왔다가 떠나는 것조차 용납하지 않는다. 다행히 아직은 인간들이 차가운 황무지 카다스를 알지 못하고 있지만 만일 알게 된다면 그곳까지 정복하려고 분별없이 찾아들 게 분명하기 때문이었다.

이따금 지구의 신들이 향수병에 걸릴 때면, 그들은 고요한 한밤에 예전에 살았던 봉우리들을 찾아와 추억의 산비탈에서 옛 식으로 노닐며 조용히 눈물 흘린다. 인간들은 비라고 생각하고 있지만, 눈의 모자를 쓴 투라 산에서 신들의 비탄을 느껴왔고, 레리온의 구슬픈 새벽바람 속에서 신들의 한숨을 들어온 것이리라. 신들은 늘 구름의 배를 타고 여행하므로 현명한 농부들에겐 예로부터 구전의 믿음이 전해져온다. 신들이 과거만큼 인자하지 않기 때문에 구름 낀 한밤중엔 어느 특정한 높은 봉우리로는 가까이 가지 말아야 한다는 금기였다.

스카이 강 너머의 울타르에는 한때 지구의 신들을 보기 위해 열성을 기울인 한 노학자가 살았다. 그는 세상에 남아 있는 일곱 개의 비서에 박식하였으며, 머나먼 동토의 땅 로마르의 『프나코틱 필사본』에도 정통한 인물이었다. 그는 '현자 바자이'라는 이름으로 불렸는데, 마을의 주민들은 기이한 월식날 밤에 그가 어떻게 산을 올라갔는지를 이야기하곤 한다.

바자이는 신들에 대한 해박한 지식을 쌓은 인물로서 신들이 세상을 왕래한다고 단언하고 있었다. 신들이 지닌 수많은 비밀을 미루어 헤아릴 수 있었기에 그 자신도 반쯤은 신으로 여겨질 정도였다. 그는 울타르의 시민들이 고양이 학살에 대해 주목할 만한 법률을 판결했을 당시 시민들에게 현명한 조언을 해 주었으며, 성 요한 축일 전야에 검은 고양이들이 가는 장소에 대해 젊은 사제 아탈에게 처음으로 가르쳐준 사람이기도 했다. 바자이는 지구의 신들에 대한 전승을 연구하면서 그들의 모습을 눈으로 보고픈 열망을 품게 되었다. 그가 지녔던 거대한 비의적 지식이 신들의 진노에서 몸을 지킬 바람막이가 될 수 있다고 믿었던 탓에, 마침내 신들이 높은 바위산 하세그-클라에 있다는 걸 알아내자 그는 한밤중에 그 산꼭대기로 올라가 보려고 마음먹었다.

하세그-클라는 그 이름이 유래된 하세그 너머의 암석사막 속에서도 멀고 외진 곳에 자리 잡은, 고적한 사원 속의 석상처럼 우뚝 솟아 있는 산이다. 오래전 신들이 그곳에서 살았던 시절에 그들이 무척이나 사랑했던 장소로서, 신들의 추억이기도 한 안개가 항상 하세그-클라의 봉우리 주위를 음울하게 감싸고 있다. 지금도 가끔씩 지구의 신들은 구름배를 몰아 하세그-클라를 찾아온다. 그들이 밝은 달 아래 산꼭대기에서 옛날을 회상하며 춤을 출 때면 옅은 수증기가 산비탈 위로 흩뿌려진다. 하세그의 주민들은 언제이건 간에 하세그-클라를 오른다는 건 잘못된 행위이지만, 파리한 안개가 달과 산정을 감추어버리는 밤에 산을 오르는 것은 한층 더 위험한 짓이라고들 말한다. 그러나 문하생인 젊은 사제 아탈과 함께 이웃한 울타르에서부터 이곳에 도착한 바자이는 농부들의 말은 마음에 두지 않았다. 여관주인의 아들이었던 아탈이야 이따금 미신에 소심해지기도 하는 반면, 고풍스런 성에 사는 영주를 부친으로 둔 바자이는 평민들에게 일반화된 미신 따위는 혈통 속에 깃들어 있지도 않았던 것이다. 그래서 그는 두려워하는 농부들을 비웃어주었을 뿐이었다.

농부들의 만류에도 바자이와 아탈은 하세그를 벗어나 암석사막으로 들어갔다. 그리고 한밤에는 모닥불 곁에서 지구의 신들에 대한 이야기를 나누었다. 여러 날을 여행하면서 그들은 음울한 안개를 후광처럼 두르고 높다랗게 솟아 있는 하세그-클라를 멀찍이 바라보곤 했다. 열세 번째 날이 밝고 나서 그들이 황량한 산기슭에 도달했을 때, 아탈은 불안감을 표했지만 노련하고 박식했던 바자이는 아무런 두려움이 없었다. 곰팡이 핀 『프나코틱 필사본』 속에 공포로 기술된 산슈의 시대 이래로 아무도 올라보지 못한 산비탈을 그는 앞장서서 올라갔다.

바위투성이인데다 깊이 팬 바위 골과 절벽과 낙석으로 길은 몹시도 험준했다. 날씨는 점점 차가워지고 눈 덮인 지대도 늘어났다. 장대를 짚고 도끼를 박으며 힘겹게 위로 나아가는 동안 바자이와 아탈은 빈번히 미끄러지고 엎어졌다. 이윽고 공기가 희박해지고 하늘의 색깔이 변화하면서 두 등반가는 숨쉬기가 힘들어졌음을 깨달았다. 달이 떠오르고 희미한 안개가 주위로 펼쳐지자 그 기묘한 풍광에 경탄하고, 산 정상에서 일어날 일에 대해 가슴을 두근거리면서도 여전히 기를 쓰며 산을 탔다. 시흘간 그들은 세계의 지붕을 향해 높이 더 높이 올라갔다. 그러고 나서 야영을 하며 달이 구름에 가려질 때를 기다렸다.

나흘간 구름은 보이지 않았고, 달은 고요한 산봉우리를 엷게 둘러싼 우울한 안개를 뚫고 차갑게 빛났다. 그러던 닷새째 되는 보름날 밤, 바자이는 먼 북녘 하늘에 두터운 구름이 떠 있다는 것을 알아차렸다. 그는 아탈과 함께 밤을 새면서 구름이 가까이 몰려오는 모습을 바라보았다. 두텁고 장엄한 구름 더미가 느릿느릿 유유히 이쪽을 향해 움직이더니, 두 관찰자는 머리 위편의 높은 산봉우리를 환처럼 둘러싸고는 달과 산정을 시야에서 감추어버렸다. 긴 시간 동안 둘은 수증기가 소용돌이치면서 병풍 같은 구름이 점점 두터워지고 상태가 불안정해지는 변화상을 지켜보고 있었다. 지구 신들의 전승에 대해 박식했던 바자이는 어떤 소리를 어렵게나마 들을 수 있었지만, 아탈이 느낀 것은 오로지 안개의 냉기와 밤의 위압감뿐이었고 그에 따라 두려움도 커져갔다. 산을 타기 시작한 바자이가 따라오라고 열심히 손짓했을 때에도 아탈이 그를 따라붙기까지는 시간이 걸렸다.

두터운 수증기 한가운데에서 길 찾기도 어려웠던 상황이라 마침내 아탈이 뒤따라 붙였을 무렵엔 어둑한 산비탈을 오르는 바자이의 흐릿한 회색 형체는 구름에 가려진 달빛으론 제대로 보이지도 않았다. 바자이는 상당히 먼 거리까지 내다보고 있었고 고령의 나이임에도 아탈보다 더 수월하게 산을 타는 것 같았다. 강인하고 담대한 성품이 못 되는 평범한 인간이 오르기엔 너무나 가파르게 치솟기 시작한 험산에 대해 두려운 기색도 보이지 않았고, 아탈이 선뜻 건너뛸 수가 없던 넓고 컴컴한 바윗골 앞에서도 등정을 멈추지 않았다. 그렇게 미끄러지고 비틀거리면서 그들은 암산과 심연 같은 바윗골을 억척스레 넘어갔고, 가끔은 차디찬 얼음 봉우리와 침묵하는 화강암 절벽의 거대함과 무서운 고요에 압도당하기도 했다

그러던 중 갑작스럽게 아탈의 시야에서 바자이가 사라졌다. 지구 신들의 영감을 받지 못한 등반가의 길을 가로막듯이 바깥으로 불룩 튀어나온 무시무시한 절벽을 기어오르던 참이었다. 아탈은 한참 아래편에 떨어져 있었다. 그 장소에서 어찌해야 할지 궁리하던 중에, 그는 맑게 갠 산정과 달빛 받은 신들의 회합장소에 바짝 근접하기라도 한 것처럼 빛이 점점 강해지고 있음을 신기롭게 인지했다. 아탈이 불거져 나온 절벽을 기어올라 빛나는 하늘을 향하여 나아가던 그때, 그는 이제까지 겪었던 그 무엇보다도 더한 충격적인 공포에 휩싸였다. 환희에 젖어 미친듯이 소리치는 바자이의 외침이 고지의 안개를 뚫고 들려왔던 것이다.

"들었다! 하세그-클라 위에서 지구의 신들이 환락하는 노랫소리를 들었다. 신들의 목소리가 예언자 바자이에게 알려졌노라! 안개는 엷고 달은 빛나고 나는 하세그-클라에서 격렬한 춤을 추는 신들을 보게 되리라. 나, 바자이의 지혜로서 나는 지구의 신들보다 더욱 위대하게 되

었으니, 나의 의지를 가로막는 신들의 마법 주문과 장벽은 무용하게 되리라. 나는 신들을 보고 말리라. 그 거만하고 비밀스런 신들을, 인간의 알현을 거부한 지구의 신들을!"

아탈에겐 바자이가 듣고 있다는 목소리가 들리지 않았다. 그는 불룩한 절벽에 몸을 붙이고 발 디딜 자리를 찾았다. 이어 그 목소리는 점점 더 날카롭게 고조되었다.

"안개는 엷어지고 달은 산비탈에 그림자를 던지고 있노라. 지구 신들의 목소리는 드높고 사납도다. 그들은 자신들보다 위대한 현자 바자이의 다가옴을 두려워하는 것이리라. 지구의 신들이 빛살 새로 춤추는 듯 달빛은 깜박이고, 나는 달빛 속을 뛰어다니며 외침하는 그들의 춤추는 모습을 볼 것이다……. 빛은 흐릿해지고 신들은 두려움에 떨리라……."

이렇듯 바자이가 부르짖고 있는 중에도 아탈은 전 공간 속에서 일어나는 기이한 변화를 느끼고 있었다. 마치 지상의 법리가 더욱 위대한 법리에 머리 조아리는 듯한 느낌. 길이 전보다 훨씬 가팔라졌는데도 지금 위로 향하는 좁다란 길은 두려울 정도로 수월해져 있어서, 불쑥 튀어나온 절벽에 아탈이 도달하여 그 사면 위를 아슬아슬 미끄러졌을 때에도 장애가 되지 않을 정도였다. 달빛은 기묘할 정도로 흐릿해져 있었다. 아탈이 안갯속으로 들어갔을 때 바자이의 목소리가 어둠 속에서 날카롭게 솟아 나왔다.

"월식이 시작되고 신들은 어둠 속에서 춤을 추는구나. 인간이나 신들의 어떤 책도 예견하지 못한 월식 속으로 달이 침몰하고 있기에 하늘은 공포로 가득하다……. 겁에 질린 신들의 비명소리가 웃음소리로 바뀌고, 내가 들어서고 있는 암흑의 하늘 속으로 얼음 사면이 끝없이 치솟는 것은 하세그-클라에 미지의 마법이 존재하기 때문일까. 아앗! 드디어! 희미한 빛 속에서 지구의 신들이 보인다!"

그리고 지금, 상상조차 불가능할 정도로 깎아지른 비탈 위를 아찔하게 빠져나가고 있던 아탈은 울부짖음을 뒤섞은 참담한 웃음소리가 어둠을 뚫고 터져 나오는 것을 들었다. 관련 없는 악몽들로 타오르는 불의 강 속이 아닌 세상 어느 누구도 듣지 못할 통곡이었으며, 극악한 순간에 몰려버린 생의 공포와 격통이 그 울부짖음 속에 울려 퍼지고 있었다.

"다른 신들! 전혀 다른 신들이다! 연약한 지구의 신들을 수호하는 바깥 지옥의 신들이야! 얼굴을 돌려…… 되돌아가라…… 보지도 마! 절대로 보면 안 돼! 무한한 심연의 복수…… 저주받은 재앙의 무저갱이여…… 지구의 신들이여 부디 자비를! 하늘이 나를 빨아올리고 있어!"

아탈이 눈을 감고 귀를 틀어막으며 미지의 상공이 끌어당기는 가공할 인력에 버티기 위해 몸을 웅크린 순간 소름 끼치는 뇌성이 하세그-클라에 울려 퍼졌다. 그 소리에 잠을 깬 평원의 순박한 농부들과 하세그, 니르, 울타르의 성실한 시민들의 눈앞에 이제껏 어떤 문서에도 예견되어 있지 않은 기이한 월식이 구름 사이로 일어났다. 그리고 마침내 달이 모습을 드러냈을 무렵, 아탈은 지구의 신들이나 다른 신들과 대면치 못한 채 산 아래편 설원 위에 무사히 남아 있었다.

곰팡이 낀 『프나코틱 필사본』에, 세상의 유년기에 산슈가 하세그-클라를 올랐을 때엔 말 없는 얼음과 바위 외엔 아무것도 찾지 못했다는 사실이 기술되어 있다. 하지만 울타와 니르와 하세그 주민들이 두려움을 누르면서 현자 바자이를 찾으러 한낮에 산비탈을 기어올랐을 때, 그들은 정상 면의 벌거숭이 바위에 마치 거대한 끌로 조각한 듯한 25미터 정도 넓이의 기이하고 거대한 상징화를 발견했다. 그 상징화는 해독하기엔 너무나 오래된 『프나코틱 필사본』의 소름 끼치는 부분에서 식자들이 익히 발견했던 것과도 닮아 있었다. 하나 주민들이 얻은 성과는 이것뿐이었다. 현자 바자이는 어디에도 없었으며, 그 영혼의 안식을 위해 기도를 주십사고 신성한 사제 아탈을 설득할 가망조차 없었던 것이다.

이날까지 울타와 니르와 하세그의 주민들은 월식을 두려워하고 있으며, 푸르스름한 수증기가 산꼭대기와 달을 가리는 밤에는 신께 기도드린다. 하세그-클라의 안개 위엔 이따금 지구의 신들이 회상의 춤을 춘다. 그들은 자신들이 안전하다는 것을 알고 있기에, 미지의 카다스에서 구름의 배를 몰고 찾아와 옛 식대로 즐겨 노닌다. 이 세상이 새로웠고, 인간들이 도달할 수 없는 장소로는 올라가려 하지 않았던 시절에 그들이 행했던 그대로.

---

28) 카다스(Kadath) : 「또 다른 신들」에서 처음으로 언급된 미지의 공간. 드림랜드의 중요한 공간으로 인콰노크(Inquonok) 북부 차가운 황무지에 있다고 알려져 있으며, 지상의 신들인 그레이트원이 거주하는 곳이다. 「미지의 카다스를 향한 몽환의 추적」(1926)에서 주인공 랜돌프 카터가 향하는 목적지이다.

WHAT THE MOON BRINGS

달이 가져온 것

나는 달을 증오한다. 실은 두려워하고 있다. 달이 익숙하고 사랑스런 정경 위로 빛을 뿌리면 그것들은 이따금 생소하고 소름 끼치는 모습이 되어버리기 때문이다.

어느 기묘한 여름날이었다. 내가 거닐던 오래된 정원에 달빛이 나리고 있었다. 습윤한 수림이 해운을 이루고 꽃들은 몽롱한 향기를 뿜어내는 기이한 여름은 내게 야성적인 감흥과 다채로운 색채의 몽상을 실어다 주었다. 수정같이 투명하고 얕은 물결을 따라가고 있던 중에 나는 노란 달빛으로 끝단을 마무리한 예사롭지 않은 파문을 보게 되었다. 마치 평화롭던 물길이 저항할 수 없는 흐름에 말려 이 세계의 것이 아닌 미지의 바다로 이끌려가는 느낌이었다. 잠잠히 빛을 튀기고, 불길한 인상을 선연히 발하면서 저주받은 달빛에 감싸인 그 물길은 내가 알지 못하는 곳으로 빠르게 흘러갔다. 그동안, 숲으로 둘러싸인 기슭으로부터 하얀 연꽃 봉오리들이 아편의 향취 같은 밤바람에 실려 하나둘씩 나부끼더니 절망의 한숨을 쉬면서 개울물 속으로 떨어져 내렸다. 그러고는 조각이 새겨진 아치교 아래에서 무섭게 소용돌이치면서 죽은 자의 고요한 얼굴에 깃든 불길한 체념을 지어보이며 뒤를 응시하고 있었다.

죽음에 대한 매혹과 미지에 대한 두려움에 반쯤 넋을 잃은 채, 나는 부주의한 발길로 잠든 꽃들을 짓밟으며 강을 따라 내달렸다. 그러곤 달빛 속에서 바라보이는 정원의 끝이 어디에도 보이지 않는다는 사실을 깨달았다. 낮에는 담장이 서 있던 장소였지만 지금은 오로지 나무와 오솔길, 꽃과 관목, 석상과 탑, 그리고 풀이 우거진 기슭과 기괴한 모양의 대리석 다리 아래로 금빛으로 반짝이는 실개천이 굽이쳐 흐르는 새로운 풍경이 펼쳐져 있었던 것이다. 죽은 자의 얼굴 같은 연꽃의 입술이 애처로운 목소리로 내게 따라오라고 속삭였기에 나는 개울이 강이 될 때까지 걸음을 멈추지 않았다. 그리고 마침내 갈대가 일렁거리는 습지와 반짝이는 모래사장 한가운데에서 나는 이름 모를 광막한 바다의 해변으로 들어섰다.

밉살스런 달은 바다 위에서 빛나고, 소리 없는 파도 너머로는 신비로운 향기가 풍겨왔다. 연꽃 봉오리들이 물결 속으로 사라지는 모습을 보자 그네들을 건질 그물이 있었으면 좋겠다는 간절한 바람이 마음속에서 솟아났다. 달이 밤마다 일으킨 비밀을 그들에게서 알아내고 싶었기 때문이었다. 하지만 서편으로 달이 기울고 음울한 해안에서부터 잠잠히 썰물이 빠져나갈 무렵, 나는 파도가 씻어 내린 오래된 첨탑과 녹색 해초로 화려하게 띠를 두른 흰 주랑이 달빛을 받는 모습을 볼 수 있었다. 죽음에 깃든 모든 것들이 이 바다 밑 처소로 다가온다는 사실을 깨닫게 되자, 절로 몸서리가 쳐지면서 연꽃과 이야기를 나눌 마음도 사라지고 말았다.

하지만 검은 콘도르 한 마리가 암초에서 쉴 곳을 찾으러 하늘에서 내려오는 모습을 먼 거리에서 보았을 때였다. 나에겐 새에게 기꺼이 던질 의문이 있었으며 살아있었을 때의 저들이 내가 알던 사람들인지도 알고 싶었다. 거리가 아주 멀지만 않았다면 질문을 꺼내볼 수도 있었으리라. 하지만 새는 너무나 멀리 떨어져 있었고 큼직한 암초 가까이 내려왔을 무렵엔 전혀 보이지 않았다.

그리하여 나는 저물어가는 달 아래로 썰물이 빠져나가는 모습을 지켜보았다. 물이 뚝뚝 떨어지는 죽은 도시의 첨탑과 고층건물과 지붕들이 아스라이 빛을 받은 풍경을 바라보았다. 그렇게 모든 것을 관경하고 있을 무렵, 죽어버린 세상의 시취를 장악한 냄새가 콧속을 거스르며 스며들어왔다. 이럴 수가, 묘지에 묻힌 모든 시신들이 제자리 찾지 못한 이 망각의 장소에 모여들어 있었고, 잔뜩 몸을 찌운 바다 벌레들이 그들을 배불리 갉아 먹고 있었던 것이다.

그 오싹한 광경 위로 사악한 달이 낮게 걸려 있었지만, 통통하게 살찐 바다 벌레들은 달빛엔 아랑곳없이 먹이를 먹어치우고 있었다. 그러나 벌레들이 굼실거리는 밑바닥의 요동을 전달하는 잔물결을 바라보는 사이, 나는 콘도르가 날아갔던 먼 지점에서 예까지 실려 드는 새로운 한기를 느꼈다. 마치 눈으로 보기도 전에 육신부터 먼저 공포에 사로잡힌 듯이.

이유 없이 온몸이 떨린 게 아니었다. 내가 시선을 들어 올린 순간, 야트막히 물이 빠져버리면서 이제껏 언저리만 보였던 거대한 암초의 전모를 보게 된 것이다. 나는 그 암초가 한 소름 끼치는 우상이 쓴 검은 현무암 관에 지나지 않는다는 사실을 깨달았다. 지금, 그 우상의 괴이한 이마는 희끄무레한 달빛 속에 드러나 있었고, 그 흉물스런 발굽은 수 킬로미터 바닥 아래 지옥의 진흙 뻘을 긁어대고 있음이 분명하리라. 나는 심술궂게 흘겨보는 배덕한 노란 달을 피해 달아나면서, 수면 밑에 잠겨있는 얼굴이 언제고 솟아나와 감추고 있던 눈을 떠서 나를 노려볼 것만 같은 공포에 정신없이 비명을 질러댔다.

그리고 이 냉혹한 존재에게서 벗어나려는 심정으로, 살찐 바다 벌레들이 세상의 죽음을 향연 하는 해초 투성이 벽과 물에 잠긴 거리 한가운데의 그 악취 나는 여울 속으로, 나는 일말의 망설임도 없이 기꺼이 몸을 던졌다.

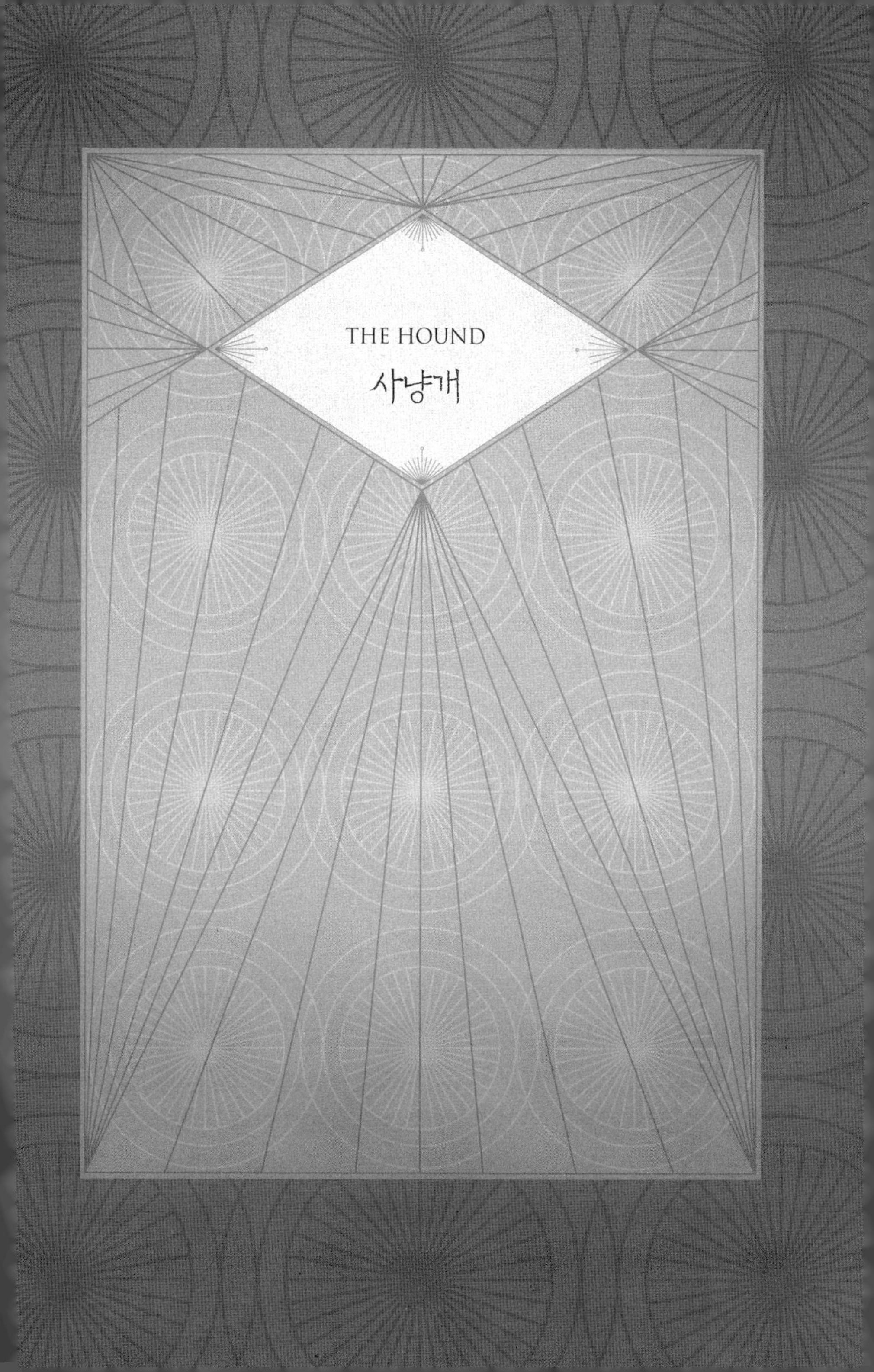
THE HOUND
사냥개

고통스런 내 귀에 끊임없이 퍼덕거리는 악몽의 날갯짓 소리가 다가온다. 그 소리에 실려 저 멀리서 커다란 개가 짖는 소리가 들려온다. 이것은 꿈이 아니며, 두렵게도 광기마저도 아니다. 나 자신에게 자비로이 의심을 두기엔 이미 너무 많은 일이 벌어져 버렸기 때문이다.

세인트 존은 갈가리 찢긴 시체가 되었다. 그 이유를 알고 있는 것은 오로지 나 하나뿐이다. 그리고 이유를 알기에 그와 똑같은 방식으로 난자당할 공포에 사로잡혀, 나는 내 머리를 쏘아 날려버리려 한다. 섬뜩한 환각이 떠오르는 빛없는 광활한 복도 아래, 나를 자멸로 몰아가는 형체 없는 흉악한 네메시스를 쓸어버릴지니.

하늘은 우리의 어리석음과 병적인 탐닉을 용서하리라. 이 둘은 우리를 너무나 극악한 운명으로 몰아넣었다. 로맨스와 모험의 즐거움마저 식상해진 따분한 세상사에 신물이 난 세인트 존과 나는 지독한 권태를 덜 수 있을까 기대하며 모든 미학적이고 지적인 활동에 맹렬히 빠져들었다. 그 당시 우리는 상징주의자들의 불가해와 라파엘 전파의 황홀경 같은 것들에 몰두해 있었다. 하지만 그런 새로운 풍조도 너무나 일찍 쇠

잔해 버려 우리의 기분을 바꿀 만한 진기함과 매혹이 되기엔 미흡했다.

우리에게 있어 구원은 오로지 음습한 퇴폐주의 철학뿐이었으며 그 심취 수위와 그 악마성을 차츰차츰 점증시킴으로써 효과를 얻을 수 있었다. 보들레르와 위스망스를 접하여 얻어낸 전율도 얼마 못 가 사그라졌기에, 결국 우리에게 남은 것은 비정상적인 사적 체험과 모험이라는 좀 더 직접적인 자극뿐이었다. 지금 공포로 떠는 가운데, 내가 수치심과 주저감으로 언급하고 있는 그 혐오스러운 과정으로 결국 우리를 이끈 것이 바로 이 끔찍스런 감정의 욕구였다. 그것은 인간의 무도함이 낳은 흉악하고 극단적인 행위, 바로 무덤도굴이라는 저주받을 짓거리였다.

우리가 행한 충격적인 탐험기를 일일이 밝힐 수는 없으며, 또한 하인도 없이 우리가 직접 살림을 꾸리며 함께 살았던 커다란 석조 건물 속에 만들어 놓은 이름 없는 박물관을 장식하는 전리품 중에서 최악의 물건이랄 것을 따로 떼어낼 수도 없다. 우리의 박물관은 도저히 상상조차 힘들만치 참람하기 이를 데 없는 장소로서 편집광 수집가들의 악마적 취향이 반영되어 있는 곳이었다. 우리는 녹초가 된 감수성을 환기하려 그곳의 깊숙한 지하에 있는 비밀의 방에다 공포와 퇴폐의 삼라만상을 모아들였다. 현무암과 흑요석으로 조각한 날개달린 거대한 악마들이 이빨을 드러낸 커다란 입으로 초록색과 오렌지색의 신비로운 빛을 토해내고, 감추어져 있는 통기관들은 두텁고 시커먼 휘장 속에서, 손과 손을 거쳐 전해져 온 핏빛 물건들을 변화무쌍한 죽음의 무도와 뒤섞었다. 이 통기관을 통해 자유롭게 들어오는 냄새야말로 우리가 가장 갈망했던 분위기였다. 때로는 장례식에서 풍겨나는 창백한 백합향이였으며, 때로는 엄숙하고 죽음같이 고요한 동방의 사원을 연상시키는 최면

성의 향 내음이었다. 그리고 가끔은, 아아 생각하면 치가 떨린다! 덮지 않은 무덤에서 풍겨 나오는, 영혼을 뒤흔드는 끔찍한 악취였다.

이 배타적인 내실의 벽을 따라 박제사의 기술로 완벽히 속이 채워지고 보존 처리되어 마치 살아있는 듯이 말끔한 몸으로 하나씩 교체되고 있는 고대 미라들의 관이 놓여 있었다. 그리고 세상에서 가장 오래된 교회의 묘지에서 파내온 묘석도 있었다. 여기저기 패인 벽감 속에는 갖가지 형상의 해골과 각기 다른 부패 단계로 보존된 인간의 머리가 들어 있었다. 썩어가는 어느 유명한 귀족의 대머리 머리통이나 죽은 지 오래지 않은 어린아이들의 신선하고 화사한 금발 머리도 그 속에서 찾을 수 있었으리라.

벽에 걸려 있는 그림과 조각도 모조리 악마적인 주제를 담고 있었는데, 그중 몇은 세인트 존과 내가 만든 작품이었다. 무두질한 인간의 살가죽으로 장정되어 있는 잠겨진 포트폴리오 속엔 전해 듣기로 고야가 저질러 놓긴 했으나 공인되지 못했다는 정체 모를 섬뜩한 그림들이 들어 있었다. 현악기, 금관악기 목관악기 등의 고약스런 악기들도 놓여 있었는데, 그걸로 세인트 존과 나는 가끔씩 절묘하리만치 불온한 악귀의 소리 같은 불협화음을 연주하기도 했다. 한편으로 상감 세공된 여러 개의 흑단 진열장 속에는 인간의 광적이고 고집스런 수집욕이 모아들인, 상상하지도 믿지도 못할 정도로 극히 다양한 무덤의 전리품들이 진열되어 있었다. 이 도굴품 중에서 절대 입 밖으로 꺼내선 안 되는 것이 있다. 내 자신을 없앨 생각을 하기 오래전에 그것을 없애버릴 용기가 내게 있었다는 것은 가히 신의 은총이리라!

그 금기의 보물을 수집하는 약탈의 유람은 항상 예술적으로 잊히지 않는 사건들이었다. 우리는 세속적 욕심에서 도굴하지는 않았다. 오로지 분위기, 경치, 환경, 날씨, 계절과 달빛 등의 특정한 조건들이 들어맞을 때에만 그 일을 행했다. 이런 도락은 우리들에게 있어선 가장 적절한 미학적 표현이었기에 우리는 세세한 면까지 세심한 전문적 주의를 기울여 일을 행했다. 부적당한 시간, 조화롭지 못한 빛의 효과 축축한 땅의 어설픈 속임수 따위는 흉흉한 이빨을 드러내는 세상의 비밀을 발굴하고 나서 우리가 얻게 될 황홀한 자극을 완전히 망쳐버릴 것들이었다. 새로운 풍광과 자극적인 상황을 찾아 헤맨 우리의 탐험은 가히 광적이었고 탐욕스러웠다. 리더는 언제나 세인트 존이었고, 마지막의, 피할 수 없는 끔찍한 파멸로 우리를 끌어들인 그 고약하고 저주스런 장소로 앞서 갔던 사람도 바로 그였다.

대체 어떤 사특한 운명이 우리를 그 소름 끼치는 네덜란드 교회 묘지로 꾀어냈을까? 그 시작은 음산하게 떠돌던 풍문과 전설이었다는 생각이 든다. 그것은 평생을 도굴꾼으로 살면서 한 거대한 분묘에서 중요한 물건을 훔쳐냈다는, 5세기경에 매장된 어느 인물에 대한 이야기였다. 최후의 순간에 이른 지금, 그때의 광경은 내 머릿속에 선연히 떠오른다. 으스스한 그림자를 길게 드리우며 묘지 위로 높이 떠오른 창백한 가을의 달, 제멋대로 자란 잡초와 풍화된 무덤의 평석 위로 닿을 듯이 음침하게 가지를 늘인 기괴한 나무들, 달빛을 배경 삼아 날아다니는 기이하리만치 큼직한 박쥐의 무리, 유령 같은 거대한 손가락을 납빛 하늘에 들이대고 있는 담쟁이 무성한 낡은 교회당, 먼 어느 구석의 주목나무 아래에서 도깨비불처럼 춤추는 인광성의 곤충들, 부식토와 식물의 냄새에 더불어 먼 늪지와 바다로부터 불어온 밤바람 속에 어렴풋이 섞인 뭔가 설명키 어려운 것들의 악취, 하지만 그 중에서 가장 최악의 것은, 눈에 보이지 않고 어디에 있는지도 모를 어떤 거대한 사냥개가 굵직한 목청으로 짖어대는 소리가 희미하게 울려 퍼지는 것이었다. 이 짖는 소리를 들었을 때 농민들 사이에서 전해져온 괴담이 뇌리에 떠올라 그만 오싹하니 소름이 돋고 말았다. 우리가 찾던 인물이 수 세기 전에 지금과 같은 자리에서 어떤 정체 모를 짐승의 발톱에 의해 찢기고 난도질당한 채로 발견되었다는 사실 때문이었다.

삽으로 그 도굴꾼의 묘지를 팠던 모습과 그런 스스로의 모습에 우리가 얼마나 전율적인 흥분을 느꼈는지 나는 기억한다. 그 무덤, 창백한 목격자인 달, 으스스한 그림자, 괴상망측한 나무들, 거대한 박쥐 떼, 고색창연한 교회당, 춤추는 도깨비불, 그 병적인 악취, 길게 울음 울던 밤바람, 그리고 어디선가에서 들려 오곤 있으나 존재한다고 객관적으로 확신할 수도 없었던 음산한 개 짖는 소리.

이어 우리는 축축한 부식토보다 좀 더 단단한 물질이 삽에 닿은 것을 느꼈다. 그리고 숱한 세월 동안 아무도 침입하지 않았던 땅의 광물질 퇴적물과 함께 썩어가고 있는 장방형 상자를 발견했다. 박스는 놀랍게도 튼튼하고 두꺼웠으나 너무나 오래된 것이었기에 우리는 마침내 그 뚜껑을 비틀어 열 수 있었다. 그리고 그 안에 들어 있던 것은 우리의 눈을 즐겁게 하기 충분했다.

500년이라는 시간의 경과에도 불구하고, 우리가 목표한 대상은 놀랍게도 많은 부분이 남아 있었다. 비록 그를 살해한 짐승이 물었던 자리는 부서져 있었지만 골격들은 의외로 견실한 모습을 유지하고 있었다. 그리고 우리는 말끔한 하얀 두개골과 길고 견고한 치아와 한때는 우리처럼 괴괴한 흥분으로 불타올랐을 눈 없는 눈구멍을 흡족한 기분으로 내려다보았다. 관 속에는 야릇하고 이국적인 생김새의 호부가 하나 놓여 있었는데 보아하니 이 무덤 주인이 목에 걸고 있었던 물건 같았다.

웅크리고 앉아 있는 날개 달린 사냥개 또는 개와 닮은 얼굴을 가진 스핑크스의 형상이 기묘하게도 관습적인 수법으로 나타나 있었으며, 자그마한 녹색의 비취를 고대 오리엔트 풍의 양식으로 정교하게 조각한 것이었다. 그 형상의 표현은 잔혹과 악의와 죽음에 대한 극단적인 탐닉으로 불쾌감을 일으켰다. 그 물건의 하부에는 세인트 존도 나도 식별할 수 없는 문자가 적혀 있었고 더 아래쪽에는 마치 제작자의 인장인 듯한 기괴하고 무시무시한 해골이 새겨져 있었다.

이 호부를 보자마자 우리는 그것을 가져가야겠다고 생각했다. 결과적으로 수백 년 묵은 무덤에서 얻어낼 만한 것은 그 보물 하나밖에는 없었다. 그 생김이 완전히 생소했다 해도 원했을 만한 물건이었겠지만, 좀 더 자세히 들여다보니 그것이 아주 생소하지만은 않음을 알게 되었다. 건전하고 균형 잡힌 사고를 지닌 독자들이 알고 있는 모든 예술품과 논문에서는 상당히 이질적인 것이었겠지만, 우리는 그것이 아랍의 광인 압둘 알하즈레드의 금서 『네크로노미콘』에서 언급했던 형상임을 깨달을 수 있었다. 그것은 아무도 접근할 수 없는 중앙아시아의 렝 고원에서 행해지는 시체를 먹는 제의에 대한 무시무시한 영적 상징이었다. 아랍의 늙은 악마주의자가 '시신을 갉아먹고 괴롭히는 존재의 영혼이 불명료한 초자연적인 현시를 할 때 묘사한 모습.' 이라고 묘사해 놓은 그 불길한 외형을 우리는 너무나 잘 알아 본 것이다.

녹색 비취 조각을 꼭 쥐고서 우리는 마지막으로 물건의 주인이었던 텅 빈 눈구멍의 하얀 해골을 바라보았다. 그리고 우리가 찾아냈을 때의 원래 상태 대로 다시 무덤을 덮었다. 훔친 호부를 세인트 존의 호주머니 속에 집어넣고 우리는 그 기분 나쁜 지역을 서둘러 벗어났다. 마치 저주받은 부정한 먹잇감을 찾고 있는 듯 우리가 막 물건을 훔쳐냈던 땅으로 박쥐 떼가 내려앉는 모습을 본 것 같았으나, 가을 달빛이 흐릿하고 창백했으므로 확실한 기억은 아니었다.

그렇게 또한 우리가 그 다음 날로 배를 타고 네덜란드를 떠나 집을 향해 돌아오고 있던 중에 뒤편 멀리에서 어느 커다란 사냥개의 짖는 소리가 어렴풋이 들려오는 듯하다고 생각했으나, 때마침 가을바람이 구슬픈 소리로 힘없이 울고 있었기에 그 또한 확신할 수 있는 느낌은 아니었다.

하지만 우리가 영국으로 돌아온 지 일주일도 채 되지 않아 기이한 사건들이 발생했다. 우리는 친구들도 하인들도 없이 홀로 고풍스런 장원의 저택의 몇 개의 방에서 은둔자처럼 살고 있었다. 방문객이 우리 출입문을 두드리는 경우는 좀처럼 없었다.

밤마다 뭔가가 더듬고 건드리는 듯한 기척에 우리는 잠을 이룰 수가 없었다. 그 기척은 출입문 주변만이 아니라 창에서도 났으며, 아래층뿐만이 아니라 위층에서도 들려왔다. 한번은 달이 환할 무렵 큼직하고 분명치 않은 몸뚱이가 서재의 창문을 가리고 있다는 느낌이 들었고, 어떨 때는 퍼덕거리고 윙윙거리는 소리가 멀리서부터 들려온 듯 여겨졌다. 하지만 막상 살펴보면 하나같이 아무것도 없었기에, 우리는 네덜란드의 교회묘지에서 들었다고 여긴, 먼 데서부터 흐릿하게 짖는 소리가 여전히 귓가에 맴돌고 있다는 망상 탓이라고 생각했다. 그 비취 호부는 지금 우리 박물관의 벽감 속에 보관되어 있었고 가끔씩 우리는 그 앞에서 야릇한 향을 풍기는 초를 태우곤 했다. 우리는 알하즈레드의 『네크로노미콘』에서 그 물건의 특성과 그것이 상징하는 대상과 망령과의 연관성에 대해서 한참 숙독했지만 결국 읽은 것들 때문에 정신만 더 산란해졌다.

그 후 공포가 찾아들었다.

19XX년 9월24일 밤, 나는 내 방문을 두드리는 노크소리를 들었다. 세인트 존이겠거니 생각하고 나는 들어오라고 말했지만, 대답은 없이 날카로운 웃음소리만 들려왔다. 복도에는 아무도 없었다. 나는 그만 흥분하여 자고 있던 세인트 존을 깨웠으나 그도 아무것도 모른다면서 나만큼이나 불안해했다. 멀리 황무지 너머로 어렴풋이 들려오던 개 짖는 소리가 분명하고도 무서운 현실이 된 것은 바로 그날 밤이었다.

나흘이 지난 뒤 우리 둘이 비밀의 박물관에 머물러 있는 동안 비밀 서재의 계단으로 이어지는 하나뿐인 출입문 쪽에서 낮고 조심스럽게 긁는 소리가 들려왔다. 그 순간 우리의 경계심은 둘로 나뉘어졌다. 그 정체 모를 것에 대한 두려움만이 아닌, 우리의 섬뜩한 수집품들이 언제고 들켜버릴지 모른다는 두려움을 항상 품고 있었기 때문이었다. 우리는 등불을 모조리 끄고 문쪽으로 다가가선 갑자기 문을 확 열어버렸다. 그 결과 까닭을 알 수 없이 공기가 세차게 밀려드는 느낌과 함께, 설렁거리는 소리와 킥킥대는 웃음과 명확한 음절의 지껄임이 기묘하게 결합된 소리가 들리면서 아득히 물러가는 것 같았다. 미친 탓인지 꿈을 꾼 덕인지, 제정신이기는 한 건지 우리는 무엇도 단정할 수가 없었다. 오로지 극악한 두려움 속에서 깨닫게 된 사실은, 외견상 실체가 없었던 잡담 소리가 네덜란드어임은 의심의 여지가 없다는 것이었다.

그 이후부터 우리는 점점 더 커지는 공포와 매혹에 사로잡혀 살았다. 비정상적인 자극적 생활 때문에 두 사람이 함께 미쳐가고 있다는 가설을 우리는 대체로 고수하고 있었지만, 이따금 슬그머니 다가오는 무시무시한 운명의 희생자로서 우리 자신을 극화하는 것은 더한 즐거움이었다. 기이한 현상은 헤아리기엔 너무나 빈번하게 벌어졌다. 겉으로 보기엔 우리의 고독한 집은 악의로 가득 찬 어떤 정체불명의 존재와 더불어 살아가고 있는 것 같았다. 그리고 매일 밤마다 그 악마적인 짖는 소리는 몰아치는 황무지의 바람을 타고 다가와 날이 갈수록 점점 더 커져 갔다. 10월 29일 우리는 서재 창문 밑의 부드러운 흙바닥 위에서 납득할 수가 없는 일련의 발자국을 발견했다. 그것들은 전례 없이 점점 증가하여 오래된 영주 저택에 대거 출몰했던 거대한 박쥐 떼만큼이나 당혹스러운 것이었다.

11월 18일 공포는 절정에 달했다. 날이 저문 뒤에 한적한 철도역에서 집으로 돌아오고 있던 세인트 존이 어느 무시무시한 육식성 생물에게 습격당하여 온몸을 갈기갈기 찢긴 것이었다. 그의 비명이 집까지 닿았기에 나는 허겁지겁 때맞춰 그 공포의 현장으로 달려갔다. 그러곤 날개를 퍼덕이는 소리와 함께, 윤곽이 모호한 형체의 검은 실루엣이 떠오르는 달을 배경으로 시선에 잡혔다.

친구는 죽어가고 있었다. 입은 열었어도 제대로 대답할 수 없는 상태였다. 그가 꺼낸 말은 나지막한 몇 마디뿐이었다.

"그 호부, 그 저주받은 것이……"

이어 그는 고개를 떨구었다. 남은 것은 움직임 없는 난도질당한 살덩어리뿐이었다.

나는 오랫동안 방치했던 정원에다 그를 매장했다. 그리고 그의 시신을 앞두고서 그가 생전에 사랑했던 악마주의의 전례문 하나를 읊었다. 마지막 극악한 문장을 내가 말로 꺼낸 순간, 먼 황무지에서 희미하게 울려 퍼지는 어느 거대한 사냥개의 짖는 소리가 들려왔다. 달은 높이 떠 있었으나 나는 차마 달을 쳐다볼 수가 없었다. 그리고 희붐한 빛을 받은 황무지에서 넓고 불확실한 그림자가 둔덕과 둔덕을 스치듯 지나가는 모습을 보자 나는 눈을 질끈 감고 땅바닥에 바싹 엎드렸다. 내가 부들부들 떨면서 몸을 일으키기까지 얼마나 시간이 흘렀는지 알 수는 없다. 나는 비틀거리며 집 안으로 뛰어들었고 안치되어 있던 녹색 비취의 호부 앞에서 절까지 하고 말았다.

황무지에 서 있는 낡은 집에 혼자 사는 게 두려웠던 나는 박물관의 그 참람한 수집품들을 모조리 불태우고 땅에 묻어버렸다. 그리고 다음 날에 문제의 호부를 들고 런던으로 출발했다. 그러나 사흘이 지나자 나는 또다시 개 짖는 소리를 들었다. 그리고 일주일도 되지 않아 날이 저문 뒤면 나를 들여다보는 기묘한 눈동자를 느꼈다. 어느 날 저녁 나는 바람을 쐴 겸하여 빅토리아 강둑을 거닐다가 어떤 검은 형체가 강물에 비친 램프 불 하나를 가리는 모습을 보았고, 바람도 평소의 밤바람보다 더 거세게 불었다. 그리고 나는 세인트 존에게 일어났던 일이 얼마 못가 나에게도 벌어지리란 것을 알게 되었다.

다음 날 나는 주의 깊게 비취 호부를 싸고는 네덜란드로 가는 배에 올랐다. 침묵 속에 잠들어 있는 원 소유주에게 물건을 돌려주는 것으로 어떤 자비를 구할 수 있을는지 알지는 못했지만, 생각한 끝에 어떤 이치에 닿는 처신이라도 시도해 봐야겠다고 느꼈던 것이다. 그 사냥개가 무엇이며 왜 그것이 나를 뒤쫓고 있는지는 여전히 구름같이 모호한 문제였지만, 내가 그 오래된 교회묘지에서 처음으로 짖는 소릴 들었으며, 세인트 존이 죽어가며 남긴 유언을 비롯한 그 이후 벌어진 모든 사건들은 호부의 절도와 저주를 연관시키기에 충분한 일리가 있었다. 그런 이유로 로테르담의 한 여인숙에서 내가 구원받을 유일한 수단을 도둑맞았다는 걸 알게 되었을 때 나는 가장 밑바닥 절망의 나락 속으로 침몰하고 말았다.

그날 밤 개 짖는 소리가 크게 들려왔다. 그리고 다음 날 아침 나는 그 도시의 우범지역에서 발생한 엽기적 살인사건에 대해 듣게 되었다. 그곳 어중이떠중이들은 공포에 질려 있었다. 그전까지 인근에서 일어났던 가장 몹쓸 범죄 따위는 범접도 못할 핏빛 살육이 그 부도덕한 집을 덮쳤기 때문이었다. 비열한 도둑들의 소굴에서 흔적도 남기지 않은 정체불명의 존재가 그 식구들의 온 몸을 갈가리 찢어 모조리 참살했고, 이웃의 주민들은 집요하게 짖어대는 큰 사냥개 소리 같기도 한 흐릿하고 굵은 음색을 밤새 들었다고 했다……

그리하여 마침내 나는 창백한 겨울 달이 스산한 그림자를 내던지는 불경한 교회 묘지에 또다시 서게 되었다. 헐벗은 나무들이 서리 내린 마른 풀과 여기저기 금이 간 평석에 닿을 듯이 가지를 늘어뜨리고, 담쟁이덩굴에 휘감긴 교회당은 조롱하는 손가락을 험악한 하늘에 들이대고 있었으며, 얼어붙은 늪지와 찬 바다에서 불어오는 밤바람은 미친 듯이 울부짖고 있었다. 지금 개 짖는 소리는 무척이나 희미했다. 그리고 일찍이 우리가 모독했던 그 오래된 무덤가로 내가 다가가자 완전히 소리는 멎어버렸고, 호기심에서인 듯 묘지 주위를 맴돌고 있던 과도하게 많은 박쥐 떼들도 그 순간 흠칫 놀라 날아가 버렸다.

나는 알지 못했다. 내가 왜 그곳으로 갔던 것인지. 무덤 속에 누워 고요히 잠들어 있는 백색의 유골에게 탄원하거나 미친 변명이나 사죄의 말을 지껄이러 간 게 아니라면 대체 무엇 때문에 그러했는지 알지 못했다. 하지만 그 이유가 무어건, 일부는 나의 것이나 일부는 내 밖에서 나를 지배하는 의지가 낳은 필사의 심정으로 나는 반쯤 얼어붙은 흙을 파헤쳤다. 굴토작업은 생각보다는 수월했지만 기묘한 방해로 한 차례 작업을 멈춘 적은 있었다. 차디찬 하늘에서 깡마른 독수리 한 마리가 급

강하하여 맹렬하게 무덤을 쪼아대는 바람에 내가 삽으로 때려 죽여야 했기 때문이었다. 마침내, 나는 썩어가는 장방형 궤짝이 묻힌 곳까지 내려갔고, 그 위에 덮인 축축한 질소질의 흙을 제거했다. 이것이 내가 마지막으로 행했던 이성적인 행동이었다.

거대하고 건장한 박쥐들이 악몽의 수행원처럼 빽빽이 둘러 모여 잠자고 있는, 그 수백 년 된 관 속에 웅크리고 있는 것은 내 친구와 내가 예전에 물건을 훔쳐간 그 유골이었다. 하지만 우리가 처음 보았을 때와는 달리 말끔하지도 평온하지도 않았으며, 누구의 것인지 모를 살 조각과 피와 머리카락을 누덕누덕 붙이고 있었다. 그 눈구멍은 인광을 발하면서 마치 감각이 있는 듯이 나를 흘겨보았고, 크게 벌어져 피로 낭자한 날카로운 송곳니가 드러난 일그러진 입은 피할 수 없는 나의 파멸을 조롱하고 있었다. 그리고 그 쩍 벌어진 입속에서 거대한 사냥개가 짖는 우렁우렁한 소리가 마치 비웃음처럼 터져 나왔다. 잃어버린 운명의 녹색 비취 호부가 그 피투성이의 발톱에 움켜잡혀 있는 모습을 본 순간, 나는 비명을 내지르며 정신없이 내달렸지만 비명소리는 이내 발작적인 웃음 속으로 녹아버렸다.

광기는 항성풍(恒星風)을 타고…… 발톱과 이빨은 수백 년의 송장으로 날카로이 갈렸으니…… 뚝뚝 떨어지는 죽음은 땅에 묻힌 벨리알 사원의 어둔 폐허에서 박쥐들의 주신제에 자리를 걸치리라…… 이제 그 생명 없는 깡마른 괴물의 짖는 소리가 차츰차츰 커지고, 그 저주받은 갈퀴 날개의 은밀한 퍼덕임과 공기를 차는 소리가 점점 더 가까워지면, 나는 권총을 들어 망각을 찾으리라. 그것이야말로 이름 없고, 이름 지을 수도 없는 것으로부터의 나의 유일한 도피처가 되리니.

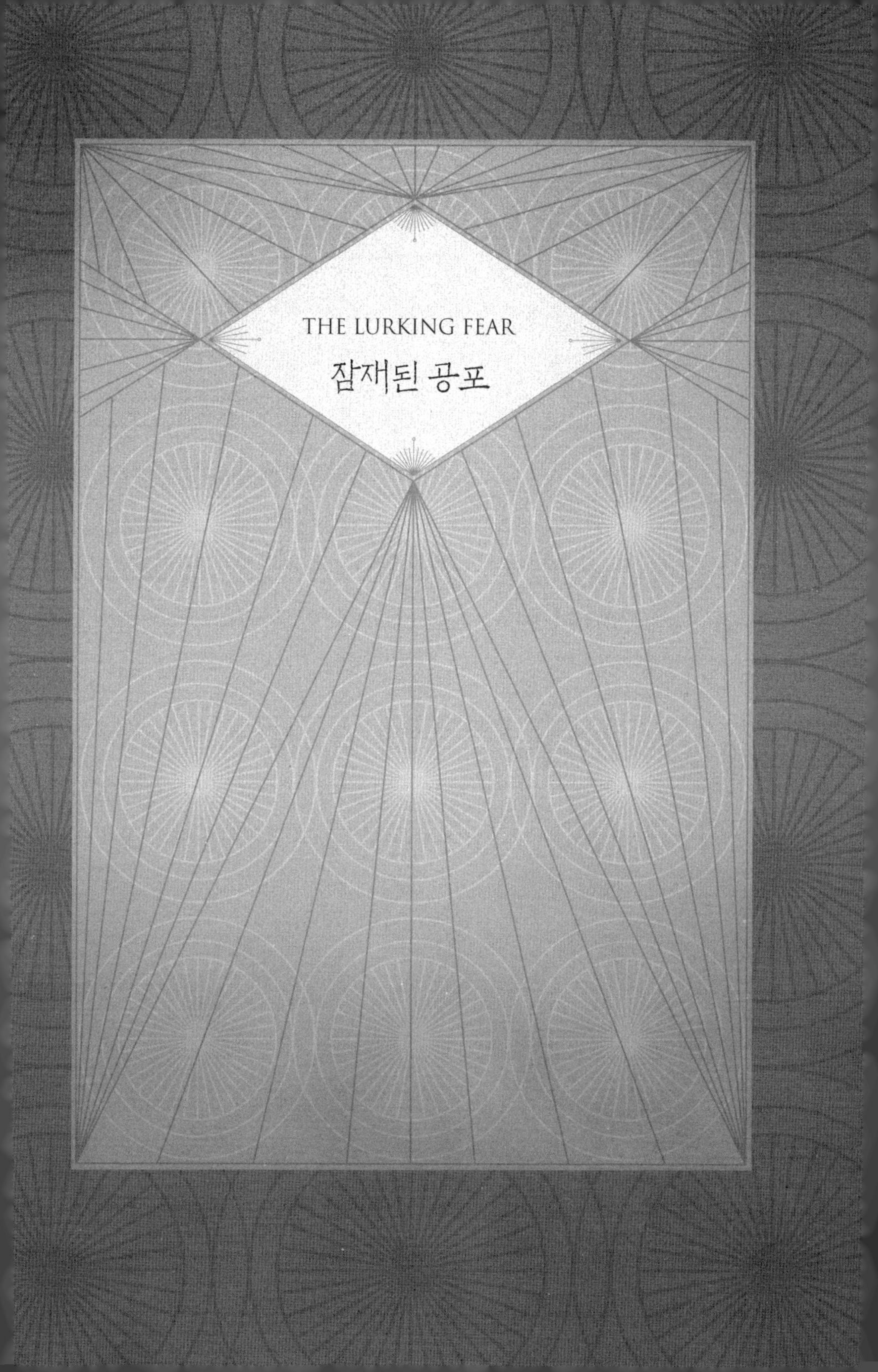

THE LURKING FEAR
잠재된 공포

1. 굴뚝 위의 그림자

그날 밤, 나는 숨어 있는 공포를 밝혀내기 위해 폭풍의 산정 위에 있는 버려진 저택으로 갔다. 뇌성이 울려 퍼지는 곳이었으나 나는 혼자가 아니었다. 기괴하고 무서운 것들에 대한 탐닉으로 문학과 생애에서 색다른 공포를 찾는 탐사 이력을 지속적으로 쌓아왔지만, 그 당시에도 나는 무모한 만용 따위는 부리지 않았기 때문이었다. 시간이 다가오자 나는 믿음직한 두 명의 건장한 사내들과 함께 나섰다. 내가 파견했던 사내들은 특유의 체력으로 오래도록 나의 섬뜩한 탐사에 협조하고 있었다.

한 달 전의 끔찍스런 공황(잠행하는 죽음의 악몽)이 벌어진 이후, 미적거리며 떠나지 않은 기자들 때문에 우리는 남몰래 그 마을을 떠나야 했다. 나중에 그 기자들이 나를 도와줄지도 모른다는 생각을 했지만 그 당시에는 그들과 같이할 맘이 아니었다. 기실 고백하건데 그들이 나와 같이 탐사하도록 놔두었다면 이처럼 오래도록 혼자 비밀을 품지 않을 수 있었을지도 모른다. 세상이 나를 미치광이로 몰지도 모른다는 두려움이나, 실상이 주는 악마적 암시성에 스스로 미쳐버리게 될지도 모른다는 공포에 사로잡혀 나 홀로 진실을 끌어안고 있지는 않았을 것이다. 아무튼 생각에만 깊이 골몰하다가 정신마저 떠나버려선 안 되겠기에, 나는 그 이야기를 여기에 털어놓으려 한다. 차라리 내가 그것을 은폐하지 않았더라면 좋았으리라. 나만, 오직 나만이 그 을씨년스럽고 적막한 산에 어떤 공포의 모습이 숨어 있는지 알고 있기 때문이다.

울창하게 자라난 산 능선의 나무들로 길이 막힐 때까지 우리는 소형 자동차로 수 킬로미터 거리의 원시림과 언덕배기를 달려갔다. 그 지역은 평상시 기자단의 인파가 사라진 밤에 바라보면 여느 수준을 넘은 불길한 면모까지 띠고 있기 때문에, 남의 주의를 끌 우려가 없지는 않았음에도 아세틸렌 전조등을 켜고픈 충동이 수시로 들곤 했다. 어두워지고 난 다음엔 전혀 정상적인 경관으로 보이지 않았으며, 내가 그 장소에 팽배한 공포에 대해서 전혀 알지 못했다고 해도 그곳의 병적 상태에 주목했으리라고 생각한다. 야생 동물들은 어디에도 없었다. 아마도 죽음이 바싹 다가와 추파를 던지는 순간에 그네들이 현명하게 처신하는 덕이리라. 벼락 맞은 고목들은 부자연스럽도록 커다랗고 비틀려진 듯 보였으며, 다른 식물들 또한 비정상적으로 두터운 데다 열기까지 발산했다. 한편 잡초와 섬전암이 곰보처럼 얽힌 지면에서 불룩불룩 솟아난 둔덕과 흙더미는 내게 거대한 크기로 부풀어 오른 뱀과 망자의 해골을 연상시켰다.

한 세기가 넘은 세월 동안 공포는 폭풍의 산 위에 숨어 있었다. 내가 이 사건을 알게 된 것은 그 지역을 처음으로 세간의 관심 속에 끌어들인 대참사를 보도한 일전의 신문 기사를 통해서였다. 문제의 장소는 캐츠킬 지방의 어느 인적 드문 고지대였는데, 한때는 네덜란드인들이 전파한 문화가 잠시 스며들었지만, 그네들이 철수하고 나서는 소수의 광산촌 가옥들과 외진 비탈의 초라한 부락에 거주하는 도덕적으로 불량한 무단 점유자들만 남아 있는 곳이었다. 주 경찰 수사대가 조직되기 전까지 일반인들은 이 지역에 발을 들여놓는 일이 거의 없었고, 지금도 주 경찰관들만 아주 가끔씩 들러볼 뿐이었다. 하지만 그 공포는 오래전부터 이웃의 여러 마을 사이에서 떠도는 전설이었다. 손수 짠 바구니들을 내다 팔아서, 직접 사냥하거나 조달하거나 만들어낼 수 없는 기본 적인 생필품을 구하러 이따금 계곡을 나서는 가난한 혼혈 촌민들의 소박한 대화 속에 등장하는 으뜸의 화젯거리가 바로 그것이었기 때문이다.

숨어 있는 공포는 모든 이들이 꺼리는 황폐한 마르텐스 저택에 머물러 있었다. 그 저택은 폭풍의 산이라는 이름의 유래가 된, 뇌우를 동반한 폭풍이 빈번히 찾아들면서 조성해 놓은, 단계적으로 융기하는 높은 산정에 세워져 있었다. 숲으로 둘러싸인 고색창연한 석조건물은 백여 년 동안 믿기 어려우리만큼 터무니없고 극악하리만치 끔찍한 이야기의 주제가 되어왔다. 이를테면 한여름에 만연하는 소리 없이 접근하는 거대한 죽음에 대한 괴담 따위이다. 부락 점유민들은 어둠이 내리면 홀로 길가는 나그네들을 덮쳐 어디론가 끌어가거나, 온몸을 물어뜯어 조각조각 흩뜨린 처참한 상태로 시신을 버려두는 악마에 대한 이야기들을 흐느낌에 섞어 집요하게 들려주었다. 한편 그들은 먼 저택 쪽으로 길게 이어진 핏자국에 대해서도 가끔씩 수런거렸다. 어떤 이들은 숨어 있던 공포를 제 소굴 밖으로 불러내는 것이 폭풍이라 하고, 다른 이들은 폭풍이야말로 그것의 울부짖음이라 하기도 했다.

순간적으로 엿보았다는 악마들에 대한, 정도를 한참 넘은 부락민들의 뒤죽박죽 설명만 듣고서 이 가지각색의 모순투성이 이야기를 믿는 사람은 삼림지 바깥에 살고있는 이들 중엔 아무도 없었다. 그럼에도 어느 농부나 주민도 마르텐스 저택에 요괴가 출몰한다는 사실만큼은 의심하지 않았다. 유달리 생생한 부락민들의 몇 가지 풍설이 떠돌고 난 다음에 조사반들이 그 건물을 수색하고 유령 비슷한 것이 있다는 증거라곤 전혀 찾아내지 못했음에도 지역의 이력은 오래도록 그러한 의혹을 금기시해 왔다. 노파들은 마르텐스의 유령에 대한 기이한 전설을 들려주었는데, 그것은 마르텐스 가 자체와 연관된 전설이었다. 좌우 눈동자 색이 다른 그 가문의 기묘한 유전, 오래되고 비자연적인 내력, 그리고 가문에 저주를 내린 살인사건에 대한 이야기였다.

나를 그 현장 속으로 끌어들인 공포는 바로 산지 부락민들의 가장 터무니없는 전설이 어느 날 갑자기 불길한 현실로 드러난 일이었다. 어느 여름날 밤, 유례없이 맹위를 떨치던 폭풍우가 물러간 뒤, 순전히 환각에 취한 것만으론 일어날 수 없는 부락민들의 대규모 탈주사태가 인근 지역을 떠들썩하게 만들었던 것이다. 대대로 전해 내려왔던, 말로 할 수도 없고 의심조차 품지 못하는 공포에 사로잡힌 가련한 토박이들은 새된 비명을 질러대며 목 놓아 울었다. 그들은 그 공포를 본 적도 없었다. 단지 부락 중 한 곳에서 터진 비명을 듣고서 잠행하는 죽음이 찾아왔음을 직감했던 것이다.

아침에, 시민들과 주 경찰이 공포에 떠는 부락민들의 뒤를 따라 죽음이 나타났다고 진술한 장소로 향했다. 정말로 죽음은 그곳에 자리 잡고 있었다. 한 부락민 마을의 땅바닥이 뇌격으로 움푹 함몰되어 있었고 악취 나는 판잣집 몇 채가 산산이 부서져 있었다. 하지만 이런 재물 손괴조차 대수롭지 않게 여길 정도의 생물적 참화가 그 재난 위에 겹쳐져 있었다. 그 지점에 살고 있었던 약 75명의 주민들 가운데 생존자는 어디에도 보이지 않았던 것이다. 어지러운 땅바닥에는 핏자국과 인간의 살 조각들이 뒤덮여 악마의 이빨과 발톱이 낳은 파괴상을 생생히 드러내고 있었지만 이런 살육 가운데에서도 눈에 보일 만한 도주의 실마리는 어디에도 없었다. 미지의 흉포한 야수가 사건의 범인이라는 견해에 모든 사람들이 선뜻 동의했으며, 이런 불가사의한 죽음에 대한 책임을 그저 퇴폐적 공동체에선 비열한 범죄들이 일상다반사처럼 벌어진다는 식으로 전가시키는 입방아도 당시엔 없었다. 전가하는 소리가 흘러나온 건 약산한 주민 수 중에 25명가량이 시신 속에 없다는 사실을 알게 되었을 때뿐이었지만, 그렇다 할지라도 수적 반수가 50명을 살해했다는 해명으로 삼기엔 많이 미흡했다. 하나 어느 여름날 밤, 하늘에서 벼락이 떨어져서 이빨과 발톱으로 무참하게 난도질당한 시신들만 남겨놓은 채 죽음의 마을을 떠났다는 사실은 그대로였다.

비록 문제의 장소와는 5킬로미터도 더 떨어져 있었지만 흥분한 마을 주민들은 흉가가 된 마르텐스 저택과 그 참사를 즉각 연관시켰다. 경관들은 한층 더 회의적이었다. 별 기대감 없이 수사 반경에 저택을 포함시키기는 했으나 그곳의 인적이 완전히 끊겨버렸음을 확인하고 나자 그에 대한 수색은 일체 중단해버렸다. 하지만 그 지역과 마을 주민들은 끝없는 주의를 기울여 문제의 장소를 상세히 조사했다. 집안에 있는 모든 것들을 뒤엎어 보고, 늪지와 개천바닥을 뒤지고, 덤불숲을 쳐내고, 인근 숲 속까지 샅샅이 수색했지만 이 모든 노력도 결국 헛수고로 돌아갔다. 다가왔던 죽음은 대참사 자체 외에는 아무런 흔적도 남기지 않고서 떠나버렸던 것이다.

수색 이틀째가 되던 날, 신문들이 그 사건을 대대적으로 보도하면서 기자들이 폭풍의 산으로 몰려들었다. 그들은 매우 상세하게 사건을 보도했고, 시골 노파들의 이야기를 다양하게 인터뷰하여 공포의 이력을 밝히려 했다. 공포분야의 전문가라는 입장에서 나는 처음엔 별스런 흥미를 못 느낀 채 신문기사들만 따라가고 있었다. 하지만 한 주일이 지나자 기묘하게 심기를 자극시키는 분위기를 느끼고, 결국 1921년 8월 5일, 폭풍산과 가장 가까운 레퍼츠 코너스의 호텔에서 북적거리는 기자들 속에 섞여 숙박부에 내 이름을 올리고 말았다. 3주가 더 지나 기자들이 하나둘씩 철수하고 나자 나는 그동안 분주히 뛰어 얻어낸 치밀한 조사와 측량을 근거로 하여 마음껏 공포탐사에 착수할 수 있게 되었다.

그리하여 이번 여름날 밤, 멀리 뇌성이 우르릉거리는 가운데 나는 시동을 끈 차를 뒤에 남겨두고 무장한 두 명의 동료와 동행하여 폭풍산 자락의 가장 마지막 둔덕 위를 터벅터벅 올라갔다. 손전등 불빛은 앞길의 거대한 참나무군 사이로 모습을 드러내기 시작한 으스스한 잿빛 벽체를 비추었다. 음산한 밤의 고독과 점점 흐릿해지는 불빛 속에서, 거대한 상자형의 건물은 대낮의 햇살 아래 드러낼 수 없었던 어두운 공포에 대한 암시를 내비치고 있었다. 하지만 나는 주저하지 않았다. 내 생각을 검증해보려는 강한 결의를 다지며 이곳까지 왔기 때문이었다. 나는 폭풍이 죽음의 악마를 어딘가의 오싹한 비밀 은신처로부터 불러낸다고 믿고 있었으며, 그 악마가 실체가 있는 것인지, 아니면 안개와도 같은 역병인지를 눈으로 확인해야만 했다.

일전 그 폐허를 철저하게 답사했기 때문에 나는 내가 할 일을 잘 알고 있었다. 불침번을 설 만한 장소로서 이 지역 전설 속에 살해사건으로 두드러지게 등장하는 쟌 마르텐스의 낡은 방을 택했는데, 막연하게나마 이 옛 희생자의 방이 내 목적을 위한 최선의 선택이라는 느낌이 들었다. 약 2평 넓이의 방 안에는 다른 방들과 마찬가지로 한때는 가구였을 폐물들이 들어차 있었다. 그 방은 저택의 2층 남동쪽 모퉁이에 있었으며, 커다란 창이 동편으로 나 있었고, 남쪽에는 폭이 좁은 창이 설치되어 있었는데 두 창 모두 유리나 덧문은 사라진 지 오래였다. 큰 창의 맞은편에는 돌아온 탕아에 대한 성경내용의 문양 타일로 장식된 큼직한 네덜란드 풍 벽난로가 설치되어 있었고, 폭 좁은 창 맞은편에는 널따란 붙박이 침대가 놓여있었다.

나무에 삼켜지던 천둥소리가 점점 더 크게 울려 퍼지자 나는 계획의 상세한 부분을 준비했다. 우선 가지고 왔던 세 개의 로프 사다리를 큰 창의 하인방 턱에 나란하게 묶었다. 일전에 시험해 본 덕에 그 사다리들이 바깥 풀밭 위의 적당한 지점에 도달했음을 짐작할 수 있었다. 이어 우리 세 사람은 다른 방에서 네 귀에 기둥을 세운 큰 침대를 끌고 와 창문 쪽으로 밀어붙였다. 전나무 가지들을 잔뜩 침대 위에 덮어놓고는 모두들 자동권총을 들고 침대에 들어앉아 한 사람이 망을 보는 동안 두 사람은 잠시 눈을 붙였다. 어떤 방향에서 악마가 접근하든지 간에 우리의 탈출로는 충분히 확보해 놓은 상태였다. 만일 그것이 집안에서 나타난다면 우리에겐 창문에 걸쳐놓은 사다리가 있었다. 만일 문 바깥이나 계단 쪽에서 다가온다 해도 마찬가지였다. 전례를 보아 판단하건데 최악의 경우라도 그것이 우리를 끝까지 쫓아오리라는 생각은 들지 않았다.

나는 자정부터 새벽 한 시까지 망을 보았다. 불길한 낌새의 저택과 휑하니 뚫려있는 창문과 차츰차츰 다가오는 천둥과 번개에도 아랑곳없이 내가 유별나게 졸음을 느끼고 있던 무렵이었다. 나는 두 명의 동료 사이에 있었다. 조지 베넷은 창문 쪽에, 윌리엄 토베이는 벽난로 쪽이었다. 아무래도 내가 느낀 비정상적 졸음에 똑같이 취한 건지 베넷은 이미 깊이 잠들어 있었다. 그래서 마찬가지로 반쯤 잠들어 있기는 했지만 나는 다음 망보는 당번으로 토베이를 택했다. 내가 그 정도로 골똘히 벽난로 쪽을 바라보고 있었던 것은 참으로 기묘한 일이었다.

갈수록 커지는 천둥소리가 꿈속을 침범해 든 것이 분명했다. 잠깐 잠이 든 동안 파멸의 계시와도 같은 환몽이 내게로 다가왔다. 한번은 설핏 잠에서 빠져나왔는데 아마도 창문 가까이 잠들어 있던 이가 몸을 뒤척이면서 내 가슴에 팔을 얹었기 때문이었던 것 같다. 토베이가 파수꾼의 의무를 다하고 있는지 확인할 수 있을 만큼 의식이 완전히 깨어난 상태는 아니었지만, 나는 바로 그런 점에 대해 뚜렷한 불안을 느꼈다. 그토록 통렬하게 나를 옥죄이는 악의 존재감은 예전엔 결코 느끼지 못했던 것이었다. 후에 나는 또다시 잠속으로 빠져들어야만 했다. 그것이 내가 겪어온 체험이나 상상 속 모든 것을 넘어선 날카로운 절규로 밤이 점점 끔찍해져 갈 무렵에, 내 마음이 뛰어든 비실재의 혼돈으로부터 비롯된 것이기 때문이었다.

그 절규 속에서는 인간의 공포와 고통의 가장 깊숙한 심처의 영혼이 좌절과 광기에 휩싸여 흑단으로 된 망각의 문을 할퀴어대고 있었다. 공포증과도 같은 투명한 격통의 환몽이 인지를 초월한 저 멀고 까마득한 아래로 꺼져가듯 퇴각하며 반향을 퍼뜨린 순간, 나는 붉은 광기와 악마의 조롱 속에서 눈을 떴다. 빛은 없었지만 오른편 공간이 텅 비었다는 느낌에 나는 토베이가 사라졌음을 깨달았다. 어디로 사라졌는지는 오직 신만이 아실 일이었다. 내 왼편에 잠들어 있는 이의 묵직한 팔은 여전히 내 가슴께에 얹혀 있었다.

그때, 기세등등한 벼락이 충돌하면서 온 산을 뒤흔들었다. 고색창연한 숲의 가장 컴컴한 토굴까지 밝히고 비비 뒤틀린 고목들 중에 가장 오래된 나무둥치를 쪼개버렸다. 극악한 불덩어리가 일으킨 악마의 섬광에, 잠들어 있던 이가 갑자기 몸을 벌떡 일으켰다. 창문 너머로 들어온 눈부신 빛에 그 자의 그림자는 벽난로 굴뚝 위에 선명하게 새겨졌다. 그 순간 나는 도저히 눈을 뗄 수 없었다. 내가 지금껏 살아있고 제정신이라는 사실은 실로 해독지 못할 기적이다. 내가 이해할 수가 없는 것은 굴뚝에 드리워진 그림자가 조지 베넷의 그림자도, 다른 어떤 인간형 생물체의 그것도 아니었기 때문이었다. 그것은 오로지 지옥 밑바닥 생물이 낳은 참람한 기형체, 어느 지성으로도 제대로 이해할 수 없으며, 어떠한 글 솜씨로도 그 부분조차 표현하기 힘든, 인간의 언어로는 형언하지도 못할 추악하고 혐오스러운 생물이었다. 다음 순간, 나는 그 저주받은 저택 속에 홀로 남겨진 채 덜덜 떨면서 턱을 부딪치고 있었다. 조지 베넷과 윌리엄 토베이는 발버둥친 흔적은커녕 단서 하나 남기지 않고 사라져버리고 말았다. 그들의 소식은 두 번 다시 들을 수 없었다.

2. 폭풍 속을 나아가는 자

숲으로 둘러싸인 저택에서 끔찍한 사건을 겪은 뒤, 나는 며칠 동안 초조한 기분에 휩싸여 레퍼츠 코너스의 호텔방에서 기진맥진한 몸을 뉘고 있었다. 내가 어떻게 자동차까지 돌아가서, 시동을 걸고, 남의 시선을 피해 이럭저럭 마을로 돌아올 수 있었는지 정확하게 기억나지는 않는다. 그저 뚜렷이 떠오르는 인상은 야생의 모습을 띤 거목들과 마귀처럼 으르렁거리던 천둥소리, 그리고 그 일대에 줄지어 드문드문 솟아올라 있던 나지막한 둔덕 위에 드리워진 저승 망자들의 그림자에 대한 기억밖에는 없다.

생각만 해도 머리가 터져버릴 것만 같은 그때의 그림자를 떠올리자 나는 두려움에 떨면서 궁리에 궁리를 거듭했다. 그리고 마침내 내가 이 세상 제일의 무서운 비밀 하나를 엿보았음을 깨닫게 되었다. 그것은 흐릿한 악마가 갉아대는 바깥 우주의 형언하기도 끔찍한 공포의 그림자들 중 하나였다. 이따금 우리는 악마의 손톱 소리를 가장 머나먼 공간의 가장자리에서 듣게 되지만, 자비롭게도 우리가 지닌 유한한 통찰력은 우리를 그 소리에 면역되게 해 준다. 나는 내가 보았던 그림자를 감히 해석할 수도 정체를 밝힐 수도 없었다. 그날 밤 나와 창문 사이에 무언가가 누워 있었지만, 내가 그것을 어느 소속으로 분류하고픈 본능을 벗어나지 못할 때마다 나는 전율을 느꼈다. 만일 그것이 으르렁거렸거나 짖거나 그저 소리 내어 키들거리기라도 했다면 이 바닥없는 공포감에서 헤어 나올 수 있었으리라. 하지만 그것은 너무나 조용히 행동했다. 그러곤 그 묵직한 팔, 아니 앞발을 내 가슴 위에 얹어두었던 것이다.

기필코 그것은 생물이거나, 한때나마 생물이었던 존재임은 분명했다……. 내가 침입했던 그 방의 주인인 쟌 마르텐스는 저택 가까이의 가족묘지에 묻혔다……. 만일 베넷과 토베이가 살아있다면 나는 그들을 찾아내야 한다……. 왜 그것은 둘을 잡아가면서도 나만 마지막으로 남겨둔 걸까? 수마는 가히 질식할 듯하고 꿈은 너무나 끔찍스럽기만 하다…….

얼마 지나지 않아 나는 누군가에게 이 이야기를 말하거나 철저히 분석해야 한다는 것을 깨달았다. 분별없도록 무지한 탓인지 몰라도 내게는 불확실하다는 것이 규명하는 것보다 훨씬 더 나빠 보였다. 그런즉 그 규명이 얼마나 가공한 결과로 드러날지 모른다 해도 나는 숨은 공포에 대한 수색을 포기하지 않기로 결정한 상태였고, 그로 인해 일을 수행하기 위한 최선의 방책을 찾아보기로 결심했다. 누구를 믿을 만한 동료로 택할지, 그리고 두 사람을 죽이고 악몽의 그림자를 내던진 그 괴물을 어떻게 추적할 수 있을지에 대해 고심했다.

레퍼츠 코너스에서 내가 가장 잘 알고 지내던 이들은 싹싹한 성격의 기자들이었는데, 그들 중 몇이 비극의 마지막 메아리를 수집하기 위해 아직까지 뜨지 않고 있었다. 이들 속에서 같이 행동할 동료를 찾아보기로 결심하던 차에, 생각할수록 35세가량의 아서 먼로라는 음울한 인상의 호리호리한 사나이에게 자꾸만 선택의 저울이 기울었다. 그의 학력과 경력, 지성이나 기질 모두가 판에 박힌 발상과 경험에 얽매이지 않을 사람의 특질처럼 여겨졌다.

9월 초순의 어느 오후, 아서 먼로는 내 이야기에 귀 기울이고 있었다. 나는 초반부터 그가 흥미와 공감을 느끼고 있다는 것을 알 수 있었고, 내 이야기가 끝나고 나자 먼로는 최고의 예리함과 깊은 사려로 나와 토론하며 괴물의 정체를 분석했다. 덧붙여 그가 던진 조언은 놀라울 정도로 실제적이었다. 그는 우리가 좀 더 상세한 역사적 지리적 자료를 확보할 때까지 마르텐스 저택 탐사 계획을 연기하도록 내게 권고했다. 그의 발의로 우리는 공포의 마르텐스 가에 관한 정보를 모으기 위해 그 지역 일대를 철저히 뒤졌으며, 가히 기적이라 할 정도로 자세하게 기록된 선조대의 일기장을 한 사람이 가지고 있다는 사실까지 알아내었다. 또한 우리는 산지 혼혈인들이 공포와 혼란에서 벗어나기 위해 멀찌감치 떨어진 산자락으로 도망치거나 하지 않았다는 점에 관해서도 심도 있게 의견을 나누면서, 부락민들의 전설 속에 등장하는 다양한 비극과 연관된 장소에 대해 마지막까지 철저히 조사하여 우리의 궁극적 과업에 앞장서기 위한 계획을 세웠다.

잠복한 공포의 특성과 외형에 대해, 겁먹고 무지한 판잣집 주민들에게 얻어낼 수 있는 것은 아무것도 없었다. 그들은 하나같이 그것을 두고 뱀, 거인, 천둥의 악마, 박쥐, 독수리에다가 걸어 다니는 나무 따위로 제각각 불러댔다. 하지만, 우리는 그것이 뇌우에 극히 민감한 살아있는 생물이라고 가정하는 편이 합당하다고 생각했다. 비록 그 이야기 가운데 날개에 대한 암시도 있었지만, 우리는 그것이 트인 공간을 기피하는 성향을 갖고 있으므로 육로 이동을 택했으리라 보는 것이 좀 더 개연성 있는 이론이라고 생각했다. 단 후자의 관점과 모순된 유일한 문제는 바로 그 민첩성이었다. 그 생물은 이제껏 제 짓이라 여겨지는 모든 행위를 저지르면서도 너무나 재빠르게 움직였던 것은 분명했다.

부락민들에 대해 좀 더 잘 알게 되면서부터, 우리는 여러 면에서 그들에 대해 기묘한 호감을 가지게 되었다. 그들은 불운한 선조와 무기력한 고립으로 인해 진화론적 규모로 완만히 퇴보하고 있는 순박한 동물들과도 같았다. 그들은 외지인을 두려워하고 있었지만 우리와는 차츰 차츰 익숙해졌고, 마침내는 숨어 있는 공포를 조사하기 위해 우리가 수풀을 쳐내고 저택 구석구석을 모조리 뒤지고 있을 때 여러모로 도와주기까지 했다. 우리가 베넷과 토베이를 찾는 일로 도움을 요청하자 그들은 진정으로 고민스러워 했다. 돕고 싶은 맘은 있었지만, 자기네 과거 실종자들과 마찬가지로 두 희생자도 이 세상에서 완전히 사라졌다는 사실을 알고 있었기 때문이다. 야생동물들이 오래전에 절멸한 그대로 그들 중 많은 수의 사람들이 실제로 살해당했고 실종되었다. 물론 우리도 전적으로 수긍하는 바였기에 걱정스런 심정으로 앞으로 일어날 비극을 기다렸다.

10월 중순까지 작업에 진전이 없자 우리는 몹시 곤혹스러웠다. 밤 날

씨가 계속 청명하여 어떠한 악마적 침탈도 일어나지 않았고, 저택과 그 일대에 대한 전반적인 수색이 전혀 성과 없이 끝나버리고 나자 잠복한 공포란 것이 실체 없는 영적 작용이 아닌가 하는 생각까지 들고 있었다. 악마가 대체로 겨울철에는 잠잠하다는 데 모두의 생각이 같았기에 우리는 차디찬 바람이 불어와 계획을 중단할 수밖에 없게 될까 봐 적이 걱정스러웠다. 이런 이유로 공포의 습격을 받아 현재는 주민들의 두려움 때문에 인적이 끊겨 버린 부락에 대한 지난번 낮 조사에선 모두들 일종의 조급함과 자포자기의 심정까지 느끼고 있었다.

불운한 운명을 타고난 그 부락은 이름도 없는 곳이었으나, 각각 뾰족산과 단풍언덕으로 불리는 두 개의 봉우리 사이, 나무는 없지만 좋은 은신처 역할을 하는 골짜기 속에 오랜 세월 들어앉아 있었다. 뾰족 산보다는 단풍언덕 쪽에 좀 더 가깝기는 했는데, 사실상 참호가 되어버린 조잡한 주거지 중 몇 개는 앞서의 언덕배기에 자리 잡고 있었다. 지리적으로 보면 그곳은 폭풍의 산 기슭 부에서 약 3킬로미터 떨어진 북서쪽에 있었으며, 참나무로 둘러싸인 문제의 저택까지는 5킬로미터쯤 떨어져 있었다. 부락과 저택 간의 거리 중에서 부락 쪽의 3.62킬로미터는 완전히 트인 곳이었다. 그 평지는 뱀처럼 뻗은 나지막한 둔덕을 제외하면 상당히 평탄하다는 특징이 있었고, 식물이라곤 드문드문 자라난 잡초뿐이었다.

이런 지형을 충분히 고려하여 우리는 마침내 그 악마들이 뾰족 산 방향의 길을 탄 게 분명하다는 결론을 내렸다. 나무로 울창한 산줄기의 남쪽 연장이 폭풍의 산 최서단 돌출부에 가깝게 닿아 있었다. 우리는 마지막으로 단풍언덕에서부터 산사태가 무너져 내린 장소까지 불룩하게 솟아오른 둔덕을 따라갔다. 두 쪽으로 쪼개진 키 큰 나무 하나가 언덕 허리에 서 있었는데 그곳이 바로 마귀를 불러냈던 번개에 강타당한 지점이었다.

아서 먼로와 내가 스무 차례도 넘게 침탈당한 마을 구석구석까지 샅샅이 뒤지고 다녔을 무렵, 우리는 새로이 스며든 모호한 공포감과 결부된 어떤 낙망감에 젖어 있었다. 오싹하고 섬뜩한 사건들이 일상화되어 있었다 해도, 그런 불가항력의 참사가 발생한 뒤로 일말의 실마리조차 얻지 못한 상황에 맞닥뜨렸다는 사실은 칼날처럼 섬뜩하기만 했다. 우리는 납빛으로 어두워져 가는 하늘 아래에서, 소용없다는 무력감과 행동해야겠다는 의지력을 한데 합친 기분으로, 비참하게 방향을 상실한 열의를 다하여 이곳저곳을 찾아다녔다. 진지하고 면밀하게 온 주의를 기울여 모든 가옥들을 다시 한 번 들어가 보고, 언덕배기 구덩이 속을 모조리 일일이 뒤져보고, 가시덤불 투성이의 산기슭 전체를 거듭거듭 훑으면서 크고 작은 동굴들을 살펴보았지만, 전혀 성과가 없었다. 하지만 앞서 말한 대로, 마치 그리핀[29]의 날개를 한 거대한 박쥐가 우주 저편의 심연을 바라보듯이, 새롭고 막연한 공포가 우리를 위협하며 머리 위를 떠돌았다.

오후에 접어들수록 조사는 점점 더 어려워졌다. 우리는 폭풍 산 위로 모여드는 뇌우에서 천둥이 터지는 소리를 들었다. 밤에 울리는 정도보다는 덜했지만 이런 장소에서 맞이한 그 소리는 당연한 흥분을 실어왔다. 사실 우리는 저 폭풍이 완전히 어두워질 때까지 지속되어 주기를 간절히 바라면서도, 막막한 언덕 탐색을 중지하고 우리 일을 도울 부락민들을 찾아 가장 가까운 마을로 돌아갈 수 있기를 같이 바라고 있었다. 부락민들은 겁이 많았지만, 우리가 자기들을 지켜주면서 지휘한다는 데에 고무된 젊은이들 몇 명이 돕겠노라고 약속했기 때문이었다.

하지만 맹렬한 폭우가 쏟아지고 피난처가 다급히 필요한 상황에서 우리는 거의 되돌아가지 못했다. 밤중이나 다름없이 어두워진 하늘에 주위는 극도로 컴컴하여 자꾸만 발을 헛디디고 있었다. 그 총중에도 우리는 쉼 없이 번뜩거리는 번갯불과 부락에 대한 상세한 지식 덕분에 그 일대에서 가장 비가 덜 새는 오두막까지 도달할 수 있었다. 통나무와 널빤지를 혼용하여 짜 맞춘 집이었는데 지금껏 달려 있는 문과 단 하나 뚫린 작은 창문 둘 다 단풍언덕 쪽에 면해 있었다. 우리는 집 안에 들어온 다음 격노하는 바람과 빗발에 맞서 문에 빗장을 지르고, 열심히 집 안을 수색하여 투박한 만듦새의 덧창을 찾아내어 창문을 막았다. 역청 같은 어둠 속에서 망가진 상자 위에 앉아 있는 기분이야 우울하기 짝이 없었으나, 우리는 파이프 담배에 불을 붙이곤 이따금 회중전등을 움직여 주변을 밝혀보았다. 벽널의 갈라진 틈새를 통해 가끔씩 번갯불이 비쳐들었다. 오후인데도 믿을 수 없을 정도로 날이 어두워 번개의 섬광이 무척이나 또렷했다.

폭풍우 속에서 날을 새면서, 예전 폭풍의 산에서 겪었던 끔찍한 밤의 사건이 전율을 동반하여 뇌리에 떠올랐다. 내 마음은 그 악몽의 사건이 발생한 이래로 머리에서 떠나지 않던 기이한 의문 속으로 빠져들었다. 창문 쪽 혹은 집안으로부터 세 명의 관찰자에게 접근했던 악마가 양쪽에 있는 이들은 해하고, 거대한 뇌격에 겁먹었던 마지막 순간까지도 중간에 있던 나만 내버려둔 이유를 되새겨 보았다. 왜 그것은 순서대로 희생자를 고르지 않았던 걸까? 어느 방향에서 다가왔건 간에 내가 두 번째였는데도 말이다. 멀리까지 뻗어 나가는 촉수 같은 걸로 먹이를 사냥하는 건가? 혹여 그것이 내가 리더란 것을 알고서 내 동료보다 더 가혹한 운명을 내리기 위해 나를 놔둔 것일까?

이런 갖가지 상념 속에 빠져 있는 동안, 마치 그 생각을 극적으로 격화시키기라도 하려는 듯 무시무시한 벼락이 가까이에 떨어지더니 흙 무너지는 소리가 잇따라 들려왔다. 그와 동시에 이빨을 드러낸 바람소리가 맹렬히 점증하면서 악귀의 광란처럼 울부짖었다. 우리는 단풍언덕에 있던 나무가 또다시 쓰러진 게 틀림없다고 생각했다. 먼로는 피해 상황을 확인하러 상자에서 일어나 작은 창으로 다가갔다. 창문에서 덧창을 떼어내자, 비바람이 귀청을 찢어발길 듯이 아우성치는 바람에 나는 그가 하는 말소리를 알아들을 수가 없었다. 먼로가 창 밖으로 얼굴을 내밀어 자연이 낳은 복마전의 상황을 살피는 동안 나는 그냥 기다리고 있었다.

차츰차츰 바람이 잦아들고 유난스러웠던 어둠이 흩어지는 것을 보아 폭풍우가 물러가고 있다는 느낌이 들었다. 조사에 도움이 된다는 입장에서 폭풍이 밤까지 지속되었으면 했으나 뒷벽 옹이구멍을 통해 슬그머니 새어든 빛살을 보니 그럴 가망성이 사라졌음을 깨달았다. 소나기가 더 올지 몰라도 어느 정도 빛이 있는 편이 아무래도 낫겠다고 먼로에게 말해 두고, 나는 빗장을 벗겨 투박한 문을 열었다. 바깥의 지면에는 소규모 산사태로 새로 무너져 내린 흙더미와 유별나게 커다란 진흙탕과 웅덩이들이 곳곳에 생겨나 있었다. 하지만 여전히 창문 밖으로 말없이 몸을 내밀고 있는 내 동료의 관심을 끌 만한 것은 아무것도 볼 수가 없었다. 나는 그가 기대어 있는 곳으로 건너가 어깨를 가볍게 건드렸지만 그는 움직이지 않았다. 이어, 나는 반쯤 장난스럽게 그를 흔들면서 그 몸을 내 쪽으로 돌렸다. 그리고 그 순간, 나는 무한한 과거와 시간을 초월한 바닥 모를 밤의 심연에 뿌리박은 암종 같은 공포의 덩굴에 휘감겨 그만 숨이 멎을 듯했다.

아서 먼로가 죽어 있었다. 물리고 씹혀 둥글게 파인 머리통만 덩그러니 남겨둔 채 얼굴은 완전히 사라져 있었다.

3. 붉은 불길의 의미

1921년 11월 8일, 폭풍우가 몰아치는 밤에 나는 으스스한 그림자를 내던지는 등불을 들고 백치처럼 쟌 마르텐스의 무덤을 홀로 파헤치고 있었다. 폭풍우가 일어날 듯하여 굴토 작업은 오후에 시작되었다. 그리고 지금, 내게는 반갑게도, 날이 어두워지면서 미친 듯 흔들리는 무성한 나무 잎사귀 위로 폭풍우가 일어났다.

나는 당시의 내가 8월 5일부터 벌어진 사건들(저택에서 마주친 악마의 그림자와 총체적인 긴장과 실망, 그리고 10월의 폭풍 속에서 부락에서 일어난 의문사)로 인해 어느 정도 정신적 혼란에 휩싸여 있었다고 생각한다. 그 사건 이후, 이해 못 할 죽음을 맞은 이를 위해 나는 무덤을 파헤쳤다. 다른 사람들이 납득할 수 있는 종류가 아님을 알고 있었기에, 나는 그들이 아서 먼로가 길을 잃었다고 생각하게 내버려두었다. 그들은 실종자를 수색했지만, 아무것도 발견하지 못했다. 아마도 부락민들은 전모를 이해하겠지만 나로선 도저히 그네들에게 더 이상의 겁을 줄 수가 없었다. 이상하게도 정작 나 자신은 무덤덤해져버린 것만 같았다. 저택에서의 충격이 무언가 두뇌에 영향을 끼쳤고, 지금 공포심은 상상 속에서 격변하는 위용으로 커지고 있었기에 나는 오로지 탐색 활동에 대해서만 골몰할 수 있었다. 아서 먼로의 죽음을 계기로 나는 탐색에 대해 비밀을 엄수하며 혼자서만 행하리라 결심했다.

홀로 무덤을 파헤치는 내 모습을 일반 사람이 본다면 아마도 기진해 버리기 십상이었으리라. 참람한 크기와 수령, 그리고 그 괴악함으로 불길하기만 한 원시의 거목들이 천둥소리를 싸안고 후비는 바람을 재우면서 빗물을 막아선 지옥의 드루이드[30] 사원의 석주들처럼 나를 흘겨보고 있었다. 사이사이 엿보이는 흐릿한 번개의 섬광으로 밝혀진 뒤편의 위협적인 나무둥치들 너머로, 담쟁이 뒤덮인 황폐한 저택의 비 젖은 석벽이 서 있었다. 한편, 좀 더 가까운 곳에는 버려진 네덜란드 풍 정원이 있었는데, 햇빛을 기피하는 희끄무레한 균류 식물들이 자양분을 과하게 흡수하여 정원 산책로와 화단을 지저분하게 뒤덮은 채 고약한 냄새를 풍기고 있었다. 그리고 나와 가장 가까운 곳에는 묘지가 있었다. 그곳에는 흉하게 변형된 나무들이 비정상적인 가지를 내뻗고 있었는데, 그 나무뿌리는 마치 땅 밑에 도사린 어떤 것을 부정한 포장석과 빨아들인 독즙으로 치환하는 것 같았다. 이따금, 아득히 오랜 대삼림의 어둠 속에서 부식되어 썩어간 낙엽들의 갈색 장막 아래로, 나는 벼락구멍이 난 지역이라고 간주되는 낮은 둔덕 몇 개의 음험한 윤곽을 알아볼 수 있었다.

나를 이 오래된 무덤으로 이끈 것은 이곳의 내력이었다. 모든 것이 악마의 장난으로 결론 나고 난 뒤, 진실로 그 내력만이 내가 얻어낸 전부였다. 나는 지금 그 숨은 공포가 어떤 물질적인 존재는 아니지만, 한밤중 번개를 타고 찾아오는 늑대의 이빨을 한 유령이라고 믿었다. 아서 먼로와 함께한 정보 수집차 발견했던 지역의 전통 제의들을 통해, 나는 그 유령이 1762년에 사망했던 잔 마르텐스라는 사실을 알아내었다. 이것이 내가 지금 그의 무덤을 백치처럼 파헤치고 있는 이유이다.

마르텐스 저택은 1670년에 부유한 뉴-암스텔담의 상인인 게릿 마르텐스의 손으로 세워졌다. 영국의 통치하에서도 예전 자문화의 관례를 고집하는 사람이었던 그는 인적미답의 독거성과 범상치 않은 지역 풍광에 심취하여 궁벽한 삼림지 꼭대기에다 장려한 저택을 건립했다. 다만, 처음의 기대와 어긋났던 이 지역의 주된 골칫거리 하나는, 뇌우를 동반한 맹렬한 폭풍우가 여름마다 내습한다는 점이었다. 언덕을 선택하여 저택을 지을 때까지도 마르텐스 씨는 빈번한 자연의 격노를 한 해만의 특징으로 생각했지만, 얼마 못 가 그곳이 특별히 그런 자연현상이 발생하기 십상인 지역이라는 사실을 깨닫게 되었다. 이 폭풍우의 위해를 고민하던 그는 결국 거칠디거친 악마의 악다구니를 피해 은거할 수 있는 지하실을 마련했다.

게릿 마르텐스의 후손에 대해서는 게릿보다도 알려진 사실이 더욱 적다. 이유라면 그들 모두가 영국 문화를 배척하는 분위기에서 자라난 데다 그 문물을 받아들인 이민자들을 멀리하라고 교육받았기 때문이었다. 그들의 일상은 극도로 은둔적이었으며, 사람들은 그들이 고립되어 살기 때문에 말하고 이해하는 능력이 떨어졌다고 공언하고 다녔다. 외모에서도 그들 모두는 눈의 부동성, 즉 한쪽 눈이 대체로 파랑색이면 다른 하나는 갈색인 좌우 요동이라는 특이한 유전형질로 인해 눈에 띄었다. 일족들의 사회적 교류는 날이 갈수록 뜸해져만 갔고, 마침내는 사유지 주변의 수많은 하류계급과 근친결혼을 하기에 이르렀다. 퇴행해 버린 가계의 많은 사람들이 계곡 건너편으로 이주하여 혼혈의 주민들과 피를 섞었고, 그렇게 혼인한 이들은 훗날 비천한 부락민들을 낳았다. 조상 전래의 저택에 틀어박혀 살던 나머지 일족은 점점 더 배타적으로 변하면서 날이 갈수록 무뚝뚝해져 갔으나, 잦은 폭풍우에 대해서만큼은 더더욱 신경과민이 되어갔다.

이 정보의 대부분은 젊은 잔 마르텐스를 통해 외부 세상에 알려졌다. 그는 올버니 협정 소식이 폭풍의 산까지 닿았을 무렵, 모종의 불안감을 느껴 식민지 주둔군에 자원했던 자로서, 게릿의 후손 중에는 처음으로 넓은 세상을 둘러본 인물이었다. 그가 6년의 군 생활을 마치고 1760년에 귀향했을 때, 좌우가 다른 마르텐스 가 특유의 눈을 지니고 있었음에도 그는 부친과 친척과 형제들에게 이방인으로 따돌림받았다. 그로서도 더 이상 마르텐스 가의 특질과 선입관을 공유할 수가 없었으며, 산의 폭풍우도 예전만큼 그를 도취시키지 못했다. 대신에 자신의 처지는 그를 실의에 빠져들게 했고, 그는 올버니의 친구에게 자주 편지를 써서 부친의 슬하를 떠나려는 계획을 전했다.

1763년 봄, 올버니에 사는 잔 마르텐스의 친구 조너선 기포드는 친구의 서신이 끊어지자 의아한 생각이 들었다. 특히 마르텐스 저택의 분위기나 반목을 고려하면 더더욱 의심스러울 수밖에 없었다. 그는 직접 잔 마르텐스를 찾아가보기로 마음먹고 그 삼림지대 속으로 말을 몰았다. 그의 일기장에선 그가 9월 20일에 폭풍의 산에 도착하여 완전히 노후화된 그 저택을 찾았다고 적혀 있다. 동물에 가까운 불결한 용모로 그를 놀라게 한 음울한 기안(奇眼)의 마르텐스 가 사람들은 걸쭉하게 갈라진 새새거리는 목소리로 잔 마르텐스가 죽었다는 소식을 그에게 전했다. 그들의 주장에 따르면, 잔은 일전 가을에 내리친 벼락에 맞아 사망했으며, 현재는 방치되어 있는 침상원의 뒤편에 묻혔다는 것이었다. 그들은 묘비명도 없는 초라한 무덤 하나를 방문객에게 보여주었지만, 기포드는 마르텐스 사람들의 태도 속에서 무언가 미심쩍은 반감을 느꼈다. 일주일 후 삽과 곡괭이를 들고 다시 저택을 찾은 그는 잔의 무덤을 조사했고, 그 결과 짐작대로임을 알게 되었다. (시신의 두개골은 무자비한 타격을 맞아 잔혹하게 쪼개져 있었던 것이다.) 그는 올버니로 돌아가서는 친족 살해의 죄를 물어 마르텐스 사람들을 정식으로 고발했다.

그 사이, 저택과 산에 대한 악마적 전설의 주체가 되는 이야기들이 생겨났다. 문제의 장소는 갑절의 배려심에 기피되었고, 구전되면서 살이 붙는 온갖 미신 같은 전설들로 둘러싸이게 되었다. 그곳은 오래도록 아무도 찾지 않는 장소가 되었지만, 불빛이 계속 보이지 않는다는 사실을 부락민들이 인지하게 된 것은 1816년이 되어서였다. 그 당시 일단의 사람들이 조사차 들어갔지만, 집 안의 인적이 완전히 끊겨 있고 일부가 부서진 채 폐허가 된 모습만 보게 되었다.

그곳에는 사람의 유골이라곤 없었다. 그런즉 모두 죽었다기보단 집을 버리고 어딘가로 떠난 것으로 추정되었다. 일족은 이미 몇 년 전에 저택을 뜬 것 같았고, 급조하여 증축된 탑의 방들을 보면 이주하기 전에 상당히 많은 사람들이 번성했음을 알 수 있었다. 주인이 떠난 때부터 오래도록 쓰이지 않은 부식한 집기들과 이리저리 흩어져 나뒹굴고 있는 은식기들로 보아 저택의 문화적 수준은 상당히 낙후되었던 걸로 보였다. 하지만 그 으스스하던 마르텐스 일족들이 사라졌다해도, 유령이 출몰하는 저택에 대한 공포는 그대로였으며, 기괴한 이야기들이 산정의 폐허 속에서 새로이 생겨나기 시작하자 두려움은 한층 더 예리해졌다. 버려진 공포의 저택은 원한 맺힌 잔 마르텐스의 유령과 연관되어 방치되어 있었고, 내가 잔 마르텐스의 무덤을 파고 있는 이 밤에도 여전히 우뚝하게 서 있었다.

나는 시간만 잡아먹는 이 무덤 파는 행위를 백치 같다고 표현했는데, 기실 대상과 방식 면에선 정말로 바보스러운 짓임은 맞았다. 잔 마르텐스의 관이 곧바로 모습을 드러냈지만, 관 속에는 흙먼지와 질산칼륨만 가득했다. (그의 유령까지 파헤쳐내려는 맹렬한 분노에 사로잡혀 나는 관이 안치된 아래쪽 바닥을 미친 듯 파고 들어갔다. 내가 은연중에 기대하고 있었던 것이 무엇인지는 신만이 아시리라.) 나로선 그저 한밤중에 활보하는 유령 주인의 무덤을 파헤치고 있는 거로 생각하고 있었을 뿐이었다.

삽부터 그리고 머지않아 내 발이 흙바닥 아래를 뚫고 들어간 시점에, 내가 어느 정도로 깊숙하게 파 들어갔는지는 말하기가 불가능하다. 이 상황에서 그 사건이 중대할 수밖에 없는 이유는, 바로 이곳 지하공간의 존재가 내 미친 이론을 확인시키는 끔찍한 증거물이었기 때문이었다. 잠시간 추락하는 사이에 등불이 꺼졌지만 나는 다시 회중전등을 켜서 두 방향으로 아득하게 뻗어 있는 비좁은 수평 터널 속을 들여다보았다. 그 터널은 한 사람이 몸을 비비적거려 빠져나가기에나 알맞은 폭이었다. 제정신의 인간이라면 그 시간에 그따위 짓을 시도해 보지는 않았겠지만, 숨어 있는 공포의 정체를 밝히려는 단 하나의 열망은 내게서 위험이나 분별이나 청결에 대한 집착까지 모조리 앗아가 버렸다. 저택 쪽으로 이어진 방향을 택해, 나는 그 좁다란 굴속을 무작정 기어나가기 시작했다. 벌레처럼 몸을 꿈틀거리면서, 앞에 든 램프로 가끔씩 전방을 비추며 그저 서둘러서 앞으로만 나아갔다.

끝 모를 나락 같은 지저에서 길을 잃은 한 인간의 모습을 묘사할 수 있는 언어란 게 과연 있기나 할까? 시간과 안전과 방향에 대한 개념도, 또한 명확한 목적에 대한 생각도 없이, 흙을 움키고 몸을 비틀고 숨을 씨근덕대면서 유구한 세월의 어둠이 땅속에서 뒤얽힌 장소를 미친 듯이 기어나가는 인간의 비참함을 말이다. 그 안에는 무언지 기분 나쁜 느낌으로 가득했지만 내가 행했던 행위야말로 바로 불쾌감 그 자체이

기도 했다. 이제까지의 삶이 아득한 기억으로 멀어질 만큼 오랜 시간 동안 나는 같은 행위를 지속했고, 마침내는 컴컴한 구렁 속의 두더지나 굼벵이와 하나가 되어버린 상태였다. 무한과 같던 몸부림 후에 잊고 있던 회중전등을 밝힌 것은 진정 오로지 우연이었다. 뻗어 나가다가 전방에서 꺾어져 버린 단단하게 굳어진 진흙 동굴을 따라 손전등은 섬뜩하게 빛을 뿌렸다.

나는 한참 동안 같은 수법으로 기어나갔다. 그리하여 갑자기 통로가 위쪽으로 급격히 꺾어져서 진행방법을 바꾸어야 했을 무렵엔 배터리는 거의 바닥까지 닳아 있었다. 그리고 시선을 위로 한 순간, 나는 마음의 대비도 못한 상태에서 꺼져가는 전등 빛에 반사된 악마적인 반사광 두 개가 멀찍이 번뜩거리는 모습을 보게 되었다. 유독하고 뚜렷한 광휘로 타오르는 두 개의 반사광은 불투명한 기억을 광포하게 자극했다. 비록 머리로는 되돌아갈 생각이 없었으나 몸은 절로 멈추고 말았다. 눈이 가까이 다가왔지만 내가 그 눈 주인에게서 식별할 수 있었던 것은 그저 갈고리 앞발톱 하나뿐이었다. 하지만 갈고리 발톱이라니 대관절 이게 무어냐 말이다! 그때 먼 하늘에서부터 익히 알던 우지끈 소리가 희미하게 들려왔다. 발작적으로 격노하며 산 위에 울려 퍼지는 사나운 뇌성이었다. 나는 한참 동안 앞을 향해 기어나갔던 게 틀림없었고, 그 덕에 지금은 지표면에 상당히 근접해 있었던 것이다. 그리고 소리 죽인 천둥이 덜거덕거렸을 무렵엔 그 텅 빈 눈들은 악의를 품은 채 여전히 나를 응시하고 있었다.

내가 그때 그놈의 정체를 알지 못했던 것은 신의 은총이었다. 그렇지 않았다면 나는 그 자리에서 숨이 멎고 말았으리라. 나를 구원했던 것은 바로 그놈을 불러내었던 천둥이었다. 그 섬뜩한 대치 상황에서, 빈번한 산지대의 뇌전 하나가 눈에 보이지 않는 바깥 하늘에서부터 땅으로 격돌했던 것이다. 이곳저곳 갈가리 찢긴 땅바닥의 깊은 균열과 다양한 크기의 섬전암을 보며 내가 그 위력을 인지하게 되었던 문제의 벼락이었다. 벼락은 무지막지한 격노를 토하며 가증스런 구렁 위의 흙더미를 잡아 찢었고, 나는 눈이 아찔하고 귀가 먹먹했지만 정신을 잃을 정도는 아니었다. 무너지고 들썩이는 대지의 혼돈 속에서 나는 의지할 데 없는 손을 움키며 허우적거렸다. 머리 위로 떨어지는 빗방울에 안정을 찾고 나서야 나는 내게 익숙한 지점, 즉 산의 남서쪽 비탈면의 나무가 없는 가파른 지역의 지표까지 도달했다는 것을 깨달았다. 다시 일어난 번갯불이 폭주하면서 뒤집혀진 지면과 나무숲 우거진 높은 비탈에서 뻗어내린 낮고 기묘한 둔덕의 잔해를 환히 밝혔다. 하지만 그 모든 혼돈 속에서 내가 죽음의 카타콤에서 나왔던 출구와 같은 장소는 어디에도 보이지 않았다. 엉망이 된 대지만큼이나 머릿속은 혼란스러웠다. 그리고 그 풍광 위로 붉은 화톳불이 남쪽 먼 곳에서 타오를 무렵에도 나는 내가 돌파했던 공포를 전혀 실감하지 못했다.

하지만 이틀이 지난 뒤 부락민들은 그 붉은 불길의 의미를 내게 말해주었다. 나는 곰팡이 투성이 터널과 발톱과 눈에서 받은 공포 이상의, 내포되어 있는 극악한 암시로 인해 한층 더한 두려움을 느꼈다. 나를 지상으로 이끌었던 번개를 따라 32킬로미터 바깥에 있던 부락에서 끔찍스런 살육이 벌어졌으며, 가지를 길게 내뻗은 나무에서 차마 말로 할 수 없는 것이 허술한 지붕을 뚫고 오두막 안으로 뛰어내린 것이다. 그놈은 같은 짓을 저질렀지만 격분한 부락민들이 놈이 빠져나오기 전에 오두막에 불을 질렀다. 땅이 무너져 내려 그놈과 그 발톱과 눈을 한꺼번에 덮친 그 순간에도 놈은 몹쓸 행위를 저지르고 있었던 것이다.

4. 눈동자에 깃든 공포

폭풍의 산의 공포에 대해 내가 얻은 것을 알고 나서도 혼자서 그곳에 숨어있는 공포를 찾아 들어가려는 사람의 마음속에는 정상적인 것이라곤 없는 법이다. 적어도 두 개의 구체화된 공포를 제거했다는 사실조차도 갖가지 모양의 악마주의가 판치는 지옥의 강[31]에서는 정신적 물질적 안전에 대한 미미한 보증 이상은 되지 못했다. 하지만 사건과 그 내막이 한층 더 가공해져만 갈 무렵에도 나는 외려 더욱 열성적으로 탐사를 이어갔다. 두 눈과 앞발톱이 번뜩이던 토굴 속을 기어서 통과했던 끔찍스럽던 날로부터 이틀째 되던 때, 그 눈들이 나와 맞닥뜨리고 있던 것과 같은 시간에 어느 하나가 악심을 품고 32킬로미터 떨어진 곳을 어슬렁거리고 있었다는 것을 알게 되자 나는 공포로 인해 온몸에 경련이 이는 것을 느꼈다. 하지만 그 공포란 것은 궁금증과 매혹적인 기괴함에 한바탕 뒤섞여 거반 즐거운 흥분으로까지 느껴질 정도였다. 이따금 악몽의 격통 속에서 보이지 않는 힘으로 이빨 드러낸 깊은 니스의 구렁을 향해 기묘한 죽음의 도시들의 지붕들 위를 빙빙 휘돌고 있을 때, 그것은 구원이며 심지어 환희롭기까지 하고, 비록 바닥없는 심연이 크게 입을 벌리고 있다 해도, 자발적으로 스스로를 그 무시무시한 폐허의 꿈의 회오리바람 속으로 내던진다. 그리하여 그것은 폭풍의 산의 걸어 다니는 악몽과 수반한다. 두 괴물이 그 지점에 출몰했었다는 발견은 마침내 내게 바로 그 저주받은 지역의 땅 속으로 뛰어들고 싶다는, 그리고 독기 품은 흙 구석구석에서 추파를 던지는 죽음을 맨손으로 파내고 싶다는 미친 갈망을 불러일으켰다.

나는 최대한 한시바삐 쟌 마르텐스의 무덤을 찾아서 내가 이전에 팠던 장소를 다시 파 내려갔으나 결과는 허사로 돌아갔다. 일부가 크게 함몰되어 지저의 통로에 대한 모든 단서가 지워져 버렸던 것이다. 비가 쏟아졌던 동안, 일전 내가 얼마나 파내려갔는지 설명하기 힘든 깊숙한 굴착공 속에 너무 많은 토사가 도로 채워진 것이다. 나는 그때와 마찬가지로 죽음의 생물이 불에 탔던 먼 부락까지 힘들게 이동했지만 그곳에서도 수고의 보답은 거의 얻지 못했다. 전소된 오두막의 잿가루 더미 속에서 몇 개의 뼈를 발견했으나 외견상으로 보아 괴물의 것은 아니었다. 부락민들은 괴물이 한 사람만 해했다고 말했지만 나는 그네들이 정확하게 세지 못했다고 생각했다. 완벽한 인간의 해골 외에도 확실히 인간의 뼈 종류라고 여겨지는 또 다른 뼈 조각이 있었기 때문이다. 비록 그 괴물이 재빠르게 뛰어내렸던 모습이 주민들의 눈에 비치긴 했지만 그 생물이 무엇을 닮았는지는 아무도 말하지 못했으며 얼핏 보았던 이들도 그저 악귀라고만 불렀다. 나는 그놈이 숨어 있었던 거대한 나무를 조사했으나 어떤 특징적인 조흔도 분간해 내지 못했다. 나는 어둑한 숲 속으로 이어지는 발자국이라도 찾아보려 애썼으나 이번 경우엔 병적으로 거대한 둥치들이라든지, 극히 악의적으로 배배꼬이면서 넓게 뻗어나간 뱀 같은 뿌리들이 땅속으로 가라앉기 전의 모습을 일으켜 볼 수가 없었다.

내가 택한 다음 단계는 미시적 주의력을 동원하여 죽음이 최고조로 팽배했으며, 무언가를 보았던 아서 먼로가 내게 설명할 새도 없이 죽임 당했던 버려진 부락을 재조사하는 일이었다. 헛수고로 돌아갔던 이전 조사들도 상당히 세세한 편이긴 했지만, 현재의 나는 조사해야 할 새로운 정보를 얻어놓고 있었다. 지하묘지 속을 기어 다녔던 끔찍스런 체험 덕에 적어도 괴물의 여러 양상 중 하나가 땅속에 서식하는 생물임을 확신하게 되었던 것이다. 이번 11월 14일에 행해진 대부분의 탐사는 불운한 부락을 내려다보는 뾰족 산과 단풍나무언덕의 산비탈과 관련되어 있었다. 그리고 나는 이후에 만들어진 고지대 위쪽의 산사태 구역의 밀도가 성긴 흙에 특별히 주의를 기울였다.

수색 작업은 오후가 되서도 이렇다 할만한 단서를 찾지 못했다. 그리고 내가 단풍나무 언덕에 서서 부락과 폭풍의 산의 계곡 건너편을 내려다보고 있는 사이에 땅거미가 스며들었다. 황혼은 눈부시도록 아름다웠고, 보름 가까운 달이 떠올라 들판과 먼 데의 산허리, 그리고 여기저기 솟아오른 기묘한 둔덕 위로 은색의 광채를 쏟아 부었다. 보기엔 참으로 평화로운 목가적 정경이었으나 그것이 숨기고 있는 것이 무언지 알고 있는 이상 내겐 혐오스러운 풍경일 뿐이었다. 조롱하는 달도, 위선적인 들판도, 속으로 곪아 있는 산들도, 음험한 둔덕도 가증스럽기만 했다. 모든 것들이 역겨운 전염병에 감염되어 버린 것만 같았고, 은닉되어 있는 비뚤어진 세력과 유해하게 결탁하여 힘을 얻은 듯이 보였다.

이윽고, 내가 멍하니 달빛의 파노라마를 내려다보고 있을 때였다. 어떤 특징적이고 특이한 배열의 지형적 요소가 내 주의를 끌었다. 정확한 지질학적 지식은 없었지만 나는 처음부터 그 지역에 있는 기묘한 둔덕과 언덕배기에서 흥미로운 사실을 찾아냈던 상태였다. 산정 가까이에 있는 것들보다 평원에 있는 것들이 수는 적었으나 나는 그런 것들이 폭풍의 산을 자못 광범위하게 둘러싸며 분포하고 있는 모습에 주목했다. 유사이전에 그 지역에 일어난 빙결작용과 인상적이면서도 환상적인 산정의 괴작들은 어딘지 모르게 서로 어긋나 있다는 데 의심의 여지가 없었다. 지금 길고 섬뜩한 그림자를 던지는 낮게 걸린 달빛 속에서 드러난 그 다양한 지점과 조직화된 흙 두둑의 연결선이 폭풍의 산과 독특한 연관성을 지니고 있다는 사실은 나에게 큰 충격이었다. 산의 정상은 영락없이 그 중심점으로서, 거기서부터 그 연결선 혹은 열을 이룬 지점들이 모호하지만 불규칙한 방사상으로 펴져나가고 있었던 것이다. 마치 부도덕한 마르텐스 저택이 가시적인 공포의 촉수를 뻗어 내리는 것 같았다. 그러한 촉수를 연상하다보니 말로 다하지 못할 오싹한 공포가 솟아났다. 나는 그 자리에 머물러 이 둔덕들이 빙하의 작용이 낳은 결과라고 믿을만한 이유를 따져보기 시작했다.

자꾸만 파고 들어갈수록 믿음은 점점 더 희박해졌다. 그리고 그 지표면의 모습과 내가 겪은 지저의 경험에 기반을 둔 기괴하고 무서운 추정이 새롭게 열린 정신을 두드리기 시작했다. 나는 어느새 발작과도 같은 낱낱의 어구들을 두서없이 주워 삼키고 있었다. “하나님 맙소사. 저 두둑 좀 보게……. 저 염병할 장소는 분명 구멍투성이일 게 틀림없어……. 대체 얼마나 많은 거지……. 그날 밤 그 집에서…… 놈들이 우리가 있는 양쪽으로 나와서 베넷과 토베이를 먼저 데려간 거야……” 나는 가장 가까이 뻗어 있는 둔덕을 미친 듯이 파기 시작했다. 전율로 온몸이 후들거리는 속에서도 희열에 들떠 필사적으로 파 들어갔다. 그리고 마침내, 악몽 같았던 그 밤에 내가 기어서 지나갔던 것과 유사한 터널, 혹은 토굴까지 도달한 순간, 나는 제자리 잡지 못한 격정에 휩싸여 비명처럼 소리 질렀다.

그 후 내가 삽을 손에 쥔 채 달려갔다는 기억은 있다. 달빛을 받아 둔덕으로 두드러진 초지를 가로질러, 유령이 출몰하는 언덕배기 숲속의 몹시 가파른 심연들을 뚫고서 소름 돋는 질주를 했다는 기억과 껑충거리며 크게 소리지르면서, 공포의 마르텐스 저택을 향해 숨을 헐떡거리며 달려 올라갔다는 기억이 있다. 이성을 잃고 관목으로 가로막힌 지하실 곳곳을 팠다는 생각도 든다. 나는 둔덕 밑바닥의 사특한 세계의 중핵을 발견하기 위해 땅을 팠다. 그에 이어서 내가 문제의 통로, 바로 그 낡은 굴뚝 아래 뚫린 구멍을 발견했을 때 소리 내어 웃었다는 기억도 떠오른다. 그곳은 내가 때마침 들고 있던 촛불의 빛 속에서 두텁게 자라난 잡초들이 야릇한 그늘을 던지고 있는 곳이었다. 그 지옥의 아지트 속에 과연 무엇이 남아 있어서 저를 깨울 천둥을 숨어 기다리고 있었는지 나로선 알지 못했다. 둘이는 이미 죽었고 어쩌면 그렇게 끝난 일이었을지도 모른다. 그러나 가장 깊숙이 박힌 공포의 비밀에 도달하려는 결심만은 여전히 타오르고 있었으며, 나는 그 공포가 일정한 형태가 있는 물질적인 유기체라고 다시 한번 생각하게 되었다.

손전등을 들고 나 혼자 바로 그 통로를 수색해야 할지 아니면 부락민들 중에서 탐사에 동참할 일단의 사람들을 모아봐야 할지 결정을 내리지 못하고 있던 차에 밖에서부터 불시에 불어 닥친 바람으로 생각이 끊어졌다. 바람은 촛불을 꺼뜨리고 나를 적나라한 어둠 속에 가두어버렸다. 머리 위 틈새를 통해 빛나던 달빛도 이미 사라졌고, 죽음에 대한 위기감에 사로잡힌 채 나는 다가오고 있는 불길하고 의미심장한 천둥소리를 듣고 있었다. 지하 굴에서 가장 멀찍한 모퉁이를 향해 손을 더듬으며 뒤로 물러나는 동안, 한데 뒤얽힌 혼잡한 생각들이 두뇌를 점령했으나 나는 굴뚝 지반에 있는 공포의 출입구에서 시선을 떼지 않았다. 그리고 번갯불의 희미한 섬광이 바깥 잡초들을 뚫고 들어와 위편 벽면의 갈라진 금을 밝힌 무렵, 나는 무너져가는 벽돌 벽과 창백한 잡초들에 눈길이 가기 시작했다. 매순간 엇갈리며 뒤섞이는 공포와 호기심에 내 온 정신은 사로잡혀 있었다. 폭풍이 대체 무엇을 불러내게 될까. 과연 어떤 것이 호출을 기다리며 남아 있는 것일까? 번개의 섬광에 인도 받아 나는 무성하게 자라난 잡초 덤불 뒤로 자리를 잡고 몸을 숨겼다. 그곳은 남의 눈에 띄지 않게 문제의 입구를 바라볼 수 있는 장소였다.

만일 하늘이 자비롭다면, 내가 보았던 광경을 언젠가는 기억에서 지워줄 것이며, 남은 나날들을 평화로이 보낼 수 있도록 해 주리라. 지금 나는 밤이면 잠을 이룰 수가 없으며, 천둥이 칠 때마다 진정제를 삼켜야만 한다. 예고도 없이 불쑥 다가온 그것은 상상치도 못할 깊숙한 갱도에서 솟아나온, 흉악하게 헐떡거리고 억눌린 듯 끄르륵거리며 쥐처럼 잰걸음 치는 악귀였다. 이어, 굴뚝 아래 구멍에서 썩어 문드러진 생물체들이 대거 폭발하듯 튀어나왔다. 한밤에 산란된 역겨운 기형체가 살아서 쏟아져나가는 모습은 치명적 광기와 불온이 낳은 가장 극악한 흑주술보다도 그 끔찍스러움에선 한층 더 압도적이었다. 그것들은 펄펄 들끓어대며 뒤엉킨 상태로 파도처럼 넘실거리고 뱀의 점액처럼 부글거리면서 우글우글 모여들었다. 그리고 커다랗게 입 벌린 지저의 구멍에서 빠져나와 마치 부패를 일으키는 전염병처럼 사방으로 퍼져나가며 둑이 터진 것 마냥 도처의 출구를 통해 지하 굴에서 쏟아져 나갔다. 그러곤 흘러나오자마자 공포와 광기와 죽음을 흩뿌리며 저주받은 한밤의 숲속으로 뿔뿔이 사라졌다.

그 수가 얼마나 되는 지는 신만이 알 것이다. 적어도 수천에 이를 것은 분명했다. 간헐적으로 번뜩이는 희미한 번갯불에 비친 그것들의 모습은 가히 충격적이었다. 충분히 간격이 벌어져 각각이 독자적인 객체로서 모습을 드러낸 난 다음에야 나는 그것들이 땅딸한 키의 기형적인 털투성이 악귀, 혹은 원숭이 종류를 기괴하고 극악하게 우화해 놓은 유인원이라는 사실을 알게 되었다. 그들은 섬뜩할 정도로 조용했다. 마지막에 뒤처진 하나가 항시 하던 식의 숙련된 솜씨로 저보다 약한 동료를 잡아먹는 순간에도 그들은 외마디 비명조차 지르지 않았다. 다른 놈들은 침을 흘리면서 먼저 놈이 남긴 것을 순식간에 먹어치웠다. 그 순간, 공포와 혐오감으로 아연실색한 와중이었음에도 나의 병적인 호기심은 다른 모든 감정을 누르고 말았다. 마침내 괴물 중에 가장 뒤처진 놈이 미지의 악몽이 꿈틀대는 지저의 세상에서 홀로 나온 순간, 나는 권총을 놈에게 겨누고 천둥소리에 맞춰 방아쇠를 당겼다.

번뜩이는 번갯불로 현란한 하늘의 끝없는 피투성이의 통로를 돌파하며, 서로를 쫓고 있는 붉은 점액질의 광란의 그림자들이 비명과 함께 주르르 미끄러지며 급류처럼 터져 나왔다. 기억에 새겨진 잔혹한 광경들이 형체 없는 환영이 되어 변화무쌍하게 바뀌었다. 수백만의 식인 악마를 품은 유해한 땅속에서 극악한 액즙을 빨아들여 과도하게 발육한, 비비 틀린 뱀의 뿌리를 뻗은 기형의 참나무 수림. 폴립성 변이체로 가득한 지저의 중핵에서 더듬어 나오는 촉수 같은 흙 둔덕…… 담쟁이로 뒤덮인 사악한 벽체 위에 번뜩이는 미치광이 번개와 균사 식물로 꽉 메워진 악마의 아케이드……. 나는 인사불성의 상태에서도 사람들이 살고 있는 장소, 맑게 갠 하늘의 고요한 별빛 아래 잠든 그 평화로운 마을까지 나를 이끌어간 본능에 대해 하늘에 감사드린다.

나는 일주일 안에 거뜬히 회복했다. 그러곤 일단의 작업자를 파견하여 마르텐스 저택과 폭풍의 산정 전체를 다이너마이트로 폭파하고, 지표에 노출된 모든 둔덕 아래의 지하 굴의 구멍을 모조리 막고, 존재부터가 건전함을 모독하는 일부의 과다 발육된 나무들을 베어버려야 한다는 서신을 올버니로 보냈다. 나는 그들이 작업을 완료한 뒤에야 조금은 눈을 붙일 수 있었다. 하지만 차마 입에 담지 못할 그 숨어 있는 공포에 대한 비밀을 내가 간직하고 있는 한, 내게는 진정한 안식이 깃들지 못하리라. 그 괴물은 내게도 들이닥칠지 모른다. 그것이 완벽하게 절멸되었다고 누가 확신할 수 있으며, 그와 같은 현상이 세계 어느 곳에도 존재하지 않는다고 누가 장담할 수 있을 것인가? 내가 아는 한에서, 미래에 있음직한 가능성에 대해 두려운 악몽을 꾸지 않고 그 땅속 미지의 동굴에 대한 생각을 떠올릴 수 있는 이가 과연 있을까? 나는 이제 우물이나 지하로 통하는 출입구만 보아도 두려움에 떨고 만다. 의사들은 어째서 천둥이 칠 때마다 나를 깊이 잠재우든지, 머릿속을 가라앉힐 수 있을 만한 처방을 내게 내리지 못하는 걸까.

말로는 차마 표현할 수가 없는 그 낙오자를 쏜 다음 내가 손전등의 불빛에 비춰 보았던 것은 너무나도 간단한 것인지라 그 정체를 깨닫고 일시적 착란을 일으키기까지 채 1분도 걸리지 않았다. 그놈은 참으로 역겨운 생물이었다. 날카로운 노란 송곳니와 지저분한 흰색 털이 텁수룩하게 뒤덮인 추악한 용모의 고릴라 같은 동물이었다. 바로 포유류가 퇴행한 최종의 결과물로서, 고립된 근친혼과 번식과 지상과 지하에서의 동종 포식이 만들어낸 끔찍한 결과였으며, 생명의 이면에 숨어 비웃음 치는 온갖 공포와 난마와 혼돈의 구현이기도 했다. 그놈은 죽기 직전에 나를 응시했다. 그 눈은 지하에서 나를 바라보며 모호한 기억을 자극시킨 다른 눈들에게도 두드러져 있던 묘한 특질을 똑같이 가지고 있었다. 한쪽은 파란색, 다른 쪽은 갈색의 동공. 그것들은 옛 전설 속에 등장하는 좌우의 색이 다른 마르텐스 가의 눈이었던 것이다. 그리고 나는 비명을 삼킨 공포가 홍수처럼 범람하는 가운데, 사라진 일족들이 맞이한 운명을 깨달을 수 있었다. 천둥에 미쳐버린 마르텐스 가의 끔찍한 최후를.

29) 그리핀(griffin) : 그리폰(gryphon), 그리프스(gryps)라고도 한다. 독수리 머리와 날개를 가지고 있고, 뒷다리와 몸은 사자인 상상의 괴수로서, 주로 고대 오리엔트 지역과 그리스의 장식미술에서 즐겨 다루는 소재이기도 하다.

30) 드루이드(Druides) : 고대 갈리아 및 브리튼 제도(諸島)의 선주민인 켈트족의 종교인 드루이드교의 사제계급

31) 아케론(Acheron) : 그리스 신화에 나오는 저승의 삼도천. 뱃사공 카론이 죽은 사람을 저승으로 인도하는 강이다.

THE UNNAMABLE
형언할 수 없는 것

어느 가을의 늦은 오후, 아컴의 오래된 공동묘지. 우리는 이곳의 다 무너져가는 17세기 무덤에 앉아서 소위 '형언하기 불가능한 것'에 대해 고심하고 있었다. 묘지의 거대한 버드나무를 쳐다보니 그 나무둥치는 글씨를 판독할 수 없이 오래된 무덤의 평석 대부분을 삼키고 있었다. 그 무지막지한 뿌리가 회백색 묘지 흙에서 빨아올리고 있을지도 모를, 함부로 입에 담을 게 못 되는 괴이쩍은 자양분에 대해서 나는 다소 공상적인 소견을 표했다. 친구는 바보 같은 생각이라고 나를 면박 주고는 한 세기 동안은 여기에다 매장한 일이 없었으니 정상적 양분 외에 따로 나무에 영양이 될 만한 것은 전혀 있을 수가 없다고 반박했다. 그는 또 덧붙이기를, 내가 변함없이 써먹는 '입에 담지 못할' 혹은 '언명할 수 없는' 존재에 대한 이야기는 3류 작가라는 내 초라한 처지에 딱 들어맞는 유치한 소설적 장치라는 것이었다. 나는 시각과 청각적 묘사로 내 주인공들의 신체나 정신의 기능을 마비시켜서, 그네들이 경험한 것에 대해 말할 용기도 언어도 생각도 내지 못하는 상태로 내쳐버리는 결말을 지나치게 선호하고 있었다. 반면, 친구는 사람이란 오로지 오감이나 직관을 통해서만 현상을 알 수 있는 법이며, 그런 이유로 아서 코난 도일 경이 사용할만한 전통적인 변형수법으로 사실에 대한 확실한 정의나 올바른 신앙적 교리(기왕이면 회중파의 교리)로 명료하게 설명할 수가 없는 대상이나 광경을 언급한다는 것은 참으로 견딜 수 없는 일이라고 대꾸했다.

이 친구 조엘 맨튼과 나는 자주 지지부진한 논쟁을 벌이곤 했다. 보스턴에서 나고 자란 그는 이스트 고등학교의 학장이었으며, 삶이 주는 섬세한 의미에 대해 무심한 뉴잉글랜드의 자기만족 성향을 공유한 사람이었다. 오직 우리가 정상의 상태에서 얻는 객관적인 경험만이 심미적 중요성이 있으며, 흥분과 희열과 경악으로 강렬한 동요를 일으키기보다는, 매일의 현상들을 적확하고 상세하게 재현하여 잔잔한 감흥과 관심을 지속시키는 것이야말로 예술가들의 본분이라는 게 그의 관점이었다. 특히 내가 신비주의와 불가사의를 다루는 분야에 빠져 있다는 것을 그는 마땅찮게 여겼다. 초월적 존재에 대한 신앙심은 나보다 훨씬 더 충만해 있었음에도, 그는 초자연성을 문학적 소재로 다루는 경우가 아주 흔하다는 사실은 인정하지 않았다. 사람의 마음이 쳇바퀴 같은 일상에서 탈출하거나, 평소의 습관과 잡무에 의해 진부한 실생활의 반복 속에 던져 버린 인상들을 참신하고 극적으로 재구성하는 데에서 최고의 희열을 느낀다는 사실은, 사람이 지닌 명료하고 실용적이며 논리적인 지성을 완전히 믿을 수가 없다는 근거가 된다. 하지만 맨튼에게 있어서는 모든 사물과 감정은 일정한 크기와 특질과 인과성을 가지고 있었다. 물론 맨튼 자신도 이따금 마음이란 것이 기하학적 규칙이 없고 분류하기도 어려우며 생산적이지도 못한 성질의 상상력과 지각력을 내포하고 있음을 막연하게나마 인지하고는 있었다. 하지만 그는 다분히 자의적인 선을 그어놓고선 평균 수준의 시민들이 체득하고 이해할 수 없는 것들은 죄다 무시해 버리는 게 정당하다고 믿는 사람이기도 했다. 게다가 실제로 '말로 표현하기 불가능한' 것 따위는 있을 수 없다고 거반 확신하고 있었기에 그는 내 말을 전혀 사리에 맞는 소리로 여기지 않았다.

정통 옹호파인 낮 주민들의 자족감에 반하는 공상적이고 형이상학적인 주제로 논쟁한다는 것이 단연코 무용하다는 것을 나는 잘 알고 있었지만, 이 오후 담화의 현장 속에 들어 있는 무언가가 평소의 논쟁 이상으로 몰아가라며 나를 부추겼다. 부서져 가는 슬레이트 묘석과 위풍당당한 고목들, 주위를 에두르고 있는 마녀가 출몰했던 오래된 도시의 고색창연한 박공지붕 같은 그 모든 것들이 상호 협력하여 내 작업을 변호하고 내 영혼을 선동하고 있었다. 나는 곧장 공세를 몰아 적진으로 밀고 들어갔다. 사실 역공을 개시하기 어렵지가 않았던 것이, 세파에 닳은 인간들이라면 일찌감치 벗어났을 노파들의 허다한 미신에 조엘 맨튼이 제법 집착하고 있다는 것을 내가 알고 있었기 때문이었다. 그 미신이란 멀리 떨어진 곳에서 죽어가는 사람들의 모습이 나타난다거나, 사람들의 일생을 지켜보아 왔던 창문 유리면 위에 죽은 이들의 얼굴이 반영된 잔흔이 떠오른다는 식의 믿음이었다. 이러한 시골 노파들의 이야기를 믿는다는 것은 육신의 쌍인 영적 실체가 육신과 떨어져서도 이 세상에 존재할 수 있음을 믿는다는 입증이나 다름없으며, 더하여 모든 정상적 관념을 초월한 현상에 대해 믿을 가능성이 있다는 입증일 수도 있다고 나는 반박했다. 만일 망자가 세상을 반 바퀴 돌거나 수세기를 거슬러 내려와서 눈에 보이고 만져지기도 하는 환영을 내보일 능력이 있다면, 유령의 집에는 감각을 지닌 괴이한 것들로 우글거리고,

육신을 잃은 끔찍한 수세대의 지성들이 해묵은 묘지마다 들어차 있으리라고 생각하는 게 그리도 부조리하겠는가? 그리고 흔히 귀신의 수작이라 치부되는 현시를 일으키는 데 있어 영혼이 물질의 법리에 얽매일 이유는 전혀 없으므로, 영적으로 살아있는 망자의 형상이 (또는 형상이 없는 상태가) 인간 목격자들의 눈에 전적으로 섬뜩할 만치 '형언할 수 없는 모습' 일 게 틀림없으리라고 상상하는 게 어찌 터무니없다고 할 수 있겠는가? 이런 주제로 고심하는 와중에서의 그 '상식'이란 것은 그저 상상력과 정신적 유연성의 아둔한 부재일 따름이라고 나는 친구에게 열띤 어조로 강변했다.

어느덧 황혼이 스며들고 있었지만, 우리 중 누구도 논의를 그만두려는 생각은 없었다. 맨튼은 내 주장에 그다지 감화되지는 않은 듯 보였고 자기의 견해를 확신하여 내게 반박하고 싶어 했다. 그러한 견해가 그가 교사로서 성공하게 만든 이유임은 분명했지만, 반면 나 또한 상대를 공포로 패퇴시킬 수 있을 바탕이 다져졌음을 확신하고 있었다. 땅거미가 내리고 폐가의 멀찍한 창문에 햇빛이 반사되어 흐릿하게 번득였으나 우리는 자리를 뜨지 않았다. 무덤 위에 잡아놓은 자리는 제법 편안했다. 나는 우리 뒤에 바싹 다가들어 있는 나무뿌리로 칭칭 감긴 오래된 벽돌조 건물의 깊숙한 균열이라든지, 아직 빛이 남아 있는 가장 가까운 길과 우리 사이에 무너질 듯 황폐한 17세기 건물이 끼어들어 완연한 암흑을 드리운 지점 정도는 내 따분한 친구가 꺼려하지 않으리라는 걸 잘 알고 있었다. 어둠이 찾아들고 우리는 폐가 옆의 금 간 무덤 위에서 그 '말로 표현할 수 없는 것' 에 대해 이야기를 주고받았다. 그리고 이 친구가 다 비웃었으리라 싶을 즈음에, 나는 그가 이미 한바탕 업신여긴 내 소설의 배후에 깃든 가공할 근거에 대해 그에게 말해 주었다.

내 소설은 『다락창』이라는 제목이었다. 1922년 위스퍼지 1월호에 선보였던 것이다. 어지간한 지역에서, 특히 남부나 태평양 연안지에서는 얼간이 같은 겁쟁이들의 불평 때문에 가판대에서 잡지를 치워버렸지만, 뉴잉글랜드 사람들은 스릴을 느끼지도 않았고, 내 공상적 발상에 대해선 어깨만 한번 으쓱여주며 무시해 버렸을 따름이다. 단언컨대, 그 존재는 생물학적으로 생겨나기부터 불가능이었다. 사실 그딴 것들은 그 미친 지역에 퍼져 있던 괴담 중의 하나였을 뿐인데 그에 완벽히 속아버린 코튼 매더는 『미국에서의 그리스도의 위업』이라는 자기의 분유한 저서에 그 이야기를 마구 집어넣었다. 게다 그는 공포가 발생했던 소재지를 과감히 명기하지도 않았으니 사실을 입증하기에도 어설프기 짝이 없는 수준이었다.

그리고 그 수법에 따라 나는 오래된 비의를 수록한 노골적인 비망록을 크게 부풀렸다. (기실 전적으로 가당치도 않고 참으로 무책임한데다 비현실적인 잡문가의 특징 아니겠는가!) 매더는 실지로 그 존재가 탄생했던 것처럼 써놓았지만 싸구려 선정주의자 외에는 어느 누구도 그것이 성장하여 한밤에 민가의 창문 안을 들여다본다거나, 그것이 육신인 상태와 영혼인 상태로 집의 다락 속에 숨어 있다가, 수 세기 후의 누군가가 창문에서 그것을 발견하곤 머리가 백발로 세어버렸는데, 정작 그 사람은 무엇 때문에 그리되었는지 제대로 설명치도 못하는 일이 생기리라곤 생각지도 않을 일이었으리라. 맨튼은 이 모든 구설들은 몹쓸 쓰레기라고 단박에 받아쳤다. 그리하여 나는 우리가 앉아있는 곳에서 1킬로미터도 안 떨어진 곳의 가문의 문서 속에서 1706년부터 1723년까지의 기록이 적힌 낡은 일기장을 내가 뒤져내었으며, 그 속에서 내 조상의 가슴과 등에 남아 있는 흉터에 대한 진실을 발견했다고 말해 주었다.

또한 나는 그 지역 주민들의 공포와 그들이 대대로 은밀한 귀엣말로 주고받았던 이야기들이 무엇인지, 그리고 1793년에 그 버려진 집에 있으리라고 추정되는 어떤 흔적을 조사하러 집 안으로 들어간 소년이 실제로 광기에 빠져버렸다는 이야기도 그에게 해 주었다.

참으로 섬뜩한 이야기였기에 매사추세츠의 청교도 시대를 연구하는 감수성 예민한 연구가들이 몸서리치는 것도 이상할 일은 아니었다. 외피로 감추어진 이면에 무엇이 진행되고 있었는지 아는 이들은 거의 없었고, 경우는 극히 적어도 이따금 짧은 순간 엿보이는 모습은 썩어문드러진 거품이 부글거리는 끔찍한 궤양이었다고들 전한다. 마법의 공포는 인간들의 짜부라진 두뇌 속에서 끓고 있는 것들에겐 잔혹한 빛을 비추었으나 그것마저도 극히 소소한 수준이었다. 그곳엔 아름다움도 자유도 없었다. 남아 있는 건축물이나 가재도구, 그리고 갑갑한 신성을 설파하는 성직자들의 유해한 설교를 통해서 우리는 그 사정을 알 수가 있다. 그 녹슨 철제 구속복 안에서는 종잡을 수 없는 공포와 곡해와 악마주의가 잠복해 있었다. 진실로, 이곳에야말로 그 형언키 힘든 것의 권화가 존재했던 것이다.

코튼 매더는 날이 저문 뒤로는 아무도 읽으려 하지 않은 그 악마적인 여섯 번째 책 속에서, 자신이 저주하는 대상에게만큼은 한마디도 점잖은 투로 퍼붓지 않았다. 그는 유대의 예언자처럼 가차 없었고, 그의 생애 이후의 누구와도 달리 간명할 정도로 태연자약했다. 매더는 짐승보다는 윗길이지만 사람보다는 비천한 것을 낳은 일종의 짐승, 즉 눈에 흠집이 있는 존재와 한쪽 눈이 그러했던 이유로 교수형에 처해진 천박하고 시끄러운 술주정뱅이에 대한 일까지는 구구절절 많이도 써 놓았지만, 그 후에 무엇이 벌어졌는지에 대해선 일체의 단서도 남기지 않았다. 어쩌면 그로선 알지 못했거나, 알았다 해도 감히 쓸 엄두를 내지 못한 것이리라. 알았던 이들이라 한들 선뜻 말로 내미는 사람은 없었다. 비록 피가 얼어붙는 모호한 전설을 누군가는 어지간히 추적했을지는 모르지만, 사람들이 기피하는 무덤가에 비문 없는 묘석을 놓아둔, 자식 없이 파산한 비천한 노인의 집 다락 층으로 통하는 계단의 잠긴 문에 대한 소문이 떠도는 이유에 대한 공식적인 단서는 전혀 없다.

이것 모두는 내가 선조들의 일기장에서 알아낸 것이었다. 눈의 이상을 지닌 존재들에 대한 고요한 은유와 내밀한 객담 모두는 한밤의 창가나 숲 근처 황량한 초지에서의 목격담이었다. 무언가가 내 조상을 어두운 계곡 길에서 잡아채어 가슴에는 뿔 표식을, 등에는 원숭이 발톱 자국을 남긴 것이다. 어지럽게 다져진 흙에서 발자국을 살피는 동안 사람들은 둘로 갈라진 발굽자국과 어딘지 유인원과 흡사한 발자국이 한데 섞여 있다는 사실을 발견했다. 언젠가 한 파발꾼은 동트기 전 달빛이 흐릿하게 비치는 밤에 노인 하나가 뒤따라오더니 엄청난 도약을 하는 정체 모를 뭔가를 매도 힐에서 불러내는 것을 보았다고 말했으며 많은 사람들이 그의 말을 믿었다. 확실히, 자식이 없는 파산한 노인이 빈 묘지의 묘석이 보이는 자기 집 뒤편 무덤에 묻혔던 1710년 밤에는 기이한 소문이 떠돌았다. 사람들은 절대 다락방의 문을 열지 않았지만, 집 전체를 두려워하여 황폐한 상태로 버려두었다. 집 안에서 어떤 소리 같은 것들이 새어나올 때면 사람들은 술렁거리고 두려움에 떨면서 다락문의 자물쇠가 튼튼하기만을 바랐다. 얼마 지나 공포가 목사관을 덮쳐서 살아있는 생명이나 제대로 된 시신마저 남겨두지 않은 순간부터 그들은 기대를 버렸다. 수년이 흐르자 전설은 유령 괴담 같은 특성을 얻게 되었다. (추측하건대, 만일 그 존재가 살아있는 것이었다 해도 지금쯤은 필경 죽었을 게 틀림없었다. 오로지 기억이 공포를 붙들고 있는 것뿐이다.) 너무나 은밀한 비밀이었기 때문에 오히려 더욱 무시무시해진 것이었다.

내가 장광설을 늘어놓는 동안 내 친구 맨튼은 한결 말수가 줄어있었다. 내가 꺼낸 이야기가 그의 심지를 흔들었음을 알 수 있었다. 이야기가 끝나고 나서도 그는 웃지 않았으나 1793년에 미쳐버렸다는, 아마도 내 소설의 주인공 격이었을 소년에 대해 매우 진지하게 질문을 꺼냈다. 나는 그에게 사람들이 피하는 흉가로 소년이 갔던 이유를 말해 주었고, 그가 그 집에 흥미를 가질 수밖에 없었던 것은 창가에 앉아 있었던 이들의 잠재한 상이 창에 남아 있으리라는 믿음 때문이었다는 의견을 달았다. 소년은 창문 저편에 뭔가가 보인다는 괴담을 믿고 공포의 다락방 창문을 찾아 집안으로 들어갔으나 돌아올 때는 미치광이의 비명을 지르고 있었다.

내가 이런 사실을 말해 주었을 때에도 맨튼은 여전히 생각에 빠져들어 있었지만, 그의 분석적인 태도는 조금씩 되돌아오고 있었다. 그는 논쟁의 이유가 된 초자연적 괴물이 실제로 존재했다는 점은 인정했지만, 가장 병적인 특성의 왜곡이라 하더라도, 굳이 형언하기 불가능하거나 엄정하게 묘사하는 게 불가능할 이유는 없다는 말로 나를 일깨웠다. 나는 그의 명석함과 고집스러움을 받아들였다. 그리고 나이 든 주민들에게서 채록했던 몇 가지 전승을 좀 더 덧붙였다. 내 생각에 최근의 전설들은 어떤 존재 가능성 있는 유기체보다는 좀 더 공포스럽고 기괴한 유령과 연관되어 있음이 분명했다. 때로는 보이지만 때로는 그저 감촉뿐인 거구의 짐승 같은 형상의 망령이 달 없는 밤에 이리저리 떠돌면서 낡은 집과 집 뒤편 지하실과 비문이 없는 평석 주위로 묘목이 싹을 틔운 무덤에 출몰한다는 것이었다. 확실치 않은 전래의 이야기대로 그런 망령이 이제껏 사람들을 들이받고 질식시켜 죽였는지는 알 수 없지만 그것들은 강력하고 일관된 인상을 각인시켰으며, 비록 아비대와 자식대의 두 세대들은 대부분 잊어버렸지만 (아마도 전설을 아는 세대들이 세상을 떠나가고 있기 때문이리라.) 노로의 토착민들에겐 지금까지도 음험한 두려움의 대상이 되어왔다. 더욱이 미학론을 끌어들인 하에서 오히려 인간이라는 생물의 심령적 발홍이 기괴할 정도로 일그러진다면, 사특한 유령이자 혼잡스런 곡해이며 그 자체가 자연에 반하는 병적 참람함인 그런 흉물스럽고도 악명 높은 애매모호함을 대체 어떤 조리 있는 화법으로 표현하거나 묘사할 수 있을 것인가? 잡다한 악몽을 꾸는 생명 없는 두뇌로 주형된, 모든 메스꺼운 진상 속에서는 그런 모호한 공포야말로 실로 절묘하면서도 으스스할 정도의 형언 불가능한 것을 구현하지 않겠는가?

지금 시간은 상당히 깊은 밤인 게 틀림없었다. 기묘하게도 소리도 내지 않는 박쥐가 나를 스쳐 지나갔고, 나는 그것이 맨튼 또한 건드리리라고 생각했다. 비록 내 눈에는 그의 모습이 제대로 보이지 않았지만 그가 팔을 들어 올리는 거동은 느껴졌다. 이윽고 그는 말을 꺼냈다.

"그런데 그 다락창이 있는 집은 지금도 폐가로 남아 있는 건가?"

"그렇지" 나는 대답했다. " 난 벌써 본 적이 있네."

"그리고 자넨 거기서 뭔가를 찾았다는 말이지? 다락에서건 다른 장소에서건 간에."

"처마 밑에 뼈가 몇 개 있더군. 소년이 보았던 게 그건지도 몰라. 만일 그가 섬약한 성격이었다면 굳이 유리창에서 뭘 볼 필요까지도 없이 그것들만으로도 정신이 나가기엔 충분했을 걸세. 만일 그 뼈 모두가 하나의 육체에서 나온 것이라면 아마도 정신이상 수준의 착란적 기형체였을 게 틀림없어. 이 세상에 그런 뼈를 거기에 남겨두는 것은 극한 신성모독일 터라 나는 자루를 갖고 돌아와 그 집 뒤편 무덤으로 그것들을 가져갔네. 구덩이가 하나 있어 그 안에 뼈를 던져 넣을 수 있었다네. 나를 어리석다고 여기지 말아주게. 자네가 그 두개골을 보았어야 했는데 말야. 그건 크기는 10센티미터 가량이었지만, 얼굴과 턱뼈 같은 것들은 자네나 내 뼈와 유사한 생김새였어."

마침내 나는 맨튼이 정말로 두려워 떨고 있다는 걸 알 수 있었다. 그는 좀 더 바싹 다가왔다. 하지만 호기심만은 어쩔 수 없는 것 같았다.

"그런데 그 창문 유리는 어떻게 된 거지 ?"

"유리는 죄다 없어진 지 오래더군. 창 하나는 창틀조차 제대로 남아있지 않았네. 그리고 다른 작은 마름모꼴 격자창에도 유리가 끼어 있던 흔적은 없었어. 그 창들은 1700년 이전에 사용했던 구식 격자창이었는데, 백 년도 넘은 세월 동안 창에 유리가 전혀 없었다는 게 좀 믿기 힘들더군. 소년이 왔을 때 유리창이 있었다면 아마 그 애가 그걸 깨버렸는지도 모르지. 전설로야 알 수 없는 법이지만"

맨튼은 다시금 생각에 잠겼다.

"그 집 보고 싶은데. 카터. 어디에 있지? 유리 창문이건 빈 창문이건 내가 좀 조사해 봐야겠네. 그리고 자네가 그 뼈들을 묻었다는 무덤과 묘비명 없는 묘지도 같이 가르쳐주게. 다소 으스스한 그것들 모두 말일세."

"자넨 이미 그 집을 보았잖아. 어두워지기 전까지 줄곧."

친구는 예상 이상으로 흥분해 버리고 말았다. 이번의 악의 없는 극적 자극에 그는 신경질적으로 내게서 움찔 떨어지더니 이제껏 단단히 붙들고 있던 긴장줄을 일시에 풀어버린 듯, 삼킨 숨을 헐떡이며 정말로 비명을 질렀던 것이다. 참으로 야릇한 비명이었으나 그보다 더 오싹했던 것은 그 비명이 응답을 받았다는 사실이었다. 조용한 반향이 퍼지던 순간, 역청 같은 암흑을 뚫고 삐걱거리는 소리가 들려왔다. 그리고 나는 우리 근처의 저주받은 폐가의 격자창이 열려 있다는 것을 깨달았다. 다른 창문의 창틀은 모조리 떨어진 지 오래였으니 소리 내는 것이 악마의 다락방에 달려 있던 그 꺼림칙한 유리 없는 창이라는 걸 알 수 있었다.

이어, 섬뜩하게도 동일한 방향에서 유독한 악취와 차디찬 대기가 쇄도하듯 몰아쳤다. 연이어 오싹한 균열이 가 있는 사람과 괴물의 무덤 위 내 바로 옆으로 찢어지는 듯한 소리가 날카롭게 파고들었다. 그 순간 정체를 알 수 없고 눈에 보이지도 않는 악마적인 거대한 존재가 그 섬뜩한 의자에 앉아 있던 나를 단박에 바닥으로 패대기쳤다. 나는 기분 나쁜 묘지의 나무뿌리가 움키고 있는 흙바닥 위에 큰대자로 나자빠졌다. 헐떡거리고 웅웅거리는 억눌린 난동 소리가 무덤 속에서 울려 퍼지는 바람에, 그 동안 내 머릿속엔 흉물스런 지옥 망령을 묘사한 밀턴의 군단이 컴컴한 어둠 속에 꽉 들어차 있나 하는 상상까지 떠오를 정도였다. 한발 같은 회오리와 서릿발 같은 바람이 몰아쳤고, 헐거워진 벽돌과 회반죽들이 왈각거렸다. 하지만 다행스럽게도 나는 그것이 무얼 뜻하는지 깨닫기도 전에 그대로 정신을 잃고 말았다.

맨튼은 비록 몸집은 나보다 작아도 생명력은 더 강한 사람이다. 그의 부상이 더 심했는데도 그와 내가 눈을 뜬 시점이 거의 같았기 때문이었다. 우리는 나란히 놓인 침상에 누워있었는데, 이곳이 세인트 마리 병원이라는 사실을 깨닫는 것은 어렵지 않았다. 긴박한 호기심으로 가득찬 간호사들이 주위에 모여들어 우리의 기억을 되살리기 위해 우리가 어떻게 예까지 오게 되었는지 설명해 주었다. 정오 무렵 그 낡은 묘지와는 1.5킬로미터쯤 떨어진 매도 힐 너머 외진 들판의, 예전엔 도살장이 있었다는 소문이 도는 어느 장소에서 한 농부가 우리를 발견했다는 것이다. 맨튼은 가슴에 두 군데 중상을 입고 있었고 그보다는 정도가 덜한 자상과 창상이 등에 나 있었다. 나는 그다지 심한 상처는 없었지만 쪼개진 발굽 자국을 포함하여 가장 당혹스런 특성을 보이는 구타상과 타박상을 입고 있었다. 맨튼이 갖고 있는 기억이 나보다는 더 분명했지만 그는 다른 부상이 어떤 종류인지 알 때까지 곤혹스런 관심을 보이는 의사들에게 한 마디도 꺼내지 않았다. 그리고 알고 나서는 그저 사나운 황소에게 받혔다고만 대답했다. 물론 황소란 것이 그 장소에서 기대하기엔 좀 어려운 동물이긴 했지만.

의사와 간호사들이 물러가고 나자, 나는 목소리를 죽여 두려움으로 떠올린 질문을 맨튼에게 꺼냈다.

"허참…… 이봐 맨튼 그게 뭐였을까? 자네 상처를 보니…… 그게 그걸 닮긴 했어?"

그 말에 맨튼은 나직한 목소리로 내가 은근히 기대하던 답변을 주었다. 하지만 그 대답에 득의감을 느끼기엔 나 또한 너무 얼이 빠져버릴 상황이었다.

"아니. 그런 쪽은 전혀 아니야……. 그건 도처에 있었네. 젤라틴이나 점액질 같기는 한데 형태는 있었거든. 기록에도 전혀 없는 수천가지 무시무시한 형체였다고 할까. 눈도 있었고, 그리고 흠집도 있었지……. 그건 구덩이였고 소용돌이였고 극히 혐오스런 것이었어. 카터…… 정말로 뭐라 말로 하기가 불가능하네!"

THE FESTIVAL

축제

악마는 존재하지 않는 것을 마치 실재하는 것처럼 인간에게 보여준다.

—락탄티우스[32)]

나는 집에서 멀리 떨어진 곳에 있었다. 동쪽 바다의 마법이 내게 씌웠다. 저녁의 어스름 속에서 나는 마법이 바위에 닿는 소리를 들었고 바로 언덕 위에 올라앉았음을 알게 되었다. 첫 번째 저녁별이 빛을 발하는 언덕위엔 둥치 뒤튼 버드나무가 깨끗이 씻긴 하늘을 부대끼며 머리를 흔들고 있었다. 내 선조들이 저 너머 옛 도시로 나를 불렀기에 나는 알데바란이 반짝이는 그곳, 본 적은 없었으나 꿈에서 자주 나타나던 무척이나 오래된 도시를 향해, 수풀을 가르고 높다랗게 오르는 외로운 길을 따라, 얇게 깔린 새 눈밭을 밟아나갔다.

그날은 동지제[33)]였다. 비록 그 이름이 베들레헴과 바빌론, 멤피스가 세워지기 전, 그리고 인류 세기보다도 더 오랜 시대부터 내려온 이름임을 가슴으로 알고는 있음에도 사람들은 그 계절을 크리스마스라 부른다. 동지제의 계절, 그리고 나는 이 오래된 해안도시에 최후로 당도했던 사람이었다. 축제가 금지되었던 옛날에도 이 도시에 살았던 나의 일가는 축제를 벌였으며 원시의 비밀스런 기억들이 잊혀지지 않도록 매 세기에 한 번씩 축제를 치르도록 자손들에게 당부했다. 내 일가는 상당히 오래되어, 300년 전 도시의 기틀이 잡혔던 시기보다도 더 앞선 역사를 지니고 있었다. 또한 그들은 기묘한 사람들이기도 했다. 푸른 눈의 어부들의 언어를 배우기 전에는 다른 언어로 말해 왔으며 열대의 난초가 몽환처럼 만발한 남방에서 건너온 음습하고 비밀스런 주민들이었다. 지금 그네들은 뿔뿔이 흩어져버린 채, 살아있는 어느 누구도 이해 못 할 신비로운 종교의식만 공유하고 있다. 오로지 가난하고 고독한 이들만이 기억을 이어가는 가운데 나는 전설이 명하는 대로 그 밤에 낡은 항구도시로 돌아온 유일한 사람이었다.

이어, 언덕 마루를 넘어 저녁 어스름 속에 냉랭하게 펼쳐진 킹스포트를 보았다. 고색창연한 풍신기와 뾰족탑, 들보와 굴뚝, 선창가와 자그마한 다리들, 버드나무와 묘지로 이루어진 눈 덮인 킹스포트. 좁고 가파르고 구불구불한 끝없는 가로의 미궁. 시간의 손을 타지 않는 아찔하도록 높다란 산정과 그 위에 서 있는 교회당. 아이의 무질서한 블록 쌓기처럼 수많은 각으로 층층이 흩어져 있는 식민지 시대 건물군의 끊임없는 미로, 마치 그 옛날의 시간이 잿빛 날개를 펼치고 정지한 듯한 눈 덮인 박공지붕과 2단 맞배지붕들, 오리온 좌와 고대의 별들이 떠오른 차가운 어스름 속에 하나씩 빛을 반사하는 부채꼴 광창과 자그마한 모자이크 창문들, 그리고 파도가 철썩이는 황량한 선창가와 먼 옛날 나의 일족이 건너왔던 신비로운 태고의 바다.

언덕마루를 넘는 길가에는 찬바람에 몸을 드러낸 높다란 산정이 황량한 모습으로 솟아 있었다. 큼직한 시체의 썩어버린 손톱 같은 검은 묘석들이 눈 속에 잔혹하게 박혀 있었으므로 나는 그곳이 묘지라는 것을 알 수가 있었다. 발자국이 지워진 길은 무척이나 을씨년스러웠으며 이따금 교수대가 바람에 흔들릴 때면 삐걱삐걱 소름 끼치는 소리가 아련히 들려오는 것만 같았다. 1692년에 마법을 썼다는 죄목으로 사람들이 나의 일가붙이 중 네 명을 목매달았지만 나는 그 형장이 어디인지는 알지 못했다.

길은 해안으로 이어진 비탈을 구불구불 내려가고 있었다. 저녁 축제를 즐기는 왁자지껄한 소리에 귀를 기울여 보았지만 들리는 소리는 없었다. 나는 계절을 떠올리면서 이 오랜 청교도 주민들은 내게는 이상하게 여겨지는 크리스마스 풍습을 제대로 만끽하고 있으며, 집 안에서 조용히 기도에 몰두해 있는 게 틀림없다고 생각했다. 그런즉 떠드는 소리를 듣거나 다른 여행자를 찾거나 하는 일에는 신경을 거두고, 나는 불을 밝힌 조용한 농가들과 오래된 상점 간판들이 붙어 있는 거뭇거뭇한 석축들을 지나, 소금기 품은 바람에 삐걱거리는 선술집들을 뒤로 하고 아래로 걸음을 재촉했다. 기둥을 세운 현관에 매달린 기괴한 형태의 문고리들이 내가 지나가는 좁고 인적 없는 비포장 골목길을 따라 늘어서 있는 커튼 내려진 작은 창문에서 새나온 빛을 받아 반짝거렸다.

나는 도시의 지도를 본 적이 있었으므로 내 일가붙이의 집을 어디서 찾을 수 있을지는 알고 있었다. 고장의 전승이 오래도록 전해져왔기에 그네들이 나를 알아보고 환대하리라는 이야기를 들었다. 그래서 나는 원형 광장으로 향하는 뒷길을 통과하여 이 도시에서 전체 포석이 깔린 하나의 길을 잡고는, 새로 쌓인 눈을 밟으면서 시장 건물 뒤편의 녹색 오솔길이 시작하는 곳을 향해 서둘러 걸어갔다. 오래된 지도가 아직 쓸 만했기 때문에 별반 어려움은 느끼지 못했다. 단지 머리 위로 지나가는 전선이 아무 데도 보이지 않았기에 이 도시에 전차가 놓였다고 했던 아컴 사람들의 말은 확실히 거짓이긴 했다. 눈이 레일을 덮어 시야에서 감추어 버린 건지는 알 수 없었지만 말이다. 언덕에서 바라보이는 하얀 마을은 참으로 아름다운 모습이었으므로 도보행을 택한 것은 썩 만족스러운 선택이었다. 그리고 지금 나는 녹색 오솔길 왼편으로 일곱 번째의, 모두 1650년 이전에 세워진 고색창연한 뾰족지붕과 앞으로 튀어나온 2층의 위채로 이루어진 일가의 집 현관문을 두드려보고 싶은 마음이 간절했다.

내가 그 집으로 다가갔을 때 집 안에는 불이 밝혀져 있었다. 마름모꼴 창유리를 보아하니 집이 옛 상태에 가깝게 보존되어 왔음을 알 수 있었다. 2층의 위채는 잔디가 자라난 폭 좁은 가로 위로 그늘을 드리우며 반대편 집의 튀어나온 위채와 거의 맞닿아 있었기 때문에, 나는 눈이 쌓이지 않은 나지막한 돌 현관 참이 있는 터널 속에 들어온 셈이었다. 인도는 따로 없었으나 많은 집들이 철제 난간을 세운 이중 계단을 올라야 다다를 수 있는 높다란 현관을 내고 있었다. 뉴잉글랜드에 대해 생소했던 나로선 그와 같은 집 구조를 일찍이 본 적이 없었으므로 상당히 기묘한 풍경이기도 했다. 적이 마음에 드는 풍경이기는 했지만 눈 위에 발자국이 찍혀 있고 거리에 사람들이 나와 있거나 창문 몇 개만이라도 커튼이 걷혀 있었다면 좀 더 기분이 좋았을 법했다.

예스런 철제 문고리를 또닥거렸을 때 적잖은 두려움이 솟아났다. 막연한 공포감이 몰려든 이유는, 어쩌면 일족의 전통에 대한 생경함과 저녁 무렵의 찬 기운, 그리고 별스런 습속을 지닌 오래된 도시의 기묘한 정적 때문이었을지도 모른다. 노크가 응답을 받자 나는 완전히 공포에 휩싸이고 말았다. 문이 삐걱거리며 열리기 전에 다가오는 발자국 소리를 전혀 듣지 못했기 때문이었다. 하지만 염려는 오래가지 않았다. 슬리퍼를 신고 가운을 걸친 차림새로 현관에서 나를 맞이한 이가 무척 온화한 얼굴의 노인이었던지라 불안감은 금세 가라앉았다. 노인은 자신이 벙어리라고 표현하긴 했지만, 가져온 밀랍 판에다 예스런 환영사를 철필로 써서 내게 보여주었다.

그는 손짓으로 나를 촛불 밝힌 낮은 방 안으로 이끌었다. 육중한 서까래가 드러난 그 방에는 17세기 풍의 거무스름하고 단조로운 가구가 띄엄띄엄 놓여 있었다. 속성 하나도 빠짐이 없어서 마치 과거의 시간이 그곳에 살아서 숨 쉬는 듯했다. 깊숙이 들어간 벽난로가 있었으며, 헐렁한 실내복에 보닛을 깊이 눌러 쓴 허리 굽은 노파가 내게 등을 돌린 채 축제 기간 중에도 잠잠히 물레를 돌리고 있었다. 무언가 습기 같은 것이 그 장소에 차 있었는데 이상하게도 난로에 불을 피울 생각들은 없는 듯 보였다. 높은 등받이의 나무의자가 왼편의 커튼 쳐진 창문 열을 바라보고 있었는데 확신할 수는 없어도 마치 누군가 앉아 있는 듯한 기분이 들었다. 내가 바라보고 있는 모든 것들이 그다지 기분 좋은 느낌이 아니었던지라 잠시 전에 품고 있었던 두려움이 다시금 솟아올랐다. 노인의 얼굴을 들여다보면 볼수록 그 온유한 얼굴이 나에게 점점 더 큰 두려움이 되었기에, 이번의 공포감은 앞서 잦아들기 전보다도 한층 강렬해졌다. 노인의 눈동자는 움직이지 않았고 피부는 마치 밀랍과도 같았던 것이다. 마침내 나는 그 얼굴이 결코 맨 얼굴이 아니며 악마적인 솜씨로 교묘하게 만들어진 가면을 쓴 것이리라는 확신이 들었다. 그러나 그는 장갑을 낀 채 흐느적거리는 기묘한 손길로 밀랍판 위에다가 친절히 글을 써서 의사를 전했다. 축제의 장소로 안내 받기 전까지는 잠시간 기다려야 한다는 것이었다.

의자, 책상 그리고 책 더미를 가리키며 노인은 방을 떠났다. 시야에 들어온 장서들을 읽어보려 의자에 앉았는데, 하나같이 무척이나 낡고 오래되어 곰팡내를 풍기고 있었다. 그 속엔 모리스터 노인의 '과학의 경이', 1681년에 출판된 조셉 글랜빌의 끔찍 무도한 저서 『사두시스무스 트라이엄파투스(사두개 교도들의 승리)』 1595년에 리옹에서 인쇄된 충격적인 책 레미기우스의 『다이모노럴트레이아(이교도의 악마숭배)』가 포함되어 있었지만, 가장 최악의 것은 차마 입에 담을 수 없는 금서, 아랍의 광인 압둘 알하즈레드의 『네크로노미콘』을 번역한 올라우스 우르미우스의 금단의 라틴어 본이었다. 나는 이 책을 본 적은 한 번도 없었지만 그 극악한 소문들은 귀띔으로 들은 바가 있었다. 내게 말을 거는 이는 아무도 없었으나 바깥 간판이 바람에 삐걱거리는 소리는 귓가를 긁어댔고, 보닛을 쓴 노파가 잠잠히 실 잣는 일을 계속하고 있는지 물레의 바퀴가 윙윙거리는 소리도 같이 들려왔다. 이 방과 책과 사람들이 지나치게 음울한데다 불안감까지 조성한다는 생각이 없지 않았으나, 선조들의 오래된 전통으로 이 이상한 축제에 불려진 만큼 기이한 일들을 기대해 보자는 쪽으로 마음을 다잡았다. 그렇게 책을 읽기 시작했으나 얼마 지나지도 않아 나는 덜덜 떨리는 가슴을 누르면서 저주스런 『네크로노미콘』에서 얻게 된 것들에게 깊이 몰두하게 되었다. 온전한 지성으로 대하기엔 책의 사상과 전설은 참으로 가공할 만한 것이었지만, 모르는 새 슬그머니 열려 있기라도 했는지 의자가 바라보고 있던 창문 하나가 닫히는 소리를 얼핏 들었다는 느낌이 든 시점부터 나는 더 이상 그 내용물을 호의적으로 바라볼 수가 없었다. 노파가 돌리는 물레 소리가 아닌 다른 무엇이 윙윙 돌아가는 소리가 따라붙고 있는 것만 같았다. 비록 노파가 열심히 실을 잣고 있었고 오래된 괘종시계도 시간에 맞춰 타종했지만, 내가 들은 소리에 대한 설명으로는 충분치가 않았다. 노인이 장화와 헐렁한 예스런 복장을 갖추고 돌아와 바로 그 긴 의자에 앉았을 때도 알아채지 못했을 정도로 나는 사람들이 있다는 감각조차 잃어버린 채 공포에 몸서리치면서도 하염없이 책 속에 빠져들고 있었다. 그 기다림이란 확실히 신경과민에 가까웠고 손에 든 불경스런 책은 불안을 두 곱으로 증폭시켰다. 11시의 종이 울리자 노인은 일어서더니 구석에 놓여 있던 조각이 새겨진 육중한 상자 쪽으로 소리 없이 걸어갔다. 그리고는 후드가 달린 망토를 꺼내어 그중 하나를 자신이 입고, 다른 하나는 단조로운 물레질을 마친 노파에게 걸쳐주었다. 이어 둘은 외출할 차비를 했다. 노파는 절뚝거리며 기는 듯이 걸어가고 있었고 노인은 내가 읽고 있었던 책을 집어 든 후, 표정이 없는 얼굴 혹은 가면 위에 후드를 쓰고 손짓으로 나를 불렀다.

달도 없는 밤, 커튼을 친 창문 속의 불빛들이 하나둘씩 꺼져갈 무렵 우리는 믿을 수 없이 오래된 도시의 구불거리는 가로망 속으로 스며들었다. 큰개자리 시리우스가 가는 눈을 뜨고 내려다보는 아래로, 두건을 쓰고 망토를 걸친 무리들이 각자의 문에서 조용히 쏟아져 나와 거리 이곳저곳에서 기괴한 행렬을 이루었다. 그들은 삐걱거리는 간판과 오래된 박공과 이엉으로 엮은 지붕과 마름모꼴 유리를 끼운 모자이크 창문 아래를 지나갔다. 퇴락한 가옥들이 서로 겹쳐지며 무너지는 듯한 가파른 오솔길을 가느다랗게 이어가며, 아래위로 흔들리는 등불들이 섬뜩하게 만취한 성좌처럼 불길한 빛을 발하는 교회마당과 광장을 가로질러 미끄러지듯 나아갔다.

얼굴도 보이지 않고 한마디 말소리도 들리지 않았지만, 나는 이 고요한 군중들 속에서 기묘하리만치 유연한 팔꿈치들에 떠밀리고, 비정상적으로 물컹거리는 가슴과 복부에 눌리면서 말없는 가이드의 뒤를 따라갔다. 위로, 위로, 위로, 오싹한 행렬들은 미끄러지듯이 오르막을 올라갔다. 그러곤 쏟아져 나온 모든 여행자들이 이 어지러운 골목길들이 한데 합류되는 일종의 집결지로 밀려들 즈음에야 나는 이들이 시내 중심부의 높다란 언덕 꼭대기로 모여들고 있음을 깨달았다. 그 언덕에는 백색의 커다란 교회당이 서 있었는데 전일 땅거미 질 무렵 산마루에서 킹스포트를 내려다보다가 눈에 띈 교회당이었다. 때마침 알데바란이 유령처럼 희끄무레한 뾰족탑과 절로 균형을 맞추는 듯이 느껴지면서 오싹 소름이 돋았다.

교회 주위로는 트인 공간이 있었다. 그중 일부는 괴괴한 빛으로 밝혀진 교회묘지였으며 다른 일부는 반쯤 포장된 광장이었다. 광장의 눈은 바람에 거반 쓸려가 있었으며, 뾰족한 지붕에 툭 튀어나온 박공지붕의 낡고 퇴락한 건물들이 열 지어 서있었다. 그림자가 지지 않는 기이한 도깨비불이 묘지를 뛰노는 광경은 몹시도 소름 끼쳤다. 집 한 채 보이지 않는 교회묘지를 지나자 언덕 꼭대기가 시야에 들어왔고, 항구의 하늘엔 별무리가 깜박이고 있었으나 도시의 전경은 어둠에 덮여버렸다. 지금 소리 없이 교회로 밀려들어 가는 군중들을 따라잡는 길에서, 뱀처럼 구불구불한 좁은 골목길을 헤치는 등불이 가끔씩 섬뜩하게 흔들렸다. 나는 군중들이 교회당의 검은 현관문 속으로 사라진 뒤, 뒤처진 자들도 모두 들어갈 때까지 밖에서 기다렸다. 노인이 어깨를 잡아끌고 있었지만 나는 제일 마지막으로 들어갈 생각이었다. 문지방을 지나 사람들로 그득한 이름 모를 어둠의 사원으로 들어서면서, 교회묘지의 인광이 언덕마루의 포석 위로 아스라한 푸른빛을 발하고 있던 무렵, 바깥을 보고 싶은 기분에 나는 얼핏 고개를 돌렸다. 그러곤 간담이 서늘해지고 말았다. 비록 바람이 많이 쓸어가 버렸지만 일부의 눈은 교회당으로 이어지는 가까운 오솔길 위에 드문드문 남아 있었다. 뒤를 돌아본 그 짧은 순간, 뒤숭숭한 내 눈엔 사람들이 밟고 간 발자국은커녕 내 발자국조차도 눈 위에 남아 있지 않은 것 같아 보였다.

군중의 대부분이 이미 사라졌기 때문에 안에 들어온 등불의 빛을 모두 모아도 교회 내부는 어두컴컴했다. 사람들은 높은 신도석 사이를 물 흐르듯 지나서 설교단 바로 앞에 기분 나쁜 입을 쩍 벌린 지하실 뚜껑문으로 나아가 소리도 없이 입구 안으로 꿈틀꿈틀 들어가고 있었다. 나는 발길로 닳은 계단을 디디면서 숨 막힐 듯 컴컴한 지하로 묵묵히 따라 내려갔다. 밤의 행렬의 구불거리는 꼬리는 괴기스럽기 짝이 없었고, 해묵은 납골묘당 속을 꾸물꾸물 빠져나가는 모습을 보고 있노라면 가일층 무시무시한 정적이 도사리고 있을 것만 같았다. 이어, 내 시선은 묘당 바닥의 입구에 꽂혔다. 그 속으로 무리들이 미끄러지듯 내려가고 있었다. 그리고 어느 순간, 우리 모두는 거친 다듬질의 불길한 석조 계단을 밟고 있었다. 습기로 가득 찬 좁다란 나선 계단에서는 독특한 향취가 피어올랐고, 우리는 물이 뚝뚝 떨어지는 석재 블록과 부스러진 모르타르의 단조로운 석벽을 돌면서 언덕 아래 대지의 내장 속으로 끝없이 내려갔다. 그야말로 고요하고도 충격적인 하강이었다. 오싹할 정도로 긴 거리를 내려가고 난 다음에야, 나는 주위의 벽과 계단이 단단한 암석을 파서 다듬은 듯한 재질로 바뀌어 가고 있음을 알게 되었다. 하지만 나를 불안케 만든 주된 이유는 저 무수한 발걸음들이 일체의 소리도 내지 않고 아무런 반향음도 일으키지 않는다는 사실이었다. 영겁 같은 하강을 거듭한 다음, 미지의 암흑으로부터 이 캄캄한 신비의 통로까지 이어져 있을 측통로와 암굴이 몇 개 눈에 띄었다. 마치 정체 모를 위협을 가하는 참람한 지하묘지처럼, 굴들은 금세 엄청난 수로 불어났으며 더불어 코를 찌르는 부패의 악취 또한 참을 수 없을 만치 고약해졌다. 우리가 산 밑과 킹스포트 땅 밑바닥을 파고 내려온 것이 틀림없음을 깨닫고 나자, 이 도시가 그토록 오래된 데다 지하의 죄악이 구더기처럼 들끓는 곳이라는 생각에 온 몸이 떨려왔다.

그때 으스스한 빛을 발하는 파리한 불빛이 시야에 들어왔다. 이에 더해 어둑하고 음습한 물소리가 귓가를 적셨다. 두려움이 또다시 살갗을 훑어 내렸다. 이 밤이 가져다준 모든 일들이 전혀 반갑지가 않았다. 선조들 중에 아무도 나를 이 원시의 제의에 불러내지 않았다면 참으로 좋았으리라고 뼈저리게 느끼고 있었다. 계단과 복도가 점점 넓어지면서 또 다른 소리가 들려왔는데, 희미한 플루트 선율과도 비슷하고 나직하게 흐느끼는 듯한 가락이었다. 그러곤 마침내 놀랍게도, 무한한 내부세계의 풍광이 갑자기 눈앞에 펼쳐졌다. 창백한 녹색광으로 타오르는 불꽃 기둥이 무수한 균류로 뒤덮인 해안을 밝히고 있었고, 아득한 태곳적 대양의 가장 어두운 골짜기와 이어져 있을 게 분명한, 심연에서부터 흘러나온 광막한 기름 강물이 그 해변을 씻어내고 있었다.

실신할 듯한 충격에 가쁜 숨을 몰아쉬면서 나는 거대한 독버섯의 부정한 에레보스와 나병 같은 불꽃과 끈적끈적한 점성을 띤 강물을 응시했다. 그리고 타오르며 빛을 발하는 기둥을 중심으로 반원형을 그리며 둘러서는 망토 입은 무리들을 보았다. 이것은 바로 동지제. 인류보다도 오래되었고 인류보다도 오래 존속되어질 의식. 눈의 계절 뒤에 올 봄을 약속하는 원시의 제전이자, 불과 상록과 빛과 음악의 제식이었다. 그리고 나는 이 황천의 동굴 속에서 군중들이 의식을 치르며 창백한 불꽃의 기둥을 숭앙하는 모습과 희끄무레한 녹빛을 발하는 찐득한 작물들을 한 움큼 캐서 물 속으로 던지는 행위를 보았다. 이 모든 광경과 함께 불쾌한 가락의 플루트 소리를 내면서 빛에서 멀찍이 떨어진 구석에 웅크리고 있는 어떤 형체 모를 존재가 내 시야에 들어왔다. 그것이 소리를 내고 있는 동안이면, 악취를 발산하는 보이지 않는 어둠 속에서 참람한 날갯짓 소리가 잠잠히 들려오는 기분이었다. 그러나 무엇보다도 두려웠던 것은 인지를 초월한 심원한 깊이에서부터 격렬하게 뿜어 나오는 그 불꽃의 기둥이었다. 그것은 정상적인 불꽃이 이루는 음영을 짓지도 않았고, 독액 같은 역겨운 녹청 빛을 발하면서 초석의 표면을 푸릇하게 물들이고 있었다. 솟아오르는 모든 격렬한 발화 속엔 온기라곤 없었으며, 오로지 죽음과 부패의 차디찬 냉습만이 가득했다.

나를 인도했던 이는 그 소름 끼치는 불꽃 곁으로 꿈틀거리듯 다가서더니, 반원으로 둘러싼 무리들을 마주보면서 제의의 동작을 취했다. 의식의 특정단계마다 자신이 들고 온 저주받은 『네크로노미콘』을 머리 위로 들어 올리자, 무리들은 경의를 표하며 땅에 엎드려 머리를 조아렸다. 나 또한 선조들의 기록에 의해 이 축제에 부름 받은 이상 그들처럼 행동할 수밖에 없었다. 이어 어둠에 반쯤 형체가 가려진 플루트 주자들에게 그가 신호를 보내자, 단조롭고 흐릿하던 저음이 조가 다른 더 큰 소리의 선율로 곧바로 바뀌었다. 가히 상상하거나 예기치도 못할 정도로 빠르고 맹렬한 가락이었다. 나는 이 전율스런 광경에 둘러싸여, 이 세계와 다른 어떤 세계에도 속하지 않은, 오로지 별들 사이의 미친 우주에 속한 공포로 얼어붙은 채 금방이라도 이끼 낀 바닥으로 쓰러질 것만 같았다.

타락을 퍼뜨리는 차디찬 불꽃의 섬광 너머 상상할 수도 없는 암흑으로부터, 수 리그에 걸친 기름의 강물이 들은 바도 없으며 짐작키도 불가능한 으스스한 물결을 넘실거리는 무저갱 지옥에서부터, 마치 길들여진 듯 열 지어 대기하던 짐승의 무리가 규칙적으로 날개를 쳤다. 그들은 어떤 정상적인 시각으로도 제대로 인식하기 힘들고, 어느 정상적인 두뇌로도 확실하게 새기기도 힘든 여러 종류가 혼성된 날개 달린 생물이었다. 전반적으로 보아 까마귀도 두더지도 독수리도 아니었고, 개미도 흡혈박쥐도 아니었지만 그렇다고 썩어 문드러진 인간도 아닌, 나로선 그저 뇌리에 떠올릴 수도 없으며 생각해서도 안 되는 존재였던 것이다. 반수는 물갈퀴 달린 발을 젓고, 반수는 얇은 막 같은 날개를 치면서 부드럽게 강을 건넌 짐승들이 의식을 집전하는 무리 앞으로 도달하자, 두건을 쓴 사람들은 각기 짐승을 잡아 등에 올라탔다. 그러곤 하나 둘씩 빛이 없는 어두운 강 유역을 따라 몰고 가더니 독액의 샘에서부터 시작된 미지의 폭포가 쏟아지는 지저의 회랑 속으로 들어갔다.

물레를 잣던 노파가 무리와 함께 먼저 떠났고 노인은 그대로 남아 있었다. 다른 사람들처럼 그 짐승을 붙들어 올라타라고 그가 손짓으로 말해 주었는데 내가 거부했기 때문이었다. 내가 후들거리는 다리를 주체 못하는 동안 형체가 모호한 플루트 주자들은 시야에서 사라졌지만, 그 짐승들 중 둘이 끈기 있게 우리를 기다리고 있었다. 내가 자꾸만 머뭇거리자 노인은 밀랍판을 꺼내들더니 자신이 이 고대의 사원에서 동지제를 거행했던 내 선조들의 진정한 대리인이라는 글을 철필로 써 보여주었다. 나는 돌아가야만 하는 운명이며, 가장 은밀하고 신비한 의식은 아직 거행되지도 않았다는 것이다. 그는 고풍스런 필체로 글을 적어주었지만 내가 여전히 망설이고 있자 자신의 말이 사실임을 입증시킬 생각이었는지, 헐렁한 망토 속에서 팔을 내밀고 가문의 문장이 새겨진 반지와 시계를 내게 들어 보여주었다. 하지만 그것이야말로 더한층 소름 끼치는 증명임에 다름 아니었다. 그 시계가 6대 전의 조부가 1698년에 무덤에 묻혔을 때 같이 묻혔던 시계라는 것을 나는 옛 문서를 통하여 알고 있었다.

잠시 후 노인은 두건을 뒤로 끌어내리고 제 얼굴을 가리키면서 우리 집안에 공통된 특징을 지니고 있음을 내게 가르쳐주려 했으나 나는 그만 몸서리치고 말았다. 그의 얼굴이 단지 악마적인 솜씨로 만들어진 정교한 밀랍 가면이라는 사실을 내 눈으로 확인해 버렸기 때문이었다. 날개를 퍼덕이는 짐승들은 쉴 새 없이 이끼 낀 바닥을 발톱으로 긁어대고 있었고, 내 눈에 비친 노인은 몹시도 초조해하고 있었다. 마침내 짐승들 중 하나가 어기적어기적 걷기 시작하면서 구석으로 멀어져버리자 노인은 짐승을 잡으려고 다급히 몸을 돌렸다. 하지만 갑작스런 동작 탓에 밀랍 가면이 머리가 있어야 할 곳에서부터 떨어지고 말았다. 그 순간, 나는 악몽이 도사린 광경을 보고 말았다. 우리가 내려왔던 돌계단을 박차고 나는 어딘가의 해수동굴을 향해 부글부글 흘러가는 지하의 기름 강물 속으로 뛰어들었다. 이 사악한 동굴이 감추고 있을 모든 망령 같은 무리들이 미친 듯이 질러대는 내 비명소리를 듣고 뒤쫓기 전에, 나는 썩어가는 지저 세계의 소름 끼치는 액체 속에 스스로 몸을 던졌다.

병원에서 사람들이 설명해 준 바에 의하면, 나는 새벽에 킹스포트 항에서 반쯤 얼어붙은 상태로 발견되었는데, 바다를 떠다니던 난파선의 돛대에 걸린 것이 목숨을 건진 이유였다. 눈 위에서 발견한 발자국으로 추정해 보아, 내가 그 전날 밤에 언덕길을 걸어가다가 방향을 잘못 잡아 오렌지 곶의 절벽에서 추락했을 거라고 그들은 말했다. 모든 것이 내가 본 것과는 사뭇 달랐기에 나는 아무런 부언도 할 수가 없었다. 정말 모든 것이 너무나 달랐다. 널따란 창을 낸 수많은 건물들은 다섯 중

하나 정도만이 노후한 건물일 뿐이었으며, 아래편 길거리에서는 전차의 바퀴 구르는 소리와 모터소리가 들려왔다. 나는 이 도시가 바로 킹스포트라고 주장하는 사람들의 말을 부인할 수가 없었다. 센트럴 힐의 낡은 교회부지 인근에 있는 병원이라는 말을 듣고 내가 착란 상태에 빠지자, 그들은 좀 더 세심한 치료를 받을 수 있도록 나를 아컴의 세인트 마리 병원으로 옮겼다. 나로선 이곳이 더 좋았던 것이, 의사들이 포용력이 있었으며, 미스캐토닉 대학 도서관이 엄중히 소장하고 있는 압둘 알하즈레드의 저주받은 책『네크로노미콘』을 빌려다 주기까지 했던 때문이었다. 그들은 내게 '정신이상'에 관한 여러 소견을 이야기해 주었으며, 끊임없이 붙어 다니는 망상을 떨쳐버리는 편이 내게 더 좋으리라는 데에 의견을 모았다.

그리하여 나는 그 공포의 장을 읽게 되었으나 한층 가중된 두려움에 짓눌리고 말았다. 그 부분이 내게 있어 전혀 생소하지가 않았던 때문이었다. 그 페이지를 일전에 본 기억은 있었으나, 그들이 무엇인지는 발자국들만이 말해 줄 뿐이며, 내가 보았던 장소가 어디인지는 완전히 망각 속에 잊혀져버렸다. 깨어있는 동안엔 그 구문을 내게 일깨워줄 사람은 아무도 없지만, 꿈을 꾸는 동안은 맘속에 공포가 가득하다. 그것은 감히 말로는 꺼낼 수가 없을 그 구문들 때문이다. 나로선 어설픈 속라틴어로 쓰여 있던 단 한 구절만 영어로 번역하여 여기에 감히 언급해 보겠다.

"가장 깊고 깊은 동굴은……" 미친 시인은 이렇게 기술했다. "눈의 헤아림으로 볼 수 있는 것이 아닐지니, 그 경이로움은 기괴하고도 두려운 것이기 때문이니라. 망자의 사념들이 새로이 살아나 기괴한 육신을 갖추는 땅은 저주받으며, 머리 없는 자들이 경배하는 영혼은 사악하리

라. 이븐 샤카바오의 말을 지혜롭게 따르라. 어떤 마법사도 잠들지 못한 무덤이야말로 행복하리며, 모든 마법사들이 재로 화해버린 밤의 마을이야말로 복되리라. 부패에서부터 무시무시한 생명이 일어날 그때, 지구의 아둔한 청소부들이 교활해져서 그 분노를 부추기고, 기괴하게 부풀어서 그 기분을 거슬릴 그때까지, 악마와 계약한 영혼은 무덤의 육신에서 서둘러 일어나려 하지 않으나, 풍요와 지식은 벌레가 갉아먹는다는 오랜 풍문 때문이니라. 대지의 숨구멍으로만 족했어야 할 거대한 구멍이 은밀히 땅속에 파여 있기에, 기어 다녀야 하는 것들이 걸음을 익혔노라."

32) 락탄티우스(Lucius Caecilius Firmianus Lactantius) : 4세기의 기독교 변증가이자 호교가(護教家)

33) 동지제(Yuletide) : 율(yule)의 날이라고 한다. 고대 게르만족의 언어로 동지를 율이라 하며 윌리타이드는 동지 제전이 벌어졌던 12월 21~23일경(로마는 25일경)을 의미한다.

THE HORROR AT RED HOOK

레드 훅의 공포

"우리 주위에는 선의 표식뿐 아니라 악의 표식이 있어. 내 생각에, 우리들은 미지의 세계, 다시 말해서 어슴푸레한 빛에 잠긴 동굴과 그림자와 거주자들이 있는 곳에서 살아가고 있는 거야. 인간이 때로는 진화를 거슬러 퇴행할 가능성도 있고, 전승되어 온 무서운 지식들이 지금도 유효하다고 생각하네."

—아서 매컨[34)]

1

불과 몇 주 전, 로드아일랜드 주(州) 소재, 파스코그 마을의 어느 길모퉁이에서 키가 크고 건장한 체격의 한 남자가 독특한 행동으로 세간의 억측을 불러왔다. 그는 체파쳇[35)] 방면에서 길을 따라 언덕을 내려오고 있었던 것으로 보인다. 그러다가 번잡한 지역에 들어선 뒤, 몇몇 상가들이 도회지의 분위기를 풍기는 왼쪽의 큰 길로 방향을 틀었다. 이곳에서 별다른 자극이 없었음에도, 그는 놀랄만한 행동을 보였다. 즉, 정면에 있는 가장 높은 건물을 잠시 이상하게 쳐다보더니, 겁에 질린 히스테리성 비명을 지르면서 미친 듯이 달리기 시작하여, 다음 교차로에서 비틀거리다가 쓰러졌다. 사람들이 부축하고 먼지를 털어주는 과정에서 그는 정신을 차렸다. 겉으로 보기에 외상이 없었고, 신경발작도 진정된 상태였다. 그는 과로 때문이라는 등의 멋쩍은 변명을 중얼거리고는 고개를 숙인 채 체파첫 방면으로 돌아서서 뒤 한번 돌아보지 않고 터벅터벅 사람들의 시야에서 사라졌다. 건장하고 멀쩡하게 생긴, 거기다 유능해 보이기까지 한 남자가 겪은 일치고는 이상했다. 그를 알아본 구경꾼 한 명이 체파첫 교외의 잘 알려진 낙농장에서 하숙을 하는 남자라고 말한 후에도 이상함은 덜해지지 않았다.

나중에 밝혀졌듯이 그의 이름은 토마스 F. 말론, 뉴욕 경찰서 소속의 형사였다. 그는 뜻밖의 사고로 극적인 국면을 맞았던 한 섬뜩한 사건과 관련해 퍽 힘든 임무를 맡은 후에 현재 장기간의 병가 중이었다. 그가 참가한 경찰의 현장 급습 과정에서 낡은 벽돌 건물 몇 동이 붕괴되었고, 경찰 동료와 범죄자들이 대거 목숨을 잃은 것이 그에게 특히 충격을 주었다. 그 결과 붕괴 현장과 조금이라도 비슷한 건물을 보면 이상하고 극심한 공포를 느끼게 되었다. 그 때문에 정신과 전문의들은 그에게 그런 건물을 차후 상당 기간 동안 보지 말 것을 지시했다. 체파첫에 친척들이 산다는 한 경찰의(警察醫)는 식민지 시대의 목조 건물로 이루어진 이 예스러운 마을을 정신 요양에 이상적인 곳으로 추천했다. 환자는 그 말에 따랐고, 소개받은 운소켓의 전문의가 허락할 때까지 다른 큰 마을의 벽돌 거리에는 얼씬하지 않겠다고 약속했다. 그런데 잡지를 사기 위해 파스코그까지 간 것이 실수였다. 환자는 의사의 지시를 어긴 대가로 공포와 타박상뿐 아니라 창피까지 당한 것이다.

여기까지가 체파쳇과 파스코그에 알려져 있는 소문이었다. 또한 환자와 가장 밀접한 전문의들도 이 정도밖에는 알지 못했다. 말론은 처음에 전문의들에게 더 많은 얘기를 했으나, 자신의 말을 전혀 믿어주지 않자 입을 다물어버렸다. 그는 그 뒤로 마음의 안정을 찾았고, 브루클린의 레드 훅[36] 지역에서 허름한 벽돌 건물이 붕괴되어 용감한 경관들이 다수 사망한 사건 때문에 충격을 받은 것이라는 세간의 평에도 아무런 반박을 하지 않았다. 모두가 말하길, 그는 무질서와 폭력의 온상을 척결하느라 격무에 시달렸고, 그 과정에서 틀림없이 충격적인 상황이 있었으며, 예기치 못한 참사가 그에게 치명타가 되었다고 했다. 이것이 누구나 수긍할 만한 단순한 설명이었다. 그러나 단순한 성격이 아닌 말론은 사람들의 설명에 왈가왈부하지 않는 편이 낫다고 생각했다. 상상력이 없는 사람들에게 인간의 개념을 완전히 뛰어넘는 공포에 대해 (태고의 세계에서 나온 악령 때문에 문드러지고 썩은 건물과 마을과 도시의 공포에 대해) 에둘러나마 말해 본들, 평온한 전원생활 대신에 정신병동에 갇히게 될 터였다. 말론은 신비주의적인 성향에도 불구하고 분별력이 있는 남자였다. 기이한 것과 은밀한 것에 대해 켈트 족 특유의 통찰력을 지닌 동시에, 외관상 불확실한 것을 간파하는 논리학자의 예리함도 갖추고 있었다. 이러한 성향이 합쳐진 42년간의 삶은 평범함과는 거리가 멀었다. 피닉스파크 인근의 조지안 풍 빌라에서 태어나 더블린 대학을 졸업한 사람치고는 유별난 분야에 발을 들여놓게 되었다.

그리고 자신이 보고 느끼고 염려했던 일들을 돌이켜보고 있는 지금, 말론은 아무리 대담한 투사라도 벌벌 떠는 신경증 환자로 만들기에 충분한 모종의 비밀에 대해 침묵해 온 것이 다행이라고 생각했다. 그 비밀은 낡은 벽돌 빈민가와 수상쩍고 검은 얼굴들만 봐도 섬뜩하고 끔찍한 존재를 떠올리게 만들었다. 그가 감정을 드러내지 않고 감당해야 한 것이 처음은 아닐 터인데, 여러 나라 언어가 난무하는 뉴욕의 암흑가 구렁텅이로 뛰어든 그의 행동 자체가 상식적으로는 설명할 수 없는 변덕은 아니었을까? 불온한 세월의 온갖 잔재들과 사람들의 악의가 뒤섞임으로써 그들의 끔찍한 공포를 고착화시키는 해악의 가마솥 한복판에서 예민한 관찰자에게만 식별되는 고대의 마법과 기괴하고 놀라운 일에 대해 과연 평범한 사람들에게 말할 수 있을까? 겉으로 탐욕스럽고 속으로는 신성을 모독하는 그 떠들썩하고 교활한 난장판 속에서 그는 은밀히 행해지는 경이로움의 흉악한 녹색 불꽃을 보았고, 경찰 업무에서 그가 보여준 이례적인 시도에 대해 뉴욕의 지인들이 한결같이 그를 조롱할 때는 말없이 미소만 지었다. 대단히 재치 있고 냉소적인 지인들은 미지의 미스터리를 쫓는 그의 유별난 시도를 비웃었고, 요즘의 뉴욕에는 싸구려와 천박한 것밖에는 없다며 그를 타일렀다. 지인 중에서 한 사람은 (《더블린 리뷰》에 꽤 인상적인 말론의 경력들이 여러 번 소개됐음에도 불구하고) 뉴욕의 하층민을 소재로 아주 재미있는 소설 한 편 쓰지 못할 거라며 큰돈으로 내기를 걸기도 했다. 지금 돌이켜 생각해보면, 그것은 그들 자신의 경박한 야유를 은근히 반박하는 동시에 그들의 예언을 정당화하는 꽤 심오한 조롱이었다. 마지막에 살짝 엿보았던 그때의 공포는 이야깃거리가 될 수 없었다. 포가 인용한 독일의 권위 있는 책처럼 그때의 공포는 "그 자체가 읽혀지기를 거부하는 책"[37]과 같은 것이기 때문이다.

2

말론은 늘 일상 속에 숨겨진 미스터리가 있다고 생각해 왔다. 젊은 시절에는 사물의 숨겨진 아름다움과 환희를 느끼고 시인이 되기도 했다. 그러나 가난과 슬픔과 유랑을 경험하면서 좀 더 어두운 면을 보게 되었고, 세상 도처에 횡행하는 악의 기운에 전율을 느꼈다. 그에게 있어서 일상은 무시무시한 어둠을 연구하기 위한 환등기나 다름없었다. 일상의 그림자들은 비어즐리[38]의 가장 뛰어난 걸작에서처럼 은폐된 부패로 화려하게 빛나고 흘깃거리는가 하면, 비어즐리보다 더 미묘하고 덜 명확한 구스타프 도레[39]의 그림에서처럼 가장 평범한 형태와 사물 뒤에 숨겨진 공포를 암시하기도 했다. 대단히 지적인 사람들 대부분이 가장 심오한 미스터리를 조롱하고 있으나, 말론은 오히려 이것이 다행이라고 여기곤 했다. 아무리 뛰어난 지성인이라 해도 오래전부터 저급한 밀교 집단에 의해 유지되어 온 비밀을 있는 그대로 접한다면, 순식간에 세계를 파멸시킬 뿐 아니라 우주의 존폐까지 위협하는 비정상적인 일들이 벌어질 터이기 때문이다. 이런 생각들은 분명히 병적인 것이나, 그에겐 이것을 교묘히 상쇄하는 예리한 통찰과 유머 감각이 있었다. 말론은 자신의 생각들을 절반만 훔쳐본 금기의 예시처럼 남겨두고 가볍게 즐기는 것으로 만족했다. 그러던 중 너무도 갑작스럽고 간교하여 피할 수 없었던 임무 때문에 폭로의 지옥 속으로 뛰어들었다가 히스테리 발작을 일으키고 만 것이다.

말론이 레드 훅의 문제에 주목하게 된 것은 브루클린의 버틀러 경찰서에서 파견 근무를 하고 있을 때였다. 거버너스 섬[40]을 마주보는 오래된 부두에 인접한 레드 훅은 지저분한 혼혈인들이 얽히고설켜 사는 미로 같은 곳이다. 부두에서 시작된 공로(公路)가 언덕을 넘어 고지대로 이어지고, 이 지점부터 클린턴 가와 코트 가의 퇴락한 풍광이 시청 쪽으로 펼쳐져 있다. 레드 훅의 주택 대부분은 19세기 초에서 중반 사이에 벽돌로 지어진 것이었다. 눈에 잘 띄지 않는 오솔길과 골목길 중에는 구태의연한 독서 모임에서 '디킨스 풍'[41]으로 칭하기를 권할 만큼 매혹적이고 고풍스러운 아취가 느껴지는 곳들도 있다. 이곳의 인구 구성을 보면, 구제불능의 복마전 양상이다. 시리아, 스페인, 이탈리아, 흑인의 요소가 서로 충돌하고, 그리 멀지 않은 곳에는 스칸디나비아와 미국인 거주 지역이 산재해 있다. 온갖 소음과 오물이 들어차 있고, 기름 뜬 파도가 더러운 부두를 철썩철썩 때린다. 항구의 뱃고동이 기괴한 오르간 연주처럼 들려올 때마다 그것에 화답하는 기이한 외침들이 있다. 오래전에는 이곳도 화사한 풍광을 자아냈는데, 당시에는 저지대 거리에 눈빛이 맑은 뱃사람들이 살았고, 커다란 저택들이 줄지어 선 언덕에 고상하고 부유한 가정들이 둥지를 틀고 있었다. 건물의 말끔한 형태에서 행복했던 옛 시절의 흔적이 보이고, 이따금씩 눈에 띄는 우아한 교회당과 닮은 계단, 부서진 문, 벌레 먹은 장식 기둥과 붙임 기둥, 혹은 한때 녹지였다가 지금은 교각과 녹슨 철책만 있는 공간에 이르기까지 군데군데 독창적인 예술과 그 증거들이 꽤 많이 남아 있다. 주택들은 대부분 빽빽한 단지를 이루고, 창문을 많이 낸 둥근 지붕들이 간간이 솟구쳐 그곳에서 바다를 지켜보았을 선장과 선주의 옛 시절을 말해 준다.

물질적으로 또 정신적으로 부패한 이 혼란의 도가니에서 무수한 방언들이 신성모독처럼 창공을 들쑤신다. 부랑자 무리가 골목길과 큰길을 따라 고성방가를 일삼고, 이따금씩 남의 이목을 꺼리는 이들은 서둘러 불을 끄고 커튼을 치는데, 외지인들이 제 갈 길을 가는 동안, 죄악으로 물든 가무잡잡한 얼굴들이 창가에서 흠칫 물러나곤 한다. 경찰은 이곳의 치안 유지와 갱생을 단념해 버렸고, 차라리 이 병든 지역으로부터 외부 세계를 보호하고자 방벽을 세우는 쪽을 택했다. 순찰대가 수갑을 채우는 철커덕 소리에도 소름 끼치는 침묵만이 답하고, 붙잡힌 범죄자들은 말이 없다. 눈에 띄는 범죄들은 방언과 마찬가지로 다양하다. 불법적이고도 다양한 경로와 은밀한 악습을 통해서 이루어지는 럼주의 밀수, 밀입국 알선부터 지극히 악랄한 형태의 살인과 상해에 이르기까지 온갖 범죄가 난무한다. 은폐를 위해서는 서로의 신뢰가 필요하다고 볼 때, 이런 가시적인 범죄들이 빈번하게 일어나지 않는다고 해서 주민들이 자랑할 거리는 아니다. 레드 훅으로 들어오는 사람이 떠나는 사람(적어도 내륙 방면에서 떠나는 사람)보다 많고, 말수가 적은 사람들은 떠날 확률이 높다.

말론은 이러한 상황 속에서 주민들이 고발하거나 성직자와 박애주의자가 탄식하는 어떤 범죄보다도 끔찍한 비밀의 악취를 어렴풋이 감지하고 있었다. 그는 상상력과 과학 지식을 겸비한 사람으로서 무법 상태에 처한 현대인들이 일상생활과 종교 의식에서 원시 유인원의 야만성과 맞먹는 가장 어두운 본능에 따라 행동하는 경향을 간파하고 있었다. 아직 어두운 새벽녘에 흐릿한 눈빛과 얽은 얼굴을 한 청년들이 노래를 부르거나 욕설을 내뱉으며 몰려다니는 것을 보고 그가 인류학자처럼 전율한 것도 한두 번이 아니었다. 그렇게 무리를 이룬 청년들은 어디서나 눈에 띄었다. 그들은 거리 모퉁이에서 흘깃거리며 망을 보거나, 집집 문간에서 싸구려 악기를 음산하게 연주했고, 때로는 시청 인근의 카페테리아에서 졸거나 상스러운 말들을 주고받았다. 또는 꽁꽁 잠긴 채 무너져가는 어느 낡은 저택, 그 앞에 세워진 지저분한 택시 주변에도 무리들이 모여 소곤대곤 했다. 말론이 불가피하게 동료에게 털어놓은 것 이상으로 그런 패거리로부터 두려움과 매력을 동시에 느꼈던 이유는 그들 사이에서 비밀의 문을 여는 기괴한 단서가 보이는 것 같아서였다. 이를테면, 경찰이 그들의 지저분한 범행과 그 수법, 소굴에 관해 작성한 신중하고도 전문적인 문건을 완전히 뛰어넘는 아주 악마적이고 은밀하며 구시대적인 방식 말이다. 말론이 내심 생각하는 것은, 그들이 모종의 충격적이고 원시적인 전통의 계승자라는 것이었다. 요컨대 그들은 인류의 기원보다 오래된 밀교와 종교 의식에서 파생되어 단편적으로 잔존하는, 타락한 전통의 공유자였다. 그들의 일관성과 명확성이 그 점을 암시하고 있는데, 그들의 천박한 무질서 이면에는 질서가 숨겨져 있다는 묘한 의혹을 불러일으켰다. 그가 머리 여사의 『서유럽의 마녀숭배』를 쓸데없이 읽은 것은 아니었다. 그랬기에 아리아 족 이전의 음산한 종교 의식에 기원을 두고, 흑미사와 마녀 축제처럼 널리 알려진 전설에 등장하는 집회와 난행을 일삼는 섬뜩하고 은밀한 조직이 최근까지 농부와 은밀한 무리들 사이에 잔존해 있었음을 알게 되었다. 말론은 옛 우랄알타이 계 아시아의 마법과 풍년제의 소름 끼치는 자취가 절멸했다고는 추호도 생각하지 않았고, 그런 것들과 개연성이 있는 가장 끔찍한 구전 중에서 어떤 것이 더 오래되고 음산한 것인지 궁금해질 때가 많았다.

3

말론이 레드 훅의 핵심에 접근하게 된 계기는 수댐 사건이었다. 유서 깊은 네덜란드 가문출신으로 학식 있는 은둔자였던 수댐은 원래 재산이 많지 않아서 간신히 자립하는 정도였다. 그가 거주하는, 넓지만 보존 상태가 엉망인 저택은 그의 조부에 의해 플랫부시에 지어진 것으로, 당시에는 마을이라고 해봤자 뾰족탑과 담쟁이덩굴이 있는 개혁파 교회와 철책을 둘러친 네덜란드인 교회 묘지로 둘러싸인 아늑한 오두막집 몇 채가 고작이었다. 수댐은 마르텐스 가에서 뒤쪽으로 고목들이 들어선 마당 한가운데 고즈넉한 저택에서 60년 동안 독서와 사색에 잠겨왔고, 예외가 있다면, 30년 전쯤에 구세계로 항해했다가 그곳에 8년 동안 머문 것 정도였다. 하인을 둘 형편이 아니었고, 철저히 고립된 그의 저택을 찾는 방문객도 극소수였다. 친밀한 교제를 피했던 그는 1층에 있는 세 개의 방 중에서 늘 말끔하게 치워둔 한 곳에서 극소수의 지인들을 맞았다. 이곳은 천장이 높고 아주 넓은 서재인데, 두툼하고 여기저기 해진, 어딘지 거북스러운 고서적들이 벽면을 채우고 있었다. 수댐은 마을이 커져서 마침내 브루클린에 통합된 것에도 무관심했고, 그 자신도 마을에서 점점 잊혀져갔다. 나이 든 사람들은 여전히 거리에서 수댐을 알아보았으나, 최근에 이주해 온 대부분의 사람들에게는 덥수룩한 백발과 짧고 억센 수염을 기르고 닳아빠진 옷차림에 금제 손잡이가 달린 지팡이를 든 괴팍하고 뚱뚱한 늙은이였고 한 차례 눈요깃감에 불과했다. 말론도 사건을 맡기 전까지는 수댐을 직접 본 적이 없으나, 그가 중세의 미신에 조예가 깊다는 말은 전해 들었다. 그래서 한 친구가 수댐의 절판된(카발라[42]와 파우스투스 전설[43]에 관한) 소책자를 기억해내자, 그 책을 찾아볼까도 생각했었다.

수댐이 '사건'으로 등장한 계기는, 혈연은 멀어도 유일한 친척뻘이 되는 사람들이 법원에 수댐의 정신 감정을 의뢰하면서였다. 친척들의 행동은 사람들에게 뜻밖의 일로 보였지만, 실은 오랜 관찰과 괴로운 숙고 끝에 나온 것이었다. 수댐의 말투와 버릇에 나타난 분명하고도 이상한 변화, 예를 들어 경이로운 일이 임박했다고 횡설수설하거나, 브루클린에서 평판이 나쁜 지역을 자주 찾아다니는 등 납득할 수 없는 행동이 정신 감정을 의뢰하게 만든 근거였다. 해가 갈수록 행색이 남루해지던 수댐은 이제는 아예 거지꼴로 배회하다가 지하철역에서 무안해진 친구들의 눈에 띄기도 하고, 시청 주변의 벤치를 어슬렁거리며 가무잡잡한 피부와 험상궂은 인상의 외지인들과 얘기를 나눈다고 했다. 무소불위의 힘을 손에 넣기 직전이라고 떠벌릴 때면, 일부러 주변을 힐끔거리며 '세피로트', '아시모다이', '사마엘' 따위의 정체 모를 말이나 이름을 되풀이했다. 법원의 조사 결과 수댐은 런던과 파리에서 들여온 이상한 책들을 구입하거나, 레드 훅에 마련한 지저분한 지하 아파트를 유지하는데 이자수입을 탕진하고 원금까지 손을 대는 상황이었다. 거의 매일 밤마다 이 아파트에서 불한당과 외국인이 뒤섞인, 기묘한 집단을 불러들여 창문마다 녹색 블라인드를 치고는 제식 같은 것을 치른다고 했다. 한편, 고용된 사립탐정들은 한밤의 제식에서 흘러나오는 이상한 외침과 찬가와 쿵쾅거리는 발소리를 보고했다. 술로 흥청대는 이 지역에서 기이한 소란쯤이야 일상화된 상황이었음에도, 사립탐정들은 제식의 독특한 광희와 방탕함에 몸서리를 쳤다. 그러나 반론의 기회가 주어지자, 수댐은 용케 자신의 자유를 지켜낼 수 있었다. 재판관 앞에서 기품과 이성을 되찾더니 연구와 조사에 지나치게 몰두하는 과정에서 이상한 행동을 하고 언동이 과했음을 스스럼없이 인정했다. 외국인과 그들의 민속 가무에 대해 자세히 알아야 하는, 유럽 전통의 세세한 분야를 조사하느라 여념이 없었다고 했다. 친척들의 암시처럼 저속한 비밀 집단이 그를 노리고 있다는 것은 터무니없는데, 애석하게도 이번 일은 그와 그 자신의 연구에 대해 친척들의 이해가 얼마나 부족한가를 방증한다고 했다. 그는 자신의 침착한 설명 덕분에 구속되지 않고 법정을 나왔다. 수댐, 콜러, 반 브룬트 집안에서 고용했던 탐정들은 어쩔 수 없이 넌더리를 치며 맡은 일에서 손을 뗐다.

이 시점에서 말론을 포함한 경찰과 연방 수사국이 합동 수사에 착수했다. 사법 당국은 수댐의 행동을 예의주시했고, 사립탐정의 지원요청을 받는 경우도 빈번했다. 이 과정에서 밝혀진 사실에 따르면, 수댐의 새로운 동료들이 레드 훅의 비열한 뒷골목에서도 극히 사악하고 흉악한 범죄자들이고, 그 중에서 적어도 3분의 1이 절도, 풍기문란, 밀입국 알선을 일삼는 상습범이었다. 실제로도, 엘리스 섬에서 추방된 이름도 모르는 국적불명의 아시아계 쓰레기들을 교묘히 밀입국시키고 있는 조직 중에서도 가장 악랄한 자들과 노학자 수댐의 특별한 집단이 거의 일치한다고 해도 무방했다. 수댐의 지하 아파트가 있는 파커 플레이스(나중에 지명이 바뀌었지만)에는 빈민굴이 들어차 있었다. 이곳에 국적불명의 동양인으로 이루어진 아주 독특한 거주지가 형성되어 있었다. 그런데 이들 동양인은 아라비아 문자를 사용하면서도 애틀랜틱 안팎의 거대한 시리아인 집단으로부터 보기 좋게 배척을 당하고 있었다. 그들은 증명서가 없다는 이유로 추방당할 형편이었지만, 더디기만 한 것이 관료 행정인데다, 여론에 떠밀리기 전까지는 누구도 레드 훅 문제를 건드리려고 하지 않았다.

이들 무리가 모임을 갖는 붕괴 직전의 석조 교회는 수요일마다 무도장으로 사용되는 건물이었다. 이 건물의 고딕풍 버팀벽이 해안 거리에서도 가장 너저분한 지역 가까이에 솟아 있었다. 겉보기에는 가톨릭 교회였다. 그러나 브루클린의 모든 성직자들은 이 교회의 지위와 권위를 전면 부인했고, 밤에 이곳에서 나오는 소음을 접한 경찰들의 생각도 다르지 않았다. 휑뎅그렁한 교회에 불이 꺼져 있을 때, 말론은 깊숙한 지하에 숨겨진 오르간에서 쨰지듯 고약한 저음이 들려오는 느낌이 들곤 했는데, 감시 중인 경관들도 교회의 제식 과정에서 들려오는 비명과 북소리에 몸서리를 쳤다. 심문 과정에서 수댐은 그 제식에 대해 티베트의 샤머니즘이 가미된 네스토리우스 교파의 잔당일 거라고 했다. 그들 대부분은 쿠르디스탄[44] 안팎에 기원을 둔 몽골 인종이라는 것이 그의 추측이었다. 말론은 쿠르디스탄이 페르시아 사탄숭배자의 마지막 계승자로 통하는 예지디의 본거지임을 떠올리지 않을 수 없었다. 그러나 수댐에 대한 경찰 조사의 움직임이 일자, 국적불명의 이주자들이 대거 레드 훅으로 유입하고 있음은 분명해 보였다. 밀수 감시관과 해안 경찰의 손길이 닿지 않는 모종의 해상 조직을 통해서 들어온 이들은 파커 플레이스의 인구를 폭증시키다가 고지대까지 급속도로 퍼져 나갔고, 이들에 대해 일대의 다른 이주민들은 기묘한 동료애로 환영했다. 체구가 땅딸막하고 전매특허처럼 눈이 째진 이들 무리는 야릇한 미제 옷을 걸쳐 입고 기괴한 분위기를 자아내며, 시청 인근의 부랑자와 뜨내기 폭력배들 사이에서 무수히 모습을 드러내고 있었다. 마침내 이들의 수와 출신지, 직업을 파악하여 전원을 입국 관청으로 이송해야 한다는 요구가 나왔다. 이 임무는 연방 수사국과 시경의 동의하에 말론에게 맡겨졌다. 레드 훅의 조사에 착수했을 때, 말론은 정체 모를 공포의 벼랑 끝에서 초라하고 꾀죄죄한 모습의 로버트 수댐을 사탄이자 적수로 마주한 기분이 들었다.

4

말론의 방식은 다양하고 독창적이었다. 평범하게 거리를 거닐면서 신중하게 일상적인 대화를 주고받거나 적절한 순간에 뒷주머니의 술병을 건네기도 하고, 겁먹은 죄수들과 현명하게 대화를 유도함으로써 매우 위험한 국면으로 접어든 사태와 관련해 단편적이기는 하나 꽤 많은 정보를 알아냈다. 새 이주민들은 실제로 쿠르드 인이었으나, 정확한 언어학에 비춰볼 때 그들의 방언은 모호하고 기묘한 것이었다. 그리스 식당에서 종업원을 하거나 신문 가판대에서 일을 돕는 경우도 많았으나, 대부분은 부두 노동자와 무허가 행상으로 살아가고 있었다. 그러나 대부분 확실한 생계 수단은 없었고, 그나마 밀수와 '밀주'를 비롯해 암흑가의 범죄와 관련되어 있었다. 이들은 달이 뜨지 않는 밤을 틈타 부정기 화물선에 올랐다가 인근 부두에서 훔쳐놓은 보트로 은밀히 옮겨 탄 후, 숨겨진 운하를 따라 어느 주택 밑의 지하 비밀 연못에 도착했다. 제보자들의 기억이 뒤죽박죽인데다 이들의 언어자체가 아무리 유능한 통역자라도 이해할 수 없는 지경이라, 말론은 그 부두와 운하, 저택의 위치까지 알아내지는 못했다. 게다가 이들이 조직적으로 밀입국을 감행하는 이유에 대해서도 신빙성 있는 정보가 없었다. 이들은 정확한 출신지를 묻는 질문에는 묵묵부답이었고, 이들을 찾아와 지침을 전달하는 자들에 대해서도 함구하는 등 경계심을 풀지 않았다. 왜 이곳으로 이주했느냐고 질문을 하면 극도의 공포를 드러내곤 했다. 다른 부류의 폭력배들도 말을 아끼기는 마찬가지여서 그들로부터 밝혀낸 것이라고는 신 혹은 위대한 사제들이 미지의 땅에서 전대미문의 힘과 초자연적인 영광과 권력을 주겠노라 그들에게 약속했다는 정도였다.

철통 같은 보안 속에서 열리는 수댐의 야간 집회에는 새로운 이주민과 기존의 폭력조직원들이 정기적으로 참석하고 있었다. 얼마 지나지 않아 경찰은 수댐이 아파트를 추가로 임대하여 암호를 확인하는 방법으로 방문자들을 받았고, 나중에는 집 세 채가 기이한 동료들의 영구 보금자리로 바뀐 것을 밝혀냈다. 수댐은 현재 플랫부시의 자택에는 거의 머물지 않고, 책을 가져오고 갖다놓는 경우에만 발걸음을 하는 것으로 보였다. 그런데 그의 얼굴과 행동이 놀랄 만큼 거칠게 변해 있었다. 말론은 수댐을 상대로 두 차례 탐문 수사를 시도했으나, 매번 일언지하에 거절당했다. 수댐의 말에 따르면, 자신은 수상한 음모나 움직임에 대해 아는 것이 없을 뿐 아니라 쿠르드인들이 어떻게 들어왔는지 또 목적이 무엇인지 모른다고 했다. 말론은 카발라와 기타 신화에 관한 수댐의 오래전 소책자에 큰 감명을 받았다고 말했으나, 노인이 누그러진 태도를 보인 것은 잠시뿐이었다. 부당한 간섭을 받는다고 느낀 수댐은 노골적으로 말론에게 면박을 주었다. 결국은 말론도 넌덜머리를 내며 물러섰고, 다른 정보원을 물색하기로 했다.

말론이 계속 수사를 했더라면 무엇을 밝혀냈을지는 누구도 알 수 없다. 실상은, 시경과 연방 수사국 간의 쓸데없는 알력 때문에 수사가 수개월 동안 중단되었고, 그 동안 말론은 다른 임무에 바빴다. 그러나 감시를 늦추지 않았던 말론이 수댐에게 일어나기 시작한 놀라운 변화를 놓칠 리 없었다. 연쇄적인 납치와 실종 사건으로 뉴욕 전역이 어수선하던 당시, 꾀죄죄한 노학자가 믿기지 않을 만큼 변모했던 것이다. 어느 날 시청 인근에서 목격된 그는 깨끗이 면도를 하고 머리를 말쑥하게 가다듬는 등 티끌 하나 없이 단정한 모습이었다. 그 후로도 날마다 어딘지 더 좋은 변화가 눈에 띄었다. 그의 새로운 결벽증은 계속되었고, 덧붙여 눈에서 비범한 광채가 나고 말투가 쾌활해지는가 하면, 오랫동안 그의 외모를 망쳐놓았던 비만에서 나날이 벗어나고 있었다. 지금은 종종 나이보다 젊게 보였고, 새로운 변화에 어울리는 힘찬 발걸음과 경쾌한 움직임, 그리고 염색을 한 흔적이 없는데도 머리칼이 검어지는 변화까지 보여주고 있었다. 달이 바뀔수록 그의 보수적인 옷차림도 바뀌었고, 급기야 플랫부시 저택을 개조하고 새 단장함으로써 동료들을 깜짝 놀라게 만들었다. 그는 개조한 저택으로 지인들을 전부 불러 모아 연거푸 환영회를 열었다. 최근에 소송을 걸었던 친척들까지 깨끗이 용서하고 각별히 환대했는데, 이 중에서 어떤 이는 호기심 때문에, 어떤 이는 인간적인 도리 때문에 참석했다. 그러나 참석자들은 은둔자로 살아온 수댐에게서 풍기기 시작하는 우아함과 세련미를 보고 순식간에 매혹되었다. 수댐은 목적의 대부분을 이루었다고 공언했다. 게다가 까맣게 잊고 지내온 유럽의 한 친구로부터 최근에 상당한 재산을 물려받았기 때문에 그 동안 마음을 편히 하여 건강에 관심을 갖고 다이어트를 함으로써 가능해진 찬란한 제2의 청춘 속에서 여생을 보낼 생각이라고 했다. 수댐은 점점 레드 훅에서 모습을 감추더니, 원래 자신이 속한 상류사회로 옮겨갔다. 파커 플레이스의 지하실과 최근에 마련된 아지트들에 여전히 타락한 삶이 넘쳐났으나, 범죄 조직원들이 주로 모이는 곳은 낡은 석조 교회겸 무도장 건물이었다.

얼마 후에 벌어진 두 사건은 서로 관련성이 적음에도 레드 훅 사건을 바라보는 말론의 시각에서는 둘 다 매우 흥미로운 것이었다. 하나는 《이글》에 실린 로버트 수댐의 조용한 약혼 발표인데, 약혼 상대자는 늙은 예비 신랑의 먼 친척이 되는 상류층 신분의 젊은 아가씨 코닐리아 게리첸이었다. 다른 하나는, 무도장으로 사용되는 교회 지하의 창문에 유괴된 아이의 얼굴이 잠시 스쳤다는 제보에 따라 시경이 현장을 급습한 사건이었다. 말론은 급습에 참가하여 면밀히 건물 내부를 살펴보았다. 아무것도 발견되지 않았으나 (사실, 경찰이 도착했을 때 건물은 완전히 빈 상태였다.) 예민한 켈트인 형사는 건물 내부에 있는 여러 물건들에서 묘한 동요를 느꼈다. 그는 판벽에 조악하게 그려진 그림들을 꺼림칙해 했다. 유난히도 세속적이고 냉소적인 표정으로 그려진 성인들의 얼굴은 막돼먹은 속물조차도 참기 힘든 방종함을 자아내고 있었다. 게다가 설교단 윗벽에 새겨진 그리스어 비문도 거슬리기는 마찬가지였다. 그것은, 그가 더블린 대학 시절에 한번 우연히 본 적이 있는 고대의 주문으로 직역하면 다음과 같다.

"오, 밤의 친구이자 동료여,
개들의 짖음과 낭자한 유혈에 기뻐하는 그대여,
묘지의 그늘 속을 배회하는 그대여,
피를 갈망하고 인간에게 공포를 선사하는 그대,
고르고, 모르모, 천의 얼굴을 한 달이여,
우리의 산 제물을 부디 흡족히 살펴주기를!"

이것을 읽으면서 말론은 몸서리쳤다. 그리고 어느 밤엔가 교회의 지하에서 들었다고 생각한 오르간의 쨰지는 저음을 어렴풋이 떠올렸다. 제단에 놓인 금속제 수반의 가장자리가 녹슬어 있는 것을 보고 또다시 전율이 일었다. 그런데 근처 어딘가에서 기이하고도 고약한 악취가 나는 것 같아서 초조히 멈춰 섰다. 오르간 소리가 내내 뇌리에서 떠나지 않았고, 건물을 나오기에 앞서 아주 꼼꼼하게 지하실을 살폈다. 그에겐 너무도 역겨운 곳이었다. 그러나 불경스러운 판벽의 그림과 고대의 주문, 그것이 과연 무지한 자들의 조잡한 장난 이상의 의미를 지니고 있는 것일까?

수댐의 결혼식이 있던 무렵, 신문의 단골 기사는 잇따른 유괴 사건이었다. 피해자 대부분이 하류층의 어린이었지만, 점점 빈번해지는 실종 사건 때문에 여론이 격앙된 상태였다. 각종 언론매체는 벌떼처럼 경찰에게 사건의 해결을 요구했고, 버틀러 경찰서는 단서와 수색 작업, 범인 검거를 위해 또 한 번 레드 훅에 병력을 파견했다. 말론은 작전에 다시 투입된 것이 기뻤고, 수댐의 파커 플레이스 저택 한 곳을 급습하면서 자부심을 느꼈다. 건물 통로에서 피 묻은 머리띠가 발견되었고 비명소리가 들려왔다는 제보에도 불구하고, 유괴된 아이는 그곳에 없었다. 그러나 방 대부분의 벗겨진 벽면에서 발견된 그림과 비문, 그리고 다락방의 투박한 화학 실험실은 뭔가 엄청난 일이 벌어지고 있다는 말론의 확신에 힘을 실어 주었다. 그림들은 섬뜩했다. 갖가지 형태와 크기로 그려진 섬뜩한 괴물들은 인간의 형태를 띠고 있지만 딱히 뭐라고 설명하기 힘들었다. 붉은색으로 쓴 비문은 아랍어에서 그리스어, 로마어, 헤브루어까지 다양했다. 말론은 그 대부분을 읽을 수 없었지만, 해독해 낸 것만으로도 충분히 불길하고 잔인했다. 그리스어의 일종으로 유독 반복되는 어귀는 알렉산드리아 퇴폐기의 가장 무시무시한 악마 소환을 암시하고 있었다.

헬, 헬로임, 소더, 엠만벨
사바오스 아글라 테트라그라만톤
아기로스 오테오스 이스키로스

아타나토스 이에호바 바 아도나이
사다이 호모브시온 메시아스 에스케레헤예[45)]

사방에 무시무시하게 그려져 있는 원과 별들은 그곳에서 비참하게 거주했던 사람들의 이상한 믿음과 열망을 여실히 말해 주고 있었다. 그러나 가장 기이한 것이 발견된 곳은 지하실이었다. 올이 굵은 삼베로 아무렇게나 덮여있는 진짜 금괴 더미가 그것인데, 그 번뜩이는 표면에도 벽면을 채우고 있던 기이한 상형문자들이 새겨져 있었다. 경찰이 현장을 급습하는 동안, 눈이 째진 동양인들이 문마다 몰려들어 소극적으로 저항했을 뿐이다. 관련 증거를 전혀 발견하지 못한 경찰은 모든 것을 원상태 그대로 놔둘 수밖에 없었다. 그러나 지역 서장은 들끓는 여론을 감안해 수댐에게 세입자와 피후견인들의 동태에 각별히 신경을 쓰라고 통지문을 보냈다.

5

이윽고 6월에 결혼식이 거행되었고, 큰 반향이 일었다. 플랫부시가 들떠 있던 정오 무렵, 옛 네덜란드 교회의 인근 거리마다 삼각기를 단 자동차들이 몰려들었고, 교회의 입구부터 큰길까지 천막이 늘어서 있었다. 격조와 규모 면에서 수댐과 게리첸의 결혼식을 능가하는 지역 행사는 일찍이 없었다. 그리고 쿠너드 항까지 신랑과 신부를 따라온 환송객은 어마어마한 유력가들은 아닐지라도 지역 명사록의 한 페이지를 장식할 만한 부류였다. 정각 5시에 환송객들이 손을 흔드는 가운데 기다란 부두에서 바다를 향해 뱃머리를 돌린 육중한 정기선은 예인선과 분리된 뒤, 경이로운 구세계를 향해 망망대해로 나아갔다. 밤이 되자, 바다는 잠잠했고, 잠들지 않은 승객들은 청정한 대양 위로 반짝이는 별을 보았다.

부정기 화물선과 비명 중에서 어느 것이 먼저 사람들의 주의를 끌었는지는 아무도 모른다. 어쩌면 동시에 벌어졌을 테지만, 무엇이 먼저인가를 따져봐야 소용없는 일이다. 비명이 들려온 것은 수댐 부부의 특실이었다. 문을 부수고 들어간 선원이 그 자리에서 실성해 버리지 않았더라면 섬뜩한 진실을 말해 줄 수 있었겠지만, 실상은 최초의 희생자들보다 그 선원이 더 크게 비명을 질렀고, 붙잡히어 감금될 때까지 히죽거리며 배 안을 뛰어다녔다. 특실에 들어간 뒤, 잠시 머뭇거리다가 불을 켠 선의(船醫)는 실성하지는 않았다. 그러나 나중에 체파첫에 머물던 말론과 서신왕래를 할 때까지 현장에서 목격한 것을 누구에게도 발설하지 않았다. 그것은 살인이고 교살이었지만, 수댐 부인의 목에 남은 갈고리발톱 자국이 남편을 포함해 어떤 인간의 것도 아니었다는 점이나, 선실의 하얀 벽에 순간적으로 번뜩였다가 사라진, 흉측한 적색의 비문은 의사의 기억에 의지해 나중에 비교해 본 결과 '릴리스'를 뜻하는 섬뜩한 칼데아 문자였다는 점은 굳이 밝힐 필요는 없을 것이다. 굳이 밝힐 필요가 없다고 한 이유는 그런 상황들이 너무도 순식간에 사라져버렸기 때문이다. 수댐에 대해서라면, 적절한 조치를 생각할 때까지 최소한 특실을 차단하기는 했다. 의사는 말론에게 '그것'을 보지 못했다고 단언했다. 그가 불을 켜기 직전, 열려 있던 현창(舷窓)에 일순간 인광 같은 빛이 어른거렸고, 바깥쪽 어둠 속에서 희미하고 오싹한 웃음소리가 메아리친 것 같았다. 그러나 눈에 보이는 정확한 윤곽 따위는 없었다. 의사는 그 덕분에 자신이 지금까지 제 정신을 유지하는 것이라고 강조했다.

그때 부정기 화물선 한 척이 모든 이의 시선을 사로잡았다. 화물선에서 내려진 보트 한 척이 다가오더니, 제복을 입은 검은 피부의 괴한들이 잠시 정지해 있던 쿠너드 정기선으로 난입했다. 수댐 아니 그의 시체를 요구한 그들은 수댐의 여행을 알고 있는데다, 무슨 이유에서인지 그가 죽을 거라고 확신하고 있었다. 선장실은 아수라장으로 변했다. 특실에 다녀온 선의의 보고와 화물선 사내들의 요구가 있기까지는, 아무리 현명하고 용감한 선원이라도 어쩔 도리가 없을 정도로 짧은 시간이었다. 난입한 선원들의 우두머리, 그러니까 입술이 흑인처럼 징그럽게 생긴 아랍인이 지저분하고 꼬깃꼬깃해진 종이 한 장을 선장에게 불쑥 내밀었다. 종이에는 로버트 수댐의 서명과 함께 다음과 같은 기묘한 내용이 적혀 있었다.

"본인이 불의의 사고를 당하거나 사망하는 경우, 이 서한을 소지한 자들에게 본인 혹은 본인의 시체를 지체 없이 인도해 주십시오. 본인을 위해, 나아가 이 글을 읽고 있는 귀하를 위해서도 모든 것을 순순히 따라야 합니다. 자초지종은 나중에 설명될 터, 지금은 꼭 본인의 말대로 따라 주십시오.

로버트 수댐"

선장과 선의는 서로 쳐다보았고, 선의가 선장에게 뭐라고 속삭였다. 결국에 별 수 없이 고개를 끄덕인 두 사람은 수댐의 특실로 앞장서 갔다. 선의는 특실의 문을 열면서 선장에게 들여다보지 말라고 한 뒤, 정체불명의 선원들을 안으로 들여보냈다. 이상할 정도로 오랜 시간이 흐른 뒤에 그들이 짐을 지고 우르르 몰려나올 때까지, 선의는 숨조차 제대로 쉬지 못했다. 그는 침대 시트로 싸인 짐의 윤곽이 드러나지 않아서 다행이라고 여겼다. 어쨌든, 괴한들은 싸여진 상태 그대로 짐을 화물선으로 옮겨갔다. 쿠너드 선은 다시 출발했다. 선의와 시체 인도를 담당하는 승무원이 사건의 마무리를 위해 수댐의 특실을 찾았다. 또 한 번의 끔찍한 상황에 접한 의사는 이번에도 침묵했고, 거짓말까지 해야 했다. 동행한 승무원이 무슨 이유로 수댐 부인의 시신에서 혈액을 다 빼냈느냐고 물었을 때, 의사는 자기가 한 짓이 아니라고 분명히 말하지 않았다. 뿐만 아니라, 의사는 선반에 있던 병들이 사라진 것도, 병에 든 내용물을 급히 비운 흔적으로 개수대에 남아 있던 악취에 대해서도 모른 척했다. 정체불명의 뱃사람들이 (그들이 진정 사람이 맞는다면) 떠날 때, 그들의 호주머니가 불룩해져 있었다. 그로부터 두 시간 후, 이 무시무시한 사건에 대해 알려질 만한 것은 전부 무선을 통해서 세상에 알려졌다.

6

6월의 저녁 같은 시각, 해상 사건에 대해서 전혀 알지 못했던 말론은 레드 훅의 골목길을 다급히 달려가고 있었다. 이 지역에 갑작스러운 소요라도 일어난 것처럼, 마치 독특한 '비밀 정보망'이 가동된 것처럼 궁금한 표정의 주민들이 무도장 겸 교회 건물과 파커 플레이스의 주택으로 몰려들었다. 세 명의 아이들이 (푸른 눈의 노르웨이 아이들이) 과너스

방면의 거리에서 실종되었고, 이 지역에서 건장한 스칸디나비아 인들이 폭동의 조짐을 보인다는 소문이 돌았다. 말론이 수 주 전부터 동료들에게 대대적인 소탕 작전을 펴야 한다고 주장해 오던 차였다. 마침내 여러 가지 정황을 접한 경찰은 더블린 출신 몽상가의 추측이 아니라 자신들의 상식적인 판단에 따라 최후의 일격에 나서야 한다는데 동의했다. 이날 밤의 불안감과 위기감이 결정적인 계기가 되었고, 자정 무렵에는 세 곳의 경찰서에서 동원된 경찰대가 파커 플레이스와 그 인근을 급습했다. 문을 부수고 진입한 경찰은 부랑자들을 체포하는 한편, 촛불이 켜진 여러 개의 방에서 도형이 그려진 제의와 주교관 그 밖에 해괴한 장식들로 치장한 온갖 부류의 외국인 괴집단을 끌어냈다. 이런 혼란을 틈타 물건들이 비밀의 갱도 속으로 던져졌고, 서둘러 피운 독한 향 때문에 단서가 될 만한 악취마저 흐려지는 등, 증거물의 상당 부분이 사라지고 말았다. 그러나 사방에 피가 튄 자국이 있는데다, 아직 연기가 피어오르는 쇠 수반인지 제단인지 모를 것에 눈길이 갈 때마다 말론은 몸서리를 쳤다.

말론은 몸이 열 개라도 모자랄 심정이었다. 이때 붕괴직전의 무도장 겸 교회 건물이 완전히 비어 있다는 보고를 받았고, 그는 곧바로 수댐의 지하 아파트로 향했다. 그는 수댐이라는 오컬트 학자를 핵심이자 우두머리로 하는 밀교 집단의 단서가 그 지하 아파트에 있을 거라고 생각했다. 그는 확신에 가까운 기대감으로 곰팡내 나는 방들을 샅샅이 뒤졌고, 희미한 시취(尸臭)를 느끼면서 곳곳에 아무렇게나 널려 있는 괴상한 책과 도구, 금괴, 유리마개가 달린 병 따위를 조사했다. 한번은 비쩍 마른 흑백 고양이가 말론의 다리 사이에 걸려 비틀거리다가 붉은 액체가 반쯤 들어 있는 비커를 엎질렀다. 그때의 충격이 너무도 컸던 나머지 지금까지도 말론은 자신이 본 것에 대해 확신을 못하고 있다. 그러나 그의 꿈속에서는 지금도 기괴하면서도 독특한 모습으로 변하여 도망치던 고양이의 모습이 떠오르고 있다. 이윽고 잠긴 지하실 문에 도착한 말론은 문을 부술 만한 것이 있는지 주위를 살폈다. 근처에 놓여 있던 묵직한 의자는 낡은 판자를 부수기에 충분할 정도로 튼튼했다. 판자에 난 틈새가 벌어지더니, 안쪽에서 바깥쪽으로 문 전체가 무너졌다. 안에서 세찬 냉기와 함께 깊디깊은 구덩이의 온갖 악취가 쇄도했다. 게다가 지상의 것도 천상의 것도 아닌 흡인력이 느껴졌는데, 이 힘이 살아있는 생물처럼 그 자리에 굳어 있던 형사를 휘감더니, 구덩이의 입구를 지나 속삭임과 흐느낌과 격한 비웃음이 가득한, 끝없는 지하의 공간으로 끌고 내려갔다.

물론 그것은 꿈이었다. 모든 전문의들이 그렇게 말했고, 말론은 딱히 아니라고 반박할 수 없었다. 사실 그렇게 생각하는 편이 나았다. 그렇다면, 그때 본 낡은 벽돌집들의 빈민가와 외국인들의 검은 얼굴이 그처럼 깊숙이 그의 영혼을 갉아먹지는 않을 테니까. 그러나 그 당시에는 소름이 끼치도록 생생했고, 어둠에 휩싸인 무시무시한 괴물들이 소리 없이 거대한 발걸음으로 활보하며 먹다 만 뭔가를 움켜쥐고 있는 모습, 그리고 아직 목숨이 붙어 있는 그 먹이들이 살려달라고 울부짖거나 미쳐서 웃어대는 광경은 그의 기억에서 도저히 지워지지 않았다. 향과 썩은 냄새가 역겨운 조화를 이루는 가운데, 뿌옇게 절반만 보이는 덩어리에 눈동자가 달려 있는 무형의 정령들로 검은 창공이 살아서 꿈틀거리고 있었다. 어디선가 까맣고 끈적끈적한 물결이 마노의 방파제로 밀려들었고, 홀연히 들려오는 가늘고 불쾌한 방울 소리에 광기어린 웃음으로 화답하는 괴물이 있었으니, 그것은 인광을 뿜는 벌거숭이로 헤엄쳐

곧 시야에 나타나 뭍에 오른 뒤, 뒤에 있던 황금 대좌에 쪼그리고 앉아 주위를 힐끔거렸다.

끝없는 어둠의 가로숫길이 사방으로 뻗어 있음에, 혹자는 그곳이 바로 도시들을 병마로 먹어치우고, 나아가 온갖 역병으로 나라들마저 집어삼킬 오염의 근원지라고 생각했을 것이다. 이곳으로 스며들어 불경한 제식에 의해 성장한 우주의 죄악이 있었다. 이 죄악은 인류를 속속들이 썩게 하여 무덤에도 들어갈 수 없는 병적인 균류로 만들고자 죽음의 행진을 시작했다. 사탄이 여기에 악의 궁전을 세웠고, 릴리스는 순결한 아이들의 피로 인광이 나는 자신의 불결한 사지를 씻었다. 인큐버스와 서큐버스가 울부짖어 헤카테[46]를 찬미했고, 머리 없는 달의 괴물은 마그나 마테르[47]를 향해 울었다. 염소들은 가늘고 저주스러운 플루트 소리에 뛰어올랐고, 아이기판들은 부푼 두꺼비처럼 일그러진 바위를 뛰어넘어 기이하게 생긴 목신을 끝없이 쫓아다녔다. 몰록[48]과 아스타로트[49]도 있었다. 모든 저주의 근원인 이곳에서 의식의 경계는 무너지고, 악령이 만들어낸 공포의 온갖 영역과 금기의 모든 차원을 향해 인간의 상상력이 활짝 열리기 때문이다. 세계와 자연은 열려진 밤의 우물에서 쇄도하는 이런 공격 앞에서 속수무책이었다. 뿐만 아니라, 증오의 열쇠를 지닌 어느 현자와 악마의 지식으로 가득한 궤짝을 든 유랑의 무리가 우연히 만남으로써 비롯된 공포의 발푸르기스 의식을 그 어떤 표식이나 기도로도 제지할 수 없었다.

난데없이 이런 환영을 뚫고 현실의 빛이 번뜩였다. 말론은 죽어 마땅한 이 신성모독의 한복판에서 노 젓는 소리를 들었다. 뱃머리에 랜턴을 단 보트 한 척이 쏜살처럼 말론의 시야에 들어오더니, 미끈거리는 석조 방파제의 쇠고리에 밧줄을 묶고 정박했다. 흑인 여럿이 침대 시트로 감싼 길쭉한 짐을 지고 보트에서 나왔다. 그들은 황금 대좌에 앉아서 인광을 내뿜는 벌거숭이에게 짐을 가져갔다. 벌거숭이 괴물은 소리죽여 웃었고, 앞발로 짐을 할퀴었다. 그러자 사내들이 시트를 벗겨 대좌 앞에 똑바로 세운 것은, 짧고 억센 수염과 형편없는 몰골을 한 뚱뚱한 백인 노인의 시체였다. 인광을 뿜는 괴물이 다시 웃었고, 사내들은 호주머니에서 병을 꺼내 시체의 발을 붉은색으로 바른 뒤, 괴물에게 마시라고 병을 건네주었다.

별안간 끝없이 이어진 아치형의 가로수 길에서 불경한 오르간 소리가 악마의 헐떡임처럼 덜커덕덜커덕 들려오기 시작했다. 귀에 거슬리는 이 냉소적인 저음은 지옥의 비웃음을 참았다가 터뜨리는 것 같았다. 이 순간, 움직이던 것들이 전부 전기에 감전된 듯 얼어붙었다. 곧이어 악몽의 무리들이 제식 행렬을 이루더니, 소리가 나는 쪽으로 줄줄이 미끄러지듯 움직였다. 염소, 사티로스, 아이기판, 인큐버스, 서큐버스, 여우원숭이, 일그러진 두꺼비, 형태 없는 정령들, 개의 얼굴로 울부짖는 괴물과 어둠 속에서 더듬거리며 말하는 것들이, 지금까지 황금 대좌에 앉아있던 역겨운 인광의 벌거숭이 괴물을 뒤따르기 시작했다. 벌거숭이 괴물은 뚱뚱한 노인의 (유리알 같은 눈동자에 생기라고는 없는) 시체를 들고 거만하게 앞장서 가고 있었다. 기묘한 흑인들이 뒤에서 춤을 추었고, 행렬 전체는 디오니소스의 광란으로 이리저리 날뛰었다. 행렬을 따라 몇 걸음 옮기던 말론은 정신이 몽롱하고 혼란하여 자신이 지금 어디에 있는지조차 알 수 없었다. 그는 돌아서다가 발을 헛디뎌 차갑고 축축한 돌 위로 쓰러져서는 몸을 떨며 숨을 헐떡였다. 그 동안에도 악마의 오르간 소리가 시끄럽게 울려 퍼졌고, 광기어린 행렬의 울부짖음과 북소리, 딸랑거리는 방울 소리가 점점 멀어져갔다.

그는 저 멀리서 영창조로 울려 퍼지는 공포의 전율과 충격적인 울부짖음을 어렴풋이 느끼고 있었다. 이따금씩 어두운 길을 따라, 제식에 바쳐진 산 제물의 비명인지 울음인지 모를 소리가 새어나왔고, 나중에는 무도장 겸 교회 건물의 설교단 위에서 보았던 예의 섬뜩한 그리스어 주문이 큰 소리로 들려왔다.

"오, 밤의 친구이자 동료여, 개들의 짖음과(이때 섬뜩한 울부짖음이 터져 나왔다.) 낭자한 유혈에 (이때 음산한 비명과 정체 모를 소리들이 경쟁하듯 튀어나왔다.) 기뻐하는 그대여,

묘지의 그늘 속을 배회하는 그대여(바람소리와 같은 한숨소리), 피를 갈망하고 인간에게 공포를 선사하는 그대(무수한 목구멍에서 나오는 단말마의 날카로운 비명), 고르고(복창), 모르모(황홀경에서 복창), 천의 얼굴을 한 달이여(탄성과 플루트의 선율), 우리의 산 제물을 부디 흡족히 살펴주기를!"

영창이 끝나자, 큰 함성이 들려왔다. 그리고 쉿쉿 하는 소리들 때문에 오르간의 덜컥거리는 저음이 거의 묻히는 것 같았다. 곧이어 많은 이들이 헐떡거리는 소리가 들려왔고, 울부짖음과 애원이 뒤섞인 채로 다음과 같은 말이 흘러나왔다. "릴리스, 위대한 릴리스여, 여기 신랑을 보시오!" 더 큰 비명과 소동이 인 뒤, 뭔가가 달려오는 듯 탁탁탁 하는 날쌘 발소리가 들려왔다. 말론은 가까워지는 발소리를 향해 팔꿈치를 짚고 상체를 일으켰다.

조금 전까지 약해져 있던 지하의 빛이 조금 밝아졌다. 그 음산한 빛 속에서 달려오고 있는 것은, 달리거나 느끼거나 숨을 쉴 리가 없는 존재였다. 유리알 같은 눈을 하고 부패가 진행 중인 뚱뚱한 노인의 시체, 조금 전에 끝난 제식의 극악무도한 마법으로 부활한 그것이 혼자 힘으

로 움직이고 있었다. 황금 대좌에서 숨죽여 웃으며 인광을 발하던 벌거숭이 괴물이 시체를 뒤쫓아 왔고, 그 보다 더 뒤쪽에서 흑인들과 지각능력을 지닌 역겨운 죽음의 무리들이 헐레벌떡 따라붙고 있었다. 추적자들과의 간격을 점점 넓히던 시체는 분명한 목표물을 정하고 있는 것처럼 썩어가는 사지로 있는 힘껏 황금 대좌를 향해 달려갔다. 그 황금 대좌가 마법에서 매우 중요한 역할을 하는 것이 분명했다. 시체는 곧 목표물에 닿았고, 그 동안 길게 늘어선 추적자들은 속도를 높이려고 안간힘을 쓰고 있었다. 그러나 그들이 한발 늦었다. 역겨운 벌거숭이 괴물은 마지막 역주를 하느라 힘줄이 다 끊어진 채 젤리처럼 녹아내려 몸부림치고 있었다. 반면에 로버트 수댐의 시체는 마침내 목표물에 도달하여 승리를 거둔 셈이었다. 대좌를 밀기 위해서는 엄청난 힘이 필요했는데, 시체는 그 정도의 힘을 지니고 있었다. 시체는 진흙 같은 부패물이 되어 쓰러질 때까지 대좌를 밀었다. 대좌는 기우뚱거리다가 마노 받침대에서 떨어져 나간 뒤, 그 아래의 탁한 물속으로 가라앉았다. 그것이 타르타로스의 상상할 수 없는 심연으로 육중하게 가라앉는 동안, 떨어져나간 황금빛이 수면까지 솟구치고 있었다. 그 순간, 그 무시무시한 광경들은 말론의 눈앞에서 홀연히 사라져갔다. 그리고 사악한 우주를 송두리째 없애버리듯 엄청난 굉음이 들려왔고, 그는 정신을 잃었다.

7

수댐이 해상에서 맞이한 죽음과 시체의 인도 소식을 알기 전에 말론이 꾼 생생한 꿈은 이 사건의 기묘한 사실성과 합쳐졌다. 설령 그렇더라도 사람들이 그의 꿈을 믿어야 할 이유는 없다. 전혀 눈에 띄지 않는 상태로 오래전부터 붕괴되어 온 파커 플레이스의 낡은 집 세 채는, 현장을 급습한 경찰대원의 절반과 용의자 대부분이 그 내부에 들어가 있는 상태에서 뚜렷한 원인 없이 무너지고 말았다. 그 결과 양쪽의 상당수가 현장에서 즉사했다. 건물 밑 부분과 지하실에 있던 사람들만이 대부분 살아남았다. 말론은 다행히도 로버트 수댐의 집 지하 깊숙이 있었고, 이 사실을 부인하는 사람은 아무도 없다. 말론은 의식불명의 상태로 칠흑처럼 어두운 연못가에서 발견되었고, 가까운 곳에 흉측스럽게 뒤섞여 있던 부패물과 뼈는 치아 상태를 분석한 결과 로버트 수댐의 시체로 밝혀졌다. 사건은 간단했다. 이 지점부터 밀수업자들의 비밀 운하가 연결되어 있었기 때문이다. 요컨대 사람들이 정기선에서 수댐의 시체를 인수하여 고향집으로 가져다 놓았다는 것이다. 그들은 종적을 감추었고, 그들이 누구인지 밝혀지지 않았다. 정기선의 선의는 간단하게 사건을 종결한 경찰의 결정에 여전히 불만스러워하고 있다.

수댐의 저택으로 통하는 운하가 인근에 있는 여러 개의 지하 경로와 터널 중 하나에 불과한 것으로 봐서, 그는 대규모 밀입국 알선 조직의 우두머리임이 분명했다. 이 저택에서 무도장 겸 교회의 지하로 이어지는 터널이 있었다. 교회에서 지하로 접근하는 유일한 방법은 북쪽 벽에 난 비좁은 비밀 통로를 지나는 것인데, 지하의 내실마다 독특하고도 흉측한 것들이 발견되었다. 음산한 오르간뿐 아니라, 나무 벤치와 기묘하게 생긴 제단 그리고 거대한 아치형의 예배당도 지하에 있었다. 벽마다 줄지어있는 열일곱 개의 (입에 올리기도 끔찍한) 독방에서 포로들이 백치상태로 사슬에 묶인 채 발견되었다. 이중에는 몹시 이상한 생김새의 갓난아기들과 함께 네 명의 어머니가 포함되어 있었다. 갓난아기들은 햇빛에 노출된 직후에 죽었다. 차라리 잘 된 일이라고 의사들은 생각했다. 그들을 조사한 사람 중에서 말론만이 델리오 노인[50]의 침울한 질문을 기억해냈다.

"악마와 인큐비와 서큐비가 실제로 존재했을까, 또 이들의 후손이 육체적 관계를 통해서 잉태될 수 있을까?"

운하를 메우기 전에 밑바닥까지 샅샅이 훑은 결과 잘리고 쪼개진 온갖 크기의 뼈들이 나와 보는 이들을 경악시켰다. 살아남은 용의자 중에서 연쇄 납치 사건에 가담한 범인은 두 명에 불과했으나, 범죄 장소만큼은 아주 명확했다. 이 두 명은 현재 구치소에 수감 중인데, 그 이유는 살인 종범(從犯)이라는 유죄 판결이 내려지지 않았기 때문이다. 말론이 오컬트의 핵심 요소라고 수차례 언급한 황금 대좌 혹은 왕좌에 대해서는 전혀 밝혀진 것이 없다. 물론, 수댐 저택의 한 지점에서 발견된 운하가 수색이 불가능할 정도로 깊은 우물로 흘러들어 가긴 했지만 말이다. 나중에 이 부지에 주택을 신축하고 지하실을 만드는 과정에서 우물의 입구는 시멘트로 메워졌다. 그러나 말론은 종종 그 아래 무엇이 놓여 있을까 생각에 잠기곤 한다. 한편, 경찰은 미치광이와 밀입국 알선책으로 이루어진 범죄 조직을 일망타진한 것에 만족했고, 쿠르드인 미결수들을 연방정부로 송치했다. 연방정부는 미결수들을 국외추방하기에 앞서 그들이 악마 숭배자인 예지디 족의 일원이라고 결론 내렸다. 냉소적인 형사들은 부정기 화물선의 밀수와 밀주 행위에 대해 또 한 번의 일전을 벼르고 있으나, 화물선과 그 선원들의 정체는 여전히 묘연한 미스터리로 남아 있다. 형사들은 설명할 수 없는 무수한 정황과 전체 사건의 어렴풋한 암시를 주목하지 못함으로써 애석하게도 통찰력의 한계를 드러냈다. 이것이 말론의 생각이었다. 물론 그는 언론에 대해서도 비판적이었다. 병리학적인 센세이션만을 노리고 우주의 핵심에서 비롯된 공포의 증거일 수 있는 밀교 집단을 소수의 사디스트쯤으로 조소하는 것이 언론의 태도였기 때문이다. 그럼에도, 그는 체파쳇에서 조용히 휴식을 취하는데 만족하고 있다. 안정을 취하는 한편, 자신의 무시무시했던 경험이 시간의 힘을 빌어 지금의 현실 영역에서 멀리 유쾌한 신화의 영역으로 서서히 옮겨가기를 바라면서.

로버트 수댐은 그린우드 공동묘지, 그의 신부 곁에 잠들어있다. 기이하게 발견된 유골에 대해 장례는 치러지지 않았고, 친척들은 사건이 빠르게 잊혀져 가는 것에 감사했다. 레드 훅의 공포와 노학자 수댐과의 관련성이 법적인 증거로는 전혀 설명되지 않았다. 그가 죽음으로써 경찰의 취조를 불가능하게 만들었기 때문이다. 세간에서 수댐의 최후에 대해 이러쿵저러쿵 하지 않았고, 수댐 가의 사람들은 무해한 마법과 민담에 몰두했던 점잖은 은둔자로만 수댐이 후손에게 기억되기를 바랐다.

레드 훅은 예나 지금이나 변함이 없다. 수댐이 살다가 죽었다. 공포가 엄습했다가 사라졌다. 그러나 음산하고 불결한 악령이 낡은 벽돌집의 혼혈인들 사이에 슬그머니 자리를 잡았다. 여전히 미지의 사명을 띤 방랑자들이 불빛과 일그러진 얼굴들이 불현듯 나타났다 사라지는 집집 창가를 지나고 있다. 태고의 공포는 천의 머리를 지닌 히드라이고, 어둠의 밀교는 데모크리투스의 우물[51]보다 더 깊은 신성모독에 뿌리를 두고 있다. 야수의 영혼이 어디에서나 득세하는 상황에서 흐릿한 눈과 얽은 얼굴을 한 레드 훅의 청년들은 여전히 심연과 심연 사이를 오가며 찬가를 부르고 저주를 내뱉고 울부짖는다. 그들 스스로도 이해하지 못하는, 맹목적인 생물학의 법칙에 따라 움직이고 있건만, 그들이 어디에서 와서 어디로 가는지 아무도 모른다. 예나 지금이나 레드 훅의 내륙

방면을 떠나는 자보다 들어오는 자가 더 많다. 그리고 소문에 따르면, 벌써부터 새로운 운하들이 밀주를 비롯하여 좀 더 고약한 거래들이 자행되는 소굴로 연결되어 있다고 한다.

지금은 주로 무도장으로 사용되고 있는 무도장 겸 교회, 밤이면 이곳 창가에서 기묘한 얼굴들이 나타난다. 최근에 한 경찰이 밝힌 사견에 따르면, 메워졌던 지하가 또다시 파헤쳐졌는데, 무슨 이유 때문인지는 전혀 알 수 없다. 역사와 인류보다 오래된 유해함과 싸워야 하는 우리 인간은 과연 어떠한 존재인가? 아시아의 원숭이들이 공포의 전율에 맞춰 춤을 추고, 무너져가는 벽돌집마다 숨어든 수상한 자들 사이에 암적인 요소들이 둥지를 틀고 퍼져 나가고 있다.

말론이 몸서리치는 데는 그럴만한 이유가 있다. 불과 얼마 전에 한 경관은 건물 사이의 어두운 통로에서 가무잡잡한 사팔뜨기의 노파가 어느 꼬마에게 은밀히 가르치던 방언을 엿들었다. 이 경관은 끝없이 되풀이되는 노파의 목소리를 들으며 참 이상하다고 생각했다.

"오, 밤의 친구이자 동료여,
개들의 짖음과 낭자한 유혈에 기뻐하는 그대여,
묘지의 그늘 속을 배회하는 그대여,
피를 갈망하고 인간에게 공포를 선사하는 그대,
고르고, 모르모, 천의 얼굴을 한 달이여,
우리의 산 제물을 부디 흡족히 살펴주기를!"

34) 아서 매컨(Arthur Machen, 1863~1923)은 「더니치 호러Dunwich Horror」에서 보여지

듯, 러브크래프트에게 영향을 미친 작가 중에 한 사람이다. 인용된 문장은 아서 매컨의 「붉은 손The Red Hand」에 나오는 주인공 다이슨(Dyson)의 대화 가운데 일부다. 여기서 붉은 손은 오래된 악의 표식이자 상징으로서, 살인 현장의 벽면에 남겨져 있다.

35) 파스코그(Pascoag)와 체파쳇(Chepachet)은 로드아일랜드 주의 북서쪽에 위치한 실제 지명이다. 이 두 곳을 방문한 러브크래프트는 뉴잉글랜드 지방의 예스럽고 목가적인 분위기가 살아있다고 지인들과의 서한을 통해서 밝힌 바 있다.

36) 레드 훅(Red Hook): 19세기에 미국에서 해운업이 발달했던 곳으로, 유명한 갱단 두목이었던 알 카포네(Al Capone)가 시카고로 이주하기 전까지 범죄를 시작한 지역으로도 알려져 있다.

37) "그 자체가 읽혀지기를 거부하는 책(es lasst sich nicht lesen)"은 에드거 앨런 포(Edgar Allan Poe)의 단편 「군중 속의 남자The Man of The Crowd」 도입부에 등장하는 구절이다.

38) 비어즐리(Aubrey Beardsley, 1872~1898): 1890년대 영국 최고의 삽화가이자, 영국 유미주의 운동의 대표적 인물로, 공포 작가이자 러브크래프트에게 많은 영향을 끼친 아서 매컨(Arthur Machen)의 『위대한 목신The Great God Pan』과 『악마의 뇌Inmost Light』에 권두화(卷頭畵)를 그리기도 했다.

39) 구스타프 도레(Gustave Dore, 1832~1883): 기이하고 환상적인 장면에 뛰어난 프랑스의 삽화가.

40) 거버너스 섬(Governors Island): 맨해튼(Manhattan) 남단에 있는 섬으로 1698년에 식민지 총독(Governor)이 거주한 데서 지명이 붙어졌다.

41) 영국의 대문호 찰스 디킨스(Charles Dickens, 1812~1870)의 작품을 빗댄 것으로, 러브크래프트 본인은 디킨스의 작품이 너무 감상적이라며 싫어했다고 한다.

42) 카발라(Kabbalah): 중세 유대교의 신비주의. 오래전부터 유대의 선택된 사람들에게만 전해져온 비밀의 가르침을 기록한 서책이다.

43) 파우스투스의 전설은 15세기 말에서 16세기에 실존했다는 연금술사(게오르크 파우스트)와 마술사(요하네스 파우스트)의 행적을 결부시킨 것으로 알려져 있다. 영국의 극작가 말로와 독일의 문호 괴테 등의 작품으로 널리 알려져 있다.

44) 쿠르디스탄(Kurdistan): 터키, 이란, 이라크, 시리아, 아르메니아에 분할된 지역. 고원과 산악으로 이루어져 있고, 쿠르드인이 다수를 차지한다. 현재의 쿠르드인은 아시리아, 아랍, 터키, 몽골 등의 침입을 겪는 과정에서 혼혈이 생겼다고 한다.

45) 이 주문은 러브크래프트가 『브리태니커 백과사전』 9판의 '마법Magic' 항목에서 인용

했다고 알려져 있다.

46) 헤카테(Hecate): 그리스 신화에 나오는 지하세계의 여신으로, 부와 행운을 가져다준다고 한다.

47) 마그나 마테르(Magna Mater): '위대한 어머니'라는 뜻으로 아나톨리아(현재 터키의 대부분을 차지하는 고원지대) 반도의 프리기아 왕국에서 숭배한 키벨레(Cybele)를 지칭한다. 키벨레는 차후에 고대 그리스와 고대 로마에 전파되었다.

48) 몰록(Moloch): 셈족의 신으로 아이들을 제물로 바쳤다.

49) 아스타로트(Ashtaroth): 풍요와 생식을 상징하는 페니키아의 여신. 아스타르테(Astarte)라고도 한다.

50) 델리오 노인: 마르틴 안톤 델리오(1551~1608)를 지칭하는 것으로 보인다. 델리오는 『마법학 6부작』을 저술했다.

51) 데모크리투스(Democritus)는 그리스의 철학자로 만물은 원자로 이루어졌다는 주장을 최초로 제기했다. 에드거 앨런 포 등의 작품에서 거론된 데모크리투스의 우물에는 바닥이 없다고 한다.

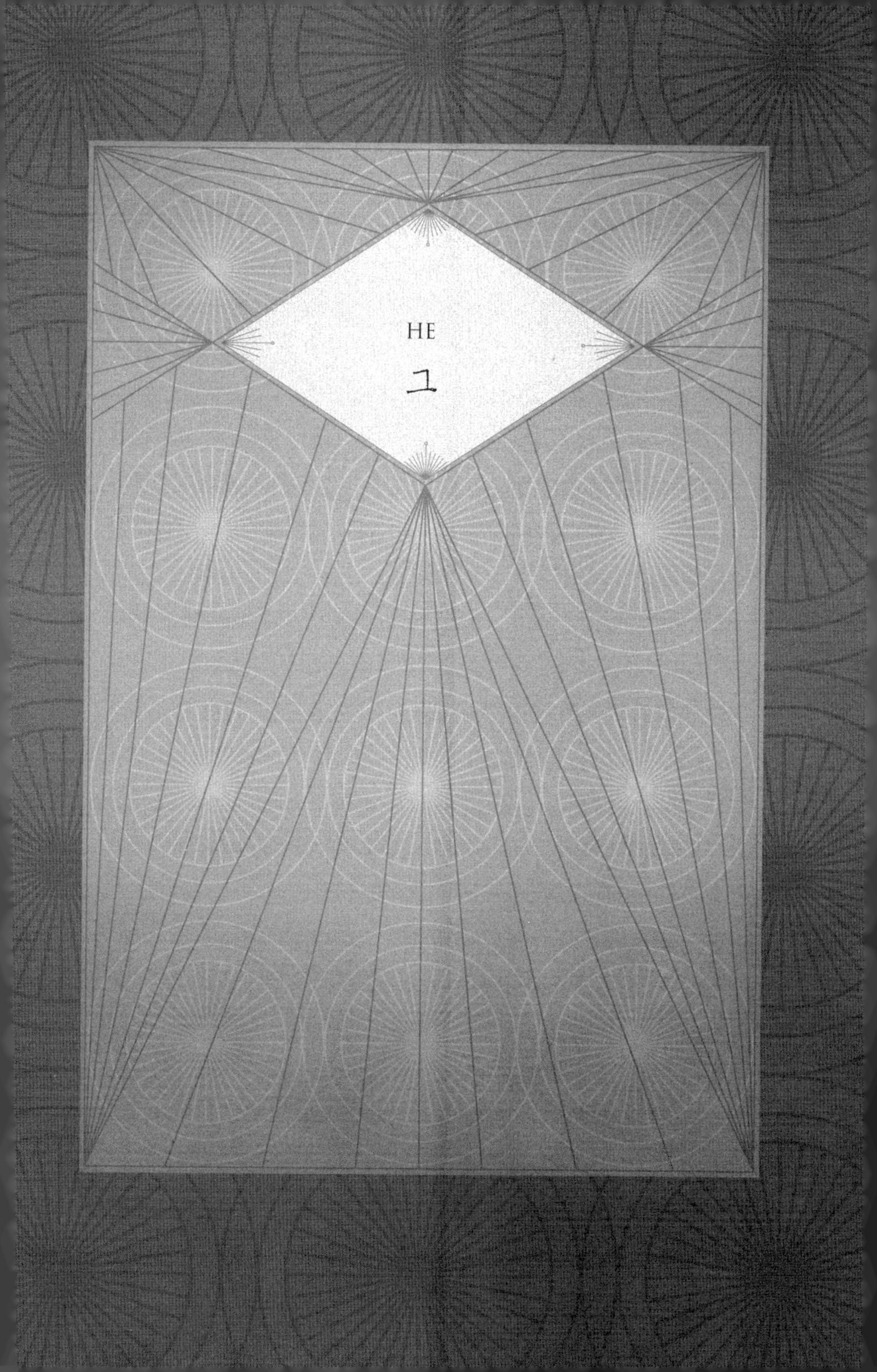
HE
그

나의 영혼과 환상을 구원코자 필사적으로 걸었던 불면의 밤, 그때마다 그를 보았다. 뉴욕에 온 것이 실수였다. 망각의 정원과 광장 그리고 해안의 거리를 무수한 미로처럼 굽이도는 옛 거리에서, 이지러진 달 아래 바빌로니아처럼 음울하게 솟구쳐있는 거대한 현대식 고층 건물과 첨탑에서 통쾌한 경이와 영감을 찾고자 했건만, 그 대신에 나를 정복하고 마비시켜 말살하려는 공포와 우울만을 얻게 되었으니 말이다.

환영은 서서히 찾아왔다. 맨 처음 이곳에 도착했을 때, 해 질 녘 어느 다리에서 이 도시를 보았다. 보랏빛 안개를 뚫고 수면 위로 웅장하게 버티고 선 도시는 섬세한 꽃봉오리처럼 솟구친, 어마어마한 건물과 탑으로 붉은 노을과 첫 별을 희롱하고 있었다. 이윽고 랜턴 불빛이 깜박이고 아스라이 낮은 기적 소리가 기묘하게 어우러지는 잔물결 너머로 창문이 하나둘 불빛을 머금었다. 도시는 저절로 꿈의 빛나는 창공이자 요정의 아련한 노래며, 카르카소네와 사마르캔드와 엘도라도처럼 찬란하고 전설적인 도시의 경이가 되었다. 곧이어 나는 나의 환상에서 너무도 소중한 옛길을 따라 걸었다. 비좁고 구불구불한 길과 통로를 따라

가노라니, 기둥으로 장식한 출입문 위로 작은 지붕창을 낸 조지안 풍의 붉은 벽돌집들이 줄지어 있었고, 그 앞에 금박을 입힌 의자 가마와 마차들이 보였다. 나는 오래토록 열망해 온 것들을 처음으로 마주하고 있다는 감격 속에서 금세 시인이라도 된 것 마냥 값진 보물을 얻었다고 생각했다.

그러나 성공과 행복은 오지 않았다. 달빛이 암시했던 아름다움과 태고의 마법을 대신하여 한낮의 눈부신 햇살이 보여준 것이라고는 가파르게 펼쳐져 있는 석조물의 더러움과 이질감 그리고 고약한 불균형뿐이었다. 도랑 같은 거리마다 북적거리는 땅딸막하고 가무잡잡한 이방인들은 굳은 얼굴과 째진 눈을 하고 있었다. 주변의 환경에 대해 환상은 고사하고 일말의 동질감도 없는 이 약삭빠른 이방인들은 푸른 오솔길과 뉴잉글랜드의 하얀 첨탑들을 애틋이 기억하고 있는 벽안의 늙은 이에게 그 어떤 의미도 전해줄 수 없었다.

결국에는 내가 그토록 염원하던 시가 아니라 소름 끼치는 암흑과 지울 수 없는 고독만이 밀려왔다. 그리고 마침내 누구도 감히 말하지 않았던, 속삭임으로도 입에 올릴 수 없는 비밀 중의 비밀, 그 섬뜩한 진실을 알고 말았다. 런던이 옛 런던의 연속이고 파리가 옛 파리의 연속인 것과는 달리 이 석조의 도시와 고약한 소음에서 옛 뉴욕의 영속성을 느낄 수 없다는 진실 말이다. 완전히 죽어서 사지를 축 늘어뜨린 이 도시는 생명력과는 상관없이 득시글거리는 기이한 생물체들로 유지되고 있다. 이것을 깨달은 후로 나는 편히 잠들기를 거부했다. 점점 한낮에 거리를 피하고 밤에만 외출하는 습관이 생기자, 자포자기식 평온 같은 것이 되살아나기는 했다. 밤에는 아직까지 망령처럼 떠도는 옛 시절의 희박한 흔적이나마 볼 수 있었고, 흰색의 낡은 출입문들은 한때 이곳을 지나갔던 강건한 사람들을 기억하고 있었다. 기분전환을 하듯 몇 편의 시를 쓰기도 했으나, 낙오자가 되어 비참하게 돌아왔다는 평판을 들을까봐 고향에 가기가 여전히 꺼림칙했다.

그렇게 불면의 밤에 산책을 하던 어느 날, 그를 만났다. 시인과 예술가에게 마음의 고향이라는 그리니치 지역에 숨겨진, 어느 그로테스크한 뜰에서였다. 나는 고풍스러운 골목길과 집 그리고 예상치 못한 광장과 뜰을 보면서 얼마나 기뻤는지 모른다. 시인과 예술가라는 작자들이 겉만 번지르르하고 그들의 삶 또한 시와 예술의 순수한 아름다움과는 상반된 것임을 깨달았을 때에도 나는 존귀한 옛것에 대한 애정 때문에 그리니치에 계속 머물렀다. 이곳의 풍광이 전성기, 그러니까 그리니치가 지금의 도시에 포함되기 전의 평범한 마을이었을 때라고 상상했다. 새벽이 오기 전, 취객들도 슬그머니 사라지는 시간이면 나는 이곳의 숨겨진 굽잇길을 따라 홀로 배회하면서 오랜 세월 동안 이곳에 스며들었을 기묘한 비밀에 대해 골똘히 생각에 잠기곤 했다. 그리하여 내 영혼의 숨통이 트였고, 내 마음 깊은 곳의 시인이 간절히 울부짖는 꿈과 환상을 조금이나마 얻을 수 있었다.

그와 우연히 만난 것은 팔월의 우중충한 어느 새벽 2시경, 내가 드문드문 이어져 있는 뜰을 지나고 있을 때였다. 간간이 길목을 가로막는 건물들 때문에 그 어두운 통로로만 이동할 수 있었다. 한때는 그곳에 정취 있는 골목길이 거미줄처럼 나 있었을 터였다. 막연한 소문으로 알고 있던 그 지역은 오늘날의 어떤 지도에도 나와 있지 않았다. 하지만 잊히었다는 이유만으로 내게는 몹시 소중했기에 평소보다 두 배는 더 간절히 그 지역을 찾아다녔다. 마침내 그곳을 찾아냈을 때, 간절함은 또 곱절이 되었다. 건물의 배치 상태로 보아 눈에 보이는 것 외에 훨씬 더 많은 것들이 있을 거라는 막연한 암시가 전해졌기 때문이다. 요컨대 높고 휑한 담장과 버려진 뒤쪽의 주거지 사이에 더 많은 것들이 음침하고 조용히 틀어박혀 있거나 불빛 없는 아치 길 너머에 숨어있는 것 같았다. 그리고 이런 것들은 외국인 무리에 의해 은폐되거나 대중의 관심과 조명에서 멀어져 은둔하는 예술가들에 의해 비호 받고 있다는 느낌도 들었다.

내가 철제 난간이 있는 계단 위로 쇠고리 달린 출입문을 유심히 바라보고 있는 동안, 고딕풍의 격자 장식을 한 채광창에서 희미한 빛이 내 얼굴을 비치고 있었다. 그런 내 모습을 유심히 바라보던 그가 불쑥 말을 걸었다. 그의 얼굴은 어둠에 가려져 보이지 않았다. 그가 쓰고 있는 챙 넓은 모자는 역시나 철 지난 망토와 완벽한 조화를 이루고 있었다. 하지만 그가 말을 걸기 전부터 나는 미묘한 불안감을 느끼고 있었다. 그는 몹시 말라서 송장처럼 보였다. 목소리는 특별히 굵은 저음이 아닌데도, 퍽 부드러운 울림을 전했다. 그는 산책 중인 나를 여러 번 보았다고, 지난 시절의 자취를 좋아하는 것이 자기와 닮았다고 말했다. 나는 이런 생각이 들었다. 이런 탐사에 익숙하고 노련할 뿐 아니라 나와 같은 신출내기에게는 요원한 정보력까지 갖춘 안내자를 만난 것은 아닐까?

그가 말하는 동안, 쓸쓸한 건물의 다락방 창문에서 누런 불빛이 비추었고, 그의 얼굴이 흘깃 스쳐 갔다. 고귀하고 잘 생겼다 싶은 정도의 나이 든 얼굴이었다. 그리고 나이와 장소에 어울리지 않는 기품과 세련됨이 엿보였다. 이런 독특한 용모는 내게 기쁨과 동시에 불안을 안겨주었다. 어쩌면 너무도 희고 무표정한데다 이 지역 주민들과는 크게 다른 얼굴이어서 무난하다거나 편한 느낌이 들지 않았는지 모른다. 그럼에도 불구하고 나는 그를 따라갔다. 이처럼 따분한 시대에 과거의 아름다움과 미스터리를 쫓는 것만이 내 영혼을 살아있게 만드는 전부였기 때문이었다. 그리고 같은 목적을 추구하면서 나보다 훨씬 더 깊은 통찰력을 지닌 것으로 보이는 사람과 함께 한다는 것은 보기 드문 행운이라고 생각했다.

어둠 속의 뭔가가 망토 입은 이 남자를 침묵하게 만들었는지는 몰라도 앞서 가는 동안 그는 한참 말이 없었다. 그저 옛 명칭과 날짜와 변화에 대해서만 짤막하게 말했을 뿐, 건물 사이의 틈새를 빠져나가는 동안 말 대신에 몸짓으로 나를 이끌었다. 까치발로 복도를 지나 벽돌담을 넘었고, 손과 발로 기어서 아치형의 낮은 통로를 지나기도 했다. 그 엄청나게 길고 구불구불한 통로를 지나다 보니 내가 그때까지 간신히 더듬어오던 위치와 방향감각을 완전히 잃고 말았다. 내가 본 물체들은 아주 오래되고 신비로웠다. 몇 갈래의 아주 희미한 빛 속에서는 그렇게 보였다. 쓰러질 듯한 이오니아식 기둥과 세로 홈을 판 벽기둥, 꼭대기에 항아리 모양을 얹은 철제 울타리 기둥, 반질거리는 상인방을 댄 창문과 장식용 채광창 등등, 끝없는 미지의 옛 미로 속으로 깊이 들어갈수록 점점 더 예스러운 흥취와 함께 기이해지던 광경을 도저히 잊을 수 없을 것이다.

우리는 아무도 만나지 않았다. 시간이 갈수록 불빛이 비치는 창문의 수가 점점 줄어들었다. 우리가 처음 만났을 때, 가로등은 마름모꼴의 구식 오일램프였다. 그런데 나중에 보니 촛불로 밝혀진 가로등도 있었다. 장갑을 낀 안내자가 이끄는 대로 소름 끼치도록 어두운 뜰을 지났고, 칠흑 같은 어둠 속을 뚫고 마침내 높은 벽에 나 있는 비좁은 관문에 도착했다. 관문을 지나자 흔적만 남은 골목길이 나타났다. 일곱 집 건너 하나씩 있는 양철 램프(뜻밖에도 윗부분이 원뿔형이고 측면에 구멍이 나 있는 식민지 시대의 램프)가 그 골목길을 비추는 유일한 불빛이었다. 골목길은 고개까지 가파르게 (뉴욕에서 상상하기 어려울 정도로) 이어져 있었고, 고갯마루에 올라가 보니 담쟁이로 덮인 사유지의 담장이 반듯하게 가로막고 있었다. 담장 너머로 희미한 돔형 지붕과 흐릿한 하늘을 배경으로 흔들리는 나무 우듬지가 보였다. 담장에는 작고 낮은 아치형의 출입문이 하나 있었는데, 출입문의 검은 오크에 못이 박혀 있었다. 나를 안내한 남자가 큼지막한 열쇠로 그 문을 열었다. 그는 나를 문 안으로 이끌더니 자갈길로 보이는 어둠 속을 나아갔다. 이윽고 집 현관으로 이어진 돌계단이 나타났고, 이번에도 그가 현관문을 열었다.

안으로 들어갔을 때 사방에서 스멀거리는 지독한 곰팡내의 악취에 나는 점점 정신이 몽롱해졌다. 오랜 세월의 해로운 부패 때문에 생긴 악취가 분명했다. 안내자는 악취에 개의치 않았고, 나도 홀을 가로지른 뒤 구부러진 계단을 올라 어느 방으로 앞장서는 그를 얌전히 뒤따라갔다. 방 안에 들어서자 그가 등 뒤에서 문을 잠그는 소리가 들렸다. 그는 별빛에도 거의 눈에 띄지 않았던 세 개의 작은 유리창에 커튼을 쳤다. 그러고는 벽난로 쪽으로 가더니 부싯돌로 불을 켜고 가지가 열두 개 달린 촛대에 촛불 두 개를 밝힌 뒤, 작은 소리로 얘기를 나누자며 신호를 보내왔다.

희미한 촛불에 드러난 공간은 18세기 초에 만들어진 널찍한 서재로, 고급스러운 가구가 비치되어 있고 벽은 판자로 만들어져 있었다. 으리으리한 박공 형태의 문간, 보기 좋은 도리스 양식의 코니스[52], 윗부분을 커다란 소용돌이 무늬와 항아리 형태로 조각한 벽난로 선반도 있었다. 벽을 따라 일정한 간격을 두고 책이 빽빽한 책장이 놓여 있었고, 그 위에는 정교하게 제작된 가족의 초상화들이 걸려 있었다. 전부 색이 바랜 초상화들은 몽롱하면서도 묘한 분위기를 자아냈다. 그때 남자가 우아한 치펀데일[53] 풍의 탁자 옆에 놓여있는 의자를 가리키며 내게 앉으라고 했는데, 그와 초상화의 인물들이 분명히 닮아있었다. 남자는 탁자 맞은편에 앉으려다가 난처한 듯 잠시 머뭇거렸다. 그러더니 마지못해 장갑과 챙이 넓은 모자, 망토를 벗었다. 꾸민 듯이 부자연스럽게 서 있던 남자는 조지아 시대 중반의 의상을 완벽하게 갖춰 입고 있었다. 꽁지를 땋은 머리와 주름 깃, 반바지와 기다란 실크 양말 그리고 버클이 달린 구두에 이르기까지 나는 그제야 그의 옷차림을 제대로 보았다. 그는 등받이가 하프 모양인 의자에 앉더니 나를 뚫어지게 쳐다보았다.

모자를 벗은 그의 얼굴을 보고 있자니, 전에는 거의 알아채지 못했을 정도로 굉장히 늙은 모습이었다. 이런 고령의 느낌 때문에 나도 모르게 불안했던 것 같다. 그가 마침내 입을 열자, 부드러우면서도 조심스레 소리를 낮춘 목소리가 떨리어 나왔다. 나는 점점 더해가는 놀라움의 전율과 까닭 모를 경계심 속에서 귀를 기울였고, 간간이 그의 말을 알아듣기가 어려웠다.

"선생이 지금," 안내자가 말했다. "마주 보고 있는 이 사람은 몹시 괴팍한 옷차림을 하고도 선생의 아량과 취향을 빌미로 사과의 말 한마디 하지 않고 있소. 더 좋았던 시절을 회상하는 마당에 그때의 옷과 삶의 방식을 따르고 주장하는데 무슨 거리낌이 있겠소. 탐닉을 하되 허세를 부리지 않는다면 남에게 폐가 되지 않는 법이오. 나는 선조의 시골 땅을 지킬 수 있어서 무척 다행이라고 생각하고 있소. 물론, 이곳이 1800년 이후에 세워진 그리니치와 1830년경부터 성장한 뉴욕에 흡수되어 버리기는 했지만 말이오. 내가 가문의 땅을 가까이서 지켜야 하는 이유는 한둘이 아니고, 여태 이 의무를 게을리 한 적이 없소이다. 1768년에 이 곳을 상속받은 치안판사 한 분이 사테인 인디언의 예술을 연구하고 발굴했는데, 이 지역에 스며들어 있는 영향력뿐 아니라 철저히 비밀에 부쳐야할 만큼 소중한 것들을 하나도 빼놓지 않았소. 사테인의 예술과 그 발견에서 비롯된 기묘한 결과에 대해 지금부터 엄숙한 비밀로서 선생에게 보여줄 생각이오. 이런 방면에 선생이 관심이 있을 뿐 아니라 비밀을 지켜줄 것이라는 내 판단이 틀림없으리라 믿겠소."

그가 말을 멈추자, 나는 고개를 끄덕일 수밖에 없었다. 앞에서 경계심을 느꼈다고 했으나, 내 영혼에 뉴욕의 야비한 한낮보다 더 끔찍한 것은 없었기에 이 남자가 무해한 괴짜든 아니면 위험한 모사꾼이든 간에 그의 말을 따름으로써 호기심을 달래는 수밖에 없었다.

"내 선조께서는" 그가 나지막이 말을 이었다. "인간의 의지에 뭔가 굉장히 독특한 것이 잠재해 있다고 판단하셨소. 자기 자신과 타인의 행동뿐 아니라 자연의 모든 힘과 물질까지 완벽하게 통제하는 어떤 것, 요컨대 무수한 요소와 차원들이 자연 자체보다도 더 보편적으로 여겨지도록 하는 성질 말이오. 혹여 그 분이 시간과 공간처럼 거대한 만물의 신성을 경멸하고 한때 이 언덕에 살았던 사테인 혼혈 인디언의 의식을 이상하게 이용한 것은 아닐까요? 이 인디언들은 이곳에 건물이 세워졌을 때 분개했고, 보름달이 뜰 때마다 이곳을 방문하게 해달라고 집요하게 요구했소. 몇 해에 걸쳐 그들은 기회만 있으면 한 달에 한 번씩 몰래 담을 넘어와 은밀하게 사테인 의식을 치르곤 했지요. 그러던 중 1868년에 그 치안판사가 그들의 행동을 발견하고는 멍하니 멈춰 섰소. 그때부터 그분은 이 인디언들의 조상이 북아메리카 원주민과 옛 네덜란드인의 혼혈임을 알아내고 그들이 의식을 치르는 진의를 알려주는 대가로 자신의 땅에 자유로이 들어와도 좋다는 계약을 맺었소. 그분이 뭔가에 홀려서 그랬는지, 또 의도적으로 그랬는지는 모르겠으나, 인디언들에게 지독한 럼주를 마시게 한 것 같소. 그로부터 일주일 뒤에 그분은 지상에서 그 비밀을 아는 유일한 사람이 되었지요. 이보시오, 선생은 이곳에 비밀이 있었다는 걸 알게 된 최초의 외지인이오. 그리고 선생이 옛 시절을 그리 열망하지도 않는데 내가 쓸데없이 얘기를 강요하고 있는 것이라면 솔직히 그렇다고 말해 주시오."

그가 점점 더 다른 시대의 말투로 이야기에 열을 올릴수록 나는 몸서리쳤다. 그가 계속 말했다.

"하지만 반드시 알아두시오, 선생. 그 치안판사가 혼혈 야만인들로부터 얻은 것은 그분이 겸비한 지식의 극히 일부분이라는 점 말이오. 그분이 쓸데없이 옥스퍼드에서 수학한 것도 아니고, 할일이 없어서 파리의 옛 화학자이자 점성가와 이야기를 나눈 것도 아니니까. 요컨대, 그분은 모든 세계가 우리 지성의 연기에 불과하다는 것을 이해한 거지요. 현명한 사람이 천박한 사람한테서 산 최고급 버지니아 산 담배를 피우듯 말이오. 우리는 원하는 것을 곁에 두지만 원하지 않는 것은 없애버리지요. 내 얘기가 전부 진실이라고 말하지는 않겠으나, 이따금씩 훌륭한 볼거리를 선사할 정도로는 진실하다오. 내 생각에 선생은 아마 혼자 상상하는 것보다는 사테인 인디언에 대해 좀 더 알고 싶어서 근질근질할 텐데요. 그러니 내가 앞으로 보여주는 것에 대해서도 두려움을 꾹 참고 즐겨주길 바라오. 창문으로 가서 가만히 있으시오."

안내자는 내 손을 잡고 악취 나는 방의 기다란 한쪽 벽에 있는 두 개의 창문 중에서 한 곳으로 데려갔다. 그의 맨손이 처음으로 내 손에 닿았을 때 나는 온몸이 얼어붙었다. 건조하고 단단한 그의 살결이 어찌나 차갑던지 나는 하마터면 그의 손을 뿌리칠 뻔했다. 하지만 현실의 공허함과 공포를 다시금 떠올리고 어디든 그가 이끄는 대로 따라가기로 마음을 다잡았다. 창문 앞에 서자, 그 남자는 누런 실크 커튼을 걷은 뒤 내가 똑바로 어두운 창밖을 응시하도록 했다. 잠시 동안은 아스라이 멀리서 무수한 불빛이 너울대는 것밖에는 보이지 않았다. 그런데 안내자의 아무렇지 않은 손짓에 화답하듯, 풍광 위로 번개와도 같은 섬광이 일었다. 무성한 잎의 바다(보통 사람들이 기대했을 지붕의 바다가 아니라 싱그러운 잎의 바다)가 눈앞에 펼쳐졌다. 오른쪽으로 허드슨 강이 새침하게 반짝였고, 멀리 앞쪽에는 끝없이 흔들리는 반딧불이로 가득한 대규모 늪지가 기분 나쁘게 빛나고 있었다. 섬광이 사라졌을 때, 늙은 마술사의 밀랍 같은 얼굴에 사악한 미소가 번져 있었다.

"내가 살았던 시절, 아니 신임 치안판사의 시절보다도 더 오래전 풍경이오. 한 번 더 볼 수 있기를 빌어봅시다."

나의 의식은 점점 몽롱해졌다. 이 지긋지긋한 도시의 가증스러운 현대성에서 느낀 현기증보다 더한 어지럼증이었다.

"맙소사!" 내가 속삭였다. "마음만 먹으면 또 할 수 있다는 말인가요?" 그가 고개를 끄덕였다. 그의 입에서 한때는 누런 어금니였을, 치아의 검은 뿌리가 드러나는 순간, 나는 쓰러지지 않으려고 커튼을 움켜잡았다. 하지만 그는 섬뜩하고 얼음처럼 차가운 집게발로 나를 부축하더니, 또 한 번 아무렇지 않게 손짓을 해 보였다.

또 번개가 번뜩였다. 하지만 이번에 펼쳐진 풍경은 완전히 낯설지가 않았다. 그것은 그리니치, 지금처럼 주택과 지붕들이 늘어서 있긴 하나 아름답고 푸른 오솔길과 들판과 수풀이 어디서나 보이는 옛날의 그리니치였다. 늪지가 여전히 뒤쪽에서 반짝이었고 있었으나, 그보다 더 먼 곳에서는 옛 뉴욕의 전부나 다름없었던 첨탑들이 보였다. 트리니티 교회와 세인트폴 교회, 브릭 처치가 중심을 이루었고, 장작불의 희미한 연기가 사방에서 피어올랐다. 숨이 막혀왔다. 하지만 그것은 눈앞에 펼쳐진 풍광 때문이 아니라 나 자신의 상상력이 암시하는 섬뜩한 가능성 때문이었다.

"더 먼 과거까지 갈 수 있나요?"

내가 외경심에 휩싸여 말했다. 그가 잠시 생각에 잠긴 듯하더니 다시 사악한 미소를 머금었다.

"더 멀리? 내가 본 것을 보여준다면 댁은 미쳐서 돌처럼 굳어버릴 텐데! 더 뒤로, 뒤로, 더 앞으로, 앞으로, 이거 원 칭얼거리는 멍청이 같잖아!"

그는 지그시 분통을 터뜨리고는 또다시 손짓으로 하늘에 전보다 더욱 눈부신 섬광을 불러왔다. 나는 3초 동안 아비규환의 광경을 보았고, 그중에서 2초 동안 본 광경은 영원히 악몽으로 남을 것이었다. 창공은 기이한 비행체로 가득했다. 그 아래 계단 형으로 만들어진 시커먼 거석의 도시에서 불경한 피라미드들이 달을 향해 난폭하게 솟구쳐 있었다. 무수한 창가에서 악마의 빛이 이글거렸다. 그리고 눈앞에 펼쳐진 공중 회랑으로 소름 끼치도록 득시글거리며 몰려드는 것들이 있었으니, 누런 피부와 째진 눈을 한 그 도시의 거주자들이었다. 그들은 오렌지색과 붉은색의 흉한 옷을 입고서 시끄러운 양철북과 음란한 크로탈라[54] 소리에 따라 미친 듯이 춤을 추었다. 그리고 약음기[55]를 단 뿔 나팔에서 나오는 광란의 윙윙거림이 장송곡처럼 불경한 역청의 바다에서 파도처럼 높아졌다 낮아졌다 하고 있었다.

나는 눈으로 그 광경을 보았고, 마음의 귀로 신성을 모독하는 불협화음을 들었다. 그것은 지금까지 이 시체의 도시가 내 영혼 안에 불러일으켰던 공포를 전부 합한 것과 맞먹는 강도였다. 그만두라는 말조차 생각나지 않았다. 더는 감당하기 어렵고 사면의 벽들이 뒤흔들리는 것 같아서 나는 연거푸 비명을 질렀다.

이윽고 섬광이 사라졌을 때, 안내인도 부르르 떨고 있는 것이 보였다. 내가 비명을 지른 것에 격분하여 뱀처럼 일그러진 그의 얼굴에 예기치 못한 공포의 흔적이 있었다. 내가 방금 전에 그랬듯이 그는 비틀거리며 커튼을 움켜잡더니 쫓기는 짐승처럼 머리를 이리저리 흔들어댔다. 그럴 만한 이유가 있는 것 같았다. 나의 비명 소리가 잦아지는 순간, 또 다른 소리가 들려왔다. 그 소리에서 떠오르는 암시가 얼마나 오싹하던지 감정이 마비된 상태가 아니었더라면 나는 미치거나 정신을 잃었을 것이다. 잠긴 문 너머에서 계단을 올라오는 은밀하면서도 일정한 삐걱거림은 맨발 혹은 가죽신에서 나는 발소리였다. 그리고 마침내 신중하면서도 과감하게 흔들리는 방문의 놋쇠 빗장이 희미한 촛불에 반짝거렸다. 늙은 남자는 내게 갈고리 손을 휘두르며 욕설을 내뱉었고, 누런 커튼을 움켜잡았을 때는 목구멍에서 으르렁거리는 소리가 들려왔다.

"보름달이야. 이 빌어먹을 놈, 짖어대는 개 같은 놈! 네 놈이 나를 해치라고 저것들을 불렀겠다! 가죽신을 신은 송장들, 썩 꺼져라, 이 인디언 악마들아. 난 너희들 술에 독을 타지 않았다니까. 게다가 시시하고 썩어빠진 마법을 안전하게 지켜온 장본인이 바로 내가 아니냔 말이다. 정신없이 술을 퍼마신 건 너희들이거늘. 이 천벌을 받을 놈들아. 누굴 탓하고 싶으면 그 치안판사한테나 가봐. 썩 꺼져라, 이놈들! 빗장에서 손을 떼란 말이야. 이 안에는 네놈들에게 줄 게 아무것도 없어."

이쯤에서 세 번에 걸쳐 느릿하면서도 아주 신중하게 문짝을 후려치는 소리가 들려왔다. 극도로 흥분한 마법사는 입에 거품을 물었다. 그의 두려움은 완전한 절망으로 바뀌었고, 그것이 오히려 나에 대한 분노를 되살리는 계기가 되었다. 그래서 그는 비틀거리면서, 내가 가장자리를 붙잡고 몸을 지탱하고 있던 탁자 쪽으로 한발을 내디뎠다. 그는 여전히 오른손에 커튼을 움켜잡은 채로 나를 향해 왼쪽 손을 뻗었다. 점점 팽팽해지던 커튼이 결국에는 위쪽의 걸쇠에서 뜯어지고 말았다. 환한 보름달 빛이 방 안으로 쏟아져 들어왔다. 푸르스름한 달빛에 촛불은 희미해졌고, 새로운 부패의 모습이 곰팡내 가득한 방 안에 펼쳐졌다. 벌레 먹은 판벽과 축 쳐진 마룻바닥, 부서진 벽난로, 흔들거리는 가구, 너덜거리는 커튼. 보름달 때문인지 아니면 그 자신의 공포와 동요 때문인지 어쨌든 부패의 흔적은 그 노인에게도 나타났다. 그가 난폭한 손으로 나를 찢어발기려고 버둥거리는 동안, 그의 몸은 오그라들면서 까맣게 변하고 있었다. 얼굴이 점점 시커멓게 쪼그라드는 동안에도 튀어나올 듯 이글거리는 눈동자만은 변함없이 희번덕거렸다.

문짝을 후려치는 소리가 더욱 집요하게 되풀이 되고 있었다. 이번에는 쇠붙이를 휘두르는 느낌이 전해져왔다. 눈동자와 머리만 남은 채 나를 노려보던 그 검은 괴물은 바닥에 주저앉아서 나를 붙잡으려고 안간힘을 쓰다가 간간이 힘없는 목소리로 욕설을 퍼부었다. 악취 나는 문짝을 빠르게 내리찍는 소리가 들려왔고, 쪼개진 문틈으로 도끼의 번쩍임이 스쳐 갔다. 나는 움직이지 않았다. 그럴 수 없었다. 그저 몽롱해진 시선으로 방문이 산산조각이 난 뒤에 악의에 찬 눈빛을 번뜩이며 쇄도해 들어오는, 거대한 무형의 검은 물체를 보고 있었다. 그것은 썩은 벽의 틈새로 뿜어져 나오는 기름 덩어리처럼 걸쭉하게 밀려들어왔다. 의자를 휘감아 쓰러뜨리더니 마침내 탁자 밑을 지나 검은 머리의 괴물이 아직도 나를 노려보고 있던 방 맞은편까지 도달했다. 그러고는 그 검은 머리를 휩싸 단번에 삼켜버리는가 싶더니 곧바로 물러나기 시작했다. 보이지 않는 짐을 지고 나를 피해 간 그것은 어둠의 문간으로 다시 흘러나간 뒤, 보이지 않는 계단을 내려갔다. 은밀하게 들려오는 계단의 삐꺼덕거림이 이번에는 아래쪽으로 멀어져갔다.

그때 바닥이 내려앉았다. 거미줄에 숨이 막히고 공포로 정신을 잃기 직전이었던 나는 어두운 아래층 공간으로 휩쓸려 떨어졌다. 부서진 창문으로 비추는 녹색 달빛에 현관문이 반 정도 열려 있는 것이 보였다. 회반죽 가루가 뒤덮인 바닥에서 일어나 무너진 천장의 잔해에서 빠져나오려고 버둥거리고 있는데, 섬뜩한 검은 물결이 악의에 찬 수십 개의 눈동자를 번뜩이며 스쳐 갔다. 그것은 지하실로 통하는 문을 찾고 있었다. 마침내 문을 찾자 그 안으로 사라져 버렸다. 아래층 바닥도 위층처럼 곧 무너질 것 같았다. 그런데 갑자기 위에서 쿵하는 소리에 이어 뭔가가 떨어지더니 예전에 전망대였던 서쪽 창가를 지나갔다. 잔해 더미에서 빠져나오는 순간, 나는 홀을 지나 현관문으로 돌진했다. 하지만 문을 열 수가 없어서 의자로 창문을 부순 뒤, 지저분한 잔디밭으로 정신없이 뛰쳐나왔다. 30센티미터가 넘는 풀과 잡초 위로 달빛이 너울거리고 있었다. 담장은 높았고, 문은 전부 잠겨 있었다. 하지만 한쪽에 쌓여져 있는 상자 더미를 옮겨서 그것을 딛고 커다란 항아리 장식이 있는 담장 꼭대기까지 기어 올라갔다.

나는 탈진하여 주위를 둘러보았으나, 이상한 담벼락과 창문 그리고 오래된 박공지붕들만 눈에 띄었다. 그곳으로 올 때 걸어왔던 오르막길은 온데간데없었고, 환한 달빛에도 불구하고 그나마 눈에 보이는 것들마저 강에서 피어오른 안개에 곧 묻혀버렸다. 그런데 지독한 어지럼증이 몰려왔고, 그것에 화답이라도 하듯 내가 매달려 있는 항아리 장식물이 흔들리기 시작했다. 곧바로 나는 아래쪽으로 고꾸라졌지만, 내게 어떤 운명이 닥칠 것인지 알 수 없었다.

나를 발견한 사람의 말에 따르면, 뼈가 부러진 상태에서도 내가 꽤 먼 길을 기어온 것 같다고 했다. 그의 시선이 미치는 곳까지 핏자국이 이어져 있었다면서 말이다. 비가 내려서 내가 당한 시련을 알려줄 만한 단서들은 곧 지워져 버렸고, 내가 어딘지 모를 곳, 그러니까 페리 가 외곽의 어둡고 작은 정원의 출입문 부근에서 나타났다는 목격담 외에는 더 들을 수 있는 말도 없었다.

나는 그 음침한 미로를 다시는 찾지 않았고, 설령 그럴 수 있다고 해도 제 정신인 사람을 그곳에 데려갈 생각도 없다. 그 늙은이가 누구였는지 혹은 무엇이었는지 나로서는 알 길이 없다. 하지만 되풀이 말하건대, 이 도시는 죽었고 정체 모를 공포로 가득하다. 그가 어디로 갔는지 모른다. 하지만 나는 향긋한 바다 바람이 불어오는 깨끗한 뉴잉글랜드의 오솔길, 거기 내 고향으로 돌아갔다.

52) 코니스(cornice): 벽면에 수평의 띠 모양으로 돌출한 부분.

53) 치펀데일(Chippendale): 영국의 가구 디자이너, 토마스 치펀데일이 창시한 스타일. 특히 정교한 투각문양을 새긴 의자가 유명하다.

54) 크로탈라(Krotala): 나무나 동물 뼈로 만든 캐스터네츠와 비슷한 악기.

55) 약음기: 악기의 음을 약하게 하거나 부드럽게 하는 장치.

IN THE VAULT
시체 안치소에서

많은 사람들의 심리에 스며들어 있는 소박하고 건전하고 그래서 판에 박힌 연상들보다 더 부조리한 것도 없다. 목가적인 양키 식 배경, 서툴고 간 큰 장의사, 무덤에서의 부주의한 사고, 보통 독자들이 희극의 그로테스크한 국면에도 불구하고 더 진심으로 기대할 수 있는 것은 없다. 하지만 조지 버치의 죽음으로 인해 내가 밝힐 수 있게 된 이 진부한 이야기에 인간의 가장 어두운 비극 외에 어떤 것을 내포하고 있는지는 신만이 알 것이다.

버치는 1881년에 한계를 느끼고 직업을 바꾸었지만, 가급적 그 이유에 대해서는 말하려고 하지 않았다. 몇 년 전에 죽은 그의 오랜 주치의 데이비스 박사도 마찬가지였다. 사람들이 에둘러 하는 말에 따르면, 그의 고뇌와 충격은 펙 벨리의 시체 안치소에 아홉 시간 동안 혼자 갇혔다가 서툴고 상서롭지 못한 물리적 수단에 의해 간신히 빠져나온 불행한 탈출의 결과였다. 하지만 이런 얘기의 상당 부분은 사실이고, 버치가 죽음을 앞두고 술에 취해 내게 속삭이곤 했던 말에는 더 음침하면서도 사람들에게 알려지지 않은 내용도 있다. 그가 내게 그때의 일을 털어 놓은 이유는 내가 그의 주치의였기 때문이고, 아마도 데이비스가 죽은 뒤로 다른 누군가에게 알려야겠다는 생각이 들었기 때문일 것이다. 그는 피붙이 하나 없는 독신이었다.

1881년 이전에 버치는 팩 벨리의 장의사였는데, 그 일을 하는 사람 대부분이 그렇듯이 아주 무덤덤하고 단순한 위인이었다. 내가 전해 듣기로는 그에게 맡겨진 일들이란 것이 요즘에는 적어도 도시에서는 믿기 어려운 것들이다. 하긴, 자기 마을의 장의사가 보이지 않는 관속의 값비싼 유품을 슬쩍한다거나, 시체를 관속에 넣을 때 그 존엄성을 보존하기 위해 언제나 경건하고 꼼꼼하게 처리하는 것은 아니라는 따위의 안일한 도덕성을 알고 있었더라면 팩 벨리의 주민들도 조금은 충격을 받았을 것이다. 버치는 유별날 정도로 굼뜨고 무덤덤했으며 장의사란 직업과는 잘 어울리지 않는 위인이었다. 하지만 나는 그가 나쁜 사람이라고는 생각하지 않는다. 성격도 그렇거니와 일을 하는데 있어서도 지극히 무덤덤하고 쉽게 피할 수 있었던 그 사건이 증명하듯이 경솔하고 술을 좋아한데다, 보통 사람들이 진부하게나마 가지고 있는 상상력조차 아예 없는 위인이었다.

내가 재담꾼이 아니라서 어디에서부터 버치의 이야기를 시작해야 할지 난감하다. 다른 사람이라면 필시 땅이 얼어 붙어 무덤꾼들이 봄까지 더는 무덤을 팔 수 없었던 1881년 12월의 어느 추운 날부터 이야기를 시작할 것이다. 다행히 작은 마을이고 사망률이 낮아서 버치는 오래된 시체 안치소 한 군데를 잠시 무료를 달래는 안식처로 삼을 수 있었다. 혹한 때문에 버치는 더욱 둔해져서 스스로 생각해도 일처리가 산만할 정도였다. 그렇게 서툴고 볼품없는 관을 아무렇게나 만들어낸 것이나, 태평하게 드나들던 안치소 출입문의 녹슨 자물쇠를 손봐야 한다는 생각마저 안일하게 무시한 것은 전에 없던 일이었다.

드디어 봄이 왔고, 저승사자의 수확물로서 시체 안치소에서 말없이 대기 중이던 아홉 구의 시체를 위해 묘 자리가 공들여 준비되었다. 시체를 옮기고 매장해야 하는 고된 일이었음에도, 버치는 어느 좋지 않은 날씨의 4월 아침부터 일을 시작했다. 그런데 시체 한 구를 묏자리로 옮긴 뒤, 폭우로 인해 말이 불안해하기에 정오까지 일을 중단해야 했다. 맨 처음 옮긴 시체는 아흔 살을 넘긴 다리우스 펙으로, 묘가 시체 안치소에서 가까이 있었다. 작은 체구의 노인이었던 매튜 페너의 묘 자리도 가까운 거리여서 버치는 다음 날 그 시체를 옮기기로 결심했다. 하지만 사흘 동안 일을 계속 미루다가 성금요일이 되어서야 다시 일을 시작하게 되었다. 미신을 믿지 않는 그였기에 그 날에 대해서는 신경을 쓰지 않았다. 물론 그날 후로는 그 운명의 금요일에는 어떤 중요한 일도 아예 하려들지 않았지만 말이다. 그날 저녁의 사건이 조지 버치를 크게 바꾸어놓은 것은 분명하다.

4월 15일 금요일 오후, 버치는 매튜 페너의 시신을 옮기기 위해 말과 짐마차를 몰고 시체 안치소로 출발했다. 나중에는 그 일을 잊기 위해 폭음을 했지만, 그 자신도 인정했듯이 그 날은 술을 많이 마시지 않았는데도 정신이 말짱한 편이 아니었다. 어지럽고 산만했던 버치는 얼마 전 폭우 때처럼 울면서 앞발을 치켜들고 머리를 흔들어대는 예민한 말에게 짜증이 났다. 화창한 날이었지만 바람이 셌다. 철문을 열고 산허리의 시체 안치소에 들어섰을 때는 피난처에 온 것처럼 기쁘기까지 했다. 보통 사람이라면 여덟 개의 관이 아무렇게나 놓여 있는 눅눅하고 악취 나는 안치소의 내부를 좋아하지 않을 것이다. 하지만 당시에 무덤덤했던 버치로서는 묘에 맞는 관을 정확하게 골라내는데 만 관심이 갔다. 시내로 이사한 한나 빅스비의 친척들이 한나의 묘를 이장하는 과정에서 저지 케이프웰의 관이 잘못 옮겨진 것을 알고 얼마나 원망하고 야단이 났었는지 버치는 잊지 않았다.

내부는 어둠침침했지만 시력이 좋은 버치가 관이 비슷하게 생겼다고 해서 실수로 아사프 소여의 관을 고를 리 없었다. 사실, 매튜 페너의 관을 짠 장본인이 바로 버치였다. 하지만 결국에는 너무도 서투르고 얄팍하게 일을 처리했는데, 5년 전 그가 파산했을 때 그 조그만 노인이 보여준 친절과 아량을 떠올리다가 그만 묘한 감정이 북받친 탓이었다. 그래서 그는 매튜 노인을 위해 최고의 솜씨를 발휘하여 관을 만든 반면, 열병으로 죽은 아사프 소여에게는 못 쓰는 관을 고쳐서 줄 정도로 인색했었다. 소여는 호감이 가는 사람은 아니었고, 사실인지 꾸며낸 것인지는 몰라도 그가 저지른 악행을 둘러싸고 좀처럼 수그러들지 않는 기억과 지독한 복수심에 관한 소문들이 떠돌았다. 버치는 소여에게 아무렇게나 만든 관을 주었다고 해서 일말의 가책도 느끼지 않았는데, 지금 막 페너의 관을 찾기 위해 그 볼품없는 소여의 관을 한쪽으로 밀쳐낸 참이었다.

그가 매튜의 관을 찾아낸 순간, 시체 안치소의 철문이 바람에 꽝 닫혀서 내부는 훨씬 어두워졌다. 비좁은 채광창으로 희미한 햇빛이 간신히 들어올 뿐, 위쪽의 통풍관은 무용지물이나 다름없었다. 그래서 그는 기다란 관 사이를 더듬거리며 문 쪽으로 가야했다. 이 음울한 어스름 속에서 녹슨 문의 손잡이를 흔들어대며 철문을 밀었지만 그 육중한 출구가 갑자기 끄떡도 하지 않는 이유를 그도 알 턱이 없었다. 그 어스름 속에서 서서히 자신의 처지를 깨닫게 된 버치, 그래서 바깥에 있는 말이 하릴없는 울음 이상의 도움을 줄 거라고 믿듯이 소리를 지르기 시작했다. 오랫동안 방치된 걸쇠가 고장 났음이 분명했다. 부주의했던 버치는 결국 스스로 화를 불러 시체 안치소에 갇히는 신세가 되었다.

그 일이 벌어진 것은 오후 3시 30분경이었다. 냉정하고 현실적인 성격의 버치는 오랫동안 고함을 지르지 않았다. 그 대신에 안치소 구석에서 본 적이 있는 연장 따위를 찾아 더듬거렸다. 그가 겁에 질렸는지 아니면 자신이 처한 아주 기이한 상황에 동요했는지는 정확하지 않지만, 평소의 일상에서 벗어나 감금까지 되었다는 명백한 사실에 분통이 터진 것은 분명했다. 하루 일과가 늦추어진데다가 우연이라도 주변을 어슬렁거리는 사람이 없는 한 밤새도록 아니면 그보다 더 오래 갇혀 있어야 할 상황이었다. 버치는 곧 손에 잡힌 연장 뭉치 중에서 망치와 끌을 집어 들고 관들을 넘어 출입문으로 돌아왔다. 공기가 점점 탁해지기 시작했지만, 그는 그런 것에는 아랑곳없이 녹슬고 묵직한 철제 걸쇠를 더듬거리며 작업에 여념이 없었다. 랜턴이나 초 한 자루라도 가져왔더라면 좋았겠지만, 그는 어쩔 수 없이 거의 아무것도 보이지 않는 상황에서 최선을 다하고 있었다.

적어도 그런 빈약한 연장과 어두운 상황에서는 걸쇠를 고칠 수 없다는 생각이 들었을 때, 버치는 다른 탈출 방법이 있는지 주위를 살폈다. 산허리를 파서 만든 시체 안치소에서 천장의 좁은 통풍관은 지상에서 몇 미터 떨어져 있어서 그쪽은 생각해 볼 가치가 없었다. 반면, 출입문 위쪽 높은 곳에 벽돌로 가장자리를 두르고 홈처럼 난 채광창은 부지런한 일꾼이라면 공간을 넓힐 수 있다는 가능성을 주었다. 그래서 그는 채광창 쪽을 한참 바라보면서 그 위치까지 올라갈 방법을 궁리했다. 시체 안치소 안과 벽면과 관을 놓는 뒤쪽의 움푹 들어간 공간에 버치가 평소에도 쓰지 않던 사다리 따위가 있을 리 없었고, 문 위로 올라가는

데 달리 소용이 될 만한 물건도 없었다. 디딤돌처럼 딛고 올라갈 만한 것은 관뿐이었다. 그는 그것들을 잘 배치해 보기로 마음먹었다. 관을 세 개 쌓아놓은 높이 정도면 채광창에 닿을 수 있다는 계산이 섰다. 하지만 네 개라면 더 낫겠지 싶었다. 관들은 아주 평평해서 블록처럼 쌓아올릴 수 있었다. 그래서 그는 관들을 네 단 높이로 쌓아올리는 가장 효과적인 방법을 궁리하기 시작했다. 이 계획에서 무엇보다 심사숙고한 부분은 계단의 안정성이었다. 관이 빈 것이라면 좋겠다고 그가 상상이라도 해보았는지 솔직히 의심스럽다.

마침내 벽과 평행하게 받침대 삼아 세 개의 관을 놓기로 하고, 그 위에 두 개씩 두 층으로, 그리고 맨 위에 하나를 놓아 딛고 올라가기로 결심했다. 그 정도면 불편하지 않게 원하는 높이까지 올라갈 수 있을 것 같았다. 하지만 맨 밑에 두 개만 놓고, 남은 하나를 상황에 따라 맨 위에 더 올려놓는다면 더 나을 거라는 생각이 들었다. 그래서 버치는 자신만의 바벨탑을 차근차근 쌓아가면서 일말의 숙연함도 없이 말없는 시체들을 옮겼다. 옮기는 과정에서 몇 개의 관에 금이 가기 시작했다. 버치는 가장 튼튼하게 만들어진 매튜 페너의 조그만 관을 맨 위에 올려놓을 디딤대로 점찍어 두었다. 거의 밤처럼 어두운 상황에서 손의 촉감으로만 매튜의 관을 찾고 있는데, 누가 잡아끌기라도 한 것처럼 마침 그 관이 손에 잡히는 것이었다.

이윽고 계단을 다 쌓고 그 음산한 장치의 맨 아랫단에 앉아 욱신거리는 팔을 잠시 쉬게 한 뒤, 버치는 연장을 들고 조심스럽게 계단을 올라 가슴 높이에 비좁은 채광창을 맞대고 섰다. 채광창의 가장자리는 전부 벽돌로 만들어져 있어서 끌을 사용하면 곧 몸이 빠져나갈 만큼 공간을 넓힐 수 있었다. 그가 망치질을 시작하자, 비아냥거림인지 격려인지 모르게 바깥에서 말이 울어댔다. 비아냥거림이든 격려든 고맙다고 해야 할 상황이었다. 쉬워보였던 벽돌이 의외로 단단했으나 그것은 헛된 희망을 비웃는 독설이 분명했고, 일이란 모름지기 뭐든 자극이 필요한 법이었다.

땅거미가 졌을 때에도 버치는 여전히 고역을 치르고 있었다. 몰려든 구름에 달이 가려져 주로 촉감에 의지하는 상황이었다. 일의 진척은 더디기만 했지만, 위쪽과 아래쪽이 꽤 넓어졌다는 느낌에 힘을 내고 있었다. 자정쯤에는 빠져나갈 수 있을 거라고 확신했다. 오싹한 암시조차 느끼지 못하고 그런 생각을 했으니, 버치다웠다. 시간과 장소, 발밑에 누워있는 존재들에 대해 일말의 거리낌도 없이 그는 냉정하게 벽돌을 부수며 그 파편이 얼굴에 튈 때마다 욕설을 퍼붓는가 하면, 망치질 소리에 사이프러스 부근에서 말이 앞발을 차고 법석을 떨 때는 웃음을 터뜨렸다. 몸이 통과할 만큼 채광창의 공간이 넓어졌을 때, 그는 이리저리 몸을 들이밀며 크기를 시험해 보았는데, 발밑의 관들이 삐거덕거리며 흔들렸다. 알맞은 높이에 공간도 충분하여 여분으로 남겨놓은 관을 또 올릴 필요는 없었다.

버치가 채광창으로 빠져나가기로 결심한 것은 적어도 자정 무렵이었다. 한참을 쉬었는데도 자치고 땀이 계속 흐르는 터라, 그는 밑으로 내려와 최후의 탈출에 쓸 힘을 비축하기 위해 맨 밑의 관위에 걸터앉았다. 굶주린 말이 거의 미친 듯이 울어댔고, 버치는 이제 그만 좀 울었으면 하는 생각이 들기도 했다. 사십대 초반에 더 없이 건강한 그였지만, 이상하게도 곧 있을 탈출에 흥이 나지 않았고, 그 일이 끔찍이도 힘겹게만 느껴지는 것이었다. 쪼개진 관을 딛고 다시 올라가는데 축 늘어진 놈이 천근만근 무겁게 느껴졌다. 특히 맨 위의 관을 딛고 섰을 때는 나무가 산산조각 나는 듯한 소리가 들려왔다. 그제야 맨 위에 놓기 위해 고른 관이 제일 튼튼한 것이 아닐지 모른다는 생각이 들기 시작했다. 그리고 그가 맨 위에 완전히 올라서자마자, 관 뚜껑이 무너져 60센티미터 가량 밑으로 떨어지는, 꿈에도 생각하고 싶지 않은 상황이 벌어졌다. 탁 트인 야외에 있음에도 악취와 관 뚜껑 소리에 놀랐는지 말이 울음이라고 하기엔 너무도 섬뜩한 소리를 질러댔고, 결국에는 마구 덜커덕거리는 마차를 끌고 한밤의 공기를 가르며 미친 듯이 달려가 버렸다.

이처럼 오싹한 상황을 접하고 위축된 버치의 입장에서는 넓혀진 채광창으로 쉽게 빠져나온다는 것은 이젠 버거운 일이었다. 하지만 필사적으로 마지막 시도를 준비했다. 그가 채광창의 가장자리를 움켜잡고 힘껏 몸을 끌어올리는데 누군가 발목을 붙잡고 있는 것처럼 묘하게 방해받는 느낌이 들었다. 곧이어 그는 그날 밤 처음으로 공포를 느꼈다. 채광창으로 올라가려고 기를 썼지만, 발목을 붙잡고 있는 그 정체불명의 우악스러운 손길을 뿌리칠 수 없었기 때문이다. 혹독한 상처를 입은 것처럼 엄청난 고통이 장딴지를 관통했다. 마음속에는 공포의 소용돌이가 일었지만, 한편으로는 현실적인 성격인지라 쪼개진 나무 조각이나 시체에서 빠진 손톱 혹은 관이 부서지면서 생긴 파편 따위라는 생각도 스쳤다. 어쨌든 그는 발버둥을 쳤고 그러는 사이에 거의 정신을 잃어가고 있었다.

본능적으로 그는 버둥거리며 채광창을 기어 나와 곧바로 축축한 바닥으로 쿵하고 떨어졌다. 걸을 수 없을 것 같았다. 그때 구름을 비집고 나온 달은 아마도 피가 철철 흐르는 발목을 끌면서 묘지 관리소로 향하던 버치의 끔찍한 모습을 목격했을 것이다. 그의 손가락은 절박하게 검은 흙을 긁어댔지만, 몸의 움직임은 악몽의 유령에 쫓기는 사람의 입장에서는 미칠 듯이 더디기만 했다. 하지만 그를 쫓는 추적자가 없었음은 분명했다. 관리원 아밍턴이 힘없이 문을 할퀴는 인기척에 밖으로 나왔을 때 버치는 살아있는 상태로 혼자였기 때문이다.

아밍턴은 버치를 부축하여 여분의 침대로 데려갔고, 아들인 에드윈을 시켜 데이비드 박사를 불러오게 했다. 고통에 빠진 버치의 정신은 말짱했지만 "억, 내 발목!", "저리가!" 혹은 "안치소에 갇혀서" 따위의 말만 중얼거릴 뿐 자초지종을 설명하지는 않았다. 이윽고 왕진가방을 들고 나타난 의사가 재치 있게 이런저런 질문을 던지면서 버치의 겉옷과 구두와 양말을 벗겼다. 아킬레스 건 부근이 처참하리만큼 갈가리 찢겨진 상처는 늙은 의사에게 큰 당혹감을 주었고, 결국에는 거의 겁을 먹게 만들었다. 의사의 질문은 서서히 의학적인 것으로 넘어갔고, 난도질된 발목에 붕대를 감을 때는 두 손이 떨리고 있었다. 의사는 한시라도 그 상처를 보고 싶지 않은 듯이 서둘러 붕대를 감았다.

기진맥진한 장의사를 상대로 그가 겪은 오싹한 일에 대해 꼬치꼬치 캐묻는 과정에서 냉철하고 중립적인 의사 데이비스의 불길하고 꺼림칙한 질문들은 점점 더 기이해져 갔다. 의사는 유난히 맨 위에 놓은 관이 누구의 것인지 또 버치가 그것을 확신하고 있는지 (완벽하게 확신하는지) 알고 싶어 했다. 그 관을 어떻게 골랐는지, 어둠 속에서 그것이 페너의 관인지 어떻게 확신하는지, 또 그것과 품질은 떨어지지만 모양은 비슷한 악당 아사프 소여의 관을 어떻게 구별해 낼 수 있었는지 등등 말이다. 게다가 튼튼한 페너의 관이 그렇게 쉽게 부서질 수 있는가? 오랫동안 마을 의사로 일 해온 데이비스는 페너와 소여의 임종에 배석했을 뿐 아니라 두 사람의 장례식에도 다녀왔다. 그는 심지어 소여의 장례식에서는 천하의 독종인 소여가 어떻게 체구가 작았던 페너의 아담한 관과 비슷한 크기의 관에 똑바로 누워 있을 수 있을까 의아해하기까지 했었다.

두 시간 뒤에 데이비드 박사가 관리소를 떠날 때, 상처에 대해서 무슨 일이 있어도 못과 나무 조각 때문에 생긴 거라고 말하도록 버치에게 단단히 일러두었다. 그 밖에 다른 이유를 말해 봤자 증명할 수도 없고 불신만 당할 거라고 박사는 덧붙였다. 그리고 되도록 말을 삼가고, 상처를 다른 의사에게 보여주지 말라고. 버치는 내게 사연을 털어놓을 때까지 여생 동안 데이비드 박사의 충고를 충실히 따랐다. 나는 그 상처(오래되고 희끗해진 상처)를 직접 보고 난 뒤에 그가 그렇게 살아온 것이 현명했다고 수긍했다. 아킬레스건의 부상이 심해서 그는 여생을 절뚝거리는 장애를 안고 살았다. 하지만 내 생각에 가장 심각한 장애는 그의 영혼 속에 있었다. 한때 냉정하고 논리적이었던 그의 사고방식은 회복될 수 없는 상처를 입었고, '금요일'이나 '무덤' 또는 '관'을 비롯해 그보다 불분명하게 연관된 단어들의 암시에도 그가 반응하는 모습을 보고 있노라면 가여울 정도였다. 겁에 질린 그의 말은 집으로 돌아왔지만, 겁에 질린 그의 정신은 그렇지 못했다. 직업을 바꾸었는데도 무엇인가가 그의 정신을 계속 갉아먹고 있었다. 그것은 단순히 공포였거나 아니면 공포와 뒤섞인 때늦은 회한, 그러니까 지난날의 미숙함에 대한 후회 같은 것이었는지 모른다. 고통을 덜어내고자 할수록 그의 음주는 물론 더 심해져갔다.

그날 밤에 버치의 병상을 떠난 데이비드 박사는 랜턴을 들고 그 낡은 시체 안치소를 찾았다. 흩어져있는 벽돌 조각과 부서진 채광창틀에 달빛이 비추고 있었다. 그리고 거대한 출입문의 빗장은 밖에서 쉽게 열렸다. 해부실에서 무수히 단련된 의사였건만 안으로 들어가 주위를 둘러

보았을 때, 시각과 청각에 와 닿은 모든 것들이 그의 몸과 정신에 욕지기를 일으켰다. 그는 딱 한번 비명을 질렀고, 잠시 후에는 비명보다 더 섬뜩하게 숨을 헐떡였다. 곧이어 관리소로 달려온 그는 직업상의 철칙을 깨고 환자를 거칠게 흔들어 깨우고는 얼빠진 환자의 귓가에 황산이 부글부글 끓는 것처럼 오싹한 속삭임을 쏟아 부었다.

"내 생각대로 그건 아사프의 관이었어, 버치! 위쪽 앞니가 빠져 있는 시체, 맙소사, 내가 그 흉터를 모를 리 있나! 시체가 아주 엉망이더군. 그게 문제가 아니라, 내 평생 산 사람이든 시체든 얼굴에서 그런 원한을 본 적은 처음이야……. 그가 얼마나 복수심이 강한 사람이었는지 자네가 알았어야지. 토지 소송 때문에 삼십 년이 지나서 레이먼드 노인을 파멸시켰고, 일 년 전인 팔월 말쯤엔가는 자기를 보고 짖었다고 강아지를 짓밟아버렸어……. 그 사람은 악마였어, 버치. 내 생각에는 눈에는 눈 이에는 이 하는 그 작자의 복수심이 저승사자마저 굴복시킨 걸세. 세상에, 그렇게 복수심이 강하다니! 내게도 앙심을 품을까봐 소름이 끼쳐!

버치, 왜 그런 짓을 했나? 그는 불한당이었어. 그래서 그를 못 쓰는 관에 넣었다고 해서 자네를 탓하려는 건 아니네만, 그 방법이 너무 지나쳤던 건 잘못이야! 아끼는 것도 정도껏 해야지……. 페너 노인의 체구가 웬만큼 작았어야 말이지.

사는 동안은 절대로 그 광경을 떠올리고 싶지 않네. 자네가 발길질을 얼마나 심하게 했던지 아사프의 관이 바닥에 떨어져 있더라고. 머리는 부서지고 몸 전체가 말이 아니야. 그런 광경이야 전에도 본 적이 있지만, 이번에는 너무 고약했어. 눈에는 눈! 이런 세상에, 버치, 하지만 자네에게는 인과응보일세. 두개골이 내 복부 쪽으로 향해져 있었는데, 다른 건 더 했어. 시체의 발목이 매튜 페너의 관 크기에 맞게 깨끗하게 잘

려져 있더군!"

THE STRANGE HIGH HOUSE IN THE MIST

안갯속 절벽의 기묘한 집

아침마다 안개는 킹스포트 너머, 해안 절벽 근처의 바다에서 흘러온다. 습윤한 초원과 바다 괴수의 거대한 동굴에 대한 몽상을 가득히 싣고서, 하얀 깃털을 돋우며 안개의 형제인 구름을 향해 깊디깊은 심원에서부터 다가온다. 그리고 평화로운 여름의 빗줄기가 시인들의 가파른 다락방 지붕 위를 토닥이고, 구름이 꿈의 조각들을 뿔뿔이 흩어버릴 때면, 사람들은 해묵은 괴담을 주고받지 않고선 견디지 못하며, 한밤에 행성들이 고독을 나눈다는 사실을 경이롭게 바라보게 된다. 옛 이야기들이 트리톤의 작은 동굴 속에서 두텁게 몸을 불리어 날아다니고, 해초의 도시 소라고둥들이 엘더원들에게서 배웠던 원시의 멜로디를 불어보낼 즈음이면, 뒤이어 층층의 전설이 쌓인 하늘을 향해 거대한 열망의 안개들이 떼 지어 몰려들고, 벼랑의 가장자리가 세계의 끝으로 화해버린 양 병풍절벽 위의 바다로 향한 모든 눈동자에겐 오로지 신비로운 백색만이 시야에 담긴다. 장중한 부표의 종소리는 요정세계의 에테르를 타고서 나른한 가락을 노래한다.

오늘날 오랜 세월의 이끼가 낀 킹스포트 북쪽에는 험준한 바위절벽이 기묘한 층단을 이루면서 우뚝 솟아 있다. 그리고 그 절벽군의 최북단에는 대기가 얼어붙은 회색 구름 같은 하늘 속으로 높다랗게 솟은 암봉이 하나 있다. 그것은 무한 공간 속에 홀로 튀어나온 황량한 해각(海角)으로서, 그 지점부터 해안은 예리한 각도를 그리며 옛 아컴 평야의 바깥에 자리잡고 있는, 숲의 전설과 뉴잉글랜드 언덕의 조금은 기묘했던 과거사를 실어 날랐던 거대한 미스캐토닉 삼림지대로 방향을 튼다. 킹스포트의 어부들은 다른 마을의 어부들이 북극성을 바라보듯 그 높다란 벼랑을 올려다보며 큰곰자리, 카시오페이아, 용자리가 절벽 뒤로 숨거나 드러나는 때를 판별하여 밤의 시간대를 알아낸다. 그네들 사이에선 그 절벽은 천상의 소속이며, 실지로 별이나 태양이 안개 뒤로 숨어버리는 날이면 절벽도 사람들의 시야에서 모습을 감춘다.

그중엔 어부들이 아끼는 몇 개의 절벽이 있다. 기괴한 외형을 따서 '해신 넵튠'이라 이름 붙이고 기둥처럼 층진 것은 '방죽길'이라 부르기도 한다. 그러나 이 암벽은 하늘과 가장 가까이 맞닿아 있기 때문에 사람들에게 두려움을 불러일으킨다. 항해를 마치고 항구로 들어오던 포르투갈 선원들은 그 모습을 처음 보자마자 저도 모르게 성호를 그어대고, 내지의 노인들은 만일 그 벼랑을 타는 게 가능하다 하더라도 그곳을 오른다는 것은 죽음보다도 더한 파멸을 부르는 짓이라고 믿고 있다. 하지만 그 모든 믿음과 떠도는 풍문에도 아랑곳없이 그 벼랑 꼭대기에는 아주 오래된 집이 한 채 서 있다. 그리고 사람들은 저녁 무렵마다 그 집의 자그마한 조각 유리창에서 불빛이 빛나는 모습을 보곤 한다.

그 고색창연한 집은 항상 그 자리에 서 있었고, 사람들은 한 인물이 그 집에 산다고 말한다. 그는 먼 대양에서부터 이곳으로 다가오는 아침의 안개와 이야기하며, 절벽의 가장자리가 모든 세상의 땅 끝이 되고

요정의 하얀 에테르 속에서 장중한 부표들이 느릿하게 종을 울리는 그 시간에, 아마도 바다에서 다가오는 것들을 유일하게 볼 수 있는 존재일 것이라고 그들은 말한다. 어느 때고 금기의 암벽을 찾아드는 이는 아무도 없으며 망원경으로 집을 살피는 짓 따위는 주민들도 좋아하지 않았기에 이 모든 이야기는 사람들이 풍문으로 전해 듣고 서로들 주고받는 말이다. 여름철이면 외지의 하숙인들이 멋들어진 쌍안경을 들어올려 그 집을 뚫어지게 관찰하기도 하지만 그들이 볼 수 있는 것은 거의 기반에 내리 앉을 듯 바싹 다가들어 있는 잿빛의 오래된 뾰족 지붕과 어둑히 그늘이 진 처마 아래 엿보이는 자그마한 창에서 반짝이는 흐릿한 노란 불빛밖에는 없다. 이 여름철 여행객들은 수백 년을 거슬러 내려왔을 그 오래된 집에 언제나 동일한 '한 인물' 이 살고 있다는 말을 전혀 믿지 않지만 그들의 반대론은 진짜 킹스포트 토박이들에게는 먹히지가 않는다. 심지어 병 속에 든 납 추에다 대고 말을 지껄이는 그 '무서운 노인'마저도(그는 수백 년 된 스페인 금화로 잡화점을 샀고, 워터 가의 오래된 자기 오두막집 마당에다 석조 우상들을 묻어놓은 인물이다.) 이 모든 일들은 그의 할아버지가 어렸던 시절에도 똑같았으며, 벨처, 쉴레이 또는 포넬이나 버나드가 매사추세츠 만 영국령의 총독이었을 당시에도 상상조차 할 수 없던 까마득한 시절부터 존재했던 게 틀림없다고 장담하는 것이다.

어느 해 여름, 한 철학자가 킹스포트에 왔다. 그의 이름은 토마스 올네이, 내러간싯 만 근방의 대학교에서 심오한 학문을 가르치는 사람이었다. 뚱뚱한 부인과 장난꾸러기 아이들과 함께 이곳에 이사 온 학자의 눈빛은 여러 해 동안 똑같은 것만 보고 늘 정제된 사고만 하느라 몹시도 지쳐있었다. 그는 '해신 넵튠'의 왕관 위에 올라서서 안개의 운해를 바라보았고, '방죽길'의 거대한 층계를 따라가는 신비로운 하얀 세상 속으로 걸어 들어가 보기도 했다. 아침마다 그는 미지의 에테르[56] 너머에 있는 세상의 끝을 올려다보았고, 산란하는 종소리와 아마도 갈매기의 그것일 사나운 울음소리를 들으며 절벽 위에 누워 있었다. 안개가 높이 올라가고 바다가 증기선의 연기를 피어오르는 단조로운 모습을 드러낼 때쯤 그는 한숨을 내쉬고 마을로 내려와서는, 언덕을 오르락내리락하는 좁다랗고 오래된 마을의 골목길을 구불구불 빠져나가는 데에서 즐거움을 찾곤 했다. 그리고 금방이라도 내려앉을 듯한 박공지붕과 억센 바닷가 주민들에겐 수 세대 동안 바람막이 역할을 했던, 기이한 모양의 기둥이 서 있는 현관 출입구들을 유심히 살펴보았다. 심지어 이방인을 그리 살갑게 대해 주지 않는 '무서운 노인'과도 대화를 나누었으며, 땅거미 내린 무렵이면 낮은 천장과 벌레 먹은 벽널이 불온한 혼잣말을 엿듣는 노인의 으스스하고 낡아빠진 오두막을 잠깐 방문하기도 했다.

그런즉 안개와 창공과 더불어 있는 유일한 장소인 북쪽의 불길한 암산 꼭대기에 자리 잡은, 하늘에 묻혀 아무도 찾지 않는 잿빛의 작은 집을 올네이가 주목하게 된 것은 어쩌면 필연이었다. 그 집은 언제나 킹스포트 위로 높이 솟아 있었으며, 그 집에 대한 수수께끼는 킹스포트의 구불구불한 골목길을 헤치고 나아가는 속삭임 속에서 항상 들려왔던 때문이었다. 무서운 노인은 숨을 씨근거리면서 어느 날 밤 산정의 작은 집에서 하늘 높이 걸린 구름을 향해 광선이 뻗어 나왔다는, 자기 부친에게 들었다는 이야기를 그에게 말해 주었고, 섭 가의 이끼와 아이비로 뒤덮인 작은 박공집에 살고 있는 오른 할멈은 그녀의 할머니가 누군가에게 전해 들었던 이야기를 쉰 목소리로 속삭이기도 했다. 그것은 동편 안개로부터 퍼덕거리며 날아와서는 아무도 도달할 수 없는 그 집의 유일한 좁은 문으로 곧바로 날아들었다는 어떤 형체에 관한 이야기였다. 그 문은 바다 쪽으로 향한 바위 가장자리까지 바짝 붙어서 나 있어 바다의 배 위에서만 언뜻 보일뿐이었다.

마침내 킹스포트 주민들의 막연한 두려움이나 여름철 하숙객들의 통상적 무심으론 제재할 수 없는 새롭고 기이한 것에 대한 갈망이 올네이의 마음속을 파고들었고, 그 갈망은 다분히 터무니없는 생각으로 귀착했다. 체질화된 보수성에도 불구하고 (기실 그 보수성으로 인한 단조로운 생활이 미지에 대한 강렬한 동경을 낳기도 하는데) 그는 사람들이 기피하는 북편의 벼랑을 올라가서 하늘 속에 서 있는 그 잿빛의 범상치 않은 고풍의 집을 찾아가 보겠다는 사뭇 거창한 결심을 굳혔던 것이다. 그의 온전한 이성으로 내린 매우 그럴듯한 해석으로는, 아마도 미스캐토닉 강 하구를 낀 좀더 수월한 산마루로 이어진 내륙에서부터 산정까지 올라간 사람들이 그 장소에 살고 있으리라는 것이었다. 아마도 그들은 아컴에서 장사하는 자들로서 작은 마을인 킹스포트가 그들의 정착을 별로 반겨하지 않는다는 사실을 알고 있거나, 킹스포트 쪽으로는 벼랑을 타고 내려갈 일이 없는 이들일 것이다. 올네이는 오만하게 불쑥 솟아올라 천상의 존재들과 교분을 나누는 거대한 바위산 아래의 작은 벼랑길을 따라서 걸어갔다. 불룩하게 돌출된 남쪽 경사 쪽으로는 인간의 발로는 도저히 오르거나 내려갈 수 없다는 것을 눈으로 확인했고, 동쪽과 북쪽은 해발 수천 미터 높이로 거의 수직에 가깝게 솟아올라 있었으므로 남아 있는 방향은 오로지 아컴으로 향해 있는 서측의 내륙면뿐이었다.

8월의 어느 이른 새벽에 올네이는 접근하기 힘든 그 산봉우리까지 올라가는 길을 찾는 작업에 착수했다. 그는 상쾌한 시골길을 밟으며 북서쪽을 향해 걸어갔다. 후퍼 못과 오래된 벽돌벽 제분소를 지나고, 미스캐토닉 강 상류의 산마루를 타는 방목지 산비탈을 올라서, 수 리그 길이의 강과 목초지 건너편 조지 왕조 양식의 흰색 뾰족탑이 서 있는 아름다운 아컴의 풍경을 내려다보았다. 그는 이곳에서 아컴까지 이어지는 그늘진 샛길을 찾아냈지만 기대와 달리 바다 쪽으로는 아무런 오솔길도 나 있지 않았다. 수풀과 초지가 강 하구의 높다란 제방까지 밀고 들어와 있었고 사람이 지나다녔을 법한 흔적은 어디에도 없었다. 개척기의 북미 원주민이라도 나타날 것만 같은 키 큰 잡초들과 우뚝한 거목들과 어지러이 뒤엉킨 찔레나무 덤불 외엔 돌로 쌓은 석축의 자취라든지 길을 잘못 든 소 한 마리조차도 보이지 않았다. 그가 천천히 사면을 타고서 왼쪽의 강어귀 위로 조금씩 높이 상승하여 차츰차츰 바다 쪽으로 다가갔을 무렵이었다. 호감이 가지 않는 장소에 사는 그 집의 주인이 이제까지 어떤 방법으로 외부 세상과 연락을 취할 수 있는지, 그리고 가끔 아컴에 물건을 사러 내려오기는 하는지 의아해하면 할수록 점점 풀기 힘든 난점만 커진다는 사실을 그는 깨달았다.

이어 나무들이 조그마하게 내다보이고, 발치아래 오른편으로 언덕과 오래된 지붕들과 킹스포트의 뾰족탑들이 바라다보였다. 심지어 센트럴 힐조차도 이 높이에서는 난쟁이나 다름없었다. 소름 끼치는 동굴이나 은신처가 숨겨져 있다는 괴담으로 분분한 조합교회 병원 옆의 오래된 공동묘지까지도 어렵지 않게 알아볼 수 있었다. 이제 올네이의 앞길은 성긴 수풀과 월귤나무 덤불로 뒤덮인 관목 숲이 가로막고 있었고, 그 너머로 암산의 헐벗은 바위와 오싹한 인상을 주는 잿빛 오두막집의 흐릿한 지붕 끝이 바라보였다. 능선은 자꾸만 좁아져 갔고 허공 속에 홀로 남은 올네이는 현기증을 느꼈다. 지금 그가 있는 위치에서 남쪽은 킹스포트 방향의 아찔한 절벽이었고, 북쪽은 강 하구로 낙하하는 거의 2킬로미터 높이의 수직 낭떠러지였다. 한데 갑작스럽게도 3미터 깊이로 쪼개진 커다란 균열이 그의 눈앞에 입을 벌리고 있었다. 그는 손을 받치고 몸을 아래로 내려 그 기울어진 바닥 층으로 털썩 떨어지고 난 다음, 반대편 벽면을 타고 자연의 협곡을 아슬아슬하게 기어 올라갔다. 과연 이것이야말로 초자연적인 그 집의 주인이 지상과 하늘 사이를 여행하는 방법이리라!

그가 바위틈 바깥으로 빠져나왔을 무렵엔 때마침 아침 안개가 모여들고 있었지만 전방에 높이 치솟은 불길한 집의 모습만은 뚜렷이 시야에 들어왔다. 바위와 닮은 잿빛의 벽체에, 우윳빛 바다 안개를 헤치고 대담하게 솟은 높은 지붕이었다. 그는 17세기 양식으로 창유리를 끼운 지저분한 원형 채광창이 달린 두 개의 작은 격자창을 제외하면 이편 육지 쪽으로 난 출입구는 전혀 없다는 사실을 깨달았다. 구름과 혼돈에 둘러싸이고 나자 백색의 무한 공간 아래는 완전히 가려졌다. 그는 상당한 불안감을 불러일으키는 이 기묘한 집과 더불어 하늘 속에 외롭게 고립되어버린 것이었다. 그는 조심조심 집 주위를 돌아 집의 정면을 살펴보았다. 그 벽체가 벼랑의 가장자리에 바싹 다가들어 있어서 단 하나 있는 좁은 문으로 들어가는 길은 에테르의 허공밖에 없다는 것을 알게 되자, 그는 높은 고도라는 이유만으로는 도저히 해명할 수가 없는 분명한 공포를 느꼈다. 여기저기 벌레가 파먹은 구멍투성이 꼴로 지붕널은 버티고 있었고 벽돌도 거지반 부스러져 가루가 될 지경이었는데도 여태껏 굴뚝의 형태를 유지하고 있다는 점이 무척 기이하기만 했다.

안개가 짙어지자 올네이는 조심조심 집 주위를 돌며 북쪽과 남쪽과 서쪽 벽의 창을 열어 보려 애를 썼지만 모두 다 잠겨져 있었다. 소득이 있으리라곤 거의 기대하지 않았던 집에서 생각 이상의 것을 보게 된 탓인지 창문들이 다 잠겨있다는 사실은 그에게 막연한 안도감을 안겨주었으나, 뒤이어 들려온 어떤 소리로 인해 그는 하던 행동을 멈출 수밖에 없었다. 자물쇠를 덜걱이며 빗장을 젖히는 소리가 들려온 것이다. 그리고 마치 묵직한 문이 느릿느릿 조심스레 열리는 것처럼 삐걱삐걱하는 소리가 길게 뒤따랐다. 이 소리는 그가 있는 쪽에선 보이지 않는, 파도 위의 안개 낀 하늘 속 수천 길의 허공을 향하여 난 폭 좁은 출입문에서 들려오는 소리였다.

이어 오두막 안에서 무겁고 침착한 발걸음 소리가 났다. 그리고 올네이는 창문이 열리는 소리를 들었다. 처음은 그가 있는 반대편인 북쪽에서, 다음은 집 모퉁이를 돌아 서쪽에서 났다. 다음 차례는 그가 서 있는 남쪽 벽 위로 내민 커다란 낮은 처마 아래의 창문일게 틀림없었다. 한편으로는 이 으스스한 집에 대해, 한편으로는 고지대의 허공에 대해 생각하자니 단순한 불쾌감 이상의 느낌이 스며들고 있었다. 집 안의 탐색자가 좀 더 가까운 여닫이 창문 쪽으로 다가오자 올네이는 기는 자세로 슬금슬금 모퉁이를 돌아가서 이미 열려진 서쪽 창문 옆의 벽면에다 몸을 기대었다. 그 주인이 집으로 돌아온 것은 분명했지만 땅을 밟고 온 것도 아니고 머리로 떠올릴 만한 비행선이나 기구를 타고 온 것도 아니었다. 발소리는 또다시 안에서 들려왔다. 올네이는 북측 모퉁이까지 바짝 다가섰지만 몸을 피할 곳을 찾기에 앞서 부드럽게 부르는 목소리가 먼저 흘러나왔다. 그는 결국 집 주인과 대면할 수밖에 없음을 알게 되었다.

서편 창문 밖으로 모습을 보인 인물은 형형한 안광이 빛나는 눈동자에 풍성한 검은 턱수염을 기른 얼굴의, 전례 없는 인상을 뇌리에 새겨 주기에 충분한 풍모의 소유자였다. 하지만 그 목소리는 부드러우면서도 독특한 고전적 품격이 깃들어 있었다. 그가 갈색 손을 창 너머로 내밀어주어 상대로 하여금 돋을새김된 튜더양식 가구들이 들어찬 검은 참나무 징두리널을 댄 천정 낮은 방 안으로 넘어 들어갈 수 있도록 도와주었을 즈음 이미 올네이의 두려움은 한결 가셔 있었다. 무척 예스러운 옷차림의 그 인물은 바다의 전설이 떠도는 후광과 거대한 갤리선의 몽환으로 감싸여 있었다. 당시 들었던 경이로운 이야기 대부분과 심지어는 그 인물이 누구인지조차도 기억해낼 수는 없지만, 그는 기이하고도 친절했으며 장소나 시간대를 헤아릴 수 없는 공간에서 비롯된 마법으로 가득 차 있었다고 올네이는 말한다. 그 자그마한 방 안은 어렴풋한 물빛을 띤 녹색으로 밝혀져 있는 듯했고, 멀찍한 동편엔 낡은 유리병 바닥처럼 흐릿한 유리를 끼운 창이 안개의 에테르를 사이에 두고 여전히 닫혀져 있었다.

턱수염을 기른 집주인은 비교적 젊어 보였지만 선시대의 신비와 수수께끼가 깊이 스며든 눈길로 바라보고 있었다. 그리고 그와 연관된 태고의 경이로운 사연들을 듣고 있던 올네이는 암봉 아래의 평원에서 그의 묵묵한 살림을 지켜본 마을이 존재해 온 이래로, 그가 바다의 안개와 하늘의 구름을 벗삼아왔다고 했던 마을 사람들의 말이 옳았음을 짐작할 수 있었다. 그렇게 하루가 지나갔지만 여전히 올네이는 아득한 시간의 머나먼 고장에 대한 꿈결 같은 이야기 속에 흠뻑 젖어들어 있었다. 아틀란티스의 군주들이 대양저의 열극 속에서 꿈틀거리는 교활하고 불경한 종족들과 어떻게 대적했는지, 그리고 한밤에 눈앞의 광경을 보고서야 상황을 알게 된 길 잃은 배의 시야에 황량한 잡초 투성이 포세이돈 열주사원의 모습이 지금도 어렴풋이 뜨이곤 하는지를. 바야흐로 거신들의 세기가 그의 회상 속에서 이끌려 나오고 있었으나, 이야기의 주인은 신들이나 심지어 엘더원들이 태어나기도 전의 희미한 혼돈의 창세기와 스카이 강 너머의 울타르 인근의 암석 사막 속 하세그-클라 봉우리로 '다른 신들'이 춤추러 올 때를 이야기하는 부분에선 조금씩 주저하는 듯 보였다.

문 두드리는 소리가 바깥에서 들려왔던 것은 바로 이때였다. 여러 군데 못 자국이 나 있는 낡은 문 바깥에는 오로지 하얀 구름의 해원뿐이었기에 올네이는 섬뜩한 두려움에 휩싸이기 시작했다. 그러나 주인은 몸짓으로 그에게 조용히 있으라 당부하고는 까치발을 세워 조심조심 문까지 걸어가 열쇠구멍을 통해 바깥을 내다보았다. 시야에 들어온 광경이 별로 마뜩치가 않았던지 그는 손가락을 들어 입술을 한번 누르고 다시 발끝으로 살살 걸어 창문 셔터를 내려 잠근 다음에야 손님 옆의 등받이 높은 고풍의 의자로 되돌아왔다. 문제의 방문객은 바로 떠나지 않고 주변을 집요하게 돌아다녔다. 그 때문에 올네이는 자그마하고 흐릿한 각 창문들의 반투명한 사각 면에 기괴한 검은 윤곽이 미련을 남기듯 잇달아 어른거리는 모습을 볼 수 있었다. 바깥의 광대한 구름의 심연 속에는 마치 이상한 실체들이 도사리고 있을 것만 같았기에, 집주인이 노크에 답하지 않았다는 사실은 그에게도 다행스런 일이었다. 이 꿈의 탐구자는 그런 부정한 존재들을 만나거나 연루되지 않기 위해 주의를 기울이는 인물인 게 분명했다.

뒤이어 어스름이 모여들기 시작했다. 처음의 다소 은근한 것들은 테이블 아래에, 어두운 벽널 모퉁이에는 좀더 짙은 어둠이 깔렸다. 수염을 기른 주인은 미지의 대상에게 기도하는 동작을 취하고 나서 섬세한 세공의 놋쇠 촛대에 꽂힌 긴 양초에다 불을 붙였다. 그는 마치 무언가를 기다리는 듯 자주 문 쪽을 힐끔거리곤 했는데 그 빈번한 응시는 이슥고 먼 옛날부터 내려온 어느 비밀의 코드에 맞춰 똑똑 두드리는 유일한 노크소리로 응답을 받은 듯했다. 이번엔 열쇠구멍으로 내다보지도 않고서 그는 거대한 참나무 가로대를 들어올려 빗장을 젖히고 육중한 문의 걸쇠를 벗겨내었다. 그러곤 별들과 안개를 향해 문을 활짝 열어젖혔다.

순간, 해저 밑으로 가라앉은 세상 전능자들[57]의 꿈과 기억들이 깊숙한 심원으로부터 방 안으로 밀려들어 와 기묘한 화성을 이룬 가락이 되어 떠돌기 시작했다. 황금빛 불꽃이 잡초 투성이 바위 주위로 뛰놀며 돌아다니자, 이 모든 광경에 압도당한 올네이는 그들에게 경의를 표하고 말았다. 삼지창을 든 넵튠과 장난꾸러기 트리톤, 환상적인 네레이스[58]들이 모여들어 있었다. 그리고 돌고래들의 잔등 위에 반듯이 얹혀있는 거대한 톱날 조가비 속에는 위대한 심연의 지배자 노덴스의 화려하고 장엄한 형상이 정좌해 있었다. 트리톤의 뿔 고둥은 이 세상 것이 아닌 격정적인 화음을 터뜨렸고, 네레이스는 어두운 해저동굴 속에 은밀히 살고 있는 생물의 껍질을 부딪쳐 그로테스크한 공명을 일으키는 기묘한 악성을 만들어냈다. 백발의 노덴스는 주름 쥔 손을 앞으로 뻗어 올네이와 집의 주인을 거대한 조개껍질 속으로 들어오게 도와주었으며, 그에 뒤따라 모든 뿔고둥과 타악기는 광적이고도 장대한 폭풍 같은 굉음을 토해냈다. 이어, 전설 속의 행렬이 무한의 에테르 속으로 열 지어 나아가고, 소리 높여 외치는 그들의 함성은 천둥의 메아리 속에 섞여들었다.

그날 밤 폭풍우와 안갯속에서 암봉의 모습이 희끄무레 드러났다. 밤

새 높은 절벽을 지켜본 킹스포트 주민들의 눈에 비친 그 작고 어스레한 창문이 잠시간 암흑으로 꺼져들자 그들은 두려움과 재앙의 불안감에 수군거렸다. 올네이의 아이들과 풍만한 그의 아내는 냉담한 침례교의 신에게 기도 드렸고, 다음 날 아침까지 비가 멈추지 않는다면 그가 부디 우산과 장화를 빌렸기를 바랐다. 이어, 바다에서부터 안개의 환을 두른 새벽이 뚝뚝 물방울을 떨어뜨리며 미끄러져 들어오고 부표들은 백색 에테르의 소용돌이 속에서 장중한 종소리를 퍼뜨렸다. 정오에 다다르자 꼬마요정들의 뿔나팔 소리가 바다 위에서 울려 퍼졌다. 그리고 그 무렵 올네이는 가뿐한 몸으로 발걸음도 가볍게 벼랑이 있는 장소에서 오래된 도시 킹스포트로 걸어 내려왔다. 머나먼 고장들을 바라본 인상을 동공 속에 가두고 있었음에도 그는 이름 없는 은둔자의 오두막집이 서 있는 하늘 속에서 꿈꾸었던 것들을 기억해 낼 수가 없었고, 사람의 발길이 닿지 않은 암산 아래로 어떻게 내려올 수 있었는지 설명하지도 못했다. 또한 그는 그 '무서운 노인'을 빼고는 이 일들에 대해선 어느 누구에게도 털어놓지 않았다. 훗날 노인은 하얗고 긴 수염이 덮인 입술로 기이한 이야기를 웅얼거렸다. 암산에서 내려왔던 인물은 산을 올라갔던 인물과 완전히 동일하지 않았다는 것이다. 그는 회색빛 뾰족한 오두막 지붕 아래, 또는 그 불길한 백색 안갯속의 인지를 초월한 영역 어딘가에 토마스 올네이였던 인물의 잃어버린 영혼이 지금도 남아 있을 게 분명하다고 단언하기까지 했다.

그날 이래로, 노쇠와 권태로움만 끌어당기는 단조로운 수년의 세월을 지나보내며 그 철학자는 일하고 먹고 수면을 취했으며 시민으로서 합당한 행위들을 불평 없이 행했다. 그는 먼 언덕 위의 마법을 마음속으로 열망하거나 밑바닥 없는 바다에서 녹색의 암초를 들여다보았던 비밀을 그리면서 한숨만 내쉴 뿐 더는 아무것도 하지 않았다. 이제 똑같은 일상은 그에게 더 이상 슬픔이 되지 않았으며 잘 정제된 사고력은 그의 상상에 부족함 없이 자라났다. 그의 좋은 아내는 갈수록 살이 쪄갔고 아이들은 성장함에 따라 조금씩 평범해지더니 점점 더 실용적인 인물로 변해갔으며 그 또한 필요할 상황이면 자긍심을 지닌 미소를 걸맞게 지어 보이는 일을 잊지 않았다. 언뜻 보기에도 그에겐 어떠한 불안의 기색도 보이지 않았고 그가 이전에 들었던 모든 것들, 장엄한 종소리라든지 멀리 들리는 꼬마요정들의 뿔피리 소리 같은 것은 오로지 오래된 꿈이 배회하는 한밤에나 있을 것들이 되었다. 그는 두 번 다시 킹스포트를 보지 못했다. 가족들이 괴상한 모양의 오래된 가옥들을 좋아하지 않았고 형편없는 배수시설을 두고 불평을 늘어놓았기 때문이었다. 현재 그들은 브리스톨 하이랜드의 말끔하게 지어진 목조 단층집에서 살고 있다. 그곳은 암봉에 대한 전설 따위는 없는 곳이며 이웃들은 도시적이고 세련된 사람들이다.

그러나 킹스포트에는 기묘한 이야기들이 퍼져나간다. 그 무서운 노인조차도 그것들이 제 조부에게서 들은 이야기가 아님을 시인한다. 지금껏 하늘과 동거하는 유일한 존재로 높다랗게 솟아있는 그 고풍스런 집 너머로 북쪽의 바람이 사납게 몰아닥칠 때면, 킹스포트의 해안가 오두막집에 사는 이들이 겪는 곤란 앞에서 이제까지의 불길하고 근심스런 침묵은 마침내 깨어지고 만다. 나이 든 토박이 노인들은 그 바람 속에서 유쾌한 노랫가락과 지상의 즐거움을 뛰어넘는 기쁨에 부풀어 폭소하는 웃음소리가 들린다는 말을 주고받으며, 저녁 무렵엔 작고 나지막한 그 집의 창문이 이전보다 더 밝아진다고들 이야기한다. 또한 격렬하게 번득이는 번갯불을 배경으로 암봉과 오두막이 환상적인 먹빛으로 드러나 있을 때, 얼어붙은 세계의 모습을 비추어 보이는 맹렬한 오로라가 새파란 광채를 발산하면서 저 북방에서 다가오는 일이 잦아진다고 그들은 말한다. 새벽의 안개가 더욱 더 짙어지면, 항해하는 이들조차도 바다를 향하여 가만가만 퍼져 나가는 모든 소리들이 그저 부표가 내는 울림일 뿐이라고는 전적으로 확신하지 못한다.

그러나 무엇보다도 좋지 못한 일은, 가슴속에 깃든 해묵은 두려움에 움츠리고 있음에도 킹스포트의 젊은이들이 밤이면 곧잘 북방의 바람에 섞여든 희미하고 머나먼 소리들에 귀 기울인다는 사실이다. 새로이 들리는 음성들 속에 환희의 맥동이 느껴지고, 웃음소리와 음악소리도 같이 들려오기에 그네들은 그 높은 산정의 오두막집엔 해롭거나 고통스러울 일은 전혀 없으리라고 단언한다. 바다의 안개가 흉흉한 북단의 봉우리로 실어다주는 사연이 무엇인지 알지 못하지만 구름이 두터워질 즈음 절벽을 향해 입을 벌린 그 집의 문을 두드린다는 존재에 대한 경이로운 몇 가지 단서를 가지고 그들은 오래도록 궁리해 왔다. 마을의 원로들은 하늘 속에 있어서 접근하기 어려운 그 봉우리를 언젠가 그네들이 하나둘씩 차례대로 찾아가지나 않을까, 바위의 일부이자 별과 킹스포트의 오래된 공포의 일부이기도 한 가파른 지붕 아래 숨겨진 수세기의 비밀을 알아차리지 않을까 두려워하곤 한다. 모험심 강한 젊은이들은 그곳에 갔다가 마을로 되돌아올 수 있음을 의심치는 않지만 눈앞의 등불이 꺼져버리면 마음속 의지도 같이 사라져버릴 것이라고 여기고 있다. 그리고 바다에서 올라온 안개와 그 안개의 꿈이 하늘을 향해 가는 길에 휴식삼아 잠시 멈추는, 미지의 공포가 깃든 둥지 속에서 목소리와 목소리가 잇따르고 웃음의 향연이 한층 더 열광적으로 커져갔던 그 수십 년의 세월을 무기력하게 이고 있던 케케묵은 박공지붕과 구불거리며 올라가는 좁은 골목길로 이루어진 킹스포트의 옛스러움을 그들은 원하고 있지 않다.

주민들은 젊은이들의 마음이 따사로운 화롯가와 박공지붕의 선술집에서 떠나기를 바라지 않는다. 또한 그 높다란 바위 위에서 흘러나는 웃음과 노랫소리가 점점 더 커지는 것도 원치 않는다. 이미 와 있었던 목소리들이 새로운 북방의 빛무리와 새로운 안개를 바다에서 끌고 왔던 것처럼, 주민들은 아마도 옛 신들이(그들은 회중파 목사가 듣게 될까봐 귀엣말로만 그 이름을 언급한다.) 심연에서 벗어나 차가운 황무지 미지의 카다스에서 도래하여, 평온하고 소박한 어민들이 사는 완만한 언덕과 계곡에 지나치게 근접한, 저 불길하리만치 딱 들어맞는 바위산 위에 터를 잡을 때까지는, 또 다른 목소리들이 더 많은 안개와 빛무리를 들여올 것이라며 이야기한다. 평범한 인간들로선 이 세계의 소산이 아닌 것들은 환영할 수가 없는 것이기에 이 또한 주민들이 결코 바라지 않는 일이다. 그 외에 '무서운 노인'은 올네이가 언급했던 고독한 집의 주인이 두려워했다고 한 노크소리와 기묘한 반투명의 둥근 채광창을 통해 보았다는 안갯속의 집요한 검은 형체에 대해 곧잘 생각하곤 한다.

그러나, 이 모든 것들은 오로지 엘더원들만이 결정할 수 있는 일일지도 모른다. 북방의 바람에 기이한 흥청거림이 묻어 있는 동안 여전히 새벽의 안개는 가파른 지붕을 이은 낡은 집이 서 있는 사랑스럽도록 아찔한 봉우리 곁으로, 그리고 아무도 보이지 않지만 저녁때마다 은밀한 빛이 밝혀지는 낮은 잿빛 처마의 집 주위로 모여든다. 습한 초원과 리바이어던의 동굴에 대한 몽상을 가득히 싣고서 하얀 깃털로 덮인 안개는 심연에서 나와 제 형제인 구름을 향하여 다가온다. 옛 이야기들이 트리톤의 작은 바다동굴 속에서 두텁게 몸을 불리어 날아다니고, 해초의 도시 속 소라고둥들이 엘더원들에게서 배웠던 원시의 멜로디를 불어 보낼 즈음, 층층의 전설이 쌓인 하늘을 향하여 거대한 열망의 안개들이 무리지어 몰려든다. 경외로이 솟아오른 바위 파수꾼 아래 자그마한 벼랑 가에 거북하게 몸을 틀고 있는 킹스포트는 오로지 하얀 안개빛만이 가득한 바다를 바라보고 있다. 그리고 마치 벼랑의 가장자리가 세계의 끝으로 화해버릴 때쯤 장중한 부표의 종소리들은 요정세계의 에테르를 타고 나른한 가락을 노래하곤 한다.

56) 에테르(ether, aether): '맑고 신비한 대기'라는 뜻으로, 빛을 파동으로 생각했을 때 이 파동을 전파하는 매질로 생각되었던 가상의 물질이다. 빛이 파동성과 입자성을 동시에 가지는 것을 알게 되고, 아인슈타인의 상대성이론이 등장하면서 완전히 사멸한 개념이 되었다. 러브크래프트는 단순히 '대기'라는 뜻으로 이 용어를 즐겨 사용했다.

57) 바다 밑에 가라앉은 세상 전능자들 (Mighty Ones): 여기서는 그레이트 올드원을 지칭

58) 네레이스(nereids): 바다의 요정. 해신(海神) 네레우스와 대양신(大洋神) 오케아노스의 딸 도리스 사이에 태어난 50명의 아름다운 딸들로, 노래하고 춤추고, 악기를 연주하면서 해마(海馬) 또는 그 밖의 바다짐승의 등에 올라타고 바다 위를 행렬한다고 한다.

THE VERY OLD FOLK
토박이들

멜모스 귀하

…… 귀하는 그 지독한 아시아인, 바리우스 아비투스 바스시아누스의 수상한 과거를 파고드느라 그리도 바쁘신가요? 허! 내가 그 빌어먹을 시리아 생쥐 놈을 얼마나 증오하는지 압니까!

나는 제임스 로즈[59]의 번역판 『아이네이스』를 처음으로 읽고 나서 로마 시대에 빠져들었지요. 이 책은 지금까지 나온 번역판 중에서, 작고하신 나의 삼촌 클라크 박사의 번역을 포함하여(출간은 되지 않았으나) 베르길리우스 마로의 원전에 가장 충실하더군요. 이 베르길리우스풍의 유희는 언덕에서 열린 마녀들의 집회를 비롯해 만성절전야(핼러윈)와 관련된 온갖 기괴한 생각들을 버무리고 있는데, 그 덕분에 지난 월요일 밤에는 너무도 분명하고 생생한 로마의 꿈을 꾸었지요. 그 숨겨진 공포의 윤곽이 어찌나 거대하던지, 나는 언젠가 이 꿈을 반드시 소설로 써봐야겠다고 마음먹었답니다. 젊은 시절에는 로마의 꿈을 종종 꾸곤 했지요. 꿈속에서 투리부누스 밀리툼(군사호민관)의 신분으로 시저를 따라 갈리아 전역을 누비기도 했어요. 그러나 그런 꿈을 꾼 지도 오래전 일이라, 최근에 꾼 꿈은 아주 강렬한 인상을 주었답니다.

꿈에 나타난 장소는 히스파니아 시테리오르[60]의 피레네 산맥, 그 기슭의 폼펠로라는 소촌이었고, 시간은 불타듯 노을 진 일몰이거나 늦은 오후였습니다. 아우구스투스가 파견한 집정관 대신에 원로 총독이 이 속주를 다스리고 있었던 것으로 봐서, 필시 공화국 말기였을 것입니다. 날짜는 10월 말이었지요. 주홍빛과 황금빛에 물든 작은 산들이 소촌의 북쪽으로 솟아 있고, 동쪽으로 꽤 멀리 떨어져 있는 원형 광장의 나무벽과 지저분한 광장의 벽토와 새로 깍은 거친 돌 위로 저무는 해가 빨갛고 신비한 빛을 던지고 있었습니다. 시민들(싸구려 양털 토가[61] 차림의 이마가 훤칠한 로마 이주민들과 모발이 굵은, 로마화된 원주민 그리고 이 두 혈통의 혼혈이 분명한 사람들)과 투구를 쓴 소수의 군단병, 그리고 인근에서 온 추레한 옷차림과 검은 수염을 기른 바스코네스[62] 부족민들이 포장이 되어 있지 않은 거리와 광장에 운집해 있었지요. 모두 막연하면서도 정체 모를 불안감에 휩싸인 모습이었습니다.

나는 방금 전에 가마에서 내렸습니다. 일리리아의 가마꾼들이 이베루스[63] 강 너머 남쪽에 있는 칼라구리스로부터 다급히 나를 가마에 태워 온 것 같더군요. 나는 형사 재판관 L. 켈리우스 루푸스 같았는데, 며칠 전에 타라코에서 미리 와 있던 P. 스크리보니우스 리보 총독의 부름을 받은 상태였습니다. 병사들은 12군단의 제5보병대원으로, 지휘관 섹스 아셀리우스의 휘하에 있었습니다. 게다가 군단장 발부티우스도 주둔지인 칼라구리스를 떠나 그곳에 와 있었지요.

회동의 원인은 구릉 지대에 스며든 공포 때문이었습니다. 마을 사람들이 전부 겁에 질려서 칼리구리스로부터 보병대의 파병을 탄원했던 것이지요. 가을이라는 시련의 계절, 산악의 미개인들이 마을에 소문으로만 떠돈다는 섬뜩한 제식을 준비하고 있었습니다. 그들은 구릉의 고지대에 거주하는 아주 오래된 토박이들로서 바스코네스 인들이 이해하지 못하는 불규칙한 언어를 사용한다고 했습니다. 마을 사람들 중에서 그들을 직접 본 사람은 거의 없었습니다. 하지만 일 년에 몇 차례, 키가 작고 피부가 누런 사팔뜨기의 전령들(스키타이인처럼 보이는)이 내려와 손짓발짓으로 마을 상인들과 교역을 했습니다. 해마다 봄과 가을에는 산 정상에서 악명 높은 제식을 올리는데, 그들의 울부짖음과 제단에 피운 불로 인해 마을 사람들은 공포에 빠져들었습니다. 그 시기는 언제나 사월과 시월의 마지막 날 밤이었습니다. 그런 날이 오기 직전에 마을 사람들이 실종되었고, 그 후로 한 번도 소식을 듣지 못했습니다. 마을의 목자와 농부들 중에는 산악의 토박이들에게 호의적인 편이라서 두 번에 걸친 끔찍한 제식 전날 밤마다 초가 움집을 비워주는 곳들이 있다는 수군거림까지 나돌았습니다.

올해에 유독 공포심이 깊었던 이유는 마을 사람 누구나 산악의 토박이들이 폼펠로에 품은 원한을 잘 알기 때문이었지요. 석 달 전, 사팔뜨기의 키 작은 상인 다섯이 내려왔다가 시장에서 다툼이 일었고, 그 과정에서 세 명이 살해당했습니다. 살아남은 두 사람은 아무 말 없이 산으로 돌아갔습니다. 그런데 이번 가을에는 실종된 마을 사람이 단 한 명도 없었습니다. 이 예외적인 상황 때문에 위기감이 고조되었습니다. 태곳적 토박이들이 이번 제식에는 희생양 없이 넘어가겠다는 의도 같지는 않았습니다. 그것은 정상적으로 받아들이기에는 너무 큰 선의였기에 마을 사람들은 무서워하고 있었던 겁니다.

무수한 밤마다 산에서 공허한 북소리가 들려오자, 결국에는 조영관 아네우스 스틸포(마을 원주민의 피가 반이 섞인)가 칼라구리스의 발부티우스에게 보병대를 동원하여 그 끔찍한 밤의 제식을 일소해 달라고 청하기에 이르렀습니다. 발부티우스는 경솔하게 그 청을 거절했지요. 마을 주민의 공포가 근거 없는 것이라는 판단과 로마 시민이 위협을 받지 않는 한은 산간 토박이의 역겨운 제식 따위에 로마인이 상관할 바 아니라고 생각했기 때문입니다. 하지만 발부티우스의 절친한 친구로 느껴졌던 나는 의견을 달리했습니다. 나는 음산한 금기의 학문을 깊숙이 연구해 왔다고 운을 떼면서 그 태곳적 토박이들이 마을에 예측불허의 재앙을 가져올 가능성이 있고, 그 결과 우리의 시민을 상당수 포함하여 로마 정착민 전부가 희생될지 모른다고 말했습니다. 조영관의 어머니 헬비아의 탄원도 있었습니다. 그녀는 순수 혈통의 로마인이었고, 스키피오의 군대를 따라 이주해 온 M. 헬비우스 키나의 딸이었습니다. 그래서 나는 안티파테르라는 영리한 그리스인 노예 아이 편으로 총독에게 편지를 전달했습니다. 나의 탄원을 눈여겨 본 스크리보니우스 총독은 아셀리우스 휘하의 제5보병대를 폼펠로에 파견하라고 발부티우스에게 명령했습니다. 발부티우스의 임무는 10월의 마지막 날 해 질 녘에 산간 지대로 진입하여 정체불명의 제식을 모조리 진압한 뒤, 붙잡은 죄수들은 타라코로 이송하여 지방장관의 다음 재판에 처리하라는 것이었습니다. 하지만 발부티우스가 항의를 하는 바람에 서신 왕래가 계속되었습니다. 내가 얼마나 많은 서한을 보냈던지 총독은 이 일에 깊은 관심을 가지게 되었고, 개인적으로 그 공포의 근원을 조사하기로 마음먹었습니다.

발부티우스는 마침내 릭토르[64]와 부관들을 데리고 폼펠로로 향했습니다. 그는 아주 인상적이고 심란한 소문들을 많이 접했고, 명령에 따라 제식을 일소하기로 마음먹었습니다. 그리고 이런 일에 밝은 사람과

의논하기 위해 나더러 아셀리우스의 보병대와 동행하도록 지시했는데, 그렇게 하기 위해서는 부하들의 반대 의견을 잠재워야 했지요. 갑작스러운 군사 작전으로 자칫 바스코네스의 원주민과 정착민 사이에서 불안한 위기감을 조성할까 봐 그는 진심으로 걱정하고 있었습니다.

지금까지가 가을날 산간의 신비한 일몰 아래 우리 모두가 집결하게 된 연유입니다. 반들거리는 대머리와 주름지고 날카로운 얼굴에 황금빛 햇살을 받고 있는 토가 차림의 늙은 스크리보니우스 리보, 번뜩이는 투구와 가슴받이를 착용한 모습으로 면도를 한 푸르스름한 입가를 꾹 다물고 성실함과 끈기를 드러내던 발부티우스, 윤기 나는 정강이받이를 차고 오만한 미소를 머금은 청년 아셀리우스, 그리고 마을 주민과 보병대원, 원주민과 농부, 릭토르와 노예와 시종들이 궁금한 표정으로 모여 있었습니다. 평범한 토가를 입은 나는 특별히 눈에 띌 만한 특징이 없었습니다. 어디에나 공포감이 스멀거렸습니다. 마을 사람들은 큰소리 한번 내지 않았고, 일주일 가까이 그곳에 머물고 있던 리보의 측근들도 정체 모를 두려움에 사로잡혀 있는 것 같았습니다. 늙은 스크리보니우스 총독은 매우 굳은 표정을 하고 있었지요. 반면에 나중에 도착한 우리들의 날카로운 목소리에는 불가사의한 신전 혹은 죽음의 공간에 들어온 것처럼 장소와는 어울리지 않는 호기심 같은 것이 묻어 있었습니다.

우리는 브라이도리온이라는 뜰에서 심각한 대화를 나누었습니다. 발부티우스는 즉각적인 군사 작전에 반대했고, 마을 주민을 경멸하는 동시에 그들을 동요시키는 것이 바람직하지 않다고 생각하는 아셀리우스도 그를 지지했습니다. 섬뜩한 제식을 일소함으로써 다수의 원주민 부족과 움집에 사는 촌부들에게 반감을 주기 보다는 군사 행동을 자제함으로써 소수의 로마인 정착민과 개화된 주민들의 원성을 사는 편이 낫다는 의견이 지배적이었습니다.

반면에 나는 군사 작전을 재차 요구하면서 정찰 작전에 보병대를 투입할 것을 제안했습니다. 야만적인 바스코네스 인들은 기껏해야 사납고 예측불허의 부족일 뿐이고, 어떤 식으로든 그들과의 작은 충돌은 피하기 어렵다는 것이 내 주장이었지요. 나아가 과거에도 그들 부족이 우리 군단에게 위협적일 정도로 대항한 적이 없는데다, 로마인의 대표자들이 공화국의 정의와 특권을 방해하는 야만인들을 참고 견디는 것은 좋지 않다고 말했습니다. 뿐만 아니라, 속주의 성공적인 통치는 해당 지역의 상업과 번영을 주도하는 동시에 우리 로마인의 피가 섞인 문명인의 안전과 선의를 얼마나 보장해 주는 가에 좌우된다고도 했습니다. 수적으로는 열세일지 모르나, 개화된 주민들이야말로 존속되어야 할 견실한 구성원이자 그들의 협조가 있어야 로마인과 원로원의 통치권 아래 속주를 공고히 다스릴 수 있다고 말입니다. 로마 시민을 보호하는 것은 의무이자 이득이라고, 설령(이 부분에서 나는 비꼬는 표정으로 발부티우스와 아셀리우스를 쏘아보았습니다) 사소한 어려움과 수고가 따르더라도, 칼라구리스 주둔지에서의 군사 놀이와 닭싸움에 약간 차질이 빚어지더라도 꼭 필요한 일이라고 말했습니다. 나는 지금까지의 연구를 토대로 폼펠로와 그 주민이 처한 위기는 실제적인 것이라고 단언했습니다. 시리아와 이집트, 에투리아의 은밀한 마을에서 나온 많은 자료를 읽었고, 라쿠스 네모렌시스 인근의 숲속 신전에서 잔인무도한 다이아나 아리키나의 사제와도 대화를 나누기까지 했다고 말했습니다. 그동안 안식일마다 산악 지대에서 비롯된 것으로 보이는 무서운 징조들이 있었습니다. 그런 일들이 로마인의 영토 안에서 벌어지게 놔둘 수 없었습니다. 안식일에 횡행하는 것으로 알려진 그런 난행들을 계속 허용한다면, 우리 선조들의 전철을 밟게 될 것이다. 집정관 포스투미우스는 바커스 축제를 일삼는다는 이유로 무수한 로마 시민을 처형했고, 원로원의 바카날리부스에 의해 청동에 새겨져 만인에게 공개됨으로써 영원히 기억되고 있다. 제식이 확산되어 로마군의 창으로 대처하지 못하는 상황이 되기 전에, 세력이 그리 강성하지 않은 지금 진압에 나선다면 가능할 것이다. 직접적인 관련자들을 걱정해야지, 다수의 구경꾼을 배려하다가는 우리에게 지지를 보내는 주민들의 분노마저 약화될 것이다. 간단히 말해서, 원칙과 정책 모든 면에서 엄정한 조치가 요구된다. 계속해서 나는 로마인이라기보다 촌부처럼 그럴듯하고 복잡하게 말하는 발부티우스와 아셀리우스의 반대에도 불구하고 언제나 로마인의 존엄과 의무를 생각해온 퍼블리우스 스크리보니우스 총독은 나와 보병대를 파병했던 원래의 계획을 고수하리라 믿어 의심치 않는다고 말했습니다. 어느새 저무는 해는 아주 낮게 떨어져 있었고, 적막한 마을 전체는 비현실적이고도 악의에 찬 기운으로 휩싸이는 듯했습니다. 내 말에 찬성을 표한 퍼블리우스 스크리보니우스 총독은 내게 보병대의 임시 통솔권을 넘겨주었습니다. 발부티우스와 아셀리우스도 동의했는데, 후자보다는 전자가 더 품위를 지켰습니다. 가을의 정취에 물든 야성의 산비탈 위로 땅거미가 졌을 때, 규칙적이고도 섬뜩하고 기이한 북소리가 저 멀리서 오싹한 리듬으로 내려앉고 있었습니다. 적지 않은 병사들이 두려워하는 기색이었으나, 단호한 명령에 따라 대오를 정리한 보병대는 곧 광장의 동쪽 평원으로 진군하기 시작했습니다. 발부티우스뿐 아니라 총독도 친히 진군에 나서겠노라 고집했습니다. 하지만 주민 중에서 안내인을 구하는데 무척 애를 먹었습니다. 마침내 순혈 로마인 사이에서 태어난 베르셀리우스라는 젊은이가 산기슭까지만 안내를 하겠다고 나섰습니다. 우리를 무엇보다 불안하게 만든 것은 제식이 과연 진행될 것인가였습니다. 보병대가 도착했다는 소식이 산간 지역에 분명히 전해졌을 것이고, 아직까지는 최종 결정을 미루고 있는 상태라고 해도 위기감이 줄어들진 않았을 겁니다. 그런데도 불길한 북소리는 여전히 계속되고 있었습니다. 마치 숭배자들에게는 자신들을 진압하러 다가오는 로마군은 안중에도 없을 만큼 뭔가 대단한 이유라도 있는 것 같더군요. 우리가 험준한 골짜기로 들어갈수록 북소리는 더욱 요란해졌습니다. 수풀이 무성하고 가파른 절벽이 우리를 포위해 왔습니다. 흔들리는 횃불에 따라 참으로 기괴하게 생긴 나무줄기들이 모습을 드러내고 있었습니다. 총독과 발부티우스, 아셀리우스, 두세 명의 켄투리온(백인대장) 그리고 나를 제외하고는 모두 도보로 이동하고 있었습니다. 이윽고 길이 몹시 가파르고 좁아져서 말을 타고 갈 수가 없었습니다. 도적떼도 얼씬하지 못할 만큼 무시무시한 밤이긴 했으나, 열 명의 병사로 하여금 말들을 지키게 했습니다. 이따금씩 숲 주변에서 은밀한 그림자가 스치는 것 같았고, 30분쯤 올라갔을 때는 길이 더욱 가파르고 비좁아져서 도합 300명이 넘는 군대가 전진하기에 몹시 버겁고 곤란했습니다. 그런데 아래쪽에서 섬뜩한 소리가 들려왔습니다. 묶어놓은 말들이 내는 소리였지요. 울부짖는……. 우는 소리가 아니라 울부짖는 소리……. 무슨 일인지 짐작이 갈만한 사람의 목소리도 불빛도 없었습니다. 그때였습니다. 앞쪽의 산봉우리마다 타오르고 있던 모닥불이 모조리 꺼졌습니다. 결국 우리는 앞과 뒤에 웅크린 공포 사이에 갇힌 꼴이었지요. 안내를 맡았던 베르셀리우스를 찾다가 우리가 발견한 것은 흥건한 피 속에 짓이겨져 있는 시체 한 구였습니다. 시체의 손에는 부백인대장 D. 비부라누스의 허리에서 낚아챈 단도가 들려 있었고, 얼굴에 남아 있는 공포의 표정은 용맹한 역전의 용사들마저 파랗게 질려 고개를 돌리게 만들었습니다. 말들이 울부짖을 때 베르셀리우스가 자결한 것이었습니다. 그 지역에서 태어나 평생을 살았고, 산악지대에 대한 인근의 소문을 누구보다 잘 알고 있던 인물……. 횃불이 일거에 희미해지기 시작했고, 겁에 질린 병사들의 비명소리가 말들의 계속되는 울부짖음과 뒤섞이고 있었습니다. 피부에 와 닿을 정도로 차가워진 공기, 시월 말이라고 하기에는 뜻밖의 추위였습니다. 게다가 공기의 오싹한 움직임 때문에 나는 거대한 날개의 퍼덕임을 떠올리지 않을 수 없었습니다. 보병대 전원이 그 자리에 못 박히듯 멈춰서 있었습니다. 횃불이 점점 더 희미해짐에 따라 은하수의 유령 같은 빛이 창공에 기괴한 그림자들을 만들어냈고, 이 그림자들이 페르세우스, 카이오페이아, 케페우스, 백조자리를 지나 날아가는 듯한 착각이 들었습니다. 갑자기 창공의 별들이 전부 빛을 잃었습니다. 앞쪽에 있던 밝은 빛의 데네브와 베가별(직녀성), 뒤쪽의 외톨이 견우성과 포말하우트마저 잠들었습니다. 그리고 횃불이 한꺼번에 꺼져버렸을 때, 겁에 질려 비명을 지르는 병사들의 머리 위로 산봉우리마다 불길하고 섬뜩하게 타오르는 제단의 불빛만이 남아 있었습니다. 소름이 끼칠 정도로 새빨간 불빛에서 이제는 미친 듯이 날뛰는 거대한 그림자들이 어른거렸는데, 그것은 프리기아의 사제나 샹파뉴조의 노파들이 속삭여온 무시무시한 금기의 전설에서조차 등장한 적이 없는 정체불명의 짐승들 같았습니다. 어둠에 물든 병사와 군마의 비명 위로 사악한 북소리가 솟구쳐 점점 더 빠른 템포로 울리기 시작했습니다. 그와 동시에 차가운 냉기가 살아있는 생물처럼 금단의 산봉우리에서 쇄도해 내려오더니, 병사들을 한 명씩 휘감았습니다. 라오콘과 그 아들들의 운명을 연기하듯, 보병대원들이 몸부림치며 비명을 질렀습니다. 오로지 늙은 스크리보니우스 리보만이 체념한 모습으로 있더군요. 그가 아비규환 속에서 중얼거린 몇 마디의 말, 그것은 지금도 내 귓가를 맴돌고 있습니다. "마리티아 베투스, 마리티아 베투스 에스트……. 베니트……. 탄뎀 베니트……."("태고의 악, 태고의 악이 있으니……. 왔다……. 드디어 왔다…….")

그때 나는 잠에서 깼습니다. 오래도록 방해를 받지 않고 망각되어온 무의식의 우물, 거기에 그려진 이 꿈은 근래에 가장 생생한 것이었습니다. 보병대의 운명에 대해서는 남겨진 기록이 없으나, 적어도 그 마을만은 구원을 받았습니다. 백과사전을 보면 폼펠로는 폼펠로나라는 스페인의 현대식 명칭으로 오늘날까지 존재하고 있으니 말이지요…….

고딕풍이 절정에 달한 해

C. 이블리브스. 베르브스. 막시민브스

---

59) 제임스 로즈(James Rhoades, 1841~1923): 영국의 시인이자 신비주의가. 『다섯 관문의 도시The City of the five gates』 등의 시를 비롯해 번역가로도 활동했다. 『아이네이스』는 푸블리우스 베르길리우스 마로의 서사시.

60) 히스파니아 시테리오르(Hispania Citerior): '가까운 히스파니아'라는 의미로, 현재 스페인 지역 중에서 로마로부터 가까운 속주.

61) 토가(toga): 로마 시대 초기에 널리 착용했던 대표적인 의상으로, 반원형이나 타원형 혹은 팔각형의 천을 접어 몸에 둘러서 입는 형태다.

62) 바스코네스(Vascones): 피레네 산맥의 서부 구릉지역에 기원전부터 살았던 원주민으로 로마의 영향을 크게 받지 않았다.

63) 이베루스 강(Iberus): 라틴어로 히베루스(Hiberus)라고도 하며, 영어 명칭은 에브로(Ebro River)로서 스페인에서 가장 긴 강이다.

64) 릭토르(lictor): 파스케스(나무 막대기)를 들고 로마 고위 관리를 수행하는 수행원.

IBID
이비드

"……. 『시인의 생애』라는 유명한 작품에서 이비드가 말하길.

—어느 학생의 작문에서 발췌

『시인의 생애』를 쓴 저자가 이비드라는 오해는 식자층에서도 빈번하기에 바로잡을 필요가 있겠다. 시에프가 이 작품을 썼다는 것이 요지다. 반면, 이비드의 걸작은 그 유명한 『오프 시트』로서 이 안에 그리스로마 표현의 중요한 근저가 전부 응축되어 있다. 이비드가 이 작품을 집필한 시기가 뜻밖에도 만년이었음을 감안하면, 탄복할 만큼의 예리함을 갖추고 있다. 본 슈바인코프의 기념비적인 『이탈리아 고대 남부의 역사』 이전에 나온 근대 서적에서 번번이 되풀이되는 오류는, 이비드가 서기 410년경에 플러센치아에 정착한 아타울프의 일원으로 나중에 로마인으로 귀화한 서고트 족이라는 것이다. 사실무근임을 강조해야겠다. 이유인즉슨, 본 슈바인코프와 리틀윗, 베뜨느와르가 논란의 여지없이 증명해냈듯이, 이 유별난 은둔자가 순수 혈통의 로마인(적어도 타락하고 혼혈적인 로마시대가 배출한 순수 로마인)이기 때문이다. 기번이 보에티우스에 대해 "카토나 툴리가 동족이라고 생각할만한 인물"이라고 말한 것을 이비드에게 적용해도 무방할 것이다. 보에티우스와 마찬가지로 이비드는 당대에 가장 탁월한 인물이자 명문가인 아니키아 출신이기에 혈통에 있어서 공화국의 어떤 영웅과 비교해도 손색이 없고 자긍심을 느낄 만했다. 본 슈바인코프에 따르면, 이비드의 본명은(로마의 고전적인 용어체계의 삼명명법적인 간결성을 상실해버린 당대의 관습에 따라 길고도 과장된), 카이우스 아니키우스 마그누스 퓨리우스 카밀리우스 아에밀리아누스 코르넬리우스 바렐이루스 폼페이우스 줄리우스 이비두스다. 반면, 리틀윗은 아에밀리아누스를 빼고 클라우디우스 데키우스 쥬니아누스를 덧붙인다. 또 이 두 가지 견해와는 상당한 차이를 보이는 베뜨느와르에 따르면, 마그누스 퓨리우스 카밀리우스 아우렐리우스 안토니우스 아니카우스 페트로니우스 발렌티니아누스 아에지두스 이비두스가 된다.

저명한 비평가이자 전기학자인 이비드는 클로비스의 갈리아 통치가 끝난 직후인 486년에 태어났다. 로마와 라벤나 중에서 그의 고향이라는 영광을 차지할 곳이 어디인지는 애매하나, 그가 1세기 전에 테오도시우스의 압제를 받았다고 과장되어 알려진 아테네 학당에서 수사학과 철학을 공부한 사실은 분명하다. 오스트로고스 테오도릭의 온건한 통치 하의 512년, 그는 로마에서 수사학 교사가 되었다. 516년에는 폼필리우스 뉴만티우스 봄바스테스 마르셀리누스 테오담나누스와 더불어 집정관을 역임했다. 테오도릭이 서거한 526년, 그는 공직에서 물러나 유명한 작품을 집필했다. (그의 완벽한 키케로풍의 문체는 그보다 일세기 앞서 유행했던 클라우디우스 클라우디아누스의 운문처럼 고전적인 전범의 한 획을 그었다.) 하지만 나중에 그는 테오도릭의 조카, 테오다투스의 부름을 받아 궁전 수사학자로서 화려하게 복귀했다.

비티게스의 왕위 찬탈 후, 이비두스는 오명을 쓰고 한동안 감옥에 갇히고 만다. 하지만 벨리사리우스 휘하의 비잔틴 로마군대가 진격해 오자, 곧 그의 자유와 명예는 복권되었다. 로마의 포화 속을 누비며 그는 수비대에서 용맹하게 활약하다가 후에는 벨리사리우스의 독수리기를 따라 알바, 포르토, 센툼셀라까지 갔다. 그리고 프랑크 족이 밀라노를 포위하자, 다이투스라는 학식 있는 주교를 따라 그리스 행을 결정했고, 주교와 함께 539년에 코린스에 정착했다. 541년경에 이주한 콘스탄티노폴리스에서 주스티니아누스와 주스티누스 2세의 극진한 환대를 받았다. 황제 티베리우스와 마우리스는 그의 고령을 존경했고, 그가 불후의 명성을 얻는 데 일조했다. 출생지가 카파도키아의 아라비스쿠스임에도 유서 깊은 로마 가문의 태생이라고 말하기를 즐겨했던 마우리스는 그를 각별히 대했다. 이비드의 백한 번째 생일을 기념하여 그의 작품을 제국 학교의 교과서로 채택함으로써 고령의 수사학자에게 주체하지 못할 치명적인 감격을 안겨준 이도 마우리스였다. 이 감격으로 인해, 이비드는 백두 살이 되는 587년 9월 초하루를 엿새 앞두고 소피아 성당 근처의 자택에서 세상을 떠났기 때문이다.

이탈리아의 어려운 상황에도 불구하고 이비드의 유품들은 장례를 위해 라벤나로 옮겨졌다. 하지만 클라세 교외에 안장된 이비드의 묘는 스플레토의 롬바르드 공작에 의해 파헤쳐지는 수모를 당했다. 공작은 그의 두개골을 술잔으로 사용하라며 오사리스 왕에게 갖다 바쳤다. 이비드의 두개골은 롬바르드 가의 왕들 사이에서 대대로 자랑스레 전수되었다. 샤를마뉴에 의해 파비아[65]가 함락되었을 때, 비틀거리는 데시데리우스의 손에서 강탈되어진 이비드의 두개골은 프랑크 정복군의 행렬에 묻혀 실려 갔다. 사실 교황 레오가 신성 로마 제국을 만들어낸 대관식에서 사용한 의식 도구 중에 하나가 이 두개골이었다. 이것을 아헨으로 가져간 샤를마뉴는 얼마 지나지 않아서 색슨 족 교사인 앨퀸에게 선물했고, 804년에 앨퀸이 죽자 영국에 있는 그의 친척에게 보내졌다.

신앙심이 깊었던 앨퀸 가문에서 이비드의 두개골을 어느 수도원의 벽감에 안치해 놓았는데(그것이 기적적으로 롬바르드 족을 절멸시켰다는 믿음에서), 그것을 발견한 정복왕 윌리엄은 뼈로 이루어진 이 골동품에 경의를 표했다. 1650년에 아일랜드의 밸리로쉬 수도원을 파괴한 크롬웰의 과격한 병사들마저도(헨리 8세가 영국의 수도원을 해체한 1539년 무렵에 이 두개골은 어느 독실한 로마 가톨릭 교도에 의해 비밀리에 그곳으로 옮겨진 상태였다.), 이 숭고한 유품에 위해를 가하려고 하지 않았다.

당시에 두개골을 수중에 넣은 병졸 리뎀 위프 홉킨스는 그것을 레스틴 지호버 스텁스에게 주고 소량의 버지니아산 새 궐련을 받았다. 스텁스는 1661년 성공을 위해 아들 제러바벨을 뉴잉글랜드로 떠나보내면서(왕정복고의 사회 상황이 경건한 농촌 청년에게 나쁜 영향을 미칠 거라고 생각해서), 성 이비드(로마 가톨릭 요소를 극렬히 싫어했던 이비드였으니, 이비드 형제라는 표현이 더 어울릴지 모르나)의 두개골을 부적 삼아 아들에게 주었다. 세일럼에 도착한 제러바벨은 마을의 우물 근처에 소박한 집을 짓고서 굴뚝 옆 찬장에 두개골을 올려놓았다. 하지만 그도 왕정복고의 영향에서 완전히 벗어나진 못했다. 도박에 빠져들더니, 결국에는 프로비던스에서 찾아온 자유민 에베소 덱스터에게 이 두개골을 넘겨주고 말았다.

필립 왕의 전쟁이 한창이던 1676년 3월 30일 캐넌쳇 추장이 습격을 감행했을 때, 지금의 노스 메인과 올니 가의 교차로에서 가까운 마을의 북쪽 덱스터 집에서 일이 또 벌어졌다. 그 교활한 추장은 한눈에 두개골의 가치와 숭고함을 알아보았고, 그가 협상 중이던 코네티컷의 피쿼트 족에게 동맹의 상징으로 그것을 보냈다. 4월 4일, 그는 정착민에게 붙잡히어 곧 처형당했으나, 이비드의 근엄한 두개골은 정처 없는 유랑을 계속해야 했다.

전쟁을 치르느라 쇠약해진 피쿼트 족은 뒤숭숭해진 내러간셋 지역에 아무런 원조를 할 수 없었다. 한편, 1680년 올버니를 거점으로 활동하던 네덜란드의 모피 무역상 페트루스 반 슈냐크는 거래 쌍방에게 더없이 만족스러운 조건으로 독특한 두개골 하나를 얻게 된다. 그는 롬바르디아어 소문자로 두개골에 새겨진, 반쯤 지워진 글을 읽고 그 가치를 알아본 것이었다. (고문서학은 17세기 네덜란드 모피 무역상들이 갖추고 있던 가장 두드러진 능력의 하나였던 것 같다.)

Ibidus rhetor romanus

풍문에 의하면, 1680년에 반 슈냐크로부터 이 유물을 훔쳤다는 프랑스인 무역상인이 장 그르니에였다. 그는 어렸을 때부터 성 이비드를 존경하라는 어머니의 가르침을 받은 덕분에 로마 가톨릭교도의 열망으로 이 두개골의 진가를 알아보았다. 신교도가 이 성물(聖物)을 지니고 있는 것에 고결한 분노를 느낀 그르니에는 어느 날 밤에 도끼로 반 슈냐크의 머리를 박살 낸 뒤, 두개골을 가지고 북쪽으로 도주했다. 하지만 그는 곧 혼혈인 여행자 미셸 사바르에게 강도 살인을 당하고, 문맹이었던 이 강도는 두개골의 정체를 몰랐음에도 이것을 최근의 노획품으로 분류하여 소장품에 추가했다.

1701년에 미셸 사바르가 죽자, 그의 혼혈인 아들 피에르는 다른 물건들과 함께 두개골을 소크와 폭스 족의 밀정에게 팔아넘겼다. 그로부터 30년쯤 후에 소크와 폭스 추장의 천막집에서 두개골을 발견한 사람은, 위스콘신 그린 베이에 무역기지를 세운 샤를 드 랑글라드였다. 드 랑글라드는 성물의 가치를 제대로 알아보았고, 많은 유리구슬과 그것을 맞바꾸었다. 하지만 그가 죽은 후에도 무수한 사람의 손을 거쳐 간 두개골은 위네바고 호수 가까이 정착한 사람들과 멘도타 호수 인근 부족에게 거래되었다가, 마침내 19세기 초반에 이르러 메노미니 강과 미시간 호수의 밀워키에 세워진 새로운 무역기지에서 활동하던 프랑스인 솔로몬 쥬노의 수중으로 들어갔다.

두개골은 나중에 또 다른 정착민 자크 카보슈에게 팔렸다가 1850년에는 체스인지 포커인지 어느 도박판에서 한스 짐머만이라는 새 이주민에게 넘어갔다. 그는 두개골을 맥주잔으로 사용하다가 어느 날인가 술에 취해서 현관 계단에다 떨어뜨려 집 앞의 풀밭까지 굴러가게 만들었다. 두개골은 프레리독[66]의 굴에 빠져 버렸는데, 그가 술에서 깨어나 그것을 되찾는 것은 능력 밖의 일이었다.

그리하여 로마의 집정관이자 황제들의 총애를 받았고 가톨릭교의 성인이었던 카이우스 아니키우스 마그누스 퓨리우스 카밀리우스 아에밀리아누스 코르넬리우스 바렐이루스 폼페이우스 줄리우스 이비두스의 성스러운 두개골은 번창하는 마을의 땅 속에 오랫동안 놓여 있었다. 두개골을 보고 지상으로부터 보내진 신성을 발견한 프레리독에 의해 은밀한 의식으로 숭배되더니, 나중에는 나치 독일의 아리아인이 대학살을 일으키기 전까지 단순하고 소박한 두더지 소굴에서 철저히 무시되기도 했다. 다음 차례는 배설강을 지닌 생물들이었으나, 두개골에는 관심이 없었다. 2303채 이상의 주택들이 세워졌고, 마침내 운명적인 어느 날 밤에 큰 사건이 벌어졌다. 이 지역 본연의 활력이 끓어오르듯 영적인 환희로 진동하는 오묘한 자연이 숭고한 것을 아래로 끌어내리고 비천한 것을 위로 끌어올렸으니, 보라! 장밋빛 새벽녘, 밀워키의 주민들이 예전의 숲을 찾아 고지대로 오르는 모습을! 거대하고 광범위한 격변이 일었다. 오랫동안 숨겨져 온 지하의 비밀이 마침내 세상에 모습을 드러냈다. 갈라진 길 한복판에 고요하고도 거룩한, 희고 담담한 집정관 이비드의 두개골이 둥근 지붕처럼 솟았다!

참고문헌

리틀릿, 『로마 비잔틴: 생존의 연구』(위키쇼, 1869), 20권, 598쪽

베뜨느와르, 『중세 시대에 끼친 로마인의 영향』(폰더랙, 1877), 15권, 720쪽

프로코피우스, 『고스』

조르난데스, 『살인 법전』

65) 파비아(Pavia): 이탈리아 북부 롬바르디아 지방 파비아 주의 주도.

66) 프레리독(prairie dog): 다람쥐과의 생물로 몸체가 탄탄하고 굴속에서 생활한다.

DREAMS IN THE WITCH-HOUSE
위치 하우스에서의 꿈

꿈이 열을 일으켰는지 아니면 열이 꿈을 불러왔는지 월터 길먼은 알 수가 없었다. 이 모든 것 뒤엔 음험하게 곪아 터진 오래된 도시의 해묵은 공포가 웅크리고 있었다. 얄팍한 철제 침상에서 잠자는 때를 제외하면, 그는 곰팡내 퀴퀴하고 지저분한 박공지붕 아래의 다락방에서 하루 종일 집필하고 연구했으며 숫자들과 수학공식을 갖고 씨름하고 있었다. 그의 귀는 날이 갈수록 초인적으로 민감해져 견딜 수 없을 정도가 되었다. 벽난로 선반 위의 싸구려 시계에 밥을 주는 일도 일찌감치 그만두어 버린 건 시계의 재깍거리는 소리가 마치 포탄 터질 때의 불벼락 소리처럼 들려왔기 때문이었다. 한밤중 먹빛에 물든 길거리가 띠는 미묘한 활기와 벌레 먹은 칸막이벽에서 불길하게 종종거리는 쥐들의 발자국 소리, 더하여 수백 년 전에 지어진 집의 감춰진 재목들이 삐걱거리는 소리는 귀를 거스르는 복마전의 소음을 선사하기에 부족함 없었다. 어둠은 언제나 이유 모를 소리로 가득 차 있었으며, 이따금 그는 자신이 듣는 소리들을 통해, 그 이면에 숨어 있을지 모를 다른 어렴풋한 소리까지 듣게 되는 게 아닐까 생각하면서 몸서리치곤 했다.

그는 옛 전설이 살아있는 정체된 도시 아컴에 살고 있었다. 그곳은 오랜 중세 암흑기에 정부 관리들의 눈을 피해 마녀들이 숨어 살던 다락방과 그 다락창 위에 낮게 늘어져 바람에 들썩거리는 박공지붕들이 빽빽이 들어찬 고장이었다. 하지만 그 도시의 어떤 오점도 그가 은거한 문제의 방보다 더 소름 끼치는 사연이 배어든 장소는 없었다. 불가사의한 그 마지막 순간에 세일럼 감옥에서 탈주한 케지아 메이슨 노파가 현재의 길먼처럼 은거하고 있던 곳이 바로 이 집이며 이 방이었기 때문이었다. 사건이 벌어진 때는 1692년이었다. 정신이상을 일으킨 간수들은 케지아의 독방에서 하얀 송곳니가 돋은 자그마한 털북숭이 생물이 종종걸음으로 나와 후닥닥 사라졌다고 지껄여댔으며, 코튼 매더는 끈끈하고 불그스름한 액체로 회색 석벽 위에 그려져 있는 곡선과 각도의 용처를 밝혀내지 못했다.

어쩌면 길먼은 그토록 연구에 열중하지 말았어야 했을지도 모른다. 비유클리드 기하[67] 미분학과 양자 물리학만으로도 두뇌를 과로시키기엔 충분했다. 헌데 그것들을 민간전승과 접목하여 화롯가에서 듣는 고딕 전설과 조야한 괴담 속에 깃든 잔혹한 암시 이면에 깔린 다차원 세계의 낯선 배경까지 더듬어 보겠다고 작정했으니, 어느 누군들 그 정신적 긴장감에서 벗어날 수 있으리라곤 기대할 수가 없었다. 길먼은 하버힐 출신이었으나 그가 색다른 전설이나 선시대의 마법과 자신이 전공하는 수학을 연관시키기 시작한 것은 아컴에서 대학을 통학하게 된 다음부터였다. 고색창연한 도시의 대기 속에 깃든 무언가가 그의 상상력을 어렴풋이 자극했음이 분명했다. 미스캐토닉 대학교의 교수들은 그에게 너무 열중하지 말라고 충고하고 그가 듣는 강좌의 이수학점을 일부러 줄여버렸다. 더하여 대학교 도서관 서가에 자물쇠를 걸어 소장하고 있는 금기의 비밀이 기록된 수상쩍은 고서들까지 그가 보지 못하도록 조처했다. 그러나 이런 모든 예방책은 언제나 그렇듯 너무나 뒤늦기만 했다. 길먼은 압둘 알하즈레드의 공포의 책 『네크로노미콘』과 단편적으로만 남아 있는 『에이본의 서』, 그리고 발간이 금지된 본 준쯔의 『우나우스프레힐리헨 쿨텐』(비밀의 의식)에서 공간의 특성 및 기지와 미지 차원의 연계에 자신이 수립한 추상적인 수학공식을 연관시킬 수 있을 몇 가지 섬뜩한 단서를 이미 확보해놓은 상태였기 때문이었다.

그는 자신이 살고 있는 집이 그 늙은 마녀가 살던 곳이었다는 것을 진즉부터 알고 있었고, 실상 그 집에 세든 이유가 바로 그 때문이기도 했다. 터무니없이 길먼을 매혹시킨 케지아 메이슨의 소행과 고등형사재판소에서 심문 받은 끝에 그녀가 자백한 기록은 에식스 지방에 상당수 남아 있었다. 그녀는 하톤 판사에게 공간의 벽을 관통하여 다른 공간으로 넘어갈 수 있는 지점을 지정하는 선과 곡률에 대해 이야기했으며, 그러한 선과 곡률은 매도 힐 너머에 있는 백석(白石)의 어둠 계곡과 강 한복판의 무인도에서 벌어지는 한밤의 집회에서 빈번하게 사용된다고 은밀히 내비쳤다. 그녀는 검은 사나이와 순종의 맹세와 자신의 새로운 비밀 이름인 나하브에 대해서도 자백했다. 하지만 이후 감옥 벽면에다 그 도형들을 그리고 난 다음 연기처럼 사라지고 말았던 것이다.

길먼은 케지아에 대한 기기묘묘한 소문을 사실로 믿었고, 그녀가 살았던 집이 235년이 지난 오늘까지 그대로 남아 있다는 것을 알고 나자 야릇한 스릴감까지 느꼈다. 그 옛집과 좁다란 길거리에서 케지아가 지금까지 살고 있다는 소문과 그 집과 다른 집안에서 잠을 자던 몇몇 사람들에게 남겨진 불규칙한 인간의 이빨자국과 오월제 전야과 만성절이 가까워지면 들려오는 아이들의 울음소리, 그리고 그 두려운 시즌이 지나간 뒤 얼마 못가 종종 알아차리게 되는 그 낡은 집의 다락에서 풍기는 악취와 허물어져 가는 건물이나 길거리에 출몰하여 기묘하게도 동이 트기 전의 어둠 속에서 인간들에게 얼굴을 비벼댄다는 자그마한 털북숭이 검치 생물에 대한 이야기가 떠도는 고요한 도시 아컴에 대해 듣게 되었을 때, 그는 얼마의 비용을 들여서라도 기어코 그곳에서 살아보려 결심했다. 집의 평판이 좋지 못했기에 문제의 방을 확보하기는 쉬운 일이었으나, 정작 빌리기는 까다로웠던 데다 오래도록 싸구려 하숙방으로 내어놓고 있었다. 그 장소에서 기대하고 있는 바가 무언지 길먼 스스로도 말하기가 어려웠지만, 평범한 17세기의 늙은 여인이 플랑크와 하이젠베르크, 아인슈타인, 드 지터 등이 이룬 현대 최고 수준의 연구결과를 능가하는 심오한 수학적 통찰력을 어떤 사정으로 다소 갑작스럽게 얻어냈다는 문제의 건물 속에 자신도 살고 싶어 한다는 것은 알고 있었다.

그는 벽지가 벗겨져 있는 모든 접근 가능한 지점에서 신비로운 도형의 자취를 찾아내기 위해 목재와 석회로 된 벽면을 자세히 살펴보았고, 한 주가 채 지나지 않아서 케지아가 줄곧 마법을 시험해 보았다던 그 동쪽 다락방을 빌릴 수 있었다. 사실 그곳은 처음부터 비어 있었지만(아무도 그 방에 오래 머무르려 하지 않았기 때문이었다.) 폴란드인 여주인이 그 방을 빌려주기 꺼려했던 것이다. 그러나 고열로 드러누울 무렵까지도 길먼에게는 아무런 일도 일어나지 않았다. 망령 같은 케지아의 환영이 어둠침침한 홀과 방들을 통과하며 날아다니는 일도 없었고, 자그마한 털가죽 짐승 따위가 그의 음울한 둥지로 기어들어 달라붙는 경우도 없었다. 마녀가 사용한 주문에 대한 기록도 그의 변함없는 탐색에 대한 보답이 되지는 못했다. 때때로 그는, 폭 좁고 작은 유리창을 통해 조롱하듯 심술궂게 눈짓하는, 연대 모를 시기에 지어진 음산한 갈색 건물들이 기대어 비척거리고, 케케묵고 냄새나는 비포장 골목길이 얼기설기 얽혀진 어둑한 장소를 산책삼아 걸어 다니곤 했다. 그리고 그는 이곳에서 과거 언젠가 기묘한 사건들이 발생했다는 사실을 알게 되었다. 가장 어둑하고 좁으며, 가장 뒤엉키고 꼬부라진 뒷골목에는 채 썩어 없어지지 못한 기괴한 과거사가 지금까지 남아 있으리라는 막연한 암시가 겉모습 이면에 존재했다. 또한 그는 두 차례나 수고로이 배를 몰아 사람들이 불길하게 바라보는 강 중간의 무인도로 가서는, 기원이 묘연한 이끼 낀 태고 석조물의 열이 이루고 있는 특이한 각도를 스케치하기도 했다.

길먼의 방은 크기로는 적당한 편이었으나 기이할 정도로 불규칙한 모양을 하고 있었다. 북쪽의 벽면은 외측에서부터 내측 말단까지 상당 부분 안으로 비스듬히 들어와 있었으며, 반면 낮게 걸린 천장은 같은 방향으로 완만한 내리받이 경사를 이루고 있었다. 비록 집 바깥에서 들여다보이는 모습은 상당히 오랜 옛적에 판자로 막혀버린 창문뿐이었지만, 뚜렷이 보이는 쥐구멍 하나와 다른 구멍을 막은 듯한 흔적들을 제외하면, 집의 북측면의 직립한 바깥 외벽과 경사져 있는 내벽 사이 존재할 게 분명한 빈 공간으로 통하는 진입로는 어디에도 없었고, 이전에 썼을 접근 방법도 찾을 수 있을 것 같지가 않았다. 그 바닥이 기울어져 있을 게 분명한 천장틀 위의 다락 층에도 마찬가지로 접근할 방도는 없었다. 길먼이 사다리를 타고 다락 층의 나머지 공간 위의 거미줄이 쳐진 높이까지 올라갔을 때, 그는 식민지시대의 목공품에 흔히 사용된 튼튼한 나무 쐐기 못으로 오래된 깔판을 고정시켜 단단하고 조밀하게 차폐해 놓은 과거 입구의 자취를 발견했다. 그러나 이 정도 분량의 설득력으로선 무신경한 하숙집 주인이 그에게 두 개의 닫힌 공간 중 어느 하나라도 조사해 보라고 허락해 줄 리가 없었다.

시간은 흘러갔으나 길먼은 그 방의 불규칙한 벽면과 천장에 점점 더 빠져들었다. 경사진 목적과 연관된 모호한 실마리를 제시하는 듯한 수학적 중요성을 그가 그 기묘한 각도에서 읽어내기 시작했기 때문이었다. 곰곰이 생각해 보면, 케지아 노파는 아마도 특정 각도로 이루어진 방에서 살아야 하는 특별한 이유가 있었을 것이다. 이것은 어쩌면 기지(旣知)의 공간으로 이루어진 세상의 경계 밖으로 나갈 수 있다고 그녀가 주장했던 문제의 각도이기 때문 아닐까? 현재, 그 벽면의 목적이 자신이 살고 있는 위치와 관련이 있을지도 모른다고 생각한 뒤부터, 차츰 그의 관심은 경사면 뒤의 속을 알 수 없는 빈 공간에서 떠나 경사각 쪽으로 기울어갔다.

고열과 꿈과의 접선은 2월 초에 시작되었다. 언젠가부터 길먼의 방에 있는 기묘한 각면은 그에게 마치 최면과도 같은 야릇한 영향력을 미치고 있었다. 그리고 스산한 겨울이 깊어가면서 그는 아래로 경사진 천장과 안쪽으로 비스듬히 들어온 벽면이 만나는 그 모서리 부분을 저도 모르게 골똘히 눈여겨보는 경우가 잦아졌다. 이 무렵, 허울뿐인 연구에 집중할 수가 없는 무기력한 상황은 그에게 적잖은 근심거리였으며, 중간고사에 대한 두려움도 마음을 괴롭혔다. 그러나 기척에 지나치게 민감해진 청각으로 인한 불쾌감은 전혀 나아지지가 않았다. 삶은 집요하고도 참기 힘든 불협화음이 되어버렸고, 듣기 직전부터 온몸이 부르르 떨리는 (아무래도 삶 저편의 영역에서 흘러나오는 듯한) 또 다른 소리들에 대한 느낌은 지속적이면서도 위협적이었다. 구체적인 소음이 점점 크게 들릴수록, 해묵은 낡은 칸막이 벽 속을 돌아다니는 쥐들은 그에겐 점점 더 최악의 존재가 되어갔다. 때때로 그것들이 갉아대는 소리는 수상쩍을 뿐만 아니라 마치 의도를 품은 것처럼 여겨질 정도였던 것이다. 북쪽의 경사벽 저편에서 그 소리가 들려왔을 때엔 뭔가 마른 물건을 달가닥거리는 소음이 섞여 있었으며, 폐쇄된 경사진 천장 상부에서 들려왔을 때엔 마치 그를 한입에 삼키려 내려올 때만 기다리는 공포가 도사리고 있는 듯한 기분에, 길먼은 항시 신경을 바짝 죄고 있었다.

꿈은 정상의 한계를 완전히 뛰어넘고 있었다. 길먼은 그 꿈이 수학과 민간전승에 대한 연구가 연대하여 낳은 결과임이 분명하다고 생각했다. 그는 공식으로 추정해 낸 모호한 영역이 기지의 3차원 밖에 펼쳐져 있으리라는 사실과 케지아 메이슨이 짐작도 할 수 없는 어떤 세력권의 인도를 받아 그 영역으로 이어지는 관문을 실지로 발견했으리라는 가능성에 너무나 깊이 몰입해 있었다. 누렇게 빛바랜 지역의 문서 속에는 케지아의 법정증언과 함께, 그녀의 고발자들이 인류의 경험 밖의 사건에 대해 치를 떨면서 시사했던 증언들을 수록하고 있었다. 그리고 그녀의 심부름꾼이었으며 쏜살같이 사라져버린 자그마한 털가죽 생물에 대한 서술에 대해선 비록 세부 묘사는 거짓말 같았음에도 뼈저리게 실재감이 넘쳤다.

잘 자란 쥐만 한 크기였으며 도시 사람들이 '브라운 젠킨'이라고 별스럽게 불렀던 그 생물은, 1692년엔 거의 11명에 다다르는 사람들이 목격을 증언했던 때문에 정신 교감에 따른 집단 환각의 주목할 만한 사례로 여겨졌다. 최근까지도 그 소문은 남아 있었는데 그 또한 당혹스러울 정도로 상당한 일치점을 띠고 있었다. 목격자들은 그것이 터럭이 긴 쥐의 생김새였다고 말했다. 간특하게도 날카로운 어금니와 수염 돋은 얼굴은 인간의 것이었고 그 앞발은 인간의 깡마른 손과 닮아 있었다.

그것은 케지아 노파와 악마간의 심부름꾼이었으며 흡혈귀처럼 그 마녀의 피를 빨아먹고 자라났다. 그 목소리는 메스꺼울 정도로 킥킥대며 웃는 듯한 소리였으며 모든 언어를 할 줄 알았다. 길먼이 꿈으로 꾸는 숱한 이상야릇한 괴물들 중에서도 이 참람한 소형 잡종생물 이상으로 충만한 공포와 구역질을 일으키는 것은 없었다. 그 생물의 이미지는 그가 잠에서 깨어나 있는 시간 동안, 지성을 동원하여 과거의 기록과 현대의 괴담을 통해 추측해 본 그 무엇보다도 천 배 더한 가증스러운 형태로 변하여 그의 상상 속을 스쳐 가곤 했다.

길먼의 꿈은 대부분이 불가해한 색채를 띤 박명(薄明)의 빛과 어지럽도록 혼탁한 소리로 가득 찬 무한한 심연 속으로 돌입하여 나아가는 꿈이었다. 그 심연이 지닌 물질적이며 중력적인 특질과 저 자신의 관련성에 대해선 도저히 해석하기가 어려웠다. 그는 걷지도, 타고 오르지도, 날지도, 헤엄치지도 않았고 기어 다니거나 꿈틀거리지도 않았지만 부분적으론 자발적이고 부분적으로는 무의식적인 어떤 동작의 형태를 항상 경험했다. 그가 스스로의 상태에 대해 제대로 판단을 내릴 수 없었던 이유는 언제나 시야에 들어온 자신의 팔다리와 몸이 어딘지 기이한 투시각의 혼란 속에서 보이는 듯했기 때문이었다. 비록 몸을 이루는 정상적인 비율이나 본질과의 기괴한 연관성이 아주 없지는 않았음에도, 그는 자신의 물리적인 구성과 기능이 어딘지 초자연적으로 변형되어 비딱하게 투영되어 있는 느낌을 받았다.

그 심연 속은 비어 있지 않았다. 도저히 말로 형용키 힘든 각면으로 이루어진 이질적 색조를 띤 재질의 덩어리가 가득 들어차 있었다. 개중 얼마간은 유기체처럼 보이는 반면 다른 것들은 무기체로 보였다. 그 유기체 같은 사물 중의 몇 개는 마음 내면의 몽롱한 기억을 불러일으키는 듯했지만, 그로선 그것들이 모사하는 것과 닮거나 연상되는 바를 의식적 관념으로는 그려낼 수 없었다. 그러나 마지막 꿈에서 그는 각기 분리된 유기체처럼 보이는 쪽과 각각의 사건들 속에 행동양상과 근원적 동기에서 서로 철저히 동떨어진 종류가 포함된 것처럼 보이는 쪽으로 나눠진 범주를 구별하기 시작했다. 이러한 범주 가운데, 그의 눈에 다른 범주의 구성체보다 그 움직임 면에서 조금은 더 논리적이고 합리적인 객체를 포함하고 있는 것처럼 여겨지는 것이 하나 있었다.

그 모든 객체들은 (유기체이건 무기체이건 간에 하나같이) 표현력뿐만이 아닌 이해력의 한계까지 초월하고 있었다. 때로 길먼의 입장에선 그 무기질 같은 물체들은 프리즘, 미궁, 입방체와 평면의 집적, 그리고 거석 건조물과도 견줄 수 있었다. 하지만 유기체들은 실로 변화무쌍했다. 일군의 거품더미, 문어와 지네, 살아있는 힌두교의 우상신, 뱀처럼 꿈틀거리며 발산해가는 뒤얽힌 아라베스크 등의 다양한 인상을 그에게 안겼다. 보이는 것들 모두가 이루 말로하기 힘들 정도로 위협적이었으며 소름 끼쳤다. 그리고 거동으로 보아 그 유기체 중 하나가 그를 주목한 듯한 순간이면 보통은 느닷없이 몰려오는 오싹하고 적나라한 공포감에 휩싸여 난폭하게 잠을 깨곤 했다. 그 유기체들이 어떻게 움직였는지를 설명하는 것은 길먼 자신이 어찌 움직였는지 설명하는 것보다도 훨씬 더 어려운 일이었다. 때마침, 그는 한층 더한 수수께끼를 목도할 수 있었다. 홀연히 빈 공간 밖으로 모습을 드러내거나 마찬가지로 갑작스럽게 완전히 시야에서 사라져버리는 특정 실체들의 경향이었다. 날카롭게 부르짖고 포효하며 심연 속에 충만한 음향의 혼돈은 도저히 음조와 음색과 리듬 따위로 분석할 수 있을 한도가 아니었으나, 모든 일정치 않는 객체들, 즉 유기체나 무기체 모두에게 모호한 시각적 변화를 동시에 진행시키고 있는 듯한 느낌이 들었다. 길먼은 불명료하고 가차 없으리만치 불가피한 변화가 어떤 형태로든 계속되는 동안, 그 소리가 감당 못할 정도로 강렬하게 치달을 것만 같은 불안감을 줄곧 품고 있었다.

그러나 그가 브라운 젠킨을 보았던 것은 이러한 완전한 이질체들의 와동 속이 아니었다. 소름 끼치는 작은 공포는 그가 가장 깊숙한 잠의 구렁 속으로 낙하하기 직전에 다가오는 좀더 가볍고 선명한 꿈속에 들어있었다. 가물거리는 빛 속에서, 어느덧 그의 머릿속을 점령해 버린 각면이 보랏빛 안개에 싸여 일점으로 수렴하는 광경이 보이고 그 빛이 수세기를 묵은 방 주위를 흐릿하게 밝히고 있을 때면 길먼은 어둠 속에 누워 잠에서 깨어나기 위한 사투를 벌이곤 했다. 공포는 그 수염 난 작은 얼굴 위에 사악한 기대를 깃들이며 모서리 쥐구멍으로부터 튀어나와 가운데가 쳐진 넓은 판자마루 위를 또닥또닥 걸어 그를 향해 다가오는 것 같았다. 하지만 다행히 이 꿈은 항상 그 생물이 그에게 다가붙을 수 있을 정도로 가까이 접근하기 이전에 녹아들듯 서서히 사라져버리곤 했다. 그 생물엔 길고 날카로운 송곳니가 흉악하게 돋아 있었다. 길먼은 매일같이 쥐구멍을 막아보려 애썼으나 밤이면 그 속에 사는 것들이 그가 막아놓은 마개란 마개는 죄다 쏠아버리곤 했다. 한번은 구멍 앞에다 함석판을 못질해 달라고 집주인에게 부탁했지만 그 다음 날 밤에 쥐들은 다른 구멍을 뚫어서 작고 요상한 뼛조각들을 방 안으로 밀어넣거나 끌어다 내놓곤 했던 것이다.

길먼은 자신의 발열증세를 의사에게 고하지 않았다. 매순간 벼락치기 공부를 해야 했던 시기에 만일 대학 진료소의 처방을 받게 되면 시험을 통과할 수 없다는 걸 알고 있었기 때문이었다. 실제로 그는 수학

D 클래스와 고등 일반 심리학에서 낙제하고 말았으나 학기 말에 실점한 과목을 보충할 수 있으리라는 기대는 남아 있었다.

초입단계의 얕은 꿈속에 새로운 요소가 들어선 시기는 3월경이었다. 악몽 속 브라운 젠킨의 형상은 안개 같은 얼룩을 같이 동반하기 시작했고 그 불명료한 형상은 어느 허리 굽은 노파와 차츰 닮아가고 있었던 것이다. 이 부가된 부분은 예상 이상으로 그의 마음을 어지럽혔다. 하지만 그는 이윽고 그 모습이 현실에서의 버려진 선창가 근처 어두운 골목이 뒤얽힌 길에서 두 차례 우연히 만났던 한 늙은 노파와 닮았다는 결론에 다다랐다. 마주칠 때마다 이유도 모르게 사악하고 냉소적으로 자신을 바라보는 노파의 시선에 등골이 오싹했던 데다, 특히 처음엔 지나치게 커보이는 쥐 한 마리가 그늘진 인근 뒷골목 어귀를 가로질러 재빠르게 빠져나갔던 일은 브라운 젠킨에 대한 불합리한 연상까지 이끌어내기 충분했다. 현재 길먼은 자신의 신경증적인 공포가 무질서한 꿈속에까지 반영되고 있다는 데에 생각이 미쳤다. 낡은 집의 영향력은 그로서도 부정할 수 없을 만치 유해했지만 초반의 병적 호기심의 흔적이 여전히 그를 그 집에 붙들어 매고 있었다. 길먼은 문제의 열병이 밤마다 환상을 일으키는 것이라 생각하여, 증상이 완화되면 그 섬뜩한 두 환영에서 벗어날 수 있으리라고 자기 자신에게 다짐했으나, 환영은 점점 더 선명해지면서 갈수록 설득력을 더해갔고, 잠에서 깰 때마다 자신이 기억하는 이상의 경험을 했다는 걸 막연하게 인식하게 되었다. 섬뜩한 기분에 사로잡힌 그는 기억으로 재생되지 않는 꿈속에서 자신이 브라운 젠킨과 그 노파와 이야기를 나누었으며 그들이 자기들과 함께 더 큰 세력권의 존재를 만나기 위해, 자신을 어딘가로 강제로 몰아갔다고 확신했다.

3월 말에 접어들어 다른 과목들이 자꾸만 근심거리로 쌓여가는 중에도 그는 다시 수학 연구에 착수했다. 그는 리만 방정식의 해법에 관한 직관적인 이해력을 얻었으며, 4차원에 대한 문제나 학과의 모든 사람들이 계속 골치를 썩였던 여러 문제에 대한 해법을 선보여서 업햄 교수를 깜짝 놀라게 했다. 그러던 어느 날 오후에 토론이 벌어졌다. 공간이 기형적으로 만곡할 수 있는 가능성에 대한 것으로서, 우리 우주와는 가장 멀리 떨어진 별이나 혹은 초우주의 심연 같은 (또는 아인슈타인 시공연속체 밖에 있는, 오로지 가설로만 생각할 수 있는 극히 먼 거리의 우주단위처럼) 극도로 멀리 떨어진 다양한 공간에 접근하거나 접촉할 수 있는 이론상의 접점이 있을까 하는 것이 그 토론의 주제였다. 비록 그가 제시했던 일부의 가설은 그의 신경증과 외톨이로 지내는 기벽에 대한 구설수를 대폭 부추긴 원인이 되기도 했지만, 이 주제를 다루는 길먼의 해법에 대해서만은 모든 사람들이 경탄했다. 학생들이 머리를 내두르게 만들었던 것은, 신중한 방법을 취하여 지구에 있는 인간이 우주의 패턴 상에 있는 무한개의 특정 접점 중 하나에 위치한 또 다른 천체로 들어설 수 있다는 (분명 인간이 얻어낼 수 있는 모든 개연성을 초월한 수학적 인식을 제시하는) 그의 정연한 이론이었다.

그러한 일보는 단지 두 가지 단계만을 필요로 한다고 그는 말했다. 첫 단계는 우리가 인식하는 3차원의 영역 바깥으로 나가는 이동이며, 두 번째로는 어쩌면 무한의 거리로 떨어져 있을지도 모를 타 지점에서 다시 이곳 3차원 영역으로 귀환하는 이동이다. 이런 이동이 생명의 손실 없이 이뤄질 수 있을 가능성은 많은 사례를 통해 충분히 생각해 볼 수 있다고 본다. 3차원 상의 어떤 곳에서 살던 존재는 아마 4차원에서도 생존할 수는 있을 것이나, 두 번째 단계에서의 생존 가능성은 그 존재가 어떤 3차원 공간을 재 진입로로 선택하느냐에 달려 있는 것이다. 물론 수학적으로 병치(竝置)되어 있음에도 상호 거주가 불가능한 헤아릴 수 없이 무수한 천체나 공간대가 존재하기는 하겠지만, 어쩌면 몇몇 행성에 사는 생물들은 어떠한 곳(심지어 다른 은하에 속하거나, 유사한 차원적 위상(位相)을 지닌 다른 시공연속체에 속한 행성)일지라도 살아갈 수 있을지도 모른다.

어떤 임의의 차원영역에서 살아가는 이들은 미지이자 불가해인 수많은 영역이나 무한개의 다차원으로 진입할 시에도 생존할 수 있으며, 또한 임의의 시공연속체의 안이나 밖에서 존재할 수 있다. 그리고 그 역(逆)도 마찬가지로 성립된다. 하지만, 임의 차원의 평면에서 좀 더 높은 차원으로 나아가는 과정에서 수반하게 될 변형의 유형이, 우리가 이해하는 바대로의 생물학적 온전성을 파괴하지 않으리라는 것을 어느 누구가 분명히 확신한다 하더라도, 이것은 좀 더 깊이 추론해보아야 할 문제였다. 길먼은 이 마지막 가설의 논거를 명확히 밝힐 수는 없었지만 다른 복잡한 부분에 대한 그의 명석함으로 인해 이 시점의 모호함은 충분히 보상을 받았다. 특히 업햄 교수는 우주의 법리에 관하여 지금보다 훨씬 더 거대한 통찰력을 지녔을 까마득한 태고인류 혹은 인류 이전의 선종족으로부터 오랜 세월을 거쳐 전해 내려온 마법적 전승의 일면과 고등수학과의 근연성을 논한 그의 이론을 유달리 맘에 들어 했다.

4월 초하루에 접어들자 길먼의 근심은 깊어졌다. 그의 끈덕진 열병이 좀체 가라앉지 않았기 때문이었다. 게다가 동료 하숙인 몇 명이 그가 몽유병이 있는 것 같다고 말했던 것에 불안감을 느끼고 있었다. 아래층 주민은 한밤중에 그가 자주 침대에서 일어나 마룻바닥을 삐걱거리면서 걷는 소리를 들었다고도 했다. 이 하숙인은 밤중에 구둣발 소리까지 들렸다고 덧붙였지만 아침이면 의복뿐만 아니라 신발도 항상 제자리에 정확히 놓여있었기 때문에 길먼은 그가 잘못 들었을 것이라고 확신하고 있었다. 이 음침한 낡은 집에선 어느 누구나 모든 종류의 환청을 겪기 십상이었고, 현재 길먼 자신도 대낮에까지 쥐들이 갉아대는 소음이 아닌 뭔가 다른 소리가 경사벽 저편과 천장 위의 어두운 빈 공간에서 흘러나온다고 생각하지 않았던가? 비정상적으로 민감해진 그의 청력은 어느새 먼 옛날부터 막혀있던 머리 위의 다락 층에서 나는 희미한 발소리에 귀를 기울이기 시작했다. 그리고 가끔 그런 소리로 인한 환각은 고통스러울 정도로 현실적이었다.

그러나 길먼은 실지로 자신이 몽유병에 걸렸다는 걸 깨닫게 되었다. 옷가지는 모두 제자리에 놓여있었으나 밤에 그의 방이 두 번이나 비어있었음을 알게 되었던 것이다. 가난 때문에 누추하고 평판이 나쁜 이 집에 세 들어야 했던 프랭크 엘우드라는 동료 학생이 입증한 사실이었다. 잠시 공부하고 있던 엘우드는 미분방정식에 대해 물어볼 것이 있어서 길먼을 찾아왔다가 그가 방 안에 없다는 걸 알게 된 것이다. 문을 두드렸지만 안에서 응답이 없자, 잠겨 있지 않은 문을 연다는 게 좀은 염치없는 짓이긴 했어도 도움이 절실했던 이 학생은 방 주인을 부드럽게 자극하여 깨운다면 그가 크게 기분 나빠하지는 않을 것이라고 생각했다. 헌데 두 차례나 길먼은 방 안에 없었다. 그 말을 전해들은 길먼은 자기가 맨발에다 잠옷만 달랑 걸친 채 대체 어디를 돌아다니고 있었는지 의아할 수밖에 없었다. 그는 만일 자신이 밤중에 돌아다닌다는 말을 앞으로 자꾸 듣게 되면 진상을 밝혀보겠다는 결심을 하고, 복도의 마룻바닥 위에다 고운 가루를 뿌려서 발자국이 이어지는 장소를 알아내보려고 생각했다. 좁은 창엔 밖에 내려갈 수 있는 발판 같은 것이 전혀 없었기 때문에 생각할 수 있는 유일한 출구는 출입문뿐이었다.

4월이 깊어질 무렵, 1층에 세든 조 마즈레비치라는 이름의 미신적인 직기설치공이 웅얼거리는 기도소리가 열 때문에 한층 더 예민해진 길먼의 청력을 괴롭혔다. 마즈레비치는 케지아 메이슨의 유령과 사람에게 몸을 비벼댄다는 털북숭이 검치 동물에 대한 뜬구름 같은 소문을 장황하게 지껄여대면서, 가끔씩 자기가 너무 심란한 망상에 사로잡힐 때면 오로지 성 스타니슬라우스 교회의 이바니키 신부가 건네준 은십자가로 안정을 찾는다고 했다. 현재 그는 마녀들의 안식일이 가까이 다가왔다는 이유로 기도문을 읊고 있는 중이었다. 5월 초하루의 전야는 발푸르기스의 밤으로서, 그날은 지옥의 가장 흉악하고 사특한 악마들이 지상을 배회하는 날이자, 모든 사탄의 종들이 형언할 수 없을 끔찍한 의식과 행위를 치르기 위해 모여든다는 날이었다. 비록 하이 스트리트, 미스캐토닉 가와 샐턴스톨 가의 고상한 주민들은 전혀 모르는 소리라고 시치미 떼지만, 그 무렵은 아컴에 있어선 무척 불길한 시기였다. 좋지 못한 일들이 터질 것이고, 어쩌면 아이 한둘도 실종될지 모르는 일이다. 그 오래된 고장에서 그의 할머니가 또 그녀의 할머니에게 전해 듣고 그에게 이야기해 준 괴담인지라 조는 그런 내용들에 대해 잘 알고 있었다. 이 시기에는 묵주를 꿰며 기도하는 것이 가장 현명한 처신이었다. 석 달 동안 케지아와 브라운 젠킨은 조의 방 근처에는 나타나지도 않았으며, 또한 가까이 있는 폴 코인스키의 방이나 다른 어디에도 나타나지 않았다. 무언가 꾸미고 있는 게 분명했기에, 그들이 그런 식으로 기척을 사리는 것은 전혀 좋은 징후가 아니었다.

길먼은 그 달 16일에 의원을 찾아갔다. 그리고 그 열이 걱정만큼 높지 않다는 것을 알게 되자 놀라움을 느꼈다. 의사는 그에게 몇 가지 날카로운 질문을 던지고 나서 신경전문의의 상담을 받으라는 조언을 해주었다. 곰곰이 생각해 보면 꼬치꼬치 캐묻기 좋아하는 대학의 보건의에게 상담 받지 않았던 게 그나마 다행이라는 생각이 들었다. 일전 그의 활동을 묶어버렸던 노 의사 왈드론이었다면 그에게 절대 휴식을 취하라는 처방을 내릴 터였고, 방정식으로 얻은 위대한 결과물에 너무나 몰입하고 있는 지금으로선 도저히 따를 수가 없는 지시였다. 그는 기지(旣知)의 우주와 4차원 간의 경계에 확실히 근접해 있었고, 앞으로 얼마나 더 멀리 나아가게 될지는 아무도 알 수 없는 것이다.

하지만 이런 생각이 머릿속에 들어오자, 그는 별스런 제 자신감이 대체 어디서 기인하는 건지 의심스러웠다. 과연 이 모든 모험적인 기분이 그가 날마다 그려댄 종잇장 위의 공식에서 비롯된 것일까? 막혀있는 위편 다락 층에서 들리는 부드럽고 은밀한 상상의 발소리는 점점 그의 기력을 좀먹고 있었고, 제정신으론 도저히 할 수 없을 끔찍스런 행위를 저지르게끔 누군가가 자신에게 지속적으로 강요하고 있다는 느낌도 날이 갈수록 커져갔다. 몽유병은 어찌된 노릇인가? 대체 밤중에 자기가 어디로 가는 걸까? 그리고 심지어 백주대낮이나 밤을 새는 동안, 이따금 익히 아는 소리의 혼잡을 뚫고 뜨문뜨문 새어드는 소리에 대한 흐릿한 연상은 또 무언가? 그 소리의 리듬은 감히 입에 담아서는 안 될 안식일 영송의 곡조 외에는 지구상의 어떤 리듬에도 해당하지 않는 듯했다. 그리고 완전히 이질적인 꿈속의 심연 속에서 흐릿하게 들었던 포효와 날카로운 소리에 깃든 어떤 속성과 그 소리의 속성이 일치한다는 사실은 가끔씩 그를 불안을 가중시켰다.

그의 꿈은 점점 더 극악하게 치달아갔다. 현재 얕은 초입단계에서 나타나는 사악한 노파의 형상은 뚜렷한 마성을 드러냈으며, 길먼은 그녀가 바로 예전에 빈민가에서 보고 흠칫했던 인물임을 알아차렸다. 굽은 등에 기다란 콧대와 쪼글쪼글 주름진 턱을 잘못 볼 리가 없었고, 그녀가 치렁하게 걸친 볼품없는 갈색 옷가지도 기억 속 모습과 닮아있었다. 그 얼굴에 대한 인상이란 고약한 악의와 광기 그 자체였으며 자신을 설복하고 위협했던 음산한 쉰 소리는 잠에서 깬 뒤에도 뇌리에 남아 있었다. 현재 그의 독자적인 탐구활동은 지나치게 멀리 나아간 셈이었다. 검은 사나이를 만나서 자기들과 함께 궁극적 혼돈의 중심에 놓인 아자토스의 옥좌로 나아가야 하고, 아자토스의 책[68]에 피의 서명을 한 후 새 비밀 이름을 부여받아야 한다고 그녀는 말했다. 길먼이 자신을 통제하여 노파와 브라운 젠킨과 다른 자와 함께 가느다란 플루트 소리가 무감하게 연주되는 혼돈의 옥좌로 가지 않을 수 있었던 것은, 일전에 그가 『네크로노미콘』에서 '아자토스'란 이름을 본 적이 있었고, 그것이 말로 형용하기엔 극도로 가공할 태고의 악마를 의미한다는 사실을 알고 있었기 때문이었다.

언제나 노파는 아래로 내려가는 경사면과 안으로 들어간 경사면이 만나는 모서리 근처의 희박한 대기 속에서 나타났다. 바닥보다는 천장과 더 가까운 지점에서 모습이 형상화되는 듯 보였는데 매 밤마다 꿈이 변화하기 전에 조금씩 가까워지면서 갈수록 뚜렷해졌다. 또한 브라운 젠킨도 마지막 순간엔 항상 더 가까이 다가와 있었으며 이 세상 것이 아닌 보랏빛을 발산하는 연무 속에서 누리끼리한 백색의 어금니를 흉악하게 번뜩거리고 있었다. 그 생물의 째지는 듯 킥킥거리는 메스꺼운 소리는 점점 더 길먼의 머리 속을 파고들었으며, 아침이 되면 그는 그 단어 '아자토스' 와 '니알라토텝' 이 어떻게 발음되었는지까지 기억해 낼 수 있었다.

좀 더 깊은 꿈에서도 마찬가지로 모든 것이 더 명료해졌다. 그리고 길먼은 주위를 에워싼 박명의 심연이 4차원의 소속임을 깨달았다. 그 중 움직임이 덜 부적절하고 목적과 동기가 있는 듯이 보이는 유기체들은 아마도 인류를 포함한 우리 행성계 생명체들의 투영인 것 같았다. 우리의 차원영역 혹은 영역들 속에 어떤 다른 존재들이 깃들어 있는지 길먼은 감히 생각해 볼 용기가 나지 않았다. 그가 거대한 프리즘, 미궁, 입체와 평면 다발과 유사 건조물 가운데에서 위치를 변화시키자, 마치 그에게 경고를 발하듯 다소 합리적으로 움직이는 두 실체가 그의 뒤를 바로 따라오거나 앞쪽에서 떠다니는 것 같았다. 그중 하나는 오색으로 빛나는 진줏빛을 띤 상당히 거대한 편구체(偏球體) 거품 덩어리였고 다른 하나는 표면의 각도를 삽시간에 변화시키는 미지의 색채를 띤 소형의 다면체였다. 그 사이에도 내내, 도저히 견딜 수 없는 극악한 절정으로 치닫기라도 할 것처럼, 희미하게 들려오던 날카로운 음성과 포효하는 소리는 점점 더 크게 고조되고 있었다.

4월 19일에서 20일 사이의 밤, 꿈은 새로운 국면에 접어들었다. 눈앞에 거품덩어리와 작은 다면체가 부유하는 박명의 심연 이곳저곳을 거의 무의식 상태로 움직이고 있던 무렵, 길먼은 가까이 있던 한 초대형 프리즘 더미의 모서리에 의해 이루어진 유별나게 규칙적인 각도에 주목하게 되었다. 다음 순간 그는 심연에서 빠져나왔다. 그리고 진하게 확산된 녹색의 빛에 푹 적셔진 바위언덕 중턱에 맨발과 잠옷차림으로 부들부들 떨며 서 있었다. 그는 걸어보려고 해보았지만 발만 간신히 들어 올릴 수 있었다. 소용돌이치는 증기구름은 직전의 비탈면만 남기고 모든 것을 시야에서 감추어버렸고, 그 증기로부터 뭔가가 들끓어 넘쳐 나오는 소리가 들려온 듯한 두려움에 그는 몸을 움츠렸다.

이어, 그는 자신을 향해 부지런히 기어오고 있는 두 개의 형상(노파와 작은 털가죽 생물)을 보게 되었다. 브라운 젠킨이 유인원 같은 흉물스런 앞발을 힘겹게 들어올려 어떤 방향을 가리키자, 쭈그렁 노파는 무릎을 바짝 세우고 가까스로 팔을 엇걸어 특이한 형태를 취했다. 제 의지가 아닌 근원 모를 충동에 박차를 받아 길먼은 노파의 팔과 자그마한 괴생물의 앞발 방향이 이룬 각도로 결정된 진로를 따라 앞으로 몸을 이끌어갔다. 발을 끌고 세 걸음도 더 가기 전에 그는 또다시 그 어스레한 심연 속으로 되돌아왔다. 기하학적 형태를 한 것들이 주위에 이리저리 들끓었고, 그는 아찔하도록 끝없이 떨어져 내렸다. 마침내, 그는 섬뜩한 낡은 집의 비틀린 각면의 다락방 침대 위에서 눈을 떴다.

그날 아침은 아무것도 할 기분이 아니었던 때문에 그는 모든 수업에 불참하고 말았다. 미지의 인력이 자꾸 엉뚱한 방향으로 그의 시선을 끌어당기고 있어서 그는 바닥의 어느 빈 지점을 내내 응시하고 있을 수밖에 없었다. 하루가 깊어지면서 사실상 보고 있지도 않은 그 시선의 초점은 조금씩 위치를 바꾸었고, 정오가 되고나서야 빈 공간을 응시하려는 충동에서 벗어날 수 있었다. 2시쯤 되어 그는 점심을 먹으러 밖으로 나섰지만 도시의 비좁은 골목길을 헤치고 나아가던 사이, 어느새 자신이 항시 남동쪽으로 방향을 틀고 있다는 사실을 깨닫게 되었다. 그는 기를 써서 교회 거리의 카페테리아 앞에 멈추어 섰으나, 식사를 마친 후에는 오히려 더더욱 강력하게 끌어당기는 미지의 인력을 느껴야 했다.

아마도 몽유병과 연관성이 있을 법한 이 모든 일에 대해 신경전문의와 상의해야 했지만, 우선은 이 비정상적인 마력부터 스스로 깨부수어야 했다. 확실히 그는 문제의 인력을 가까스로 이겨낼 수 있었고, 그에 대항하여 나아가보겠다고 단단히 벼르고서 일부러 개리슨 가를 따라 북쪽으로 걸음을 이끌어갔다. 미스캐토닉 강 위를 가로지르는 다리에 도착할 즈음엔 온몸이 식은땀으로 푹 적셔져, 강 상류의 불길한 섬이 눈에 들어올 무렵에는 그만 철제 난간을 꽉 움켜잡고 말았다. 섬 위에는 오후의 햇살 속에서 시무룩한 수심을 끌어안은 고대의 석조물이 규칙적인 열을 이루며 서 있었다.

그 순간, 그는 심장이 내리 앉을 정도로 놀라고 말았다. 그 황량한 무인도에서 보이는 모습이 분명 살아있는 이의 형상이었으며, 두 번째 시선에서 그는 그 형상이 꿈속에서 그토록 불길하게 흉흉한 모습을 드러내었던 기괴한 노파가 분명하다는 걸 알아차렸다. 게다가 뭔가 살아있는 것이 땅바닥에 바짝 붙어 기어 다니기라도 하는 양 노파 가까이의 무성한 잡초가 흔들리고 있었다. 노파가 그를 향해 몸을 돌리기 시작하자 그는 다리에서 곤두박질치듯 떨어져 내려와 도시의 해안가 골목의 미로 같은 피난처 속으로 줄달음쳤다. 비록 섬이 멀리 떨어져 있었지만 그는 등 굽은 늙은이의 냉소적인 갈색 흉안에서 도저히 극복 못할 소름 끼치는 악의가 흘러나올 수 있음을 느꼈다.

남동쪽으로 당기는 인력은 아직도 건재했으나, 길먼은 이를 악물고 몸을 끌어당겨 그 오래된 집의 금세 무너질 것만 같은 낡은 계단을 올라갈 수 있었다. 그는 자꾸만 서편으로 눈길을 흘끔거리며 수 시간 동안 하릴없이 묵묵히 앉아 있었다. 6시 정각에 그의 예민한 귀는 2개 층 아래에서 조 마즈레비츠가 웅얼거리면서 기도하는 소리를 포착했다. 그는 자포자기의 심정으로 모자를 집어 들고 황금빛 일몰이 녹아든 거리로 나갔다. 현재 그는 남쪽으로 곧바르게 잡아당기고 있는 힘이 의도하는 장소로 자신을 끌어가도록 내버려둔 상태였다. 한 시간이 지나 어두워지고, 그는 봄철의 별이 머리 위로 희미하게 깜박이는 행맨 시내

(Hangman's Brook) 건너편 빈 들판에 서 있었다. 불가사의하게도 걸어가려는 충동은 점차 허공 속으로 뛰어들려는 충동으로 바뀌어갔으며, 불현듯 그는 그 인력의 원천이 어디에서 비롯된 것인지 깨달았다.

그것은 바로 하늘 속이었다. 별들 사이의 특정 지점에서 그를 요구하며 부르고 있었던 것이다. 보기에 바다뱀자리와 아르고 성좌 간의 어느 한 지점이었는데 동이 트고 잠에서 깨어났을 때부터 줄곧 그 방향으로 시선이 이끌렸다는 걸 깨달았다. 아침에 그 지점은 지평선에 걸쳐 있었고 지금은 서편을 흘낏거리는 남쪽에 떠 있었다. 이 새로운 사실이 의미하는 바가 과연 무언가? 혹시 자신이 미쳐가고 있기라도 한 걸까? 이런 현상이 대체 얼마나 오래 갈 것인가? 길먼은 다시 한번 다부진 결심으로 발길을 돌려서 그 불길한 낡은 집으로 몸을 이끌고 돌아왔다.

조 마즈레비치는 문간에 서서 길먼을 기다리고 있었다. 불안한 낯빛으로 마지못한 기색을 보이며 새로 들은 몇 가지 미신토막을 그에게 조곤조곤 귀띔해 주었다. 그것은 마녀의 빛에 대한 이야기였다. 그 전날 저녁 조는 매사추세츠 애국 기념일[69] 축제에 참석하고 한밤중에 집에 돌아왔다. 밖에서 이 집을 올려다보던 그는 처음에 길먼의 방에 불이 꺼져있다고 생각했지만, 그 때 방 안에서 희미한 보랏빛의 작열광이 새어나온 것이다. 그 빛이 브라운 젠킨과 케지아 노파 주위에서 나타난다는 마녀의 빛이라는 것은 아컴에 있는 모든 사람들이 알고 있는 사실이었기에, 그는 이 신사양반에게 그 빛을 조심하라고 일깨워주고 싶은 심정이었다. 예전까지는 이에 대해 말해 준 적이 없었으나 그 빛이야말로 케지아 메이슨과 그녀의 심부름꾼인 긴 송곳니 생물이 젊은 신사에게 출몰하고 있다는 의미였던 때문에 지금 어떻게든 이 사실을 말해 주어야 했던 것이다. 이따금 그와 폴 코인스키와 랜드로드 돔브로브스키는 젊은 양반의 방 천장 폐쇄된 다락 층에 나 있는 틈새에서 그 빛이 새어 나오는 모습을 본 것 같다는 생각은 했지만 그 사실에 대해서는 함구하자고 의견을 모았다. 그렇지만 이 신사가 다른 방을 얻도록 하고, 이바니키 신부와 같은 고매한 성직자에게 십자가를 받게 하는 것이 그를 위한 일이리라

그가 밑도 끝도 없는 이야기를 늘어놓는 동안 형언 못할 공포는 길먼의 목구멍을 틀어 죄고 있었다. 그는 조가 전날 밤에 집으로 돌아왔을 즈음 얼큰히 취해 있었다는 것을 알고 있었지만 다락방 창문에 나타난 보랏빛 광채에 대한 언급에는 무서운 중요성이 내포되어 있었다. 그 종류의 빛은 자신이 미지의 심연 속으로 돌입하는 초입단계인 얕고 뚜렷한 꿈속에서, 항상 늙은 노파와 자그마한 털가죽 생물의 주위에 떠돌면서 빛을 발하던 바로 그 작열광이었다. 깨어나 있을 시간의 다른 인물이 꿈속의 광채를 볼 수 있었다는 생각은 온전한 정신으론 도저히 떠올릴 수가 없는 것이었다. 이 친구는 대체 어디서 그런 터무니없는 개념을 얻었단 말인가? 길먼 자신이 잠자는 상태로 집 주변을 배회했을 뿐만 아니라 그런 이야기를 입 밖에 내기까지 했다는 말인가? 조는 아니라고, 길먼이 그리 말한 적은 없다고 대답했지만, 이 점은 더 조사해 보아야 할 문제였다. 어쩌면 프랭크 엘우드가 답을 갖고 있을 수도 있겠지만 그런 질문을 한다는 게 길먼으로선 꺼려지는 일이었다.

열, 악몽, 몽유병, 환청, 하늘 속의 한 지점으로 이끌리는 인력…… 게다가 지금은 미친 잠꼬대라니! 그는 연구를 그만두고 신경 전문의의 처방을 받아 저 자신부터 돌보아야 할 상태였다. 길먼은 2층으로 올라와 엘우드의 방문 앞에서 잠시 걸음을 멈추고 들여다보았지만 그 젊은이는 밖에 나가고 없었다. 그는 내키지 않는 기분으로 다락방까지 계속

올라가 어둠 속에 자리 잡고 앉았다. 시선은 계속 남쪽으로 당겨지고 있었으나, 그에 함께 지금 자신이 막혀있는 상부 다락 층에서 나는 어떤 소리를 골똘히 듣고 있으면서, 나지막한 경사천장에 난 가느다란 틈새를 통해 흘러나온 사악한 보랏빛 광채가 서서히 밑으로 확산되는 상상에 반쯤 빠져있음을 깨달았다.

그날 밤 길먼이 잠이 들었을 때 늙은 마녀와 작은 털북숭이 생물을 동반한 그 보라색 빛은 한층 더 진한 농도로 나타났다. 둘은 잔인하게 끽끽거리는 소리와 악마 같은 거동으로 그를 조롱하면서 전보다 더 가깝게 다가와 있었다. 그는 기꺼이 희미하게 포효하는 여명의 심연 속으로 빠져들었으나, 그 무지갯빛 거품 덩어리와 만화경처럼 변화무쌍한 작은 다면체의 추적에는 마음을 졸이며 위협을 느꼈다. 이어 반들반들하게 보이는 물질로 이루어진 평면들이 거대하게 수렴하면서 그의 위쪽과 아래쪽에 아득하게 나타나는 순간, 눈앞의 장면은 전환의 국면을 맞이했다. 노란색과 주홍색, 남색이 미친 듯이 얼키설키 뒤섞인 착란적인 섬광과 외계적인 미지의 불꽃이 격발하는 가운데 변화는 종지부를 찍었다.

그는 기묘한 생김새의 난간이 달린 높은 테라스 위에 반쯤 드러누워 있었다. 그 아래로는 이국적이며 도저히 믿을 수 없는 생김새의 산봉우리, 균형 잡힌 인공지반, 도움과 광탑과 첨탑, 탑 꼭대기에 수평으로 놓여있는 원판, 무수한 형태의 거대한 비가공의 구조물들, 일부는 돌이고 일부는 금속인 그 모든 것들이 빽빽이 들어차서, 다색조의 하늘에서 확산된 혼성의 섬광에 싸여 찬란하게 빛을 발하고 있었다. 위를 바라보니 엄청나게 커다란 세 개의 화염 원판이 보였는데, 아득히 먼 지평선에 걸친 낮은 산맥의 굴곡진 능선 위로 서로 다른 색조를 띠면서 서로 다른 높이로 떠 있었다. 길먼의 뒤로는 더 높은 테라스들이 시선 닿는 데까지 층지어 높다랗게 솟아 있었다. 눈 아래 펼쳐진 도시는 시계의 한계까지 아득하게 뻗어나가 있었는데, 길먼은 거기서 아무 소리도 들려오지 않았으면 하는 기분이었다.

길먼은 바닥에서 어렵지 않게 몸을 일으켰다. 테라스 바닥은 그의 감식력으로도 재질을 알 수가 없는 줄무늬 돌을 매끄럽게 경면한 것이었는데, 그 석편 모두는 기묘한 각도를 지닌 형태로 재단되어 있었으나, 그가 이해할 수 없는 외계적 조화의 법칙에 바탕을 둔 데에 비해선 꽤 어울리는 느낌이었다. 가슴높이의 정교한 난간은 섬세하고 환상적으로 세공되어 있었으며, 절묘한 기술로 만들어진 기기묘묘한 의장의 자그마한 조형물이 난간을 따라 짧은 간격으로 배열되어 있었다. 그것들도 난간 전체와 동일하게 찬연한 광채의 혼성 때문에 색조나 재질을 파악할 수가 없는 빛나는 금속 같은 것으로 만들어진 듯 보였다. 그 조형물은 가운데가 불룩한 통 모양의 사물을 표현하고 있었다. 가느다란 수평의 사지가 중간의 링에서부터 차바퀴 모양으로 방사해 나와 있었고, 몸통의 바닥부분과 두부에는 수직의 돌기나 구근 같은 것이 불쑥 돌출해 있었다. 이 각각의 돌기는 다섯 개의 기다랗고 평평한 삼각형 상지의 구조가 집결된 축과 같았으며 그 주위로 불가사리형의 촉각이 배열되어 있었는데 거의 수평이었으나 그 중심부의 몸체보다는 약간 바깥쪽 커브를 그리고 있었다. 그 구근과도 같은 아래 돌기의 상당히 미세한 접촉부를 긴 난간에다 용접해 놓았기 때문에 일부가 깨어지거나 떨어져나가 있었다. 그 형상은 높이로 대략 11센티미터 정도였고 삐죽이 튀어나온 사지 쪽의 최대직경은 약 6.3센티미터를 이루고 있었다.

일어났을 때 길먼은 맨발에 닿은 석재타일 바닥이 뜨끈하다는 느낌을 받았다. 완전히 홀로 남겨진 상태에서 그가 제일 먼저 한 행동은 난간 쪽으로 걸어가 아찔하도록 끝없이 펼쳐진 600미터 아래의 거대한 도시를 내려다보는 일이었다. 귀를 기울이자 넓은 음역을 두루 커버하는 가냘픈 피리소리가 율동적으로 뒤섞인, 마치 음악 같은 소리가 아래편 좁은 거리를 빠져나와 위를 향해 울려 퍼지는 것 같았기에 길먼은 어쩌면 이곳 주민들을 볼 수 있을지도 모르겠다고 기대하고 있었다. 하지만 눈앞의 풍경을 계속 바라보고 있자니 얼마 못 가 현기증이 일어났다. 광택을 발하는 난간을 반사적으로 붙들지 않았다면 그대로 바닥에 쓰러졌을 것이다. 한 개의 뾰족한 조형물이 오른손에 잡히자 그 촉감에 마음이 조금 안정되긴 했지만 금속 용접의 이질적인 정밀도가 너무나 미세했던지, 그가 움켜잡은 뾰족한 조형물의 아랫부분이 툭 꺾이고 말았다. 반쯤 얼이 나간 상태에서 다른 한 손이 매끄러운 난간 위를 허우적거릴 동안에도 그는 계속 그것을 붙들고 있었다.

하지만 극도로 민감한 청력이 뒤편의 기척을 감지해 내었다. 그는 몸을 뒤로 돌려 테라스 건너편을 쳐다보았다. 눈에 띄는 속임수는 전혀 없이 다섯 개의 형상이 조용히 그에게 다가오고 있었다. 그 중 둘은 그 흉흉한 노파와 어금니가 돋은 털북숭이 생물이었지만, 길먼이 혼이 나갈 정도로 소스라쳐버린 것은 나머지 셋의 형상이었다. 그것들은 바로 난간 위로 삐죽 튀어나온 조각의 이미지와 정확하게 닮아있는 약 24미터 높이의 살아있는 실체였으며, 하단에 붙어있는 불가사리와도 같은 한 조의 다리를 마치 거미처럼 꿈틀거리며 앞으로 나아가고 있었던 것이다.

길먼은 침대에서 눈을 떴다. 몸은 식은땀에 흠뻑 젖었고 얼굴과 손발은 욱신거렸다. 필사적으로 그 집을 한시바삐 나가야 되기라도 하는 것처럼, 그는 용수철 튀듯 마루로 뛰어나가서 얼굴에 물만 튀기고 허겁지겁 옷을 걸쳤다. 자신이 어디로 가려고 했던 건지 알지 못했지만 수업을 또 한 번 빠져야 한다는 것쯤은 알 수 있었다. 바다뱀자리와 아르고자리 사이의 하늘 속 지점으로 끌어당기는 기이한 인력은 현재 진정되어 있었지만 한층 더 강력한 다른 힘이 그 자리를 차지하고 있었다. 지금 그는 자신이 북쪽을 향해, 그것도 끝도 없이 가야만 한다는 사실을 직감했다. 미스캐토닉 강 중간의 외딴 섬을 보았던 다리를 지나가기가 두려운 마음에 그는 피버디 가의 다리를 택했다. 시각과 청각이 텅 빈 창공 속의 드높은 지점에 결박되어 있었기 때문에 몇 번이고 넘어질 뻔했다.

한 시간 정도 지나자 길먼은 좀 더 자신을 통제할 수 있게 되었고, 도시에서 멀리 떨어졌다는 것을 알게 되었다. 전방으로는 인스머스(그곳은 아컴 주민들이 이상할 정도로 찾기 꺼리는 인적 드문 오래된 마을이다.)까지 이어지는 좁은 길이 나 있었고, 주위에는 바닷물이 드나드는 황량한 소금밭이 펼쳐져 있었다. 비록 북방의 인력이 아직 줄지는 않았지만 다른 인력에 맞섰던 것처럼 그 인력에 대해서도 저항하던 중에, 그는 마침내 다른 힘에 반(反)하면 나머지 하나와는 어느 정도 균형을 맞출 수 있음을 알게 되었다. 그는 터덜터덜 도시로 돌아와서 소다수 통 들이로 커피를 마셨다. 그러곤 공공 도서관에 가까스로 들어가 비교적 가벼운 내용의 잡지들을 하릴없이 뒤적거렸다. 한번은 친구 몇 명을 만났는데 그들은 길먼이 이상하게도 햇볕에 그을린 것 같다고 한마디씩 했지만 그는 자신이 처한 문제에 대해선 그들에게 발설하지 않았다. 세시 정각에 식당에서 점심을 먹었지만 그 동안에도 인력은 저절로 줄어들거나 나누어질 기미는 보이지 않았다. 그 뒤에 그는 무의미한 영화 장면에는 아무런 관심도 두지 않은 채 몇 번씩이나 관람하며 싸구려 영화관에서 시간을 죽였다.

밤 9시 무렵에 터덜거리며 거처로 걸어온 길먼은 질질 발을 끌어 오래된 집 안으로 들어갔다. 조 마즈레비치는 알아들을 수 없는 기도문을 웅얼거리고 있었으나, 길먼은 엘우드가 안에 있는지 잠시 살피지도 않고 서둘러 자신의 다락방으로 올라갔다. 하지만 전깃불이 흐릿하게 켜진 순간, 그는 가슴이 철렁하고 말았다. 방이 밝자마자 방 안에 없었던 어떤 물건이 테이블 위에 놓여있는 모습을 보았던 것이다. 다시 한 번 바라보았지만 의심의 여지가 없었다. 테이블 위에 놓여있는 것은 (저 혼자 서 있을 수가 없는 것이기 때문에) 기괴한 꿈속에 등장한 환상적인 테라스 난간에서 자신이 망가뜨린 그 이국적인 모습의 뾰족한 조형물이었다. 세세한 부분 하나도 빠짐이 없었다. 가운데가 불룩한 통모양의 중심 몸통과 가느다란 방사형의 사지, 각 끝단에 달린 돌기로부터 펼쳐진 평평하지만 약간 바깥을 향해 굽어진 불가사리형의 촉각, 그 모든 것이 본 그대로였다. 전등 불빛에 드러난 조형물의 색깔은 녹색의 맥이 흐르는 진줏빛 회색의 일종이었다. 그리고 공포와 당혹감이 휘도는 가운데, 길먼의 시선은 그 돌기 중 한 부분에 있는 들쭉날쭉한 단면에 가닿았다. 그 자리는 바로 꿈속의 난간에 붙어 있던 부분과 일치했던 것이다.

그는 비명조차 내지르지 못할 정도로 망연자실해지고 말았다. 꿈과 현실이 한데 녹아든 이런 상황이란 도무지 견딜 수가 없었다. 얼떨떨한 기분으로 그는 그 뾰족한 물건을 손에 쥐고서 비틀비틀 층계를 내려가 집주인인 돔브로브스키의 거처로 갔다. 미신적인 직기설치공의 웅얼대는 기도소리는 아직도 곰팡내 퀴퀴한 홀에 울리고 있었으나, 지금의 길먼은 그런 것에 신경 쓸 경황이 아니었다. 방 안에 있던 집주인은 그를 친절하게 맞이했다. 하지만 그도 그 물건을 전에 본 적이 없었고, 아무것도 알지 못했다. 단지 자기 아내가 침실들을 정돈하던 중에, 누군가의 침대에서 수상한 주석제 물건을 발견했다고 했는데, 아마 그게 지금의 이것인지도 모르겠다고 말했다. 남편이 부르는 소리에 그 아내는 뒤뚱거리면서 방 안으로 들어왔는데 역시 그것이 바로 문제의 물건이었다. 그녀는 벽과 가까운 쪽의 침대 위에서 그것을 발견했다고 했다. 그녀의 눈으로 봐도 매우 기묘한 물건이긴 했지만, 젊은 신사는 제 방 안에 기이한 것들, 말하자면 책과 골동품과 그림과 무언가를 적어놓은 종이뭉치 따위를 많이 놓아두곤 했기 때문에 이 또한 대수롭지 않게 여겼다고 했다. 결국 그녀도 그 물건에 대해선 확실하게 아는 바가 없었다.

길먼은 혼란스런 마음으로 다시 계단을 오르며, 자신이 아직도 꿈을 꾸고 있는 게 아니라면 몽유병이 믿을 수 없는 극한까지 치달아서 알지 못하는 곳에서 도둑질까지 하도록 내몬 게 분명하다고 생각했다. 대체 어디로 가서 이런 것을 가져왔다는 말인가? 아컴에 있는 어느 박물관에서도 이러한 물건을 보았다는 기억은 없었다. 그렇지만 분명 어딘가에 있었던 것임이 틀림없었고, 잠든 상태로 그 물건을 낚아챘을 때 시각 속에 들어온 그 모습이 난간 달린 테라스의 기묘한 꿈속 환영을 만들어낸 원인일 게 분명했다. 다음 날 그는 좀 더 면밀히 조사해보기로 생각했다. 어쩌면 신경전문의와 상담하게 될 수도 있었다.

한편, 그는 자신의 몽유병을 추적해봐야겠다는 생각이 들었다. 그는 위층으로 올라가 그가 일전에 사용처에 대해 솔직하게 허락받고 집주인에게서 빌려두었던 밀가루를 다락 홀 전체에 흩뿌렸다. 도중에 엘우드의 방 문 앞에서 잠시 멈추었지만 그 안의 불은 꺼져 있었다. 길먼은 다락방으로 되돌아온 후 그 뾰족한 물건을 테이블 위에 놓아두고 심신이 완전히 탈진하여 옷도 벗지 않은 채 그대로 드러누워 버렸다. 막혀진 경사 천장 위편에서 긁어대고 어슬렁거리는 소리가 흐릿하게 새어나오는 느낌은 들었으나 그 소리에 신경 쓰기에는 정신이 너무 어지러웠다. 수수께끼의 북쪽 인력은 지금은 좀더 낮은 하늘 어딘가에서 다가오는 듯했지만, 그 힘은 또다시 강력해지고 있었다.

꿈속의 휘황한 보라색 빛 속에서, 이전보다도 한층 더 명료해진 노파와 털북숭이 검치 생물이 또다시 다가왔다. 이번엔 그들이 실제로 그에게 닿았고 그는 쭈그렁 노파의 말라빠진 손아귀가 자신을 붙잡았음을 느꼈다. 그는 침대를 떠나 허공 속으로 끌려갔다. 그리고 일순간 리드미컬한 포효가 들려오더니, 박명의 빛을 뿌리며 들끓고 있는 무정형의 심연이 그의 주위를 둘러싸고 있었다. 하지만 그 찰나의 순간이 지나자, 어느새 그는 조야하게 다듬질 된 비좁고 창 없는 공간 속에 들어가 있었다. 그곳은 거칠게 대패질한 들보와 널판자가 머리 위로 높이 솟아 있고, 바닥은 기이하게 경사진 마루로 이루어진 공간이었다. 그 바닥층 위의 수평 보정이 된 장소에는 낡아서 부스러져가는 전 단계를 거치고 있는 책들로 꽉 들어찬 낮은 키의 책장들이 있었으며, 그 중앙에는 테이블과 긴 의자가 놓여 있었는데 눈으로 보기엔 둘 다 바닥에 고정되어 있는 듯했다. 미지의 형태와 특질을 지닌 자그마한 물체들이 그 책장 위에 진열되어 있었는데 타오르는 보라색 빛 속에서 길먼은 자신에게 끔찍한 곤혹감을 선사했던 그 뾰족한 조각과 닮은 것을 본 듯한 기분이었다. 왼편의 바닥마루엔 삼각형의 검은 구렁이 패여 있었고 그곳부터 갑작스런 급경사를 이루면서 아래로 꺼져 있었다. 잠시 동안 단조롭게 덜거덕거리는 소리가 들리더니, 곧바로 싯누런 어금니에다 수염이 난 인간의 얼굴을 한 작고 혐오스런 털북숭이 생물이 그 구렁에서 올라왔다.

노파는 사악한 미소를 흘리면서 여전히 길먼을 붙들고 있었고, 테이블 너머로는 이제껏 본 적 없던 인물이 서 있었다. 칠칠한 검은빛 일색의 키가 크고 깡마른 남자였으나 흑인종의 특징은 전혀 보이지 않는 용모였다. 머리카락도 수염도 없었고, 묵직한 느낌의 검은 직물로 짜인 형태가 일정치 않은 로브를 걸치고 있었다. 테이블과 의자에 가려 그 발을 분간할 수는 없었지만 위치를 바꿀 때마다 따각거리는 소리가 들린 것으로 보아 구두를 신고 있음은 분명했다. 남자는 말이 없었으며, 평이하고 단정한 이목구비엔 표정의 흔적이라곤 보이지 않았다. 그자는 단지 테이블 위에 펼쳐진 커다란 크기의 책 하나를 손으로 가리켰을 뿐이었고, 노파는 큼직한 회색의 깃펜을 강제로 길먼의 오른손에 쥐어 주었다. 그 모든 것 위로는 극렬한 광기로 내모는 공포의 휘장이 무겁게 드리워져 있었다. 그리고 최고의 절정은 그 털가죽 생물이 꿈을 꾸고 있는 이의 옷을 잡아타고 어깨 위로 오르더니 왼팔로 내려가선 마지막으로 소맷부리 아래의 손목을 호되게 깨물어버린 순간이었다. 상처에서 피가 뿜어 나왔을 때 길먼은 그 자리에서 실신하고 말았다.

22일 아침, 그는 왼쪽 손목에 고통을 느끼며 눈을 떴다. 그리고 말라붙은 피가 소맷부리에 가무스름하게 물들어 있는 모습을 보게 되었다. 기억은 더할 나위 없이 혼란스러웠지만 미지의 공간에서 검은 사나이와 함께 했던 광경만은 선연히 두드러졌다. 아마도 잠을 자던 중에 쥐들이 자신을 물었던 것이 그 소름 끼치는 꿈을 최고조로 치닫게 만든 요인이었으리라. 문을 열어보니 복도에 깔아놓은 가루엔 다락방의 반대편 끝 방을 세든 촌뜨기 친구의 커다란 발자국만 찍혀 있었고 나머지는 그대로였다. 이걸 보아 이번엔 자신이 몽유병으로 돌아다니지는 않은 모양이었지만, 저 쥐들에 대해선 뭔가 대책을 세워야 했으므로, 그는 집주인에게 이 일을 고해야겠다고 생각했다. 그는 경사진 벽의 밑바닥에 뚫려있는 쥐구멍 속으로 구멍크기에 딱 맞을 것 같은 촛대를 박아 넣어 한 번 더 구멍을 막으려 해보았다. 그런 중에도 그의 귀는 꿈에서 들은 무시무시한 소음이 남긴 메아리 같은 지독한 이명(耳鳴)에 시달리고 있었다.

목욕을 하고 옷을 갈아입고는, 길먼은 보랏빛으로 채색된 공간 속 장면 이후의 꿈을 기억해보려고 애를 썼으나, 마음속에 뚜렷하게 구체화되는 것은 아무것도 없었다. 그 장면 자체도 그의 상상력을 폭력적으로 맹공하는 천장의 폐쇄된 다락 층과 상응하는 것은 분명했지만, 그 뒤의 기억은 몽롱하고 불투명하기만 했다. 그곳에는 흐릿한 박명이 감도는 심연 너머로 한층 더 광활하고 어두운, 일정한 형태라고는 전혀 들어있지 않은 심연에 대한 단서가 있었다. 그곳에서 그는 항상 자신을 추적하고 있던 거품 덩어리와 작은 다면체에 붙들린 적도 있었으나, 더욱 머나먼 궁극의 암흑 허공에서는 그들조차도 자신과 마찬가지로 한 줄기의 안개로 화했다. 또 다른 것들, 가끔씩 형언하기도 힘든 형태에 가장 가깝게 응집되기도 하는 좀 더 큰 존재들이 전방에 포진해 있었는데, 그는 그들의 전진 방향이 일직선상에 있지 않았으며 오히려 외계적인 커브라든지, 우리가 아는 우주의 물리학과 수학으로는 알 수가 없는 법칙에 의거한 에테르 소용돌이의 나선상을 따르고 있다는 생각이 들었다. 그리고 마지막에는 광대하게 도약하는 어둠과 어중간하게 증폭된 기괴한 고동, 보이지 않는 플루트의 가늘고 단조로운 가락에 대한 실마리가 남아 있었다. 하지만 그것이 전부였다. 길먼은 그 마지막 연상은, 그가 일전에 혼돈의 중심부에 있는 암흑의 옥좌에 앉아, 모든 시간과 공간을 지배한다고 하는 지각없는 존재 아자토스에 대해 『네크로노미콘』에서 읽었던 내용에서 기인한 것이라고 판단했다.

피를 씻어내고 나자 손목의 상처는 그다지 대수롭지 않아 보였다. 하지만 뭔가에 찔린 듯한 두 작은 구멍의 위치를 보자 그만 아뜩해지고 말았다. 자기가 누워 있던 침대커버 위엔 핏자국이 전혀 남아 있지 않다는 데에 생각이 미쳤던 것이다. 피부와 소맷부리를 적신 양을 보아하면 무척이나 이상한 점이었다. 자신이 잠자면서 방 안을 돌아다니고 있었고, 의자에 앉아 있거나 아니면 다른 그럴듯한 위치에 머물러 있었을 때 쥐가 물었다는 말인가? 그는 방 안 구석구석을 둘러보며 갈색 방울이나 얼룩진 부분을 찾아보았으나 아무것도 발견할 수가 없었다. 자신의 몽유병 증세를 더 이상 증명하는 건 이제는 불필요하긴 했지만, 아무튼 문 바깥뿐만 아니라 방 안에까지 꼼꼼히 가루를 뿌려놓았어야 했을 일이었다. 자신이 밤중에 걸어 다니고 있었음을 인정하고 나자 지금 당장 해야 할 일은 그 증세를 멎게 하는 일이었다. 결국 프랭크 엘우드에게 도움을 청해야 했다. 그날 아침, 우주로부터 다가오는 기이한 인력은 조금 덜해진 듯 느껴졌으나, 대신 더욱 불가해한 또 다른 느낌이 들어찼다. 변화된 감각은 자신이 머무르고 있는 현재 위치에서 하늘 속으로 날아가려는 막연하고도 집요한 충동 같은 것이었는데, 어느 방향으로 날아가고 싶은 건지는 명확히 알 수가 없었다. 그가 뾰족한 이국의 조각을 테이블에서 집어 올린 순간, 좀 더 오래된 북쪽의 인력이 약간 강해졌다는 생각이 들기는 했지만, 그 인력도 새로이 생겨난 당혹스런 강제력 앞에는 완전히 압도당해 있었다.

직기설치공의 희미한 웅얼거림은 1층에서 타고 올라오고 있었지만 그는 그 소리를 무시해 버리고 문제의 물건을 들고서 엘우드의 방으로 내려갔다. 고맙게도 엘우드는 제 방에 있었으며, 길먼의 방 문에 적이 감동 받은 기색이었다. 아침식사와 등교 전까지 대화할 시간이 그리 길지는 않았기 때문에 길먼은 우선 자기가 최근에 꾼 꿈과 그로 인한 공포의 사연부터 서둘러 쏟아냈다. 그 방의 주인은 인정이 넘치는 성품이었으므로 제가 도울 일이 있으면 기꺼이 해 주마고 허락했다. 엘우드는 긴장이 서려 있는 길먼의 초췌한 외양에 꽤 충격을 받았고, 지난주 다른 이들이 이런저런 소리를 했던, 햇볕에 그을린 그의 기이하고 비정상적인 인상을 금세 알아볼 수 있었다.

그럼에도 대답해 줄 만한 거리는 그다지 많지가 않았다. 그는 길먼이 몽유병 상태로 멀리 나가 있는 모습을 본 적이 없었고, 그 기이한 물건의 모습이 무엇인지도 알 수가 없었다. 그렇지만 어느 날 저녁에, 그는 길먼의 아래층에 숙박하고 있는 프랑스계 캐나다인이 마즈레비치와 나누었던 이야기를 들은 적이 있었다. 그들은 이제 며칠 남지 않은 발푸르기스의 밤에 대한 자신들의 심란한 두려움을 서로 이야기하며, 가엾고 불운한 젊은 신사를 두고 동정의 말을 주고받고 있었다. 길먼의 침실 아래층에 세를 든 데스로처스는 야간에 구두 소리와 맨발로 걷는 발소리를 같이 들었다고 말하면서, 어느 날 밤 그가 염려스런 마음에 길먼의 방으로 슬그머니 다가가 열쇠구멍을 통해 들여다보려 했을 때 자색의 빛을 목격했다는 이야기를 꺼냈다. 마즈레비치에게 말한 바로는, 문 주위 틈새로 새어나가는 그 빛을 얼핏 보게 된 뒤론, 감히 그 열쇠구멍 속을 들여다볼 엄두가 나지 않았다는 것이다. 또한 나지막한 대화소리도 오갔다고 말했는데, 그가 그 설명을 시작했을 때엔 알아들기 힘든 귀엣말로 목소리를 낮춰 버렸다.

이 미신적인 사람들이 쑥덕거리는 게 무언지 엘우드로선 상상도 되지 않았지만, 길먼이 밤늦은 시간에 몽유병으로 돌아다니면서 중얼거린다는 사실과 한편으론 사람들이 전통적으로 두려워하는 오월제 전야가 가까워지고 있다는 사실이 그네들의 망상을 부추겼으리라는 짐작은 할 수 있었다. 길먼이 잠꼬대하고 있었음은 분명했으나, 꿈속의 자색광이 퍼져 나왔다는 다분히 망상적인 발상은 분명 데스로처스가 열쇠구멍으로 엿들은 데서 비롯된 것이리라. 이 단순한 사람들은 그들이 이전까지 들어왔던 기이한 현상을 눈으로 보게 되었다고 쉽사리도 믿었다. 실행 계획의 일환으로서, 길먼은 혼자 자게 될 경우를 피하여 엘우드의 방으로 내려오는 편이 더 좋았다. 그가 수면 중에 일어나거나 잠꼬대를 시작할 때마다 엘우드가 그를 깨워줄 수 있을 테니까. 또한 그는 조만간에 전문의의 진찰을 받는 한편, 그 뾰족한 조상의 정체를 알아보러 그것을 들고 각처의 박물관과 교수들을 찾아볼 작정이었다. 공중쓰레기통 속에서 발견한 물건이라고 둘러대면 될 듯했다. 그리고 집주인 돔브로브스키는 벽 속에 있는 쥐들의 방제대책을 시행해야 했다.

엘우드의 우정에 힘입어 각오를 새로이 다진 길먼은 그날의 수업에 참석할 수 있었다. 기이한 충동은 여전히 끌어당기고 있었지만 그는 꽤 성공적으로 그 마력을 따돌릴 수 있었다. 쉬는 시간, 그는 그 기묘한 조형물을 몇몇 교수들에게 보여주었다. 비록 그 물건의 본질이나 기원에 대한 실마리를 던져준 이는 아무도 없었지만 모든 교수들이 그것에 강한 관심을 보였다. 그날 밤 길먼은 엘우드가 하숙집 주인에게 부탁하여 2층 방으로 옮겨온 긴 소파 위에서 잠들었고, 수주일 이래 처음으로 그 불안한 꿈에서 완전히 벗어날 수 있었다. 하지만 미열은 여전히 머리꼭지에 매달려 있었으며, 직기설치공이 웅얼거리는 기도소리에 자꾸만 무기력해지는 기분이었다.

이후 며칠 동안 길먼은 이상 징후에서 완벽히 해방된 시간을 즐겼다. 엘우드의 말에 따르면, 잠이 든 상태로 일어나 다니거나 잠꼬대하는 등의 증세는 없었다고 했으며, 집주인도 이곳저곳에 쥐약을 놓고 있었다. 길먼을 성가시게 하는 유일한 요소는 바로 상상력이 지나치게 활발히 돌아가는 미신적인 이민자들과의 대화였다. 마즈레비치는 항상 길먼에게 십자가를 받아야한다고 종용하더니 결국엔 고매한 이바니키 신부에게 축복의 세례를 받은 것이라고 말하며 강제로 제 십자가를 그에게 떠맡겼다. 데스로처스 또한 이야기할 것이 있었는데, 실은 길먼이 제 방에 없었던 첫날과 둘째 날 밤에 자기 방 위편, 즉 현재는 비어 있는 그 다락방에서 살금살금 걷는 발소리가 났다는 것이었다. 폴 코인스키는 밤중에 홀과 계단에서 소리를 들었으며 길먼의 방문이 소리 없이 열렸다고 주장했다. 한편, 돔브로브스키 부인은 만성절 이후 처음으로 브라운 젠킨을 보았다고 잘라 말했다. 하지만 그러한 순진한 목격담에 아무런 중요성을 못 느꼈던 길먼은 별다른 생각 없이 그 싸구려 금속 십자가를 방 주인의 서랍장 손잡이에다 걸어 놓았다.

사흘 동안 길먼과 엘우드는 조형물의 정체를 알아내기 위한 일환으로 지역 박물관들을 돌아다녔지만 별다른 성과를 얻지 못했다. 그렇지만 그 물건의 철저한 외래적 특성은 과학자들의 호기심을 크게 자극하여 각 분야에서 상당한 관심을 비추었다. 그 방사형의 작은 사지 중 하나는 떼어 내어 화학 분석을 맡겨놓은 상태였다. 엘러리 교수는 그 기이한 합금에서 백금과 철과 텔루륨[70]를 발견했지만, 이 원소들과 함께 화학적으로 전혀 분류되지가 않는, 현저한 고 원자량의 다른 요소들이 적어도 세 가지 이상 혼합되어 있었다. 그것들은 어떤 기지(奇智)의 원소와도 일치점이 없었을 뿐만 아니라, 앞으로 존재하리라 예상되는 원소의 자리로 비워둔 주기율표상에도 들어맞지 않았다. 현재 그 조형물은 미스캐토닉 대학 박물관의 전시실에 보관되어 있지만 그 수수께끼는 오늘날까지도 미해결로 남아 있다.

4월 27일 아침, 길먼이 손님으로 머무르는 방에 새 쥐구멍이 생겨났다. 하지만 낮 시간에 집주인인 돔브로브스키가 양철판으로 그 구멍을 덮어버렸다. 벽 속을 긁어대고 돌아다니는 소리가 실제로 거의 줄어들지 않았던 것으로 보아 쥐약은 별로 효과를 보지 못한 듯했다.

그날 밤 엘우드는 밖에 나가 늦도록 돌아오지 않았다. 도저히 혼자선 잠들고 싶지 않았기 때문에 길먼은 줄곧 그를 기다리고 있었다. 특히 꿈속에서 소름 끼치는 이미지로 전이되었던 불쾌한 노파를 땅거미 내린 저녁 무렵에 얼핏 마주친 것 같다는 생각이 든 뒤부터 정도가 더했다. 그 노파는 대체 누구이며 지저분한 안마당 입구에 쌓인 쓰레기더미 속에서 양철깡통을 덜그럭거리며 노파와 가까이 있던 것은 무엇이었을까? 어쩌면 그저 자신의 망상일 뿐인지도 모를 일이었지만 그 쪼글쪼글한 노파는 그를 노려보면서 간악하게 눈을 흘기는 것 같았다.

다음 날, 두 청년은 격심한 피로를 느꼈다. 밤이 다가올 즈음엔 통나무처럼 잠에 푹 빠져버리게 되리라는 걸 알 수가 있었다. 저녁에 졸음이 눈꺼풀을 덮는 가운데서도, 그들은 길먼이 너무나 철저하게 몰두하여 해로운 수위까지 들어가 버렸던 수학적 문제를 토론하면서, 모호한 가능성으로만 보이는 고대 마법이나 전승과의 연계에 대해 곰곰이 추리해 보았다. 둘은 케지아 메이슨 노파에 대해서 이야기를 나누었다. 엘우드는 그 여자가 미지의 중차대한 지식을 우연히 발견했을지도 모른다는 가정에 대하여 길먼이 훌륭한 과학적 근거를 갖고 있음을 인정했다. 대개 이런 마녀들이 소속되었던 비밀 신앙체는 잊혀진 까마득한 선시대의 경이로운 비의적 지식을 보전하고 전승해 왔던 만큼, 케지아가 실제로 차원 문을 통과하여 지나가는 기술을 완성했다는 가설이 아주 불가능하지는 않았다. 전설은 마녀의 능력을 물질적 장애물로는 막을 수 없음을 역설한다. 그러니 한밤중에 그네들이 빗자루를 타고 나른다는 옛 구전의 밑바닥에 과연 무엇이 잠재하고 있는지 누가 알 수 있겠는가?

하지만 현대의 학생이 독학으로 연구한 수학으로써 유사한 능력을 얻어낼 수 있을지는 아직 두고 보아야 했다. 이웃해 있지만 정상적으로 들어서기는 불가능한 차원으로 침투하는 필요조건을 아무도 예측할 수가 없다는 문제로 인해, 길먼이 더해 놓은 성과는 어쩌면 위험하면서도 예상치 못할 상황으로 치달을지도 모르는 일이었다. 한편으로는 한정 없이 기발한 가능성이 있긴 했는데, 시간은 어떤 공간 속에서는 존재할 수가 없으므로, 그러한 곳으로 들어가 오래도록 머물면 사람이 제 목숨과 나이를 무한정 유지하게 될 수 있을지도 모른다. 원래 자기의 세계나 유사한 평행세계를 방문하게 되는 동안에 흘러가는 미미한 시간의 분량 외엔 유기체의 대사나 노화는 전혀 겪지 않을 수도 있다. 예를 들어 그 사람은 시간을 초월하여 차원을 통과할 수 있거나 지구 역사 속의 이전보다 훨씬 이른 어느 머나먼 과거에 나타날 수 있을지도 모른다.

그러나 어느 권위 있는 문헌을 들여다보아도 이전 누군가가 이 일을 해냈는지는 짐작하기가 힘들었다. 막연하고 애매모호한 옛 전설들은 외래에서 도래한 존재들이나 그 사자들과 기괴하고 무서운 연계를 내포하고 있었기에 유사 이래부터 금단의 간극을 넘으려는 모든 기도는 복잡다단하기만 했다. 그중엔 숨겨져 있는 가공할 권능의 대리인이자 그 사자인 아득한 태고의 형태가 존재하고 있었으며, 그는 마녀의 제식에서는 '검은 사나이', 『네크로노미콘』에서는 '니알라토텝'이라 불리는 존재이다. 그에 따라 좀 더 작은 사자들이나 중재자들에 대한 당혹스런 의문이 따라오는데 그것은 바로 마녀들의 심부름꾼이라고 지칭되는 준 동물이나 기묘한 혼성종들에 대한 것이었다. 하지만 더 이상 논의를 이어가기엔 졸음을 이길 수가 없었고, 결국 길먼과 엘우드가 잠자리에 들었을 즈음에 술에 취한 조 마즈레비치가 갈짓자걸음으로 집 안에 들어오는 소리가 들려왔다. 그러곤 그가 흐느끼며 읊조리는 기도의 막된 폭력성에 그들은 진저리를 쳤다.

그날 밤 길먼은 보랏빛 광채를 다시 보게 되었다. 그는 꿈속에서 칸막이벽을 긁고 갉아대는 소리를 들었으며 누군가가 서투른 손놀림으로 문의 걸쇠를 건드리고 있다고 생각했다. 이어, 그는 카펫이 깔려진 바닥을 밟으면서 자신을 향해 다가오는 노파와 작은 털북숭이 생물을 보았다. 노파의 얼굴은 잔인한 득의의 조소로 빛나고 있었으며, 싯누런 이빨을 드러낸 작고 불결한 생물은 건너편 소파에서 깊이 잠들어버린 엘우드의 모습을 가리키며 조롱하듯 킥킥거렸다. 공포로 얼어붙어 버린 길먼의 목구멍에선 외마디비명조차 터지지 않았다. 그 끔찍한 쭈그렁 노파는 일전과 마찬가지로 길먼의 어깨를 잡고 침대 밖으로 세게 잡아당겨 그를 빈 공간 속으로 끌어갔다. 또다시 날카로운 소리로 가득한 무한의 심연이 명멸하며 눈앞을 스쳐 갔다, 하지만 다음 단계에서 그는 자신이 오래된 가옥의 허물어져 가는 벽이 사방에 늘어서 있는, 어둑하고 질척거리며 악취를 풍기는 어딘지 모를 골목길에 서 있었다.

노파는 멀지 않은 곳에서 오만스레 얼굴을 찡그리며 손짓하고 있었고, 앞길에는 로브를 걸친 검은 남자가 서 있었다. 일전 꿈속에서 급경사 지붕 밑 공간에서 본 그 인물이었다. 브라운 젠킨은 자기 나름의 친근한 장난기인양, 깊은 진창 속에 거반 묻혀 있는 검은 남자의 발목을 맴돌면서 몸을 비비적대고 있었다. 검은 사나이는 잠자코 오른편의 열린 출입구를 가리켰다. 노파는 히죽거리며 길먼의 잠옷 소매를 움켜쥐고는 그를 제 뒤로 끌면서 그 출입구로 들어가기 시작했다. 금방이라도 무너질 듯 삐걱거리는 계단에서는 고약한 냄새가 풍겨 나왔고, 계단 위의 노파는 마치 몸에서 흐릿한 보라색 빛을 뿜어내고 있는 것 같았다. 올라간 계단 끝에 문이 나오자 노파는 손짓으로 길먼에게 대기하라 지시하고 걸쇠를 더듬어 찾아선 문을 밀었다. 그러곤 어두운 입구 속으로 사라졌다.

한도를 넘어버린 젊은이의 민감한 청력은 질식하는 순간에 내지르는 끔찍한 비명소리를 잡아챘다. 얼마 안 있어 의식이 없는 작은 형체를 안아 든 노파가 방을 나왔다. 그러곤 들고 따라오라는 것처럼 몽환 중의 그에게 그것을 떠맡겼다. 작은 형체의 모습과 그 얼굴에 새겨진 표정을 본 순간 마법은 깨어졌으나, 비명을 토하기엔 아직 정신이 아뜩했다. 그는 무작정 악취 나는 계단을 뛰어내려 집 밖의 진창으로 튀어나갔지만, 기다리고 있던 검은 사나이에 붙들려 목을 졸리는 바람에 멈출 수밖에 없었다. 의식이 양분되는 순간 쥐와 닮은 기형 검치 생물의 새된 웃음소리가 희미하게 귀속을 파고들었다.

29일 아침에 길먼은 공포의 소용돌이 속에서 깨어났다. 그는 눈을 뜨자마자 뭔가가 지독히 잘못되어 버렸음을 깨달았다. 지금 자신이 경사벽과 경사천장의 다락방으로 돌아와 잠자리 준비도 안 된 침대 위에 뻗어 있었기 때문이었다. 목덜미는 이유도 없이 쑤시는데다 기를 쓰며 억지로 몸을 일으켜 앉았을 때 발과 파자마 아랫부분에 누런 진흙덩이가 눌어붙어 있는 모습에 그는 경악하고 말았다. 당장의 기억은 절망적일 정도로 흐릿했지만 최소한 자신이 몽유병 상태였음은 분명했다. 엘우드는 너무 깊이 잠들어 소리를 듣지 못했을 테니 그를 저지할 수도 없었다. 진흙 발자국은 마룻바닥 여기저기에 찍혀 있었으나, 기묘하게도 그 모두가 방 문 쪽으로는 이어져 있지 않았다. 그 흔적이 보면 볼수록 괴이했던 것은, 그가 자기 것으로 알아볼 수 있었던 발자국 말고도, 더 작으면서도 대체로 원형을 이룬 몇 개의 발자국이 같이 찍혀 있었기 때문이었다. 형태로는 큰 의자나 테이블 다리가 찍어내는 흔적과 닮았지만 자국 대부분이 반으로 갈라져 있었다. 또한 이상하게도 새로 생긴 구멍에서 나왔다가 다시 되돌아간 듯이 이어지는 쥐의 진흙투성이 발자국도 부분부분 남아 있었다. 그는 휘청휘청하는 다리를 끌면서 출입구로 향했다. 문을 열고 밖에는 아무런 진흙 발자국도 없음을 확인하고 나자, 지독한 황망함과 광기에 대한 공포가 그를 짓누르기 시작했다. 소름 끼치는 꿈의 내용을 차츰차츰 기억해낼수록 공포는 점점 더 커져만 갔다. 거기다가 2층 아래의 조 마즈레비치가 불러대는 음울한 찬송은 그의 절망을 배가시켰다.

그는 엘우드의 방으로 내려와 아직까지 잠에 빠져 있던 방 주인을 깨웠다. 그러곤 자신이 어디에서 눈을 떴는지 이야기해 주었다. 하지만 엘우드로선 실제로 벌어진 일들을 도저히 납득할 수가 없었다. 길먼이 어디에 있었으며, 홀에 발자국도 남기지 않고서 어떻게 그의 방으로 돌아갔으며, 다락방에서 가구의 발자국 같은 진흙 자국은 대체 어떻게 그의 발자국에 섞여 들어온 것인가? 이 모든 것은 이미 추정의 한계를 훌쩍 넘어버렸다. 더하여 길먼 자신이 제 목을 조르기라도 한 듯한 검푸른 납빛 흔적이 그의 목덜미에 남아있었는데 그가 손을 대어 보았으나 그 자국과는 전혀 일치하지 않았다. 그렇게 두 사람이 이야기를 나누고 있는 사이, 데스로처스가 잠깐 그 방에 들렀다. 그는 자정이 막 지난 어두운 새벽에 시끄럽게 덜거덕거리는 소리를 들었다는 말을 하러 찾아왔는데, 문제는 그가 자정이 되기 직전에 다락방에서 희미한 발소리를 들었고, 조심스레 계단을 타고 내려오는 반갑잖은 소리까지 들었지만, 자정 이후에는 아무도 계단에 없었다는 것이었다. 그리고 덧붙이기를, 그 시간대는 아컴의 1년 중에 가장 불길한 때인 만큼, 조 마즈레비치가 충고한 대로 반드시 십자가를 몸에 지니는 것이 젊은 신사 양반을 위하는 일이며, 심지어 대낮에도 안전치가 못한 것이, 동이 튼 뒤에도 느닷없이 목 졸리는 어린애 비명 같은 묘한 소리가 집 안 어딘가에서 희미하게 들려온 때문이라고 했다.

그날 아침, 길먼은 거의 습관적으로 수업에 들어갔지만 공부에 온전히 마음을 붙잡아 매기엔 역부족이었다. 섬뜩한 불안감과 예감에 사로잡혀 마치 알 수 없는 파괴적인 타격이 떨어지기만을 기다리고 있는 심정이었다. 정오에 대학의 휴게센터에서 점심을 먹고 디저트를 기다리는 동안 그는 옆 좌석에서 신문을 집어 들었다. 결국 디저트는 먹지 못했다. 온몸의 기운을 모조리 뽑아버리는 기사를 신문 1면에서 만나고만 것이다. 그는 신들린 눈으로 정신없이 요금을 지불하곤 비틀거리는 발걸음으로 엘우드의 방으로 돌아왔다.

간밤에 오른 골목[71)]에서는 기묘한 유괴사건이 발생했다. 아나스타샤 볼레코라는 이름의 시골 세탁부의 두 살배기 아이가 홀연히 실종되었던 것이다. 아이 어머니는 특정 시간대에 벌어진 사건이라는 점을 두려워하고 있는 듯 보였다. 하지만 두려움의 이유랍시고 그녀가 털어놓은 이야기는 너무나 괴이쩍은 내용인지라 도저히 진지하게 받아들이기 힘든 것들이었다. 그녀의 말로는 3월 초순부터 현장 주변에서 가끔씩 브라운 젠킨을 본 적이 있었으며, 그 생물의 찌푸리는 면상과 끼득거리는 소리에서 어린 라디슬라스가 끔찍한 발푸르기스 안식일의 제물로 선택되었음을 예감했다고 했다. 그녀는 자식을 지키기 위하여 이웃인 마리 차네크에게 방에서 같이 자달라고 부탁했으나 마리도 차마 그럴 엄두를 내지 못했고, 이런 이야기를 전혀 믿지 않는 경찰에게 도와 달라고 청할 수도 없는 일이었다. 그녀의 기억으로는 매해마다 아이들이 그런 식으로 사라졌지만, 내심 아이가 없기를 바라고 있었던 그녀의 남자친구 페테 스토바키는 그녀를 도와주지 않았다.

그러나, 길먼이 식은땀을 흘리게 된 이유는 자정 직후 그 골목 어귀를 걸어서 지나가던 두 취객의 목격담 때문이었다. 그들은 자기들이 만취상태였음을 인정했으나, 그들 모두가 어두운 골목으로 은밀하게 들어서고 있던 이상야릇한 차림의 세 인영을 보았다고 확언했다. 그들 말로는 거대한 로브를 두른 흑인과 누더기를 걸친 몸집이 자그마한 노파, 그리고 잠옷을 입고 있는 젊은 백인 남자가 거기에 있었다는 것이다. 온순한 쥐 한 마리가 흑인의 발치 주변 진흙탕에 몸을 비비며 오락가락하고 있는 동안, 노파는 젊은이를 잡아끌고 있었다.

길먼은 오후 내도록 혼이 빠져나간 기분이었다. 한편 신문기사를 보고 오싹한 추측을 하게 된 엘우드는 집으로 돌아와선 멍한 상태의 길먼을 발견했다. 이 시점에선 그 누구도 무섭도록 심상치 않은 일이 그네들에게 다가오고 있음을 의심할 수가 없었다. 악몽 같은 환영과 물리적인 현실세상 간의, 도저히 생각도 하지 못할 극악한 연관성이 구체적으로 드러나고 있었다. 한층 더 불길한 전개를 피해 나갈 수 있는 유일한 길은 잠을 자지 않는다는 어처구니없는 방법밖에 없었다. 길먼으로선 조만간 전문의를 만나긴 해야 했지만 모든 신문들이 유괴사건으로 떠들썩한 지금에선 곤란할 뿐이었다.

실제로 일어난 것이 과연 무엇인지는 미치도록 불명확했다. 잠시간 길먼과 엘우드는 가장 분방한 부류의 가설들을 낮게 주고받았다. 길먼이 공간과 차원 연구에 대해 자신이 자각하는 이상의 성과를 무의식 상태에서 이룩했던 걸까? 추정도 상상도 할 수 없는 지점을 통해 그가 실제로 우리 우주 바깥으로 빠져나갔던 걸까? 귀신에 홀린 듯한 외계적인 밤에 그는 대체 어떤 장소에(만일 장소라고 친다면) 있었더란 말인가? 아우성치는 박명의 심연, 초록빛 산중턱 뜨끈했던 테라스, 별에서 온 인력, 궁극의 암흑 소용돌이, 검은 사나이, 진흙탕 골목과 계단, 늙은 마녀와 털북숭이 검치 생물의 공포, 거품 더미와 작은 다면체, 볕에 그을린 기묘한 흔적, 손목의 상처, 수수께끼의 조형물, 진흙 묻은 발, 목둘레의 멍 자국, 미신적인 외국인들의 수군거림과 두려움. 이 모든 것이 대체 무엇을 의미하는 것일까? 온당한 법리는 이런 경우에 대해선 어느 정도까지 적용될 수 있을까?

그날 밤 둘은 잠을 이룰 수가 없었다. 다음 날에도 나란히 수업을 젖혀버리고 잠으로 하루를 보냈다. 이날이 4월 30일이었으며 날이 서서히 어두워지면 모든 이민자들과 미신을 믿는 오래된 토박이 주민들이 두려워하는 섬뜩한 안식일의 시간이 다가올 것이었다. 마즈레비치는 여섯시 정각에 집으로 돌아와서, 제분소 사람들이 매도 힐 너머 식물이라곤 자라지 않는 기이한 장소에 기원이 오래된 하얀 돌이 서 있는 어둠 계곡에서 발푸르기스 연회가 벌어질 거라고 쑥덕인다는 말을 전해주었다. 그들 중 몇은 경찰에게 이 이야기를 하며 실종된 볼레코를 찾으려면 거기로 가보라고 충고했지만 경찰들은 무언가가 일어날 거라는 소리는 전혀 믿지 않았다. 조가 가엾은 신사양반은 자기의 니켈 사슬 십자가를 몸에 지녀야 한다고 강권하는 바람에 길먼은 그 친구의 기분을 맞춰주려 사슬을 목에 걸고서 셔츠 안으로 늘어뜨렸다.

늦은 밤 두 명의 젊은이는 아래층 직기공의 기도소리를 자장가 삼아 의자에 앉은 채 꾸벅꾸벅 졸고 있었다. 고개를 끄덕거리는 동안, 초자연적으로 예민해진 길먼의 청력은 낡은 집이 내는 소음 저편에서 흘러나오는 뭔가 포착키 어려운 음산한 웅얼거림을 잡아내었다. 『네크로노미콘』과 본 준쯔의 『어둠의 서』에 적혀 있던 불건전한 내용의 기억이 뇌리에 떠오르는 순간, 어느새 그의 몸은 형언할 수 없이 불쾌한 가락을 타고 있었다. 그 가락은 우리가 이해할 수 있는 시공 바깥에 기원을 두고 있는 것으로서, 가장 불길한 안식일 제례와 연관되어있다고 전해져오는 것이었다.

얼마 지나지 않아 그는 자신이 예서 멀리 떨어진 어둠 계곡의 미사 주재자들이 부르는 섬뜩한 영송을 듣고 있음을 깨달았다. 대체 저들이 앞으로 할 행위에 대해 자신이 어찌 그리도 잘 알고 있다는 말인가? 나하브와 그녀의 조수가 검은 수탉과 검은 염소의 피로 가득 채울 사발을 나를 예정의 때를 어떻게 알고 있는 건가? 길먼은 엘우드가 잠에 취해 있는 모습을 보고 그를 불러 깨우려고 했지만 무언가가 목구멍을 막아 버렸다. 그는 제 몸을 통제할 수가 없었다. 정말로 그는 검은 사나이의 책에 서명해 버렸던 것인가?

이어 열에 들뜬 그의 비정상적인 청력이 바람에 실려 온 어렴풋한 곡조를 감지했다. 그는 언덕과 들판과 골목길을 지나 수 킬로미터 밖에서 다가오고 있는 소리를 알아들을 수 있었다. 불이 지펴지고 참배자들이 춤을 추기 시작한 게 분명했다. 그곳으로 가려하는 자신의 행동을 억제할 방법이 있을까? 이리도 곤경에 빠져버린 게 대체 무엇 때문일까? 수학, 괴담, 낡은 집, 케지아 노파, 브라운 젠킨…… 그리고 바로 지금, 소파 가까이의 벽에 뚫려 있던 새 쥐구멍이 그의 시야에 들어왔다. 멀리 들려오는 영송(詠誦)소리와 가까이 들리는 조 마즈레비치의 기도소리가 아닌 또 다른 소리, 바로 칸막이 벽 속을 몰래 갉아대는 결정적인 소리가 들려왔던 것이다. 길먼은 전깃불이 나가지 않기만을 바라고 있었다. 이윽고 그 쥐구멍 안에서 모습을 드러낸 것은 턱수염에 어금니가 돋아난 자그마한 얼굴이었다. 그는 그 혐오스런 작은 얼굴이 노파 케지아의 얼굴과 놀라울 정도로 닮아 있다는 농지거리 같은 진실을 이제야 깨달았다. 이어 문고리를 만지작대는 희미한 소리가 귀에 들려왔다

날카로운 비명을 내지르는 박명의 심연이 눈앞에서 명멸했다. 무형의 무지개 빛 거품 덩어리에 붙들리자 그는 저항불능의 무력감을 느꼈다. 만화경 같은 작은 다면체가 그를 앞질러 내달았다. 뒤엉켜 휘도는 전 공간 속에서, 점점 고조되고 가속되어가는 희미한 음색의 패턴은 형언할 수도 없고 견딜 수도 없는 어떤 클라이맥스를 전조하고 있었다. 그는 무엇이 다가올지 알 수 있을 것 같았다. 바로 기괴하게 터져 나가는 발푸르기스 리듬이었다. 그 우주적인 음색 속에서, 덩어리진 물질 천체의 이면에 있는 모든 원초적이자 궁극적인 시공간이 들끓는 소용돌이가 한 점으로 응축되거나, 때로는 정연한 반사광을 발산하며 일시에 쏟아져 나올 것이었다. 그 반향은 모든 실체의 층을 흐릿하게 관통하면서, 세상 전역을 두루 관통하는 소름 끼치는 중요성을 어떤 공포스런 시기에 선사하게 될 것이었다.

그러나 이 모든 것은 순식간에 사라졌다. 그는 다시 기울어진 바닥,

오래된 책이 꽂힌 낮은 책장, 긴 의자와 테이블, 기묘한 물건들과 한 쪽이 삼각형으로 꺼져 있는 보라색 빛이 비치는 비좁은 경사 천장의 공간 속에 있었다. 테이블 위에는 작은 하얀 형체(의식 잃은 알몸의 어린 사내아이)가 뉘어져 있었다. 반면 다른 쪽에는 심술궂은 눈초리의 흉악한 노파가 괴이한 모양의 칼자루가 달린 번득거리는 칼을 오른손에 쥐고, 기묘한 비례를 이루는 엷은 색의 금속 사발을 왼손에 들고 있었다. 그 사발은 정교한 손잡이가 측면에 달려 있었으며 표면은 기이한 돋을새김 문양으로 덮여있었다. 노파는 길먼이 이해할 수 없는 언어로 음산한 제례의 주문을 영창하고 있었는데, 아마도 『네크로노미콘』 속에 조심스럽게 기록되어 있던 구문인 듯했다.

눈앞의 광경이 점점 뚜렷해지자, 길먼은 늙은 노파가 허리를 굽혀 속이 빈 사발을 테이블 너머로 내미는 모습을 보았다. 그리고 의식을 제어할 수 없는 상태에서 그는 팔을 뻗어서 그 사발을 양손으로 받아 쥐었다. 받아보니 사발은 의외로 가벼웠다. 동시에 정나미 떨어지는 생김새의 브라운 젠킨이 왼편에 검게 파인 삼각형 구멍 가장자리로 기어 올라왔다. 노파는 몸짓 신호로 그에게 특정한 위치에서 사발을 들고 있으라고 명했고, 그 사이 그녀는 기괴하게 생긴 커다란 단검을 오른손에 들고 작고 하얀 희생자의 몸 위로 최대한 높이 쳐들고 있었다. 어금니 돋은 털북숭이 생물은 끽끽거리는 소리로 미지의 전례문을 읊기 시작하였고, 마녀는 꺼끌거리는 기분 나쁜 목소리로 그에 응수했다. 뼛골 사무치도록 통렬한 증오심이 마비된 길먼의 정신과 감정을 뚫고 튀어나오자 가벼운 금속사발을 든 손이 저도 모르게 부르르 떨렸다. 다음 순간, 노파가 칼을 내리꽂는 동작이 길먼에게 걸린 마력을 완전히 깨쳐버렸다. 그는 미친 듯이 손을 날려 그 극악한 행위를 저지시켰다. 떨어뜨린 사발은 종소리처럼 뎅그렁뎅그렁 울려 퍼졌다.

눈 깜작할 순간 그는 테이블을 돌아 경사진 마루를 타고 넘어 노파의 손아귀를 비틀어서 단검을 빼앗았다. 던져버린 칼은 비좁은 삼각형 구멍 가장자리로 덜거덕거리며 굴러갔다. 하지만 상황은 단숨에 역전되었다. 미치광이 같은 분노로 쭈글쭈글한 얼굴을 일그러뜨린 노파는 살인적인 손아귀로 길먼의 목을 단단히 움켜쥐고 조르기 시작했다. 목살을 파고드는 싸구려 십자가 줄이 느껴지자 그는 그 물건을 저 사악한 피조물의 눈앞에 보여주면 과연 어떻게 될까하는 생각이 들었다. 노파의 힘은 거의 초인적이었으나 목이 졸리고 있는 상태에서 그는 어렵사리 셔츠 속으로 손을 넣어 줄을 잡아끊었고, 그 줄을 당겨 십자가를 끄집어냈다.

그 물건을 보는 순간 마녀는 뜻밖의 공포에 강타당한 것 같았다. 목을 죄던 손이 한껏 헐거워져 길먼이 완전히 뿌리칠 수 있을 정도였다. 그는 강철 같은 손아귀를 목에서 떼어냈다. 그때 노파의 손이 다시 힘을 되찾아 다가붙지 않았더라면, 아예 노파를 깊은 구렁까지 끌어갈 수 있었을 것이다. 이번엔 길먼도 똑같이 응수할 작정을 하고 노파의 목으로 손을 뻗었다. 상대가 의도를 알아차리기 전에 그는 십자가 줄을 꼬아 노파의 목에다 걸고는 숨이 끊어질 정도로 힘껏 줄을 잡아당겼다. 노파가 최후의 발악을 하는 동안 길먼은 무언가가 발목을 무는 느낌을 받았다. 브라운 젠킨이 노파를 구하러 온 것이었으나 그는 단번에 그 흉악한 생물을 세차게 걷어차서 구렁 속으로 날려 보냈다. 깊숙한 아래쪽에서 낑낑거리는 소리가 들려왔다.

늙은 마녀의 숨이 끊어졌는지 알 수는 없었지만, 그는 마룻바닥에 쓰러진 노파를 그대로 놓아두었다. 하지만, 길먼이 돌아섰을 때, 테이블 위의 광경은 자칫 그의 마지막 이성의 끈을 끊어버릴 뻔했다. 마녀가 그의 목을 조르고 있는 동안, 근골 강인하고 마귀같이 민첩한 네 개의 손을 가진 브라운 젠킨이 재빠르게 일을 처리해 버린 것이다. 길먼의 노력은 헛수고로 돌아갔다. 희생자의 가슴을 가르려는 단검은 애써 막아내었건만, 그 털가죽 생물이 불경스런 싯누런 어금니를 아이의 손목에다 박아버린 것이다. 아까까지 바닥에 떨어져 있던 사발은 이젠 피로 가득 채워져, 생명이 끊어진 작은 몸의 옆에 놓여있었다.

꿈속의 섬망 속에서, 극도로 외계적인 리듬을 타고 아득히 먼 곳에서 들려오는 안식일 영송 소리에, 길먼은 검은 사나이가 분명 그곳에 있으리라는 것을 알 수 있었다. 혼란스런 기억은 절로 그의 수학과 어우러졌으며, 길먼은 처음으로 남의 도움 없이 정상적인 세계로 되돌아가는 길을 이어주는 필요 각도를 잡아냈다고 생각했다. 그는 자신이 있는 곳이 오랜 옛날부터 봉인되어 있었던 자기 방 위의 폐쇄된 다락 층이라는 확신을 가지고는 있었지만, 경사진 바닥이나 오래 막혀 있던 출입구를 통해 과연 탈출할 수 있을지는 무척이나 미심쩍었다. 게다가 꿈의 다락 층으로부터 탈출하면 단지 그가 찾으려는 실제 공간의 비정상적 투영에 지나지 않는 꿈속의 집 속으로 데려다 줄 게 아니겠는가? 그는 모든 경험 속에서의 꿈과 현실간의 관련에 대해 갈피를 잡을 수가 없었다.

어둑한 심연을 통과하는 일은 그에겐 더할 나위 없는 두려움이 될 터였다. 발푸르기스 리듬이 진동할 것이며, 마침내 지금까지 포장에 싸여 있는 우주의 맥동과 접하게 된다면 치명적인 공포에 삼켜질 게 분명했다. 때마침 그는 낮고 음산한 진동이 들려오는 것을 간파했고, 그 진동의 박자와도 같은 느낌 또한 분명하게 감지했다. 그것은 항상 안식일 시간이 되면 크게 증폭되고 세상 구석구석으로 전달되어 입회자를 끔찍한 의식으로 부르는 것이었다. 그 안식일 영송의 일부는 어렴풋이 가청범위를 넘어선 우주의 맥동을 본뜬 것이었으며, 그것이 완전히 포장을 걷고 공간에 충만한 상태에선 지구상의 어떤 귀로도 견딜 수 없는 것이었다. 길먼은 우주의 올바른 부분으로 돌아가는 일에 있어 자신의 직감을 신뢰할 수 있을지가 걱정스러웠다. 자칫 그 녹색 빛의 언덕에 내려서거나, 어느 은하 너머에 있을 촉수괴물들의 도시 속 모자이크 테라스 위나, 또는 지각없는 데몬 술탄 아자토스가 다스리는 혼돈의 궁극적 공간에 자리한 검은 나선형 소용돌이 한가운데 내려서지 않으리라고 어찌 확신할 수 있겠는가?

하지만 그가 뛰어들기 직전, 보랏빛 광채가 사라지고 완연한 암흑이 눈앞에 가로놓였다. 그것은 마녀 케지아, 즉 나하브가 죽었음을 의미하는 것이 분명했다. 아득한 안식일 영송은 깊은 구렁 속에서 들려오는 브라운 젠킨의 흐느낌과 뒤섞였고, 그 구렁 아래의 알 수 없는 깊이로부터 좀 더 거친 다른 웅얼거림이 흘러나왔다. 바로 조 마즈레비치. (포복하는 혼돈에 대항하는 그의 기도문은 이제 이유 모를 승리의 부르짖음으로 바뀌어가고 있었다.) 열기 띤 꿈의 소용돌이 속을 침범해 들어오는 냉소적인 현실 세상. 이아! 서브-니거레스! 천 마리 새끼들을 거느린 염소여…….

새벽이 밝기 전, 데스로처스와 코인스키 그리고 돔브로브스키와 마즈레비치가 소름 끼치는 비명소리를 듣고 몰려들었다. 의자에서 깊이 잠들어있던 엘우드까지 바로 잠을 깨고 말았다. 사람들은 기묘한 각면을 이룬 낡은 다락방 바닥에 쓰러져있는 길먼을 발견했다. 그는 살아있었지만 완전히 정신이 나간 듯, 눈만 멍하니 뜨고 있었다. 그 목덜미에는 살인자의 손자국이 선명했으며 왼쪽 발목엔 쥐에게 물린 참혹한 상처가 나 있었다. 옷가지는 심하게 구겨져 있었지만 조의 십자가는 어디에도 보이지 않았다. 친구의 몽유병이 몰고 온 새로운 상황에 대해 생각하기조차 두려워진 엘우드는 몸을 부르르 떨고 말았다. 마즈레비치는 기도에 대한 응답으로 받았다고 말했던 '징조'에 얼이 빠진 듯했다. 기울어진 칸막이벽 저편에서 끽끽거리며 흐느끼는 쥐의 울음소리가 들려온 순간 그는 정신없이 성호를 그어댔다.

꿈에 빠져 있던 이를 엘우드 방의 소파에 뉘고 나서 사람들은 닥터 말코브스키(난처할 법한 일엔 입 다물어 줄 만한 지역 개업의)를 불렀다. 그 의사는 길먼에게 두 차례 피하주사를 처방하여 환자가 비교적 자연스럽게 잠들어 신경을 안정시키도록 했다. 이따금 의식을 되찾은 환자는 기어드는 목소리로 방금 꾸었던 꿈을 뜨문뜨문 엘우드에게 귀띔해 주었다. 그 고통스런 과정을 기점으로 하여 당혹스런 진상이 새로 드러났다.

최근까지도 병적으로 민감해져 있던 길먼의 귀가 지금은 전혀 소리를 듣지 못한 상태가 된 것이다. 또다시 연락을 받고 허겁지겁 달려온 닥터 말코브스키는 엘우드에게 길먼의 양쪽 고막이 모두 터졌다는 진단을 내렸다. 인간의 개념이나 한계치를 초월한 어마어마하게 강력한 소리에 충격을 받은 것 같다는 설명이었다. 하지만 지난 몇 시간 동안 미스캐토닉 계곡에 사는 모든 사람들의 잠을 깨우지 않고서 그런 강력한 굉음을 어떻게 들을 수 있는지는 아무리 믿음직한 의사라 한들 답할 수가 없는 일이었다.

엘우드는 의사를 종이에 기록하는 방법으로 길먼과 어지간한 정도의 의사소통을 할 수 있었다. 이 모든 어지러운 사건을 일으킨 게 무언지는 둘 중 누구도 알지 못했으나, 그 일에 대해선 가능한 생각지 않는

게 낫다고 결론지었다. 둘은 모든 것이 정리되는 대로 이 저주받은 낡은 건물을 한시바삐 떠야 한다는 데 의견일치를 보았다. 석간신문들은 새벽이 밝기 직전에 경찰들이 매도 힐 너머의 한 계곡에서 기이한 축제를 치르고 있던 자들을 불시에 급습했다는 사건을 기사화하였고, 해묵은 미신과 관련되어 있다는 하얀 돌에 대해서도 보도했다. 체포된 자는 아무도 없었으나 뿔뿔이 흩어지는 도망자들 속에서 덩치가 큰 흑인 하나를 포착했다고도 했다. 다른 칼럼에서는 실종된 라디슬라스 볼레코에 대한 단서는 전혀 찾지 못했음을 전하고 있었다.

바로 그날 밤, 엘우드가 평생토록 잊어버릴 수 없을 소름끼치는 사건이 터졌다. 그 사건으로 얻은 신경쇠약으로 그는 남은 학기의 학업까지 중단해야 했을 정도였다. 문제의 그날 저녁 내도록 칸막이벽 속에서 쥐 소리가 나는 것 같았지만 엘우드는 그다지 신경을 쓰지 않았다. 하지만 두 사람이 잠자리에 든 다음, 갑자기 귀청을 찢는 끔찍한 비명소리가 터져 나온 것이다. 침대를 박차고 나온 엘우드는 불을 켜고 손님의 소파 쪽으로 달려갔다. 마치 고문이라도 당하는 듯, 소파에 있던 사람에겐 인간의 소리라고 할 수 없는 끔찍한 절규가 터져 나오고 있었다. 그가 침구 속에서 몸부림치고 있을 동안 커다란 핏자국들이 담요위에 번져가기 시작했다.

엘우드가 차마 길먼에게 손을 댈 엄두조차 못 내고 있던 사이, 비명과 몸부림은 점차 잦아들었다. 이 시간 돔브로브스키와 코인스키, 데스로처스와 마즈레비치를 비롯한 최상층의 하숙인들이 모조리 문간으로 모여들었고, 집 주인은 아내를 내려 보내어 닥터 말코브스키에게 전화로 연락하게 했다. 갑자기, 커다란 쥐 같은 물체가 피투성이가 된 침구 밑에서 튀어나오자 사람들은 찢어지는 비명을 질렀다. 그것은 순식간에 마루를 가로질러 새로 뚫린 가까운 쥐구멍 속으로 사라져버렸다. 의사가 도착하여 끔찍한 시트를 끌어내렸을 무렵엔 월터 길먼은 이미 죽어 있었다.

길먼을 죽음으로 몰고 간 원인에 대해선 정작 실상이 추측보다도 훨씬 더 잔혹했다. 그의 몸에는 실제로 구멍이 뚫려 있었으며, 무언가가 그의 심장을 먹어 치운 것이었다. 쥐약을 뿌린 노력이 완전히 실패로 돌아간 것에 미칠 지경이 된 돔브로브스키는 일주일도 되기 전에 임대계약이고 뭐고 죄다 던져버리고, 오래있던 하숙인들 모두를 데리고 허름하긴 해도 덜 오래된 월넛 스트리트의 집으로 이사해 버렸다. 가장 난감했던 일은 조 마즈레비치의 입을 한동안이라도 다물게 하는 일이었다. 그 음울한 직기설치공은 술 취하지 않은 맨 정신으론 버티지 못할 지경이었고, 여전히 변함없이 괴기하고 오싹한 넋두리를 우는 소리로 주절대고 있었다.

조는 그 소름 끼치는 마지막 밤에 길먼이 누워 있던 소파에서 쥐구멍까지 이어지진 쥐의 피 발자국을 목격했던 것 같다. 카펫 위에 찍힌 발자국은 그다지 분명치 않았지만, 마즈레비치는 카펫 끝자락에서 벽 하단의 굽도리 널 사이의 바닥 마루판이 깔린 곳에서 뭔가 기괴한 것, 혹은 그가 그리 생각했던(분명코 기묘한 흔적이긴 했지만 아무도 그의 생각엔 전적으로 동의하지 않았던) 것을 발견했다. 그 마루 위의 자국이 보통의 쥐 발자국과 전혀 닮지 않다는 건 확실했으나, 그것들이 네 개의 조그마한 인간의 손자국과 비슷하다는 사실은 코인스키나 데스로처스마저도 인정하지 않았다.

그날 이후 두 번 다시 그 집을 빌리는 이는 없었다. 돔브로브스키가 떠나자마자 마지막 폐허의 장막이 내려오기 시작했던 것이다. 오래된 악명에 더하여 새로 풍겨나기 시작한 악취로 인해 사람들이 기피했기 때문이었다. 전 주인이 집을 떠난 뒤 오래 지나지 않아서 그곳이 이웃의 골칫거리가 되었던지라, 아마도 그가 놓았던 쥐약이 결국엔 효과를 본 게 아닌가 싶었다. 방역관들은 악취의 원인을 추적한 끝에 동측 다락방 옆과 위쪽의 폐쇄된 공간까지 다다랐고, 그 속에 죽은 쥐의 시체가 수없이 들어 있으리라는 데 의견을 모았다. 하지만 그들은 벽까지 부수어서 오래도록 막혀 있던 공간을 소독할 필요는 없다고 판단했다. 문제의 강렬한 악취는 얼마 안 가 사라질 게 분명한데다, 그 지역이 위생기준을 일일이 적용할 장소도 아니었기 때문이었다. 사실, 5월 초하루 전날과 만성절이 지난 바로 다음 날이면 위치 하우스의 위층에서 정체 모를 악취가 풍겨 나온다는 막연한 소문이 언제나 그 지역에 떠돌았다. 타성에 젖은 이웃들은 관리들의 결정을 두말없이 받아들였지만, 그럼에도 악취는 어김없이 그 집을 멀리할 이유를 덧붙여주었다. 마지막에 이르러 주택조사관이 그 집을 폐가로 선고했다.

길먼의 꿈과 뒤따른 사건들의 전말은 결국 미궁으로 남게 되었다. 엘우드는 이듬해 8월에 대학으로 돌아와서 그 다음해 6월에 졸업했으나, 그 사건들에 대해 하나하나 생각하고 있자면 이따금 미칠 듯한 감정에 사로잡힌다. 그는 도시에 떠돌던 괴이한 소문이 한결 줄어들었음을 알게 되었다. 비록 대형 건축물처럼 오래도록 버티고 있었던 흉가 속에서 끽끽거리는 소리가 흐릿하게 흘러나온다는 말이 없지는 않았으나 길먼이 죽은 뒤부터 케지아 노파나 브라운 젠킨이 또다시 나타났다는 소문만은 일절 입에 오르내리지 않은 것이 사실이었다. 하지만 그 해 말, 엘우드가 아컴에 없었던 것은 사실상 다행이었다. 과거의 공포에 대한 도시의 뜬소문을 갑자기 부활시킨 사건이 그 무렵에 터진 것이었다. 물론 나중에 전말을 전해 듣게 된 그는 뇌리를 떠도는 암담하고 당혹스런 억측에서 비롯된 아무에게도 말 못할 고뇌를 겪게 되었다. 하지만 그마저도 현실에 근접한, 그리고 현실일 가능성이 높은 몇 가지 광경을 눈으로 본 것보다는 훨씬 나았다.

1931년 3월, 비어 있던 위치 하우스의 지붕과 큼직한 굴뚝이 강풍으로 부서져 버렸다. 가루가 된 벽돌과 거뭇거뭇 이끼 낀 지붕널, 썩은 널빤지와 재목이 한데 뒤섞인 난장판이 지붕 밑으로 와르르 떨어져 내려 아래층 바닥을 깨부수었다. 다락 층 전체가 위에서 떨어진 잔해로 꽉 메워져 버렸지만 낡아빠진 집 구조부가 결국 제풀에 무너지고 말 때까지 아무도 그 쓰레기 더미를 뒤져보려고 하지 않았다. 최후의 순간은 이듬해 12월에 다가왔다. 작업반이 걱정스럽고 마뜩잖은 기분으로 길먼의 낡은 방을 치워낸 시점부터 소문이 시작되었다.

오래된 천장널을 깨부수고 무너져 내린 쓰레기 더미 속에서 몇 가지 물건이 나온 바람에 인부들은 작업을 중지하고 경찰을 불렀다. 그리고 경찰들은 몇 명의 검시관과 교수들을 번갈아가며 청했다. 발견된 것은 여러 개의 뼈였는데, 심히 으깨어지고 부서져 있었으나 인간의 뼈라는 것은 확실히 알아볼 수 있었다. 뼈의 연대는 최근의 것이 분명했으나, 영문을 알 수 없는 점은 그것들이 감추어져 있었을 유일한 장소인, 낮게 기울어진 바닥의 위편 다락 층의 시간대와는 걸맞지가 않았다는 것이다. 그곳은 아무도 접근할 수 없도록 오랜 옛날부터 차단되어 있던 장소였기 때문이었다. 검시의는 그 뼈가 어린 유아의 것이며, 썩어버린 갈색 헝겊조각과 뒤엉켜 있던 다른 것들은 다소 키가 작고 등이 굽은 상당히 나이를 먹은 노파의 뼈라고 결론지었다. 또한 나머지 잔해를 면밀하게 수색하자 오래된 쥐 뼈만이 아니라 붕괴에 휩쓸린 쥐의 뼛조각이 상당수 드러났다. 그것들은 작은 송곳니로 갉혀 있었는데, 그 갉힌 양태가 가끔씩 크나큰 논쟁과 반향을 낳았다.

찾아낸 여타 물건 가운데엔 수많은 책 더미와 문서가 조각난 부스러기 째 들어 있었으며 더 오래된 책과 문서들이 전반적으로 부식된 결과물인 누리끼리한 먼지로 온통 뒤덮여 있었다. 그 모두가 예외 없이 끔찍한 형태의 고차원적 흑마법을 다룬 듯했으며, 개중 일부가 의심할 바 없이 최근 시기의 물건이라는 사실은, 현대인의 뼈에 대한 의문에 못잖은 여전히 풀리지 않는 수수께끼이다. 하지만 그보다 더한 의문은, 종이 상태와 워터마크를 보아 적어도 150년에서 200년의 시대 차를 짐작할 수 있는 광범위한 문서에서 발견된 판독키 어려운 고풍의 필적이 완벽히 동일하다는 사실이다. 하지만, 어떤 이들에게 있어 가장 큰 수수께끼는 명백히 다른 부류의 손상을 입고 잔해 속에 흩어져 있던, 어떤 억측으로도 형태와 재질과 세공술의 유형과 쓰임새를 알 수가 없는 갖가지 정체 모를 물건들이다. 이들 중 하나가 미스캐토닉 대학의 몇몇 교수들을 크게 흥분시켰다. 그것은 바로 심각한 손상을 입은 괴 생물체의 조형으로, 커다랗다는 점과 금속 대신 독특한 푸른빛의 돌로 만들어졌으며 판독할 수 없는 상형문자를 세공한 특이한 각도의 대좌가 있다는 점만 제외하면, 길먼이 대학 박물관에 기증했던 기묘한 조형물과 분명히 닮아 있었다.

지금까지도 고고학자들과 인류학자들은 짜부라진 밝은 색조의 금속 사발 면에 돋을새김 된 이상한 문양을 해독해 보려고 애쓰고 있다. 발견 당시에 사발 안쪽에는 알 수 없는 기분 나쁜 갈색 얼룩이 묻어있었다. 이민자들과 뭐든 쉬이 믿어버리는 노파들은 잔해와 뒤섞여 있던 줄 끊어진 현대의 니켈 십자가에 대해 하나같이 수다스레 지껄이곤 한다.

조 마즈레비치는 자신이 수년 전에 불행한 길먼에게 건네주었던 것과 그것이 같은 물건임을 확인하고서 몸서리를 쳤다. 몇몇 이들은 쥐가 십자가를 물고 막혀 있던 다락 층으로 끌고 올라갔다고 믿고 있으나, 다른 이들은 그 물건이 길먼의 방 어느 구석자리에 계속 놓여있었을 뿐이라고 생각한다. 그렇지만 조를 포함한 일부 사람들은 맑은 정신으로 받아들이기엔 너무도 분방하고 터무니없는 견해를 보인다.

길먼이 살던 방의 경사벽을 뜯어내자, 예로부터 막혀 있던 칸막이벽과 집의 북쪽 외벽 사이의 삼각형 공간은 규모에 비례해 봐도 나머지 방보다는 구조물 잔해가 덜 쌓여있었다. 하지만 그 안에 쌓여 있는 더 오래된 물건들의 섬뜩한 퇴적층이야말로 작업반을 공포로 얼어붙게 만들었다. 간단히 말하여 그곳은 작은 어린아이들의 인골이 쌓여 있는 진정한 납골당이었던 것이다. 그중 일부는 어지간히 최근의 것이었으나, 다른 것들은 오랜 옛날부터 무한의 부식단계를 걸쳐온 것처럼 완전히 삭아 부스러져 있었다. 이 두터운 유골의 퇴적층 위에 골동품임이 분명한 기괴하고 화려하고 이국적인 형태의 큼직한 칼이 놓여 있었고, 그 위에 건물 부스러기들이 쌓여 있었다.

하지만 무너져 내린 널빤지와 부서진 굴뚝의 미장된 벽돌 무더기 사이에 들어차 있던 건물부스러기 속에 들어 있던 한 물체가 유령이 출몰하는 저주받은 집에서 발견된 그 어떤 무엇보다도 아컴 사람들에게 더한 곤혹이자 은근한 공포가 되었으며 공공연한 미신 같은 소문을 낳게 만들었다.

그 물체는 부분적으로는 질병에 걸린 커다란 쥐의 골격이 짓눌려 뭉개진 것이었다. 그 기형적인 형상은 지금도 미스캐토닉 대학의 비교해부학 관계자들 간에는 논쟁의 주제이자 묘한 함구의 원인이 되고 있다.

이 골격에 대해서 세간에 알려진 바는 극히 적다. 처음 발견했던 작업자들이 몹시 충격 받은 목소리로 골격에 끼어 있던 기다란 갈색 털에 대해 남몰래 귀띔하는 이야기 외엔…….

소문으로 떠도는 바로는, 그 자그마한 발의 골격이 쥐라기보다는 무언가를 쥐기에 알맞은 소형 원숭이류의 전형적 특성을 띠고 있다고 한다. 반면 싯누런 송곳니가 살벌하게 돋아 있는 작은 두개골은 특정 각도에서 보면 기괴하게 퇴행된 인간의 두개골을 축소한 모사판과도 같은 극도의 변칙적 형태이다. 이 불경스런 생물을 만난 순간 두려움에 사로잡힌 작업자들은 저도 모르게 성호를 그렸다. 그러나 훗날 그들은 성 스타니슬라스 교회에 감사의 마음으로 촛불을 밝혔다. 그 킥킥거리는 날카롭고 섬뜩한 소리를 두 번 다시 듣게 될 일이 없으리라 느꼈던 것이다.

---

67) 비유클리드 기하학(non-Euclidean geometry) : 유클리드 기하학의 제 5공리를 부정하면서도 그 자체 모순은 없는 기하학이다.

68) 아자토스의 책 : 어둠의 서 또는 암흑의 서(Black Book)라고도 불린다. 아자토스의 앞에 놓이는 위대한 책으로서 그의 권능에 따르는 모든 이들은 자기의 이름을 피로 서명해야 한다. 이 책에는 차원간 여행을 위한 각과 곡률의 이용방법에 대한 열쇠와 주문들이 수록되어 있다. 같은 명칭인 본 준쯔의 『Black Book(암흑의 서)』과는 다르다.

69) 애국기념일(Patriots' Day) : 4월의 세 번째 월요일로써 미국 독립전쟁 시 대영제국에 대항해 싸운 주요한 전투들을 기념하기 위한 날

70) 텔루륨(tellurium) : 텔루르라고도 한다. 비금속 원소이며 1782년 독일의 F. J. 뮐러에 의해서 비스무트 광물 속에서 발견되었다.

71) 오른 골목(Orne's Gangway) : 아컴에 있는 하층민 거주지역으로서 대개 폴란드 출신 이민자들이 살고 있는 곳이다.

THE EVIL CLERGYMAN

사악한 성직자

나를 다락방으로 안내한 사람은 푸르스름한 회색 빛 수염을 기르고 옷차림이 단정한, 근엄하면서도 지적으로 보이는 남자였다. 그가 이렇게 말했다.

"맞아요, 그 사람이 여기 살았지요. 하지만 충고하는데, 아무 짓도 하지 마세요. 호기심이 화를 부르지요. 밤에는 이곳에 절대 오지 않아요. 그 사람의 뜻을 따라 그리 하는 겁니다. 그 사람이 한 일에 대해서는 당신도 알고 있을 겁니다. 그 역겨운 무리들이 마지막 처리를 하는 바람에 그 사람이 어디에 묻혔는지는 우리도 몰라요. 법으로도, 그 무엇으로도 그 무리를 어쩌지는 못하니까요.

어두워지도록 여기 있지 말아요. 그 물건은 탁자에 그냥 놔둬요. 성냥갑처럼 생긴 그 물건 말입니다. 우리야 그것이 뭔지 모르지만, 아마도 그 사람이 한 일과 관계가 있지 싶어요. 우리는 그걸 쳐다보는 것조차 피하고 있습니다만."

잠시 후, 남자는 나를 다락방에 홀로 남겨두고 떠났다. 지저분하고 먼지투성이인 그곳에는 최소한의 가재도구만 비치되어 있었으나, 그 상태가 말끔한 것으로 봐서 빈민가의 여느 방과는 달랐다. 책꽂이에는 신학서와 고전들이 꽉 차 있었다. 파라셀수스, 알베르투스 마그누스, 트리세미우스, 헤르메스 트리메기스토스, 보렐루스 등의 마법서와 내가 읽을 수 없는 이상한 문자로 제목이 달린 책들도 있었다. 가구는 극히 소박했다. 문이 하나 있긴 했으나, 벽장으로만 통했다. 출구라고는 바닥에 난 구멍이 유일했고, 그것은 투박하고 가파른 계단과 연결됐다. 창문마다 동그란 소용돌이무늬가 있었고, 검은 오크로 만들어진 대들보는 그것이 얼마나 오래된 것인지 말해 주고 있었다. 이 집은 분명 구세계의 것이었다. 내가 어디에 있는지는 알아도 무엇을 하고 있는지는 모르고 있는 느낌이었다. 그곳이 런던이 아닌 것은 분명했다. 작은 항구 도시 같았다.

탁자 위의 작은 물체가 시선을 강하게 잡아끌었다. 그것이 어디에 쓰는 물건인지 내가 알고 있었나보다. 호주머니에서 손전등(아니면 그렇게 생긴 것)을 꺼내 초조히 불빛을 시험해 보았으니 말이다. 불빛은 흰색이 아니라 보랏빛이었고, 방사능 포격 때보다 덜 사실적으로 보였다. 나는 그것이 보통 손전등이 아니라는 것을 기억해냈다. 사실, 보통 손전등은 다른 호주머니에 들어 있었으니까.

날이 점점 어두워지는 동안, 둥근 창문 밖으로 보이는 낡은 지붕들과 굴뚝들이 아주 기묘했다. 마침내 나는 용기를 내어, 그 작은 물체를 책 한 권에 받쳐 탁자 위에 세워놓았다. 불빛은 이제 우박 혹은 연속된 광선의 미세한 보랏빛 입자처럼 보였다. 그 입자들이 이상한 장치의 중심에 있는 유리 표면에 부딪히자, 불꽃이 지나가는 진공관에서 나는 소리처럼 탁탁하는 소음이 들려왔다. 검은 빛의 유리 표면은 연분홍빛으로 변했고, 어렴풋한 흰색이 그 중심에서 형태를 띠기 시작했다. 그때 나는 방 안에 혼자가 아님을 깨닫고, 투광기를 호주머니에 집어넣었다.

초심자는 말을 하지 않았다. 얼마 동안은 아예 아무 소리도 들리지 않았다. 모든 것이 흐릿한 무언극처럼, 아주 멀리서 안개를 통해서 보이는 것 같았다. 물론, 그 초심자와 그 뒤로 잇따라 들어온 자들 모두가 모종의 비정상적인 기하학의 법칙에 따라 가깝고도 멀리 있는 것처럼 커다란 모습으로 가까이서 맴돌고 있었지만 말이다.

성공회의 예복을 입은 성직자는 보통 키에 마른 편인 흑인이었다. 나이는 대략 서른 살 정도로, 창백한 올리브색 피부에 용모가 아주 빼어났으나 이마가 지나치게 넓었다. 검은 머리칼은 말쑥하게 잘라서 가지런히 빗질한 상태였다. 많이 자라는 수염 때문에 턱에 푸르스름한 기운이 남아 있기는 했지만 깨끗이 면도를 하고 있었다. 테가 없고 다리가 쇠로 만들어진 안경을 쓰고 있었다. 체격과 얼굴의 특징들은 다른 성직자들과 비슷했으나, 이마가 지나치게 넓은데다, 실제보다 더 까맣고 더 지적으로 보였다. 그와 동시에 사악한 인상이 더욱 미묘하고도 은밀하게 드러나 있었다. 그 순간(희미한 등유에 불을 밝힌 직후) 그가 초조해하는가 싶더니, 내가 미처 눈치 채기도 전에 자신의 마법서를 모조리 창가의 난로 속에 집어던졌다. 나는 그제야 난로가 그곳에 있는지 알았다. 불길은 묘한 색깔로 타오르며 탐욕스레 책들을 집어삼켰고, 기이한 그림 문자가 그려진 종이와 벌레 먹은 표지가 거센 화염에 휩싸이면서 지독한 악취가 풍겼다. 갑자기 방 안에 다른 사람들이 보였다. 성복을 입은 근엄한 표정의 남자들, 그 중에서 주교가 사용하는 흰 넥타이와 짧은 바지를 입은 이도 있었다. 나는 아무 소리도 들리지 않았지만 그들이 초심자에게 몹시 중요한 취지의 판결문을 전달하는 것을 보았다. 그들은 그를 저어하고 두려워하는 기색이었고, 그도 그들을 그렇게 여기는 것 같았다. 그의 얼굴은 험상궂게 변했으나, 의자의 등받이를 붙잡으려고 할 때는 오른손을 떨고 있었다. 주교는 빈 책꽂이와 난로(잿더미 속에서 불길이 꺼져가고 있는 곳)를 가리켰는데, 무척이나 혐오스러운 표정이었다. 그때 초심자는 쓴 웃음을 짓고, 탁자의 작은 물체를 향해 왼손을 뻗었다. 그러자 모든 사람들이 기겁하는 것 같았다. 성직자들은 바닥에 난 뚜껑문으로 우르르 몰려가더니 가파른 계단을 내려가기 시작했다. 그들은 방을 떠나면서 위협적인 몸짓을 해 보였다. 주교가 마지막으로 방에서 내려갔다.

초심자는 방 안쪽에 있는 벽장으로 가더니 밧줄 더미를 꺼냈다. 의자에 올라선 그는 밧줄의 한쪽 끝을 대들보의 중앙에 걸고는 다른 쪽 끝을 올가미처럼 만들기 시작했다. 그가 목을 매려는 것을 깨닫고 나는 그를 설득하거나 구하려고 그쪽으로 달려갔다. 나를 보고 동작을 멈춘 그가 의기양양한 표정으로 나를 쳐다보았는데, 나는 그 눈길에 어리둥절해졌다. 그는 천천히 의자에서 내려와 검은 얼굴과 엷은 입술에 잔인한 미소를 띤 채 나를 향해 미끄러지듯 다가왔다.

왠지 큰 위험을 느낀 나는 투광기를 무기처럼 꺼내 들었다. 그것이 어떻게 도움이 될 거라고 생각했는지는 나도 모르겠다. 그의 얼굴 앞에서 투광기를 작동시키자, 창백한 그의 안색이 처음에는 보랏빛으로 다음에는 연분홍빛으로 빛났다. 잔인한 환희의 표정도 이내 깊은 공포로 물들어갔다. 그렇다고 환희의 표정이 전부 사라진 것은 아니었다. 그는 멈춰 서서 두 팔을 허공에 대고 마구 휘두르다가 뒤로 비틀거렸다. 그가 열려진 뚜껑문 쪽으로 다가가는 것을 보고 내가 위험하다고 소리쳤으나, 그는 내 목소리를 듣지 못했다. 순식간에 그는 뒤로 고꾸라지더니 뚜껑문 밑으로 사라져 버렸다.

내가 뚜껑문으로 움직이는 것은 쉽지 않았다. 그러나 간신히 그곳에 다가가 보니, 아래층에 시체 같은 것은 보이지 않았다. 그 대신 랜턴을 들고 계단을 올라오는 사람들이 보였다. 환각적인 침묵의 주문이 풀렸기 때문이다. 나는 소리를 들었고, 정상적인 삼차원에서 사람들을 보았다. 사람들을 이곳으로 오게 만든, 어떤 일이 벌어진 것이 틀림없었다. 혹시 소음 같은 것이 났는데 내가 듣지 못했던 걸까?

곧 두 사람이(순박한 마을 사람들로 보이는) 지붕의 맞은 편 연판에서 나를 보고 있었다. 그들은 굳은 모습으로 서 있었다. 그들 중에서 한 명이 비명을 지르며 고함쳤다.

"아르! ……당신? 또?"

그들은 곧 돌아서서 정신없이 도망쳤다. 단 한 사람만 예외였다. 사람들이 사라졌을 때, 나를 이곳으로 데려온, 수염을 기른 근엄한 남자가 랜턴을 들고 혼자 서 있는 것이 보였다. 그는 숨을 죽이고 무엇에 홀린 듯이 나를 쳐다보고 있었으나 두려워하는 것 같지는 않았다. 이윽고 그는 계단을 오르기 시작했고, 다락방에서 나와 마주섰다. 그가 말했다.

"역시나 그걸 그냥 놔두지 않았군요! 유감입니다. 무슨 일이 벌어졌는지 압니다. 이번이 처음도 아니지만, 그때는 그 남자가 겁에 질려 권총으로 자살을 했지요. 그 사람을 불러온 건 잘못입니다. 그가 원하는 걸 알잖아요. 하지만 그가 예전에 점령했던 남자와는 달리 당신은 겁을 먹지 않았군요. 당신에게 뭔가 아주 이상하고 섬뜩한 일이 벌어진 겁니다. 하지만 당신의 정신과 개성을 해칠 정도는 아닙니다. 침착하게, 당신의 삶에서 어느 정도의 급속한 변화를 받아들인다면, 인생을 즐기면서 학자로서 결실도 맺게 될 겁니다. 하지만 이곳에서 살 수는 없어요. 그렇다고 당신이 런던으로 돌아가고 싶어 하지는 않을 것 같군요. 나라면 미국을 권하고 싶어요.

다시는 그 물건으로 아무 짓도 마세요. 아무것도 되돌려 놓을 수는 없으니까요. 소환이든 그 무엇이든 괜히 상황만 악화시킬 뿐입니다. 당신의 상황은 지금 생각보다 나쁜 편은 아닙니다. 다만 여기서 당장 떠나야겠지요. 일이 이쯤에서 끝난 것을 하늘에 감사하고…….

당신을 위해 가능한 충격이 덜하도록 준비를 할 생각입니다. 당신한테 변화가 생겼어요. 얼굴에 말입니다. 그 사람이 늘 일으키는 일이지요. 하지만 외지에서 생활하다 보면 익숙해지겠지요. 방 끝에 거울이 있으니, 거기까지 내가 데려다 주겠소. 보기 흉한 모습은 아니라 해도, 충격이 있을 겁니다."

그때 나는 너무도 무서워서 온몸을 떨고 있었다. 수염을 기른 남자는 거울이 있는 곳까지 나를 부축했고, 다른 손에는 희미한 등불(그러니까 그가 가져온 더 희미한 랜턴이 아니라, 전부터 탁자에 놓여있던 것)을 들었다. 거울에서 내가 본 모습은 이렇다.

성공회 예복을 입은, 보통 키에 마른 흑인 남자, 서른 살가량, 무테에 다리를 쇠로 만든 안경, 그리고 창백한 올리브색의 피부와 지나치게 넓은 이마.

그것은 말없이 자신의 책들을 불태웠던 초심자였다.

여생 동안, 내가 지니고 살아가야 할 모습이 바로 그 남자였다!

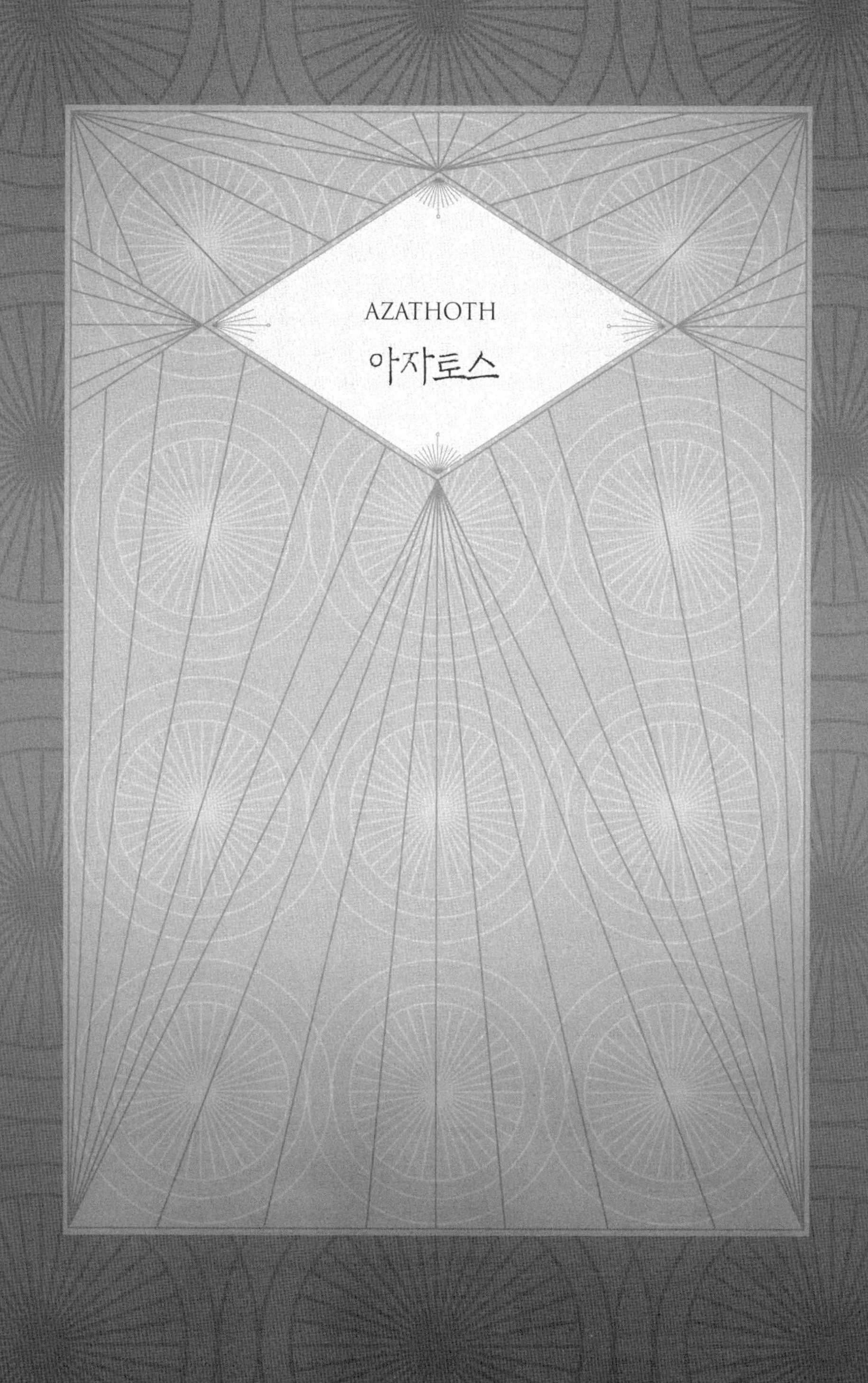
AZATHOTH
아자토스

세상은 속되어가고 사람들의 마음속엔 경이로움이 사라져버렸으며, 잿빛 도시들이 오염된 하늘을 향해 험상궂고 추악한 마천루를 높이 세워 올릴 때, 그 건물의 그늘 속에서 어느 누구도 햇빛과 꽃 피는 봄날의 풀밭을 꿈꾸지 않고, 아름답던 살갗을 뜯기고 상처 입은 지구의 모습을 깨달은 시인들이 흐릿하게 보이는 일그러진 환영이나 내면을 바라보는 눈에 대해 더는 노래하지 않게 된 그 때, 이 모든 일들이 현실이 되고 무구한 희망은 사라져버린 그 때에, 세상의 꿈이 날아간 공간을 찾기 위해 삶을 벗어난 여행을 떠났던 사람이 있었다.

이 사람의 이름과 주소지는 기록으로 남아 있지 않다. 그런 것들은 꿈이 아닌 현실의 세상에 속해 있기 때문이지만 혹자는 둘 다 불확실했다고도 한다. 단지 불모의 어스름만이 지배하는 높은 벽으로 이루어진 도시에서 살았다고 말하는 것으로 충분하리라. 그는 하루 종일 어둠과 소란 속에서 일하고 저녁이 돼서야 거처로 돌아오곤 했다. 방에 있는 단 하나의 창문은 들판과 숲이 아니라, 여러 개의 창문들이 음울한 절망 속에 서로를 응시하는 어둑한 안마당 쪽으로 나 있었다. 보통은 그

창을 통해선 오로지 벽과 창문만 내다보일지도 모르지만, 가끔 바깥쪽으로 한껏 몸을 내밀면 작은 별들이 지나가는 모습이 바라보였다. 벽과 창문으로 된 따분한 풍경은 풍부한 상상력과 소양을 쌓은 이의 정신을 얼마 못 가 헝클어버리기 마련이었기에, 그 방의 주인은 밤마다 창밖으로 몸을 내밀어 높은 하늘을 올려다보면서 현실 세상과 고층의 도시 너머에 있는 것들이 짧게 내비치는 파편 같은 섬광을 눈에 담곤 했다. 수년 후 그는 느릿느릿 흘러가는 별들에게 이름을 붙여 부르기 시작했고, 그 별들이 아쉬움을 끌며 시야 밖으로 사라지면 상상 속에서 그 뒤를 따라갔다. 그리하여 마침내 그는 평범한 눈으로는 그 존재를 깨달을 수 없는 수많은 비밀스런 진실에 눈을 뜨게 되었다. 그리고 어느 날 밤 거대한 심연 위에 다리가 놓였다. 하늘을 떠돌던 꿈이 부풀어 내리며 외로운 관찰자의 창문으로 들어와선 닫혀 있던 방 안의 공기와 합류하고는, 그를 경이로운 전설 속으로 이끌어 들였다.

금빛 입자로 반짝이는 보랏빛 어둠의 격류, 궁극의 공간에서 휘돌아 나오는 먼지와 불길의 소용돌이, 그리고 이 세상 바깥에서 풍겨 나오는 짙은 향기가 방 안으로 차 들어왔다. 눈으로 바라보지 못할 태양의 광채로 밝혀진 마취약 같은 대양이 쏟아지더니 기묘한 생김의 돌고래들과 기억 속에 아득한 심해의 바다 요정들을 그 소용돌이로 품어 안았다. 소리 없는 무한히 꿈을 찾는 이의 주위를 휘감더니 외로운 창가에 빳빳이 기댄 몸을 건드리지 않고 가볍게 띄워 올렸다. 그러곤 머나먼 천체의 조류는 인간의 달력으로 헤아릴 수 없는 나날 동안 그를 부드럽게 실어 날라 다른 주기의 진로에 합류시켜, 향기로운 연꽃 봉오리와 붉은 카말라테스로 총총한 해 돋는 푸른 물가에 그가 잠들도록 고이 내려놓았다.

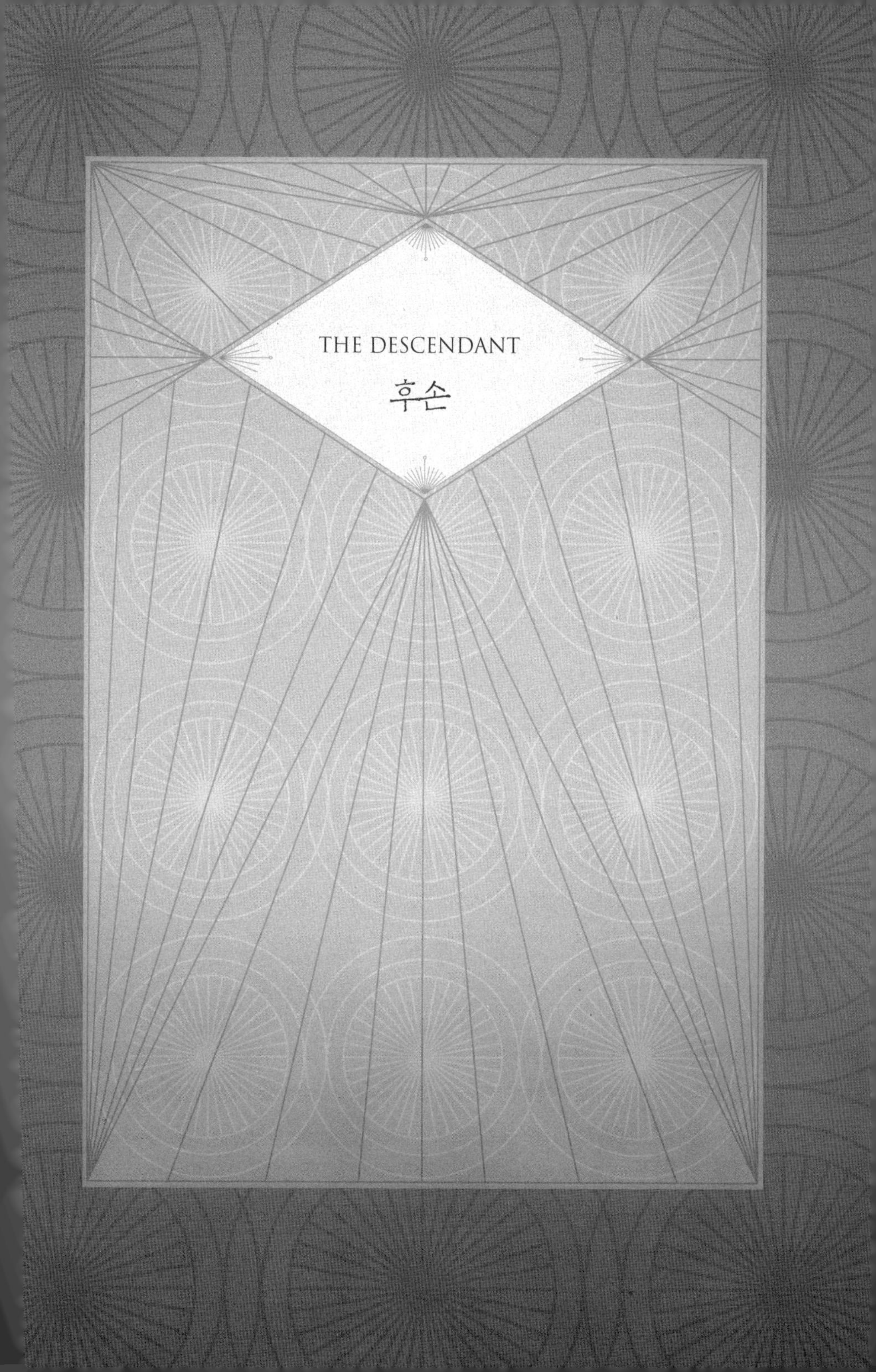

THE DESCENDANT

후손

임종을 앞두고 주치의가 해 준 말에 대해 쓰자니, 무엇보다 두려운 것은 그가 틀렸다는 데 있다. 내 생각에는 다음 주에 무덤에 묻힐 것이지만…….

런던에 교회의 종소리가 울릴 때마다 비명을 지르는 남자가 있다. 그는 그레이스 여인숙에서 줄무늬 고양이를 키우며 홀로 살아가고 있는데, 사람들은 그를 위험하지 않은 광인이라고 부른다. 그의 방에는 더없이 지루하고 유치한 책들이 가득하고, 그는 매순간을 그 시시한 책 속에 몰입하려고 애쓰고 있다. 그가 살면서 추구하는 것은 단 하나, 생각하지 않는 것이다. 여러 가지 이유에서 생각 자체는 그에게 아주 소름 끼치는 것일 뿐 아니라 상상을 부추기는 어떤 것에도 질겁했다. 그는 비쩍 마르고 쭈글쭈글한 백발노인이지만, 겉모습만큼 나이가 많지 않다고 말하는 이들도 있다. 오싹할 정도로 공포에 사로잡힌 그는 어떤 소리만 들어도 화들짝 놀라 눈이 휘둥그레지고 이마에 구슬땀이 맺혔다. 그가 친구와 동료들을 피하는 이유는 그들의 질문에 답하고 싶지 않아서다. 학자이자 유미주의자였던 그를 아는 사람들은 지금의 그의 처지를 너무도 안타까워한다. 사람들과 연락을 끊은 지 오래, 그가 마을을 떠났는지 아니면 세인의 눈을 피해 은둔하고 있을 뿐인지 아무도 짐작조차 하지 못했다. 그레이스 여인숙에서 생활한 지 어언 10년, 그는 그곳에서 윌리엄스가 『네크로노미콘』을 사온 어느 밤까지 침묵으로 일관하고 있었다.

고작 스물세 살의 몽상가 윌리엄스는 그 낡은 여인숙에 들어왔을 때 옆방의 쭈글쭈글한 백발노인에게서 우주로부터 불어오는 듯한 기이한 숨결 같은 것을 느꼈다. 그는 억지로 친분을 쌓으려고 했는데, 나이 든 사람들이라면 애써 그런 짓을 하지 않는 법이다. 그는 앙상하게 여윈 몸으로 늘 보고 듣는 노인의 두려움을 이상하게 여겼다. 노인이 언제나 보고 듣는다는 것은 의심할 여지가 없었다. 눈과 귀 이상으로 보고 들었고, 매순간을 뻔하고 시시한 소설을 뒤적거리며 뭔가를 잊으려고 필사적이었다. 그러다가 교회 종이 울리면, 귀를 막고 비명을 질렀는데, 노인과 함께 사는 잿빛 고양이도 마지막 종소리의 여운이 가실 때까지 합창하듯 울어대는 것이었다.

하지만 윌리엄이 아무리 노력해도, 노인에게서 속사정 따위는 일언반구 듣지 못했다. 노인은 외모와 처지에 어울리지 않게 거짓 웃음과 쾌활한 말투로 시답잖은 일들을 정신없이 지껄이고는 했다. 그의 목소리는 연거푸 고음으로 탁해지더니 나중에는 새된 소리와 두서없는 가성으로 갈라지고는 했다. 그런데도 워낙 학식이 깊고 완벽해서 아무리 사사로운 말을 하더라도 그 뜻이 명확했다. 그래서 그가 해로 스쿨과 옥스퍼드 출신이라는 말을 들었을 때 윌리엄스는 그리 놀라지 않았다. 나중에는 그 노인이 바로 노덤 공작으로서 그가 상속받은 요크셔 해안의 옛 성과 관련하여 기이한 소문이 돈다는 말까지 들려왔다. 하지만 윌리엄스가 그 성과 로마 시대에까지 거슬러 올라가는 그 기원에 대해 화제에 올리기라도 하면, 노인은 성에서 이상한 것은 전혀 없다고 잘라 말했다. 게다가 성의 지하에 있는 납골당이 북해의 단단한 개사층을 파내 만든 것이라는 소문에 대해서는 킬킬거리며 웃기까지 했다.

그렇게 별 진전이 없는 가운데, 어느 날 밤 윌리엄스가 아랍의 광인 압둘 알하즈레드가 썼다는 악서 『네크로노미콘』을 사오게 되었다. 그는 열여섯 살 때부터 그 무시무시한 책에 대해 알고 있었는데, 기이함에 대한 취향에 막 눈을 뜬 시절이라 샌도스 가의 어느 정직하지 못한 늙은 서적상에게 이상한 질문들을 하기도 했다. 그리고 사람들이 그 책에 관한 이야기만 나오면 왜 그리도 새파랗게 질리는지 늘 의아했다. 그 늙은 서적상의 말에 의하면, 성직자와 입법자들의 서슬 퍼런 금서 명령 하에서 살아남은 네크로노미콘은 고작 다섯 권인데, 그 오싹한 블랙레터 체의 책을 감히 읽으려고 한 사람들은 겁에 질린 감시자들의 관리 하에 모두 감금되어 있다고 했다. 하지만 마침내 그는 그 책을 손에 넣었을 뿐 아니라 그것도 굉장한 헐값에 구입했다. 책을 산 곳은 클래어 시장 인근의 지저분한 지역에 있는 어느 유대인 상점으로, 전에도 거기에서 가끔씩 진기한 물건들을 사고는 했다. 그가 그 엄청난 책을 찾아냈을 때, 험상궂은 유대인 노인이 텁수룩한 수염 사이로 미소를 짓고 있는 기분이 들었다. 황동 죔쇠가 달린 큼지막한 가죽 장정은 눈에 확 띌 정도였고, 가격은 터무니없이 쌌다.

책의 제목을 흘깃하다가 단번에 마음을 빼앗긴 그는 어렴풋한 라틴어 문장 사이에 그려진 도형들을 보고 있자니 머릿속에서 더없이 긴장되고 두근거리는 기억들이 떠올랐다. 그 귀서를 집까지 안전하게 가져가서 찬찬히 읽어봐야 했다. 그래서 다급히 상점을 빠져나오는데, 등 뒤에서 늙은 유대인의 키득거리는 웃음소리가 기분 나쁘게 들려왔다. 그러나 막상 방까지 책을 안전하게 가져온 뒤에는 블랙서체와 고어로 이루어진 내용을 이해할 재간이 없어서 어쩔 수 없이 난해 중세 라틴어의 해독을 위해 겁에 질려있는 묘한 노인을 찾았다. 줄무늬 고양이를 상대로 실없이 웃고 있던 로덤 경은 방 안으로 들어서는 젊은이의 모습에 깜짝 놀랐다. 그는 곧 책의 제목을 보더니 몸서리를 치는가 싶더니 윌리엄이 그 제목을 말하는 순간 기절하고 말았다. 그가 자신의 사연을 말한 것은 정신을 차리고 나서였다. 광인의 헛소리처럼 극도로 흥분한 속삭임으로 그 저주받은 책을 속히 불태우고 그 재까지 뿌려 없애라고 했다.

처음에는 로덤 경의 속삭임이 당연히 와 닿지 않았다. 하지만 그가 자초지종을 상세히 말하지 않았더라면 누구라도 이해할 수 없는 이야기였다. 그는 불행히도 아주 먼 과거, 믿을 수 없을 정도로 오래전까지 거슬러 올라가는 공작 가문의 태생이었다. 색슨족 이전부터 자손 대대로 불분명하게나마 전해 내려오는 구전에서 찾아본다면, 공작 가문은 바야흐로 로만브리튼의 린둠에 주둔 중인 제3 군단의 사령관 루나에우스 가비니우스 카피토가 정체불명의 의식에 참여했다는 이유로 직책에서 쫓겨난 시절까지 거슬러 올라간다. 풍문에 따르면, 가비니우스는 우연히 절벽 가 동굴에 닿았는데, 그곳에는 이상한 부족들이 모여 어둠 속에서 엘더 사인을 그리며 의식을 치르고 있었다. 브리튼인 들이 두려워할 뿐, 그 이상한 부족에 대해 아는 것이라고는 서쪽에서 침몰한 어느 거대한 땅에서 살아남은 사람들이라는 것이었다. 그 거대한 땅이 가라앉은 뒤, 거대한 스톤헨지로 이루어진 성소와 불가사의한 서클이 있는 몇 개의 섬들만 남았다. 물론, 가비니우스가 금단의 동굴 부근에 난

공불락의 성채를 만들고 새로운 가계를 세움으로써 픽트족과 색슨족, 데인족과 노르만족이 힘없이 절멸했는지는 정확하지 않다. 그 가계에서 흑태자의 용감한 동료이자 부관이 나왔고, 나중에 에드워드 3세가 노덤 공작이라고 칭하게 됐다는 암묵된 추측도 불확실하기는 마찬가지다. 이런 일들이 확실치 않음에도 사람들의 입에 자주 오르내렸다. 사실상 노덤 성의 석조물은 놀라울 정도로 하드리안 성벽과 비슷했다. 노덤 경은 어렸을 때 성의 낡은 지역에서 잠들었다가 이상한 꿈을 꾸었다. 그 후로 현실과는 동떨어진 흐릿한 장면과 형태와 인상의 기억을 통하여 과거를 돌아보는 습관이 생겼다. 그는 인생의 지루함과 불만족을 깨닫고 몽상가가 되었다. 한때 익숙했지만 지금은 지상의 어디에서도 볼 수 없는 기이한 세계와 관계를 찾아서.

우리의 현실 세계는 거대하고 불길한 구조를 이루는 하나의 원자에 불과하며, 미지의 영역이 세계 도처에 밀려들어 어디든 자리를 잡고 있다는 생각에 사로잡힌 채, 청년 로덤은 형식적인 종교와 신비학의 원천을 차례로 비워 버렸다. 하지만 어디에서도 평온과 만족을 구하지 못했다. 나이가 들수록 삶의 진부함과 한계를 더욱더 견딜 수 없었다. 90년대에는 악마주의에 빠져들었고, 과학의 협소한 전망과 획일적이고 무미한 자연 법칙에서 벗어날 수 있다는 기대로 온갖 교리와 이론을 게걸스레 탐하기도 했다. 아틀란티스에 대한 이그나티우스 도넬리의 공상적인 글, 괴팍함으로 가득 찬 그를 전율시킨 찰스 포트의 모호한 선구자적 저서 10여 권을 비롯한 책에도 열렬히 빠져들었다. 오지 마을의 경이로운 전설을 찾아 먼 길을 여행하다가 한번은 아무도 본 적이 없되 희미한 풍문으로 존재하는 이름 없는 도시를 찾아 아라비아 사막 깊숙이 들어가기도 했다. 마음 한 편에서 어딘가 쉬운 관문이 존재한다는,

그래서 그곳을 통과할 수만 있다면 기억의 저편에서 너무도 희미하게만 메아리치는 외연의 심연으로 마음껏 갈 수 있다는, 애닯는 믿음이 솟았다. 그것은 현실 세계에 존재할 수도 있고, 오로지 그의 마음과 영혼 속에서만 존재할지도 몰랐다. 어쩌면 절반의 탐사를 끝낸 그의 머릿속에 잊혀진 차원에서의 오래되고도 미래적인 삶으로 일깨워질 비밀의 끈이 들어있을 수도 있다. 그를 행성과 연결시켜 주고 그 너머의 무한과 영원으로 이끌어줄…….

THE BOOK
어떤 책

내 기억은 극도로 혼란스럽다. 그 기억이 시작된 시점조차도 극히 의심스러운 것은 이따금 무시무시한 세월의 조망이 뒤편 멀리까지 펼쳐진 듯 느껴지기 때문이다. 한편 어떨 때는 지금의 순간이 마치 형체 없는 회색빛 무한 속에 고립된 지점처럼 여겨질 때도 있다. 심지어 내가 이 메시지를 어떻게 전달하고 있는지도 확실치가 않다. 내가 말을 하고 있다는 것을 알고 있는 중에도, 나는 내 말이 들리기 바라는 지점으로 말의 내용을 전달하기 위해선 기이하고 어쩌면 오싹한 매개체가 필요할 것 같다고 막연하게 느끼는 것이다. 또한, 내 정체성도 난감할 지경으로 애매하기만 하다. 나는 크나큰 충격을 겪었던 것 같다. 그 충격이란 어쩌면 특이하고 믿기 힘든 체험의 세월이 낳은 극히 끔찍한 결과물 때문일지도 모른다.

물론, 이 체험의 세월 모두는 어떤 벌레 먹은 낡은 책으로부터 시작되었다. 항시 안개가 빙글빙글 떠도는 시커먼 기름 강 근처, 희끄무레한 빛으로 밝혀진 어떤 장소에서 그 책을 찾아냈던 순간을 나는 기억한다. 그 장소는 무척이나 오래된 곳이었으며 썩어가는 책들로 빽빽한 천정까지 닿는 높다란 서가들은 창 없는 방과 알코브를 가로질러 끝도 없이 뒤로 뻗어 있었다. 그 밖에 모서리가 뭉개진 거대한 책더미들이 바닥 마루와 투박한 상자 속에 가득 들어차 있었는데 이 무더기 중 하나에서 나는 그 책을 발견했던 것이다. 앞쪽 페이지는 이미 떨어져 나가 있어서 제목은 알지 못했지만, 뒷부분이 펼쳐진 채 놓여 있던 그 책을 본 순간 의식을 뒤흔드는 찰나의 느낌이 나를 스쳐 갔다.

그 책에는 공식이 적혀 있었다. 말하고 시행하는 방식에 대한 일종의 목록 같은 것이었다. 나는 그 내용이 금지된 흑마법의 소산이자, 이전에 내가 읽은 적 있던 내용임을 인지할 수 있었다. 나는 이름도 생소한 고대의 탐구자들이 집필한 낡은 문서들에 탐닉하고 있었고, 그 책의 내용은 혐오감과 매혹이 한데 뒤섞인 우주의 은폐된 신비를 누설하는 비밀문서 속의 수상쩍은 구문들과 닿아 있었다. 그 책은 인류의 시초부터 신비가들이 꿈에서 보고 은밀하게 귀띔해 왔던 것으로서, 3차원이나 기지의 생명과 물질 영역 바깥에 있는 자유로움과 발견으로 들어서는 특정한 관문과 통로를 여는 열쇠이자 가이드였다. 참으로 오래된 책이었지만 수세기의 세월 동안 어느 누구도 이 책이 실제로 존재한다고 생각하거나 어디에서 찾을 수 있는지도 알지 못했다. 그런즉 인쇄본이란 것도 있을 수가 없었으나, 단지 반쯤 정신이 나간 한 승려가 이 불길한 라틴어 구문을 상당히 오래된 언셜체[72]로 필사했던 적은 있다.

나는 그 노인이 곁눈질하며 키들거리던 모습과 내가 책을 빼앗다시피 가져갔을 때 제 손에다가 기이한 표식을 그렸던 모습을 떠올린다. 그는 책값을 받기를 거절했는데 오랜 시간이 지난 뒤에야 나는 그 이유를 짐작할 수 있게 되었다. 짙은 안개가 낀 바람 부는 좁다란 선창가 골목을 걸어 서둘러 집으로 돌아왔을 무렵에, 마치 부드러운 밑창을 댄 발걸음이 나를 은밀히 따라오는 듯한 오싹한 느낌이 들었다. 양 길가를 따라 수세기를 불안정하게 버텨온 집들이 마치 새롭고도 병적인 악의를 품은 살아있는 생물처럼 느껴졌다. 지금껏 닫혀 있던 어떤 사악한 이해력의 수로가 갑자기 열리기라도 한 것 마냥, 동공 같은 마름모꼴 유리창들이 곁눈질 하는 건물의 벽면과 머리 위로 튀어나온 벽돌 박공벽과 곰팡이 슨 회벽과 재목들이 바싹 앞으로 다가들어 도저히 막을 수도 없이 나를 짓누르는 느낌이었다. 하지만 책장을 덮어서 책을 가지고 돌아오기 전에 나는 그저 그 불경스런 룬 문[73] 중에서 가장 짧은 단문만 읽어보았을 뿐이었다.

마침내 내가 어떻게 그 책을 읽게 되었는지 기억이 난다. 창백한 얼굴을 하며 나는 오래도록 기묘한 연구에 몰두해왔던 다락방의 문을 잠갔다. 한밤중 이후로 내가 올라가지 않았기 때문에 그 거대한 집은 쥐 죽은 듯이 고요했다. 상세한 것들이 많이 불확실하긴 하지만 그 때 내겐 가족이 있었다는 생각이 든다. 그리고 집 안에 많은 하인들도 있었다고 알고 있다. 단지 그날 이래로 무수한 시대와 차원을 경험한데다 내 모든 시간관념이 해체되고 개조되었기 때문에 그 1년간이 어떠했는지 말할 수가 없을 뿐이다. 내가 책을 읽었던 것은 양초의 불빛 아래에서였다. 가차 없이 떨어지던 밀랍방울의 기억이 떠오른다. 그리고 그곳에는 여러 지역에서, 때로는 한참 떨어진 종루에서 가져온 종들까지 있었다. 마치 멀리서부터 실려 오는 어떤 선율에 대한 두려움이라도 갖고 있었던 것처럼, 나는 특별한 목적으로 그 종들을 조사하고 있었던 것 같다.

그때, 도시의 지붕 위로 높이 뚫려있는 다락창 쪽에서 첫 번째의 긁고 더듬거리는 소리가 다가왔다. 그 소리가 들린 것은 내가 열아홉 번째 시편을 큰소리로 읊어 내리고 있던 무렵이었다. 나는 그것이 무엇을 의미하는지 알고는 전율을 느꼈다. 그 관문을 통과하는 사람에겐 언제나 어둠의 그림자가 따라붙게 되어 두 번 다시 혼자로 돌아올 수 없기 때문이다. 떠올려 보건대, 그 책이야말로 모든 사건의 원인이었다. 그날 밤 나는 관문을 통과하여 시간과 시계가 뒤틀린 소용돌이를 향해 나아갔다. 그리고 다락방 속에서 아침을 맞이했을 때, 이전까지 보지 못했던 벽면과 서가와 다른 집기들의 모습이 시야에 들어와 있었다.

그 이후 나는 내가 익히 알던 현실의 모습을 영원히 볼 수 없이 되었다. 언제나 과거와 미래가 현재의 장면 속에 조금씩 섞여들어 있었던 것이다. 넓혀진 눈으로 새로이 바라보는 원근의 시야에서는 이전까지 친근했던 모든 사물들이 어렴풋한 이질성을 드러냈다. 그때부터 나는 미지와 반미지의 형체들이 뒤엉킨 환상적인 꿈속을 거닐었으며, 각개의 새로운 관문을 지나면서 오랫동안 내 자신이 속박되어 있었던 비좁은 천체의 사물을 분명하게 인지하기가 더욱 힘들게 되었다. 내가 보고 있는 것은 다른 이에겐 보이지 않았기에, 나는 곱절의 침묵과 고독 속으로 점점 더 빠져들고 말았다. 다른 이들에게 미치광이로 여겨져선 안 되었기 때문이었다. 개들이 나를 두려워했던 것은 내 곁을 떠나지 않는 이계의 암영을 느꼈던 때문이리라. 하지만 나는 그 상황에서도 새로운 시야에 의해 찾아낸, 인간에겐 잊혀진 금단의 서적과 두루마리 문서 속에서 더욱 많은 지식을 쌓아나갔다. 그리고 미지 우주의 중추로 나아가는, 공간과 존재와 생명패턴의 새로운 관문을 밀어젖혔다.

다섯 개의 불꽃의 동심원을 바닥에다 그렸던 그날 밤을 기억한다. 나는 타타리의 사자를 불러들이는 가공할 기도문을 영창하면서 가장 안쪽의 원 안에 서 있었다. 벽은 녹아 없어지고, 나는 내 발치 수 킬로미터 아래로 떨어진 알지 못하는 산맥의 뾰족한 산봉우리와 한데 휩싸여, 깊이모를 잿빛 심연을 관통하는 검은 바람 속으로 쓸려 들어갔다. 잠시 후 완연한 암흑이 내리 덮였고 그에 이어 낯설고 기묘한 별자리를 이룬 무수한 별이 반짝거렸다. 마침내 나는 까마득한 아래에 녹색의 빛을 받은 평원이 펼쳐져 있는 광경을 보게 되었다. 평원 위에는 도시가 있었으며 내가 이제껏 알았거나 읽었거나 꿈꾼 적조차 없는 양식으로 지어진 비비 꼬인 형상의 마천루로 가득했다. 공중에 떠서 도시 가까이 다가갔을 때, 광장 한가운데 서 있는 돌로 만든 거대한 사각 건물이 시야에 들어왔고, 그 순간 소름 끼치는 공포가 나를 움켜잡았다. 나는 비명지르며 몸부림쳤다. 한 차례의 공백이 번뜩인 후, 나는 다락방 바닥에 그려진 5개의 동심원 위에 납작하게 뻗어 있었다.

그날 밤의 여행은 이제껏 허다하게 겪었던 한밤의 유랑에 비해 크게 기이하지는 않았지만 내가 지금까지 나아갔던 영역보다 더 바깥에 놓인 심연과 이계로 접근했다는 사실을 깨닫자 그만 섬뜩한 공포심이 등줄기를 타고 흘렀다. 그 이후 나는 더더욱 조심하여 마법을 사용했다. 되돌아올 수 없는 미지의 심연 속에 빠져서 내 몸과 내 세계로부터 단절되고 싶지 않았기 때문이었다.

72) 언셜체(uncial) : 4~8세기에 사용한 둥근 대문자 필사체

73) 룬(Rune) : 고대 게르만 족이 1세기경부터 쓰던 알파벳. 17세기경까지 썼으며, 최고(最古)의 알파벳은 8문자를 한 조(組)로 하여 24문자로 되어 있다.

옮긴이 | 정진영

홍익대 영문학과를 졸업했다. 현대 호러의 모태가 되는 고딕(Gothic) 소설과 장르 문학에 특히 관심이 많다. 국내에 잘 알려지지 않은 걸작들을 소개하려고 노력하고 있다. 주요 역서로는 『세계 호러 걸작선』 시리즈, 스티븐 킹의 『그것』, 『아울크리크 다리에서 생긴 일』 외에 필명(정탄)으로 『피의 책』, 『셰익스피어는 없다』 등이 있다.

옮긴이 | 류지선

홍익대학교 건축학과를 나왔다. 현재 중견 건축사 사무소의 해외사업부에서 근무하고 있다. 러브크래프트 웹사이트인 위어드테일스(http://www.weirdtales.org/)의 공동 운영자이다.

러브크래프트 전집 4

1판 1쇄 펴냄 2012년 7월 23일
1판 18쇄 펴냄 2021년 8월 24일

지은이 | H. P. 러브크래프트
옮긴이 | 정진영 · 류지선
발행인 | 박근섭
편집인 | 김준혁
펴낸곳 | 황금가지

출판등록 | 2009. 10. 8 (제2009-000273호)
주소 | 06027 서울 강남구 도산대로 1길 62 강남출판문화센터 5층
전화 | **영업부** 515-2000 **편집부** 3446-8774 **팩시밀리** 515-2007
홈페이지 | www.goldenbough.co.kr

도서 파본 등의 이유로 반송이 필요할 경우에는 구매처에서 교환하시고
출판사 교환이 필요할 경우에는 아래 주소로 반송 사유를 적어 도서와 함께 보내주세요.
06027 서울 강남구 도산대로 1길 62 강남출판문화센터 6층 민음인 마케팅부

ISBN 978-89-6017-209-8 04840
ISBN 978-89-6017-205-0 04840 (세트)

㈜민음인은 민음사 출판 그룹의 자회사입니다.
황금가지는 ㈜민음인의 픽션 전문 출간 브랜드입니다.